路翎全集

第十三卷

晚年长篇小说 1986

野鸭洼

本集获复旦大学"985工程"三期整体推进人文社会科学研究项目和上海文化发展基金会资助出版,为国家社科基金项目(22BZW134)中期成果

树荫下的路翎,1981年5月于山东德州

1981年5月路翎随《剧本》月刊组织的访问团访问山东德州时留影

1992年11月11日,路翎在中国现代文学馆举办的"胡风先生诞辰九十周年学术讨论会"上发言

部分路翎晚年作品原稿

路翎使用过的书桌

野鸭洼

《野鸭洼》,原稿 824 页,末尾署 1986 年 12 月 4 日整理,据以抄印。

一

这是稳定的时代，这是平常而同时是英雄的时代。这是创造、建设的时代。因为一九四九年成立的新中国在这时期冲破了"四人帮"的劫难又走上了康庄的道途，开始建设；因为六七十年代人们和意图复辟旧时代的"四人帮"的啃咬终于是胜利了，开始了新局面；因为这啃咬之间也显出了新的时代的英雄的性质；因为这中间出现着要求中国往现代化去的继续的和另一次的强的欲望。因为这新局面目前还有着旧时代的剩余而这另一次的欲望是更强烈的。……所以必需在多个范围都取得应有的胜利，在社会的底层也获取胜利。

夜晚，老年的清洁工，街道委员，街道党委书记海国乔老头子补收上班回来迟的地方缝衣厂的女工杜宏英的一角钱清洁费，便在她家里闲谈起来。杜宏英三十几岁了，也是街道委员，她的死去了的父亲是老扫地工的朋友，旧时候的火车司机。杜宏英欢喜皱着眼睛看物件，因为她害怕眼睛不好，而做了多年的缝纫女工，也便产生了这样一种习惯。老扫地工海国乔向她要一角钱清洁费的时候内心里还有些羞怯，而杜宏英也羞怯，因为海国乔进来的时候她没有声音响亮地称呼。她便用一块抹布抹一下桌子，补了一句响亮的称呼。她皱着眼睛看看花瓶又看看闹钟，因为海国乔老头子提到它们。花瓶还是老头子也当火车司机的以前的年代，汉奸殷汝耕以前的年代买的，后来送给杜宏英和电车司机李义结婚的。闹钟则是老头子在杜宏英的父亲当年当搬运工人的时候送给杜宏英的父亲。老头子偶然地议论到这些，杜宏英便想到请老头子坐下，而且去倒茶。她按着她的当缝纫女工的习惯，皱着眼睛看，看茶壶里倒出的茶。老头子对杜宏英的皱着眼睛看物件也议论了几句。杜宏英有着鲜嫩的、好看的嘴唇。她还有些文雅和细致，花瓶里的插的蔷薇花是昨日刚从花盆里摘的；窗台上有着不少盆花，花盆里磕着一些鸡蛋壳，人们用这来使花增加吸收营养。花瓶旁边的鸡毛掸帚是四人黑帮的时候买的，那时候海国乔老头子没有当扫地工，到乡间住亲戚避难去了，在那里种了一些时的地，培植果木，还收到杜宏英的问平安和告他她买了鸡毛掸帚的信。搬运工人的女儿杜宏英，挨了"红卫兵"的一场鸡毛掸帚打，损失了积存的四百多块钱，所以她买了一个鸡毛掸帚作为纪念。她俭省地积钱，预备病灾的时候用，因为她的身体有些弱，而地方的小缝纫工厂没有公费医疗。倒茶的茶壶，则是嫂子送给她的，哥哥嫂子就住在同院子。杜宏英的哥哥杜翔实是有名的机器工人。因为敬爱的老头子海国乔，全国人民代表，劳动模范，这回来到屋子里坐下来谈话，谈起旧时物件；因为恰巧泡了茶的原故；主要的，因为老头子激动地谈起"四人帮"这激动的话题，而她的心激动于这些年的温水、热水、冷水，这些年的宏大的波浪，他似乎随时思维着什么深刻的东西的原故，她的心脏跳跃，脸孔有些发红；在缝纫厂的女工杜宏英的胸膛里，有着热爱这时代的贞淑的心。

"您喝茶；'四人帮'这十年人们都荒着过了，度了苦的岁月，"她说，从花瓶里拿出了一朵蔷薇花，在鼻子上嗅了一嗅——她皱着明亮的眼睛。她皱眼睛；还因为她心里不止激动着对过去的'四人帮'的浩劫的仇恨，还激动着这时的建设的，安定下来重整生活的感情和贞淑的、贤惠的心。"'四人帮'手中活过来就算好了，"她和老头子一样说着，"也真是祖国国家和各人生活重整旗鼓了……给您一朵这个花您插在瓶里吧，您为什么不种花呢？您从我们这里拿一盆去吧。"

老头子海国乔拿过了花，在手指头里捏着打转，想说年月久了，他以前也养花的，他时常想念他的死去的女人，他不爱买花种花也和他纪念他的女人有关，他的女人从前也不喜欢，人的性情有时是这样的，但他只说到他记起了杜宏英姑娘小时候梳着两个翘起来的辫子在胡同里跑的情形。杜宏英便说，"您老人家揭我们短啦。"老头子是地方上欢喜的，他当过好几年的居民委员会副主任,他今年七十几了,一个人住。他的儿子媳妇在附近的院落,他的儿子是制糖厂的工人,媳妇在纸盒厂做□□的、零碎的女工。他生平很多的阅历。他和杜宏英一样有着内心的激动。他欢喜一个人住,习字和读书,也自己做饭,每隔两日到儿子媳妇那里吃饭。

海国乔用激动的大声骂"四人帮",这是这年代的问题;他还说到杜宏英的父亲过去当搬运工人时的痛苦的生活。海国乔是老地下党员,杜宏英的父亲曾帮助海国乔地下工作;老地下党员感慨很多。身体有些肥胖而结实的、皮肤白的、美丽的杜宏英的嫂子朱娥来到门边上站着,紧贴在门上。

"进来呀。"海国乔说,"这么站着。"

"算进来了,"朱娥说,"听你老人家说呢,你们被捉捕了,那回是学运……?"

"是爱吹嘘往事呢。"老头说。

"不。"朱娥沉思说,"这时候得讲讲,后辈听听。不过我给你送钱来了,还带来教员何世光的清洁费。你还没有收到银行朱璞的,航空公司黄家珍的,我替你去收去吧。"

"我自己去收,不用你管闲事。"老头子快乐地说。朱娥便走了。

朱娥的丈夫,杜宏英的哥哥,机器工人杜翔实走了进来。

"我想个问题,"杜翔实说,"这粉碎了'四人帮',北京市前景建设了一阵,开始建设了,大规模建设的前奏了,今日我在咱们厂的书记那里看见部分的测图。你老海大爹是人民代表兼老资格,你看我该不该除了机器厂以外兼个差,兼个钢筋工,这件我会,还是少小的时候跟您学的呢。当个起重机的驾驶兼修理,这个我也会。当电焊工也会。……你不说不对吧?海大爹,我不是想去不去,我是想我们这辈子人该完成点功名吧;或者是完成工业不再让那些歹子'四人帮'再重复回水返水,想起十年浩劫是多么沉痛呀。"杜翔实说,又看看他的妹妹杜宏英。"你看怎样呢?"他问他妹妹。

"我看这行。"杜宏英说。

"我看也行。"海国乔说。

这时电车司机李义进来了。

"这蔷薇花真不错,"李义说,看着海国乔手里的花,"今日晚班改明日早班了,所以回来。远远地就听见说'四人帮'那时候了,我'文革'那年呀关了半年,种菜挑粪,挨打,批斗时举起手来,领子上挂的字是电车界权威,我当班长是权威,"李义说,笑了起来,"海大爹你看,我们总是要上进吧。"

海国乔知道电车司机李义心里有些冲突;他想学成电机工程,学成技术员进入电车制造厂,他又想继续干司机而到老教一些学徒。唐突之间他便计算了好些年的安排,一直到退休。他说他是不安分的人们,所以他是有着烦恼。他常说自己懒惰而年华虚度,羡慕青年人,说他们咄咄逼人。人们生活在世界上是要有意义的,不然便要心痛,而且会变衰弱,喝起酒来,就像这院子里的吴伐一样——以前的纸厂的财务,贪污,收缴因贪污开除了的。李义爱和人冲突,活跃。有才干的李义心里时常意识着院子里的情况,特别是这和"四人帮"格斗以后的年代,李义便观察、研究多一些的人生之路。这也是这个时代的工人阶级。这院子里还有一个管制份子,以前野鸭洼的流氓的遗留。纸厂的财务是爱吵闹说话的,他们两个都时常和李义冲突。李义和那管制份子前些时还吵过一架,外表看来是因为乱泼自来水;自然也是因为管制份子乱泼水,可是也是因为李义有着新年代的奋斗的自豪,振兴中华的热情。他知道管制份子是在进攻他们。管制份子唐兼力,是以前在机器厂里干粗活的,喝酒、偷懒,时刻破坏,而且很刻毒。

海国乔老头子说,他的意思都表示过了。他年纪大了但是努力与大家同行。老头子欢喜说话,和说学问。李义欢喜说,老头子也欢喜说,这院子里的中学教员何世光也欢喜说,这是创造的、穷究学问的、穷究人生的真理的时代。老头子感觉着,这时代瞥见了什么,看准了什么,老头子觉得这是后辈人们的幸福,——这建设起来。

海国乔老头子把已经放在桌上的蔷薇花又拿起来,在手指间转动。他叹了一口气。

"中国要到哪里去,中国要到四个现代化去,我这小气人泼留希金说,——这是中学生齐志博给我取的混名,连你李义翻翻齐志博的书也喊我了。"老头子海国乔说,"我说,这是豪杰的时代,年轻人要人才辈出,你的对祖国的、阶级的感情要一分不让。"老头子豪放地说,"我这个算乡人的长辈了,我说,与我同去同行。"老头子说,用两手做了一个有力的动作,他看看李义和杜翔实,他觉得在他所谈的问题上,李义有些燃烧性,而杜翔实有着稳定性,他们都笑着,眼睛亮着。他又想及他的儿子海学涛也有着燃烧性,老是要往前冲去似地。

"那是那样的。"李义说,"您老人家经验多了,也切望了好多年了,这现代化的建设。"

中学教员何世光走到门口看看,便进来了。

"真热闹,海大爹①收清洁费走到这里了。"教员何世光说,他是中年人了,声音很大,显然的,他是一个喜欢激动的人。"每月这扫地费到今天不能各院子都组织起来,这也是居民委员会的困难。"说着他便说到这地区,野鸭洼,居民中间的落后的情况;旧的时代,这里是著名的流氓地痞横行的区域也是肮脏的区域。居民之间不少存在着落后的影响。

海国乔老头子证明是这样。

"你们自然知道得比我多了。"教员说。

"你喝茶。"杜宏英说。

海国乔老头子便说,李义想学数学,还想学物理,知道数学教员还会物理和电机。杜翔实也有时想学些科学,还包括他,海国乔的好学的儿子海学涛。

教员何世光便爽快地答应了。

---

① 原稿"海大爷""海大爹"混用,兹统一为"海大爹"。

"不过免不了拖沓三天打鱼两天晒网,说来真实呛。"李义说。

"那总之你爱学便行。"杜翔实说。

李义便变得严肃,对教员何世光深深地鞠了一个躬。

觉得人们很尊重他,教员很高兴。

"我说现在攻读与学习的潮流是也高涨着,不用功我也要差了,愿向你们学习,你们是奋斗新时代的主力,这是看来平常,实际不很简单的时代啦,万恶的'四人帮'之后,党的领导掀起了一种追赶现代化和社会主义的热潮,很是激动人心。"教员大声说,做着手势;他很想亲近同院子的人们,而且表示了对他们的倾心,这样,觉得一点隔阂的李义便很满意,便笑着而且心思激动,他想这一次他大约可以认真地学习起来了,以前有两次的立志,找电车厂里的成员,但都放弃了。"这时代也会出现英雄的人物,寓于平凡之中,"教员何世光说,"可惜我不是,自暴自弃固然不好,可惜我仍旧不是,我想,我是个什么呢?我过平凡的一生,相信祖国振兴的社会主义事业,贡献我的力量,我的力量是什么呢,说起来我真自卑呀,觉得自己很渺小呀,可是,我是,年轻的时候狂热地喊叫工业化,却是失望了,现在呢,蹉跎岁月,经过'四人帮'的失望以致绝望之后,希望起来了,所以我要努力。我是热情的,有些容易激动的,我可是说好生意买卖,你李义要学,记得不能中途而退,不然打手板心。"

"好。"杜翔实说。

教员有了一点眼泪被李义看见了。教员何世光显然醉心于他所说的现代化和忆及了年轻时代的追求。他也不隐瞒地用手帕扱去了他的眼泪。

"我回忆中国追求现代化的滔滔历程真是激动。"何世光说。

电车司机便笑,他也咬咬牙,决心认真学,带着他的快乐的微笑,似乎有点讽刺似地,他又鞠了一个躬。

教员看了有点幽默似的李义一眼,说,"你不讽刺我吧。"他接着说到,他这个人有易激动的血质,昨日黄昏他轮值给院子中心的花圃的蔷薇牡丹花浇水,斥责吴伐破坏花圃,对前纸厂的财务吴伐宣传社会主义,和吴伐冲突了,他想起来便激昂,为什么要破坏花圃呢。说着他又看了李义一眼,研究李义是不是有点讽刺他,但研究不清,便也丢开了,终于他将来弄清楚,李义是时常笑着有些讽刺自己。他又继续热烈地说到他拿回来种在花圃里的薄荷还好,银行朱璞拿回来的茉莉花不错。……

教员何世光容易激动。他日常看见七十几岁的身体强健的海国乔扫地于黎明的寂静中,很是感动,便又增加对海国乔问好。这时候他的妻子,小学音乐教员在他们房里拉了一阵手风琴,唱起歌来了:

黎明寂静中,
海鸥慢飞翔,
风浪静止了,
淡烟升于远空……

大家寂静了一下听着这歌声。大家知道,中学教员何世光也爱好音乐。他们夫妇的感情很好。

"我就献丑了。"何世光继续对李义说,"教你数学和物理学。"

"机械学呢?"杜翔实问。

"差一点,也行。"何世光说,有点脸红。

"我一辈子是一个还用功的平凡人,"被人们和自己的妻子的唱歌所鼓舞的何世光又热烈地说,"我各时候也是有愿意贡献力量。我采取奋斗的立场。我一辈子做一个平凡人也甘心,"他说,笑着,被他的妻子的歌声和琴声鼓舞,想到年轻时的想做不平凡的人,有些激动。"这是我采取的逻辑,和立场,和人生。这是一个从事建设的时代,也是有伟大气势的时代,实现我的渴望,我要努力奋斗,"教员笑着,两手举很高做着手势,又放下来;整个脸皱着,又松弛下来,说。

"欢迎你爱人刚才唱的那个歌,她再拉琴唱一遍好不好?"海国乔犹豫了一下,说。

教员说好,便快乐地跑了,把他的妻子皇甫桂芳拖了来。小学女音乐教员皇甫桂芳面色红润,她的腮帮上有一个酒窝,她笑着。

"好,我就来吧。"她很快地便奏琴唱起来了,还踏了一下脚。

"黎明寂静中……"她唱。人们沉然地听着。

唱完,她微微有些因快乐和用力而来的脸红,便又奏了两下手风琴,停止了。

这时候,银行女干部朱璞走进来,拿着钞票,递给海国乔老头子一角钱。

"扫地费。……"她说,"因为听见这么多的声音,还唱好听的歌,猜想你海大爹也在这里啦。你们扫地辛苦啦。我还没到过你们的房间,真是隔阂,没到过海大爹的房里,邻居本应该来往的。"她谦虚地说,望着因她进来而表示欢迎的、脸有点红的李义。她是一个年龄不小的未婚女子。

她刚说完,在航空公司当服务生的同时兼新闻记者的、穿着整齐的、长眉毛的、苗条的黄家珍在灯光里走了过来,跨进门来,从衣服里摸出皮夹,取出一角钱的清洁费。

"飞机上害怕不?"老头子海国乔问。

"不。"航空公司女服务员黄家珍说,笑了,"有时一想,看着地面也有点。你老爷子真好。"

她便有些愤怒地说,并不像院子里的前纸厂的财务所攻击的、躲在家里哭,并没有时常掉飞机。她说,她刚才正也是和这前纸厂财务冲突了,阴影中还有住在后面的管制份子。他们建议把院子里的花圃去掉,他们硬说蜜蜂蝴蝶不是益虫。

"不是益虫么?"她愤怒地说。

她又转身向门外,看见前纸厂的财务吴伐过来了。这被开除的吴伐,现在又回纸厂当着临时工。他没有戴日常戴的毡帽,在这春天的夜晚,剃了光头。管制份子唐兼力站在外面的阴影里。

"不是益虫么?"海国乔老头子说。

"哪……没有什么益虫。"吴伐说。

"怎么没有益虫呢?"女新闻记者兼航空服务生心痛地继续

愤怒地说。

"为什么蜜蜂蝴蝶不是益虫呢?"朱璞谦虚地笑着说。

"不知道益虫。"吴伐说,"不可以把花圃子拆掉把自来水改变地点么?"

"不可以。"李义说。

"自来水一不可以弄到门道里,二不可以弄到你们门前,你吴伐和唐兼力说这些是极不合宜的。"显得善良的朱璞有点脸红地说,"我们斗上了就斗上了,你们说我是丑女人,我们就是的。"

"对啦。"杜宏英说,她很同情朱璞的独处的生活,她知道她在婚姻上的痛苦。

"你们都了不起的。"吴伐说。"你那航空公司的小姐黄家珍时常骂我们弄得脏,我们怕你啦。你是新闻记者登我们的报去。"

"你胡说!"李义说。

这样就吵起来了。管制份子唐兼力也过来了,另外一些家也出来了。吴伐和李义的叫声都很高,前纸厂的财务临时工吴伐凶恶地叫着。唐兼力也大声说他和吴伐不怕对方人多。人们围在李义夫妇门口。春天的夜。温柔的、有弹力的风吹着。因为各项原因引起了这外表看来是平常的吵架,因为吴伐相信"天下乌鸦一般黑",而管制分子唐兼力相信北京"没有地侯力",建筑工程大规模盖不起来,因为新时代社会主义的环境、思想和感情,使人们联合在一起,是唐兼力等仇恨的;因为李义他们的积极是他们仇恨的,海国乔的地位是他们痛心的;因为认真、严肃、激动、和谐的空气在这些人们里增多了,吴伐和唐兼力便心痛,产生了这场吵架。

在这吵架里,朱璞成了吴伐的攻击目标。他们认为她有些软弱,长得不美。吴伐用丑恶的流氓话攻击她,使她愤怒地冲向前来,颤栗着,大叫着想要骂出痛快的话来,然而仍然忍住了。吴伐和朱璞之间的仇恨还是她坚决不肯再借给他钱,他曾好些次借钱,借成十几元了,认为她好欺;还向黄家珍借成了两元。朱璞颤抖着。各种她的身份能骂的话和她会讲的道理因愤怒而

窒息着,她只是脸色苍白地大叫了一句:

"蝴蝶和蜜蜂是益虫?告诉你,是益虫!"

然后她才能叫出了一句:

"反动的家伙!"

时常和歹徒吵架的范莲英老太婆打开门声音叫得很高:"你们是天下乌鸦一般黑,"她常骂吴伐,因为吴伐常攻击她这个烈士家属。她的儿子多年前在抗美援朝战争中牺牲。

"分明没有益虫害虫!"吴伐说,叉着腰,就像他在纸厂当财务科长的时候范莲英老太婆去领纸盒做业余工的时候一样。

"你现在没有从前那威风了,不给我纸盒;你的金表链呢。"范莲英老人说。"你现在低着些头推车子了,没有扣留我的一车纸盒了。嗨。"

"那不见得。"吴伐说。

穿着白色医生服装在家里进行化验的女医生白勤芬也推门出来,在寂静中看着,想说什么,因为蝴蝶和蜜蜂是不是益虫的吵架引起她的童年的怀念。但却又没有说,又走进去了。

民警沈强进来了,同行的有女居民委员会主任张璞和区委会副书记吴璋,他有厌烦的表情。他们顺便走这里过来查核偷窃案,查核唐兼力的,进到唐兼力的屋子里去了。吴伐看着沈强,有些狼狈地和沈强招呼,说了一句:"蝴蝶和蜜蜂并不是益虫。"沈强冷淡地看了看他。

区委副书记吴璋又走出来,对这海国乔老头说:

"你来吧。你好。"他的愉快的声音说。"我区委副书记本是也不必来管这唐兼力的这一类的事的。你们这院子里发动了攻势了吧。针对着北京市的建设,发动攻势,唐兼力请你吴伐喝了酒,"他又对吴伐说,"所以你便吵吵闹闹了。你们也针对着海国乔老大爷,你海大爷身体真顽健。"

"托你的福。"海国乔对他有不满,同时海国乔的情绪里又有着和他多年的友谊,幽默地说。

"我们是勇于向区政府提意见的。"吴伐说,"我们觉得居民委员会太抓得紧了,有些扰民。我心里就滋扰,民警沈强进进出出的。"

"还有呢?"吴璋说。

"还有就是,这大规模地建设北京,是需要人材的,应该广录人材。"吴伐说,面孔有些颤栗,想着他比海国乔占了一点优势了。

区委副书记沉默着。

"我说得怎样呢?"

"你的动机是录取你。"海国乔说。

在吴伐的以前在纸厂的舞弊的问题上,吴璋曾被吴伐哭诉得心软同情过他,认为他是被人拖曳的成分居多,所以内心一直有着遗憾。他来到这里痛恨这个错误,所以他沉默了一阵很长地叹了一口气。

"北京市区建设起来啦。"李义热烈地说。

"正是这样。"吴璋突然冷淡地说,又望着对他殷勤地笑着的吴伐,意识到他的身份,他又补了温和地对李义笑了笑。他想到了他的很长的生命历程,过去的学生运动;年青时曾经与反动派的军警格斗,游行到这野鸭洼,还认识了做党的联络员的海国乔。可是现在吴璋觉得他有些苍老了,多年以来没有什么成绩,因此人们说到北京市将建设起来,他便有着一些被刺痛。而且他说不出理由地觉得李义冒犯了他。

"老海大爹,我比你年轻,你看我们这辈人,我们的功业会如何?"他说,又有点懊恼地又看李义,露出了一点讽刺的笑容。

夜晚的、春末的微风吹拂着。

二

老头子海国乔扫地完了到居民委员会女主任那里去。瘦长个子的中学生齐志博陪他走一段路,齐志博用一个布袋子,提着几个空瓶子预备去卖给旧货点,欢喜地替海国乔老头子扛着扫帚。像这时代的大部分青年一样,这高中快毕业学生还在考虑他的前途:假如不升学的话,还是留在本乡土,还是到农村去,到远方去。首先是立场是什么。中学生齐志博喜欢读书和讨论知识，人们喊他"学究"。

夜间的月亮、花，自来水，建筑工程，"先有鸡还是先有蛋"，未来还有没有坏势力复辟，都是聊天的资料。他还性情幽默。一九七九年的这个时候，"四人帮"以后慢慢平愈创伤的年代，年轻人很多的思想。被黑帮陷害的许多人们的昭雪平反，快要公布完了。从这种公布年轻人有着对生活的可能的不幸的惊诧，同时，这春天的空气里也散布着奋斗。学生齐志博问海国乔对他的前途的看法。他说到许多被"四人帮"陷害的人们，他们的不幸，他们所受到的困苦……他又说到这时候流行的歌曲"好一朵茉莉花"好听。老头子看见齐志博扛扫帚的姿势有点像军人，便谈到这点，而且有些幽默地摆了两下手做了行军一般的走路；他也在他的幻想中，同时，他高兴年轻人谈天。

中学生齐志博感情甜畅而忧郁，正像路边的杨树一样。他很快乐，因为他有前程，但是同时烦恼，因为他的人生阅历，他的知识和逻辑都还差。他说，离家远行的时代，知识青年到远方农村去插队的时代还没有远去，他也还有点想离家远行，去做艰苦的锻炼。他说他还要加强用功，将来会有成绩的。

"你的功课很不错。"羡慕着青春的老头子说。

杨树和枣树在风里摇晃，太阳宁静地照耀着。中学生看看老头子，想明白七十几岁年龄的人对人生的想法。他很尊敬这有些神秘的年龄的历程。

"你老人家年纪大了看事情怎样看法呢？你老人家很可观的，是不是看我们现在的年轻人很好呢？你老人家很是坚强，看我们年轻人是不是够资格呢？"中学生齐志博热情地问，"你看我的前程怎样，你看我如果碰到了'四人帮'的黑股匪，能不能像有些人那样奋斗，我想我也还能够。你看我够不够坚强呢？你看我的弱点在哪里呢？"他问。老头子海国乔沉思地听着，简单地，热情地回答着。中学生齐志博内心甜畅快乐但同时不快乐，烦恼；心地明朗但同时阴沉；幸福，同时惊悸；觉得幸运，到了幸运的年代,然而同时觉得凄伤;情绪里充满着战斗然而同时慎重;坚决,然而同时有研究性的徘徊、踯躅。一般地说来,这是深思而且同时饶舌的年龄。但这也正是爱思辨的这个中学生的性格是这样。他时刻有些惊悸,这也就是这时代,和四人黑帮的若干年的猛烈的格斗留下的惊悸了,但同时也启发了性格里豪侠的成分。

"我想我能够经得起考验的。"学生齐志博热情地说,"你,以你的伟大的历史,你能在这点上,"中学生说,面色有些苍白,"鼓励我和我握一次手吗?"他说。于是海国乔老头子站下来了。学生齐志博很快将扛着的扫帚放在地上,伸出手来和海老头子握手。海国乔老头子用力地和他握了一下。

学生又抢着扛起了扫帚。

"祝你胜利。"激动的老头子说。

"我平常和你有说笑话,我有说玩笑的性格,我检讨那不是怎么不好对吗?……"齐志博说。

"那没有什么不好。"老头子海国乔说,想到齐志博说他是俄国果戈里所描写的吝啬老头泼留希金什么的。

中学生默默地陪着老头走到女居民委员会副主任梅风珍的门前。他摇晃了一下手里的瓶子。

女居民委员会副主任梅风珍和主任张璞不同,是大声吼叫说话,爱吵闹的性格。她正在和到街道上来检查的区委副书记吴璋叫嚷着,说许多事情很是难办,托儿所盖房子要怎样设备要找大家商量,所以便耽搁了。中学生齐志博扛着扫帚在门廊里站了一下,呆看着他尊敬的,但也觉得他爱多干涉事,有些对他不满的区委会副书记。人们说吴璋有办事潦草,官僚主义。学生齐志博尊敬吴璋是旧时代的学生运动的人物,但不满意他有一次邀请他来他们班上讲课他答应了却来得迟,没有讲几句话,有些空洞,吴璋不安心自己的工作,他有些感伤年华虚度没有成绩。他不满大女儿的婚嫁。他多年来继续有着成名成家的思想。

"你没有你过去痛快啦,你副区委书。你说的你亲自来召开托儿所的会你又不来,你又有点不放心别人干,其实我们街道上能干啦。"梅风珍大声说。

"不是这么说的。"吴璋说,"我并不一定来,但是你们不应该把托儿所办得太穷酸,不能利用我的话,我上次说应节省。"吴璋说。

"你真是有点官僚主义啦,你又说这又说那,事情办不起来。你上次说要顶顶节省的。"

"那我并不是那么的,那我也有点是的。"吴璋说,笑起来了。

"你是怎样心思不安呢,想当工程师吗,像区长说的。"

"那也真实的。"

"你的女儿还不肯回家来吗?她的结婚事解决了吧。问我意见,我说我是也赞成她和那对象结婚的,过去那小钱和我一起在区委当人事科,他有些缺点也没什么关系,年轻人。你的小姐想当演员呀,你还有个女儿在农村插队吧。"

"你说的我很伤痛。"吴璋说。

"我们谈公事吧。你官府办事太忙了,但今天还是托儿所要动工了,你不责备吧。"

"唉!"

"唉!你不收回吧。"

"那好吧。高兴见到你。我也是想托儿所尽量大一些的,你勿以为我老小气,区政府并不小气。不然你便是挖苦我上次的言论了,我高兴你今天骂了我两句。"吴璋愉快地说,"你这个很恶的梅风珍。"

中学生齐志博注意地看着他钦佩而又不钦佩的吴璋。他觉得吴璋是光荣的前辈,但他看他有时生活似乎忧郁。今天是星期日休息,齐志博扛着扫帚呆站了一下,便向老头子海国乔提议由他将扫帚和车子替老头子送回家去,得到同意便去了。他预备送了车子扫帚之后再去旧货点。齐志博于是返回半条街将老头子的铁的独轮车从墙边的树下推出来,将扫帚放在里面,推着做着研究地转了一个圈,又转了一个圈,然后摇摇晃晃地推成功推走了。春末的暖风很愉快。

居民委员会主任张璞,副主任梅风珍,都在解放前的年代在北平一带做过地下工作,这是说,她们原来是互相认识的。海国乔老头子入党很早,是二十年代的地下工作者,坐过好几次监狱,后来也认识了张璞和梅风珍,这两个野鸭洼"各家屋檐上的瓦"。海国乔从事过好多的职业,开火车电车,当过钢筋工人,卖过冰糖葫芦,当过学校的传达,还当过火房大师傅。他还很会做菜。他是在较远的年代,在反动政府的监牢里认识吴璋的。

"哎呀,正在找你海大爹,"梅风珍迟迟才看见海国乔,说,"我们说点托儿所的事吧,你是街道党委呀,他吴璋说托儿所的玩具要增加一点,总的精神是平常线条可多增些,也是区长的意见,他说他也是年纪大了,爱儿童,但是我说他吴璋也上次却强调说节俭点。我怕他明天还又说回来,而他又反对区长,他是有些当权,所以我们还是节俭点,普通普通,你看好吧,你吴璋同志看行吧。"

"也行吧。"吴璋笑着说。

"怎么也行呢。怕你是心里还是昨天的主张吧。"

"你看你就找上我了。"吴璋说,"叫我怎么说呢,区长说也可以多办些玩具,设备,在这上面,我是墙头草,两边倒,但是……你梅风珍批评我我精神激昂起来了,海国乔大爹啊,激昂起来便想多盖高楼,而且想及当年的奋斗,你很稳健,而我吴璋却成绩不大,也是到了年龄了,注意后辈的青年了,刚才就加些注意一下推车子走的这有点紧瘦的学生齐志博。这问题是这样的,"吴璋两手撒着海国乔的肩膀说,"我决定了,也负责的,"他有些脸红地说,"办给托儿所照区长的意见较多的设备和儿童的游戏器械。"

"那你拿钱?"

"我区政府津贴。"

"不要又没有和区委统统商量好,又反了区长的见解了,过了两天又忘记了,这说的了,撤销了,到处跑找不到你,还说还有一个会,还有一件公事没办完。"梅风珍说。

"那不会的,这不是这样的,也是特为这事来的。我五十几了,四六年在监牢里结识你海国乔,我这回想改掉我的潦草和有点官僚主义,有时候冷淡了工作,所以也回忆起往……"

"那你便还要给我们街道修房屋的钱,批下字来,还有缝纫厂。"梅风珍说。

"那当然要考核一下。"

"那你仍旧是官僚主义。……仍然也不对,我这样便要挟你了。不过我们也五十几了,我们也那些年奔波江河,现在回忆就想一个安定的局面,但是你,自然是,吴璋同志呀,'四人帮'的时候你很苦,你吃的苦不少,坐牢挨打和掏厕所。也许因为那吧,你真也老多了,现在呀,你比以前心里容易激动了。"

"你说的也对。"

"那么吴璋同志,我是你的忠心干部,我们瞥见地方上的建设的蓝图和远景,您和我,不必为这些年来的'四人帮'洗劫荒凉难受吧。"梅风珍说,突然流泪哭起来了,用手帕拊着眼泪转过脸去,"譬如,海大爹,也应该退休啦……我们……也还没有办成街道上的退休待遇。还有一定的医疗津贴。"

"我不相干。"海国乔说,"我能干呢,而且也不害病。"

吴璋沉默着,点燃香烟呆站着。

"总之,"他说,"我总要尽量帮助你们的。"

梅风珍不哭了,她有些冷漠地看了吴璋一眼,表示埋怨和不很信任。吴璋便有点痛苦,表情也有些冷漠起来,提起皮包往外走了。

"你……"海国乔拖住他说,"你是不高兴梅风珍?"

"没有。"他说,看了看海国乔,"我心中有些苦恼,我是试着改进的。"往前走了两步,他又停了下来说,"我当然是努力的。你梅风珍,我办不好你再骂我好了。"

"那就照你说的增加儿童游戏器械了,这点是我梅风珍的虚荣心。"

吴璋走了。梅风珍便和海国乔说起细琐的事,好像刚才没有哭过。她想及过去和展望将来但她犹豫了一下却说了琐碎的事。她说,东巷的斜坡下面,三号院,有一家要扩充一点盖房子,要砍三棵树木,再退些步要砍一棵,说是街道委员海国乔同意了。海国乔便回复说这是圈套去的话,他没有同意——错误思想的人们并不少。海国乔又说到清洁工刘勉病了,他今日和罗进民代扫了地。例行的碰头结束,居民委员会主任张璞,这区域各家的屋檐上和屋檐上的瓦,进来看了桌上的账单,统计表,在上面签了字。这是要扩充缝纫厂和区政府办的针织衬衫厂的,其次便是属于区政府的挂面厂要盖锅炉房,由街道委员会派人。海国乔便自愿去办。

还有便是今日托儿所动土,在动土以前要开一个较大的会。有关于盖托儿所,张璞和梅风珍海国乔一样积极。现在这区域的儿童都住区政府的托儿所,那里已经满额了,好多人家没有地方照顾儿童,常在管杂事的梅风珍这里喊叫,也联名写信到张璞这里和区政府。张璞说,今日开工建托儿所,区政府拨付的盖楼房剩余的砖头已经要运到了。……梅风珍要到别处去,所以张璞和海国乔一块到针织厂边去看托儿所的建筑工地。老头子路上说,以前干过扫地工的瓦匠陆杰成,愿意来盖托儿所,他海国乔的儿子海学涛,制糖厂的工人,也愿意业余参加。

从"弦歌一堂"——"弦歌一堂"是居民委员会女主任张璞这么称呼——的小学校伸出柳树的很粗的枝干,太阳有力地、充实地照耀着。小学校的柳树是著名的,以前称做二百七十八棵柳,有不少的年代了。解放后挖去荒土盖学校的时候,柳树只剩下九十几了,便开了会做纪念,将柳树谨慎地保存着。区政府和街道会办的针织厂原来也是荒地,有六十三棵枣,也是有年历的,这只在不大的针织厂的院子里外剩下不到十棵了。开办小的针织厂的时候也开了简单的纪念会。人们便说共产党厉害。所以要开纪念会是因为野鸭洼这地点,过去是反抗者、被压迫者患难与死难的处所。小学校和针织厂的地点是野鸭洼的中心。很远的以前,野鸭时常飞来,有一个小的湖沼,这差不多是海国乔儿童时候的事了。这地点在旧时代流氓地痞聚集,附近有杂耍场、卖膏药、妓院;过去有过野鸭洼几霸。过去,在日本侵占时代和解放前杂耍场附近是荒丘、乱坟、臭水池沼、臭沟,很多的污泥和垃圾堆积,而且在小学校和针织厂盖起来了以后,人们还沿袭着旧习惯,乱倒扔垃圾——地方上很肮脏。在现在的小学校和针织厂的后面,原来的湖沼现在只剩下一个很小的有着野生莲荷的池塘了。这池塘和这二百七十棵柳,六十三棵枣的地点,是容易引起人们对过去的苦难、黑暗的回忆的,而且有着很多沉痛的故事。在盖小学和针织厂以前,人们不愿走过这块地方,盖了小学,最初有的家长不愿儿童来上学。在针织厂建成以后,女工们在最初两年也不愿意走近后面的、野鸭洼的池塘。

老头海国乔的儿子海学涛,当老头子和居民委员会主任张璞来到的时候,正一只胳膊挂在柳树上荡秋千。他今日恰好制糖厂休息。他荡给正在休息的针织厂的女工们看,说他能荡三十下。女工们在阳光下愉快地站着,叉着腰,抱着手臂,有的互相亲爱地搂着肩膀。女工们叫嚷着说海学涛荡不成二十下的,海学涛的身体挂在树上摇荡得脸红,摔落下来,女工们笑了,他又跳起来用原来的右胳膊将身体挂在树上摇荡着,摇了两下,侧歪了,女工们中便有帮忙呐喊的,而终于一起哄笑起来,因为海学涛摔下来了;爆发了此时正在进展的,渐渐离开"四人帮"十年浩劫的痛苦的,生活中的愉快;勤勉、安定做工的愉快。海学涛也感染到这进入建设时代的愉快,他注意到女工们梳得光洁的头发从白色护发帽下露出来,注意到她们的整齐的衣裳和清洁的白围裙,他探听到针织厂的总务是很勤勉地洗这些白围裙和白色护发帽的。这进展着的时代,在街道和市场上,白色的护发帽渐渐的多起来,年轻勤劳有技能的妇女们里面也有著名的人物。海学涛还知道针织衬衫厂的女工们的白围裙有许多是自己洗的,她们很是爱好她们博取到的进展着的、收入也增加的、有奖金的生活。——她们是勤劳而朴实的。她们也标志着时代和苦痛的噩岁的结束——这便是海学涛的感想。针织厂内的铃声愉快地响了起来,女工们便进去了。因为这些感想和年轻人的欢跃;因为春天的美丽的早晨;因为个人的成就和国家的渐兴旺;因为离开了痛苦的劫难发生着对过去的归纳的思维和从新的支点演绎着未来;因为老实忠厚有突然的活跃,以及和女工们的友谊,海学涛便有些激动。有些沉默寡言的、和他父亲一样爱读书的海学涛在柳树干上荡秋千很快乐,他跳下来休息了一下又猛然地跳上去了,柳树便摇撼着,这次柳树摇撼得厉害,使一个走出针织厂侧门来倒脏的高个子的女工惊奇地看着而叫了起来。

"你不会摔坏呀,啊哈,真大的本事,这样摇晃法,你海学涛——你们这些男人。……"

海学涛便跳下来,笑了。

"你瞧,你这是干什么的啦。"老头子海国乔红着脸,笑着说,显然的,他喜欢他的儿子。

接着,老头子海国乔便要张璞主任给他一件纪念品。老头子有这个习惯好多年了,他因为生活变幻多,干过的工作多,便每干一件事留一件纪念品——他这还是在年青时进了监牢而有一个伙伴牺牲的时候开始的。自然也看环境和条件,有些他也忘了。但他收集很多纪念品,重要的摆在他家里三口箱子和一个大的铁盒子里,次要的摆在另外箱子里,而且登记起来。这也就是中学生齐志博为什么称他做泼留希金等了。但有些物件,譬如铁盒子里的刑场上捡来的子弹,和一把刀子——中学生也看见过一次,这些,——中学生是很敬重的。所以他有一回称老头子是吝啬人有些脸红。但是在老头子的箱子里,铁盒外面摆着的,有些箱子的只是一些很零碎,例如开办野鸭洼小学的时候,他参加盖房子用车子推土积极,除了奖状以外有区长送他的一册教科书和他捡来的几根大的铁钉;针织厂开办的时候,那刚才在倒土的女工领班王小兰送他几束线和几根针;街道缝纫厂举办的时候,梅凤珍送给他的一个铜顶针。和他当居民委员会副主任的时候他修房子留下的旧的不要的钥匙,一个美丽的小女孩拾到几十元钱送给他交公他换下来的几个镍币;过年他买给儿童们的未放完的炮竹;他的孙女儿不要的玩具哨哨和万花筒"搏浪鼓"。他的箱子里很多的零碎,儿童们不要的蜡笔、铅笔头,其中还有他自己剪裁衣服成功的剩下的蓝布。铁盒中的那把刀子是很远的旧时代和特务角斗缴获的,铁盒里也还有一只旧的表是他当火车司机年代的,一只眼镜,是一个不知下落的当年常相处的同志的,一双旧手套,是他当电车司机时候的;和他的死去了的女人的一个银手镯……。很多纪念品,他还请有关的人们题上字。

他仔细地收藏纪念物件,每年翻出本年的单位做一篇文章,但也有两年一次做的,然而他总坚持地做着。这一切说明他的感情的历程。

他向张璞要一件纪念品。

"今天这托儿所动土,我跟你说的呢?"

"海大爹,又留纪念品啦,这也是值得记念呢。张璞主任你好。"倒脏土的女工领班王小兰说,便又转向海学涛笑着说:"真有力气,刚才摔的。"便进去了。

"给你四个蚌壳行么?"张璞快活地说,春风在她的饱满的脸孔和有几根白发的鬓角上吹拂着,在她的微笑着的嘴角上吹拂着。

"四个蚌壳行的。我自小住在野鸭洼,这我又鲁莽地说了,野鸭洼过去的苦难不能忘记,办这托儿所也是我的主张,也是有回顾过去的苦难的意思。……这多年了。"老头子说。

"你说的对,等下我们托儿所动土开会,你吼叫着说几句吧。我想着你的,"张璞说,"我说,这回给我们海老头什么做我们这历史行程的纪念品呢。你老头子呀,羡慕我去年带回来的捡的蚌壳,对吗?我于是就带来了。我是很顶礼你老头在这件事上的呐喊功劳的。我送你蚌壳,是蚌壳向海洋,而海洋是巨大而永远宽敞而又澎湃的意思,我也写了个纸条,还是毛笔写的,是海学涛做的那种诗,当然比你海学涛做的坏了。"她说,笑了起来,便从她的皮包里拿出几个蚌壳来,又拿出了一张相叠的纸,打了开来。"我的心潮澎湃——我是一个小小的蚌壳——我心潮澎湃我要歌颂我的祖国——我们开辟我们的四化像大海——建托儿所的纪念。送给海国乔大爹。"张璞朗读着,她的句子是粗糙的,然而也表达了她的热情。她显出来她是很坚强,有着上阵搏斗、闯关卡的,豪放的性格。她是有着深沉的阅历和经验的女子,社会的、北京市的和这个区域野鸭洼的栋梁。海学涛和又走出来的倒脏土的女工小组长王小兰听着张璞念诗句,海学涛涌起对张璞的敬佩,王小兰则拿着簸箕兴奋地、亲切地笑着。

"顶好啦,"女工小组长说,走过来看着蚌壳,又说:"好。"她被张璞的朗诵唤起了内心的兴奋和对于什么的迷恋,因此她在忙碌中逗留了一下和对张璞亲切地笑着。她的微笑里也含着对野鸭洼有着张璞当居民委员会主任的高兴。她亲切地笑着,又点点头,走进针织厂去了。针织厂的机器轰闹着。

而这时候针织厂的女工李凤英看见了他们。李凤英抱着在手臂里堆到脖子的一大捆丝绸正从那边仓库转出来,走进门去,看见了张璞,她便喊叫着,将抵着丝绸的下巴松了开来,将丝绸交给走了过来的一个女工,而拍拍衣服,欢快地跑过来了。

"您们来啦,"女工李凤英说,从围裙的口袋里取出一张有复字盖章的纸条,递给居民委员会女主任。"谢你和海大爷的帮助。"女工说,"我来到衬衫厂这一年,我前日提升为领班啦……"她说,接着她不停地说下去,"我父亲在'文革'时死了,我母亲病,而我的婚姻不幸,丈夫是一个不谋正业的,我失去生活走入绝境简直想要投野鸭洼池塘了让你张璞主任和海大爷相助了,让我在区法院办了离婚,而在针织厂来做工,"女工说,仿佛张璞不知道她的情况似地,但也表现出来她内心激动。这李凤英有些粗鲁,她的脸有着倔强的表情:"我提升为领班啦!"李凤英说。"这是写了盖了章的条子,党委领导写的条子。"

以后到来了沉默,李凤英呆站着,想着什么。

"我在'文革'时候'四人帮'时候有仇,我恨那些人!"她以有些粗鲁的、倔强的大声说。

"对啦,你父亲死得苦,他在副食店当那账房。"海国乔说。

"我母亲自小待我好。……我痛恨我那流氓男人。我老说我自己,就像我是一个人受了苦吗,现在'文革'过来很一阵了,人们也昭雪平反了,我也要昭雪,我是'文革'的余悸,怕人问我话,怕人找我,我那在地下人民防空洞里挨的一打很苦,我被他们强迫搬石头。我自己说的,我顶感谢张璞主任和海大爹。我还念怀我的祖母。"

过去的惨痛的时代的余悸凑合着针织厂的机器声,有些粗鲁和倔强的女工李风英便预备走了,但是她突然哭起来了。她想到刚离开的刀刃的可怕和过去的痛苦。她激动,头脑里有着报恩的观念,想对张璞和海国乔跪下叩头,想三鞠躬,想说过些时做菜给张璞海国乔吃,但是却没有动也没有说话。她的哭声控制了又哽咽了起来,她继续想起过去的可怕的时代。

"你好,你好,你不哭。"张璞说,忽然有些伤心,涌上了一点眼泪,她对海国乔遮拦她的眼泪,她走上前去,张开她的手臂轻轻地抱了一抱李风英。在春末的温柔的风里,她也想起旧年的创伤,她的远在上海的丈夫曾经挨打,而他们还失去了一个儿子。海国乔看见张璞流泪了,看见她啜吸着而用手帕拧着,便大声地叹息。海学涛踱着步走了开去。

"今天举办托儿所了,这是很小的感情,不值得一哂,大海里有蚌壳,蚌壳里存珍珠而大海澎湃着,"张璞说,想念着她的死去了的大学生的聪明的儿子,"我们要奋斗和征服丧失度我们的时光完成我们的事业的。"

张璞轻轻地搂抱了一下李风英。

举办托儿所——这是简单的事情。但是海国乔想到,今日他碰见梅风珍哭了,而从来很少哭的张璞也哭了。

老头子海国乔还知道,女工李风英的祖母几十年前是死在野鸭洼的。"缝穷",替人缝补衣裳的李风英的祖母维护一年青的姑娘,这姑娘要被地痞卖入妓院,李风英的祖母在格斗中拼杀了一个女恶霸,被流氓绑着推入池沼淹死,高呼着:"劳力者生命的价值。"那黄昏,声音响得很远,还有一场大的暴风雷雨。李凤英的祖母的故事便流传开来了,而且后来列入儿歌了……现在,倔强、沉痛的李凤英被提拔为针织厂的领班了。

老头子海国乔叹息着。

"生命的价值。劳动者劳力者生命的价值。"老头子说。

"是的,海大爹,是呀,你说得挺好啦。"女工李凤英说,"你挺对了,你说的顶对了,海大爹。"

"你海大爹说的顶对了。"又出来倒脏土的女工小组长王小兰说。

"野鸭洼的李家婶婶我思念,劳力者的生命永恒之价值,……大雨花之雷电闪闪,野鸭子飞去又飞来啦。"海国乔老头子念着儿歌。

"是说那时候是有很多野鸭子的。"小组长王小兰说。

"对啦,姑娘。"

"那时候死难的人真很多。"

"是啦,姑娘。"海老头子又说。

学校里飞出一个大的皮球来,接着,好几个少年的头和手臂出现在墙头上;有一个少年还挂在树上。居民委员会女主任张璞便捡起球来在手里颠了颠,摔回去了。

"这是两天内我替你们摔了——七回了。"她说。

这时候缝纫厂的杜宏英和吴伐走了过来。前纸厂的财务吴伐在怀念着他的在纸厂里当权的时代,说他有两次兼整理科,满街居民的各种车辆拖着纸盒纸边走着作为补助的生计,都是他发放的,说杜宏英们的困难时期是以前他相助的,向杜宏英借钱,同时打破教员何世光家的玻璃,——继续着"益虫害虫"的争论,他不承认他有什么错误。

吴伐的脸上有一种感伤的表情。

"他一早晨就吵架了。"杜宏英说。

吴伐的脸上又有着一种仇恨的、恶毒的表情。他的眼睛发着亮而这个恶毒的表情继续了很久。他想着他以前的吃喝,而仇恨着这周围的人们。他想在纸厂期间是很得意的,每月都对寻求补助生计的居民们呐叫,说"行"或"不行","准"或"不准",也时常来造访张璞主任,张璞也造访过他。他自觉得他是聪明的,差一点便当了厂长;他觉得他现在是被欺的,社会对他不公平。

张璞再看了吴伐一眼,心里腾起了敌意,还腾起了一股悲伤的感情,便是吴伐令她回忆起了"文化大革命"劫难中的事情,这吴伐是"文化大革命"劫难时的凶恶的"造反派",曾经将张璞的居民委员会的位置剥夺掉,令她当了挂面厂勤杂女工,而且对她进行斗争。吴伐的声音很洪亮的喊声她一直记得。"四人帮"倒掉了却没有倒掉吴伐,他继续在地方上横行了一阵。他还仇恨张璞参加揭发他的贪污。

"你临时工不愿干么?"张璞说。

"你就在家捣乱么?"海国乔说。

"那不是那样解释的。"吴伐说。

"怎样解释呢?"杜宏英说。

"我吴伐对地方上是有功劳的,我应得照顾费。"吴伐说,"不过我纸厂的时候的事不必提了,人老提过去的事没有意义不是?有些人官运亨通,有些人霸占着地方,……"

"你是说我霸占着地方?"海国乔说,他容易在这个问题上发怒,因为吴伐一直很狂妄,想要当街道委员,他说海国乔还是野鸭洼的党委书记是霸道的。

"依你看,我官运亨通。"张璞说,"而你是怀才不遇,你要告到区委去,告到吴璋他们那里去?"

"你的纸厂的贪污案是冤枉案,是我们陷谋的?"海国乔说。

吴伐便含着一点冷笑。张璞便拿两只手握拳重叠起来做一个吹法螺的姿势,吴伐便继续冷笑,也拿两手握着重叠起来也做了一下这个姿势。但随即他说,他不是僭妄,他有点冒昧了。他看着张璞,很快地再重复了这个姿势。

"我们这回比斗什么呢,"张璞说,"那回满街的居民拉纸厂的纸盒车轱辘转,又那回你做了漂亮的毛料子衣服来发我张璞的脾气,又那回你退回我张璞的七封介绍信,又那回你来挂面厂斥责我张璞。我这是个人恨么,也对,我和海大爹让你当临时工有欺你么?你为什么在院子里打破何教员的玻璃,而你吹嘘当年的威风,是值哂的?"

吴伐笑着,撑着头,不以为然。接着他掉头走了,但又站下来,呆看着,似乎在考虑着要不要反攻。他迅速地又做了一个吹法螺的动作。

因为吴伐的敌对和敢于做轻蔑的动作,因为吴伐大概以为她张璞要面子,敢于轻蔑她,而她的有时慷慨使吴伐认为是妇女的脆弱,因为整个的生活在进展而地方的落后引起的痛恨,好的人的确很好而有人在这激动的时代继续有丑恶,因为女工李凤英忆当年,因为春季的太阳温暖地照耀而富于弹力的似乎是报告着新的什么消息的季节风吹着;在她,张璞的鬓角和两颊上吹着,而附近不远的喧嚣的大街对面起重机轰响着,人们在建筑楼房,未来的大学分校舍,因为吴伐的眼睛里的仇恨的表情和她感觉到的新时代的律动的鲜明的对比,她激怒了。

"混蛋!"她说。

正在这时候,传来了居民委员会副主任梅凤珍的嘹亮的声音,她和中学生齐志博——他刚才到教员何世光家去缴车子,碰到了梅凤珍——一起,拿获了吴伐的偷窃。齐志博手里拿着一件前两天何世光丢失的衬衫和杜翔实丢失的一件上衣。他们从教员何世光家出来,齐志博在吴伐的床上看见了何世光的衣裳;风把吴伐的门吹开了。

"你说说看。"梅凤珍说。

吴伐脸孔发红,着急了,可是脸蛋仍旧有恶毒的、和居民委员会主任张璞敌对的表情。他辩论说,他是弄错了,以为是自己的……他是有病,头脑纷乱,……他坚决不承认他是偷窃。他很悔恨他内心里面有着前当纸厂财务的骄傲,在他的心里有一种错觉,以为人家抓不着他——所以把偷到的物件乱摔,而没有锁门。他以为人们不敢怀疑他的。但同时他正也因为这种骄傲,而凶狠地抵赖着。

"未必我不是可以寻错么,不可以我自己买同样的么？你们欺我,使我痛心极了,我难道到是偷东西的人么？"

"前纸厂那时期有你傲的,'文革'那时候你给别人戴帽子有你傲的,这现在没你的了。"梅风珍说。

张璞愤恨地站着。她曾估计过一次,这错误分子在一定的教育下会不往犯罪发展,可是他发展了。这个前纸厂的财务,在被纸厂开除后,有几天似乎也还好的样子。

吴伐站着,心痛着,他想到,他以前是平康的、也善良的人家；他现在遭到祸事了。在儿童时他是生活很好的,可惜他被欢喜喝酒的父亲娇惯了。他长大了有一些专横,也欺侮学校里的同学们。但曾经是很正派的。也有用功的日子,有些本领。他在痛苦中又想着使他心里安慰的,便是他在小学里便欺同学了。他很恶,他便假设他一直很坏,而人生是很坏的,他在小学时便偷东西,虽然那时他并未偷,这样假设使他获得一点安慰,使他义无反顾；但他仍旧心里有一种痛苦在闪灼,他在一定的年轻的时候是有一些善良的。他曾欺侮同学被体育教员罚站,但又很快将他解除了,他讽刺地想,假设那时候那忠厚的体育教员或别的教员多处罚他一下,也许要好些。他的父亲曾责难他专横欺侮弟弟,罚他不吃饭,但过不了一两天又解除了,反而增添他以鸡蛋,他讽刺地想,假若那时候不增添他鸡蛋就好了。骄傲的,有过华美和威风的日子的吴伐的偷窃现在暴露在太阳下了。他凶恶但带着心痛地站着。他讽刺也有些哀伤地想,张璞和梅风珍海国乔要多骂他几句便好了。但他又是轻蔑这些的。……

"这要请你到派出所去走一趟了。"张璞说,然后她对热心公共事情的中学生齐志博说,"你去一趟派出所,把他送去吧。"

学生齐志博很高兴这个使命,他显然是准备着。张璞刚一说完,他便对张璞深深地鞠了一个躬,领这个使命,表示司法的尊严。他痛恨吴伐在当纸厂检验科的时候曾在纸厂门口向两个老太婆居民的身上捶打,因为她们拖的铁轱辘小车推纸盒子走得太慢。

同样痛恨几年来干扰着他的中学生齐志博的吴伐也鞠躬,表示害怕,但表示骄傲的成分更多些,他向张璞鞠了一个躬,便转向学生齐志博。

"您免了。"齐志博说。

吴伐便又向海国乔老头也鞠躬,他的内心里说:"拜地头蛇。"他又向梅风珍鞠躬,他在内心里面说:"人生堕落了。"

学生齐志博脸上有着讽刺的愉快的表情,看着吴伐,说:"走吧,造反派!走!"

他在走的时候对张璞说,他一会来参加开会。学生齐志博崇敬张璞,崇敬她读过大学,而且用功,很有学问。

"这学生不错!"针织厂的收发老头子评论说,"他喜欢问你张主任什么劳动者的劳动,劳动者与劳动资本的……怎样做法的?也喜欢和你海大爹谈这个。"

学生齐志博听见了,回过头来笑着。

"资本主义的积累原始积累是剥削,社会主义的积累是劳动者的劳动……劳动供给自身……按劳计酬,这是前纸厂吴伐财务最反对的。"齐志博说,他往前走着,风把他的声音刮了过来。

齐志博和吴伐走远了,张璞有些激动,他想到他的在"文化大革命"时候牺牲了的儿子。她还想到她的在上海工作的丈夫,有些笨,不会料理自己的生活。齐志博的谈论劳动与资本使她也想到她的少年时;她虽然还不老,却也有年龄的感觉了。年轻的时候谈马克思,看见柳树有细密的感情,现在却变粗了。她看看她旁边的海国乔,七十几岁的海老头似乎倒并没有年龄的感觉,柳树在春风里摇荡,居民委员会女主任这时心里有两种感情,一种是托儿所快开办,这托儿所的感情颇使她叹口气,它被上级区委副书记吴璋拖了这么久答应了,又说拨款延期,几个钱老发不下来。一种是刚才吴伐的偷窃所引起的感慨,在这些年,居民们奋斗着医治"四人帮"留下的创伤和弥补贫穷,街道上的小铁轱辘的车辆和幼儿车震动着，居民们，妇女和小孩们拉着火柴盒和纸盒，辛苦地在倾斜的纸厂前的胡同里拖着小轱辘车载着的笨重的、体积庞大的纸盒纸边的堆积；各家在拥挤的屋子里的折纸盒、糊火柴盒，和做从居民委员会领到的出口的刺绣，很使张璞激动。这些也弥满着她的生活。她庆幸这一定的困苦与穷困渐渐过去了。她凝望了一下在这两年间曾是显要的人物的吴伐的背影，她想，时代渐好起来而人们还是有堕落，她想，这是一个奋斗的时代，她应该更好地贡献自己的力量。因学生齐志博的谈劳动和吴伐的盗窃所引起的感想下面，她的顽强的心脏搏动着，她带着平静的这一时期的愉快，觉得自己有能力，而且年龄还不错，手中握有力量，可以干一些事业，——来继续那满街的人们，老人和儿童们拖着纸盒车走的时期开辟的居民们的稳定的生活，而且增涨生活里的快乐。于是她轻轻地叹一口气。

海国乔的儿子海学涛坐在墙根下的太阳下面，在小笔记本上写着什么，然后又笑着涂掉了，又写着。

"在做诗呀。"张璞说。

"没有。"海学涛说。

"恒定的、进取的精神，勤奋的建设时代开始了，我们要保持着不断的勤奋。"张璞想，走近海学涛，不客气地拿起他的本子来看，读着上面的字："鸟在柳树之间一忽儿休憩一忽儿唱歌，那针织厂的机器又一日震响，……"接着她说，"好，做得好的诗！"陷进一种沉思里面，觉得这诗果然做得好，而喜欢着这满头浓发的年轻人海学涛了。

接着她便散着步，继续思索着，她想："我要争取我的工作的新成就，不少的灰色水和冷水，我要克服它，排除困难，希望常在，青春常在。"她想着她习惯的常在内心说着的语言。"一忽儿飞翔一忽儿歌唱。……"她说。

老头子海国乔高兴张璞给他的蚌壳，他的手在衣袋里抚弄着蚌壳，他大步地跨着散着步，在心里说着："永恒的信心。"正如张璞内心里面有着她的语言一样，他在内心有着他的语言。现在是等待着区政府将盖托儿所的砖头运来等待着开会了。

几家的儿童在广场上跑着,居民们有抱了儿童来的,准备开会了。海学涛站了站了起来,用口袋里拿出来的皮尺量着地面,在小本子上记录着。柳树的空隙间的阳光落在他身上。小学校里学生们又打出了一次大的皮球,女主任有些笨拙地给掷过墙去,而且说,"这是第八次了。"柳树空隙间的阳光和树叶的影子在她的身上闪耀着。

瓦匠陆杰成喧嚷着来了,他用很高的声音对海国乔说:"永远的信心。"

"永远的信心。"海老头子说。

"信心。"张璞说,大声叹息着,"野鸭洼又一单位了,托儿所,不止是小班,连大班的,两层楼的,排除困难,青春常在。"

这时骑着自行车来了头发有些苍白的区委副书记吴璋。

吴璋是来参加会的。她说会还没有开,他到早了,便又骑上车子说预备到大街建筑工地去一趟,但又停下了。他显得有些犹豫不决。他便对张璞说:

"托儿所是批准了大班较大龄儿童在内的。"

"这是这样。"海国乔插进来说。

"不是说是这样,而是区委是批准了的。不是没批准吧?"

"你吴副书记记忆力真坏,是这样的,你怎么连这也记不得呢?"

"我不是记不得,而是我不放心,这件事情,我先有矛盾,后是我争取的,我怎样记不得呢?我不再在这一点上噜苏了,向你们说明,更正我在这里留下的不好印象。下达的通知不错吧。唉,我也是变得官僚主义噜噜苏苏不干脆了,如同你张璞说的。"

"你把我们托儿所拖了这么久了,你又提到你的动摇,我真有点怕你,吴璋副书记。"

"真也是很抱歉,我是为了更完全,而且我也事忙。你不要听谣言,不扣经费了。"

"那你是又想到扣经费了,你这人,什么地方缝纫厂自筹了……"走了过来的,容易焦灼的梅风珍说。

"不扣了。但是,玩具器械,是不是可以少一点呢?"果然如梅风珍所预料,吴璋说,但是他随即又说:"不少了,一点也不少了,我争取了,刚才说的是我心里想的,不适合的。"

"那你怎么心里想的呢?"梅风珍嚷着说。

"我说不适合的。"吴璋说,便有些脸红,伸了一下舌头。他随即又陷入一种思索里,他心思不安定,在想着他的关于考古和甲壳文的著作。他还想做一本关于地方上的商业与经济学的,所以他,这以前年代学运中的领头的学生是心思不安的。他觉得他在和老年的年龄竞赛了,他要战胜它,继续青年时代的志愿,可是他却陷入琐碎,使张璞的托儿所的建立受到不安定的袭击。

他站着扶着他的车子呆想了一下。

"我很对不起。"他有些脸红,说,"我保证这托儿所的建立不生任何麻烦了。"

他又有些沉痛似的沉默了一下。

"我很不愉快我的思想里的矛盾和考虑得不周到。我真是这样的,决不再犹豫了。"

"不信你的,"梅风珍说,"你写个字据来。"

吴璋便笑,但接着便取出笔来,写了一个字据:关于托儿所,一切全决定了,连保姆的数目在内,决不更变。

"我很伤怀我使你们麻烦和产生怀疑。"他带着一种沉痛说,叹了一口气。他说他不参加开会了,扶着车子走了,但他又站下来,看看周围,又叹了一口气,善良地望着张璞梅风珍笑了笑。他想起当年学生运动的年代。他今天本想来参加开会,也说这些的,但又临时改变了。……他又骑上车子走了。

"永远的信心。"海国乔老头子笑着说。

"这吴副书记也是欢喜说永远的信心。"梅风珍说。

"信心。"张璞说,思索着什么,"排除困难,……排除。"她半自言自语半对海国乔说,"青春常在。"

开来了区政府的汽车,运来了红色的砖头,这对张璞们是亲切的事物;区政府的汽车在街道转角的地方激烈地震响着。

吴璋副书记又骑着车转来了。

"我决定了,"他有些脸红,说,"我决定在你们这里参加会。"他说,人们带着一点好奇观察到,他有一些纷乱。他这时候是想到他假如不参加便使下属街道委员会印象不好和不郑重。他又想到,旧的年代,他在这一代奋斗过。在纷乱中他想,他也头发白了。

三

春末,泥泞的野鸭洼覆盖在雨中。小学和针织厂后面池塘边的柳树,枣树和几棵古的大松树滴着水。老头子海国乔到池塘边来观察区政府养在池塘里的鱼。地方党委书记老头子受区政府委托饲养这些鱼,因为其他人不愿干。

这是乡土,老头子关于野鸭洼有很多的记忆。旧时候人们辛酸、穷困、患难,流着血泪。他曾在这里和恶霸相打,援助一个卖花生瓜子的孤独的姑娘,人们要把这姑娘绑架往妓院。海国乔的奋斗和针织厂李凤英的祖母有相仿的情形。其中有一回的相打他和他的朋友曾落在池沼的水中。……这是很多年的回忆了,老头子的生命很倔强。野鸭洼有走到绝路的穷苦者沉默地投水,有被卖到妓院的乡村姑娘投水,高呼:"来生投胎!"有一个老头子投水,海国乔曾经跳入水中将他救起来。……这些在海国乔的记忆里时常翻腾起来。"四人帮"的时候常翻腾起来,解放后的欢欣之后,"四人帮"将人打落水里,公园复辟旧的时代。许多事情是令人战栗的。

老头子海国乔坐在柳树下,披着雨布,呆看着柳树滴水,看着池塘中的背脊露到水面的已经渐长大的鱼,将提来的一些鱼虫食物撒到池里去。许多故去的、远去的人们的面庞闪过他的心里。被绑架的姑娘的哭号,送葬的行列、特务和流氓地痞的行凶,以及正直的人,穷苦的、患难的人们;他还想到他的坐牢,和张璞等的做地下工作的青年时。老头子善良和仁慈,他同情许多针织厂的辛苦的女工们。现在他呆看着不远的池塘边上,他们院子的秦淑英,针织厂衬衫厂的女工,在和她的对象,电力厂的青年工人钱勤,坐在雨中的石头上,撑着雨伞谈着话。老头子海国乔爱看到这,爱看到年青人的正派,和他们的欢乐、幸福。他远远地、静静地看着他们。

老头子听见秦淑英的声音说,过几天再到电力厂去看她的对象青年电力工人及其朋友们,说话的声音很温和,站起来预备走了,可是却没有走。于是两人又谈论着。秦淑英绞着手中的手帕又坐下去了,钻在电力工人钱勤扛着的雨伞下面,接着又站起来了,说着话和挥着手。"不用烦恼,这些都是没有问题的,"回答钱勤的要她对他好,时常回他的信的问题,她说。海国乔便高兴两人是通一些信和有深刻的感情的。秦淑英又说:"我的世界观是凡事都说坦白清楚。"又坐到雨伞下去了。钱勤在她站起来的时候又站起来一下;两人站在雨伞下一阵,又坐下去了,这一次秦淑英又将她的潮湿的手帕垫在石头上。海国乔老头子便替他们嗅到春雨中的潮湿的草的新鲜的气味,他身边也是有着这种气味,但他还感觉到这潮湿的草的颤动,这春雨中的少年工人男女的心脏的诚恳的、忠实的和欢欣的跳动。"我说,"秦淑英说,"我的世界观最恨欺侮人,现在'四人帮'倒了很一阵了,你在'四人帮'时被关了几个月,你是很不错,何以他们一些人到现在也还没有揭发一些人的'四人帮'时跟着去的错误呢,而且应给你的待遇的钱还没有给你呢,……再说,"秦淑英又说,"我们恋爱是平凡的恋爱,可是我有时候也有理想辉照,这是和你一样。"秦淑英说。老头子听着觉得,前面的话也是她需要说的,可是重要的却是后面的话,他因高兴年轻人说到"理想的辉照"而心中有感情的战栗——特别因为秦淑英是似乎有些笨的、平常不大爱说话的姑娘。他觉得秦淑英说后面的话似乎有些唐突的腔调,他看她有些激动得脸红,但她继续大声说:"你也有理想的辉照,你挺聪明忠实,你说以后对我好,这点都说了,听我的见解,共同商量,管家中的事,帮助我学习……再就是,你有国家的思想我自然也是有,所以我很高兴。……"秦淑英说,接着便是较长的静默,老头子便继续欢欣地感觉到两个青年人中间的纯洁的恋情和赞美他们的开明大方。但秦淑英和钱勤这时都看见了海国乔在池塘边侧的树下,便脸红而且笑了。

"我偷听了你们的话了,哈,"老头子说,"顶好的。"

"你听了顶好。"秦淑英说,她和钱勤便向海国乔老头子问好。披着雨布的海老头子便离开了他站在旁边的那棵柳树,但是又站下了,往钱勤点点头。

"他是钱勤。"秦淑英说。

"认得。前两天还见到。"老头子笑着说。钱勤说住在他儿子的院子里。钱勤秦淑英的这恋爱,还是海国乔的媳妇介绍的。秦淑英当然是知道海国乔是认得钱勤的,但她这介绍,却有着她个人的特别的意义。钱勤也脸红了,因为下雨天站在雨伞下显得特别局促。

"你海大爹好。"钱勤继续殷勤地问好,他有些年纪,大声说着话。他是精悍的,会处事的年青人。"你老人家七十五了?"

"七十三。"老头说。

钱勤因说错而有些脸红,便又笑着,说:"我的父亲要是活着也有六十了,我是二十四,是我家最小的弟弟,却在家中是享受家庭温暖的。我母亲还在,跟我大哥,海大爹,你老人家健旺。"

"健旺。"海国乔因了钱勤有些赤诚说话而感动,高兴地说。

"我现在是六十七元一个月,我想明年我能升一级工级,我是愿意努力的,我觉得人生最重要的是忠厚,其次是努力勤学。"

"你说得挺对了,年青人。"海国乔说,他因面前的一对年青人将建立家庭而感动,而快活。

"我们要有理想的辉照,如同海大爹在你们的时代,从前你地下工作为党的事业而入狱……理想是辉照的。"会说话的,有感情的年青电力工人说。

老头子海国乔便往针织厂走去,望年青的人们笑笑走到里面去了。

女工秦淑英和钱勤继续说着话。她有些笨拙。老实、发胖、红润,有些胆小,但有时唐突。经过老头子海国乔的媳妇的介绍,便产生了野鸭洼池塘边的殷实的恋爱的散步了。秦淑英突然话多起来,也梳头仔细起来,还搽了几回香粉——这也真是平凡的恋爱了。和勤勉的钱勤在一起,秦淑英大方起来然而同时内心有很深的羞怯;她很含蓄但是同时说话直爽简单。她的思想是安全的家庭,在这"四人帮"之后的往新时代去的旧时代,她又果敢地倾向于奋斗。她的思想因四人黑帮而骚动,有些觉醒,而且深刻起来了。她到钱勤的厂里去过一趟了,和他的同事们握手,看他收拾电线;钱勤希望她和他的同事们都相识。钱勤所干的工作时常是外勤。太阳,风,雨。于是女工便增多了对这一点的注意。以前她就注意到高架上的电力工人在怎样工作,猜测他们的心理,她很尊敬他们,常说道:"高架爬梯子的人在电线杆上工作哩!"由于怎样的情形,她对这个十分友谊,现在她更注意他们,但认识钱勤后,便似乎有些觉得平凡了。她计算自己文化水平不高,能力比青年电力工人低些,所以有些苦恼,有时脸红。"我有错字别字。"她在散步中坦白地对钱勤说。她还欢喜谈积蓄,钱勤也谈到每月应存几个钱到银行里。他们散步在小学墙边的杂草里,踏过长得很长的艾草蒿草。"可是我们还要努力,我是说努力工作还有学习。"时常觉悟着应该努力的秦淑英有时不安地说,她对于散步在池塘边过去的二百多株柳树的地点觉得甜蜜的心情,她便有歉疚她还不够努力学习。在这时的生活里,"四人帮"的劫难过来之后,中国的都城和乡野里出现着努力向上的人们。

他们在小学校和针织厂后面的草地、蔓藤、野花里散步,垫着手帕或报纸坐下来谈着,也在池塘边坐下来。

"下起雨来了。"碰见海国乔的这一次散步于这池塘边,开始下雨的时候,钱勤说。

"下雨了。"女工说,"我来找把雨伞去。"

两人便在雨中安静地坐着,撑着一把伞。

"这有野山楂。"钱勤说。

"山楂顶好,我还喜欢山楂,"女工秦淑英说,"我上班还有一个钟点,我去再拿把伞来。"但她也终于没有去拿。

他们共同度着甜蜜的时光。有些敬仰电力外线工人的秦淑英便看看钱勤的宽阔的肩膀和他的有臂力的手臂;她的心里有着欢喜和战栗,而年青的电力工人则看看针织厂女工的红润的、忠厚的脸庞。他也尊敬她的踏动着机器的、制作衬衫的技能。春雨细雨在雨伞上响着,而野花蔓草发散着醉人的香味;在生活里的别的时候,他们便会不这样地觉得这些香味,植物的浓郁的气息。他们也觉得池塘很美的,雨浮到水面上来,在细雨中,有一只较大的鱼蹦跳起来。秦淑英还发现了野花有好几种颜色,也有紫色和红色的,它们在细细的雨中颤栗着。

"我想我们再谈谈。"钱勤说。

"我还也许考虑一下。我的父母在乡间看了我们寄去的照片很高兴,你知道,所以也不再考虑一下。"秦淑英说。

"那你再说点你的见解吧。"

"我要说便是现在往前是有发展的。……我再说你用钱还有些浪费,不过这也许是我自己的狭隘。但我说这也不必要。"秦淑英说,看看身旁地下的野花,雨降落着在草上、池塘里水面上和雨伞上发出清晰的声音来。"我说,我们生息的时代要往现代化了,北京市要建设起来了,我觉得这时代,渔鼓前进的社会好像一个大的轮船要开船启航了,或者是像一列火车要离站了,"一种激烈的表情在她的脸上闪跃了一下。"假设我们落了后,我们便要很悲伤了。"

柔软的、有弹力的风吹着细雨吹着池塘里的水。柳树枝摇曳着,麻雀在上面跳动和啼叫着。可以看清楚风吹着的时候池塘里又浮起了一些鱼。小学校的院墙里雨中踢的足球飞出墙来了,便有几个少年的头部和肩膀出现在墙头上。钱勤替学生们把球踢回去了,雨中的球发出顽强的声音。

钱勤又回到雨伞下来。他又接过了雨伞拿着。

秦淑英的心中升起着热情,钱勤也看见她还是热情很高的有些激昂的姑娘,她的脸更红了,她在雨伞下激动地说着,她很愤恨坏人,愤恨"四人帮",她渴望着和赞美着生活里的好的事物。

浑厚的、日常有些沉滞的姑娘在微雨中激动着,升起了她的内心的气势。

她又说,她觉得这时代还像一面大鼓,一只大的喇叭,一口大的钟,极响地敲着,奏着,震荡着,报告着启程;还像大的江河、高山,光明的太阳,大海,一览无涯的平原,人们在出发着了……。

"人们在攀登高峰。"看着她的激动的钱勤替她补充说。

雨又下大起来了,野鸭洼整个覆盖在雨中。

"有的人举着火光走在前面,那些党员,那些先进者,有的人落后了,"衣服被雨浇得有些潮湿的秦淑英姑娘说,雨在雨伞上很响,她便又向钱勤靠紧一些。她的声音很高亢。"譬如我每看见海国乔大爹便想到这些,他是行走在前面的,高举着火炬。我说你我也应该举着火炬。现在北京市和全国工业化要建设起来了,我觉得许多这样的人,举着火炬……所以我说我们这韶光华茂的青春有一面大鼓敲着,喇叭奏着……"

"我也说,"钱勤说。"你说的这些正是极对顶对的。我也说。"

"现在好的人很好,但还有许多坏人很坏,像张璞说,我们是要奋斗的……"秦淑英说,雨大起来,她和钱勤便都站起来了,雨伞流着水,但热情又使他们坐了下来。"我还想到我们一个妇女走的路,新时代好些了……"热情的秦淑英说,脸红,眼睛闪跃着;她的胸膛里,因为展望往前去的时代而热血沸腾着。大雨中的日常沉默的女工的激昂造成了奇特的印象。

海国乔进到针织厂里,钱勤和秦淑英继续说着话……海国乔的媳妇曹株花从针织厂旁边打着雨伞过来,叫喊着:"你们两个,要聊到什么时候呀。"她叫着又撑着伞停下来,甜蜜地笑着凝望着他们,欣赏着她所介绍的这一对伴侣。她高兴这生活里的成功,显出青年妇女的豪放,快乐,将雨伞在手里颤了一下,一只手叉着腰。海国乔老头子笑着从针织厂跟在她的后面。

由于曹株花的大声喊叫,由于曹株花的豪放和快乐,由于春雨,由于两个人表达了自身的感情和梦幻,由于觉得自身和自身的社会坚强,秦淑英和钱勤两人脸红着,幸福而有些窘迫地笑着。

"大嫂,谢谢你帮助我们呀。"钱勤说,他又说,"海大爹你好,"并且扬起手来,他心里涌起了刚才和海国乔谈话的热烈,他便说,"我们谈着这时代,这北京的建设像一只快启航的大船,赶不上便要落后了,人要有理想的辉照;我们谈生活要好起来。"年青的电力工人殷勤地说。"你说得对,"海国乔说。"你是有能力的,快当先进工作者了吧,听她秦淑英说,你是很厚实的。"

"我们生于这乡土,这祖国,这春天的雨声沥沥,野鸭洼池塘鱼儿活跳柳树蒙蒙,令我们想到这社会的可贵,而一个人便更要理想辉煌,宝贵他的青年时。"

"顶对了,"曹株花元气充沛地说,"我也是这么说的,我十分高兴你这么说。"

"我有许多的思想,"钱勤说,"我和大嫂与海学涛大哥同院子,我个人常得很多帮助,平常也有语言钝拙,是很感谢那回病了呕吐大嫂给烧开水买药,是雨天在外线中了风寒了,……"

"嗬,你还帮助我们劈柴呢,快别提这些吧。"曹株花继续元气充沛地说,"我来到这里撑把伞站着看着这下着的雨,便也想到你们俩的相识和互相热诚使我很乐意。也是这般的春天的雨,旧时代是很有凄苦的,就说是'四人帮'的时代吧,那回下着雨,我撑把伞呆着站一阵,心里没有着落。"

"那是这般的。"海国乔老头说。

"我从纸盒厂到针织厂来,针织厂以前做过几天,现在小孩也大了,家又松些,我到针织厂来做半天,今天刚刚来,听说你们在后面,……海学涛跟他爸也都同意我来,可是思想里还有着矛盾;我就做吧,不是为了钱,而是也参加四化的建设。"曹株花,便走了几步,弯下腰来,摘了两朵淡紫色的野牵牛花拿在手里,用手指头旋转着,便也插在胸前的衣袋里。她显然是高兴这件事情成功了,离开了做零碎工的纸盒厂,又当成了地方工厂的女工,而这事是经过一定的忧愁的,还和海学涛拌了一次嘴,海学涛说他要学习,时间不够,她便疑心他不让她来,甚至纸盒厂也不让她干。她也想不来,因为当家庭妇女有一定的堕性,她的内心是经过了一些斗争,她觉得当家庭妇女她有些懒散了。她应该有自己的生活。

"那么你大嫂今日是来上班了。"钱勤说,"也正是,我们也谈到,这社会在猛进了,虽然错误人错误事,不好的人事也还有不少。"

"别呆子一样的站在雨里谈了。"曹株花说。

披着雨布的海国乔老头笑着。

针织厂响起了铃声,女工们休息了,有几个从后门涌了出来,有几个站在门内,她们招呼曹株花,又对立面喊叫着曹株花来了。

因为活力强旺而著名的曹株花便活泼地挤进了针织厂的后门。"辞别一年多了,以前当过小组长的。"

"好凶哟。"一个女工说,看着往门里挤的曹株花的结实的身体。

"以前管过你们的,这回来不用当徒弟了。"

"那你当然是的,很有油辣子。"一个女工说。

"不在家里当油辣子了。"

"来盖高楼房的,来当喜雀的,来种向日葵高粱个子高的,来吃白萝卜的,"活跃的曹株花说,便和厂长老太婆打招呼,和小组长王小兰互相拍一下肩膀;她有些害羞,但看不出来,便很豪放地坐下来踩动机器了。

"还带了两朵喇叭牵牛花。"有点白发的老太婆厂长说。

"对啦。"

"来挤我们饭碗的。"王小兰说。

"对啦。"曹株花有点轻微的脸红,说,她又站起来,将凳子摆正些,又试了一试桌子是否摇晃,便做起工来了。她很快地织了一长条,站起来拿给老太婆厂长看,又给王小兰看,两人笑着议论着,她也笑着。

"我又来做工啦,哈哈哈,我又来做工啦!"乐天而元气充足的曹株花说,转动着她的结实得有些发胖的身体,又搬动了一下凳子。

"我生于新中国以前一点时间,我在咬牙切齿中经过了'文化大革命',我幼小的时候便爱好做工,我是针织厂创建的时候入的工厂,我又来做工啦!"

"那里来那些扯的。"跟着进来的海国乔老头子有些害羞地说。

这时候女工们在跟钱勤说着话,欢喜着社会的热诚的钱勤经秦淑英的介绍和女工们握手,女工们问他们什么时候结婚和照着这时代的风习说着请吃糖。快乐的、有点红着脸的秦淑英和钱勤进到针织厂里面来,愉快地看着外面的雨仍旧很大。秦淑英介绍她的电力工人给她的厂长,厂长老太婆便高兴地盯着这个青年。

"我们厂很小,很微小,"老太婆,有些白发的厂长何惠芳说,"请你多多指点,多多提意见,就是这些台针织机器。"

"也还可以了,不少了,一二百! 原料也衔接上。"从雨中进来,爱好社会和爱好交际,钱勤有精神地、热烈、殷勤地说。

"我们用的绸和布这半年衔接得很好。但是经验不足,也多半是家庭妇女,"何惠芳厂长说,显然她的这些话是经常说的;她因钱勤的热烈而有精神;她的眼睛很明亮,钱勤注意到她的谦卑里有一种刚强的表情。

"不用谦虚了。"旁边的海国乔插嘴说,"谦虚多了令人懊恼。"

"那不是这般说的,你党委书记不帮助我们。"

"帮助的,向区委副书记吴璋要经费,增原料。"海国乔说。

"我们厂但是经验仍然不足,"热心事业的老太婆何惠芳厂长说,她有烦恼,有些贪婪,希望扩充;她希望很多人都来帮助她。同时她也谦卑,觉得水平不高。"不但经验不足,而且设备也不够,我们还希望你们电厂,譬如有时候也有请到你钱勤同志修一修电闸机器的。"老太婆说,望望门外,显得快乐,似乎因为门外的雨声而有着感情的激动。

"那是。你们的厂很好,很不错,我觉得很不错。"钱勤热诚地、文雅地说。

"你过誉了,"厂长说。海国乔老头子便觉得一阵同情,他想这也许是老太婆厂长的厉害,使人觉得对她的同情;于是海国乔老头子便说,"厂是办得顶不错的,缺匮之点我们一定是想办法的。"

"是经验不够,都是家庭妇女。但是这两个月次品是减少了。"

"那是,顶好的,"钱勤说。

钱勤也很忙乱,因为他一面又要和秦淑英又介绍来的她的朋友女工们招呼,点头,握手。

"请多多指教,我们的厂,区政府也是很重视的。"老太婆厂长又说。

"那是,但是厂是顶好的,……我顶佩服……这厂能办得这样好。"钱勤说。

"你说好吗,可是却是够呛的。"老太婆厂长又说。

上班铃响一阵了,秦淑英也接班了,钱勤便从大门出去,厂长老太婆和秦淑英送钱勤到门口,雨仍然下着,秦淑英递伞给钱勤,他却固执地不要,在雨中淋着,摸着潮湿的头发。厂长老太婆有礼地鞠躬,对电力工人钱勤继续说着谦虚的话,而且确实有点羞涩。钱勤快乐,因穿过针织厂,认识了秦淑英的女友们和厂长而增多了快乐,但坚持不要雨伞,似乎是厂长何惠芳的谦虚使他有一种激昂,在雨中淋着走了。

雨止了，人们看见吴伐披着旧的制服走了过来，和他一起走着的是中学生齐志博。吴伐不愿干临时工推土，想当针织厂的收发货或杂务工，他是来找海国乔老头的，因为张璞说不行；他还套到一句话，圈套张璞说了一句要他找海国乔。海国乔说不能答应他，针织厂也没有需要，针织厂的老太婆厂长何惠芳也出来说，这是不能成立的。老太婆厂长高声说，就她个人而论，她对吴伐很不满意，堕落到偷东西，何惠芳厂长在雨后的流着水的街边上责难吴伐的声音很响，吴伐便做着尴尬、愤懑的、不以为然的表情，他看见针织厂的墙边下有着推货物的车辆，便走过去看看，说："为什么不能够呢？像这车子我推得动的，为什么要排斥我，不给我机会呢？"何惠芳厂长便发怒了。

"你不想想你的各种情形？我们针织厂养不起你！"何惠芳很恨吴伐，她也容易发怒，像她极其谦虚一样。"你的为人，你的各桩事，我们针织厂容纳不了你这老爷。我们这里虽是家庭妇女谋点生，也参加四化的。"

"那为什么呢？"吴伐说，便把墙边的车子推动起来，转了半个圈圈。嫉恶如仇的何惠芳老太婆便来干涉他了，而且她还异常地爱惜她的厂的车子。

"我能推呀。"吴伐说。

"齐志博，你帮我把车子放好，不让他动。"何惠芳说。海国乔便走过来把车子还原了，学生齐志博则走过来推了一下吴伐，齐志博很尊重何惠芳。他是路上碰到吴伐，吴伐责难他控告他，他和吴伐辩论着的。齐志博还注意到何惠芳厂长自己走过去把车子放好，仔细地用一根树枝挑下了车轮上的泥污，而且遗憾地看看被吴伐粗鲁得推动车而压出来的两条泥土的沟道。学生齐志博注意着何惠芳也爱惜针织厂门前的泥地。看看泥地又痛心地看着车轮上的污泥。她嫌吴伐粗鲁了，脸孔甚至有些发抖。齐志博便走过来帮助用树枝刮车轮上的泥，并用脚踏着，也用树枝刮着按着，将车轮压出的两条污泥的车辙填起来。

"你这是很恶的行径！你恶坏极了。"何惠芳厂长激怒地对吴伐叫着。

"只准别人动,我不能动!"吴伐说,"你这何厂长我看是有私人派别,斥排一个愿意改悔的人的。"

何惠芳厂长便大怒了。吴伐一直说私人派别。

但是吴伐也发怒了。他称何惠芳是"小脚老太婆"。他觉得伤心。

"我就动不得车子!我这些年这些车子有什么稀奇,哪一种车子没见过,新车子又怎样。我是一个畸零人了,和你何厂长争这个还有失身份……你小脚老太婆!"吴伐因想到他在纸厂时代的威风和富裕,曾经经手买过十辆车子而感伤和激怒了。他似乎爱车子。他在纸厂的时候不允许别人乱动簇新的、有弹力的车子。

发生着这雨后的由车子而引起的冲突。

"你说的是混账!你攻击何惠芳厂长!"学生齐志博说。

"你真是太无有道理,为什么何厂长是派别私人?"海国乔说。

"我是有资格的人!"吴伐说。

"你是狗屁!"齐志博说。"你攻讦了何厂长我们不得原谅你的。"

"你想作恶,你偷东西的,"海国乔说。"关了你一半天放出来的,你是监督成分!"

"你是不端的!"齐志博说。"而何厂长是地方上景仰的功劳人物。"

"我是一个畸零人了。"吴伐说,"我因为生活的关系犯了错误,我是偷东西的人?我不是的!我心中十分为难,居然我动了一下针织厂的这车子就那么骂我?她何厂长不是派别?她一个人把守着这针织厂,连一个杂务都不愿增加,一个人啃泥巴土,一个人自己推车子运原材料和衬衫,这样吝啬鬼有什么道理?难道针织厂不是地方上的事业?就欺侮我这畸零人?"

"你这是狗屎!你又骂人!"海国乔说。

"要你海大爹管闲事!"

"他是党委书记,"齐志博说。

何惠芳脸色苍白地笑着看着吴伐。这吴伐有点苍白,面孔战栗着,便落下泪来。他又说他是畸零人。他觉得他受欺了,而他从前豪奢,是娇贵的,抽的都是上等的香烟,新衬衫好些件,而现在"被迫"偷衬衫而被处分了。

"这没有哪个怕你!"海国乔说。

"不是这么解释的。我畸零人的梦幻,于这四化的年代!"于是他愤懑地笑着,说:"这车我不能推呀!"便又把车子推出来,往街中央走去了。齐志博阻拦他没有成功,他弯着腰,故意地摇摆着,他要在老太婆厂长面前致胜和骄傲,这里还有他的荣誉心的问题,他推着车子绕圈子。他推着转弯,但转弯过急,车子有些倾斜,车轮发生轧砾的声音。何惠芳厂长急急过来,在齐志博的帮助下将他推开,夺下了车子。确实的,这新的运原料和成品的车子,是何厂长宝爱的、她的物件,人们乱动她是十分痛心的,刚才的轧砾的声音是她十分心痛的。针织厂的旧的两辆车和一辆三轮车已经旧朽了。齐志博接过她抢回的车子,小心地推回到原来的地点了。这样便又有车辙和车轮上的污泥,何厂长便蹲下来弄污泥。她站起来,大声地对吴伐叫着:"你混账,混账。"于是又继续蹲下来弄污泥,而且叹息着说:"我的车啊,唉,我们针织厂的车啊。"学生齐志博和海国乔也蹲下来弄污泥。

"经过我的手的车子是很多的,我是很心伤的,我是……"吴伐说。于是这前纸厂的财务便又落泪了。他也有一点歉疚。人们的行为,何惠芳的爱惜车辆,似乎对他也产生了一种感动。畸零人想,他过去也还是有过纯真、善良的。

"我的车啊,这车,唉,我们穷的小厂的车啊!"何惠芳老太婆厂长弄着污泥自言自语地说。她又对海国乔说:"我们是私房车呢,宝贵车呢,家庭妇女的生计,而且是奔向四化的,奔向国民经济上涨的。"然后她又说:"我还要说刚才这吴伐转弯的时候猛拐歪了一下,唉,也是要加油……"于是热心的学生齐志博便到针织厂里面去找机器油。

吴伐呆站了一下。何惠芳的叹息,她的宝爱车辆对他发生了一点影响,他便走过来,说,他刚才拐弯车轮轧响也正是缺乏油的原故,他说,车子是结实的,哪里这么容易坏。他便也蹲下来找了一个石头片来刮污泥,但是人们已经刮完了。学生齐志博拿着机器油,还拿了两块布出来,擦着车子和车轮。

吴伐便抢布擦车轮。齐志博便也给了他。

"我们社会是劳动者得食,按劳计酬的。"学生说,继续着一路来到时的辩论。

但吴伐不作声。他这次并没有重复路上说的"社会主义应该增加照顾"。他沉闷地擦着车轮。

"你帮我向何厂长说请我当个杂务工好不好?"终于吴伐对学生说。注意到何惠芳在听着,他便向何惠芳说:

"能有个杂务的名额吗?"

何惠芳说:"没有。"

"请让我也尝到一点四化的社会的温暖好不好?"吴伐似乎带着一种诚恳说。

"你不是干着临时工吗?"海国乔说。

"我想央求你海大爹何厂长。"

"没有。"何惠芳冰冷地说,但在这么说之前,她的脸上也似乎闪过了一丝温和的表情。

齐志博和海国乔在锯着针织厂附近坡上的人家门前的一棵老朽的、长虫的枯的老树。中学生齐志博参加街道上的工作积极,他热爱他的家乡和积极的、前进的时代,今天他轮休不上课。他在锯树的时候对海国乔说,他的志趣是振兴祖国,他的母亲是顶慈悲的,他顶爱他的母亲,他的父亲在建设局工作,也很贤明,而他的姐姐齐志美原来在红医站工作,现在调到区医院当护士长去了。姐姐是他这中学初中毕业考了护士学校的,如同海国乔知道,是很活跃的姑娘,会唱歌跳舞,护士学校毕业考第二,也是他的光荣……老头子海国乔很高兴听齐志博说话,从"先有鸡还是先有蛋"一直说到植物,哪些树会长虫;从海燕,老鹰的翅膀一直说到企鹅,从长毛兔一直说到鸽子。齐志博有不少的兴趣,他爱好知识。但他有时脾气不好,脸色苍白,爱和错误的同学和错误的人激辩吵架。他爱听海国乔讲他的历史,怎样那年代曾和张璞梅风珍一起做地下工作。海国乔慈祥、温和地谈着,中学生还记笔记。海国乔和齐志博谈到老年的达观。老头子回答学生的问话,他说他年老了并不痛苦,生平有所作为,而况到了新的时代。他说他是北京人,但也喜欢乡下,解放前他曾在乡下买过百来多株树,最近他把树捐献一部分给当地的村政府了,他曾去到乡下,人们对他鼓了一回掌。他生活的钱够了,晚年很平安。正在锯着树木谈着这些话的时候,扫地工刘勉和罗进民来了,同来的有一个剃了光头刚留头发的、瘦高个子的青年。罗进民对海国乔说,这叫做陈平的青年来报到当扫地工了,街道委员会主任录取了他,而没有录取吴伐。这陈平原是从监牢里平反出来的,大学未毕业,在"四人帮"手里坐了牢,但现在区政府不能有更好的办法安置他,便暂且让他当扫地工,他也愿干。他是一个忧愁的、不爱说话的青年。海国乔站起来,对他介绍着他们当扫地工工作的各条胡同,他便看着点着头,而罗进民和刘勉便在一块石头上坐了下来,海国乔也坐下,陈平也坐下,而齐志博看着他们。

罗进民脸色忽然有些苍白,做出凶恶的架势,而刘勉也做出凶恶的表情……这使海国乔也有些意外和脸色苍白。

"咱们说清楚了。"罗进民说,用手在石头上捶着,"咱们的生计,不容人的。"

"这是这样的,"刘勉也说。

"这是怎么一回事呢?"海国乔说。

"你自然知道。"罗进民说,眼睛里闪着凶恶的光。

"你来参加了,咱们有话好说。你要多扫一两条胡同,而你的每月收入要咱们扣两成。"罗进民继续对陈平说。

"嗯,这样的。"刘勉说。

陈平呆看着他们,勉强地说:"是的。"

"不是的。"海国乔说,"你们怎么回事呢?"

"我们是造反派,就是这样的,世上事就是这样的,而分钱的分法,我要比你刘勉也多些。"

"那办不到。"刘勉说。

"办不到不行。"罗进民说,用拳头击着石块。

"那我也不能跟你客气的。"刘勉说,也用拳头击着石块。

"那你不让步不行的!"罗进民忽然大叫起来,揪住了刘勉的衣襟。

"那没有谁怕你的。"刘勉说,也揪住了罗进民的衣襟。

"你们这是干什么的? 放下!"海国乔大叫着说。

"照这样你干不干呢,我们是这样的一伙人?"罗进民对大学生陈平说,带着一点讽刺。

"也干。"陈平委屈地说,也露出他的奋斗的意志。

罗进民的嘴边便浮显了一个讽刺的微笑。

"当然你干。你监牢里出来的,没价值。可是我们是不是这样呢。"罗进民说。

"好了,停止了。"海国乔说。

吃惊的中学生齐志博也笑了。他开始看出来罗进民和刘勉是故意做出这样子来的。

"我们是表演表演旧时的把头……那便是这样的,"罗进民说,"我是在路上跟我们这伙计刘勉嘀咕好了来的,向你示个威——当然,兄弟,不是这样的了,不是旧年时。你平反了,你有未婚妻没有和你离异吧,守着你不容易。你这些年吃苦,我看我们即使扣你的钱你没有办法也干的。但是这没有了的。而且安顿你当扫地工,是不能算的。"

"那也没有关系。"

"对,那也没有关系。我听你这事情,我便说,吓,大学生,你苦了。"罗进民说,声音有点颤抖,一刹那充满着沉痛。眼睛似乎也有点潮湿了。

"我还以为你真耍流氓哩。"海国乔说。

"你的事情不落实,当扫地工,张璞帮你打听到这事不怪区里,不过我们区里有吴璋是个官僚。这是你大学时当了年把的干部你的原机关。"

"我明天就来上工了。"陈平说。

"欢迎你。我们是社会主义的扫地工,我们帮助你。哈,我刚才像吧?"他向海国乔说。

陈平便笑了笑预备走了。但齐志博拦住他问他住在哪里,他说他住在原机关分给他的一间旧房子,就在大街附近。他身体不强,显然因监牢很使他受折磨,这在齐志博心里也引起了一种尊敬。陈平便叹了一口气,算是他的人生的新段落了。他又看了看刚才使他吃惊的人们。

"你平反总拿到一点钱吧。你也心思放宽些——我们今后便一起了。"罗进民说,声音里有一种忧伤;他拿出烟来分散给人们。陈平也拿了一支,他便把空烟盒摔掉了。

"我们就像刚才那样你也干? 对,也干,希望你否极泰来。"

"刚才出丑了,那是不好的,"刘勉说,他很深地觉得抱歉,他原是不想跟着干这些的,他担心会产生一种不良的影响,所以他显出一种不安。他便再三地问陈平,他陈平会不会误会。

陈平说他不误会。

"我们每天五点钟出工,"刘勉热心地说,"你扫的地是左边三条胡同,有两个垃圾堆,有一片木料堆积是难扫的,我等下陪你去沿着胡同看一看。不困难,收钱的办法各家去收你是知道了,也不困难。"

"那好。"陈平说。

从刘勉的热心和忠厚产生了一种热情,罗进民便跟着刘勉伴着新来的扫地工去察看他的领域了。海国乔和齐志博也跟着去了。海国乔想跟陈平指点清楚垃圾堆的范围,对几家爱乱倒脏土的人家招呼一下。齐志博则是想结交大学生。

走着坎坷的路——为他自己所说——的知识分子陈平便到了他的新的生活里了。他紧张而有些害羞,沿路简单地回答罗进民等的问话,有些窘迫地笑着。他想他会渐渐地境遇好些。他有过近似绝望的感情,现在仍然很消沉,他从扫地工们得到了温暖,但是他仍然想,他以往性格过激了,也有些幼稚,他的前程在哪里呢。

忧郁的陈平带着这种思想和扫地工们一起走着。他不断地在内心里叹息:"我的前程在哪里呢?"

他跟着扫地工们穿过胡同。齐志博走在他的旁边。

海国乔领着陈平走进一家大院。

"各位乡亲,新来的扫地工陈平我介绍一下,明天扫这片地了,不要乱倒土。"

人们便出来招呼着。陈平便点头,忧郁地笑着。海国乔罗进民继续进了一些院落叫着,又在大杨树边的垃圾堆附近的人家门前叫着。各院子的人们都出来,友谊地或简单地看着有些文雅的、瘦而且高个子的大学生,客气地点着头,陈平便羞怯而忧郁地站着。

"欢迎您啊,你们扫地工都很好的,"一个院子里,一个老大婶说。

"后街有扫不干净,"一个老头子说,"罗进民你替我们扫干净啊。"

"那些垃圾是砖头缝里的,"罗进民说。"有的还浇水成死结巴了,一些人乱倒土。"

"扫干净,那对,对。"海国乔说。因为罗进民喜欢争吵,所以海国乔抢着说。他是组长。

"扫干净当然是,可是那些浇了水的乱倒的土结巴的,可不是那么简单。"

"你们这增添人了。"一个有些难讲话的老太婆说,"你这位听说是大学生来扫地,以前'文革'也有教员学生扫地的——你替我们扫干净啊!"

"那是的。"忧郁的陈平说。

海国乔等有事走了,中学生齐志博便受海国乔委托陪陈平去看这区域的各个胡同和几个垃圾堆。同情而景仰监牢里出来的陈平的齐志博便领陈平走过一排开着花的槐树,快乐而沉思地说:

"你在监狱里吃苦了。"

"还好。"陈平说。

"你是关了十多年?你今年快也三十几了,真是蹉跎岁月,我姐姐也蹉跎岁月,迟了一两年才当了护士长负责一阵红医站,我也蹉跎了一年的读书,你的未婚妻听说在等你,可是听说她又跟你吵架。到街道委员会来过一次,我碰见,挺会说话的,说有不赞成你的!又有说你们很好,不吵架。"

"我是个人有许多粗暴的言论的,有缺点。"因坐监牢而有些恐惧陈平谨慎地说。

"你原来学什么的?"中学生谨慎地问。

"学的不什么。是文科。"陈平忧郁地说。

"这转弯叫三家村。这条胡同是后院墙,居民往这边开门的少,这里的景物不错,很是静,槐花繁开,扫得顶干净的胡同是很好的。"齐志博很有兴味地说。"这里的住户有一个中学女教员,很热心公益,有一个老街务员也住在这里,在'四人帮'的时候游过街的。"他走进另一胡同又说:"这是几个大院,刘勉扫的,刘勉很仔细,那罗进民有时候闹脾气,不过是为人很好,我祝你一切顺利。再说这几个大院,可有几个难讲话的人,刘勉这人忍耐,谦让,所以对付得还好。这大院里有一个老太婆很好,是烈属,那院里也有三户五保户。这些条胡同,各有特征,你扫的那条三棵大松树的胡同有一家砖墙快塌了,也有军烈属,但军烈属也不优待,一样缴扫地费,以前好些,军烈属只缴五分,海老头在呼吁这改回为五分。你扫的胡同有管制分子,这边也有,也有些人落后,你将来收钱你便知道,收钱是几个扫地工各条胡同一起收的,不各收各的,所以你要熟悉各家的大院。这里的苹果树从院子伸出来,但这垃圾堆却是脏。"

"哦,是这样。"陈平说。

"岁月易逝,你监牢十几年,现在又来扫地,我向你致敬。我们年轻的后辈人要努力。那是一个管制分子,叫唐兼力,大概是到这里来闯门的。"齐志博指着说,随后他说,"到这院子看看吧,这院子好几个先进工作者和劳模。"

陈平忧郁地笑着。

"这院子里这老头叫程卫,他是先进工作者,机器厂的。程卫老伯你好。"齐志博说。"这是新来的扫地工,不扫这一片,但是收钱不分片,来熟悉熟悉,他叫陈平。"

"问好了。"程卫老头说,"您以前干什么的?"

"不干什么的。"陈平含糊地说,"干的机关干部。"

"看样子你是的。我这两天正在着急,我的外孙病了,女儿在食品厂,她很辛苦。"热心的老头向陈平说,显然陈平什么也没有听清楚,他觉得忧郁,在心里重复着说,"开始我的忧郁生活的又一段落了。"程卫又说:"我打电话又没有打通,所以我很着急。"

"你不要着急,儿童的病是容易好的,现在的医疗条件。"陈平说。

"那你说得对了。你这青年人很有见识。'文化大革命'我们损失了一些家财,倒也平安,我们年老了,容易着急。我说我急得什么似的你又要笑我了,但是我说你这年青人挺好。你真的说没有什么吗?不致于凶吧,是发烧有些高,还有肚子痛。"

老头子程卫又看着齐志博笑,在"四人帮"的创伤逐渐平复,余悸未去的时代,人们贪图着安定的生活,老头子程卫的焦急充分地表现了这些。

"肚子痛的小孩病,也有的难好的。"冷冷地看着人们的管制分子唐兼力说。

"那也并不是这么说的。"一个妇女说。

"我说也是的。"老头说。

"那不见得。"唐兼力说。院子里的唐兼力的亲戚,一个围着围裙在做菜的干瘦的女人,也跟着说:"肚子痛要说这春季是也有难好的。"

"那自然也是的,"程卫老头子说。

"可是也还是一医就好的。你们有些令人嫉嫌,你这唐兼力到这院子来。"一个活跃地晒着衣服的女人说。

"那不是那么说的。"

"怎么不是。"晒衣的女人说。

"那我们就是坑人的了,我们说这话……"

"我是说老程卫有时候着急。叫老头着急地跑进跑出,在房子里打转,有什么意义呢,他那机器工厂的构图纸也怕打扰,是吗?"

"哈,是这样的。自然孩子的痛会很快好的。"

"不见得。"那做菜的妇女恶声说。

"不见得,你们是诚心地伤人。"

"那哪个伤人啦。"

冲突的声音高起来了。做菜的妇女,唐兼力的亲戚,又向着陈平和齐志博喊叫着。

"这种学生姓齐的是常骂我们的,又介绍新来的扫地工,看样子就不行,瘦瘦的,没有什么筋力,文绉绉的,是个什么呀,扫地我看却不能行。来混我们的一家一角钱的。"

陈平便尴尬地笑着。

"那能这样说吗?"突然发怒的程卫说,红了脸。他有些羞耻,因为他的院子没有能很好地鼓舞新来的扫地工。他便大声地请陈平和齐志博到他屋子里坐,几乎是把他们拖进去,表现了他的作为社会的栋梁的这北京开始建设时期的他的热情。他说他的女人前年病逝了,他有一个儿子和一个女儿,他说他也当过街道委员,对于人们攻击新来的扫地工觉得很愤慨。

"我这两天在关心小孩的病,此外我就没有什么,我是画机器图纸的，"他便拿机器图纸出来给陈平和齐志博看，又拿出他的参考书，注释文，请陈平齐志博发表意见。他又忙着倒茶，而且先洗干净杯子，他同时还忙着将他的桌子和床铺收拾了一下。

"新来的好朋友，扫地工，黎明前，早晨新鲜空气里面的好朋友，也是地方上的亲热之情的往来，我程卫是极为拥护的。"老头子带着激昂的热心说。他的忙碌和殷勤，使人觉得他的内心的沸腾，和热切地爱着这经过浩劫和患难的时代。他又扫地。他再又阐释他的图纸。他说："我们经过了患难的时期，热心于共同克服创伤，包括心中的余悸，真是差一点儿死掉，我特别高兴和愉快，对于你这知识分子来当扫地工。我老头子看见你齐志博也很快乐。"

热烈于脱离了患难的新的建设的时代的程卫老头有点白发，可是身体顽健。他还对新来的扫地工和中学生摆出了糖果，而且是牛奶糖和巧克力。他又从篓子里拿出水果。他忙乱着。他的心里同情着齐志博介绍了一下的关了一些年监牢的陈平，看了看他，便挑起几颗糖过来塞给他。"患难朋友。"他说。"但我们是算块肉余生了。我虽然只损失三千元，可是我很怕。"他说，他便又拿出葡萄酒来，用茶杯倒给陈平，向陈平的曾关监牢表示慰问和他的敬意。他也喝了一点酒，而齐志博只用嘴唇碰了碰杯子。"我这里你可以随便来玩，以后你收清洁费这院子你们就找我好了。"

"谢谢你。"陈平说，同时看着墙上挂着的玻璃框里面的"先进工作者"奖状。陈平看着有些白发的、但头发梳得很整齐的老工人觉得一种温暖，他便觉得和海国乔等以及齐志博走这一圈有史的深刻的意义，他要成为一个扫地工了。

"我个人没有什么，是社会奔向四化，拨乱反正，党的领导好。"程卫热烈地说，"真不容易啊。"程卫说着又劝陈平再喝一点酒，同时他还找出花生米来。陈平爱喝酒，便喝得有些兴奋了，观察着主人的热诚，觉得他是生活得很快乐，他的整齐的房间是很灿烂的。主人的窗台上有很多的花，他的屋里还挂满着照片，陈平也注意到,有一张黑框的是他死去的妻子的。注意到陈平的观察,程卫便热烈地说,他以前是烧锅炉的,后来学了技术了。他又热心地慰问陈平的坐了监牢。

"四人帮是危害的,可是有些人也丑臭。"院子对面管制分子唐兼力的亲戚,做着菜又对小煤炉扇着火的瘦小的女人说。有人说:"你这不对。"她便又说:"我黄凤珍就记有些人丑臭。像这个新来的扫地工呀,是个教书的吧。"

程卫便走出来了。这些话很刺痛他。

"你为什么说不公正的话?有些人丑臭,那是不对的。"热烈、快乐的老头先进工作者提高他的嗓子温和地大声说,"现在四化了,我们也还提倡精神文明。"

"精神文明呀,我看那新来的扫地工是没什么道理的,来白拿钱的。"

喝了一点酒的陈平便出来了。

"你说是这样么?我叫陈平,坐了十几年监牢,我的心是凉的,但是我今天很高兴程卫老师傅同情我。我不丑臭,也不会白拿钱,但是让你这位一说我倒有点伤心,你很不公平。"

"你伤心,听说你是大学生呢,有个蛮娇贵的未婚妻呢;我们就说你,怎样呢?不怕你。"瘦小的凶恶的黄凤珍说,跑过院子冲到了陈平和程卫的前面。

管制分子唐兼力在院子里站着发出笑声。

"你这分明是错误不公平,"陈平面色苍白地激动地说,"我是说我不丑臭。你这倒打击了我的信心了。"

但是黄凤珍做着吵架的姿势,继续地喊叫着,她说有些人发十年劫难的财,叫别一些人倒显寒酸了。她又向程卫大叫着她不满意他这老头先进工作者。院子里的人们便走过来了,那个在晒衣服的结实的女人对着这黄凤珍大叫着,黄凤珍骂她,便也和黄凤珍吵架起来了。其他的人劝慰着。但黄凤珍继续攻击新来的扫地工,说坐牢十几年不见得有什么意思。

"我叫段桂英,"结实的、青年的妇女说,"你扫地工以后认得我好了,我们是乡土,本地人,我帮助你,我同情你十几年监牢。他们进攻你,我段桂英和程卫老头,我们这些人,"她盼顾,说,"同情你。"

"那我就十分的感谢了。"陈平说。

"但是你增加扫地工增加不增加收钱呢,你们地也扫不干净。"泼辣凶狠的黄凤珍说。"吃白食的!"

陈平便有些面色苍白了,面颊颤动着。他受了挫,想要不干了,但是他又看看程卫,这老工人等分明给了他鼓舞。但他仍然有些感情狭窄和痛苦,这攻击似乎比罗进民的假设还尖锐,他有点想不干了。

"你攻击我,我就也不想干了。人总是有脾气的,我自有别的事去干的。"

"那你不干了吓哪个?"

陈平便沉默着,精神很激昂。

"你记着,坐了监牢的大学生,"段桂英说,"我同情你。我也会和他们吵骂。"

陈平继续沉默着,他的心里是很复杂的感情,他觉得一些温暖也觉得这社会还有着坎坷。他便不觉地辛酸,流出了眼泪,他也不掩藏,拿出手帕来拧着。

"我不干了。"他说,"谢谢你们。齐志博,你转告海大爹,我不干了。"

"我们同情你,"段桂英说,"你不能就叫她黄凤珍伤了心了,我们这些人不是的。你到底是个知识分子,将来我想还有跟你改正的,我听说有这,你是坐监牢伤了心了。"

"你不要伤心,年轻人。"住在侧面屋子里的一个老太婆说。

"你不要伤心。"齐志博说。

"不伤心,再往前!"程卫老头说。"谁的生活里都有伤心的事,但是你要往前!"

"你还干吗?"热心的段桂英说。

"他可能也不爱干。"一个大婶同情地说。

陈平便停止了流泪,站着,沉思着。然后他便说:"干当然也还干的。"他又向齐志博说:"你不要向海大爹他们说我说不干吧,我还是扫地的。"他又有些痴呆地站着。他从监牢出来,觉得自己缺乏能力,自己的路不好走。他又觉得小孩般哭了很丑,坐监牢也没有哭,这里却伤心了,他觉得年华虚度了。但有一种温暖渐渐在他心里滋长着,他想,他还算有地方住,而且还遇到了一个不是很寒冷的,而是有着温暖的社会。

第二天陈平便上工了,开始扫地了,他用铲子猛力地铲着垃圾堆,觉得自己是还能干的,心中便有了一团热烈。他见到人们有些害羞,怕人们知道他昨日哭了。

他的未婚妻骑着一个自行车在垃圾堆旁大杨树边找到他了。她听说他哭了,所以很痛心。她家里比较有钱,而她是在小学里教书。

"你昨天怎么哭了呢,多么不好啊,叫人知道笑话你,但是你也不要伤心吧,我知道你心里受创重了,你身体也不好,我们慢慢地争取,你不是无能的,你会打字、会英语,字也写得很好,你的头脑也聪明,有丰富的逻辑思维,你陈平扫过那边一条胡同了吧,我探听那猪肺胡同的人们的口气,他们说你这知识分子第一天扫地很负责,而且你拾金不昧,是捡到五块钱,还给原失主了吧。……你哭,我理解你的心的,也是自然的,我不怪你……"激动的他的未婚妻孙美兰扶着自行车说。她瘦小,但活跃,美丽。苦恼的知识分子陈平低着头慢慢地又挥动着扫帚。他陪了一阵慢慢地说:"知道了。"

"我始终是等待着你的奋斗的。"孙美兰说。"你住监牢我算等了十几年。但那时也年轻。"

"我扫地也有我的骄傲。"陈平说,"我是昨日黄昏去买的这扫帚,高兴地扛回来的,过新生活了。"

陈平的未婚妻便走了。但过了一下,陈平扫到了胡同口,看见他的孙美兰在横街转角的地方和街道委员会副主任梅风珍谈话。孙美兰的激动的、活泼的声音说:

"他陈平昨日哭也不是知识分子拿不下面子,这年代您知道,并没有拿不下面子的人,他是监牢多年,有他的辛酸,叫落后的人口骂了……然而我说,他是很有些干事的能力,扫地也能行的。他哭我也并不怪他。他扫得还干净吧。有什么你们批评他。他过去相当骄傲。……好,请你多帮助、指导他,多多帮助和照顾。"

陈平停着扫帚躲在街角。他听见自行车的声音,他的未婚妻孙美兰走了。

"扫到这里啦,看这乱倒的垃圾。"梅风珍发现陈平,说。

"你看我这扫得怎样?"陈平说。

"不错,顶好啦……看不出来是第一回!"暗中很同情着知识分子的梅风珍说。

四

何世光教着李义物理学和数学,李义坚持了一些天;何世光和皇甫桂芳同时教着秦淑英作文,她却坚持得久些。李义怕功课苦难,而且事忙,就有些消极了。这一类的事□□□□□①坚持。李义好些天不上课,在院子里见到何世光的时候便有些羞怯。何世光是热心的,他大叫着让李义来上课和秦淑英缴作文,秦淑英每次都答应着,在屋子内匆匆地找着本子,而李义却又两三次回答说有事停止了。何世光便到他的屋子里面去看他,李义便说他想算了,不学了,他的年龄也大了,学不出什么。何世光觉得李义似乎冷淡他,便怀疑自身的教学方式,有些烦闷,李义便不满意自己的懒堕,又来上课了。

李义鼓勇着去上课,秦淑英也鼓勇着到皇甫桂芳那里学语文。何世光是容易激动的,他的教书有些严格,连说了几次李义不用功不行,他还不满意李义的潦草的习题,和所缴的白卷。后来何世光便显得不愿教了。李义有一日晚间在何世光的房间里

---

① 此处手稿残缺5字。

坐了一下,何世光冷淡地说不做习题不行,而且说:"你们这些人,不用功。"李义便出来了。这挫折使李义伤心。他看何世光的脸色是有冷淡的:教员何世光觉得李义不够尊重他,他曾说,要学他就不客气,要听他的话。李义知道,在学校里他何世光也是一个严格的教师,李义受挫折的这晚间,杜翔实突然跑到何世光的房里去问一题数学习题,而何世光已开始忙自己的事,讲解得也不积极。何世光后来抱歉,便跑到杜翔实的房里来补充讲解,很热烈地说着,使李义高兴的是,何世光也来到他房里,让他拿出书本来,便开始教着物理学。这变化使院子里笼罩着何世光的热情的声音。而回时,因院子里的振作而快乐的秦淑英便到皇甫桂芳那里去背书,她的声音也很高,声音飞扬到院落里。

但随后又有一些天的暗澹。何世光想很快地获得成绩,他还有一种自尊心,怕人们说他教得不好;他也有一点摆老师的架子。他对李义又说了一句:"你三心二意是学不好的。"于是李义又有几天没有来了,在院子里说,这两天事忙。他也确实又出去了。于是院子里便只剩下在恋爱的甜蜜中的秦淑英的高亢的读书声了。

但阴郁的情形忽然又过去。何世光想想自己这样不对,又热心地到李义的房里讲解物理学了,声音很高,李义在摆着很多物件的桌前坐着,而尊严的教员念了一段书之后便徘徊着讲解。这一晚上又很愉快,李义也高声地读物理学书很久。但何世光仍然多说了一句:"你要今天这样用功便行了,你不用功我便不教你。"使得听话的学生李义又受到了一些顿挫。

"你要求我们成绩好,你要求得太严格了,"李义第二天在院子里说。"你何教员要把我们当幼稚生才行,你把我们当大学生了。"何世光听见便笑了,但是笑容也似乎有些不热烈。这一晚上便又没有教书,教员在自己的屋里忙着,杜翔实想问一个数学习题也走到院子中央又走回来了。

何世光希望人们尊重他,他讲课的时候的严峻的脸色表明他的热切,人们没有照他的话做他便有些愤懑,同时他还有点疑心人们不十分看得起他:他有内心卑微的思想,这是这坎坷的年代的情形,他觉得他一事无成;他渴望工业化,工业化是开始着了,但他却不满。他想,假若他不道途坎坷,他已教大学了。他确实是有些水平的。他想他教大学生是可以的。这种情形使李义有困难,他怕何世光说他"两分钟的热度"。继续的某一次的教课里,何世光不满地说:"你不真心学。你热度只有一片刹。"李义回到屋里便伸伸舌头。他想不学了,但是他想本来各种事情都不会那样容易的,他应该坚持。于是第二天他和他的妻子杜宏英便买了菜请教员和院子里的人们吃饭。他下决心用功。他的头脑里整日闪过物理学方程式和数学代数几何习题。他也请来了海国乔和秦淑英。大家尊敬何世光老师,电车司机李义在吃饭时背了习题,老师说是对的,成绩很好,这样他便愿意教下去。"不两分钟热三分钟冷吧。"李义说。"那便最好。"何世光说。李义又说,他想请何世光以后讲课的时候……有时候慢一点。他并没有说出来他想说的:请何世光和气一些。何世光便点头答应,而在吃饭喝酒的时候,秦淑英对教员皇甫桂芳背了课文,大家都听脸有点红的秦淑英大声地背书。海国乔老头子在喝干了一杯酒之后也背书,他有一本大学语文。他的声音也很高亢,他是最关心院子里的学习的事情的了。他希望在北京市的起重机掘土机的声音中,院子里读书声不断。海国乔老头时常在院子里一个人念书,他还背着手在屋子里去背诵书,有时就到同院子的人们那里请他们拿着书他背书。老头子有鼓舞人的作风。他连卫生与健康的小报上的段落文章也背,有时还背体育报,他的勤奋的生活是热情而快乐的。教员何世光和皇甫桂芳过了两日也请大家吃饭,教员热情地说他也努力向大家学习,但他仍旧有着一种尊严的外表。第二天晚间,海国乔老头子去找教员了,他坐下来,说耽搁教员的时间了,他想说几句话。沉默了一阵海国乔说,他认为教员教书可以研究方法,李义这些人是还用功和真心的,但譬如他李义有时候有些怕。老头子说,他希望鼓舞多些。

何世光严肃地听着,好久不作声。

"我接受你海大爷的意见。"教员说:"我的所为的内心动机是想李义学好。物理学数学这些很重要,所以我又有些不赞成你的意见。"教员尊严地而且有些不满、愤怒地说。"我是怎样的情形呢,你知道,我是那渴望中国现代化的,现在四十几了,过去很仇恨祖国的落后,我又有点怀才不遇,坦白说了,因为你海大爷很能号召人,我是佩服你的积极的党员的、社会主义的态度的。我渴望中华振兴,然而我失望。我大学毕业了很痛苦,岁月也易逝,生活便像逝去的流水。……现在往现代化前进了,我便有快乐,我为什么不振作起来呢,可是个人失望,有时仍然不振作。我接受你的重要的意见,但是我认为,在教学上,严格一点也是必要的,我就是这样教学的,不严格不能成材的。"他又愤懑地说。

"对的。"海国乔有些窘迫地说,"但是,你是否严格得过多呢?"他这又说。何世光便说:"教书是要这样的。"老头子海国乔便显出一点顽强,说:"还是增多鼓舞好。"何世光说:"也只能那样。"老头便又说:"增多鼓舞好。"也就出来了。海国乔走到院子里便听见女医生白勤芬的房里秦淑英的背书声,海国乔因和教员的谈话内心有所激昂,他不满教员,但他也觉得十年坎坷,岁月也易逝。他听了一阵秦淑英的背书声,便仍然觉得一阵欢喜,到自己的屋子里拿了一本大学语文出来,翻出了一课,到白勤芬的屋子里去了。他也想他应该使院子振作。秦淑英正背完书预备走。海国乔便笑着向白勤芬点头了,说今日女教员皇甫桂芳不在家。

"好吧,你背,你海大爷。"白勤芬说。

老头便大声背书,手放在背后,有些身体摇摆,他背诵中间徘徊了两步,声音更大起来。他有一句错了,又忘了,笑了起来。女医生便也笑着提醒了他,他于是又背下去了。

"你不错,大学语文也能背,党委书记水平高。"白勤芬说,看看大学语文的书脊。

但是海国乔说,有许多句子他还解析不了。随即白勤芬便到海国乔的屋里来,她要求参观海国乔的整箱的纪念品和搜集的物件。老头子还欢喜集邮,问白勤芬要过几回邮票。老头子便打开了箱子,拿出了表征他个人生活的道路的物件,也打开了他的照相簿和集邮册。在老头海国乔的纪念品中,锋利的刀子引起注意,白勤芬便问道过去是怎样做地下的工作。女医生除了好奇之外还尊敬老头子,她还有一种隐秘的心情,觉得海老头子到底是老了,有些寂寞,她作为邻人,也应该走访走访。老头子的朝北的房间有些阴暗,里面东西不少,好几口箱子是他的纪念品和搜集物,他还在当火车司机的年代往长城抗战的军队抢运过军火,在日本人突破的口子上参加拿枪作战,激获过一面日本军旗。白勤芬看见过这面军旗,现在她还看见和注意海国乔在地下工作的时代当电车和火车司机的证件,和一个做小生意的执照;刑场上的子弹,也有他的故去的女人的一把梳子。白勤芬便问老头老年寂寞不寂寞,她觉得老头总是有时候寂寞,不和儿子住在一起,住在他的有些阴暗的房里,在他的陈旧的物件中。老头子还洗净、保存着死难于监牢的同志的衣服。除了纪念和搜集的物件外,海国乔还有坛坛罐罐,除了他的媳妇曹株花替他做以外,他还自己腌菜,在各色的铁罐里储有炒米、米线、小米和包谷粉,他的又有一个铁盒里有着积有着旧时代的铜币和零钱币,民国年间的一直到"光绪通宝"的,这些之所以存在外面的铁罐里,是因为不久前他曾作了一篇有关于各时代的钱币的文章,经区委副书记吴璋介绍在区的内部刊物上发表了。他有时和区委副书记吴璋一样欢喜考古和研究历史,虽然在他这些是容易中断的——他的箱子也有更远时代的零钱和古代的钱币。有一回参加科学家的考古团,海国乔是参加背抬一些标本件的,所以他还有一个什么珠罗叠纪的一块恐龙骨头的化石——人们鉴定是恐龙化石。区委副书记曾到他的屋子里来参观他的物件,老收集家几乎连明朝以至汉朝的银块、元宝和钱币也有。他曾乐意当考古工人,他也有古壁画的仿像和唐朝的三彩釉件和秦朝的坟墓里的小铜铃的仿制品。另外一只破了的铜铃则是表征他曾当过几天小学的传达和校工的。他曾在糖果厂和食品厂做工使他有一些铁盒。白勤芬有许多尊敬，同时她觉得老头子有时是住在他的过去的回忆的魔影里，虽然七十三岁的老人顽健地忙于现在的街道党委书记工作和不息地劳动，白勤芬仍旧这么觉得。老头子在他的回忆的魔影里似乎有些孤独。老头子还收集一些字画，他习字，和有时学绘画。

"你的生活是很有意思的，你有多样的兴趣，是很快乐的。"白勤芬说。

"我是有快乐的，不去想到年纪老了，"老头子看出来白勤芬是注意他的年龄，便这么说。他搬动箱子，在他的物件里很是有些高兴。白勤芬表示很欣赏，她也很高兴。

"你有很有意义很有价值的历史，但是你孤独寂寞不呢，伴着这些古钱和坟墓里的出土品，……我是有些怕这些的。"白勤芬说，笑了，嘲笑自己的害怕，她仍旧觉得老头子有着孤独的一面。老头子对他过去的事物有些眷恋，还怀念他的死了多年的贤良的妻子，他也是有着随年龄而增长的孤独的一面的。

"但是我是很高兴现在的生活的，国家社会的进展使我快乐，我不算古董的人物，不过我也又算一个古董人物了，旧时候的风雨和白云蓝天，我说的是旧时候的风雨已经散去了，许多故人确也是故去了，譬如我想起我的小孩和少年时代。但是我内心里也不孤独——你的暗想并不一定对，我不孤独，并不，"老头子忽然又热烈地强调他并不孤独，说。

女医生便沉思着，看看他又沉思地点点头，表示很懂得他的意思。

"那你是很好，快乐地服务社会，度你的晚年。"白勤芬说，又怀疑似的看看他——终于她觉得自身有些偏见，又看看打开着的箱子里的海国乔老头的纪念物和搜集物。老头子在遥远的年代还搜集图片、火柴盒和烟盒的商标画，还有旧时候的香烟里的"洋画"，全套"西游记"和"封神榜"。这些他也拿布包好的。

"你有些称豪强要强,但是我看你还是有些年老了的孤僻,这些你有没有呢。"女医生说。

老头坐下,有些妥协地说,他这也真是有的,他不高兴人们动他的纪念品。

"但是你不。不过你瞒着我,你也许在想念你的旧时代吧。经过了的时间像山一样,这是你的巩固统治的帝国,你在里面回顾你的日月。"

"那也许是的吧。那也是的。"海国乔说,"到底,我这个扫地的老头是老朽了,我们希望后辈进展。"

"那你还是很乐观的。"

"我是的。"

白勤芬对老头子海国乔有些迷惑,她想他是很有些神秘的。她终于相信老头的话,相信他是很不觉得孤独的了。女医生对着海国乔的纪念品和古旧的物品觉得疑惑,但她终于觉得自己错了,她仍然又想到海国乔是热烈于现在的生活和社会的。她很佩服,又沉思了一下。她自己则是有些孤独,她是和她的丈夫闹翻了,所以海国乔听见她说孤独,便叹了一口气说:"你也是脾气傲,和你爱人闹翻了,但你的那爱人也是有缺点。你寂寞吧。"

女医生诚恳地点点头。

"过去的时代的古旧的长城。"白勤芬看着老头的打开着的箱子说。"我投你一票为人民代表。"她又说。

教员何世光来到海国乔房里,不在意地看着老头子的物件,显然他想着自己的事。

"我刚才听见你背书了,"何世光对海国乔说,"你的恒心很感动我。我接受你刚才向我提的意见。我刚才说,我渴望振兴中华,我年青的时候的工业化的理想……总之。"他看看白勤芬,笑了一笑说。

"年轻的时候,过去的时代,"白勤芬说,"大家都怀着理想而失望的。"

"我的意思是这样的,我仍然说学习应该严格,我并不是说李义不努力：我说我有个人有失望，有点怀才不遇，"他又看看白勤芬，"我是有错误的，我也并不那样的，想起来我是不应该这般的。我刚才的说话有些骄傲了，我向你表示道歉。"何世光有些不安地说，看着海国乔。

"你当老师严格自然对，但是要增多鼓舞的好。"海国乔说。

"你是很严格的，是你的教学方法。"白勤芬说。

"也是这样的，"激动的教员何世光说。

教员何世光的情绪激动，是因为他觉得海国乔有点火气了，他怀疑他过分骄傲了，他把他的话想了一阵之后，很有些懊悔；何世光常常是这样的，他骄傲，他也在骄傲与谦虚之间动摇着。

"我也不清楚我说清楚了没有。"

"你说清楚了。"海国乔笑了起来说，"你说我负你的气啊？没有。你真是书生。"但是海国乔想，他刚才确实也有点郁闷的。

"那你这样坦白说便很好。我觉得我是有点过分严格，显得我这个当教师的骄傲，但是也不尽然是这样，教书本来也是要严格，学问和知识是也是重要的……我不知道我说清楚了没有？"

"说清楚了，你老何。"海国乔说。

白勤芬便有点讽刺地笑着。

"但我仍然说我应该谦虚向大家学习的……不过呢，学问也是有严格的。"教员说。

听见声音的李义走了进来。他说："这自然是对的，你何世光老师。"

"对的就好了。真是有些不安心。……"于是教员何世光说，他热爱现代化，不能说是怀才不遇，是尽这一代人的努力的。他说这个的时候又显得有些自负。

"那你仍然是怀才不遇喽。"女医师白勤芬说。

"那也许是这样的吧。我是想说明教书有时严格也是必须的。"教员噜苏地说。

"那不就得了吗，你老何何必这样不安心呢？"白勤芬说。

"我们都说何教员老师顶好。"李义说。

065

何世光笑了笑，沉思着。

"你这样说我就安心了。我是自负教得还可以的，我仍然要严格。"何世光满意地说。"那你们就不要说我不谦虚了。我是否不谦虚呢？"疑心的、自负的、矛盾的何世光说，"也不是的。"

"那就很好了。"白勤芬说，又露出了一点讽刺的微笑。

何世光说，旧时候，远些是大炮轰鸣的时代，近些是"四人帮"横行的时代，是谈不上什么追求学问的，现在这时代好了，于是他便进修他的学问。北京市在建设中，巨大的工地的响声和白昼里也亮得刺眼的电焊光的闪亮使他的心也跳荡。新的时代正在近来。但是，北京市仍然有破旧的居民区一时难得解决，旧时代遗留下很重的负担和也滋生着新的困难，虽然旧时代许多也是值得保存的民族遗产，人们的生活中还有不少的简陋、因循，和不好的习惯，不优美的事物。教员说着这个有些气愤的样式，也显得有些自负。

"我们的生命有许多消磨了，失望于中国的生活，人与人之间好多的隔离带，愚昧贫穷和落后，过去，正如同海大爷的几口箱子里装着他的过去一样，我也有一口箱子装着我的过去，我做的论文和笔记，……直到现在才慢慢地又以应用了。但是我仍旧是不满意的，我很伤哀于岁月的蹉跎。……海国乔大爷，我是有缺点的，你知道，我看见你的箱子和你的纪念品很有感触……在以前的年代我有许多的有为也有无为，"何世光继续说，他的声音突然有些哽咽了，但是他控制着了，颤栗了一阵，忍住了他的内心的激动又笑了起来。"我想也许能改正我的缺点。"他善良地说。

夏季的雷雨在晚上袭来，凉爽的风吹着，院子里的花圃，蔷薇花在雨中颤栗着。屋檐上开始浇下水来，大枣树被劈落了分叉的枝干，院落被两盏屋檐下的灯照着。黄家珍提着皮包雨中急跑进来，匆忙地向在门前台阶上看着的何世光老头问好。那边也有急跑的银行女工作人向朱璞向杜宏英问好。秦淑英从院子对面绕屋檐急跑了过来，她缴今天应缴的作文给皇甫桂芳。

黄家珍又开门出来,笑着问何世光,他在"四人帮"劫难的时候,是否住过两年监狱。仿佛不是忽然降落下来的雷雨,她便不会问这些。何世光回答说是这样,他被"四人帮"捕过两年,去年平反的。

"来了很久,一向忘了问候你这点啦。你人顶好的,你教李义他们物理,你的爱人教秦淑英语文,顶好的,"黄家珍说,"我昨天去看了我的爱人了,他不是在法院里工作吗,他知道你的情况谈起来,他问你好,他说你挺好的。"

在院子的那边屋檐下,朱璞对着杜宏英很大的声音说话。何世光听见朱璞说:"你顶好的,你杜宏英,这时代,好的人顶好,坏的人也够坏,……这雨下得顶好。"

海国乔老头子开门出来说:"这雨下得挺好。"

"对啦,你说的顶对啦,这雨下得挺好,乡下这些日子够干的。"秦淑英说。"海大爹,还有何教员,你们看我上回那篇作文叫《回乡》的,"秦淑英勇敢地说,"我记我下乡看爹妈的。"

"我看了,顶好的,作的不错。"海国乔说。

"顶好的。"何世光说。

秦淑英便很谨慎地看看何世光;她有些敬畏他。但这恰好的热闹的谈话,恰好人们的腔调和语汇却相同,使秦淑英也很快乐。

"你顶好的,教员何老师,"秦淑英说,因为暴雨而快乐,因为邻人的热烈的友谊而快乐。

"顶好的,"何世光说。"秦淑英,我那一日说你作文要用功努力,你得有点什么的,你不介意吧。"

秦淑英沉默了一下。

"你说我不要偷懒。"

"你觉得怎样呢?"

"我觉得你顶……顶对的。不过我并不是偷懒。"秦淑英说。

"也对。"何世光便在灯光下的屋檐下徘徊到走廊里。"我那句话是说得过分了。"

"我是没有偷懒,我是字不会用。"秦淑英委屈地说。

"但是可能你还有些顾忌,也许你对我不满意,我想是的,我说你也许还是有些懒惰,因为白天里累了的原故。"何世光忽然有些冷淡地说。

秦淑英便沉默着。雷雨继续下着,人们也静听着教员的话。这院子里教员何世光时常说话很多,带着他的傲气,他刚才在海国乔屋子里很有些感伤,他这时候陷入他的反省和沉思之中,继续觉得要改正他的缺点,但是忽然又相反的,他的缺点又发作了。他欢喜训导人,不太承认自己的错误,他想在这些上面道歉,可是又有些反悔了。

"你李义看我是如何呢,"教员对李义说,继续着屋子里和海国乔的谈话的题目。他心里激动,觉得这是他是否有错的关口了,他刚才在海国乔的屋子里预备承认自己的缺点了,还很是感叹,心情也很柔和,但是他现在却是辩护他的缺点了。

"我是有缺点的,……但是并不。譬如说,我说你们有时有些懒,包括你李义。"

"那你说的真也有对的。"李义说。

秦淑英很是害怕挨公开的批评,躲进屋子里去了。

教员有些痛苦地踱着步,不能克服他的矛盾。

"我说,我看见你海国乔老爹的纪念品很有感触,我以前的岁月曾到过高山之巅,大海之滨,我曾气壮山河,我是应该改正我的缺点的,可是这到底是算不算我的缺点呢。我曾渴望祖国的黎明:重工业。我对社会有贡献,海大爹、黄家珍同志、杜宏英大姐,你们说对吧。可是我到底有什么贡献呢,我的青年时代的纯洁在我的心里还有存留……"在暗影和暴雨中他静了一下,人们看他似乎在思索,但秦淑英在窗子里偷着看见,教员在走廊里拿手帕扴眼睛,似乎是哭了。教员便沉默地徘徊着。这年代社会进展,教员怀才不遇又喜欢思辨,他便觉得他是被时代抛弃了,一瞬间他便显得不安;而且这也是他经常的不安,他常和一些人闲聊,同事们中间也有不愉快。

"我何世光有一定的时间是很上进的,但是今天,整个的社会蒸腾着热力,我的心却有些冷了。"

"你这是知识分子的弊病的心理。"白勤芬女医生说。

"我谢谢你。"何世光冷淡地说。沉默了一下,只有大雨的声音,内心激动的何世光在思维他被人们排斥的原因,他看见白勤芬在听了他的冷淡的话之后又进海国乔房里去了。过了一下她跑过院落回到自己的房里了。

"我是很有此痛苦的,当然我要回过头来说,今天是不错的,但我仍然不满意许多的人和事,海大爹,你说对吗?"

"你是想得过多了。"海国乔说。

"也有是想得过多的,自视高了,老是惦念着自己的地位,惦念着自己能不能上报纸,调往大学去当教授,你就是这样的,"何世光的妻子皇甫桂芳从屋子里出来,大声说。

"哈!"站在黑影中的监督分子,前纸厂的财务吴伐冷笑着说。

"你哈什么?"何世光说,突然暴怒了,"我们谈话没有你能攻击的。"

"那我们并没有说什么。"吴伐说。

"没有说什么,你攻击我!"

"攻击你吗,你也不见得怎么有资格。"吴伐说。

"你说什么?"何世光便大怒了。他一直向吴伐冲去,产生了凶恶的形势了,海国乔拖回了他,他也有点觉得他的脾气不够好;他陷入狭隘了。他时常和这吴伐冲突。但是吴伐叫了两声便进房去不做声了。

何世光从愤怒中平静下来也很有些痛苦。他继续在屋檐下徘徊着。看见白勤芬女医生从自己房里走出来了,他便走过去,说:

"也许我是有错误的,我有一定的时间什么也不能做,'四人帮'又弄掉了我几年的时光。你说我这有弊病吗,对的,我时常耽溺于幻想,梦见我发明原子能了。人想幻想比自己能力高是痛苦的,但是为什么我能力低呢?"他高举起手来往下甩,说着。"我有时候渴想我随着时代前进,跟着人们前进,盲障地前进也行……"他说,闭上眼睛又抬起两只手,还踏步了两下,做着盲障地前进的样式。"我是也很服从纪律爱国的。我也一种旧知识分子,不七八十年代的了,我这是叫做热情的形态,是知识分子的形态。"他说。

"你说的很对。"女医生说,有些讽刺地笑着。"你是大知识分子,了不起的。"

"我们有些地方是要为你何教员鸣不平的。"海国乔说。

有些喧嚷的何世光在白勤芬和海国乔说话之后沉默了一下,随即进房去,安静下来了。白勤芬回到自己的屋子里沉思着。她的和她离异了的丈夫蔡豪也是很骄傲,但何世光却是爱好学问。女医生白勤芬想到,在"四人帮"的时候她曾被罚在医院洗衣房里洗衣,因为她反对他们。她想到,何世光从两年的被"四人帮"囚禁回到这院子里来的时候,碰到海国乔和她曾眼泪流了出来,而且高喊"正义不灭"的口号,所以她是还有些钦佩他的,他批功课也认真负责,虽然有时骄傲,却勇于向在批错了卷子的时候改正而且向学生道歉,所以白勤芬便对自己的对何世光的讽刺有点懊恼,她想要去向他致歉意,但也抑制住了。白勤芬想,她今天还高兴,高兴中还拜访了海国乔老头,所以很满意;她今天在医院替一个老头子工人的肝脏开刀是成功的,病相当重,手术是有点复杂的。她常紧张地计算成功率,渴望减少死亡。一回一个小孩的死亡很痛苦,开刀没救好,她疑心自己有错误,便想甚至不干医生了。前一个星期有一个青年工人她刚刚预备动手开刀便病状急转,后来停止开刀,晚间便病死了;她听说这是一个先进工作者,这一件也使她很忧郁,仿佛自己有错似的。但后来她顺利地医好一个足球队员的骨折便偿补了。她时常有失望、有时愤怒、不知对什么发脾气,每隔一些日子计算自己所得到的偿补。今日医好老工人她觉得兴奋,满意自己在困难的手术上有了一点进展,在她的思想里,这回不叫做偿补了,这回叫做盈利。她工作得很小心,害怕痛苦。但今晚的高兴使她有些亢奋,又陷入了个人的忧郁之中。她再又想到她的和她离了婚的丈夫蔡豪。她想得烦闷起来便到隔壁黄家珍的屋子里去,看着女航空服务员买的堆在床上的几段布,和好几捆毛线,评论好坏。黄家珍很贪心买衣料和物件,她说她因为"四人帮"时很穷,叫穷苦弄怕了,她现在有点钱买物件。但是她说,她今日想到,个人的生活常很狭隘,她想争取入党,以后便也少买这些衣物了,够了,从"四人帮"时的困境出来,第一回去买件衬衫很是喜悦,喜悦得流泪,但现在也便成了"小市民"了,她说,真有点像,所以她有苦恼,想要入党;她说她是爱过团体生活的。她也热爱祖国和组织纪律,但她觉得她的缺点就是小的生命里容易陶醉。她要从蛹虫破除出来。她追求党,有着浪漫的情绪,想象有意义的,英雄的人生;她也爱她的职业,当航空服务生兼新闻记者,空中飞翔需要知识,也需要勇敢,她常常在自己屋里练习拉拉力弹簧,常常晚上她在房里发出很响的柔软的或笨重的声音,她在做柔软体操,刻苦锻炼。而她读多种书报,增加知识,还找白勤芬学一点外科的包扎和打针。有为的黄家珍说她想学到护士的水平。白勤芬走进来闲坐,黄家珍便又聊到了这些。她说她在锻炼连续三百下两腿站立下蹲的动作,她便做了两个动作给白勤芬看,从她的身上,白勤芬觉得青春的朝气和这时代的青年的活跃,社会的活跃,这也引起快四十岁的白勤芬一点忧郁,觉得人近中年,自己快要接近衰老了。黄家珍又搬弄她的照相机和录音机,她说她今天想跟海国乔老头子照两张相,和录一点他的声音,采访一下他的一些的历史事迹。黄家珍说,她还兼着一家报纸的特约记者而报纸有纪录老人的工作。于是青年人黄家珍便拿着照相机和录音机到海国乔房里来,女医生会照相和被引起了兴趣,也陪同着。院子里雨已经止了,屋檐在淌着水,月亮出来了,枣树的黑影铺盖在地面上。

老头子海国乔便又搬箱子了。

"我代表报馆外还是个人的兴趣。你海大爷还是我们的重要的朋友,我想访问你做记录,您是一定会欣然同意的。"黄家珍说。

"一定欣然同意的。"海国乔说。

"我心中以你海大爹为楷模,我追求共产党的事业,"黄家珍活泼,充满生气地说,她在屋子里奔走着,她的皮鞋踏出响亮的声音,她说着话,拉着凳子发响,让海国乔坐下,她于是摆好录音机,也拿出笔记本。她请海国乔从小的时候家庭的情况说起,特别重点地说他过去的地下工作,而且回答她的问题:他海国乔一生最快乐的事是什么,最痛苦的事是什么。

海国乔为难地沉默了一下。女航空服务生对他出难题了;老头子虽然搜集纪念品,却也不太爱提及他的过去和死难了的同志。但是他坐了下来,咳嗽了两声,眼睛向上看了一下又看看录音机,便用使他自己也意外的很大的声音说起来了。

他说他是北京这野鸭洼人,外祖母是乡间的,小时候随父母曾住在乡下,后来也常到乡下顺义去;他说他的父亲是搬运夫,车站和仓库的搬运工人,母亲很贤惠,也很爱他……他说他现在听到聂耳的码头工人歌心里常有动荡……。

老头子发出讲演似的很高的声音。

老头子在说话中间提及了地下工作时候学唱国际歌和"九一八"之后学唱松花江上和义勇军进行曲,和学唱几支民间歌曲小调,便在回述的讲话中自唱起歌来了。

老头子海国乔有一种激情,也有他的顽强的固执,他一定要把一首民间小调"弯弯的月亮照在长城外"歌都唱出来,他说这样好回忆故时的事。他扬起嗓子唱着。唱完了一首黄家珍便鼓掌。黄家珍继续活泼、欢乐,但冷静、准确,在老头子周围跑着,皮鞋发出清脆的声音,弯着腰或蹲下来,给老头子海国乔照相。

"你照样说你的,我照相你不管。"黄家珍说,"你也不必看着照相机。我们留下……"黄家珍说,"我们给将来的时代留下你的巍峨的感情和峥嵘的形象,……你这海老头海大爹是很好的,你是多好的故时人,经历了你的生活的历程。"

"这是很对的。"白勤芬说。

"我是古董喽,也是珍品,但是我还是要面向现在和未来的。你们让我回忆起了我的一些故时的朋友。"海国乔说。"我的最痛苦的事是我的一位同志和我一起被捕他被杀害,我是和他最好的朋友了,他那时是活跃的小伙子,我比他大一点,那是北伐革命的时代。我入党又干各样的职业,譬如也干锁匠,也干码头工人,也干补锅补破,……我最痛苦的事也还有我的女人在生了学涛便死去,她是很英勇地助党工作和任劳任怨的,她还是顶勤劳的……我的最快乐的事情是中华人民共和国的成立,我当人民代表,曾经和陈云坐在一起,毛主席刘副主席周总理都问我过去的奋斗。我的顶快乐的事还有后辈成长,譬如我的孙女儿,她学会拉小提琴了,还身体一摇摆一摇摆的拉琴……"

老头子海国乔大声地对着录音机说着。他又说到这野鸭洼的旧时和流氓特务的打架和流行的儿歌。儿歌里在解放后有唱道:"海国乔老爷的车子开过去啦。"那时他还没有扫地,是驾驶这附近的有机电车,他的身体一直很顽健。而地方上的人们,善良的、勤劳的居民们一直很多地和他相识,他们很高兴他。

黄家珍也在她的笔记本上记一些。她又照相,在屋子取角度,活泼而快乐地奔走着。她搬动物件,要老头子靠着他的几口纪念品的箱子让她照相。黄家珍崇敬海国乔,听着他的高亢的、有时有些激动的声音,她的内心感动着。她于是便停止了照相机而听着,有一度拿着照相机站着听,观看着老头和由他的魔影一般的过去和他的现在的精灵一般的顽强所结构成的城堡。忘记了照相,活泼的黄家珍便呆痴了一下,她想:"老头子经历了多少的生活啊!"她便将箱子里取出来的那把刀子和日本旗摆在桌边,让海国乔坐在旁边坐好,她在照相的时候又呆想了一下:"人们有多少伟大栽在平凡中啊,我当积极,从我的旧的生活里更多地走出来。"她因为思想激动,也有怕老头不安,有的照相没有对好镜头,她于是再照。她完成了使命,便快乐地想而且说:"我这个黄家珍本事不错吧,老海大爷。""你不错,"老头说。但她有两次没有弄好,噼噼啪啪地响着在屋子里走着,便说:"老海老头,你说我这个人很笨吧。"她不安,觉得似乎妨碍了海国乔,注意到他随着她的意见在屋子里走动似乎有些窘迫,她便说:"我妨碍了你了吧,这就好,这就好。"她于是又响动着清脆的皮鞋声在屋子里奔跑着。"我是多么的笨啊,唉,我真是笨。但我找到这个角度是聪明的,从事我的工作,我这些问题是问得聪明的。我寻求有意义的我们后辈人的生活,来探访历史和过去的斗争的辉煌的记事。我问得还聪明,他答得很乐意而且很流畅,……从事着顺利的热烈的工作是有意义的,哎,我又笨了,应该这角度照一张。"她想。

看着黄家珍忙碌的白勤芬又浮上了讽刺似的微笑,她说她也会照相,帮忙来照两张,而黄家珍便去搬动老头海国乔的箱子了,她想猛烈进取一下,趁老头子的兴致,把老头子的重要的纪念品也访问一下。年轻的姑娘觉得自己和老头海国乔已经很熟了,很亲热了,产生了一种快乐的感情,因此不客气地建议老头子坐着和站着,同时她猛力推,很快地搬动老头子的皮箱、木箱、藤箱、竹箱、铁盒,而请老头子拿钥匙开锁,而且替老头子开锁,干练而猛烈地从事着工作;勇猛的后时代的时髦的姑娘便将老头子的房间城堡很快地占领了,而且全境制控了。她旋风一般地发挥她的热烈的感情和干练的本领。"在我顶小的时候,老人家已经是老人了。"她拖着一口箱子说。"在我少年时,你老人已经像巍峨的山峰了,你从事着你的各行业,你的生活里有着前进的志愿和乐趣,而今天我这后辈人来访问你了,时间的车辇里我长大,到这里来了,我这个黄家珍是多么有趣,多么小鬼聪明啊。老海老头,这一回,我在这里像我在有许多时的一样,顶觉得我是有为的年轻人。"黄家珍说,又抱起了一口箱子。这像旋风一样的女航空服务生和女记者显得快乐。她让老头在开着的箱子和拿出来的纪念品旁边照相,她又让老头海国乔回答一些关于纪念品的问题,动着她的录音机,重要的单位她还用笔记概要在本子上。白勤芬带着一点讽刺的、善意的微笑看着黄家珍忙着,看见她已经有点出汗了。她又让白勤芬拿着照相机替她和老头合照一张相,她又替白勤芬和老头合照一张。她又回坐下来,拿着海国乔老头的一面方的大镜子照照面孔,整理了一下头发,说,"我的头发有些乱了",而又在内心里面说,"我这个黄家珍是多么笨啊,又是多么快乐。我还要前进。"于是她又去搬动箱子,又说:"我这回聪明。"黄家珍工作着,而白勤芬感想到,这年代也正是有许多地方翻动箱笼取出旧的记忆。中国的生活前进到今天这时代,是有一批又一批的有价值的人老起来了,于是年轻人访问他们。白勤芬有些感动地看见这时代的活跃,这青年人黄家珍的热烈和工作量。中国在泥泞、荆棘、暗坑、地狱、烈火刀剑里前行,到达一九四九年成立新的国家的新时代,又在平坦、崎岖、奋勇、欢乐、悲伤,和大的坎坷,"四人匪帮"的劫难里前行,海国乔带着他的故旧的记忆活到七十三岁了,而今天,往新时代去的人们的脚步声更响了,热烈的年轻人黄家珍来访问海国乔了。

海国乔被黄家珍支配着有些忙乱地动作着。黄家珍忙碌和发出不断的意见,开始拍摄箱子里的更多的物件,一时跑到这只箱子的这边一时又跑到另一只箱子的一边,绊着凳子,和另一只凳子挤轧着,室内便呈显着零乱和忙乱。黄家珍摄影和又开录音机,显得快乐,但又有些不安地看看海国乔。室内的忙乱增加着,而黄家珍的快乐增加着,她暗暗研究海国乔也觉得没有太多的必要内心不安。她又瞥了一眼海老头的方的旧的镜子,瞥见自己的有些兴奋的脸。她想,"我的工作是很好的",而且不可觉察地笑了一笑。她继续热烈地工作,好像这照镜子的动作鼓舞了她似的。她有温柔的相貌,是美丽的妇女。这引起帮忙的女医生也在海国乔的方镜子里照了一下,觉得自己还好,并不显中年或苍老,而是年轻的样子。这影响得海国乔也照了一下镜子,他是拿起镜子来照的,他也觉得皱纹比平常似乎少些,显得年轻。"我这平常的人活到今天了。"他想。在忙乱的风暴里照相机不断地响着和亮着镁光,尖锐地响着黄家珍搬动照相机的声音。

黄家珍觉得周围有火焰一般,有闪电一般,有奔腾的海,这是她看着海国乔的纪念品时候的感觉,自然周围还是些箱笼,是半个多世纪以来老地下党员老党员海国乔的在他自己是觉得很平凡的过去。

　　黄家珍觉得火焰和风暴,白勤芬则觉得从箱笼里出来的过去似乎是一些妖精,令人深思和迷惑,这是她刚才不久前参观海国乔的纪念品时就有的感觉。黄家珍和白勤芬便又看老头海国乔的几本照相簿;黄家珍很果断地要了一些,从照相簿撕下来,她说拿去复印。白勤芬再又注意到这年轻的黄家珍是果断而且在工作上熟稔。

　　"我还要照些照片你海大爷的书籍,你有政治经济学这些本、地图,你又有好些杂志书报,每月订的,而且还有俄国果戈里的死魂灵,法国雨果的《巴黎圣母院》,你有几百本书呢,你也爱读小说,……"黄家珍掀开罩在外面的纱帘,检阅着墙壁上用钉子钉的木板书架说。她便选取角度,她的相机发出很亮的镁光闪光,她又来照相。热情的黄家珍翻出了书架上老头的读书笔记来,翻看着,又将这和桌上玻璃花瓶放在一起照了一张相。她还急急地跑了出去从她的房里拿了一束玫瑰花来插在瓶里。黄家珍好久便注意到这漂亮的玻璃花瓶了。

　　"这花瓶表明他海国乔大爷爱好优雅,他有一个安详的灵魂。"黄家珍说。

　　"对的,我也这样看。"白勤芬说,又注意地,好奇地严肃地看着海国乔,仿佛不认识他。海国乔便笑了,说他是粗人。

　　白勤芬的内心和黄家珍一样燃烧着,虽然她没有什么表现。她重新有些迷惑地惊异着老头子的一生,半个多世纪的痕迹。经过多样困苦仍然顽健,经过多次的风暴和风险终于胜利,主要的,老头子还是特别乐观和有学问的,白勤芬刚才便翻阅了老头的笔记本,他的文章做得很通顺,甚至很好,标点符号也认真——读书笔记本里老头子做了不少段的感言。白勤芬还也看过老头子所做的请教员看过的文章。刚才老头子大声地唱歌,白勤芬还注意到他唱得拍节很有力,白勤芬便也看见老头子还有歌本,有一本还是五线谱的,他认给黄家珍和白勤芬看,他基本认得五线谱。他会拉胡琴。院子里的人们常听到他拉胡琴的流畅的声音,白勤芬便觉得今日两次来访问海国乔是值得的。

白勤芬和黄家珍一起告别老头子出来。受了很多感动的白勤芬回到自己的屋子里便呆坐着。她想什么时候替海国乔检查一次身体。她内心有着兴奋,坐着又站起来,在屋子里走动,——人们不一会便听见白勤芬女医生在屋子里唱了一个好听的歌,还又用英文唱了几句,她的声音很温柔和美丽。然而她也寂静了,坐在桌前,想着她的过去的时代。她又想到,她的丈夫蔡豪工程师,六十年代以后,却做工程不行了,爱好起喝酒赌博;跟着"四人帮"的风气跑,说人生是赌场,她便和他离婚了。她也没有孩子。想到这,她便觉得一种孤独。

她的精神有点亢奋,她便来写信给她的亲密的朋友,医科大学的同学,在上海当医生的谢荣珍。谢荣珍和她一样有些著名,是刚强的妇女,和她日常写着热情的、谈着各种琐事和关心的、细心的和欢悦的信。白勤芬的回信也是热烈的,但常带着一种忧郁。然而她这日写带着一种热情。人们许多都有着亲热的朋友;妇女们热烈于这种亲爱的朋友。"亲爱的荣珍啊",她时常这么写,"你还想念我吗?""我怕你忙得忘记我了,你的生活真是热闹,有大群的孩子,你怎样忙得过来呢,然而你有精力,亲爱的荣珍啊。""亲爱的荣珍啊,你真该死,信里面不告诉我你上次说的你的胃病好了一点没有。""我很想从医学的观点来论克服伤病与克服死亡,人们在这上面如你所说的还有唯心论不信医生。""亲爱的荣珍啊,我这两日没有医好一个病人很伤心,我在检验一种药。""亲爱的荣珍啊,我这两日很高兴,我医好了一个病人的心脏,我高兴得想要像在大学里面跳起来,然而毕竟是年龄不小了,希望你,你这胖乎和乐年士不要见笑。""亲爱的荣珍啊,过年了,我也不寂寞,常在医院里,现在寄给你一件童服赠送你的儿子。……""亲爱的荣珍啊,我们北京开始建设,我们的生活进展了……"她的眼前便闪耀着这谢荣珍的笑容和活跃,谢荣珍在医院里用很高的、权威的声音说话,白勤芬在这些地方温和些,然而她执著,如同谢荣珍所指出的。谢荣珍也和她的同行的丈夫吵架,骂着"你昏虫该死你昏虫该死你怎么又弄错事"。她的丈夫则温和地笑着,谢荣珍时常又很体贴地给她的丈夫买许多东西,引起她的丈夫的着急;她的丈夫爱好节俭。这都是普通的人生,在这社会里航行着的家庭的顽健的船舶,然而她白勤芬翻船了,她的丈夫不好。

　　白勤芬拿着包,回忆谢荣珍去年突然来到北京开会,来看她,住在她的房里。她们谈了很多很多。她回忆她突然听到的由远而近的青春时结交的朋友的皮鞋声和喊叫声,走进门便旁若无人地喊着她的名字,然后像台风一样的在她的屋子打转,叫嚷,喧闹,就像今天在海国乔的屋子里黄家珍一样。谢荣珍又在她的桌上用快速的、粗大的笔迹写信给她的丈夫和四个孩子们,她说她计划跟他们买哪些东西,根据白勤芬婶婶的建议。白勤芬婶婶有些忧郁地听她说她的信,和说着她的孩子们,便说她也不羡慕,四个孩子是很累的。谢荣珍把她所写的信又给白勤芬看,白勤芬便注意到谢荣珍对她的丈夫和孩子们的温存的语言,又在几天内注意着谢荣珍的作为妻子和母亲的感情。乐天的谢荣珍说她会克服困难和已克服困难,她有精力,但是后来乐观的谢荣珍说她也烦恼;她很有些她的苦痛,很羡慕白勤芬能够有时间做不少论文在医学杂志上发表。谢荣珍在开会回来的晚上夜里起来了,用笔急急地在一叠纸上写着,醒来的白勤芬问她在写什么,她说:"不告诉你。"白勤芬起床从她的肩膀上往桌上看,她便收起来一下,像大学时代一样地做一个鬼脸伸一下舌头,但她终于给白勤芬看了,她说,开会的启发,她写一篇论文,她有时也写,深夜里在医院和家中挤时间,她说她要坚毅,她除了挤时间以外没有办法,而她是身体顽强的……但有一日她病了,不过,她还是做成了关于支气管炎的论文。"不好。"她嘲笑地说,是护士升护士长在混着偷学,自学成才当实习医生的,写支气管的论文,和眼皮发炎,以及关于脚病的论文……说着她便大笑了。

女朋友谢荣珍展开了她的生活,白勤芬一天下午在家,谢荣珍皮鞋很响急急回来对白勤芬抱歉了一下,汗还未抌干,暑期天气很热,坐在那里还有些喘息,又拿出纸来写论文了,在一张药品单子上她也写了一些句子。她说她要急急地写下来,不然忘记了,关于这"支气管"和"脚病"的。她是在做关于骨科的论文……。

"勤芬啊,我告诉你,"谢荣珍热烈地说,"我在今年和去年,好多当然信里也告诉过你了,自然你又要说我噜苏死了,我总而言之要是在旧的时代也能当一个挂牌江湖医生,看病也认真,混我的生涯而我是有像你一样顽强的意志的。我们妇女必须很奋斗,到这年代我们妇女的阵容也很强,说规矩的我是说,我骨科手术动手术有一回是很得意的,像高中时有一日跳高很得意,大学时有一回晚会得头彩很得意,有眼睛动的洋囡囡,那洋囡囡有一点像你老白,白勤芬,你有一回撞彩得的,我认为也像我。我得意好几天,在街上走着都想笑,想着你勤芬。那两天据一个护士反映说我在病区里的吼叫,护士们说的狮子吼豹子叫责难人说严厉话也少了一点。我还会豹子叫的。她们说女医生也有一种声音像鹿叫,你说我少废话,我还是要说,但是有一回我处理腿部的开刀,怀疑碎骨渣没有处理完全好,那是一个车祸的干部,我便深夜又来到病房里,事后说,心房里作了鹿一般的鸣叫,很着急,但检验没有什么。我的生活里我有一定的热力,我有一回安上了一个老工人的腿我很骄傲,像穆桂英班师似的,但是我心里有鹿鸣,我的论文呢。我却没有能在学术上再追求。然而那是不行的。所以你不要捣乱,我今日心中有鹿鸣,我还回忆一个工伤的女技术员,我将她医好很幸福,她是从不结实的建筑架上跌下来的,她说她关心工程,那半边在砌墙,她禁止不住自己要去看,她很执拗,我们都很执拗,我说我们妇女阵容的强大,我们今天,现代化前进了,但是仍然有混蛋。我说像我的伯母那年代过去了,我叔祖母青年时学医,争妇女的地位,家庭反对,又缺钱,在床上躺着淌眼泪,说无论如何要学医,哪怕当个护士长,她后来受家庭哥嫂逼迫,想算了,曾问我:小珍,看学不学呢。她仍然学,回家就打架,婚姻后来也不如意,丈夫早死,但她也还会医儿科支气管了,也医皮炎病了。唉,过去的时代。我荣珍跟你说,亲爱的、热爱的勤芬啊。"

白勤芬便又睡下,在床上说:"唉,亲爱的荣珍啊。"

"我写好论文再向你汇报,我还要说,你要多注意营养,你用功比我多,不大作声的。你也该想也许有可能劝你的蔡豪浪子回头呢,我觉得他有些误失似的。有一回夜间有雨……有四级偏北风,人们把我的叔祖母埋葬了,我曾去哭,但是没叩头。有一回夜间有雨,有着荡漾的春风,摄氏度二十度,我叔祖母进我家的房给我糖吃,她说,她那日医好了两个儿科,高兴,我就这样记得什么摄氏度二十度呀?不,那也是我的叔祖母说的,我母亲还在屋子的一角笑,说学了这科学不少。摄氏度降低的时候我用保温做病人手术,我的成功的手术窗外也有偏北风。"

"你瞎扯。"白勤芬说。"唉,亲爱的荣珍啊。"

"亲爱的勤芬啊。……我到了我叔祖母的灵前的时候是想着那时代的悲伤的,当然儿童并不想很多。祖父是老大,所以我叔祖母并不比我祖母年轻什么。"

"你就立志后来学医了。"白勤芬说。

"你呢?"

"你知道。这我们都说过了。"

"你有你的外祖父很爱你,他的胆脏炎折磨凶,又有别的病,常年病,后来死了,你小时候替他买白片药,叫做白片,冷冷的和鲁迅一样。"

"也有相似的。"白勤芬说,"还有我的姑母患肺炎死,给我刺激深,我也便立志学医。唉,我们中国也算进展了。"

"你的论文我们一个同事很赞美,关于心脏的第二篇。你的水平好,你给我刮南来的风和东风,……好,我要努力了。"

寂静的深夜里,谢荣珍写她的论文。

白勤芬回忆着,现在夜也深了,她跟谢荣珍写信,主要的精神激动是今日两次造访海国乔和她对于黄家珍的钦佩。但这时候前面门廊有响着,接着有皮鞋声,白勤芬好奇地伸头出去看,便看见她的谢荣珍又突然来到了,她惊愕之后便笑了——不相信真的是谢荣珍到来。

　　"你一定要骂我。"谢荣珍说,仿佛接着去年的热烈的谈话一样。"人们都有着一个亲密的朋友,而且这亲密的朋友会突然来到,正好是你回忆想念他的时候,在春风里或者是寂寞的冬季炉边。我这说的是正在想到的外国的哪位文豪的言论,我把记不清的都归纳算做歌德的言论,我来看你,密斯白,温柔的沉默的有点爱讽刺人的姑娘,大学里的高材生,和我打篮球的结交了。白大夫,白师父,阔别一年了,你还没有想动弹,不好。"

　　白勤芬便说真是很巧,她正是想念她,想写封信。谢荣珍来到屋子里洗脸和忙乱中说,她来到北京三天了,是此地医院电报邀她来会诊几个骨科病人,也听报告的;而且她参加的医学会还分配她到河北乡下保定去一趟,去乡间帮助医疗,诊断骨科病人,也有她也还行的小儿科,她说她希望白勤芬也一同去,因为白勤芬也会看内科。白勤芬看着谢荣珍的有些兴奋的脸,便很动心了。她曾经跑过几趟乡下,最近她们医院也有往乡下去补助医疗的活动,但她因为情绪不好,又有点忙她的病人,没有应征。现在病人忙得差不多了,她便动心了,而且恰好他们医院也有人在乡下保定。

　　白勤芬在她的朋友从旅行口袋里拿出衣物来的时候徘徊着。她想她的生活有些冻结了。她决心到附近的街道委员会去借电话,夜晚打电话,认得人是可以的。她去了不一会回来了,面色有些喜悦,她说"行了"。她又说,乡下保定他们医院有两三个人。于是白勤芬便整理箱子,像晚上和黄家珍到海国乔屋里回来一样,她有些激动,便唱起歌来。

　　"我这回会诊来北京碰见郭芜大夫了。这人你知道,他在上海时前年我和他狠狠吵过两架,'文化大革命'的时候他是很欺侮我的，思想是权力地位，说是要把我这种人当作刍狗。我骂他一连串混蛋和王八蛋。"

"你又开始聊了，像去年一样。"白勤芬说。

"你不欢迎吗，你听我说。"

"睡了，宝贝儿，明天有新的旅程。"

"你是聚宝盆儿，北京话，我记不清大学里为什么你混名聚宝盆儿了，大致你是爱聚集知识的，又叫博士儿。我回忆我那年在北京读的大学学会了几句京味儿。你听我说，几分钟就说空了，便是郭芜这外科主任老头在这两日对我改变了态度，整个地说他的臭官僚有所改变了，他见了我脸红，我则是十足的内心摆好架势，准备和他冲突，但他请我坐下来，细声地，有点瘟地慢慢地谈着，请我做骨科的几个病人中两个主要开刀的。他说他相信我。我不相信他。但我渐渐了解到，这回调动我是他提议的，他说他看见了我的论文和内部通报我的成绩，他又说他过去的官僚主义是很不对的，现在改了……但这不足以表明问题，你对这人不熟，这人当副院长很真，他说，'你们怎么搞的，是破坏分子不是'譬如他有一回对我怒吼，"谢荣珍挥舞着手臂，站起来摇晃着身体，模仿着，说，"他说，都是萤火虫一样，不负责地亮一下就绝了，不知道医院是他的血汗，有时他也补一句，'人民的血汗！'他臭骂护士使我愤愤不平，他臭骂她们是吃干饭的，一回说碘酒太少了，我对他反了，但一回他骂我是'萤火虫女医生，蚱蜢女医生'，他跳起来在蒸馏室吼叫着：'这谢荣珍是个害群之马，是个蚱蜢！'他又对着我的脸叫，我便砸了一个药瓶，大声地骂着混蛋混蛋臭王八蛋总有几百声，出走廊去了。我抗击他这种臭官僚的。他吹嘘他对医院是有贡献，连一个拖把的事他也细算，他还扣发奖金，过分欺人的考核医生，想挤掉善良的老院长，院务会上他总吼叫一切都不好，只有他的少数党羽好，暗中的中伤秦院长老头，我实在同情，和这又增加了吵架。……我讲得给气起来了有些夸张。其实他已是个很右派的人，劫取权力，他大叫着'都要我来签字'，便夺取为代院长。他权力心重，见到听话奉仕他的便高兴,而他的医道也堕落了;一日开刀请了我和秦院长去,我帮助开成了便在会上臭骂他。"

"你是有这种牛劲的。"

"我是的,所以我闯祸,'文化大革命'我整天披着蓑衣在雨中喂池塘里的鹅,还推土车,还学会开拖拉机,当厨房女大司务。我就说这郭副院长他'文化大革命'欺人,事后他却也无事,骂几句'文化大革命',便又当权很凶了,我还发现医院里的一些沙发、穿衣镜、面盆也到了他家了,他的女人很势利,也会点小儿科,我也和她吵。"

"那么他这回怎么转变的呢?"白勤芬说。

"看来是我骂他是一个功劳,重要的是一个纯洁的青年护士因为他骂她是臭虫,吃白饭的,当着病人砸了她的药盘,她便自杀了,幸而好,遇救了。这护士有个哥哥在军队里,前来责问他。这护士真好,说真的,宝贝儿,我要多说几句,很用功,很执行任务,夜晚常主动起来照护重病人和四处巡逻,这巡逻也惹官僚和官僚的党羽的恨。这护士姓任,我老看她默默地在收拾病床,有空便拖去那里的地,而且很是谦虚,说没有做什么工作,她在走廊里静静地来往,往重病者的病房里插上鲜花,说着成套的安慰话:'你不急呀','就要好啦','你脸色很好'……'早安,晚安,问您好',我挺受这小护士的感动,她自杀而遇救了我去看她,她说,她是没父母,只有一个哥哥在军队里当排长,家里面还有嫂子儿女,知道生活的困难,她说,她真的像吃白食的……'难道你是吃白饭的吗?'我便问她。再说这官僚郭芜被批评了……总之我这回来北京和他面面相觑,相互相对无言,但他有些脸红,他是降了级了,对我说,他认识了他的错了,技能还是有一点的,也请我看他会不会适任这外科副主任,我听说这还是上级中央有强硬手腕压下这批浮水官僚,这主要的是邓小平,他们又有说是陈云。"

"后来那小护士呢?"

"又端着药盘在医院里走了。我和这郭芜相对哑然,但这回他说,他推荐我的,他改正了,很感谢我给他的过去的'臭骂',他是用这两个字,还淌了两滴眼泪。……我心里倒也便温暖。他们推举我的会诊,我前日完成了一个,昨日遇到困难二次开刀,但仍然顺利了,我便很快活,买了一件衬衫做纪念,还有一瓶玫瑰酒,你喝吧?我想我也出风头,旧年时到现在也有着鱼龙混乱的这建设之途,我也快成小官僚了。但我虽工作严格,也斥责人,却不过分!"

"不见得吧。"白勤芬说。

"咦,"谢荣珍说,便陷入沉思,但她说,"你的怀疑使我一惊,真的,我有时候是权威,声音很大,但我负责有一个时常错误的护士和一个助理医生一个司药。你说我是也有点不妥吧。"

"可能的吧。"白勤芬讽刺地微笑着说。

"瞎说,没有的。我有些专断,但那是必要的,就像我骂郭芜。到底你是怎么看?"

"我看,是也还好吧。"

"还好就行了。我的胃病好了,喝一点这种酒,我们叙说我们的心思吧。"她说,她又重复说:"我们就叙说我们的心思吧。我想儿女们大了,我将来到乡间去干医疗站,弥补我的缺点,像你所说的。"

谢荣珍便喝酒,也倒给白勤芬。

"聚宝盆博士儿,你的向往呢?"

"我想……再看吧,我想几种困难的手术病伤的研究。"

"我也想做研究,如果到了乡间,研究的机会便少了,但也不一定,这时代激动着我,我也想把你当做测风球。祝我们出门的时候不遇到偏北风。"

白勤芬喝了点酒,抱着手臂在屋子里徘徊着。她又打开箱子拿出了两件衬衣。她还检查她的小医药皮包,从箱子里又拿出一些药来。她找了一根绳子试着把裤服扎起来,她说扎起来好爬山路,她想还到山区去看看。人们需要医生的。她扎起裤腿管来走了一下,笑了,又解开来。她便揣想着她明日的突然改变生活,到乡间去的旅程。她想访问农户,察看他们的卫生环境。主要的这与她的想改变她的心境的想法是合适的,她近来忧郁了。她的事业是有成绩的,但她想她年龄不轻了,还有若干年的奋斗,如何安排呢,她便想下乡去想想这个,而且振作起来。

"唉,亲爱的荣珍啊。"她说。

白勤芬想着她的失败的结婚和生活的孤寂,实在说她过去爱着她的丈夫的,所以心中常有尖锐的痛苦,她很想振作起来,和谢荣珍的谈话触动了她的心思,她想到,在她和她的丈夫蔡豪结婚的时候,也是很有幸福感的,蔡豪那时是勤奋而聪明,也是纯朴的,但后来不知怎样就变坏了,成了——如她自己所说——痛苦的冤孽了。……她夜间好久不能入睡,在兴奋中,听着谢荣珍的轻微的、睡着了的呼吸声。早晨醒来她又有一阵忧郁。被称为性情温和的、"温柔敦厚"——蔡豪这样形容她——的白勤芬想着她的过去曾有的快乐。蔡豪那时是热烈的人,旋风似地在屋子里忙着事情,而且大声嚷叫,令她头晕。……她起得很早,收拾着医药包,看见谢荣珍也醒来,一翻身便爬起来,便展望着往乡间去的旅行。生活里面的她自己的能力和做医生的成功,振作起来了。随着黎明,她的心让愉快充斥着了。

"我的好荣珍。"白勤芬活泼地说。

"想起什么财宝了。"

"到河北乡间去。我希望变换一点生活了。"

"对的。你也可以不必考虑蔡豪。"

"是这样。当我年轻时,我曾展翅飞,我现在往前行,思我故旧友,开辟新田野。"白勤芬说,"你来了我很快乐。……我想到蔡豪,我从前是十分爱他。"她的嘴唇有轻微战栗,说,"……对他好的。你知道,我心中就有阴郁的痛苦。我想着他从前深夜里朗声读俄文的用功。一个人为什么要变坏呢,……但是我也是不在乎的,混蛋!"

"对了,混蛋,"谢荣珍说,虽然她曾说过她希望使蔡豪改过,希望白勤芬和他和好。

黎明，海国乔老头子推车出去扫地，李义去电车厂值班，看见白勤芬和她的朋友谢荣珍背着旅行口袋，手里提着医药红十字皮包，匆匆地出门去。他们互相招呼。走到靠近胡同口的地方，白勤芬和谢荣珍都回头望了一望推着独轮铁车的海国乔老人和电车司机李义，海国乔的独轮铁车在胡同里发出很响的碰击声。

"白大夫，你们好，到乡下去好。"老头子海国乔呼喊着。

"你好，到乡间去，是受了你人民代表的鼓舞，"白勤芬说。"这个老人很好，"白勤芬向谢荣珍说。"我往新的田垄进行了，我也并不太忧郁，那种这时代的蜉蝣的花花公子蔡豪……混蛋！"她说。白勤芬和谢荣珍背着背包提着药箱在黎明中往胡同口走去了，推着铁的独轮车的海国乔老头和李义长久地看着她们直到她们消失。

五

夏季的炎热里人们的情绪有着兴奋。白昼继续到夜晚。春天的时候，人们灵敏，愉快地动作着；夏季欲望强烈，带攻击性地动作着。每一个动作都带着似乎是新产生的欲望，有时是轻微的，抑制着的，潜伏着的，但有时是明显的带强烈性的颤动。高大的杨树和柳树静静地立在白昼和暗夜里。太阳从早晨起便很炎热。夜晚也炎热。车辆，机动车的声音带着刺耳的震动。海国乔大院的杜翔实，从机器工厂调往建筑工地担晚班兼差一个单位，白天里一个单位。

夜晚的城市很安静，但和白昼一样，建筑工地上有着强烈的搏击的声音，起重机高耸着。这是盖二十层的宾馆楼房。杜翔实是强壮的男子。晚间钢筋继续架起来，水泥继续灌浆，杜翔实干电焊工作，在起重机的抑制着的轰声里和电锯里到深夜。周围很寂静，杜翔实骑着车回来。白天是干绑架钢筋和同样的电焊工作，下午再骑车回机器厂当旋床工。调度的结果，每日增加了几小时的工作。夜晚的建筑工地的敲击声，起重机的啸吼声，电焊声,传得很远;电炬的亮光和电焊的闪光也照耀得很刺眼。很远的地方看得见触及空中的白色的云的闪亮。

　　白昼里云在空中飘浮着,慢慢地才飘过北京城。白色的云在空中的强烈的、酷热的太阳下闪耀着。在钢筋工杜翔实所站立的高建筑架下面,泥土街道边上,蝉在高大的杨树上鸣叫着,声音起来很弱,有时被起重机电焊的声音所淹没,不被它注意到,好像它是处在另外的世界里。电焊的闪光白色,白昼里也同样地闪耀。远远的下面泥土的小街,有儿童们在游戏。白昼的强烈的太阳和夏季的灿烂的天空下,从早晨起,车辆在大街上流动着,响着震动的似乎是从地底来的声音,深沉地啸吼,轰鸣着。大街上流动着自行车和两边行人的阵势。人声甚至轰响的车辆声,在建筑工程高架上听来也微弱。在人声和车辆声的里面和上面,响起了建筑工程的巨大的猛兽啸声般的声音,仿佛是北京城在这时候兴奋地从地底和空中展现了它的灵魂和这种渴望;数千年人们生息的历史颤动着。

　　白昼和夜晚,在北京的旧的和半新的一些房屋之间,在一些低矮的平房院子和两三层楼之间,繁华的大街和寂静的胡同之间,连排的建筑工地,巨大的建筑架耸立着。夜晚,多处颤动着;白昼的轰声也触着了天空中漂浮的白云。这是搏击的时代,北京城出现这建筑群和工业的新的精灵。建筑工架于阳光和轰声中似乎在进行着凝视和思索。建筑工架设计的办公室和指挥室里忙碌着汗湿的、发热的,凝聚着思想的男子和妇女们。有强有力的手臂和聪明的头脑的人们。人们在沉默里,有的在变换动作的瞬间进行着思索。旧的、破烂的房子,浮着脏臭物的水沟和城边的小河,荒凉的土丘和杂乱的野草……没有了。但人们也思维保留着民族的风格,古的文物,和旧时贤明的声息创造与纪念。杜翔实在工架上,他工作着偶或瞥一眼斜下面的奔跑着儿童的小街,似乎还能嗅到霉烂的野草的气味。从这里骑车经过树荫中的小路和弧形的大路通到他们的机器厂,从这里可以瞭望到城边的不远的他们所住的野鸭洼。他自小生活在北京屋檐下。他小的时候出门迎面碰见凄凉的事物，迎面碰到国民党统治的黑暗给他的幼小的心，给他的幼小的，可是也结实的胸膛以凶辣的打击。例如流氓和那时候很多的特务抢夺他们的衣物和食物，和他的父亲贫苦下力赚来的攒在他母亲手心里的可怜的一点钱。流氓地痞拦街抢物欺人那时候是平常了。特务和地痞街头殴打他的长得好看的姐姐，因为他们拦她的路，她吐他们口水。还有有时常打他妹妹杜宏英。迎面碰到哭泣的时代，北京的胸腔里的哽咽很强。那时候有街头繁华而惨淡的霓虹灯，有歌女的跳荡的，柔软的，也凄惨的歌声。杜翔实那时有一种凄凉和孤寂，常常和野孩子们打架，也孤寂地站在门口，有一些时候，便被母亲吼出去捡垃圾去了，而在捡垃圾中间读了他的人生的最初的课文，一个少年将捡到的一件旧的男衬衫让与他，而他也将捡到的一双旧鞋让给一个女孩。那时他不满十岁。解放了，在共产党的呼唤下，下层社会从苦难中崛起，人们在北京的屋檐下，在各自的屋顶瓦片下崛起，从中产生了和产生着先进的搏击成分。杜翔实记得他的母亲在解放后的一次斗争一个恶霸的会上讲话，他母亲从旧时代的苦楚说起。杜翔实胸膛中充满天真的激情，他觉得他的母亲说得极好。他母亲声音很大而且激动地做着手势，杜翔实心中便产生了要奋斗成人的念头；他的母亲讲旧时替人洗衣一件多少钱，替人们缝补旧破一件多少钱，做竹子的吹吹卖一个多少钱，恶霸共打她多少，他的母亲还讲火柴厂糊一百盒火柴盒多少钱，而被剥削抢劫多少：她曾是火柴厂的饥饿的女工。这便是杜翔实以后常做的他心中的账目。他所住的胡同便叫着火柴盒胡同。杜翔实还记得就是他总相助一个青年学生抢夺回被抢的自行车。他曾砸出泥巴块，那学生住在附近，曾经过街头有时摸摸杜翔实的头顶。他后来挨了流氓的打，在泥灰里躺着昏迷而呻吟着，被一个青年工人抱到家里去喝了一些热水，他便注意着他的这邻人是个子很高的。他听见这善良的青年工人对他的女人说："这小孩醒来啦。"他便喜欢"醒来啦"三个字。解放后他上了一些时学，后来便当徒工，饥渴地学习和劳动,他醒来了。他拿完整的工资,不受剥削了。杜翔实每日骑自行车来往建筑工地,经过火柴盒街,想到他在若干年之间成长了,站在高的建筑架上,瞥一眼小街上奔跑、游戏的儿童,他便有时想到自己的童年,他的贤惠、勤苦,能干的母亲和她的洗衣糊火柴盒的双手,想到她大声地啸叫着于解放后,捏拳和举手臂呐喊,倾诉过去的苦难和她的养大杜翔实姊妹的账目。火柴厂女工他的母亲在"文化大革命时"病死了,杜翔实心中怀着对她的深刻的尊敬。他现在是强壮和有些豪放的技术工人,他不忘本,他很努力。旧时代的冤仇和对于新时代的热烈和渴望,新时代的技术工人在北京屋檐下成长了。因为"火柴盒胡同"的受难的儿童成长了,所以新时代欢欣,杜翔实时常感到这欢欣,这时代的欢欣也正是他的欢欣;因为一年又一年的,北京乡土改变面貌了,旧的贫困渐消灭了,一年又一年的新的社会的脚步巩固了;因为虽然十年"文化大革命"的劫难社会翻船了,但还是有有力的手臂使这个国家巩固地再前进,惊悸不安的梦境又过去了;因为十年劫难中杜翔实被罚做苦而重的粗重的劳动,不断地拉着石头和土和垃圾,还要挨打时刻几处红肿,他也乐观地过来了,而新的时期便再又充沛着对英雄的事业的饥渴……杜翔实便如同许多人一样,奋激地工作着。

夏季的北京乡土灿烂。过去的生活有清晰的道路,新的时候生活带着新的光荣和豪迈向他呼唤了;他,杜翔实,觉得幸运、幸福然而同时有点凄伤,年龄渐大,过去有十年的凄苦。他心地单纯像以往一样,然而同时和以往不一样,有着时刻的一些叹息和忧愁了;他坚决、刚强,同时内心里面有着剩余的惊悸,便有些想深究面前的人生,他豪放然而同时有灾难带来的慎重,他敏捷然而同时仔细,有时似乎有些犹豫,他宝贵他在人生中凭自己的努力和亲切的他的人们人群的力量而获得的岗位,骄傲而且像锋利的斧头入木深锲地负责,然而同时增加了一些沉思,他似乎有些徘徊,他似乎是想做更大的工作,去从事更强的事业。活跃中他有些沉静,这不仅是表征他经过了年岁,而且表征他是经过了苦难。夏季的北京乡土灿烂,蝉一早晨在许多树上鸣叫着。杜翔实还回忆到他笑的时候那救过他的青年工人曾给过他一个蝉。因为捉蝉,住在这条胡同的电车司机李义也曾经和他一起挨流氓的打。李义在那年代是一个顽皮的小孩。有一次海国乔老头子举着很长的竹竿和流氓们相打,海老头也曾一度住在这里。

杜翔实工作着,站在多层的高的建筑工架上。他用粗铅丝捆绑钢筋。他扭动大的钳子,他的手臂上的强壮的肌肉和他的腮上的结实的肌肉便颤动着隆起了一下……

杜翔实工作到中午,今天要有几小时停工待料了,器材没有运到,建筑架便空洞起来,只有少数人没有下来。太阳下的沙土堆边上,下工的动作和人声嘈杂中,发出了很嘹亮的、尾音拖长的杜翔实的女人朱娥的声音。接着有好几个声音帮忙啸叫,朱娥的声音又和人们招呼着。杜翔实从建筑架下跑了出来。

"你们都好,"朱娥和认识的人们打招呼说,也和不认识的,她是明朗性格的妇女,"你们下班啦,停工待料三小时呀,真是够不好的,你好,我朱娥可不好,你一说我便不好,我明天等你。你好。"

"我没有什么好。"瘦小的工地党支部书记兼管事人员曹贵愤怒地说,他正在忙乱着,拖着一团绳子,"怎么呢,骂我们停工待料我有什么好。"

"那你生气了,那你是不好。"朱娥说。

"有你们这高兴的,有你杜翔实老婆朱娥这么高兴的?"这瘦小的人站下,预备跑去,又站下了,继续愤怒、焦急地说,"我们这里急坏了,我还要找一捆绳子,你倒逍遥,来找男人了,但是他是领班还不能去,要帮着查人事账。"

"你真很凶,你这曹贵,你是臭官僚。"

"我是臭官僚,你们家杜翔实才是,他当领班负什么责任啦,"他走动两步又站下,说。

"他怎么没有责任呀。"

"你看我们吵起来了,我没有时间。他当然也分配他的人们工作,还教徒工干活,可是他要帮助我们人事调度安排呀,跟他分配的,他却不管……你朱娥好不好,我都不管。"大声地说,"我是臭官僚。"曹贵说,便急忙跑开,找寻绳子,但是又跑转来了,对朱娥匆忙地看看笑了一下,表示缓和刚才的愤怒,但接着又发急了,说,"我改天再向你道歉,我不好也不问你好。"他又急忙转头看,跑开了。

朱娥碰到了杜翔实,她说她是走这里过顺便来看看,明天她可能不回去,在乡间顺义要建立一个新的纺织厂,便派去城里的厂的有经验的女工和领班协助,而且调几个徒工去。朱娥断续热闹地和周围的人们点头,和不相识的人们也说话,她因跑路和大声地说话而流汗,面孔发红。她说她要下乡去大约两个月。

焦急的党支部书记曹贵又经过,流着汗,对朱娥笑了一笑烦恼地说:"你还没有走呀。"他又对杜翔实说:"你得有时间来人要料呀。"说着便跑走了,笑着,显出似乎是因忙碌而高兴,但他又站下,说:"你朱娥师傅不骂我啦。我并不是忙得当官高兴了,你不要看着,以为我是这样,我心里仍然很急,材料下午假若不能到……"他又说:"但是经过你骂我,我自己觉得也是这样的。是一种四化的小官僚。"

"老实说我觉得你也还好。很负责。"朱娥忽然诚恳而忠实地说。

"我很负责吗?"曹贵说,"吓,也是吧。"便走掉了。

朱娥热烈,有些兴奋,她经常热烈而喧闹,还像她十七八岁时初当纺织姑娘时一样。她还高兴她将升点级,和乡下开办新的场了。她的母亲在乡下顺义。

朱娥向杜翔实提议,她想上建筑工架去参观参观。她问跑过来的党委书记曹贵可不可以上去,忙碌的人曹贵很大声音说可以上去,休工了,他准许。于是杜翔实便陪着朱娥一起往建筑工架走去了。

"上我们这里来玩啦。"一个女工叫。

"来玩啦,你们好,精神快乐。"朱娥说。

"听说你要升级啦。"女工说。

"没有。"朱娥说。

"要升级吧,"一个男工,在掘土机车门上站着,一只手拉着车门,一只手提着一桶水泥,随着掘土机的开动而颠簸着,在掘土机的喧闹而粗糙的声音里大声地说;他同样因天热和劳动而发热流汗。"听说你要升级车间到主任了吧,当纺织大王十七岁进厂,十六七年了吧,那天杜师傅说的。"掘土机车门上的工人说,快活地说完,突然现出一种严肃的、有些苍老的神色沉思了一下。"你朱师傅是顺义人吧。"

"是的。"朱娥说。

"你的孩子不小了吧,小的快上高小了吧,男孩吧。"一个女工说。

"对啦。还有一个在幼儿园。"朱娥说,抬起头来向建筑工架看了一眼,"我上你们架子上参观啦,好久就想参观啦,这多层楼。行吧。"

"怎么不行。"同样发红、流汗,提着一桶水泥,往吊架绳索的钩子上放的女工说,她在做休工的最后的动作。朱娥看着她的积极的动作。朱娥在掘土机车门上的工人们说到她的纺织工厂之后,她的因要到乡间去参加增开工厂而热烈着的心中便浮起了十几年纺织女工的生活的一些回忆。这城边上的也靠近郊区的纺织厂,旧的车间改进了。当徒工的时候的鼓勇,成熟稔女工的快乐,遇见坏的人事的忧郁,熟悉的气息,棉花间里的窒息,机器的轰声,和一年一年的忙碌的、渐渐认识生活的岁月。"四人帮"时被罚增夜班减工资很痛苦,然而很依恋着纺织厂。"我的心像蚕吐丝一样的依恋着我的纺织厂。"她想。她知道事业的艰难,是的,这是她的事业;她也便有着造成了出色的成绩和认识了国家前途的快乐,有一些时间她几乎是喝醉了一般地在她的车间里劳动着。出差错的旧时候哭过。她现在要升车间主任了。

在第五层楼的建筑工架上，一个有点胖的年轻女徒工还在砌最后的水泥，没有下班，而一个三十来岁的，有些阴沉的组长在骂她。女徒工因挨骂而紧张，面色苍白。组长不高兴她的成绩，而且她似乎是弄坏了什么工具。

"你想想你对得起四化的祖国么，"组长说，"你的嫂子病了你就这样丧魂失魄么？你说你自小依靠嫂子，你又说现在社会还是有不好，你不是不爱国么？你偷懒而且弄丢砌刀砸坏水桶……我扣你的奖金的，扣你的工钱的。"

女徒工用很低的声音说，她希望不扣奖金，更不希望开会批评，像上大字报一样，是"四人帮"，至于木桶和砌刀，并不是她弄丢和弄坏的，她更是赔偿不起的。她轻声说她受冤枉。

"你这是睁开眼睛看么？我这是'四人帮'么？"组长蛮横地说，"我不相信你不是偷懒，不相信你不是吃白食的。绝不是我没有弄清楚，工具决然是你弄坏的。"

女徒工仅仅下意识地动着砌刀，水泥从砌刀上掉了下来。她沉默着，落下了眼泪。

朱娥便问她叫什么名字。

"叫单兰英。"女徒工说。

"你叫什么名字呢？你贵姓。"朱娥问。那组长回答说，他姓田。

"你是田奎。"杜翔实说。

田奎便不作声。

"你一个人会影响破坏整个建筑工程的进展的，"田奎又对单兰英说，"你有头脑没有，你想想，你头脑里就是钱，说嫂嫂病了，嫂嫂从小待你好——你的嫂嫂比你大那许多呀——怕也是为了钱，现在你们这些徒工真是很厉害的。"田奎凶恶地说，看看杜翔实。

朱娥和杜翔实预备走了，但是朱娥站下了。她又听蛮横的田奎说："你嫂嫂真的病了吗，你说不定是伪造你嫂嫂病的，你哭了我就不敢说你吗？"

"下班了还不走呢?"朱娥问。

"没完成定额。"女徒工说。她的帆布衣上全是水泥,帽子上也是,很歪地戴在头上。

"是你自己积极还是姓田的田奎这位是组长吧,要你这样呢。"朱娥便想到自己刚入工厂当徒工的时候也有遇到过一个这样蛮横的领班,后来还碰到一个车间大组长,她觉得她们的人心是很冷漠的;不过大组长后来改正,成了她的亲密的朋友了。"我觉得你这人过分蛮横,有些欺负她。"

"我是有一回偷懒。"单兰英说。"不过我要是有一回偷懒,"她又翻悔说,"我从这架子上摔下去跌死。逼我承认不行。砌刀是他自己弄坏的,水桶是他们提走的。"

"那你难道不是偷懒吗,笑话,你那会坐着打瞌睡。"田奎说。

"那是规定的休息。"

"吹了哨了。"

"没有。"单兰英说。她转过她的脸来看看朱娥和杜翔实,她有很深的忧郁的眼睛。

"我嫂子的确病了,哥哥就那点钱,有三个小孩,她反对计划生育……我是相依为命的,我不偷懒。他田组长骂我。"

"她单兰英我看见夜班很勤勉。有油漆的水桶,我看见是老王拿着的。"杜翔实说。

"我看你这领班组长是不对的。"耿直而发怒的朱娥说。

"那你这位管我干什么呢?要你管我对不对?她单兰英心眼里就是钱,干活不积极。你一定得有心破坏工具破坏工作的。"

"你怎么这样粗野说她就是为了钱呢,而且她是破坏?"看看单兰英的苍白的、纯朴的脸和脸上的忠厚的,有些好看的鼻子,朱娥发怒说。

"那就怪了,你凭什么管我哎?我管我的事与你什么相干哎?你什么地方钻出来的?"

"我什么地方……我是抗议你这专横落后攒点权力欺小姑

娘。他嫂子为什么不是病了困难呢,为什么你骂她那样凶呢?你蛮横无理!"朱娥大声说。

这样就冲突激烈起来了。朱娥很高的声音,激动着,痛苦着,和这田奎相吵叫。这田奎还带着脏丑的语言在大声红着脸叫唤。他又转向干涉了他一下的杜翔实了。他叫嚷说,他认得杜翔实这种出风头人,专门"要"来的领班,摆臭架子的。这田奎是露出他的凶恶来了,他说他反对建筑工地的人事,杜翔实有一回排斥了他的关系的工人。杜翔实说并没有,而是他想排斥,是小小帮口;杜翔实也发怒了,但是又忍住了,他劝朱娥走开算了。但是朱娥继续发怒,说他不应该欺侮女徒工。有些胖的女徒工睁大着眼睛有些天真地看着朱娥。

"你这是混蛋!"田奎说。

"你才混蛋,你是恶狗!恶徒!"朱娥喊叫着,激动而带着痛苦,"有你这种欺人的,这种恶徒我觉得痛伤!你是四化时代社会主义这时代的人还是'四人帮'的领班或者更旧时候的欺诈分子,我恨你们!我们振兴的祖国不能等你们这种蛮横欺人,哎,我心中真痛,"耿直的朱娥说,"怎么可以这样欺人呢?"

"你为什么这样呢?"杜翔实说。

"就是这般的!就是要扣她单兰英的奖金,她嫂嫂我就是说没有病,她单兰英好吃花生米零嘴,乱花钱,不劳动。"

"没有。那是李芝兰给我的花生米。"单兰英说。"我说这位师父和杜翔实师父说的对,我是没有说假,而你田奎组长说的不对。"单兰英用很尖锐的嗓子和浓厚的河北乡间的土腔说。

"你偷懒!"

"我的哥嫂在乡间,我是进城来奔我的日子的,我的父母早死了,我要不勤劳,对不起我嫂我反痛苦。他田奎欺我是单身乡下小鬼,不过我结识李芝兰是助我的,像杜师父也是助我的,我有温暖的四化前途,不怕你田奎。"单兰英激动地说。

"但是你是偷懒!"田奎大叫着。

"你是恶歹!"朱娥大叫着,颤栗着。

田奎颤栗着，看看自己力量孤单，便走掉了。朱娥沉默了一下，拿出手帕来擦汗，便替首途人生奔她的前程的单兰英把工作帽扶好，又理了理她帽子边的短头发。

"你多大了。"朱娥问。

"十七。"单兰英说，"我跟田奎说十九。"

"那你这丫头。"

"你想学纺织厂么？"

"纺织厂顶好的。"稚气，面色有些红润起来的单兰英说。"你帮我申冤，你这位师父和杜师父，我没有弄坏工具也不该扣奖金的。"

"这我注意到。"杜翔实说。"我能帮你的。"

"你好好地，你会奔向你的前途，祝你和你的嫂子都好。"热情的朱娥说，还搂了一下单兰英的肩膀，便往建筑架的上层去了。

单兰英仍然有些犹豫地收拾着工具下了班，往梯架下去了。她动作敏捷而且精确地下了梯子便消失了。

"这姑娘有些像我的翔英姐。"杜翔实说，想到他的姐姐，"她翔英姐妹到上海造船厂去好多年了，今日上午想起我母亲，所以也想起她。我姐姐小时候走路很快，也有点胖胖的，很好看。至于我妹妹杜宏英则小时不大作声，她也常挨坏人打，可是不大爱哭。那时候这火柴盒胡同人们平台车拉着像山一般高的火柴盒，我曾推车得几个铜子，这你知道；我母亲是爱操劳的，老人家迟死几年就好了，'文革'后一些年我也认识到国家与人民的深海里有着我们的前程，但心中也有着一定的犹豫。刚才这单兰英有些忧苦。我也想到我母亲，我就是常爱想到爱操劳的母亲，认真说，是个了不起的女人。"

他们爬到了建筑梯架的上层了。

"你看往前这一片，"杜翔实说，"这细的一条扫得很干净的是火柴盒胡同了，我现在还记着我母亲替人家洗一件衣服几个钱，糊一百火柴盒几个钱。……你看那边是野鸭洼，这一排是二十几个建筑工程。这也岁月,新时代的年历,我心中就是容易想起我的母亲,她一回挨收火柴盒的工头的巴掌打,打在肩膀上,脸上……"

"你也变得噜苏了,我听你说过很多了。"朱娥说。

他们来到建筑工架顶上了。

"咦,一个蜻蜓,"朱娥说,看见一个蜻蜓飞过了建筑工架。

"蜻蜓飞这么高是很少的。"杜翔实说。"我们现在是前辈的工人了,老师父,我们的后辈,能手已经不少了。我们从旧的困苦艰难出来,是又到了有为的时代。你看那边一片又是十几栋建多层建筑。这是乡土,北京乡土。那是故宫,那是景山北海,那是整齐的一些胡同,我有时想糊涂的小杜翔实在火柴胡同长大了,这许多年来,也做了不少的事情,人们改变了中国的面貌,从前在初进机器厂的时候因为生命的最初的觉悟我很用功,这你知道了,那个瘦高条的副厂长很打击了我几回,在暗角里我呆站着,硬是不流眼泪,内心很痛苦,我想还没有能孝顺我的母亲。那副厂长还是个党员,他是一个眼光短浅的极狭隘的人,办一点事情便要训你很一阵,排斥不他一伙的。我说好,我一定要啃咬学会每一种机床,我巴结老师父们学技术——刚才挨田奎骂的单兰英令我想起我的徒工的时代,我那时老想养母亲,也想助妹妹杜宏英读书,攒起钱来,便也硬挺着那副厂长有时在我头上敲的一个很痛的栗棒。这么的我的孝顺和养家思想过去了好些年,生病的父亲也果然死去了,我对他倒不怎样思念,但也想念,他先在那火柴盒厂的时代学成了——干了一阵皮匹,在街头挨过国兵党宪兵的打,头上和背上流血,回到家里来默默地坐着,不做声,我那母亲便替他擦面干净血,替他缝了一些回赶着的活,有一回缝坏了,我的母亲很着急。我父亲是一个有些软弱的人,他当扛力活扛面粉工人的时候有一回还带给我一个糖饼子,这我很是记得,你要知道,我在孝顺母亲的思想里当徒工,那年代我父亲病着后来死去了,我姐姐很节俭,很管家,每月拿回工钱,一度进饼干糖果义利厂,她回来就扫地洗衣,而我妹妹杜宏英也很勤劳,我老想帮她读成书;而那时就有我姑母来跟她议婚了没有成功,后来她和李义结婚了,我姐姐也想奔向她的前程,而我那姑母,也是火柴厂的女工,是个一生很不幸的,她的丈夫早死了,是个酒鬼,把家的东西连我姑母的两件衣服也卖出去,从我姑母家里,时常有打架的声音,我姑母便喊着打死人咯,打死人咯……这种便是旧时候的生活,'文化大革命'我母亲死前他们逼我挑粪,我那时也想到初当徒工的时候我痛苦地呆站在工厂车间暗角落的情景,我后来也到底学成了不少的技术,搬轴杠骨伤了手,我那时候很慌,刘成老师傅帮忙我医的。一个人要像刘成老师傅那样好便好了,所以我这从凄苦的火柴盒街出来的小子也遇到不坏的人,刘成还教我读书,我的母亲看我的习字本曾很高兴,我还算算数给她看。她还会背乘法口诀呢。这么的我的母亲,贤良的女工便故世了……"

朱娥静默着,看着有些薄薄的烟霜的北京城,电车汽车显得有点小,在带子一般的大街上行驶着。

"我这跟你说过一些遍了。但是我想起我母亲给我的教育,她教我诚实和勤劳,时常说:忠实为人。冬天的时候大雪中,我母亲背火柴盒包袱回来要我将两个铜元钱送给失业的火柴厂女工摆的菜摊子去,是她买菜的时候,那摆摊子的多找补她的,她那回一手拎着几棵白菜,我记得这些事情,……我们祖国,有许多好品德的女人……我的妹妹杜宏英也不错,她自小在风雨里拿个篮子卖香烟火柴,外国有个火柴姑娘的故事吧。"

他沉默了一下,看着建筑工程下面的街道,但并不很注意。

"我噜苏了,但你知道我有时是有些想说这些的。我在年龄渐长的时候又遇到卢师傅这人很好,教我不少技术,而且在他的鼓舞下去文化班学习。我成了噜苏老太太了。你要知道,像你说的,男子汉不该这么噜苏。但是我要说的是,我从孝顺家庭父母的思想往前一步,我叫做开拓视野是取决于我的姐夫的几封信……这也没有什么,总之我入党了和开拓视野了,但我的内心为什么激动着呢?我和你一样有刚才看见女徒工而有感想,再有其实也很简单,是我这些时老想着我们还要开拓我们的视野,而你今天能当车间主任了……不过这也不完全这样的……"

朱娥沉默着。在他们的眼前,北京市街好些地方在建成的楼房和旧的平房间升起了建筑工架,其间有小的工厂的铁的细烟囱冒着浓黑和灰白色的烟。他们还看见不远的野鸭洼,他们所住的那座大院,由于中间突出的大枣树,被辨认出来了。朱娥的纺织厂在很远的树丛后面了,但可以看见一间厂房和树丛中闪耀着的玻璃窗,升起着较粗的烟囱。杜翔实的机器厂则在较近的地方,在夏季的炎热的阳光下,几扇玻璃窗闪耀着。他们所在的高层楼的工架离地面很高,下面的大路边的林荫道在太阳下静立着,车辆驶过林荫道。在夏季的太阳里,很多玻璃窗闪耀着光芒,车辆的玻璃窗闪着光芒。在车辆、工厂、工地的哄声之间,飘扬着一些尖锐而显得细弱的声音,那些声音对人们显出一种亲切和热烈。但杜翔实没有很仔细地注意什么。他在他的激动中,他激动于现在北京的具规模的建设开始了,他的生活要到新的段落了,激动于他的女人朱娥的成熟,和激动于心中颤栗着的夫妇之间的旧的和现在新起来的爱情。他用脸在朱娥的脸上靠了一下。

"自然也不完全是个人的。我有些啰苏吗,依你看。也是的。"杜翔实说,"我想什么呢,我母亲那日刚解放的斗争会上的发言我很记忆,她挥手又挥拳,说到她洗过的衣服多少钱一件,她曾一两年间尽义务劳动邻居的姓陈的孤儿寡老太婆,替她熬药和洗脏衣服,也还有几次替她洗澡,我听见我母有一次对我父亲说:'将来翔实长大了能成才的。'我母亲在我睡下后替我补补裤子我也记得,我便有几日在这火柴盒胡同不敢在地上乱爬了。你的母亲也是贤良的人。到现在还能下地里耕地,会做多样点心推碾子磨子我也佩服,……她也勤劳地纺纱到深夜,那日我们去顺义去看她。我们上一辈子人是尽了他们的心的……唉!"杜翔实说。

"叹气干什么呢?"朱娥说。

"天气要变。"杜翔实说,看着城市上空从北部过来的黑色的云。……不一点时间,他们便听见雷声了。地面的一些声音显得更亲切。他们从建筑工架上下来了。在工地里,离起重机不远,他们看见单兰英在端着一个大的饭盒坐在木头上专心地在吃着饭。

"你想到别的么,譬如纺织厂去?"朱娥对单兰英说。

单兰英听了一阵才听懂了。还像刚才在工架上回答得清楚,她说她想学。但是也不一定,她说,她在这里还好,谋她的生计前程的。她重复说,她想报答她的嫂嫂。

朱娥沉思地看着她。朱娥想替新办的纺织厂物色女徒工,刚才在工架上看中单兰英了。但她后来又犹豫起来,害怕麻烦;现在她便有些犹豫地看着单兰英。

"你看这事怎么样呢?"她问杜翔实。

杜翔实说,行的。调动也没有什么麻烦,因为是临时工。但是依他看来朱娥考虑得不很周到,因为这样是否合适呢。朱娥便说,她也有些犹豫了。她望着来到顶空的乌云。单兰英坐下去继续吃饭了,吃了一些又呆看着他们,没有听清楚,但觉得他们在议论她。她有些想当纺织女工。她刚才说不一定,因为有些畏惧陌生人,她和杜翔实也不熟。

"你看呢?"犹豫的朱娥说。

"那么再决定吧。"

"好吧。不,还是这里决定吧,我今日想着我许多事要积极些,一大堆子,而你也不一定要责难我不切实。你小单就一个哥哥嫂嫂吗?"她问单兰英。

"对啦。"单兰英说,又有了些畏惧,捧着大的饭盒看着他们。她的有些漂亮的脸孔是显出幼稚和诚实、坦白的神情。她的眼睛一瞬间闪着光,有了一种活泼。但又是显出一种畏惧,那活泼便又消失了。

"你是临时工?"朱娥问。

"我是临时工。"单兰英说。

"我还没有很大的经验。我现在当负责人了,但是多种都缺乏经验,而你老杜也不帮我的忙,有些浇冷水,你的思想也不开展,当然也不完全是这样的。"朱娥向杜翔实说。

"那不是这样吧,我是说你并没有很好的考虑。"

"我刚才在建筑工架上考虑过了。也不仔细,你有点对我的事不积极。"

单兰英带着小孩般的天真的神情,注意地看着他们。她注意到夫妇俩有点因她的情形而冲突。她仍然有点畏惧。

"我们都是平凡人,要走往前蛮多奋斗的路,当然,这事不怪你。"朱娥振作起来说:"小丫头单兰英,你批评我们了吧,我们刚才意见不一了,真不好意思。"

单兰英便对朱娥笑了笑。她觉得亲切起来了。

"你十七岁,顺义人。我们顺义开纺织厂,需要徒工,你去不去,愿意不愿意?"朱娥说。

"你愿意不?"杜翔实热心地说,但脸上显出了一种带着一点做作的快乐的神情。

"顺义……我不想去顺义。"单兰英用好听的土腔说。

"那里不是你的哥哥嫂嫂么?"朱娥说。

"那是……"

单兰英有些脸红。天暗下来了,三个人便往附近的工棚跑,单兰英端着她的饭盒。进了白铁皮加胶布的工棚,单兰英把饭又划了两口便放在地上,说:她是想说在北京好些。后来她坦白地说,她是想奔自己的"奔头"。寄钱给生肝脏炎的嫂子,而不没出息呆在家里;人们说不该没出息地呆在家里,她也有一些这么想。她想,在这里当临时工转正,学建筑也行。

暴雨下来了。朱娥沉默着,她心中有了对这幼稚,刚才工架上挨组长田奎骂的女工的尊敬。

"你人很小却有你的志气。"朱娥说。"那你就在城里奋斗吧。在建筑工架上奋斗吧。"大雨声中,觉得兴奋的朱娥说。"北京乡土。我母亲顺义人,我也半个顺义乡土,……不过,你读过小学?"

"高小毕业。"

"我出一个算数题给你算,首先你要快。"朱娥说,又显出她的快乐的性情,笑着。于是她出了一个复数乘复数的乘法,小姑娘想了一下,边看看朱娥,嘴巴动着算着,又蹲下去,用一个木片在地上画着算着。她算对了。她问,地上画着算算不算,朱娥说,当然算。

"学纺织女工有前程不是么?"朱娥说。

"也是。"

"你看呢,你老杜看呢?"朱娥说,她又说,"你就不要见怪,我刚才指说你什么的,你是个老实人。他是这样的。"朱娥对单兰英说,单兰英看看杜翔实又笑了。她继续在饭盒里用力快速地扒饭,朱娥看见她很快地吃进了最后的一块肉。

"你的碗里共四块肉加萝卜。"朱娥说。

"我们伙食还不错。"

"你怎样不想回家乡顺义呢?"杜翔实问。

"是有人说没有出息哩。"单兰英说,"我还想到军队当女兵人员去呢。是这么说的,有些远房亲戚啦,一个大叔,他看不起我,在我头上敲栗棒,打我,很伤心说的这些。他说我应该不像嫂嫂,要像男子一样去闯生活。还有一个女干事也看不起我。我还想学当医院护理士。"

"那里有志愿便很好。"杜翔实说。

雨下得很大,雷震响着,附近掘土机的声音停止,试机器,但水泥搅拌机的声音又响了一下,杜翔实听出来是坏了在修理。单兰英脸上有思索的、兴奋的表情。

"我也想学纺织女工徒工。你是师父,"她对朱娥说,"愿收吧。"

"愿收。"朱娥说。

"考不考作文。"

"不一定。"朱娥说,伸手拍了一下有些结实的单兰英的肩膀。"能成功我通知你吧。"

"那我先跟我嫂写信说呢。"单兰英犹豫地说。

"行。"杜翔实说。

"当然行。我叫朱娥。朱总司令的朱,女子旁一个我字娥。"

"听懂了。你朱师父顶直爽的人。"单兰英笑着说,"是这么的,刚才田奎骂我,我很谢你们。我不偷懒也没有弄坏工具不承认吧。我是挺努力工作的。"

"那你对,我们不会说你这些。"

大雨下着,单兰英显出高兴的表情,她沉思很久笑着叹了一口气,有些坚决地说:"那我就当纺织女工哪。"小姑娘便望着朱娥快乐地笑笑,脸上浮出了红晕。

"你知道我是负责的。"朱娥说。"我叫杜师傅跟你联络好吧。"她也叹了一口气,她觉得甜畅的心情,这是她开始当负责的——对国家负责的车间主任了。

☆

下午,朱娥到机器厂来找杜翔实,和传达一起走到杜翔实的车间门口。……杜翔实好久才出来。朱娥预备下午就到乡间去了。

进出的工人们望着朱娥和杜翔实笑着,人们很多认识朱娥。从车间门口可以看见车间里皮带的转动,灿烂的亮光和暗影中的巨大的响声,和尖锐的敲击声。从大玻璃窗有太阳进到车间里,大的车间的一部分仍然亮着灿烂的电灯,但排列着的机器有浓雾的暗影。运载材料和半制品的机器厂的顶篷上的吊架车和车间地面上的轨道上的运载车运转着。朱娥有些惊异地看着转动皮带的圆轴,她因为将要变动生活而对杜翔实的机器厂也特别的观察了一下,以前她来过几次,却没有对巨大的、有四五个通道的机器间有太多的注意。朱娥在杜翔实出来的时候去到机器间里面去看着了,震颤着震动着的机器,也像纺织厂的转动着震动着的机器一样,在她的心里引起激动。许多年她和杜翔实夫妇两人在奋斗着,她现在有生活的新的段落的高兴的心情。在她幼年的时候她的心颤动着,说:"看这些机器才精怪呢,才精怪呢。"在她的记忆里,少女时代的女徒工的她也带着新鲜的表情,惊异生活,像单兰英一样怀着要奋斗自己的前程的坚决的感情,说:"我要体会它们,我要打赢,我这个人是这样的,我是这样的。"又说:"看我这朱娥病苦了,……看哪,这回我这小朱娥快乐了。"她张望着杜翔实的宏大的机器间,受着震动,心脏跳跃着,注意到宏大的车间它的机器有好些台新的很亮,像是灰色和红色、黑色的蹲踞的兽;机器厂的高大的厂房的通道也还通向后面的也在中间亮着灯光的一个大的车间,机器的响声像海洋的啸吼一样,使朱娥觉得这是千万层重叠的波涛在猛扑着。朱娥还觉得这啸吼中有一种歌唱,正如她的壮实的心灵的歌唱。朱娥看着多台的各种车床,叹息着,说:"这真是也还不小的规模,几十年间大机器厂大机器转动着,……唉。"车间里面有紧张中的工人往这边看着,认识了朱娥,便匆忙地笑着点了一下头。朱娥觉得雄伟的气概。她觉得,好些年很快地过去了,很多工作和生活的快乐,也有眼泪和悲伤,例如"四人帮"的时候杜翔实被罚掏粪拉土车挨鞭挞,就在这机器厂的院子里,而她朱娥那时候工厂被关了车间,整日挖土和开会,朱娥是女工们中间领头几次冲进车间恢复纺织机的转动的。朱娥那时也很凶恶,保护她的心爱的机器,和"四人帮"打了起来,以至于被抓坏了脸。朱娥的纺织厂也换了新的机器了;她注意到正如杜翔实说的,机器厂大部分换了新的机器了,她注意地、出神地——旧时候的精灵而顽皮的小女孩和精灵的、活力强旺的女徒工这时回忆她的青春的时代,回忆她红绳子扎着辫子的时代。在机器之间很多年仿佛一下子过来了,现在她是两个小孩的母亲了,现在在她的生活里有着她的充满记忆的箱笼、橱柜,有着她的功勋的旌旗。她为第二个男孩最初没有托儿所也有哭过,但后来有了托儿所了,星期六骑着杜翔实装卸起来的带着儿童坐椅的车子去接小孩,这是她的记忆;杜翔实大半比她忙些。她上进和成绩飞跃了。她凝视着机器间,觉得机器的魔力和它们的闪耀的光和暗影,在这些的里面,逝去着杜翔实和他的青春的丰满的年华,有着她和杜翔实的回忆的重叠的美丽的、雄伟的、和也有暗澹的痛苦的沉淀。她觉得威力和一种快乐,凝望着车间。她觉得活力的少壮盛年,心中盈满着自信和雄心,如同她上午在建筑高架上感觉到这个一样。她沉默着观看着。

"我下午走了。"她说,看看杜翔实。

杜翔实要她等一下,又进到车间里去了。朱娥退到门那里,听着机器间里的风暴的声音,她在门廊里徘徊着。她想:"经过了十年浩劫的年代,我们又复苏活苏醒了,沉睡着昏迷着的苏醒了,在我的心里,也有苏醒和灿烂的盼望,快到中年了,人生的重要的岁月。我怎样说明我的感觉呢,可是生活里社会上还有坏人、混蛋,——这也是一个混蛋!"朱娥想,望着走进门廊来的一个戴眼镜的检验员。这检验员叫钱浩光,曾到杜翔实家去和杜翔实吵架,因为杜翔实领班的下半班交据他说有几次不清楚。那次这钱浩光和杜翔实吵架很凶,他有点欺侮杜翔实好说话,一心寄托在工作上的杜翔实便不注意地在一些小事情上让步,例如检验员老扣留他的手套,杜翔实便戴坏手套。那次朱娥也和这检验员吵了架。看见这钱浩光进到门廊里,朱娥便决心不理他。

但是却出于朱娥意外的,这检验员却很客气。他问朱娥好,并且说知道她快下乡去了。他知道纺织厂的扩大建设。

"一个人有什么意思呢,倘若专为了自己的利益,权柄,升级,奖金,你说对吧。我心中伤痛因为我是能力不够的,被人骂了,虽然我也骂过杜师父,和他吵过。我被蛮横无理的采购科骂了。"

"怎样呢。"朱娥说。

"我结婚八年了,这天我的女人有病。采购科说我的几件手续没办。他们骂我吃白食的,我心中很伤,所以我想回车间当领班。"

"哦,是这样的。"

"采购科长还骂我是霸道,你说我霸道吗?"他站着看着朱娥,预备走了,又站下来说:"你说我是霸道吗,我难道没有检验的权利吗?得罪了他采购科长的舅子了,我是不客气的、这种混蛋!但是我因为我女人的病我又思考了一个哲理,便是钱不是万能的,权力地位不是万能的,人生是如林黛玉贾宝玉一样的空虚,你说对吧?我和我的爱人生活是很好的,我们度过了一些可以说是甜蜜的幸福的时光,然而……"

朱娥客气地笑着,沉默着。

"我并不是对你宣传空虚,贾宝玉是反映了那时社会的,我是反映……我高中毕业来做工,和我的同事们都相处得很好……我从来没有个人势力欺过什么人吧,就是那回和杜师父也是一时脾气……自然,我脾气也是有不好。"说着他便忽然变得冷漠,看了看朱娥,往里面去。

朱娥便叹了一口气。她又注意着里面机器的风暴,但刚才的激动消失了。

钱浩光检验员又走了回来。

"我向你道歉那回到杜师父家里吵架。……自然,我还是觉得杜师父是有错的,"钱浩光似乎有些心酸地说,从衣袋里掏出一个白手帕又一大块擦机器的棉纱来擦着鼻子,"但是我不妨不得罪人,所以便道歉。快到八十年代这时候,一些人有些技能凶得很,都是个体户。"他又把擦了鼻子的白手帕和棉纱很仔细地扣起来塞进口袋里去,又拍了拍口袋,显然他是很爱惜这一大块棉纱的。

"那也不是这样的。"朱娥说。

钱浩光沉默了一下。

"你说不是这样的?……那也许你对。"检验员钱浩光说,冷漠地看看朱娥。"我和我的爱人是很好的,所以我很感伤,悟到《红楼梦》贾宝玉林黛玉的哲理。"他说,发生了沉思,眼睛仿佛是玻璃般呆定着,看着朱娥。

这时候女徒工洪兰正推着一辆车经过。女徒工身体很结实,眼睛闪耀着,看看朱娥简单地笑了一笑,说:"朱师父你好,来啦。"她是从轨道推制成品往隔壁车间,又推着空车转来的。洪兰的空车震动着,撞着了钱浩光。

"你怎么不长眼睛?"钱浩光叫着。

洪兰望着他,因为他的声音过高和傲横,便放下车子伸直身体,说:"谁不长眼睛?"于是便引起了钱浩光的叫骂,他说没有看见有这种的,这种女徒工太凶了。他说他正在心痛,因为和采购科吵架,因为妻子病了,却遇到了这种洪兰。

"我是怕你们的,你们这班子人,你这杜翔实师父的女徒工。"钱浩光说,面孔胀得发红,"我悟到生活的哲理是你们各种地头蛇,我觉得人生真有点空虚。我和我的妻子是很好的感情,我刚才谈到,度过了我们的甜蜜的生活,但是她生病入医院了,我很痛苦,特别是感情上的伤心。近日遇到采购科还遇到你洪兰。我觉得真是贾宝玉林黛玉一般的感叹,现在社会也有悲剧,你这女徒工十分粗鲁……"

"我不懂你说这些什么道理,像裹了小脚一般的酸臭。"洪兰说,"《红楼梦》是那时代的,你的这种《红楼梦》我一点都不懂是什么……"

"唉呀,你这样攻击我。"钱浩光说,"我怎么酸臭呢?"他用玻璃一般的眼睛从眼镜里看着洪兰,洪兰也有点惊奇地看着他。洪兰面颊有些发红,冷笑着,而检验员钱浩光则面色苍白,有些颤抖。他和女徒工日常有吵架,因而生了很大的气。

"我的心都痛了。"钱浩光说"你朱师父知道,"他对朱娥说,"我的妻子病了我是十分忧伤的,还遇到这种小霸王女徒工,这种整日很恶地和我吵架。我的心痛是酸臭?我说我真悟到《红楼梦》里的哲理,林黛玉贾宝玉他们的社会环境,我们这里也有一种粗鲁的、不精神文明的人。"

"那我们是反了你这整日叹气的林黛玉贾宝玉了,我们的罪名真不小,你不是酸臭?你和你的爱人的甜蜜的生活又是什么伤心生活,与我们尊重的《红楼梦》反对旧时封建什么相干,狗屁。"

"怎么又骂人呀,朱娥师父你说呢。"

"我不会说。"朱娥说,"你和你的爱人的生活是很甜美的,这本来与《红楼梦》不相干,你怎么说的?这自然是这样的。"

"怎么是这样?我为什么是酸臭的?"钱浩光说。

"你是有酸臭!"朱娥动怒地说。

"你是酸臭!酸臭!酸臭!"洪兰说。

"你混说!你们霸道!霸道!你这种女徒工我简直心痛!"钱浩光叫了起来。

洪兰望着他沉默了一下。

"朱娥师父,我也很心伤,他说他像林黛玉贾宝玉一样,但我说我们尊重《红楼梦》,"女徒工带着一点嘲笑说,"我挖苦过他两回自比《红楼梦》,他这检验员说我很多生活是差一点不够格和不够格两种,我拿着生活杜师父看,车间的师傅们看,厂长评论,没有说我不够格的,但他霸道仍旧说我,他有关系学是党委副书记的亲戚……我说我很心伤,但我有阿Q精神,也说我像贾宝玉林黛玉一样奋斗。"女徒工有点哽咽地说,"我想不干都有。朱师傅,你要下乡去吧,你们那里野鸭洼的海国乔我也认识,我的姑妈过去住在野鸭洼的,我小时常去到,志海也去过乡下。你说对不对呢,朱师父,我初中毕业,渴望七八十年代的进展的人生,努力学技术,他检验员说我不够格,我不够格?"洪兰大声说,"他这酸臭检验员很气人的,他等下定准说我刚才是故意撞他的。他的心是何等的自私呀,他的甜美的生活,他这霸道,当然我不该嘲笑你的爱人病了。"洪兰对钱浩光说,"我是说,你是霸道,你应该休息!"

"和他们这些说话我简直是心痛的!"检验员说,"我对他杜师父也有意见,就是讨好这些徒工。"

"我听说你朱师傅要下乡去建纺织厂我很怀想乡下。"洪兰说,看看钱浩光,似乎没有听到他的话。女徒工的声音很高,门廊里面的机器的震动声显得弱起来了。"我曾经初中毕业时想干乡村里的农活的,因为我的祖父母在乡下,他们也年老了,我很喜欢乡野,养鸭场养鸡场,小的河流绿草碧波,农民的汗水和大捆大捆的麦草,大车,骡马,和广崭的平原。我爱广崭的平原。"

"你这洪兰怎么耽搁事在这里说这个呢?这做起诗儿来了。初中毕业生!幸亏你不是高中毕业的!"

"其实高中读过一年的。"洪兰有些凶恶地说,"由于生活的不幸,我父亲被罗入'四人帮'的监牢,所以不读了、来当徒工了,几年了,快升级了,就是这样,我也是这时代的不幸。我不酸臭,我能干,像阿Q真能干,让你检验员骂,但我仍旧是爱家乡河北乡野,广崭的、辽阔的、一色的麦田棉田的平原……"

"真是诗儿。"钱浩光说。

"这比你的酸臭好。我经历了我的不幸,我现在咬着牙,想学成我的技术,我想我这小船要开到大河里去。这时代的生活有我洪兰的吧朱师傅?但这检验员说不是我们这样有前途的。我们的副党委书也反对我,但是党委书说我们不是错的,想学技术努力个人修养。他们说我是个体户。……我有梦想。朱娥师父,你知道,我爱乡间广崭的平原也爱都市喧腾,我小小徒工这一辈人是要干我们的事业的,我十九岁,年龄是资财,我要登我的高山峰。"

"但是像你这样有些霸道骄傲是不会成的,你不是安于你的工作的。"钱浩光说。

"你胡说。"女徒工说,预备推车走开。

"我胡说?我被你的粗野骂人再一次伤了心了。"

"但我知道你是很酸臭的,你心里自己蜜滋滋的。"

"你是不应该伤我的心的。"检验员说。

"这里不吵了。"朱娥说。

检验员钱浩光沉默了一下,和洪兰对看着。

"你有错……"钱浩光吼叫起来说,"你是小霸道,不能容许你这样的徒工的,你简直要使我心痛。"

"当然我不该伤你,你的爱人病了我也是希望她好的,我这点向你道歉……"洪兰说,"但是我是阿Q,我不认你的攻击,我会自我吹嘘,再会。哦,朱师父,祝你到乡下去好。"洪兰便进去了。

"这种女徒工是没有办法的? 杜翔实这些人,就放纵这种。"检验员说。

"我觉得这种并不坏。"杜翔实走出来说。

"我也觉得是这样。"朱娥说。

钱浩光用冷漠而轻蔑的眼光看了一看杜翔实和朱娥。

"你们是一样的。"他说。

"对的。"朱娥说。

"我们是俗人了。不像你们的清高,但是你们不见得行得通的。得罪了。"钱浩光冷漠地说,但却没有走,呆看着杜翔实和朱娥。

由于自己是著名的工人了,由于对着钱浩光和这一类的人的痛恨,由于高兴女徒工洪兰刚才推进去,而机器间的震动在结实的洪兰推着车子进去的时候使他感到豪壮,由于他意识到多少年的他的成绩和他也有他的旌旗,杜翔实显得有些豪强地站着,但由于这多少年的旌旗,他也有些苦恼,而受到了挫折的检验员不满意地呆看着他们。

"你们对我是有意见的。"钱浩光说。

"不多说什么了。"朱娥说。

"你和杜翔实是一对,都骄傲自满。"

"正是这样的。"杜翔实说。

"像洪兰这样的女徒工,不能娇惯的。"

洪兰很快地推着装满的车出来了,她速度减弱了一下。

"朱娥师父,杜师父,我爱乡野广崇的平原也爱都市的繁荣,我本来想到乡间工作的,但我还是爱好都市多些。我向你们问好。"洪兰说,"我不高兴某些人的作威作福,他们有各种样子的酸臭。"

"还有各种样子的?"钱浩光愤怒地说。

"怎么没有?"洪兰回头说。

"那你便不对了。"钱浩光说,"你到我们厂来示威了。"他又回头看看走远了的洪兰。

"你是不对的。"朱娥说,"我今天倒霉了,吵了一架了,和一个姓田的组长,建筑工地的,和你便不再吵了。"朱娥说,脸色有些紧张、发白。"但你这样是不对的。"

杜翔实对钱浩光冷笑笑,又看看朱娥。

"你下午就走了。"他说。

"就走了。"朱娥说。"两个月回来。我觉得一种不愉快。我们生活工作里常遇到不愉快的人和事,使我觉得艰难。我们一辈人现在对社会负责了。……"朱娥说,"你这钱浩光我希望你改正好不好?我希望你想一想。"她有些痛苦地说,"你为什么不能改正呢?"

"那……没有什么改正的。"钱浩光说,便摇晃着,走进去了。"你们也是一种霸道。"

"再会了。"朱娥对杜翔实说,似乎原来想讲什么的又没有讲,有点沉闷,因钱浩光这一类人的存在而有感伤,转身往门廊外的广场上走去了。

六

星期日休息,杜宏英早晨代海国乔老头子扫地,老头子则是推着街道委员的车子助缝纫厂到城里去办缝纫厂需要的货物去了;他熟悉地点,去过许多回。

炎热的夏季过去,秋天来临了。刮着冷的风,最初的一批枯黄的树叶落下来了,紧接着的一些日子,风凶猛地吹着,有时号叫着,大批的树叶,杨树柳树槐树和枣树叶落下来了。本来可以由扫地工罗进民和刘勉、陈平分扫海国乔的地的,但是刘勉有些病了,而罗进民这两天和儿子吵架,这样海国乔便委托杜宏英,杜宏英推着独轮的车子扫地了。

杜宏英沿着老头子的扫地的路线扫着。秋天渐冷,阴沉,天空里飘浮着灰白色的云。杜宏英在扫地,觉得生活变得有意义些;她还想到了小时候在火柴盒街卖香烟和火柴,也有秋天的早晨上街叫卖。杜翔实思念他们的母亲,她也思念:母亲在秋天的早晨替她穿好补好的衣服;她还常想到她看到她父亲在火柴厂的后门口扛进车子运来的一包一包的硫磺——火柴的原料。这一天是刮风天气,树叶没有办法扫,可以跳过,但杜宏英没有经验不放心,用她大扫把来扫落叶,刚聚起来又被风刮走了。走垃圾堆附近过的街道委员会副主任梅风珍帮她来捉树叶,用身体挡着,还张开手臂扑击着,梅风珍一瞬间不能决定怎样来对付树叶,她在这点上和罗进民有些冲突了,她主张落叶要刮风的时候也扫,但她以前说过刮风的时候可以不扫。形成的习惯是刮风下雨不扫地,但新来的扫地工大学生陈平扫,而刘勉心思仔细也扫。罗进民拖着扫把走过一大段胡同没有扫,和梅风珍冲突了。梅风珍说,刮风也总能扫一些,罗进民便不高兴。后来骑车走过了一早晨巡视各区域的环境卫生和治安的区委副书记吴璋,他说可以不扫,他说他是来看看垃圾堆和垃圾运输的情况和乱倒的脏土的。梅风珍便和吴彰辩论,说他说过刮风树叶要扫,她正是这样和罗进民说的,吴璋笑起来,说,他那时没有考虑周到,梅风珍便说他许多事总是这样。但梅风珍这次觉得说重了一点了,因为吴彰脸上突然有一种凶狠的表情。于是梅风珍便注意到吴彰变了;她已经注意到一些时了,但这次特别明显。她内心不安,但她继续坚持着说:区委副书记有不对,以前说过相反的。吴彰继续笑着,这笑容和以前有些不同,是一种重复。梅风珍便埋怨上级的官僚主义,但没有开口,她激动着。这便是她不能决定刮风到底扫不扫的原因。她本来想说不要扫的,会说相反的,但是她又怕吴彰,这样她便来帮助杜宏英捕捉树叶了。陈平扫地经过这里,梅风珍便叫喊着要扫落叶,陈平回答他正是扫,梅风珍又来帮助他捕捉落叶了,她有些同情陈平,所以又说刮风时落叶其实也可以不扫。她的自相矛盾使她有些窘迫,她还在这点上有点气愤。她要生感冒病的刘勉回去,要陈平来代扫一部分,但刘勉不回去,他害怕有一两个街道委员攻击他,他怕饿饭,因为他坐过两年监牢,而到今天没有完全平反。人们有一度时常开会,区政府和街道上都开会,说他还有右派错误的问题,现在这问题也就搁浅了;他很有些心酸,女人也死去了,前些时还有议论他该不该当监督份子。他默默地扫地,精神不振,早晨出来时,年纪小的女儿还睡在床上,他便给她留一块火烧,而下午迎她归来,经常在街边徘徊等着。人们觉得刘勉有些孤独了。所以梅风珍便要他既患感冒便不扫地和刮风中也不扫落叶。梅风珍觉得一种负担,她研究陈平扫地还好,弄清了"大学生"是没有落实政策而不是没有平反的,但对刘勉也就有着一种复杂的心情;她又觉得自己虽有资格,过去解放前做过地下工作,但是现在是落后了,文化水平不高,害怕别人提到现在是七十年代末快到八十年代。矛盾的梅风珍有一次说:"刘勉你也是值得同情,我也知道你是冤枉的,没有很平反,但是你得扫地积极呀!"后来她便有些后悔和觉得一种歉疚,因为刘勉是积极的。而且她也怕一个在挂面厂当技师的街道委员刘棠,刘棠时常提议批评刘勉,还真是说要扣扫地工刘勉的待遇。梅风珍和老头子刘棠吵过一架,但刘棠很阴沉,他说梅风珍专权。他常说他是挂面厂火灾救火烧伤有功劳的,而不满地位没有提高。这早晨梅风珍在风里走着,便碰见刘勉站在那里,脸色阴沉地听着刘棠的指摘。梅风珍便觉得有些痛心。

刘棠长得很粗大,声音很响亮,他内心含着一种激怒,认为刘勉是很错误的。

"我一早晨起来给我的儿子拿牛奶,一路看过去你在扫地,有那么摊子的土挡在牛奶站的路上,牛奶站的附近,你怎么不提早打扫,偏偏从不重要的地方先扫起呢?你是很蔑视我们的,很轻视街道委员会的意见的。再说,为什么我叫你打扫那一摊子背面胡同里的地你怎么不理?"

远远地听着,梅风珍便觉得羞耻。街道委员是不应该说忠厚的刘勉的。刘棠而且是过去"四人帮"时候参加阴谋刘勉的,那时刘勉在挂面厂当技师,刘棠曾要刘勉戴纸帽子在厂里由他押着转圈圈。

"你像这样是没有办法的。"刘棠大声吼着说,声音传得很远。

"本来我们是办法很少的。"刘勉有点冷笑,说,"你说我扫得不好我明天改善就是了。"

"他刘勉可以接受意见改善的。"带着对刘勉的显著的热烈,梅风珍说。

"他们改善?你敷衍谁?他们扫地,瞧瞧那背面的胡同去,饭米粒,烂菜,刷锅水一大片,不卫生极了,我在挂面厂这些年,没有看见扫干净过。梅风珍副主任说的倒便宜,你们改善?"刘棠的声音提得更高了,"这是你梅副主任管理下他们扫的地,这样就收地方上每月每家一角钱?"他咆哮着,使刘勉觉得很羞怯,他突然更愤怒了,暴跳了起来,他觉得这样威风,同时他敌对着梅风珍,"你这梅主任怎么管事的?张璞不大来不住在这里,交给你管得多,人民群众托付给你,你就这样的敷衍扫地的事?你们呀!你们这些扫地的月底收不到一角钱的,我钱不付的!你这种街道委员会副主任是不行的!"

"那我们是不行的。"梅风珍说,脸色有些苍白。她忍耐着,虽然心中十分痛苦。刘棠喜欢摆威风,对人是恶意的。他因为"四人帮"时参加阴谋过刘勉而刘勉到现在未完全平反心中怀着不安,因此想用对刘勉的继续恶意来证明自己是对的。他和梅风珍不大讲话,因为梅风珍曾建议去掉他这个街道委员。"你刘棠说的,我们认为你有不对的。"梅风珍说。

"我刘棠说的不对的?他刘勉的政治问题没解决,当扫地工我这街道委员都是有意见的。上级把任务交给你梅风珍,你就这样玩忽职务叫野鸭洼这一带扫地的这样糟。大家都捧海国乔,他能有什么用?"

"你说的我玩忽什么职务,我是玩忽的?我什么时候玩忽的?"

"你就是不够格!"

"你这个人很顽劣,欺人,专横!"

"我就是专横!首先要请他刘勉把那背后胡同挂面厂门口的两摊子扫掉!"

梅风珍沉默了一下。她说,刘勉今天还病着;刘勉便说,挂面厂的旁侧是后倒的,背后胡同过于潮湿,扫帚扫不起来,他也刮扫过了。但是刘棠这粗暴的街道委员便又说梅风珍不够资格,梅风珍便发怒了,喊叫起来了。梅风珍很痛苦,但又抑制着沉默了下来。

"你刘勉就给他扫一下去吧。"

"那好吧。"刘勉说。

"给我扫,是给大家扫。"刘棠说。

"好,给大家扫。"梅风珍说。

"你刘勉想指责我谋你对不对,说我'四人帮'的时候谋污你?"他说,虽然刘勉这时并没有说到这个,"我是谋污你?那其实是其他人,就说有几桩吧,我难道不是对的,而你到今天也还是心中恨我的,你是记仇的,但是你要是一辈子没有出路你也不能怨我。"

刘勉沉默着,便拖着他的肥皂箱钉的车子拿着扫把往挂面厂门前去了。刘棠便跟着。梅风珍也跟着,她也说不出她何以跟着走,她是善良的,心中为刘勉伤痛,而且很害羞地方上有这个街道委员刘棠。

"你能改正吧,你刘棠这种压人的作风?"刘勉沉默地扫了挂面厂门口的地之后,梅风珍对刘棠说。刘棠面色很阴沉不作声。他们又往背阴的胡同来,刘勉也沉默着,用扫帚用力刮着扫了背阴胡同的地,但没有一次便扫干净,刘棠便用脚指着潮湿的地上有留的脏,要挟刘勉继续扫。梅风珍怨恨这人的恶意,她说可以了,刘棠便又凶凶地看着她。她几乎有些害怕了,她便拿过刘勉的扫帚来用力地扫了,但仍然扫不干净。她说:"这行了吧。"刘棠便说:"你梅副主任看呢?"

"到今天还有你这样欺人的,不好意的街道委员,我实有些遗憾。"梅风珍说。

"这是你说的?"

"我说的。我希望你能改正,不要作威作福。刘勉是一定的困难户。"

"你能说他的思想你都保证?"这挂面厂的前"文化大革命"的"红卫兵"队长说。

"我能保证。"梅风珍说,"'文革'那时的风没有刮歪我,我也是顽石屹立不动,像你一样的。"她大声说。

"这是你梅风珍对我说的?"

"有哪个怕你哪?"梅风珍说,"当然,也怕你,你这样的人也不少。"

"刘勉你说呢?"刘棠说。

"我没有什么说的。我……"刘勉说,猛力向刘棠扑来。刘勉做了幼稚的动作,他被他的痛心推动着。刘棠也回击他,于是产生了这生活里的一场冲突,两人抱着扭到地上了。梅风珍便喊叫着,拉着刘勉。刘勉终于站起来了,喘息着,说:"没有什么和你说的。"

梅风珍摸了摸刘勉的额角,发现他仍然有些发烧,便帮助他推着车子拿着扫帚回家去了。刘棠便也走了。

"你要保重,好好保重,"梅风珍对刘勉说,"我们居委会一直对你照顾不够,真是抱歉的,你是忠实于祖国的,也是勤劳的人,不要狭隘,看不开,和刘棠打没有意思,他不会长久的,他就是混着也无碍,你是没有做过对不起人民的,而你当扫地工以来应该受到表扬。我说的不错。你不要焦心,你今年快四十了吧,也不年纪大,倒了'四人帮'以后这社会好起来,你还能好好干几年的。"梅风珍扶着刘勉,替他拖着肥皂箱钉的垃圾车,将里面的垃圾在一个垃圾堆旁倒了,又伴着他慢慢地走着,说。

"你说的是对的。"刘勉说。

"你知道我说的对的就对了。你有困难,街道委员会可以助你几个钱。"

刘棠走着遇到了拖着也是肥皂箱钉成的垃圾车的陈平。风小些了,但仍然有剩余的一阵刮起树叶。陈平扫过的地方被风吹得有一些脏。

"这是你扫的地啊?"刘棠说。

"是我扫的地,怎样,哦,你说脏。"陈平说,"那我再扫一扫。"

"他刘棠是街道委员。今日值日管扫地啦?"一个老太婆有些恭敬地说。

"管扫地。"刘棠说,"我说你没听清楚呀?"

"哦,听清楚的。"

"你的未婚妻要居民委员会多多关照你吧?"刘棠讽刺地说。

"哦。"陈平说。"不过你说这个没有意思。我很向你道歉,我和你说这个没有意思。"

"什么没有意思呢。"刘棠说,但陈平便扫地不再作声了,他转回来扫了一些风刮散的树叶和纸张、垃圾。

刘棠坐下来了,点了香烟抽着。他又问陈平抽不抽烟,陈平也坐下来,自己拿烟抽着。刘棠好奇,想问陈平坐监牢以前当过几级干部、拿多少钱一个月,以及现在为什么没有续上当干部的工作。但陈平不爱说话,含糊地回答着。他还有些害羞。刘棠便站起来,叫陈平将烟换一支,抽他的;他懊悔刚才不坚持给陈平烟,他想跟陈平交朋友。他便问假设以后他陈平愿不愿交结他这个朋友。他和陈平发生了争夺,陈平的烟终于被他抢下来粗鲁地踩掉了,接了他的烟;这高个子的粗壮的挂面厂的技师还替陈平擦了火柴。他显得有些善良,点着头,说陈平好,很好,扫地也很好——虽然刚才说很脏。但他也温和地说,以后可以注意点。这刘棠这时有些软弱,由于什么样的一种想象,他看着陈平觉得自己文化不够。他有些窘迫,脸红,在陈平面前坐着。"我刚才说你地扫得脏,是过火了一点了,希望你原谅,希望你安心工作。"他说。而陈平则很忧郁。而且在他的忧郁里逃避着人们，不愿说话，便在这交际中沉默着。刘棠有两分钟显得有些和善，几乎是善良，觉得自己文化不够，粗笨，但是他随即又变成冷淡和凶狠的了。"我也并不过火一点，我说得那话还是收回的，你这地扫得不好，这几天我都看你扫得脏，你应该尽职扫好一点呀。"

陈平便脸色很窘迫，眼睛痛苦地发亮着，呆定着，看着这街道委员；他是有很强的自尊心的，而且担心对不起他的未婚妻。他再又愤恨刘棠的话，因为他是自己觉得扫得很不错的，而且这些天很卖力，比别的扫地工要早一些，天还很黑便出动了；他今日早晨曾奋力地推着和扫着大堆的落叶，以至于现在疲劳了。他很愤慨。他是想在扫地中也成为有为的，他想渐渐地从创伤中恢复过来，减少他的痛苦；他也可以长期地当扫地工，人也可以只要有点作为便生活下去，他觉得他从监牢又来到社会上了，他还是有为的。

"你怎么刚才说我扫得还可以，又改变说不好呢？"陈平问。

"我好像向你道歉过了，没有吗？我那是客气话，你认真了，"刘棠愤懑地说："这地你到底是怎么扫的呢，你看那边的纸头乱飞，而这边上的脏土也没有扫掉，风刮着煤灰煤球尽在打滚，的溜溜地滚。"

"那是风刮的呀。"陈平说着便站起来跑着去捡纸，他追着风刮跑的纸，跑了好一阵追着纸张，仍然有一张吹得很远。他对这剩余的一张又追了一阵，但没有追上。

"扫地还有刮着风捡纸的哪。"刘棠说，陈平又坐下了，满脸羞惭，"我不高兴你不接受意见的。"刘棠说。

陈平遇见这刘棠也不止这一次了。他便看看他，说："我接受你的意见吧。"便站起来，去扫风刮散的纸头和煤渣。但是刘棠站起来夺过了扫帚；在生活里有这样的人，认为自己是比别人处处能干的，但刘棠轻视陈平，也是自然的，因为陈平这扫地工似乎力气并不大。刘棠夺过扫帚，挥动着，说："应该这样扫，像这样，你要学我，你全心全意地看着我，集中精神，这样你便会了。"他说,但他扫着的纸片和落叶仍旧被风吹走了,煤渣被吹得在地上滚着。但他仍旧说:"你看,这样扫起来了吧。"他又扫着了一点纸,便说,"你看不错吧。"纸被风吹跑了,他便说:"哦!"在这一瞬间显得也似乎有些善良。

"一个人,应该在社会上建立功劳,"刘棠说,"像我那时火灾起来,我是奋力不顾身的,我觉得你,以你的情形扫地自然有难,但是是要发挥奋斗精神。"

陈平是听说过刘棠那一次挂面厂火灾救火曾"很勇猛",受到了人们的称赞的。

"你知道了我救火吧。"刘棠说。

"知道了。"

"你是知识分子,受到国家的尊重,给你待遇的,要不然你就连地也没有扫的,未婚妻便会跟人去了,不会来找居民委员会替你说情多多关照……你要努力地扫地,知道了吧。"

"知道了。"陈平讽刺地说,但他蔑视着这恶意之徒,也想收敛他的讽刺,生活里有这种恶意之徒,人们是没有办法的,他想。

"你挖苦我。"刘棠说。

"没有,你刘棠同志。"陈平说,"我听说你曾勇敢地救火,衣服都烧着了还往里面扑,救出了公家财物……"他说,想妥协一点,但嘴唇上有着闪动了一下的讽刺的笑容。

"那你就不是挖苦我了,说不定你还是挖苦我。"刘棠看着他说。

陈平便不作声了。他是听说刘棠救火的,他浇水及呼号也是积极的,但他知道衣服烧着了还往里面扑的是别人,刘棠冒充、吹嘘。他知道刘棠喜欢人们赞美他救火,还有一次修好了机器,还有大雨天抢救漏雨的棚子里的挂面,但他也想,刘棠这些,也确实也还有些优点,挖苦他并没有意思。

"你心眼多,你挖苦我。"刘棠说。"你要知道,地方上是很照顾你的,你扫地也并不干净,你却挖苦我。"

刘棠说着脸红了。

陈平看看他,脸色也不好看,站起来拿着扫把便往前去扫地了。刘棠便站起来追着他,说,"你是一个心机很坏的人。"

"怎么心机很坏呢?"陈平说,声音有点战栗。

这刘棠一瞬间想要打架似的,使得陈平很害怕。黎明前便出工的陈平原本是处在安宁的心情中。他扫地于幽暗中经过人家的院墙和大门,听见一些家住户里发出的黎明前的最初的声音,看着早出门的行人和到来的牛奶车,和为了婴儿的牛奶急急奔跑的家庭主妇,一直到白色的街灯熄了,天空亮起来,他觉得有为和有着他的快乐。他的忧郁还渐少了些。但处在安宁的心情中的陈平被刘棠骚扰了。

"你不是心机很坏么?"

"我为什么心机很坏呢?"陈平大声、激怒地说。

陈平便摔了扫帚往路边上又坐下来了。

"你这人怎样搞的呢?"刘棠说。

"我怎样搞的?我不会扫地。我连扫地都不够格,但是我也是不会扫地。我精神很痛苦,刘棠街道委员。这并不是我有什么了不起,而是我没有办法……没有办法改好了吧。扫地自然也是为人民服务,可是我没有办法,没有办法好了吧,用不着你来这样对付我。"

"哟嗬!"刘棠说,"我说意见说错了吗?"

"你没有错,是我错!但你这人是恶毒的,恶毒之极的角色!"陈平叫喊着,他也有些吃惊于他叫喊这么高和这么愤怒,他的心痛苦着,觉得他有很多的仇人,而他落在黑暗的苦的陷坑里了。而刘棠这时觉得陈平是在骂他,爆发了仇恨,向他扑来把他压倒在地上了。他用力地翻过来打着了刘棠,刘棠又翻过来了……

居民委员会副主任梅风珍走过来了。

"怎样呀。"她喊叫着说。陈平和刘棠分开了,陈平站起来,苍白而显出愤怒,也显出一种豪杰的气概。刘棠也身上弄了很多垃圾。梅风珍便说:"你陈平不要理刘棠的吧。你刘棠也走开吧?"

"那我不能察看扫地吗?"刘棠大叫着说。

"察看过了,行了,啊。"梅风珍说,便拉陈平走开。她对陈平觉得一种歉疚和尊敬。陈平便也面色痛苦地转身了。梅风珍又把扫把递给他,他便又开始扫地了。风小些了。梅风珍走在陈平的旁边。

"你扫得是不错的,不要生气。你扫得好,除了刮风的原因那不能怪你,你扫得不错的。"

"谢谢你了。"陈平说。

"你一早晨出工,几个大院门口扫得十分好,门廊里也扫了,树角里也扫了,你还学海大爹拔一些杂草,你是很负责的。"

"谢谢你了。"陈平说。

"你很有心伤,因为你是有能耐的人材,青春光阴,遭到了这些年的狱灾,身体也是不好了,但你仍旧青春旺盛,"梅风珍说,"祝你长期青春旺盛,不为过去事情伤痛了,也不要理刘棠,祝你好。"

梅风珍边走过街道去了。

杜宏英扫着地,遇见了刘棠。刘棠走过,看着杜宏英:"你代海老头扫地?你还是不错,不过你到底是外行,你这扫把不是这样拿的,你没有学过拿扫把吧。"

这时杜宏英很生气。风虽然很小了,但忽然的又有一阵吹起来,使杜宏英聚起来的两张纸跑掉了,杜宏英便去捡纸,刘棠便嘲笑着。他像对陈平一样嘲笑着;他说,扫地工没有捡纸的,使得跑了一阵没有追着纸的杜宏英很羞惭,脸有点红。刘棠便又嘲笑杜宏英不会推铁板车子,推起来太摇晃。

"我是代扫地的!"杜宏英说。

"正是说你是代扫地的,每一件事,都要学会。你还是街道委员呢。"

刘棠于是推独轮铁车,他推了十几公尺,推得摇摇晃晃的,而且翻倒了,跌在地上,但他爬起来,并不脸红,笑着说,这是地上有一块石子,而他手没有把稳的缘故。凡事都要把稳。杜宏英铲着从车子里翻倒出来的垃圾,刘棠继续说扫地推车都要对准,都要稳、狠。杜宏英看看他,继续扫地了,但他拿过了杜宏英的扫帚,说拿大扫帚除了有几种拿法以外,还有几种姿势,于是他便教杜宏英扫地。

杜宏英嘲笑地、不满地看着他,看见他很笨地踩着了挥动着的扫帚跌倒了,又再跌倒了,便说:"你已跌了两跤了,你算了吧,歇着吧。"

"那你是恨我,"大个子的挂面厂技师、横骄的街道委员刘棠说。

"揭你短向你道个歉。"杜宏英说,止住了她的讥嘲的笑容,"当然,您这街道委员这是偶一不小心,您是扫地顶好的,这不是人们不知道的,比海大爹罗进民扫得好,您是一把手,还是多样的能手,的的确确的。"杜宏英忍着嘲笑,说。

挂面厂的技师刘棠便信了,便认为杜宏英是歌颂他。他便相信果然是这样的了,便是他是多样的能手,也是扫地的能手。

"你说的是很对的。"他爬起来站着,听完了杜宏英对他的歌颂,又拍拍身上的泥灰,说。"你说我是扫地的能手更对。我在厂里常扫地,这几条胡同不算什么,算什么狗屁呢。"

"对啦。"因挖苦刘棠而快乐起来的杜宏英作着很严肃的表情说。能干的缝纫厂女工和街道委员杜宏英有着快乐和气势,她便又说:"那谁不知道您是多样的能手……就凭你那时救挂面厂的火,你是衣服着火了还往里面冲的,公共财物最要紧。"

"这你说的便又对了。我是这样的。"大个子的挂面厂的技师说,"昨日我还看见晚报上有说救火不顾个人安危衣裳着了火又往里冲的,我便想到我自己,我觉得大概那时候报纸他们也是没采访到。"

"这是没有被采访到。"推着装满了衬衫的针织厂的车子的吴伐说。他很有兴致地在一旁听了一下了。他已经在针织厂就业为杂务了。在一旁听的,还有停下了他的三轮车的罗进民的儿子罗顺。

"说得顶是那么一回事。"罗顺有些幽默地说,但是刘棠没有很觉察。他的吹嘘已经造成了他的历史了,人们常常赞扬他说他救火,他便也愈自信他是如他所说的那样救火的。

"我那是第一遍进去到火里去我便对准那一口公共的文件箱还有一皮包钱,我便衣服着火了,但是我想,这能骇退我吗,我难道不爱我的祖国吗?"他救火的时候是在离火相当远的地方泼水,没有靠近火,而搬出箱子皮包衣服着火的是另一个年轻工人。人们听着他说已经习惯了,那年轻工人也曾沉闷地听着他说。但也在挂面厂里有人持了两次异议,发生了争吵,他一点也不让步。在他的头脑里,占便宜是重要的、快乐的、头等的事情,他觉得这七八十年代,钱最重要,占便宜也是重要的。他不去意识杜宏英和罗顺在挖苦他,他大声而激动地讲他救火,讲他出来身上着火了在地上滚,虽然那青年工人并未在地上滚,而是由一个人拿水浇这青年工人使他的衣服熄了火。他这次还增添说后来他从一张凳子爬上墙头爬上隔壁的房顶上去了,这种增添也有时候有,这些便也成为他的历史,挂面厂里也有怕他和跟从他的人们在会上用这表扬他了。

"我想,这么一个火,能骇退我吗?"

"对啦。"吴伐说,他听得很激动。

"你还后来又跳到火里去的。"杜宏英尖刻地说。

"对啦,还又跳到火里去时,因此负了伤。"吴伐说。

"那可不是的,救火员来拉倒了房架,我心中一想,便跳下去浇水……"

"你还有跳下去一回的。"罗顺说。

"混蛋!"刘棠说,觉得这讽刺了,"你说我这不对?"

"对的,对的。"吴伐说,"自然对的。"

"对的也真是对的。"杜宏英说,继续快乐而充满着敌意和讽刺,"他还在那场大雨里救出棚子里的挂面呢。"

"那倒也是的。真叫不错。"罗顺说。

123

"那为什么不是的？那天雨特大。风也大，棚子快倒了，我一想，能让国家财产损失吗？咱们能让国家财产损失吗？我便披着雨布往棚子里跑，拿一件雨布盖上一些面，又把面抱在胸前跑出来，没有淋湿，我一共跑了好些趟。"

"这好事比救火一样。也该上晚报的。"吴伐说，"他还修好机器。那时没有人会修，还……"

"我是修好机器的，厂长说不能修了。我还有一回……那也没什么意思，捉一个小偷，我是拿了一点狠劲的！……那小偷劲很大呢。我说，你这小偷，你还跑，你还跑？我还时常打扫一下挂面厂的环境卫生，扫地……"

"您那救火真是了不起。"杜宏英说，把扫帚抱在胸前，抱着手臂有点冷嘲地看着他。

"咄！"刘棠看看杜宏英说。

"吓！"杜宏英说。

"有些人以为我们就说自己哪，说自己不说自己到底是响应国家号召是有那事实呀。我说的事不错吧。"

"吓。……当然也不错。譬如那抢救挂面。"杜宏英说。据她知道，大风雨中抢救挂面的，是别的工人，而他是反对、吵架的。

"你说不错便行了。"刘棠兴趣继续很高地说，"那回救火，没损伤国家财物我还唱了《五星红旗》歌。"粗野的刘棠说，扬起嗓子来，立刻便唱了，而且声音很大，他昂着头甩着两手唱着。但唱了一半便停着了，看着人们。已经停下了好几个行人和附近的居民。

"我听过三回刘棠唱歌了，他欢喜唱歌，救火唱歌。"一个男孩说。

"吓！"杜宏英说。

"那你这街道委员要怎样骂我这街道委员呢。"刘棠说。

"没什么。四化的社会了。但是'文革'的时候你也唱歌的。"执拗的杜宏英说。

"我们不怕人们搞什么底的。"刘棠说，于是继续唱起未完的歌来,昂着头,甩着两手,一直到歌唱完了,还在身体两边摆着甩着手。杜宏英便嘴有些颤抖,但也忍耐着,拿起扫帚预备扫地了。这时罗进民来到这里,在责备他的儿子。他说他儿子早晨从大街的丝绸批发部出工拖丝绸不够负责,又跑到这里来了。罗进民发现而儿子有些不安心他的工作,嫌待遇少。他还不满他的儿子迟迟拖着没有结婚。他的儿子时常在街头和人冲突。罗进民家里形成了一种情形,儿子推车回家来了,便是回来了,否则便找不到,说了回来也常不回来;他着迷地上各种学习班,想当有前程的水电暖气电器冰箱电视机的安装和修理技师,还跟一个技师当徒工。母亲吵闹儿子的婚姻,罗进民则忧愁儿子婚姻以外还担忧儿子的好高骛远。他认为这些不容易学得好,而且惹是非。

罗进民拖着他的扫帚把儿子罗顺叫到一边。罗进民幽怨地说,他这总算找到他罗顺了,他有五天没有回来了,他便问罗顺,上次人们跟他介绍的对象,他和她曾经在街头散过一回步的,到底成功不成功呢。罗顺苦笑着,听到这个问题他便苦笑着。他有雄壮的抱负,而他的父亲急于安排自己的晚年,不很了解他。罗进民便愤怒了,但罗顺沉默着。

罗进民继续发怒,但儿子沉默着。

"你这每天找不到到底是怎样一回事呢?但我还听说你学习风琴吹喇叭去了,去学气功去了,又去学针灸去了,到底你要不要家呢,你的母亲也年纪大了。"

罗顺沉默着,推动了一下他的三轮车,又靠在车边上了,抱着手臂。罗进民是闯出了他的生活的,几十年间度过了不少难关,所以也很是豁达,不想管儿子的事。但是他的女人着急,而他也有着另一面,他十分注意他的儿子是否走正路,所以他的豁达有时候便成了假象;这种矛盾便使他时常发怒。他想劝儿子就在丝绸店批发部,不要拜师傅学什么技术,但他又觉得这样也可能很好,所以便又陷进一种矛盾。终极的结果便是他不能过问或什么,只是怀着忧愁和慈祥之情看着他。

"你要知道你好些天不回家你妈是着急的,你要知道我也老了,比不上海老头,虽然比他年轻,也想不久退出社会了。这里抓住你问你的问题是你有没有在外面和人打架,听说你和人打架,再便问你跟你介绍缝纫厂女工小李子妹子的事情,你给个回答。"

"我不想结婚。"罗顺说。

"你不是那天和她谈话绕着这几个胡同转了一圈吗,后来没有回答你便走了。"

在罗顺的头脑里,是如何敷衍父亲的谈话。他扶着平台三轮车表示急着要去了。他趁送丝绸的空闲想去学一个钟点的电视机修理,他绕这里过来也想回家看看的,现在看见父亲他便想也可以了。

"那你刚才又为什么那么闲得和刘棠来两句呢。"

"这个刘棠是很可恨的。"

刘棠正走在不远的街边,他恨罗顺这个青年时常攻击他,而且恨罗进民一直不理会他,便走过来笑人,对罗顺说:"我说我的救火救物财关你年轻人什么事呢?"

"我们这谈话不欢迎你来说什么。"罗进民对着刘棠说。

"吓!"刘棠说。

"吓什么?"心思波动的罗进民发怒了。"我在乎你这样一个街道委员?你想欺人……"罗进民激动地叫着,"我们扫地后街就是不扫的,就是有些土不动的,就是这样,你找区委会吴璋去,……这秋天的落叶我也是不扫的。"

罗进民扫地不积极。他也公开地说,他有些地方不扫;他的愤慨是刘棠这些人扣过他几回奖金。罗顺便觉得一点难堪。他帮助他的父亲说:"有些地方就是不扫的。"但他又想这样也不好,便说他来帮助扫一扫,现在就去。罗进民便说:"混蛋!我也有几分地头蛇。"罗顺便不作声了。

"地头蛇,哈。"刘棠说。

"我以后帮忙扫吧……"罗顺对刘棠说。

"混蛋！没有扫的！"罗进民便又骂罗顺,而且在三轮平台车上用力地捶击着。

"我没有说完,我是说,"罗顺说,"你这刘棠并不够格管的。"

"对了。"罗进民说。

"那倒试试看。"刘棠说。

"那就试吧。你刘棠是地方上的地头蛇街道委员,官僚主义的张璞跟婆婆妈妈的梅风珍跟你客气,我罗进民不跟你客气,你问问看我罗进民是什么人?"

"那你也无非电车上卖票的,切……"

"卖票的?"

"哦,也干过司机,还有火车司炉吧?"

"你狗屁。"

便发生着凶恶的吵骂。罗进民心中有一种怀才不遇的痛苦,这有好些年了,同时,他自己也觉得他虽有时豪杰却有时狭小,人生入了窄的胡同里。但他跟他的儿子说,不这样也是没法生活的,这个社会只好是这样。自然,各样渐渐地好些,但他是六十几,是老时代的人了。

"你狗屁。"罗进民继续叫着,"我一生坎坷,遇到的事多呢。"

"你一生坎坷活该。"刘棠说。

"我就是混到这一份生活,半生常失业,街头摆地摊,打后门口进出买衣服,'文化大革命'时叫扣钱还浇十八桶冷水,并不在乎你这欺人的,你想欺谁啦?"

"你想欺谁啦?"罗顺也说。

便又有人走过来劝慰和观看。刘棠继续和罗进民吵骂着,失意的罗进民脸色苍白,他激动地跑到附近人家去了,不一点时间他端着半桶水走了出来,猛烈地往刘棠泼去,将高个子刘棠浇湿了,罗顺想阻拦他没有来得及。刘棠向罗进民冲来,但人们拦住了他,罗顺也上去抵住了他。人们尤其有几个妇女们,同情着为人慷慨有时很肯助人的罗进民,也原谅他扫地有一定的懈怠。

"混账!"罗进民又和刘棠叫了两声,虽然他心中有着痛苦。

刘棠走远了,他便坐在儿子的三轮平台车上沉默着,想着什么,罗顺呆站着看着他。他想着他现在还欠邻居一点钱。他爱喝酒抽烟有些浪费;他想他应该做老年的归依了。他在二十多年前获得过电车司机的劳模奖状,他在开始当扫地工的两年成绩很好;他在有些年间,少壮时代,曾正直和有为地劳动。街道上扫地只能挣到少数的退休费,他现在依靠儿子了。

"你到底是怎么样呢,婚姻问题。"人们走散了,他又低声说。

儿子便沉默着,又盼顾了一下,想走开了。

"你说你是怎样呢,这一走又几天找不到你。你不会弄辆大马哈摩托车载着一个女的飞不见吧。你这还不至于,没那大的神通,但是你回答,你到底怎样呢。你总之是快留下小胡子,蓄起长头发了,你是不是呢?"

"那没有那样的。"

"没有那样的你得听听家里的话呀。"

"那没有那样的,你有说得多了。"罗顺说。罗进民便有些伤心,他的儿子时常对他强硬,蔑视他的老年,不理他。

"怎么说得多呢?"

"不知道。"罗顺狠恶地说。

"你的婚姻问题呢,前些天介绍的对象小李子呢?"

"不知道。"罗顺冷淡地说。

"你要听父母的话呀。但是你知道,"愠怒的罗进民说,"我是个扫地的,依你说我这有点贱,你有一次说的,我们凭什么这贱呢?我一辈子堂堂正正,有我的地位的。"罗进民说,看着他的儿子,觉得他有些英俊,也有许多正直、豪杰、和善良,但是他想,怎么样一来就和家里说不通呢。他怕负担,但是他也有一次说他养活父母的,希望父母不着急。在罗进民心里,儿子又是有点带冲动的、幼稚的、怪脾气的青年,他沉闷地总想搞成什么,不满意他的有些穷困的、街巷的小工人的生活。他窥探儿子有些理想,不满意许多人,想当街巷的出头的人物,他心中便有或一些赞赏伴随着不安。他罗进民曾是街巷的出头的人物,当过电车工会分区的委员,也当过街道委员,还当过北京市区人民代表;那时候他有着抱负。他观察他的儿子在奋斗他的前程,有时也觉得他在海洋里航行,向前远去,但他罗进民现在却有着一种平庸的思想了,虽然还是在地方上很硬朗,却不像当年那样有抱负了;人们当年也说他好高骛远,但他觉得他的儿子罗顺有些过分了。他觉得儿子过分追逐,是不平安的;他似乎觉得骑着三轮平台车走,当丝绸批发点的小工人,就也勉强可以了。他希望能平康一点,然而他观察他的儿子心中有着一种紧张的、炽热的感情,追求着生活……他心里也有一些赞美。

"我怕你走进窄胡同。你能不能不这么好高骛远,要在社会上拔尖,而认命地生活呢。人要认命,到一定年龄你就知道了。"

"那不是那样的。"

"跟着一些人跑,现在一些人就是钱,你也得担心一点,你这小工人。"

"我自然知道。"小工人罗顺有些傲慢地说。

"你不比别人条件好,你的父亲没有混到什么。"罗进民说。

"这我也知道。"罗顺继续傲慢地说。

"你知道?"动怒的罗进民说,"你想学这学那,是会一事无成的。"

"你怎么这样言论呢。"罗顺说,"你这……你年轻时是怎样的呢?你刚才还不怕跟坏人泼水来呢,但那也倒不必。我是想混得我的资格的。"他说,"学我的本领。"

"但是你不行的……好吧,也由你。"

"我没有不行的。"罗顺说,"我就是好高骛远,一个小工人想出路,譬如我想学修钢琴,先要学会弹一些——我这些天就是干这些,也交朋友。学修电视机。我已经啃咬学会修无线电机。我现在会开汽车一点了。"

"你怎么说你只会一点呢?"有些委屈的罗进民说。他现在又很想罗顺多学会一些了。

"没有,都没有,骗你的。"罗顺又愤怒地说。

"你……你是真的骗我吗?你不是整天有空就玩牌吧?你是不会的。"他说,"你要骗我我可不得依你。你是学会一点了吧?只要不乱来,学会了也好。到了老年,我来求你了。你是走着歪路走着正路你说呀。"

"骗你的,没有什么学会。人事艰难,学狗屁!"

"那你骗我干什么呢?你混蛋!"罗进民吼叫了起来,弯下腰又拿手在三轮平台车上敲击着,"你可以骗我!你居然不走正路,是不是有奖金不拿回来。"

小工人罗顺沉默了一下。

"自己人都信不过了。"他说。

"那就也是信不过你。不信你……"罗进民说,便脸色很苍白了。"你也三十几了,到今天不结婚,在社会上胡混!但是我是不受儿女欺侮的,"罗进民因他的老年的心境的波动而咆哮着,"我不求你的,你妈问你你也不答,从此不问你。"

小工人罗顺有些心胸痛苦和负气,陷入一种狭隘的情况中,便想什么都不说了,而做一个拿成绩出来看的漂亮人物,于是他便骑上他的三轮平台车,往前去了。但是他又骑回来了,他是尊敬他的父亲的过去和现在的老年。他骑回来温和地说:"我是学会了一些。修收音机学会了。正在学修钢琴,而开汽车会了一点,电视机……"

"没有哪个听你的!"头上不少白发的、憔悴的罗进民说。

"是这样,爸,"小工人罗顺说,从平台三轮车上跳下来。"这年代我们年轻人有前途,我是学会了。"

"好吧。"

罗顺便呆站着。

"你学会了……那么你听不听我和你妈的话,你的婚姻大事呢。"

"那再说吧。"

罗进民沉默了一下,点了一根香烟。

"你是在学修钢琴?"

"有前程的,现在弹钢琴的人家多起来了。我跟琴行认识。"

"你有时候要谈谈。不然你是一个闷屁的小工人。你说呢,那小李子李桂兰我看是还好的,前些天你不是听妈的话散了一回步,你决定到底是怎样呢?"

"再说吧,不急。"

"你和她通通信怎样?她在缝纫厂据梅风珍告诉我她看也是忠厚、能干,就是文化水平不高,个子矮些;……是小学未毕业,但你不也是不过初中未读完。也还长得可以。"

"不行的。"

"你就写封信,就说:小李子桂兰,我想约你谈谈,这样便进一步,你以为怎样呢?"

"好吧,再说吧。"

罗进民便沉默了。他觉得一种委屈,敢做敢为地有些豪杰地半生,今天来求儿子,显得十分琐碎了。

这时候他所谈到的缝纫厂的女工矮小的李桂兰过来了,穿着还漂亮的花袄子,望着罗进民笑,很远地便说:"罗老伯你好,扫地啦。"又往罗顺看了看。

"你好,"罗进民亲切地愉快地说,"我刚才还想到你呢,你妈的病好些了吧,你爸死后你哥能顶力也是不错,你在缝纫厂我听说评了二级,你还是不错呢。"罗进民充满着乡土的亲切说。

"哪里说,我们人笨,自然干熟了也能干,这世界上哪件事情不是人干的呀,学着就会,心灵手巧,自然不能人人是,但是也还是叫做不负有心人。像这北京这么些年街巷也还是人才辈出呀。"李桂兰说,也充满着乡土的感情。小李子李桂兰干练、活泼、会说话:"一早上起来便决定今天轮休走几处亲戚;可是呀,忙到现在才出来。"

"也是呀。"罗进民说,"人是够忙乎的。"

"你大伯好,年岁也大了,每天这么扫地不累呀,你也该休息了,还有一个海大爷,年岁更大,但他身子可不错呀。我小学高小不读的那年我就看这老头子扫地了,你罗大伯是那阵子还在电车厂,海大爹他后来又干针织厂的总务,又在豆腐房,这是不少年了,推着车子进出,你们前辈人真是能干啊。"

"那哪里。"

"我就觉着我们这一辈人有些差。这豁亮起来的社会是前辈人打的江山,我们后辈冲关卡少些,就差些呀,自然这也看每个人,"含着深的感情的有着看不出来的激动的李桂兰便往罗顺看了一看,罗顺也匆忙地笑了一笑,"我就想,我们后辈人要尽点力呀。就譬如燕子春天飞来,喂小燕子,在我们大院有一回结了巢,我就看那小燕子学飞,像那边大坊有小鸽子学飞一样,人们一代跟一代,老辈子的人们,我总也是觉得,不能说都过时了的;我们有些要学他们,我现在二十八了,也不年轻了,我就想我要勤勉一些,许多事,也是老一辈人的关照,而我们这辈人里,我也说是有有为的人。"李桂兰说,往罗顺又看了一眼。罗进民便也有些赞美他的儿子了,他觉得李桂兰的话里有着赞许,也感觉到李桂兰对罗顺的恋爱了。

"你的手艺很巧的。你的刺绣活,补活,在居民委员会张璞那里,那日大家都赞美,你做的好,这是有出口外销的呀,你的是定能外销。人们说,你的思想还先进,当然,你是先进工作者,而你又是会家务的,你能做事。"

"罗大爹夸奖了,谢罗大伯。"甜嘴的李桂兰说。

"是那样的。"

"从前的北京是什么样呀。现在建设了,也是老一辈子人你罗大伯你们的梦。我们也梦。我梦想生活宽裕起来,有能力都能贡献,'四人帮'的歹子们那时不这样,现在好起来了。"李桂兰笑着说,便眼睛很注意地往罗顺迅速地看了一看,同时点了一个头。

罗顺也点了一个头。

"这个……"罗进民说,"你小李子李桂兰是很不错的……又是先进工作者……"

李桂兰便走过去了。

"你觉得怎样?"罗进民走向他的儿子,说。

"没有什么。"罗顺说。

罗顺几日前的散步是犹豫的。他想望社会出头和新一点的妇女。但他今日感觉不同一些。他的父亲的热衷也使他感动了一些。主要的,今日李桂兰的热情地谈话使他忽然觉得李桂兰是很不错的,而且长得还好看。他的心里便产生了一种冲击了。

"你说怎样?"罗进民说。

"再说吧。"罗顺有些脸红地说。

"你真是在学修电视机吗?"罗进民有些幸福地问。

"是这样的……李桂兰的事,也可以,……再说吧。"

"这么说你是可以考虑。当然,要慢慢考虑,夫妇生活是长远之道……这样。"罗进民便喊李桂兰:"喂,你桂兰。"

"怎么啦,大伯?"

"你星期休息来我们家吃饺子怎样?"罗进民说。

"你大伯和罗顺哥来我们家吧。我请你们。我包得挺好的呢。你罗顺哥?"

"那……好吧。"罗顺鼓起勇气有些激动地大声说;这恋爱这瞬间进行得很快,罗顺心中便充满着感情和恋爱了。李桂兰在路边上站了下来,阳光照着她的瘦小的身体,在阳光下她的眼睛也很亮。

年轻的、好冒进的年轻工人罗顺和缝纫厂的有些守旧的女工李桂兰的爱情就是这样发生了。李桂兰继续在路边站了一下,忽然她走回来了。前些天她和罗顺的散步是没有结果的,但这时似乎不同些,李桂兰的心有些跳动,她是高兴这上进的、虽然有些执拗性情的青年工人的,她一直走近来,这时又有风吹着,她的短发辫披散得很开,在风里飘得很高。

"你罗大伯好,你罗顺也好。"她的嘹亮的声音说,"你们一定要来我们家。……"她略有些脸红,望着罗顺说:"那天我们散步,我们……"她笑着说,"那天也没谈什么,我的心思也不开展,我想你们来我家谈吧。"

"你就谈吧。"罗进民说。

"你就谈吧。"罗顺说。

缝纫厂的矮小的、衣服穿得很紧的、能干的女工便笑着,很有礼貌地瞧着罗进民父子两人。她稍稍有点脸红之后有着奇特的冷静,她年龄不小了,想结起婚来,她在前些天的散步有着一种自卑的心理,也觉得罗顺有些似乎不实际,她倾向于保守的、安静的生活,被年轻的工人说到的他的负担,他的事忙和他的心在各处飘荡有些惊骇了,或者说,有些扰乱了。罗顺确实谈到他是没有多少时间的,他有事业心,有时怕管不了家,"我的生活于是便有些飘荡,我心中就注视着我的事业,我有事业心"。他强调地说。缝纫厂的女工便有些窘迫。她说她希望比较安静的家庭生活,她的祖母传下的有条理、勤勉、早出晚归的生活;她的祖母很贤良,旧时候做过一阵裁缝。但现在她想她是很爱罗顺的,不知怎样地,她觉得这婚姻是可以的了;事实上她想了两天了,她觉得罗顺是她可以结合的男子。她同情他的事业心和奔波。她看见罗顺有些激动,便走近来了。

"我就谈吧。"李桂兰大方、沉着、直爽地说:"我文化低,人也长得不是顶好看的,但我还利落,我在缝纫厂的工资是三十七,我没有什么的,喜欢稳重,有时候做件衣服……"

"那是很好的。"罗进民说。

"你大伯夸奖了。"女工说。

"你说的很好。"罗进民有些脸红,用嘶哑的声音说。

"我想我不妨碍你的事业心。"她对罗顺说,"你肯上进,工资还可以,我想支持你,想了一阵了,我觉得是能支持你的,我支持你……"李桂兰重复地说,上身前倾,有些弯着腰,很有礼貌很谦虚,但也在眼睛里闪耀着一点傲气地注视着罗顺。

"那你说得好。"罗进民说。

罗顺有些激动,脸红,不满地看了他的父亲一眼。

"你们男人总是有事业心的。现在四化,'文革'时荒了的行业都在弥补了,缝纫厂也增机器,你罗顺修水暖,也学修电视机,收音机、钢琴,我觉得是很好的。你有本领,我向着你说,……我的心向着你……就是你的忙乱不顾管家我有些不安定,我想你也能管一些吗?你男子汉的青年人的事业心我不妨碍,我想我也可以的,你聪明,奔八十年代了,我可以以我的能力和我的寸草之心来支持你……我也说了,你能管一份家吗,不要老跑不见了,像个跑杂耍班子的,当然你不是,这我也说得过分了。"李桂兰说。

"你说得对。"罗进民说,注意到李桂兰有她的顽强。

由于罗进民又抢着说了,罗顺又有脸红,又责难地看了父亲一眼。

"我有家庭的私房心思,我有些狭隘也是的,人说我小李子桂兰会吵架,是不对的。时代的风霜和疾风暴雨人生的旦夕灾祸的'四人帮'过去了,现在是平稳的时代。我还喜欢说到……结伴到老,我勤劳我的对象也体念,他勤苦我也贴心,到年纪大……你说对吗?"

罗进民便有些激动,笑着,但他的儿子两次责备他,他便没有说什么了。

"你们两人谈谈吧。"他说,拿起扫帚预备走开的样子。

"我说的你罗顺说对吗?"瘦小的、收拾得俏皮、整齐、干练的缝纫厂女工说。

"你说的对。"罗顺说,又脸红,露出一点自嘲的微笑。……"也对吧。我也能向你说说的,你不反对我事忙就对了。"他激动而诚恳地说。

"我不反对。"

"我也说几句,"扶着三轮平台车的罗顺说,"我今天听你的坦白有力之言很是觉得好。我也想事情也是合适的,但是你须真的不反对我的事业心,我忙着是想学会一些东西的。"

罗进民想说什么,但又抑制了。

"我十分感念你的坦白。"罗顺又说,"感念你愿意帮助我,我是说你助我的到八十年代九十年代去的事业心的,参加祖国祖土的事业的，"由于激动和涌起来的爱情，罗顺便带着内心的颤栗又带着一种豪壮的口气说。"我很感谢你。"他的颤栗又加强些，脸红，很有礼貌地说，同时还鞠了一个躬。

"我说过了。我们要心宽，生活不能心窄。"李桂兰说，很有礼地还了一个鞠躬。

"那你说的对了，……那我们，那我是赞成的。"

"我也赞成，我高兴你。我同意和你结婚。"李桂兰说。

沉默了一阵，在这较寂静的北京的小街和一家有一颗从院子里伸出来的枣树的大杂院的门前，缝纫厂的女工和纺织公司批发货的追求前程的工人进行了他们的恋爱的、婚姻的谈话。"四人帮"的患难的时代过去之后有不少的社会创伤愈合，罗顺和李桂兰的恋爱，也正是这年代的明朗的、有着它的力量的结合。两人有着甜美和严肃的心境。老头子罗进民看看两人，便叹了一口气说："你们散步谈谈吧。"

罗顺便扶着他的平台三轮车，和李桂兰并排往前去了。

罗进民继续扫地往前了。他这时看见这一带年龄最大的九十几岁的黎召娣近来了。这老人还很顽健，她的一个孙子也在纺织公司工作，她在丝兜里提着一瓶牛奶，拄着一根木棍慢慢地走着。

"你老人家过来了，一早晨拿牛奶。"

"对啦。每日从走一趟，这野鸭洼的街头。扫地好。刚才看见你的小子罗顺吧，跟小李子李桂兰谈着什么……这桩婚事能成吧？"

"总是那么的吧，"罗进民快乐地说，"承你老人家的关心。"

"这是好事情。"黎召娣慢慢地在石头上坐了一下，罗进民便丢了扫帚扶了她一下。

"老了。"老人说，"经过了好几个朝代。高兴看见年轻人要好结婚，近来常想，我们家旧时候是当过兵的，正烈的、爱国的兵。二儿子不在抗日中阵亡也六十几了，而现在是大孙子在人民解放军海军里，你知道。"

"是那样。"罗进民说。

"可恶！有些人还是可恶！像这挂面厂的刘棠很可恶！昨日攻伤我那孙子在海军里占便宜，待遇好，越南边境的事海军用不着打仗。但是这是简单的？海上的事也不是简单的事，"老人说，愤怒地颤栗着，"你是骑自行车巡查的区政府吴璋，"她对走近来的吴璋说，"你这人以前好些，现在是不好了，你有许多事要办，怎么更是又不办。"她想说什么又停止了。她容易恼怒，她因刘棠攻击她而增加了对吴璋的不满，但立刻又抑制了这不满。

"你还注意我官僚主义的吴璋这些事呀，真是好。我是官僚主义。"吴璋笑着说，"我一早晨骑车这区域走，但是忘记了还有一件事没有办，又转来了。便是那边胡同拆旧房子，盖新楼房是区政府的工程，今天该动工了，还有红医站，去看看有缺药品的，但是医药品又太浪费，你看我忙吧。"他对罗进民说，又对黎召娣说："你老人家看我忙吧。"

"你这办事有琐碎了，"罗进民说，"有些事譬如红医站是居民委员会办办就行了。"

"张璞常不在，不放心呀。再说也还是区里要管。你们扫地工要发扫帚了吧，应该发给你们，而不用自己买的。"吴璋说，扶着车子要走的样子，但又说，他真是有点浪费时光，家里还放着不少的事；他是指他的忙了很久的考古学术论文。他忙碌而脾气不好了，不想干区政府的工作，而想去教书；他的妻子也时常责备他。他暴躁、焦急，关于拆房子和街道医疗站的药品和梅风珍有着冲突，也和街道医疗站的护士，学生齐志博的姐姐发生了冲突，他责备有些药品浪费了，他很心痛花下去的钱，护士便不高兴。他骑着自行车走着，感慨着自己在学术上无成就，做着不喜欢的工作，而时常颠颠倒倒的，而且也渐年华老大。他欢喜独断而人们反对他，他觉得有一种不幸，不能弥补"四人帮"使他损失的岁月。黎召娣责难他半句而罗进民责难他两句他便也在心中研究了一下，觉得不满意，于是和罗进民辩解了起来，罗进民便又责备他有时候找不到他。街道委员会的事情他既握了权，却又许多事不办。罗进民是直爽的,但他发觉这吴璋比以前有些不好讲话,很冷淡,他便也面容冷淡了起来。因了街道上的各种事务,吴彰曾和海国乔争吵,街道医疗站的药品不够,纱布不够,党委书记海国乔不满意,吴彰曾经指摘他是"倚老卖老""地方上的一霸"。这是以前没有过的。因此罗进民说了两句看见吴璋面色不好看便沉默了下来。

吴璋有一种苦恼,他觉得初夏以来自己不及以前温和了,他对自己的时常激动很生气,他又觉得他不及以前纯朴和善良了,随着时序的前进,吴彰觉得他似乎落在一条激流里,他来不及注意周围的波浪、泡沫、回流,他来不及计算他忽略和损失了什么,又获得了什么,便匆匆地往前了。他因为不慎重而有了恶性的官僚主义了,他便有时很悔恨。和齐志博姐姐的吵架使他悔恨,因为护士很忙碌,这个区域里有一些小的厂时常有一些工伤。因为药品确实不够。

他的这些懊悔之情使他对罗进民冷淡之后又内心波动,便对老人黎召娣说:

"你好,真是快一个世纪的年龄耳朵眼睛都不错目睹着社会的变迁,你健旺。你每日在这野鸭泩走一圈也表示着你的奋斗,真是令人羡慕,而我却陷进一种官僚主义了,老妈妈,我真是不好意思,你的意见我接受的。"

"接受!你是官了,我过去怕官的,'文化革命'的时候他们打我的。"黎召娣带着一种愤恨说,"我不能说你一定是不好,但是你是官了……"有顾忌又有泼辣的老太婆说。

"我怎么办呢,黎姥姥?"善良起来的吴璋说,眯着眼睛对着老太婆笑着,"我很想改善我的情形,每日摆脱许多事情,但是我像掉在河里似的,不得不游泳呀。你助我吧,你姥姥九十几了,地方上也算功劳人物,你助我说我一句不坏吧?你说好吧,你说我吴璋还可以……是一个……善良的小子!"

"你说的也对。"

"你说吧,姥姥。"

"怎么呢?"黎召娣说。

"你说一句吧。"吴璋要求着。

"不说。"黎召娣说,她笑着看着吴璋,沉默着,似乎在判断着吴璋的动因,因为人们常推崇她,她是也影响舆论的。

"你说吧,黎姥姥,你说吴璋是好小子,这就行了。"

黎老太婆沉默了很久。

"我不说。"她冷淡地说。她似乎从顾忌与泼辣中间选择了后者了。

"我是很忙,但是许多人有怪我。"碰了壁的吴璋有些窘迫地笑着说,"其实我有些话也是无心的,我并没有成了专权的,你黎妈妈说是吗。"吴璋说:"我真有一种苦恼,黎姥姥。我向你倾诉倾诉,假如得你同情和理解我是很高兴的。"他说,过去他总得到几句黎召娣的鼓励的,但老人今天对他不仅不热烈,而且表露了不满了。老人过去常对他说友谊的话,例如"你是有能为的人","你是顶认真的","你是地方上挑梁的呀","你能忙这些事情,要是别人怕忙不过来"。老太婆的言论的势力使他很注意,虽然老太婆有时年纪大了说得有些糊涂,但她的话却是吴璋所需要的。他也很有些敬重老人。"你对我有意见了,黎姥姥。"

黎召娣沉默着,拄着拐杖站着,面容平静,冷静,表示她不动摇,表示意见了。

"黎妈妈,哈。"吴璋说。

老人仍旧冷淡地沉默着。

吴璋便沉思了一下。

"你跟海国乔那日吵了,"罗进民说,"她黎姥姥说你不应该和老海吵。"

吴璋看看罗进民,扫地工罗进民扛着扫帚,但地面却还没扫干净,他想说两句又抑制了。犹豫了一下他仍然不高兴地说了:"你地扫完了吗?"

"刮风,没什么扫的。"罗进民冷淡地说。

139

"刮风,也还是扫扫。"吴璋说。

"刮风地是难弄呀。"黎召娣老人说,笑了一笑,使吴璋有些狼狈。

吴璋迟疑着。他也觉得,他以前只是工作尽责不够,但夏天以来,却是渐比以前入了更狭窄的巷子了,他也想,学术上面没有成就,他就干这个了。但他心中很矛盾,觉得以前要好些。现在进一步了,或者说,事情变了性质了,握权力压制人,独断任性,受错误人赞美,是更不愉快的。例如挂面厂的刘棠便开始更赞美他,敏感的吴伐便说他好,而街道上的许多人渐对他吴璋更不说真实话了。现在重要的是黎姥姥开始对他不满了。她像一个社会的讯号似的对他不满了。怎么搞的呢,他要保持他的纯洁之心;但是他又觉得,像这样渐恶意起来,也有一种快乐。他很不满海国乔在几处不理他和攻击他。他没有批准给医疗站增加药品的钱,也没有批准托儿所增加木马滑梯;使海国乔对他发怒,两人曾在医疗站门前吵起来,又使梅风珍对他不满。吴璋懊悔自己曾对海国乔说:"你倚持着你是劳模而霸道!"他想海国乔是并不这样的。他很有点想向海国乔道歉。和友好了一些年的老头的吵架还使他想起了既往的有为的、渴望的岁月。他还忆起他是解放前学生运动的时候认识地下工作的海国乔的。

海国乔老头推着车子来了。海老头进城去转来了,买的东西送到了缝纫厂,他现在是推着空车子往居民委员会旁侧的巷子里去,他自认移去巷子里淤积的黄土。

海国乔过来了,看见他的庞大的身体和忠厚的老人的面孔,吴璋便有些窘迫,随即又出现了一种冷淡,笑着望他点点头。他并没有能开口向海国乔道歉,如他所设想的。后来他反而又动怒了,因为海国乔像没有看见他的点头的善意的动作。

"海老头,你们用钱太浪费了。"他说,"你让红医站买的东西多了,你们又缝纫厂买很多,你知道。"

海国乔,像有一些动怒的老人一般,一直往前走着,推着他的车子,不理会区委副书记吴璋。

"你没听见我呀。"吴璋说。

"没听见。"海国乔说,搁下了车子。

"你这是怎么一种态度呢?"吴璋说。

"就是这样的,不满意你副书记。刚才碰到齐志博姐姐齐月英了,你说我们样样不对。"

"你不过是个党委书记,你越权呀。况且你也不能干。"

"是党委会批准的,我还找了区长的,为缝纫厂增加机器的事,挂面厂修机器还有针织厂的修房子我也找了区委书的,缝纫厂的事也找了你你不作声说你不管,这医疗站是迫切的需要,半月内有六七个小儿生病,医疗站拿不出药来你无所谓,我不好受。你是不对的。"

"好,我不对,真是有点恶……恶霸。"吴璋说。"你真是太……无组织了。"

"我很觉遗憾,你吴璋当成这种样子的区副委了。"

"我怎样啦,我这样错了吗?我忙碌,为了你们的利益,放弃着我的学术工作。"

"你过去不这样的……这半年你又变了。"海国乔说,忽然有些感伤,看了吴璋一眼,而面色苍白地推着车子走了。但他又站下来。"你从前是个有些敷衍了事的好人,而在更以前,我是相信你是有好心意也有能力为社会的台柱的,往四化去。这是这样的,一早晨起来醒着做噩梦,你吴璋副书记开口骂人了,克扣钱了,样样责难地方上不自力更生了,又下命令地方上扩大事业。你还从街道上拿走钱,算你的成绩——你作威作福!"海国乔大叫起来,"你成了官僚!你不再有实心意办事,你是干结屎臭!"

"我料到你骂我了。"吴璋说。脸色苍白了一阵,他心里仍然又颤动了一下他的善良的心意,想向海国乔承认一些错误,但他却呆看着海国乔,而恨恨地沉默着。

在他的内心里面,有着深深的叹息。他觉得海国乔是对的。但他的内心里面,也埋藏着骄横,想要再攻击海国乔,想叫骂。他沉默着,又看看他有点畏惧的黎召娣。

"哎，吴璋副书记！"老年的黎召娣叹息说，"我不愿看你这样和老海争吵。"她面孔苍白，说。

"哪里。"吴璋冷淡地说。

"我做了三十年的织布厂女工，又当了十几年的女仆，带大了十几个小孩，野鸭洼是我的生聚之地。曾经说你好啊，年轻人有为，副区委书记来来往往；这野鸭洼倒渐更好了，而你，年轻的吴璋，那样一个纯正的人，却是现在变得这傲横了，拿去地方上钱，你跟他善良的海老头吵了。"老太婆说，便又沉默下来，上唇陷进去，显出冷淡的表情。老太婆又做了一个当年织布女工的动作：抱了一下手臂，靠在旁侧的一颗大的柏树上了。

"唉！"海国乔叹息着。"这样吧，算我海老头错了。"

"唉！"吴璋说，"当然也不是。……"他说，忽然他跳上了他的自行车，骑着往前去了。但他又跳下车来，说："我还是不能妥协的。"又骑上车走了。

黎召娣有些颤栗着，又提起了她的牛奶瓶。这时，在一旁扶着自行车的看着的民警沈强，急忙放下车子，去坡边上扶黎召娣。沈强不大爱说话，他也轻轻地叹了一口气；他碰到黎召娣老太婆总帮一点忙，他看见年纪大的人有些心动。他慢慢地把老太婆扶下坡走了几步，老太婆便拄着棍子往前走了。

海国乔推着车子经过居民委员会旁侧的管道往后街去。老头子固执地生着气，他便开始挖掘窄道和后街角淤积的黄泥土了。他很努力地挖着，不久便挖了一车，到小街上，填补小街的坑洼和下雨、车轮造成的沟道。老头子很爱自己的地方和社会，所以他便因吴璋变坏而有些忧伤，也有些懊悔刚才发脾气。不过他想起来又觉得生气了。海国乔掘着土，看见吴璋又骑着车子过来了。吴璋犹豫而有些苦恼，害怕得罪海国乔更凶，老头子是有地位，有舆论的力量而且有时候也跑区政府的。吴璋常处在这样的矛盾中，但他心里还是横着一些凶横，他到了海国乔的附近便跳下了车子，完全封锁了他的向海国乔道歉的意图，有些暴躁地说："为什么挖这些黄土呢，这黄土是有用的呀，盖房子修砌都需要这黄土,是旧工程剩余的呀。"

海国乔便停下了挖土的动作,沉默地看着他。

他对海国乔的歉意仍旧没有表现出来。他愤怒地又说:"你们是糊里糊涂的。"又面色苍白地说:"你们自己斟酌吧。"

海国乔固执地冷淡地看着他。突然老头子把铲子摔了,走过去拖着吴璋坐了下来。老头子沉默了一阵说,他和吴璋认识许多年了,他肯定地说,吴璋现在不对了,从前则是要好得多的。老头子很大的声音说话,他说,他是朋友和下属,觉得很心痛,吴璋继续沉默着,他便站起来又挖土了。吴璋呆坐着抽烟,产生了一种对海国乔的新的怨恨,便是他觉得海国乔想教育他。他便也站起来来到固执的老头的旁侧,拿过铲子来也铲了两铲黄土,说:"这土还松动。"又说:"你年纪老了我不计较你,但是我又来找你完全是善意的,铲黄土也许不合适吧我也要管,我说的是你有些傲横,你在地方上傲横!……"他沉默了一下又说:"我也许是有缺点的。"这便算他内心有着矛盾说出来的话了。他沉默了一下又想着自己的说话合适不合适。秋季的上午的太阳照耀着,他觉得自己是有力,威风;他又想到他从前是善良的,便有些懊恼,他一瞬间觉得自己变成坏人了。这半年来变了,家中他的妻子也说他是坏人。但到底哪一种好些呢,他有些惆怅,呆站着一下,心中有了少年时努力和一些岁月也用功被记忆起来的痛苦。"哈,我这个吴璋现在会欺侮人了。这真是不好的,但怎样办呢。"

他看见老头子海国乔的忧戚的、愠怒的面容。

"我红医站的经费也还是可以批准的,我和你不冲突了,你告诉张璞吧。"

但他立刻又有些懊恼,觉得太客气而为人太善良了。但他也就没有作声。他看见海国乔的铲土的动作停止了,而眼泪一滴一滴地滴了下来。这眼泪是以前的友谊,是以前的温暖之情和共同经过的奋斗生活的惋惜。

"你这是干什么呀。"吴璋说。他看看老头子,又拿铲子铲了一阵土,说:"我有时候也是想要改善,你老海知道便是了。"他预备走掉了,这时候居民委员会主任张璞走了过来。张璞也是和吴璋吵了架这些日子不讲话的,张璞的脸上有着一种严厉的、冷淡的表情,吴璋也便同样冷淡和沉默。张璞也是来巡视这些黄土和后街的卫生的。因为吴璋好些次专横地督促她,以至于她突然发怒,不理吴璋了。吴璋责备说她这街道上她的人员,和党委书记海国乔一起,放弃开会,不愿动员。事实也是,张璞认为随便动员居民是不合适的。这产生的情形便使张璞很苦恼,人们也责备她常在区政府兼计划处的副处长,不大愿意来。胖胖的张璞反对开动员会,这次是来想要助街道委员和积极分子铲土、打扫后街的垃圾的。吴璋觉得她有骄傲不理人。她现在便大声地说:"老海老头,你看这土好铲吧,这后街卫生好搞吧。"她的严厉的脸色表征着她和吴璋继续发怒。吴璋是想要除却她在区人民政府计划处副处长的职位的,首先他常责备她抓权力,能力就那些,却"死抓着"野鸭洼的居民委员会不放。张璞脸色很不好看地在海国乔旁边看了一阵铲土,也拿起铲子来铲了一下,才回头看看吴璋,说:"我是采取不着急的方法的,也拒绝老开居民会,每一家人家都有它的生活,开困会像坐钉板,我很同情。"张璞说,她又拿过海国乔的铲子来,把铲子举得很高,摆动着说,她的声音很大而且很有气魄。她把铲子举得更高又摆动得很开,是因为人们嘲笑她把铲子当鸭嘴锄使用,但做了这个夸张的动作她又并未铲土,她是"包揽诉讼",人们说;把铲子高举一下,也表示这个意思。她也有些独断,和罗进民有冲突,有时她也责难海国乔,但海国乔地下工作时期就认识她,所以不恼怒她。人们常说,这功名的女人还是大学毕业的,有学问的。这功名的女人在地方上引起尊敬与一些评论,吴璋便是攻击她出风头的。

"你们办的太慢了。"吴璋说。

"我们就只能这样的。"张璞说,"譬如他海国乔吧,有一种怪脾气,是勤劳的老头啊,可是毕竟老了,叫他干这个他有时干那个,叫他去办办缝纫厂的事他却可能和树叶打架扫落叶去了,譬如今天便不一定动黄土,而是应去居管会开下会的,自然,今日会也撤销了。他还一定不肯离开党委书记的职务,所以是霸道。"

"那并不是那样的。"老头子说。

"你也老了。你辩论不辩论我张璞都论定了,但你自然也很能干,也不那么糊涂,这句你喜欢听,我上面说的那些,也是有些人的意见,其实我并不那么见解,你也并不那样,老头啊!"

海国乔便笑了。"你官僚主义。"他说。

"也不见得不是这样。没有铲土,做了空架势,"张璞说,便把铲子还给海国乔了,"副区委书记,你看如何呢?"

"我说你要动员开个会。"

"我不开了。"

"你是不是太专权而不理上级呢?"吴璋说。"我正懊恼人们说我是臭官僚,譬如海老头骂我,我是觉得心伤的,他这老海正如你说是地方上的一霸,跟那地头蛇罗进民……"

"这些名词不好,我的话不是这意思。"张璞说。

"但是是要指出的。你各样事情都反对我这领导,我干什么呢?"

"你干,谁知你干什么呢?"张璞说,"唉呀,我的胃痛起来了。我是心灵憔悴的妇女,正如同你所说。"

张璞在胃痛中沉默了一下。但吴璋弄不清楚她是真的胃痛还是假的。

"然而你副书记是心灵麻痹的男人,你看不清楚眼前的道路了,你以为这些路是你开辟的,然而不是,是我张璞!我篡权力?我耍花样?是的,照你说,我是豪门,女老板,女光棍!我们当着老海说吧,你各样事情克扣我这居民委员会,这就逼着譬如我们海老头到夜里也想出来铲土——老头不是夜里十二点了睡不着推车出来吗?这一点我是看不过去的,而你说他是地霸,还说他偷懒。"张璞说。

"吓!"

"'吓'呀,"张璞说,"你这当官的就把野鸭洼一口气吃下去,胀大你的肚皮,显你的威风,但你碰到我这张璞是使你行不通的。你还有一句呢,说我们是帮口,而我张璞是妇道人家,屁!你不是曾经也度过奋斗的、正直的岁月,我们这一辈人也老了,自然我和你吴璋过去倒并不相识。"

"但是你们是必须开会动员的,这后街的情况。"吴璋说。

"不办。"张璞说。

"事实上我是很谦虚的,"吴璋说,"刚才我对那黎姥姥黎召娣就体会到这种谦虚。我都说了好话了,还是海国乔这顽固的老头,加上你抓权的张璞主任。"

"我们拼了!"张璞脸色苍白地说。吴璋便骑着车走掉了。

张璞也走掉了,她说也许下午或明天组织街道委员来劳动;后街的脏和淤积土耽搁得太久了。

海国乔铲着土,遇见吴伐来找他。吴伐经过他的同意在针织厂当杂务了,他看吴伐在针织厂何惠芳厂长老太婆爱惜地擦车子上的土之后有一些改悔。吴伐当针织厂的杂务还稳定,但他这两天和老太婆厂长吵了,想到豆腐坊去当采购,所以来找海国乔。他说何惠芳厂长很厉害,他到豆腐坊区当烧火的也行,或者到挂面厂去,刘棠有些高兴他去。

吴伐在针织厂有一度很勤劳,殷勤地干各种事情,他是想改掉他的错误了;海国乔看他勤勉地奔走,干练而愉快,便有很高兴,赞美了他。何惠芳老太婆厂长也赞美了他。他这些时来有些晦暗了。他推着针织厂的车子装满原料和衬衫在街头走着,提着水壶在针织厂的街头走着,有时在厂内勤勉地拖着砖瓦地面打扫卫生,有时在街头拖地——他每天早晨扫针织厂的地,造成了附近居民们和海国乔的愉快的印象,野鸭洼多了一个勤勉的、为人谦虚而客气的吴伐。吴伐早晨起来和人们愉快地招呼,和女工们亲切地问好,他是变了一个人了,何惠芳老太婆厂长也就信任他让他去街头采购了,有了些权力了。但是最近吴伐忽然提议升他为干事。这本来也似乎可以的,但何惠芳老太婆认为不行。张璞也认为不行。吴伐便认为人们把他看死了，很悲观起来；他又向梅风珍和海国乔提议他想到豆腐坊当采购或出纳，或到挂面厂去。他说他保证不犯过去的错误，他是受了教训了……

梅风珍有些动摇，吴璋也支持了两句吴伐。在野鸭洼的早晨，太阳升起来，牛奶站的牛奶车来到了，骡马粪车来到了，街头匆忙地行驶着自行车和走着早晨的行人，扫地工来到街头了，而小学生和到附近中学去的中学生便出现在街头匆匆地、愉快地走着。吴伐替两个针织厂的女工拿牛奶，吴伐和粪车工人也愉快地招呼，说他们辛苦了。吴璋也有一早晨巡视野鸭洼，他也和人们说早晨好，而吴伐是他这些日子早晨遇到几回的愉快、能干、活跃的人。吴伐快乐、急急走着，问区委副书记早晨好和用很大的甜美的声音歌颂区委副书记的"辛苦"。吴璋便觉得自己果然有些辛苦，而高兴了吴伐，他便说他也可以调动一下，看情形升迁一点。但是海国乔和张璞坚决不同意。

但也看不出吴伐有什么不妥，虽然他有时有忧愁，因为何惠芳老太婆厂长的脸色对他不好看，是冰冷的。

吴伐照样有些活跃。从他到针织厂起他便活跃起来，他又走上了社会了。海国乔也有些佩服他。

"我现在每天的工作序列是这样的，这也算向你街道党委书记汇报，因为我是过去有错误的，还因为我心中的话要向你讲。"吴伐坐下来对海国乔说。海国乔观察他是愉快、自信，显得很是干练。海国乔有些注意这些奇异的精力的前纸厂的财务科长。他这回就业针织厂没有贪污和偷窃了，这是确实的，所以海国乔也有一点感动。但他心里对吴伐始终有点阴沉，他说，他事忙，要掘土，没有时间听他讲。但吴伐拦住他说，只需要他听一点。

"我是早晨去拿牛奶的，也帮助何惠芳厂长，但是人们怀疑我巴结人，我便说，我有什么奉承人呢，我是自身心里愉快我新的生活的。"

147

"以后再谈吧以后谈吧。"老头说。

"不,不。"吴伐说,"我想我过去在纸厂是对国家犯了过失的,我现在要如何弥补呢,我是光身一个人,又没有家累,我就各事多做一点吧,难道可以说我吴伐别有心机吗?"

"那当然不一定是这样的。"

"这你海大爹便说得对了。我心里萌生了对于劳动,对于四化的热爱,我也学习刻苦创业的何惠芳厂长她老大姊,我也学习你海大爹勤勉不息。我是心中有热爱党和弥补我那时候的贪污,难道不是么,难道不是人能改正么?"

"那当然的。不过,我有事。"

"我早晨起来,天色薄明,先把门前的地打扫一下,我们针织厂和新建的托儿所联合种了几棵小的梨树,我便给树浇水,也看鸟儿啁啾,听百鸟争鸣,你知道过去我养过一个百灵鸟,现在柳树梢上,枣树枝上,也有人来挂着鸟雀笼遛早晨的风,我是热爱我的生活的,听鸟儿啼鸣之晨,和月色朗照的晚班的针织厂,我在听着隔壁托儿所的儿童嘈嘈叫和天真的歌声,我心中便一尘不染,十分热爱我的祖国和这北京乡街,你说我不对么?"

"对对,对,你快说吧。"海国乔说。

"我心中充满新生活的愉快你是能理解的,而派出所也解除了我的问题了,我是十分感谢居委会诸人的。我扶着针织厂衬衫厂的原料和成品走在大街上,有一回推往区人民政府去检验我十分快乐,何厂长老大姊走在我旁边,我觉得光荣和愉快,觉得何厂长像一个军人似的,像一个四化的督导似的很威武,她不大说话……也像一个慈祥的母亲……"

"你快说,快说……"

"我因为过去一度的贪污而我的心灵沉重!你否认不否认有这种感情呢,人有可能改悔呢,你是能推动居委会的,人民代表你常和陈云邓小平坐在一起。我说这些是否幼稚呢,然而春风荡坦,胸怀荡坦,我这个前纸厂的科长水平低,但是也奋勇一说。……我在托儿所边上还多种了两棵杨树一棵苹果。……"

"这些知道了。"海国乔说,"你快说吧。"

"我每月的钱现在也不喝酒了。我想表示改正,送托儿所一件礼品,还没有考虑什么,我想买塑料的鹿,还有斑马,也买电池动的汽车……"

"那并不用得着……你说吧,你是有目的,当然你现在比以前好了,很正派,也有使我感动,但是你为什么向何厂长提你想当干事呢,还不够格的,还有隔些时再说。"

"你不说根本不能?"

"那倒是气话。"海国乔说,"也没法调豆腐房挂面厂。刘棠那人是有缺点的,你对他很奉承是不顶好的。"

"我没有很奉承呀。我觉得有些人骂他也过分了一点。"

"你的头脑里还有权势地位很多。"

"也对。可是冤枉呀,海大爹。"

"就这样谈完了。"海国乔说。

"那我来帮你掘这黄泥土,我年轻多了,有力气。"

"不,不。"执拗的海国乔说。

但是吴伐抢着铲子便掘土了,海国乔呆看着他,有些惊奇他的活跃;这有些俗气的吴伐的热情海国乔觉得也有些是真诚的。"我觉得一种改正错误的快乐,你海大爹看对吧,不会一脚踢我很远吧。"

"你好好地就是;你是有水平的,你是纸厂以前的科长哪。"

"那你说的就对了。可是那是没有意思的。"

"我说你想提升级调职都是不好的。"海国乔有些顽强地说。但吴伐也没有受很多的挫折,他仍然卖力地铲着土。秋季的太阳照耀着这后街的角落。吴伐铲了一些土坐下来了,脸上显出很伤心的表情,海国乔看了看他。

"你四十几了吧。"海国乔过了一阵说,"你也该走正道,四化的大道,不再走到贪污,误你的生活的前程了。"

"我的要求不大行呀?"吴伐说。

"不行。"

吴伐便叹了一口气,沉默着。

这时候老人黎召娣走过来了,她拄着她的那根棍子,笑着说,她又碰见海国乔了。她便看看吴伐,提高声音说,她每天街头走一圈也是锻炼,也还是参加人们一起,往国家的前程去。老太婆也是在和敌对的人们进行着一种斗争。在野鸭洼这里,九十几岁的,当过三十年织布女工的黎召娣过去有一些仇人;她要继续走她的生活之路。这些人们说她必不能再健旺了,她便行走表示她的健旺。她走着有些颤抖,她拄着棍子慢慢地移动着,她的九十余年,从清朝很远的时候起,历史跟着她颤栗着,近一个世纪的阳光、风霜、变动了的街市的旧的影子,对旧时的城市、时代、风习,她的回忆跟着她颤动着,她常说到清朝时代甲午之战,她家出过兵的,民间抗日也出过兵的,她有一个儿子的死……她有她的爱与恨。她过去和吴伐也是有敌对的,吴伐当纸厂的检验科长的时候,她的孙女儿推车去领纸盒做家庭劳动,吴伐曾经很凶恶,也就和与孙女儿一同走着的黎召娣吵了架。那回还闹得事较大,因为吴伐用棍子打她孙女儿,而她便也回击,吴伐便扣留了她孙女儿的车子,还打了她一棍棒。……所以她冷淡地看着吴伐。

吴伐有些脸红。

"我每日上街来,是我自己的生命的活动,人要活动。"她说,想起自己当女工的时候的词汇,"我这么走一圈,也是对一些人表态,我说儿辈的人在做他们的事,我走一圈也是生活的意思,我的心的意思,正堂的事实。海国乔呀,我还记起了,"她骄傲地说,"我那阵子年轻时穿过的针线刺绣的花,我们那时候刺绣大朵的花还有喜鹊。"她这么说也是因为吴伐攻击过她好谈论地方上做刺绣的"补活"。吴伐曾经说她曾左右这种"补活"的分配。

"那是的。"海国乔说。

"你黎姥姥好呀。"吴伐说。但是黎召娣不理他,一直往前走着。

"你帮我说一句吧。"吴伐对海国乔说。

"这么样的。"海国乔说,"你姥姥知道,吴伐他现在还好,"海国乔带着一点讽刺说,"有些改正错误了。"

"改正了。"吴伐说,"您姥姥知道,那年实在对不起。我改正了,从心灵深处,心灵深处,"他重复地说,"向你老人家抱歉过去的不对。"

"那是么?"黎召娣说。

"我是的,黎姥姥,在朗月之夜和在北京的静悄的黎明,我扪心自问,看着夜班的人回来和街头的学生们上学去……"

"哦,"黎召娣说。

"我听着百灵鸟啼鸣于柳梢头,我看着建设的掘土机响动于街头,"吴伐热诚地说,"我便想我的生活之途我的花繁深处的我的心灵的激动,工厂机器震动深深,我的心灵的激荡。"

吴伐的热情的、深奥的改悔的谈话黎召娣难以听懂,便看着他。

"不信的。不知你说些什么。……"

"他说的……"海国乔讽刺地说,"他说他心里有鸟儿唱歌……"海国乔想到自己是党委书记,有些脸红,说,"他是比以前不同了。"

"也是受了你老人家的感召。"吴伐对老太婆说。

老太婆或者是由于没有听懂,脸色沉闷冷淡地走过去了。但她又停下来,说:"狗屁!你那年打我一棍啊,你还要打我一棍,打老海一棍!"

"我问你,"海国乔说,看了看威风地走着的老精灵似的黎召娣,觉得高兴,觉得对这继续钻谋的吴伐有些仇恨,"你这么活动,心中是还想还伤害黎姥姥一棍吧。是想当科长吧。"

"不,那不的。"吴伐说。

杜宏英代海国乔扫着地,扫到后街了。她因成绩而高兴。再又刮起来的风里,院墙内一个男孩爬在树上对她叫着,说他的母亲问她好,说他母亲说,她杜大婶真是勤勉和有能为,能代海国乔扫地。

"我妈他们的纸花工厂也有出口,还有出口转内销的,跟补活绣花一样,你杜大婶街道委员知道纸花工厂扩不扩展,区政府吴璋说过也要扩展。"

杜宏英停下来,休息着,说她不知道。里面院墙里便传来男孩的母亲汪意兰的叫声,要男孩从树上下来。汪意兰不高兴男孩谈到这些,因为她和纸花厂的厂长吵了架,她要求质量好些,有人便攻击她技艺好不肯助人,引起了一些争吵。她和杜宏英是亲密的朋友。

"我妈说你杜大婶也做过纸花,厂长是很官僚主义的图数目。"男孩忽然又爬上树来,在又刮起来的风中说。男孩又跳下树去了。不一会儿,他从肥皂箱砖头堆跳上墙来了,手里拿着两朵纸花。

"你杜大婶看这两朵哪一朵好。"

杜宏英伸手接过来看着,她觉得大的一朵好得多,小的一朵,扎花瓣的地方还太松了。这两朵纸花引起了杜宏英心里一阵热情,忆及以前几个月的纸花女工的生活和她自己的技艺。"大的一朵是我妈做的,我妈说她很伤心,她今天没有去上班,纸花厂没有她也行的。"男孩又说。

"是喽,全是你说的。"男孩母亲汪意兰说,于是便在墙头上出现了温和的、有些愁容的中年女工汪意兰。"说是这是家庭妇女的做工,解决一点生计,不必要做很好,所以我们便不对了。"

汪意兰显出痛苦和愤懑的表情。她是十几岁时就做工艺品纸花的,那时也一度成立过纸花工厂,汪意兰的姐姐和故去的母亲也会做纸花,好多种折叠和剪裁。因为冲突,因为爱好纸花,她很有些痛苦,她从杜宏英手里拿回纸花,淡淡地笑了一笑。

"出口要做好,出口转内销自然也要做好。"男孩又出现在墙头上,说,"我妈说的。"

"也是这样说的。"汪意兰忧郁地说。

"这是那王晁这些人狗屁,他说他当厂长就是这样,"杜宏英说,"他那一套我熟悉的,那时候我干那几个月呀,他全想陋货赚钱,还说出口也行,外国人容易骗。他怎么混走了一阵又来当厂长呢。你跟他吵了,怎样呢,不理他,找张璞跟那吴璋吵去。"

"我们吵不过人家呢。"汪意兰说。她说,她在厂里昨日下午吵得很凶。"我们做工许多年,也算不上什么工龄,不过是家庭妇女,那王晃说,我说我将来老了还不得了呢。我昨日顶心痛,我说这是国家的面子,纸花要做好些,他却拍桌子说我反抗他,反对他,他说他要振兴纸花厂,赚起钱来再说,我这是别具用心,几乎我是有野心想当几十号人的头,当厂长的。还听说那吴璋副书记也支持他。"

在杜宏英的心里,起来了一种激动,她便想起骂这纸花厂王晃。她对于四人帮以后这街道上的各种渐起来的兴旺有着快乐的热情,她是喜欢纸花厂而且时常探听纸花的成绩和出口的情形的。她前些天听说纸花的出口部门不订购这小厂的货了,她便觉得不冠冕,觉得一点忧伤。熟稔的、杰出的纸花女工汪意兰也觉得忧伤。她在墙头上说,销南洋的听说不要上次的一批了,只有柬埔寨国,由于情面,还要一些,但区政府也不好意思交出去。

这时候有进院子来的纸花厂长王晃的声音,汪意兰便从墙头上下去了。杜宏英听了一下,便推着垃圾车到了汪意兰院子的门前。

汪意兰家里进行着冲突。汪意兰面色很冷峻,动作也缓慢,这中年的家庭妇女像是演讲家样的做着手势,讲一句用手指关节敲一下桌子,用缓慢的,有抑扬顿挫的声音讲着她之所以要吵闹。她说,纸花要符合规范,尤其是要争取出口,"为了祖国"。在这窄狭的、光线也阴暗的屋子里,汪意兰发生着庄严的感情,和升起了热烈的爱国意识。她的男孩在倒茶给厂长王晃,端着一个杯子慢慢地往桌前移动着。汪意兰轮流拿起桌上的几朵各色的纸花来。

"但是你也是有缺点的,你的手艺技能好不好我不知道,但是你也是有缺点的。"厂长王晃说,"你回答一句,说你到底有没有缺点呢?哦,你是有缺点的吧。"

"我没有这么说。这里不这么说。"汪意兰说。

"你太骄横了。人总该是有缺点的。"

但是汪意兰却不让步,不回答这一句。王晃厂长便从移行到了桌边,呆站着的男孩手里拿过茶杯来将茶喝干了,然后突然地想起来似的从口袋里摸出两颗糖来给男孩。这并不是偶然的,汪意兰是纸花厂的一级工人和组长,还兼检验,所以他是买了几颗糖来给汪意兰的男孩的,但是由于羞怯和冲突没有拿出来。男孩不要,汪意兰继续谴责他,他便心神不安地拿手往荷包里不断地摸着。他怕凶狠。但是他迂回绕圈子也总是想达到他的目的,他带着几分欺骗地争取纸花市场,他想赚到钱发奖金,然后他升级到区政府的较大的企业里去。

"来来来,"当汪意兰的讲话停顿一下的时候,他便绕过桌子来拖着汪意兰的手臂。"汪意兰组长,汪意兰好大姐,好婶子,"他甜蜜地说,"好妈妈,回厂去,不生气。"

"不是这样的。"汪意兰说,"要说到纲目,你也是中国人!要为中国争面子的,不能混入出口货的。"

"你不能这样混的。"杜宏英说,"我知道你们这号人,这年代不知打哪里就一窝蜂地不少了,找到活水了,油光滑亮了,这纸花厂是要变一变的。她汪意兰做纸花二十年有了。"

王晃眼神很凶地看了杜宏英一眼,便又摸摸口袋里的糖果。

"你们有历史我也有历史。"王晃说,"我也银河迢迢路,牛郎织女不碰面,我的老爱人还跟我远隔着在甘肃呢,她在那里跟着她的母亲,我老想接她们来,而她要跟我离婚了,这是我心中的疮疤,人到激荡的时候便揭疮疤了。我不平了。你汪意兰杜宏英来当厂长好了。"他便在一张凳子上坐了下来,从口袋里掏出一颗糖,剥了纸吃了,似乎很欣赏这颗糖,在沉思着。

"你们不同情我的痛苦么?"他说。他又给一颗糖给汪意兰的男孩,但男孩将这糖连以前的两颗一起放在桌子上。

"你这人是不爱国不爱手艺活的。"汪意兰说。

"华主席党中央提倡安定团结,"杜宏英说,"你在厂里是打击人的。"

王晃又吃了一颗糖。男孩将桌上的糖拿过来给他,他便又剥了两颗,一起塞在嘴里了。可是后来他把糖吐掉,由于怜恤自己,眼泪便从他的眼睛里滚珠一般地落下来,接着便发出很强的哽咽的声音,他战栗着,又忍住这声音。他似乎是想用这来解决他和汪意兰的争执,然而却不是的,他是怜恤自己。汪意兰和杜宏英却使他痛苦,纸花能手汪意兰平常很温和谦虚,沉默寡言,然而今天却显出了特殊的顽强,而他却是人们不理解的,但他又想,他是采取一部分欺骗的手腕度他的生活的。所以也不是人们不理解,人们还是如实地理解的,然而他又想,他也还是知道自己是有错误的,他还是人们不理解的。

"你是很凶的,欺人的,你并不为祖国和人民事业伤心,你出品坏的纸花,"女工汪意兰又愤怒地说,"你这种纸花能行么?为什么,"汪意兰做着缓慢的动作说,"你出这样坏的,一碰就散的纸花,有些工人当然听你的话做了,有的人还求之不得,但是我汪意兰不得不为了祖国和你对颉抗。我跟海老头书记说过的,并不怕你的,你有那吴璋也不怕你。你哭?该哭的是我们,我汪意兰十六岁学做纸花,浓艳的和素,大朵的芍药蔷薇和小朵的梅花,也还有剪纸功夫的菊花的……我奉献我的青春于这纸花,所以,该流泪的是我们而不是你,而海大爹也很伤心,我也不说你装样……你有一丝一毫的国家观念么?柬埔寨人不笑你么?"

王晃没有哭了,但仍然又吃进了一颗糖。

"王晃厂长你也不要这样,"杜宏英说,"你回去吧。汪意兰你也上班吧。"

"同意你一定地改善质量。"王晃说。

杜宏英便从汪意兰门口推车往垃圾堆去了。

七

海学涛和他的女人发生了冲突,情形抑闷。纯朴的海学涛心里有深一层的思想。曹株花整日在针织厂上工,将女儿送进了幼儿园,海学涛似乎对这情形不满意,他说他希望像旧时那样,希望曹株花上半天工。他对敬爱老头子的曹株花煽动说父亲海国乔年老了缺人照料。曹株花便烦闷地想再退为半天工,犹豫不决中和海学涛冲突了。她把海学涛的衣服从挂衣钩子上拿下来而将自己的挂上,她说,她也是家庭的主人,她的快乐的青春年代过去了,她要夺一点权力。海学涛便急忙道歉,说自己疏忽了,并不是封建的男权思想。他辩论了起来,认为曹株花误解了他。曹株花沉默着坐着,认为自己也不够好,有点不够照顾家,晚上烧饭不快,她有时也有点觉得海学涛的"我男人你妇道人家"的口气似乎也是有对的。她很愁闷,而海学涛便承认自己错了,拿着衣服往外走。曹株花喊他站下,说自己也可能有错,她还是也想退为半天工算了,不吵架了,也是许多年的夫妇,人们都说好,应该要面子,海学涛便又走回来,说事情是他有错。但他徘徊了两步又有些烦闷,说他说那男权的话也未必太错,曹株花便不作声。这小小的风波爆发得有点深刻,海国乔老头进来便感觉到了。

海国乔便显出严厉、苦恼的表情,坐下来慢慢地抽着烟。

"我隔三天晚上来你们这里吃一次饭好了,其他的,我自己屋子里会烧。"他说了便很长久地沉默着。

"不是这样的问题。"有些羞涩的曹株花说。

"也有点是这样的问题。"海学涛说,声音里有着显着的不满。

"什么也有点是这样的……问题?"海国乔说,愤懑了。

海学涛笑了笑,他虽然并不是不满父亲,而只是不满他的妻子,但他也显出了对老头子的突发的不恭敬,海国乔一些时来发现儿子有些自负,生活展开在他的面前,他将被提拔进制糖厂学习专科,而且将被提升为技术员,同时人们赞美他做诗,而在这个时候他自负起来了。他对曹株花说,现在是他的时代了,不再是老头子扫地工的时代了,他还有点文化,当个工程师也无需费多大力。他说他要走几年"鸿运"。不安的曹株花矛盾了一阵便也告诉了海国乔。海学涛对人们还变得不亲切,对同院子的秦淑英的爱人电力工人钱勤忽然不大说话了。他到工人文艺学习班去得很勤勉,继续做诗,但海国乔听说他朗诵诗之后和人有吵了几句嘴,说他的动作声音就是那样的。钱勤也说他过分骄傲。

海国乔有痛苦,不知什么缘故,他和他儿子之间有着一种羞涩的感情,生活里的沉淀使他开口说话似乎有困难。他说了一次,觉得自己说得很笨,这个星期日他便请来了张璞。张璞在他的儿子心里有一些威望。海国乔进来沉闷地坐下不久,张璞也就来到了。

张璞有些愠怒,因为老头子请她来他家"炮打不平",她便特别地不平;她还是在很忙中抽时间来的;同时,她很恨恨于野鸭洼海国乔的模范家庭会被伤害,失去一个有为的海学涛。张璞说她只有不多的时间,又看了看表,海学涛认为她故意这样的,便想攻击她这种"官僚主义",但她其实是事情真的忙。

"你父亲海大爹请我来当公正人,律师,诉讼师了。"她在点头感谢过曹株花替她倒茶之后便大声对海学涛说,"你一定会恨我的。我先从你的立场说,在制糖厂你是好工人,社会上你是有为的少壮分子,我们说,哪样利益好些呢,你是纯朴的,但你有深一层思想,你渐渐变了,你渐渐看不起许多人了,也看不起你的继续奋斗着的父亲了,从你的立场上,在制糖厂你跟技术员吵架他有傲横你有心横,你有傲横,你傲横好不好呢,……"

张璞觉得一种这时代的激昂,便是中国前进往社会主义的现代化去;她又觉得一种感叹,便是她也像故事里的英雄,到处出场制胜了,这回她似乎也将制胜了,但也并不是一定能制胜的,而当这种说教师,当这种催生婆,当这种诉讼师,她这居民委员会主任已经很多次了。社会是否能多时良好地前进呢。出乎她的意料,海国乔家产生了阻塞了。于是有一种疲劳掺在她的激昂里面,而且她有一种伤痛。

"你海学涛快四十了吧。"张璞说。

"是的吧。"

"唉，"张璞说，"你知道生活的艰难的，你还要我来说教？"

海学涛沉默着，很有些羞惭也有些想辩论，抱着手臂在屋子里徘徊着。

"我告诉你，"张璞的有些激越的声音说，"你和你的父亲老海头，是受到人们的钦佩的，因为你工作很好，也还业余做诗很好，还受过野鸭洼小学的少年儿童队的敬礼，你总不会忘记，在糖厂里你是好工人而在家庭中你也和睦。你用功而你的曹株花也贤惠、勤劳，也用功，我是很看重这一点的。从这一面来看，是十分良好的，当然还要前进，而从你现在的立场的这一侧面来看，这是没有意思的，而个人的倨傲，个人的风头，从个人的本领来藐视你所谓草草之众，高视阔步，不赞成草草之众的心灵的语言而是有自己的心灵的语言，草草之众的心灵的语言是只有伏拜在我之下的，从这一面高踞着你这一头老鹰，好不好呢，假如你不是猫头鹰而是老鹰的话？"

海学涛沉默着，坐下来了。

张璞真的像律师诉讼师一般说下去了。她又说到，从男子方面看，卑视妇女，是很"乐陶陶"的，她见到过不少这样的人，她也试一辩论，是这种"乐陶陶"好呢，还是放弃这些封建好些。她又说，是否海国乔老头是这样思想，轻视众人和轻视某些劳动譬如扫地呢，是否海国乔老头是这种男权，封建呢。

"我不这样。"海国乔老头说。

"对了，你不这样。"张璞说，她又向海学涛说，"那么我便要向你宣布：我和你拼搏，我和你拼了！"张璞大叫着。

沉默着。

"革命的道路多年以来牺牲累累，这我来提到！"海国乔老头激动地大声说，"先辈前辈创业维艰，长江黄河滔滔世界辽阔，中国大地养育我族我国民，我们的祖先意慨万千，所以你这是不对的！"海国乔说。

"海大爹对极了！怎么样？你又来，和我张璞，我们和你拼了!"张璞说。

继续沉默着。曹株花脸色苍白地看着海学涛。海国乔在抽着烟。

"你把我张璞看作神经病吧,我也说中华民族神州之土,我们有锦缎山河亿兆人民,你也是神州儿女,你要对得起振兴的中华!我说的对么,不对么?大家都一样说这些陈腐么?我和你拼!"张璞说。"好了,我说完了,你回答我。"

海学涛便站了起来。他的眼睛呆钝地闪亮着。他的父亲海国乔和张璞的话发生了作用。首先是张璞的威严的、自信的、凶狠的表情和腔调发生了作用。海学涛便叹了一口气,说:

"我接受你的意见。"

然后海学涛便徘徊了几步,犹豫了一下,在想着什么,走到他父亲面,深深地鞠了一个躬。他接着又向张璞鞠躬。

张璞便和海学涛热烈地握手。她又有些怀疑地看了海学涛一眼。她像一个律师和诉讼师一般干练,拿起她的外衣,喝了一口茶,便告辞走了。

海学涛被缝纫厂请去修理机器。他的心情有着忧郁。他是家中的缝纫机时常坏学会修理的。他担心修不好,而且他不很愿意,因为他这些时候,在有过错误,被张璞教训了之后,觉得一种自卑和灰暗。他还有深一层的情况,他也没有写诗了。

海学涛出门的时候,曹株花不满意他的忧郁的状态,她有些伤心海学涛变得沉默寡言了。她说她劝他不去缝纫厂算了,这样去倒像去和别人吵架似的。曹株花还追到院子门口喊叫着说他忘记了带他的工具包。曹株花的响亮地声音表示着她的努力、她充沛着热情地想要使海学涛振作起来。海学涛慢慢地跳上他的自行车,车子骑得很慢。这是他的轮休日。

他痛苦于他没有什么成就,是一个普通的工人;他在挨了张璞的批评之后并没有回到他的往昔的光明的心地里去,而是陷进了彷徨的心境里。他不甘心就这样下去，而年华老大，而他的父亲海国乔还是著名人物。他想升技术员，也不完全是，他觉得他不能再骄傲了，但是他想他还是应该奔赴前程的。他将去制糖专科学习，当然可能慢慢升为技术员了，会有成就起来的，可是他仍旧不快活，因为他还想有更多的成就，包括学问用功。可是他心中也有这时滋长的厌烦用功。海学涛想用他的成就来补偿这一些日子的错误，可是他心中反对着：面前如同茫茫的海洋似的，他从哪里去用功呢。这种心情里他觉得，也许就这样下去了，制糖学习也会没有什么成就。有许多事情吸引他，但他也觉得不知从哪里前进，人们在这建设的年代都前进着，奋发和学习各种，他也应该奋发的，可是很羞耻了。挨张璞的骂很羞耻的。人们奔向八十年代，可是在这八十年代的门槛上他却是错误的了。他心里还有着一种骄傲的对张璞和父亲的反抗没有呢，他海学涛是纯朴的，但他心里仍然隐蔽着这种反抗，错误使他负重着。因此，在缝纫厂兼厂长梅风珍请他去修几台缝纫机，还说有一台收音机也坏了，还贪婪地说电灯的几个开关也坏了、电表也不灵了，请他也看看的时候，海学涛便有一种复杂的心境。他在家中又研究了一下自己的缝纫机，又打开半导体收音机来研究了很久，忧愁地叹叹气。他必须学会一些。他骑上自行车，有些自信不足了。前些时他几乎要称王称霸了，但在挨了张璞的骂之后，他却觉得自己没有什么道理了。但他有着不甘心。

缝纫厂里机器轰闹着，几台机器停着，闲下来的女工们在折叠成品。缝纫厂前些时候在做衬衫，现在在做一些工作服，和围裙。海学涛想，他要学会很多东西，便也注意着这些工作服和围裙。他又对他拆开了的缝纫机忧郁地看了一看，他还看电灯开关，电表，和收音机，如同梅风珍贪婪地说到所有各件一样，忧郁的海学涛把工作包揽了下来，他曾听说人们又找罗进民的儿子罗顺来，但听到小李子李桂兰说罗顺并不来，便有些安心，便觉得不会丢丑了。

他修理得很慢，他是仔细的。

"我很佩服你,"罗顺的未婚妻李桂兰说,"你是我们这地点的老成的人,做事勤勉,看见你这样的人很快乐,你不像罗顺那样忽来忽去像掉了魂一般真有他的缺点。"

"听说你们要结婚啦。"海学涛有些羞惭地说。

"你给提提意见呢,你说他罗顺这人呢。"

"很好。他很有能耐,我不如他多了,在学习这样那样的上面,我这些年学习得不够,年纪也大点,便落后了。"他说,但他知道他现在说的不完全是心里的话。

"海学涛真是谦虚呀。"梅凤珍说。

"人生是有幽明两种境遇界的,"李桂兰说,"他罗顺是用心他的事业的,他像鬼似的想奔上八十年代立他的功业,我真是有些反对。我觉得还是保守些好。我看你海学涛是稳重的。"

海学涛沉默地修着机器。

"你们男人总是有事业心的,你要比罗顺强多了,你的修理本领顶好。你人才强,顶重要的是你有固恒守成,不务那些什么八十年代电气化。"李桂兰说,继续踏了一阵她的机器又停下继续说:"固恒守成对吧。罗顺那些是令人忧苦的。"又踏了一下机器之后李桂兰又说:"天上弯弯的明月灿灿的太阳和池中一泓清水,你父亲海大爹的为人,你所以便是挺好的。而我跟那罗顺,是有忧苦的。他还连男权都反对,而我倒是赞成一点男权父权的。"李桂兰说。

忙碌着的杜宏英注意到海学涛有些羞惭,便停下了工作说:"有许多人是这样的。这社会上很多种思想。"杜宏英又说:"这社会我看我们还是要现代化的。"

这时候罗顺进来了,口袋里装着工具,匆忙地和梅凤珍说话,和海学涛招呼,便走向一台缝纫机。梅凤珍贪心修理,把罗顺也请来了;李桂兰说他不来是错误的。罗顺乐于做这些,他比海学涛熟稔些,海学涛便有些窘迫。谦逊起来的海学涛几乎自信心不足,要罗顺来看看他修了的一台缝纫机。罗顺很快地看看,赞美着。罗顺很快地、急忙地修机器,他还敲敲大的收音机,打开看了一看，说这个他也修理，还有另一台机器，他像海学涛一样把工作包揽了下来，不过他是快乐的，他说，海学涛可能糖厂事忙，这些他全包了。这精神的三十几岁的工人便像一阵风一般忙碌，动着他的手臂和摇晃身体，他贪婪于修理机器而且觉得很快乐。

"这一台机器是海学涛大哥看了一下的。"诚恳的女工小李子李桂兰担心伤了海学涛，不满罗顺了，说，"他学涛哥也许还是修吧。"

"我修这台，还有，我修电开关。"海学涛说。

"你事忙也有的，你是事忙的，"罗顺说，"这台缝纫机我来修吧。"

"也好。但是我修这台缝纫机吧。"海学涛便很快地弯着腰又工作起来了。他想也多些经验，又跑去看看罗顺修理再跑回自己的缝纫机旁。海学涛谦逊、温和，但有着窘迫，而热烈的罗顺快乐；罗顺觉得周围震动着的缝纫机像是唱歌和愉快的波涛声似的。年轻工人还带着爱情看了看他的小李子李桂兰，这时也听见李桂兰说："去年院子里牵牛花开的时候也修过一回机器，人是要有为，牵牛花和兰花也一样，告诉人有为和固守成。"踩了一阵机器她又说，"还有梅花，我们这厂院子里的那株红梅。"李桂兰这时因罗顺活跃而有了荣誉感，便也在谈话里震颤着对罗顺的爱情，她的声音高亢，使得几个女工注意地看了她一眼。

罗顺修好了缝纫机来看海学涛修理电灯开关。他将拆下来的开关拿了过来校正了海学涛的工作，修理着，由于热烈，他没有注意到海学涛的窘迫。罗顺又爬上凳子去修理一下电表。这缝纫厂女工李桂兰的未婚夫带着爱情和殷勤工作，热情而且对女工们和梅风珍很有礼貌，他修完了，将工具装入他的衣袋里使衣袋鼓起来很高，便对梅风珍大声说："修好了。其余的那个开关和那缝纫机器海学涛师傅修了，事忙，走了。"这罗顺回头看看他的快乐起来的李桂兰，便像钻到地下去一样很快地消失了。

海学涛有些窘迫地走向自己未修完的一台缝纫机。他修好了便坐在墙边的凳子上休息着又沉思着。精明活跃的罗顺又进来了,找他的遗留下来的一个锥子,然后又说:"再会。再有修的再找我。"他显然很快乐,满意于他的征服——海学涛觉得他是这样——他满足自信地征服了坏了的机器,尤其他修大收音机很快,后来修那海学涛没修好的半导体收音机也很快。他的平台车的声音响着不久远去了。海学涛便继续窘迫、忧郁,坐在那里,他觉得他自己有了狂妄的错误之后情况变了,但他仍然不太承认这种错误。他似乎遭了奚落似地忧郁地坐着想他没有成就,他简直是人们所不欢迎的。缝纫厂的女工们休息了,铃响着,杜宏英便走近他,向他笑笑,问他近来做诗没有,梅凤珍便也离开她的机器,要他海学涛给她们念一首诗。这事是这样的,海学涛去年来修机器,由于年轻的女工们的笑闹和要求,曾念过一首诗,但现在他觉得这对他有点嘲笑,虽然两个调皮的女工仍旧看看他而有一个向他笑笑,但她们也并没有以前的热烈,毋宁是冷淡的;他曾有两次在街上碰见的时候没有理她们。他站起来想看看一台缝纫机修理的成就,却碰倒了梅凤珍搛在桌上拿缝纫机前的一叠新做好的工作服。他觉得自己笨、丑、可笑。他又呆坐下来了。

"我似乎应该把我这些时来的情况检点一检点和深刻地想一想。我个人的要求仍然错么?我为什么不可比别人强?人生往八十年代去了,我活着是为什么,有什么成就?"他想着,桌上的潦草地放着的围裙和工作服被走动的人们震动了桌子掉在地上两件,一个女工走过去捡了起来,责难着为什么没有放好,但是李桂兰踩着了她的脚,使她喊痛并且责备说是怎么走路的,李桂兰说很抱歉但这没有关系,这个女工便质问为什么没有关系,两个人便吵起来了。这吵架的火焰显示着一种梅凤珍的痛苦。有的家庭妇女水平低,而头脑狭隘,容易吵架。梅凤珍为这痛苦,计算着缝纫厂在这个月一共有几次吵架和拌嘴了;居民委员会副主任梅凤珍兼厂长,时常来到厂里,她也做工,和发工资、算账,她害怕人们冲突,她的心有时为这而痉挛着。李桂兰也是爱吵架的,她有时有点凶,不肯退让,这回和她冲突的女工叫章莲英,吵架多,还好哭,她很苦恼和不满意人们将她的工资叙低了几角,她觉得梅风珍骄横。章莲英说,她是野鸟,受人欺侮的,她还讽刺李桂兰有较多的奖金,她痛苦梅风珍扣了她两回奖金,因此对梅风珍也存着一点畏惧。"我们是烧碎煤渣的,住在大院最拐角的,后娘养的,受着这种冤枉。"她觉得她讲多一些了但她仍然讲了,因此她内心颤栗着,看见梅风珍过来她便又说,她是不巴结和奉承威势保甲长的。梅风珍苦恼着,叫喊说不要吵,但章莲英便向人们叫喊,请人们公断,说着她很委屈,便哭起来了。李桂兰很凶地叫了几句,和章莲英互骂着,但后来觉得声音太凶,有些羞怯,不安,脸色苍白地沉默了。海学涛看见李桂兰站了一下抱着一大捆制成品往里面房里去了,章莲英又叫骂了两句她没有作声。但章莲英突然向海学涛说:"我们不怕在海国乔海代表海党书儿子面前丢脸,我们这是受着生活的折腾的,知识浅心胸窄的,你海学涛不要见怪。我们一个月就这几个钱。你们海书记老头不替我们说几句想想法子每月增加一些呀。我们这厂的不公平就没有人问啊。"沉默了一下她便说,"当然说这是白说,海学涛师父站在哪一边是清楚的。"

"你也不要说,"李桂兰走出来说,"她海学涛师父也并没有站在我这边。自然我应首先说,"她说,有些感伤,"我是有错的,人是不免有错的,我也只小学水平,我是有错的,但是我又错什么啦。"她又翻悔,说。

"当然,是得罪啦。"章莲英说,看看李桂兰,显出了很大的愤怒和不满,对海学涛说,"海代表是跟陈云邓小平平起平坐的,还跟周总理呢,也和生前的毛主席言笑,周总理还两手握着老海爹的手呢,又是街道党委书记,就不能为我们办一点事,让我们家庭妇女临时工每日钱不够?官再大些,也该到我们这里来多看看呀。像你海师傅来修机器,定准是有口碑又是一个先进工作,我们梅风珍厂长还是海师傅全家的宣讲员,你海师傅每月钱不少,你们海国乔家是共产党的官家,挺红的呢,不关照我们呀。我说你们不关照我们是看不上我们草芥。……"

"那不是那么说的。"李桂兰说,"你这样攻海师傅是不对的。我已说过了,我还是决定向你认错,我也只念过小学不满,我的水平是很低的……人是要知抬头低头的,你这样攻海师傅是不对的。"

"那你管我呢。"章莲英有很多的愤懑,所以说着又和李桂兰吵骂了起来。正在认着错的李桂兰也很凶恶地回骂她了。后来李桂兰便叫着,她是组长,要扣她章莲英的奖金。至少扣五角钱。李桂兰又转脸对海学涛说,他们缝纫厂的奖金是很少的,但是这章莲英这种吵闹,是要不客气的。刚才的客气和认错隐去了,她又显出了一种凶恶。海学涛便笑着,他说他觉得这不必吵,李桂兰便说,他海学涛不知道这些女工们的麻烦。于是又吵起来了,章莲英便又说,像海学涛这种大人物,来缝纫厂是来壮李桂兰们的威风的。但后来这有些疲劳样子的,脸色有些苍白的妇女便坐在桌子角的凳子上,沉默地流着泪。

很忧戚的梅风珍倒了一杯开水给她。

"你不必伤心。"李桂兰说,"我脾气也坏,你也坏。"瘦小的、穿着紧身的红色夹衣的李桂兰便抱着制成品,匆忙地往来着,事情看来是过去了。但她突然停在海学涛的面前,说:"你海师傅评判看我有没有对呢,她也不能伤我过分。这缝纫厂不是没有老虎狮子,我其实也是挤偏角的。我们是因恒守旧的。人生的月亮常圆当然好,其实有人是背后骂我的。章莲英,我向你道歉了。也不怪你。"她又突然说,但她又说:"我也不道什么歉。"

"那你是说得好又翻了,我是说讲客气的,你李桂兰是一霸呢。"一个瘦长的女工说。

"不要说了。"杜宏英说。

"也说我。"梅风珍说,"我有许多困难。"

海学涛知道这些琐碎的争吵。他知道小李子李桂兰是很逞强的,有她的缺点。但李桂兰看看梅风珍,注意到梅风珍有些羞

165

涩和为她而烦恼。她也觉得海学涛在这里看着她有些难堪。于是她便走向那瘦长个子的阴沉的女工,这妇女是挂面厂刘棠的女人,是有许多不讲理的。李桂兰的心思复杂,还因为她的罗顺来修机器给她争了面子,但也惹起了一些人们的不满。她便走过去,对刘棠的女人说:"我向你也道个歉,没是我有什么错,我这一霸。"她的声音忽然有了痛苦的颤栗。后来她又走向章莲英,说:"你不生气了。人生的月亮不是常圆的。我向你道歉了。"她便流下了眼泪。但随即她便继续伶俐而勤勉地在车间穿梭着,抱起着一捆捆的制成品,又和杜宏英抱出剪裁过的白布来。她走动着对杜宏英说着制成品的数目字,然后说,她是有固执,她说:"但是我是愿永远追随共产党社会主义的。"

章莲英站起来走向海学涛。她说,她请海学涛原谅,但是,——她别的就不说了。她又冷淡地说,她请转告海国乔大爹原谅她的有些话。她便出去了,用饭碗舀水漱口,随即走了进来,不理海学涛,走到里面剪裁间去了。

"她章莲英说你家海大爹有两次说过她落后。"一个老年女工说。

海学涛便进去想对章莲英说,他的父亲不至于说她什么落后。但他站了一下却没有说,章莲英在量着布,很干练地扫叠着,然后,梅风珍便剪裁着。章莲英也用一把剪刀剪裁起来,看了他一眼。她显得很冷静,但她事实上不安,因为她觉得她说海国乔说得过分了。但虽然如此,她却觉得她爱要强,不认错的。

海学涛对梅风珍说,他走了,看看章莲英。

"我家父亲海大爹,并没有说你什么呀。"海学涛说。

"那你怎样知道呢?"女工章莲英说,又量着布,"没说就没说了,各人各人的资格,我们没有什么意见。"

"我父亲他也很想改善缝纫厂增经费机器呀。"

"那当然很好。"章莲英说。"自然,你的父亲为人是很不错。"她冷淡地说。

"我希望梅风珍厂长也助我说一说,"海学涛说,"你看我这个人是不是噜苏了,你梅风珍说。我想说我们家并不那样的,我的父亲也没有权势欺人,我自己倒是一段落弄了些错误。"

"那是的。"梅风珍说。

章莲英却沉默着。

"我心中不安,因为遭受了社会的误解。"海学涛说,"但我想事情是会事实是什么是什么的,我父亲海国乔他是为了缝纫厂奋斗的呀。为了争货源,区政府就跑了好些趟。你看呢,章莲英师父。你这么说是不对的。"

"那自然是的。"

"你仍然是不高兴的。我有这个脾气,我着急了想把事情说清楚。你知道,我父亲是并没有说过你呀,而我说,我们海国乔家,是对社会至少是有贡献的,你不应该这样攻击呀。"

章莲英有些阴沉,又剪起布来了,梅风珍正在走出去,站下来听着。

"都是野鸭洼的人,这家院子那家院子都相连的。"海学涛说,为了显得平静,他在屋子里走了两步,"我希望你理解,不要造成错误。我希望你我能深刻地想一想,要到八十年代了,我个人的见解,我们海国乔家是有地位的人家……是自己奋斗的呀。我们家是对许多人有恩惠的。对许多人!也许我记得不周到。……"

章莲英注意地看了他一眼。

"当然,我这说的是我的思想。我不想反驳你攻击我家。但是你章师父要知道,我也是熟识你的爱人的,他是豆腐坊很好的烧锅炉手,我一度当夜班下班时常常碰到他开始生火,尤其冬天,弥漫着浓烟,我说,梁师父生火啦,在浓烟里你的爱人回答说:'生火啦。'很亲切的声音呢。你章师父曾在豆腐坊工作,我听说你的豆腐做得很好,我们有些家庭妇女是有才干的,她们也是有不少的委屈,……我们是亲热的邻里,而我知道你们的操劳。缝纫厂的工资是低些了。但你也应该知道我们海国乔家,我海学涛家的这年的奋斗,我们都是不简单的。我常想,我的人生有什么意义呢,我走上一个高坡,便说前面的峰刃,我们都是自家奋斗的,靠自家能力的,你章师父觉得如何?我们家是对人们有恩典的。"他说,他觉得挨了张璞的批评之后他又发掘出他内心的感想了。他觉得骄傲。

章莲英继续剪裁衣服,便停下来又注意地看看他。章莲英似乎被他感染了,但仍旧显得冷淡、忧愁,她快三十岁了,有着额头上的皱纹。

"你刚才说到我父亲我们的情形攻击我们我是不怪你的,"海学涛便露出一种冷淡和不满,说,徘徊着又站下来看着章莲英。"我走过一个坡想再攀登一个坡,可是我跌倒了一跤,我有了我的不快的噩梦。"他说,他是指张璞的批评。他对这批评不满。"……我当夜班的时候早晨返来骑车走看见你拿牛奶。你的小孩现在托儿所吧。"

"忙这几个钱一个月不够小孩的。"章莲英说,但仍然很是冷淡,但也不大懂得他,有些奇异地看了看他。

"依你说我们家也成了官僚了,吓!"他说,"我父亲也是的,他就是有些下贱,还要扫地,他是能更好地帮缝纫厂的,区政府居委会是分配他作为党委书记和一些重要的任务的。……"

章莲英沉默着,但海学涛看见这辛苦的家庭妇女有两滴眼泪滴在桌上。她是想着她自己的负累。他不十分清楚她的情形,当他觉得她是对他仍然有些反对,他便走出去了。

海学涛被梅风珍拦住了。梅风珍因为海学涛的谈话带着夸张他的家庭而内心有些痉挛和痛苦,梅风珍想责备海学涛几句,但是没有说出口,她便有些羞怯地想阻拦海学涛,于是便请海学涛念两句诗,居民委员会副主任梅风珍在因人们的吵架、若干粗野的斗争而觉得羞怯,但她现在更因海学涛的言论而有着害羞与痛苦。但是海学涛说他没有做诗了。他有些骄傲,急急地想走掉,但是又觉得违拗梅风珍的意思也是不好的,也想显示显示自己,于是便站下来了。梅风珍便拍手掌说欢迎海学涛的念诗。但没有几个人注意。有一个年轻的女工鼓了一下掌。

海学涛沉默了一下。人们的嘈杂声渐沉静下来。海学涛对他自己来到这里时的忧郁发怒,同时十分不满意人们伤害他的家庭,他心中也就升起了对于这缝纫厂的机器和人们,对于阳光下的窗户,对于有些疲劳的女工们的轻视。他看见有三四个女工年老,有两个头发很白了。他看见一个静坐着在喝很烫的开水的沉思着的中年女工,又看着低着头在操机器的一个年轻的女工,他又看了小李子桂兰一眼,这刚才和章莲英吵架中有些凶甚至有些傲横的但又作了道歉的李桂兰也在喝一杯很烫的开水。海学涛便叹了一口气,他觉得人们是俗气的,他甩着手臂说,他将去年的诗念一次。于是他从说话转为朗诵的腔调,大声地念他的从前念过的诗:

  缝纫机哗啦哗啦地响着
  缝纫机轰隆轰隆地响着
  缝纫机唱出我心头儿上的欢喜
  缝纫机一忽而声音高一忽儿低
  缝出衣服千千万我心头儿上的欢喜……

  女工们喝着烫的开水。有的说海国乔的诗很好,有的说不懂,许多人不注意,也有人鼓掌两下。海学涛便觉得不很成功,有些懊恼,同时海学涛听见章莲英从里面抱着剪裁好布出来,对李桂兰说:"我也是有错,对不起你了,我们还是文盲,不识几个字,不比别人家的革命家史……"海学涛便觉得受了一击。但是他心中升腾起对人们的轻视,觉得无论是李桂兰章莲英都俗气,他便发出大声说,他再念一首诗。他于是念着:

  我爬上一个高坡,
  早晨看太阳升起,
  我想我还要再爬上一个高坡,
  展望前面的大海,
  我的生命将有重要的意义!

他朗诵着,女工们沉默地看着他,不十分懂得,他便转身骄傲横地走出去了。

八

秋天的夜渐长,黎明前黑暗中海国乔出工扫地的铁的独轮车震动着。夜将过去,北京的宁静的夜。银行女干部朱璞从天津乘火车归来,在街头急急地走着。走了一阵又走回来,因为遗失了钱包,她判断是掏东西遗失的,便沿着苍白的街头电灯慢慢地找着。街头,安静的胡同口有着最初的行人,和骑得很急的自行车。扫地工的大扫帚的声音在寂静中传得很远,而垃圾汽车远远地啸吼着来了,驰往胡同口的垃圾堆,便响起了好些把铁铲子往车上铲垃圾的声音;很快地,像刮着疾风一般,垃圾车工铲完了一个胡同口,汽车开动驰往另一垃圾堆去了。于是便有马蹄声,粪车来到街口了。牛奶车的震动的声音,连奶瓶的碰响声都可以听见,牛奶站的棚子的门便推开了。朱璞熟悉这些,天亮前常醒来,思考自己的婚姻的不幸。她曾恋爱,快结婚了被男方抛却。她思考自己的各项,也照镜子,觉得没有被抛却的理由,然而她也是知道自身的缺点的,便是尚未能决定自己的人生之途。而且有时有些软弱。在海国乔的大院里,她是不大爱交际,但和吴伐等冲突较凶,她对人很温和。她恋爱了,人们关心地注意着,但后来知道她失恋了,她那爱人是和别的女子去了。她这回到天津去,是她的朋友们给她和她的对象设计和解,因为她那对象已经和他的那一女方闹翻了。她回来很高兴,因为她的对象同意和她一起,除了说他很懊悔和她一度分开外,也说了两个人共同奋斗的话。她高兴还因为她年龄大了,三十几了。她觉得快乐,想到她的对象是大学毕业,有能力,就业了,便对生活作出美满的构图,原谅了他在这之间欺侮了她一次。她对自己的这种委屈想了一阵,觉得自己的条件也就这样,长得也并不十分漂亮。她因走在路上一次又一次看着她的对象给她的表明心迹的信而遗失了钱包。这信是她的对象在天津时和她临别当面给她的。她一次又一次地重复看,在火车里看,下了早班电车又在街灯下面看,走几步又看。她长久地揣摩里面的句子的意义。"我很爱你,"这没有什么揣摩的,"我很佩服你的忍耐力,也佩服你对我的友谊。"这前一句有值得揣摩的:"我有一定的错误,但是你呢,你也不够积极。"这是值得揣摩的。从整个的信看,男的有些骄傲,但她想,道歉的话也是深刻的、她读了是感动她的心的,所以也不必说他有些骄傲了。在这一点上,有些懦弱的朱璞有点让步了。男的还似乎有些俗气,他说他认为钱是重要的,希望朱璞往后能每日积一些钱帮助他。他说他是鱼,他想游入这时代的活水里。这算他这方面的条件,似乎是,因为朱璞不美。朱璞则没有什么条件,她说她希望为人忠实。

朱璞在街灯光下找寻她的钱包。夜色还有些浓厚,她在焦急中碰到了海国乔将拾到的钱包还给了她。她便致谢而且高兴起来。

"你海大爹知道的,我和我那对象又恢复了。你帮我参谋参谋看,你对他这个人的印象呢,我觉得他是还好,有优点的。"她说。于是她便热衷地论述了一阵她的对象的情况,他的各种条件。在找回钱包的高兴里和黎明前的寂静的街灯下,她觉得一阵快乐的心情,她想她的婚姻大事可以解决了。但海国乔是不满意这个青年的,他觉得他很不诚实,甚至恶劣;海国乔便有了一瞬间的深思的冷淡的脸色。但他也不好说,便推着车子继续扫地了。朱璞觉察到了这种冷淡,便在走开了几步后又对着灯光看那封信。她于是走回来对海国乔说,他那里的是有誓言说这回决不翻悔的。他坚决地说他对她好。

海国乔觉得自己刚才也有些过火了,便温和地说:"这是很好,你也该结婚了,年龄也不小了。"

"我也是这样想的。你觉得可以么?"

"你自己觉得好便行了。这事是你自己的,这自然是很好。……但你那男子,我看你要弄清楚他真的是对你忠心么?"

"他也是的。"不美的、烦恼的朱璞说,海国乔看看她,便懊悔继续说了浇冷水的话。便说回："也正是的。""你觉得是么，"朱璞说，"我说他还是忠心的……我也相当地欣赏他的性情还刚强，因为我是有时缺乏刚强的，他很有些本事。但是我也要学习起来，我现在读自修大学，我这对象大学毕业，我是只读过一年大学，条件也差些。我现在学会了计算机，学会打字，会理发，因为这事也重要的，也学会做菜，我还想学速记，我本来想学医的，我现在业余的时候是集中心意学裁缝，我快学会做西服了，这你是知道的！你老常看我抱一堆图样还有衣料便是的，我会学做六种裙子和剪裁连裙子的衣服了，我是积极努力的，海大爷，你说是么？就这一点说，我克服我的缺点，我的意志是还坚决的。我在学裁缝上很是动摇了一阵哭过两回呢。"

"那是的。"

"我用坚决努力来补我个性的一定的软弱，我要豪强起来自然还慢慢地，不过有本领少受人欺侮你说对吧。我也想不结婚，你说好不好呢，不结婚，就自己一人。"

"那不很好。"海国乔说。

"对了，那不很好。我那对象，他别的都不错，不过他有时候说话一句一个'我们'，就说到自己，我觉得他有点自私，也是有可恶，丑，而他谈了一阵的那个女的，是一个爱钱财，穿顶小牛仔裤的，也是很自私。说到这里，我真不想结婚。"

"那……你年龄也大了。"海国乔说。他想了一想现在许多婚姻，便替朱璞再考虑了一下那男的一方。他又觉得他给他的印象还有一点好的方面，他曾到他房里来向他表示过敬意，似乎还聪明。

"唉，海大爷，人生贵在恒志和不息地奋斗对吗。这北京市早晨，黎明到来了。我这时候特别觉得我读大学一年离开时的奋斗的想法。我现在想开裁缝铺，也想开餐馆的，我是要学好裁缝的，你看，我是爱做这种事，也是去奋斗四化吧。我渐渐地学会坚强起来了。我说，他那男人要是轻蔑欺我，我便才不在乎呢，但是，他也不那样太一句一个我，他也有说到我的几项他佩服的……他也还有丰富的正义感,有一次我看他打地上扶起一个跌倒的小孩,骂一个无辜欺小孩的人……总之,"她说,显得有点妩媚,"海大爹,耽误你了,你笑我了,我真是有点坠入情网了,我最怕这个了,这将妨碍我的独立性,和我正在进行的也可以说是锻炼意志的奋斗,你看着怎样呢。"

海国乔忽然有些同情朱璞,觉得她孤单,于是又想了一想那男青年给他的印象,便说,他虽然拿不出主意,但他认为,那男的也是有优点。但他终于又说,还是谨慎的好。

"你觉得我那对象他缺点多么?"

"也有点觉得是缺点的。"海国乔说,"你是有许多优点的,你为人顶谦虚。现在的青年,你要知道有许多不很好,奔个体户的,有许多是奔吃喝的。"海国乔说,激动起来,便把扫帚靠在墙上,做着手势说着。他和这个时代的这些青年们有着龃龉,他激动地认为有些老成的时代要好些,也就在灵魂深处,似乎对现时代的所有的青年都有他们隔阂了;他们的风习、趣味、理想,引起他的一些感叹,虽然他是赞成着这时代的有为的青年,这时代的青年也有很多有为的,他以他们为荣,并觉得社会是在繁衍发展下去的,但仍旧他有他的时代,在内心深处和现在有一种苦恼的距离,他觉得他老了,而他对于许多事是藏着一种愤慨的。他的海学涛使他痛苦。他便因为同情朱璞,触动了心思,在这黎明将到来的街头议论起来。他说,现在的有些青年是不行的,他们是可恶的,没有信用,缺乏真心诚意和缺乏理想,至少是理想很不够;现在这时代是不该这样的了。海国乔激动地说,他是不高兴现在的青年的一些自大的,他们依靠父兄过着不切实际的生活。海国乔激动起来,自己也想到,他是否将攻击面说得宽了,但是他老头子自认为是公正的。他突然发作地愤怒着,向着现代的青年们攻击了一下,他说他不止是说到游荡的青年,他说他的海学涛现在就差不多走上了歧路,他说他现在的情形有一些不好。海国乔虽然有许多是对的,但他也有点自己觉得他是和进展着的时代有所游离,他是老了,有缺点了,有些躲在他的巢穴里。

他考虑他是不攻击得多一些了,于是他便说,他的儿子海学涛是个人问题,但他又愤愤地说,海学涛也是受浸染的,他而且也年龄不轻了。他请朱璞不要介意,他说,他对她的对象也是不错的,他说他认为他是为着钱的,心思有着势利,他说他认为他一点是对的。权力、地位、势利,老头子说。他说罗进民的儿子也有些势利,傲慢,他说,但他也说,他还是纯朴的;他又说他儿子曾对张璞表现了似有改正,他儿子也还是纯朴的。但他还是又攻击了两句好高骛远。他攻击朱璞的对象情形激烈。他还显出了一点偏激,一定地连上了一般的青年,所以话便变得很长。沉默的老头爆发着怒气,表达他对现代的青年的意见,说他们不行,但是他激动着又显出他是公正的,他又收回他的好些见解了,他说,他们中间也有赴汤蹈火的,也有奔向伟大的事业的,也有,譬如说像她朱璞,认真地过日子的。他想不出更多的形容词。他像一些老人一样容易噜苏重复话,他又说到一些青年了,说他们务正业是很少的,就是为了钱。

老头子受着海学涛犯错事情的创伤,他对这时代忽然有一种对立的状态。

朱璞提醒他说,他说过,有些青年也还不太坏,于是他又转回来说他们还好;朱璞不安心,她现在的心情,希望老头子说她的天津的那对象还不错,但是老头子又很攻击了他几句。他说他是为钱的,是没有价值的。朱璞便也有些同意。

"你老人家,"朱璞又反悔说,"你不是说他也还给他一定的好印象么?"

"那是的。不过他们都是向着钱看的,缺乏理想。"老头子有些激烈地说。

"您说您的儿子海学涛是有错可能已经改正了。"朱璞说。

"那哪个知道他呢,他媳妇倒努力,在针织厂踏三轮车运货了,踏的车还好,是有为的女青年,但是他海学涛又在缝纫厂做诗,我就搞不清楚他了。我不说做诗不好,但是听说他向人说大道理,我听说的,你知道,我便是不愉快。有群众对我有意见了。"

"那你海大爹是有一些心痛了。但到底你的媳妇曹株花还不错,她也是后辈青年,你也说她是有为的女青年,你说她天亮就踏平台车往区里去取货送货,还替区里运东西,现在的青年她岂不是不错吗?"

"她是也有不错的。"老头说而且笑了,"当然我不是说每个青年的。"

"但你说罗进民的儿子,他其实倒不是为了钱,而是有些野。他是有理想的。"

"那也还是有些为名为利的,这小青年。"老头子说,有些自嘲地笑了一笑;他明知道自己偏激和错误了,却故意地又这么说。

"那你老人家有些偏激了。我因为快乐,也因为忧郁,想和你海老大爹谈谈,你是真诚的老者,我快乐是我想决定我的恋爱对象了,共同生活对象了,也堕入情网了,我忧郁也是因为这,我那对象他也有些野,他的知识不少。你老人家对他的看法再说说呢?"

"现在的一些青年是简直混蛋的,"老头又激烈地来,说,"他们不知创业的艰难,花钱浪费。我并不是说你的对象。我也并不是说罗进民儿子罗顺;我刚才说到他是过分的,唉,但是至于说到你的对象,"他继续激烈地说,"我以为他也是有些野,也是心眼中有钱,你注意着点好,你会吃亏的,你是一个善的女子,你是能独立的,手艺不错。"

朱璞便有些伤心,但她也高兴,因为她也有些守旧,高兴批评人们现时代不知创业维艰。她伤心老头固执地攻击她的对象为钱为利,她想说他不完全这样。但她也觉得老头子这一点说得并不错。

"你老大爷知道,我是堕入情网了。"朱璞说,"我觉得他也还好的,这也许是偏倚的。"

"也还好吗,不那么,真是,像海学涛,到缝纫厂去宣传什么道理了,却不说说自己是错的,群众有意见。"

"但是你说我的对象他就是为了钱吗?不见得吧。他有正义感,他说他要为了我。而我也不怕他,我再说我堕入情网了,但我也要织成我的生活罗网。我一定要坚强坚定锻炼立场的。"

"你是好女子。"

"你说我也有些务新吗,我也有些务新的。我甚至想不干银行干部来干个体裁缝铺,我醉心于我欢喜的事业,醉心于敢做敢闯,也是现代青年的气魄,像你老辈子敢做敢闯一样。我堕入生活的罗网了,我要锻炼并不怕要挟我的那些。我想在业余的时候做我的裁缝,你介绍我一些人户好吗?你说我这个大专读过两天的俗气吗,但是人是要刻苦创新的,我刻苦要锻炼自己,我不高兴你海大爹说现在的青年都那样,当然你并没有说都那样。"

"都说的,说都那样,但是这是分明错误的,错误的,也还是都说的,现在事有时就那样。"老头说,笑起来了。

"你也老了。"

"不是这样的,不老。"老头子说。

"你爱你的时代,你也要爱我们的时代。"朱璞说。

"我也是生活在这时代,"老头沉思地说,"你说的对的。"

静静的黎明中,薄的绿色的光照耀着,还有着稀薄的雾。

"我说我堕入人生的罗网。"朱璞诚恳而动情地说,"我堕入我的闯关卡的罗网,我们这一辈人也想要有为,譬如有人到很远的边疆去。你们是有为的,你海大爹,在你的时代。"

"我已说了,这也还是我的时代。"海老头说。

"这也便对了。但我觉得你是老了,你有些忧虑,……"朱璞说。

"我忧虑我的海学涛。"

"那你也请勿忧愁,你有许多看法并不差,但有些就偏激了。现在的青年不完全为了钱的。你有些误解了。我快要开始奔我的新的前程了,我想在旁门口挂上:业余晚间做零碎裁缝。你说可以吗?我想和朝阳一起起来,在这北京的屋檐下。"

海国乔沉默着。他仍然想攻击现在的时代,因为他因海学涛而伤心,但他的固执的,有些眼睛发红的激烈却减少了,他继续觉得自己有些可笑,沉默着。这时街灯熄了。海国乔预备回头拿靠在墙上的扫帚,看见街口一辆平台三轮车奔驶过来;这胡同是有些倾斜的,这平台三轮车沿着下坡道奔驰下来,海国乔看见骑车的是一个强壮的妇女。他赞美这车子骑得好和快,也有些想说这骑车的有些冒险。这妇女的平台车上拖着一些豆制品。海国乔认出了这强壮,使他赞美一下的有能为的女工是他的媳妇曹株花。

曹株花停下了,车子震动了一下便停住了,她和朱璞打招呼并向老头子说,她是替豆腐坊运两车的,这样便可以借车,而针织厂今日运货需要车。

这黎明中的景象和震动声造成了一种惊异的感觉——曹株花的从斜坡上出现的平台车和这车的车轮的均衡的震动声。海国乔和朱璞都认出了他们赞美的这强壮而有能为的女工。这是前进而有作为的时代。

"刚才以为谁呢,骑的……"海老头说,"像这附近横街的女电焊工陆兰似的。"老头说,黎明前的扫地中,老头记忆着强壮的女工陆兰。女工骑着车常很快地奔驰而过并向海国乔问好。

"你骑得真好,"朱璞快乐地说,"你真有本领,真快。"她带着一种回归的新鲜的惊异说。

穿着帆布工作衣的曹株花的充满精力的脸上浮着笑容。

"就是喜欢这些。"老头说,看着满车的豆制品,"不怕翻了。"

"是呀。"曹株花说。她仿佛说,她是后时代的青年,她仿佛拿她的活动来做老头子一早晨和朱璞的辩论的结论;她因激烈的骑车而有些流汗。她又踏动车子,链条和车轮响了起来,平台车有些震动声;她最初显得有些吃力,但车子沿着斜面的胡同的道路行走了,快了起来,她又回头看看,便很快地行驶到另一边街口在薄的雾中转弯了。

在老头海国乔的心里,引起了年青、强旺的活力的印象,引起他对正在怎样一来和它有些龃龉的这时代的有力的奋斗的深

刻的印象,他的心便有些颤栗着,有着快乐然而同时忧郁。他吸了一口气说:

"不错。"

"我回去了,再会了。"朱璞说,"我有事情请你帮忙的。"

海国乔便凝望着朱璞的背影,看见她走得很快,在黎明的薄雾中很自信和有力的脚步声传来,她也转身消失了。她曾有软弱,但她的奋斗留下了很深的印象。海国乔觉得青春的健旺,也有些觉得自己的苍老,但也觉得自己的苍老是也有力量的。他哀叹不哀叹?他的一生行程至此,他有没有可哀叹的?他没有。他往前去依靠什么?他有很多可依靠的。他意外地胸中又涌起了激情,扫帚拿在手里呆站着了。他又觉得现在的青年是有力的。他也觉得他实在这时也倾向着他们。他还是野鸭洼的党委书记,刚才却有偏激的错误的见解了。

"黎明的熹微的晨曦,淡淡的雾,故土乡情,北京生计进引……"老头子想,"我有没有可哀叹的,也真有,年老了,然而也没有。我将要继续有力量,胸中也充满年青……"

老头子推着他的垃圾车往前去,遇见陈平在有些零乱地扫着地。陈平曾听见邻人说,居民委员会梅风珍和海国乔说他扫地不好,要停止他的扫地了。陈平有几次遇见扫过了的地上立刻泼满了脏;因为他骂刘棠激烈,这里有刘棠的人们故意地弄上的;但也有因为他不大责难乱倒土的居民们,居民们随便弄上的。街道委员刘棠曾有三次要陈平再扫一个树的角隅,愤懑的陈平便有一次又和他冲突骂了他。对陈平的不利的言论多起来了,党委书记海国乔很是惶惑,他也听说陈平还骂了他。陈平便走着荆棘的路。他原来扫地平稳现在变坏了。刘棠的人们还意在挑拨扫地工们之间的感情,这些人们想撤换掉这个扫地工,换一个其他人。陈平扫地洁净的时候人们也说他不理人;他沉默地扫过多家大院的门廊和屋檐下的角落,兴奋地,或忧郁地扫过胡同的边沿和在胡同中央扫着,有一些人们便对沉浸在自己思想里的,不理人的陈平有着意见。人们有说他不必要刮风下雨的时候扫地,但他没有理会,他积极地运走人家门廊里的土,有的人赞美,但有些却说,扫地工是不必要管到门廊里面来的,是沽名钓誉。他们说,胡同中央的灰尘是不必扫的,使灰尘飞扬起来呛着人的呼吸;但又有时人们便责难他没有扫。有些人们有着呆定的生活习惯,他们喜欢固定,喜欢一早晨遇见人们亲热地打招呼。有几个人有两三次不高兴陈平移动垃圾堆,拐角的胡同口垃圾堆又到了土坎上了,又回到土坎下了,树边上的垃圾堆又到了大树里面了,又到了离树很远的地方了。陈平有几次请示过海国乔改动,为了使垃圾汽车方便,他也有接受一部分人的意见请示海国乔而没有自己的主张的。但他有一次对一个要他移动一部分垃圾堆的难讲话的老太婆发怒了。……他有一种痛苦,人们说他是无能的,所以不能落实政策,人们又说他是他的会交际的未婚妻孙美兰替他交际居民委员会的。这沦落的知识分子有一种忍耐力,他的未婚妻也有一种热情,时常骑自行车走过,但后来她也不问人们的意见了,她发现陈平的环境很不好;她跑去找刘棠请刘棠"多多关照",得到的是刘棠的冷淡,她于是便烦恼地骑车走过。她曾在黎明的时候碰见陈平,对他说她很烦恼,她觉得他的地可以不扫也好,但怎样生活呢,她在教小学,节省些可以供给他。但他不同意,他顽强地说他能努力的,于是孙美兰也就又振作起来。她也觉得需要奋斗的。在黎明的洁净的空气里,她曾大声地说,她和他原是共同奋斗的,她声音很高也显然是愿意别人听见,她说,她是支持他的。她曾向迎面过来的海国乔说,她希望老头多指导,她说他陈平是很糊涂的。海国乔曾善意地笑了,对陈平说,他的未婚妻真好。陈平在黎明前的空气里有时曾有一种热望和快乐,但这时他痛苦地认为海国乔也对他不满意了。孙美兰曾有些热切地希望着海国乔,然而她的奋斗似乎也没有什么效果。

海国乔这一早晨碰见陈平的时候,陈平是在痛苦的心境中。他干涉一个中年人乱倒土,被冷淡了,这人一点也不理他,一个大婶为他不平,说人家"大学生"也不容易,难得扫地还可以的,使他有着窘迫。他便说:"你大婶说我扫地还可以?"这中年的大婶便说,"不错呀。"但是附近奔驰而来的粪车使他没有听清楚,这回答敏感的年青人陈平便有痛苦,他观察人们的脸色却似乎是不热烈的。陈平便休息下来了,坐在垃圾车旁边,他现在有时扫地很不勤奋,在街上游荡,人们也说他收工迟。粪车的年青的工人招呼说:"扫地啦。"又说:"你是个干部吧,是个教书的?"他却沉滞着没有回答,青年工人便说:"我们问你你不高兴呀。"他也不回答。这街巷里扫地的有着抱负的知识分子,这落在小胡同里奋斗着的不小的人物似乎有着一种骄傲,但又突显他心里痛苦:他是想成为有作为的人物的,按他的梦想,他现在应该在国家建设的重要的中等岗位上了。他爱中华祖国,但是人们抛弃了他;他有尖锐的骄傲心,他怀疑人们都是在骂他,他于是对粪车工人有些偏窄了。他也觉得这个,他想,他对那大婶似乎有些偏狭了,对罗进民遇见未说话,觉得他不友善,也似乎有些偏狭了。他痛苦地沉默着,呆坐在一棵树旁边,看着粪车和从粪坑里掏粪的粪车工人。

"你们这是不脏呀。"他友善地说。但年青的粪车工人回头看看他,对他又说:"我们刚才问你你不高兴呀。你说我们脏不脏,对吧,你不犯嫌我们吧,我们说,你一早晨扫地也累,你好呀。你不高兴我们呀。"陈平便沉默着。"你这是休息啦,你是学生干部吧。"

"学生干部。"陈平说。

"你是遭难的?"年青的粪车工人又说。"你没听懂我们的话呀,你抽烟吧。看你扫地不大内行,你有时勤劳有时懒,一曝一寒,对吧,看你有些懒,当然你不习惯干这个。不过我也是刚来这边粪车的。"

陈平便不高兴。

"我说了你心里不快舒吧,那就赔礼道歉了。"

"你一早晨胡扯。"年纪大的粪车工人说,"你大学士别理他。"

陈平也冷淡地笑笑,他也觉得自己冷淡了,但没办法改变,他便站起来了。如果说他轻视粪车工们,也是未必的,但他总似乎显出了这副样子。这时上班去的小学教员,他的未婚妻孙美兰骑车经过停了下来,正站在一旁,他却没有看到。

"你在这里呀,"孙美兰说,"我听见他们的谈话了,他们是对你好的。"有些苦恼的孙美兰说,"但是当然,你扫地有一曝一寒的。他有时是有些心思思想杂乱,他是不懒的。"她对粪车工人们说。"他是也还勤勉的。"

"对啦,是这般的;遭了困难的。"老粪车工人说。

"你以后扫地,也应该精神振作些,"孙美兰说,显露出她是有着明朗一些的思想的,她明朗、痛快地大声说:"你也要听人们的意见,我也为你奋斗,提那些人的意见,日子总得过,你要坚决。走过你的荆棘的道路。为什么要精神不振作呢?你要勇往直前地奋斗,也是建设四化。"

"那是……"陈平说,笑着,有些脸红。

"你要奋斗。"孙美兰说。"他是有内心的一定的痛苦的,"她爽快地对粪车工人们说,"希望你们多多提意见。……"

孙美兰便骑车走了。

陈平很懊丧。他有些奋激地,似乎是愤怒地继续扫地,扬起了小街中央的灰尘,于是乎有行人快速跑过和皱着眉走过。他对人们也有着愤怒似的继续激昂着……他觉得他不该落到这境地,他觉得一切人全欺侮他,人们也有不让他扫地混这份生活了,他觉得他的才能和青春荒废了,他有些胡乱地动着扫帚,想着,怎样才是他的内心平衡呢,怎么才能平衡呢,他早迟一天,可能也和他的未婚妻离异了,她过分激烈地要求他,而且似乎是和他也是勉强的。他在这种情形里碰到海国乔,便觉得这善良的老头子也是敌对他的。他听说他也不想让他扫地了。

老头子海国乔是也处在怪异的心情中。

"你扫地撮起的土太多了呀,你要稳着一点……"海国乔说。

"是吧。"陈平说。

"这是这么的,我听说你骂我对我不满意,我提一提想向你说清楚。"老头说,但他看见陈平的阴沉的样子也有受了刺激,他便又有些忧郁地说:"你是有对我的意见呀。"

"没有什么。我的意见是,你不太看得起我。"

老头海国乔便激动了。但他沉默着扫起地来,继续往前走了,他想停下来向陈平说什么,但仍然闷着不能开口。他仍旧有着忧郁也嫌陈平扫地不好。继续扫地好久,他才停下来又走到陈平面前来。他想他应该同情受难的知识分子,他也爱好知识,原谅他们,于是显得很笨拙的老头的心情改变起来。他扔去扫帚,有些激动地看着陈平,又走过来扳着陈平的肩膀。

"你有困难呀。"他热烈地说,对于自己的心情能宽敞起来,觉得愉快。"我是很敬重你的,你是遭困苦的。你扫地有困难,但这是那些刘棠的,我应该对你说清楚,我没有意见,你有时也改善些,你情绪不好自然不怪。我听说你骂我,说我不满意你,那你就误会了。你骂我也对,我老头子也是有缺点的,我已经年老,很笨了呀。"

"你是有光荣的斗争史的。"陈平说。

"那……不要提那个呀,老了也该有作为呀,都是自家家庭儿子海学涛有错误,对你照顾不够,心里不快。老了很可恨呀。"

"唉!"陈平说。

孙美兰骑着车过来,停下了。

"老海……我第一堂没有课,我想来看看。"孙美兰对陈平说。"我坦白地说心里很忧愁,我当着海大爷说,我快要不满意了,我也不知不满意谁。"她变得有些愤怒,说。

"唉!"陈平又叹息着。

"我是决心帮助你,走我们共同奋斗的人生之路的。我觉得你挺好。但你是有缺点的,现在是困难的关卡,当然,也不怪你……不过为什么你这情形这样了,我有时也真觉得我们还要努力。想起在'文化大革命'的黑河里沉浮就知道目前的可贵了。"她又发怒,说。

陈平沉默着。

"你孙美兰知道。"海国乔说,"他陈平是会和你很好……很好合作……"老头激动地说,"走共同奋斗的人生之路。你孙美兰可能有误解他了,他也是刘棠那些人谋害的,而我,作为地方上的党委书记,却没有尽责任,而是很笨,不周到了。"他说,想到他是决心要帮助这年轻未婚夫妇的,眼泪便夺眶而出。"我为这是很是心中忧郁的。"

"唉,海大爷!"陈平说。

又一天的黑暗的黎明前,街灯亮着,海国乔出工扫地。他昨晚又和他的儿子海学涛冲突,而前一天媳妇曹株花又来到对他说,海学涛想老头子贴钱买些东西。海学涛昨晚忽然对老头子发言不满意他的家庭在社会上的地位,他对海国乔说,以他海国乔的历史上对革命事业的贡献,他不应该再扫地,而应由政府给予优待,发给一个单元的房子,而以海国乔老头在历史上的贡献和他海学涛的能力,他海学涛也应该得到提拔为科长。老头说他胡说,生气得颤栗着,同时还似乎有一定的畏惧的心理,害怕邻人们听见他们的谈话。他问儿子何以变得这样了,在哪几处发挥了这样的言论。不久他出去就从梅风珍那里更多地知道海学涛在缝纫厂的言论了。梅风珍忍耐了两天仍然把海学涛的情况告诉海老头了。海老头便受到打击,发了脾气,他从梅风珍那里回来,好久呆坐着。海学涛又追了来想要辩白,但是父与子都沉默无声地呆坐着,海学涛便又转去了。海国乔整夜不能入睡,在床上转着、痛苦着。……又一个黎明前出工扫地了。

他猛烈地扫着地。

海学涛骑着自行车从倾斜的胡同道上转弯出来,干练而年青的影子显现在黎明前的灯光下。海国乔看着,觉得伤心。海学涛骑车到他面前停下了。

海学涛说,昨晚曹株花也和他吵了。他想,他也许是有错误的。

老头沉默着继续扫地,海学涛便扶着自行车在旁边的灰尘里走着。他说他这早起来就是来碰父亲的,他也是想不该在缝纫机厂出风头,他的虚荣心是一种过失,他也愿意改正。他有些害怕有威望的顽强的父亲。但他也觉得说得不够诚恳。

"我们家出人头地一些有什么关系呢?"海学涛忽然又说。

老头沉默着,皱了皱面孔。

"你听株花说我想买辆摩托车自然不是一定的,买个彩色电视机换那黑白的你是可能同意的吧,但是录音机听说你是不同意了,而电冰箱……"

"我没有听见说这些。"老头说,放下扫帚,用两手蒙住耳朵。他在蒙着耳朵的姿势里看了看街灯光下的他的儿子,从前十分纯朴的海学涛。

问题是老头子有两万元存款。他很多年来存一点钱。他的财产还有乡下的树木。他赠送了一些,卖了若干棵,但还有几百十株树。

"我是说我现在有一千多元存款,而你借给我一些。"

"我没有听见这些。"被儿子在媳妇那里已经称为吝啬老汉的海国乔继续蒙着耳朵说。

"我是说,快到八十年代了,你老人家爸爸真老朽。你太落后了。"海学涛说,"我早晨起来,算算账,我觉得我向你自借是可以的。我是自立。有能力的,譬如可以谋个兼差,我过两年就还你。摩托车我决定不买了。"

老头子便蒙着耳朵看着他。

"你是一时的狭隘,你想想。你进不了八十年代的,腐朽了。"海学涛说,拿过扫帚来扫了两下地,"爸爸,我奉承你,说你好,是党的功劳人物,我也算高干子弟,你赔养我吧。"

"曹株花怎么说?"老头说。

这时候老头子海国乔看见,从胡同口的转弯出来的平台车,他的媳妇骑在车上,载运着堆得很高的多层的豆制品木屉。从豆腐坊出来的曹株花迅速地驾着车子,她隔日早晨驾车兼工作将豆制品送到副食店去,今天的木屉里还有豆腐。这强壮的年青的女子穿着很干净的衣服,她的车迅速地行驶,使老头子又一次产生了一种愉快的印象。

"我不赞成你海学涛的。"曹株花在车上叫,她的大声在黎明前的寂静中很响,使老头很有些不安。"我只买个洗衣机。爸爸,"她说,"我不赞成的。我决不赞成动老人你的钱,你是历史滔滔波流。海学涛说你老朽,我不这样说,也以你每时有读书还做笔记到区人民政府去自己交笔记为凭,你是年青精神,自然这种也是三天打鱼两天晒网的,有时你也交给张璞。我和你海学涛到底看看,你对还是我对?"她又对海学涛说,"我们是俭朴人家。"

"不赞成你的。"

"不理你。"

"你得听说。"海学涛说。

"你的大男子主义我有几回让步了,这回父亲,海老党员和我联合,不怕你的。"

"但是你得听我的。"海学涛愤怒地说。

于是从海国乔的胸腔里爆发了一声吼叫,使得附近的空气都震动着。海国乔向他的儿子发怒了。他发怒之后又有点觉得过火似沉默着,他仍然有些爱他的儿子:他十分痛心他的纯朴的、用功的、品行好的儿子忽然不见了。

海学涛有些畏惧。他也畏惧路边上停下来的,从附近院子里出来的行人和倒垃圾的人们。天色薄明,街口有牛奶车的震动声了,有拿着牛奶并给婴儿取奶的年轻妇女在匆忙走着,往这边看着。

街边上很轻的车辆颤动的声音。罗顺骑着空车经过,停下来一阵了,现在他推动了一下。

"我觉得海大爹不必发这么大的脾气,买个电视机,也是有用的,有几种电视机还不错。"

罗顺有些热情地在幽暗中说,"老人家都有些保守,不过我那父亲他也还不反对电视机和洗衣机。"罗顺说,"你海老大爹有些保守了。"

"我没有反对电视机。"海国乔委屈地说,"他可不止是个电视机呀。"

"那也只那样。老人家总有些谨慎的,他们的生活经验多。不过有些人也是老了,有他的老朽,所以总不免冲突,我说是这样,我说你海大爹有些没有想开,虽然你是党委书记。"罗顺带着显著的对老朽的海国乔的不满,说。

"你怎样说我老朽呢,我怎样听你也不满意呢。"海国乔有些愤怒地说。

"那不是那样说。我们生活有前程,我们年青人是务新的。你老了,威风,有时怕你,在街上吼我们,说罗顺!你怎么穿这么一种小裤脚管牛仔裤呀!其实我们是我们的时代,自然,我也没有穿小裤管牛仔。不过,也穿的。再我还说你虽有见解也要好好劝海大哥,有事不要发脾气。"

"先说你怎么说我一定反对你呢?"海国乔突然笑起来,嘲讽地说,"你瞎问我的罪。"

"哎呀,大爹,你问我们的罪的,你有魔影幢幢,将新时代拖到审判台前,问得血淋淋的!"

"你这小伙子瞎说。你来欺侮我老时代了。"

"学涛哥,老伯他愿贴钱让你买的,彩电最好。"

"他不让我买的,不贴钱我的。"海学涛冷淡地说,便沉默了下来,他又说:"再见。"便跳上车子走了。

"海学涛是这脾气便也不够好了。"罗顺说,又看看曹株花。

"他升官了呗。"老头说。

曹株花也骑车走了,罗顺呆了一下,说:"嚇。"便也驾车走掉了。老头子忧郁地继续扫地。

海国乔想到罗顺说他有些老朽了,觉得一种不愉快和惶惑,同时他因海学涛的情形而有痛苦,他觉得他身为父亲,和社会上的模范人物,没有教育好海学涛,是伤心的事情。他的心里有一种对自己的怒气。海国乔望望自己的手臂,这街道上的大人物又仍旧觉得自己很结实。他用着很有力的动作,转很大的弧形扫着地。他有深刻的乡土之情,这野鸭洼的地点的每一株树,每一个院子的大门和每一个窗户,每一个墙角的石头、杂草、泥坑,都是他熟悉的,亲切的,他看着好几代的儿童长大了,记得他们的姓名。老头子出色地勤劳,上午扫地,时常下午街道上没有事情便去拔一些墙角里的杂草,把碎乱的砖头堆砌起来,把水坑泥洼填起来,有时还弄来建筑工程的石灰把一些脱了泥灰的和脏的墙壁粉刷起来。他经过每一家大门和每一个窗户熟悉里面的情形,看着里面的铁丝上树叉上晒着衣服,和听着儿童发出叫声笑闹和哭声,觉得亲切;人们亲切地和他招呼。但今天他的心有些凉,他觉得很丢脸了。人们说老头是地方上的精灵,他身体好头脑也还不错,当党委书记和街道委员办各种事情,譬如直到今天,也有军人家属请有文化水平的他看信和写封信的,也算同时向他汇报;他是地方上的首长。看着老头在街上走过人们便觉得亲切了,看着他在勤勉地劳动人们便快乐和教育子女了。他心中记挂着居民的事情,哪些家贫困,哪些家见义勇为和有善良的英雄的行为,哪些家有学龄儿童,哪些家有错误人员、夫妇吵架和教育小孩不好,哪些家小孩要上托儿所,哪些家有病人或儿童跌伤了。他记得并常常给生病的困难户拖来医疗站以至于医院的医生,他帮助邮递员送没法的信。他常找军人家属和烈士家属聊天。老头子家泥土一样浑厚,他行走的是朴实的道路,但他现在痛苦了;他的儿子使他觉得自己变成了一个很丑很丑的老头,他的功名和荣誉似乎都是他骗来的,他扫着地并且精神有些恍惚地沉思着。他遇着早晨出来巡视一趟的梅风珍了,他也回避和梅风珍说话。梅风珍说海学涛的事情,他也不必着急,年青人的事他年老了也没什么办法,他便很不满意。梅风珍又追补着说,她看海学涛慢慢也会改正,他便又有点安慰。

他遇见匆匆提着水果和糕饼盒的火车司机陈至光了。

他认出了还有些少壮的五十几岁的陈至光,他过去的徒弟。陈至光现在还在开着火车。他好久没有见到陈至光了,但还认得,陈至光说也正是来找他的,他这两年在别的铁路线,没有来北京了。

"你来看我的哇。"老头子说,"看你是这样的,你好吧。我好,但是今天有不好,和儿子吵架。"海国乔说。

陈至光说,他是来看他的,预备在他这里玩一天,明天走。海国乔便让陈至光等他,继续扫地了。陈至光坐在路边上,但后来伴着他扫地前行简单地谈着话,问他身体怎样。陈至光说很思念。老头子便知道,他的小陈还不错,但年龄也到了,将不干司机,调迁到内勤了。是生活的段落和节巴上,又走北京过,所以来看看师父。老头爱喝两杯酒,看见陈至光给他带酒来很快乐。

"我的女人和五个儿女都好,"陈至光走在扫地扬起的灰尘里,说,"我的女人发胖了,她不是那以前的郭顺兰了,她问你好。啊哈,也谢你海师父海头介绍我们的婚姻,她没有什么病,现在还在托儿所里当大师父,欢喜说'蠢驴!''蠢驴!'地骂人,还积极。"

"你女人以前很长的辫子。"

"现在也算还不错。三年前和我吵架回了几天娘家,说我尽是在家里钉钉敲敲的,也替邻家找着收拾这种活计那种器具的,她有些看不上这神经病;但后来变了,她也帮着我在家里钉钉敲敲了。……我们闹得快翻了又和好了,便是因为我一辈子想当盆桶匠和家具匠,还一辈子想当聪明人,裱糊匠,画匠,刻字匠,……"陈至光走在海国乔扬起的灰尘里,说:"我思念你,思念师父你海国乔,跟你刻了个图章,还送你我的一副勾描描摩的水墨画,是唐朝的市路女人。……我还是那样,不成材,没读过很多的书,但也爱好用功……也是国乔师傅那年子感染的,说到文化的重要……我也是想说国家的文化,……但我只是匠人。……我想五个儿女跟我学一些手艺,他们有两个还肯。"陈至光在灰尘里说。

"那你还很好。"海国乔说。

"还好。郭顺兰是也勤俭不息,四十几岁的时候她学会做面筋、酸菜,我们河南那里牛不少,不过她吵闹买牛还没有,怎样讲呢,她买了几十头羊,我也和她争吵。……我们顺着中国共产党领导的大道同时也十年浩劫崎岖的道走过来,便也家庭兴旺了,……但是四人帮的时候我是被罚挑煤炭的,夜里也排队挑,这我们慢慢谈吧,郭顺兰也挑。……我们是走着漫漫长路……有时思念海师父,上次人民代表会看报知道你还活着。"

"还好的。"

"我还干几年。我理想海师父你应该退休了吧。你现在还干什么呢。我又说,我还是你那时知道的,爱好我的匠人生涯,也是生涯了,一辈子敲敲钉钉的,你欢喜搜集纪念品,我带几件小古董来送你。……"陈至光显出一种专注和内心的热情,他走在海国乔身边的灰尘里,有时跳着避让扫帚,有时退到后面但又走到前面,说的话也就中断了。他在中断中间注意一下灰尘中的海老头的身影,——觉得灰尘中有着一个英雄的身影。海国乔又站下来听他说一阵,又往前扫了。他想叫他等一阵谈,等他把地扫完,但是陈至光却不绝地、热衷地谈着。"我是敬重海师父的,心中常想老师,各时英雄事迹,是不应淹没的,我看见了你心中有着惊叹,你是多么厚实的人呢,还在大扫帚扫地,七十五了吧。我记得我跟着你开国那年赶运煤矿还有个铁矿吧……的器材;我在想着抗美援朝我的车跟着你一直到鸭绿江边,听着江对岸的炮声,我们那时运去的军火和粮食,还有静默无声地坐在车厢里的我们的那些志愿军。……"

"那正也是的。"

"我敬佩师父的精神。……也想到你早岁的监牢和刑场,拿这来教告儿女们……但是,我没有想到你是在扫地……你该退休了。"

"我能行。因我还是此地街道委员和党委书记呢。"

"你也真顽健。……我一路来,我还想到你解放前抗敌战后几次和特务的打架,也还想到沦陷时,我那时真也是年轻,你领我的一段道路,人生初伊始之路。我说,你是很坚定的,你'汉奸'时也坐了几天牢,你曾几乎在监牢被判死掉,我去探望你我也是不会忘的。看见你海大爹还顽健我很高兴……你是很大的功劳呀。"

"那是群众,很多人的作为的。"海国乔有些羞涩地说。

"前年,我听什么人说你海国乔大爹已经死了,不在人世了,我便很伤心,后来是看到你人民代表会开会有发言姓名的。"他重复地说。

学生齐志博走了过来,他说他今天又是轮流课堂上午轮休,他听见海国乔和陈至光的谈话了,他愿意代扫没有扫完的地。但海国乔没有同意,他说他可以扫完,剩下的不多了。齐志博便有些脸红,拿过小扫帚来替老头子扫积起来的脏。陈至光也便抢帚这积起来的垃圾。齐志博有些激动地说:

"听见你们谈的过去很有意思的。"

海国乔有些窘迫,还似乎有些害羞,因为现在老了,还因为现在他的儿子变不安了。

"真是英雄的事绩。"齐志博说。

"你很好。"老头窘迫地对青年学生说。

海国乔扫完地和陈至光回到家中了。两人便喝酒,谈了起来。……海国乔窘迫于他的海学涛给他带来的忧郁,也简单地对陈至光谈了他儿子的情况。陈至光却始终很热烈,他活跃而快乐,他说经过了崎岖的年代而能会见不容易。在生活里有炽热的人和炽热的感情。陈至光便鼓舞起忧郁的海国乔来。

"我急急忙忙地奔来,我是一个急急忙忙的人,心中怀着对你的景仰。我老想那年我跟着你的车头快要撞车你紧急刹车的事,那是人生的重大的关卡。你应该认为你的功名是不会被人遗忘,你在这里愁你的儿子使我很感叹。我见着你,我想着我一些年来行车奔走于华北,往山区里去群山峰峦里我长鸣我的汽笛,我的汽笛有一声向着你。我说这是豪杰的年代对不对呢?这自然也是豪杰的年代,我心欢悦,子女成年,……彼及远行,喁喁情语。我也记不起这些诗经里是不是这样说的了,还有是,及彼梁桑,及彼苍梧,我与你同行。雄壮的崇山峻岭中我的车行驶,也驶过平原,三日惊蛰,四月春风,以迄于白露秋深,冬令将至,我来见故人与师父,与你同行。"

海国乔的心脏便激动了起来,心中升起了旧时的英雄之情。他忠厚地笑着。

"很是想念,所以便这么说。我再要说,我景仰师父和我的朋友你海国乔老爹,远远看你一把大扫帚在胡同里躬着背的高大的影子,我想到你困难时救济我,我害伤病你把我送到病院,你是顽强的大树,你是宽厚的性格,你是高山之仰止,想到你我便有勇气,"陈至光说,热烈地瞧着羞涩而脸红的海国乔。陈至光没有觉得海国乔的羞涩。他对海国乔是充满着景仰,对他的为人、功绩,对他的经历和知识,他看着海国乔屋子里的墙上的书架和一些书而热烈地赞美着。他也赞美着海国乔个子高,力气大,能吃苦,这种赞美虽然使海国乔觉得一些窘迫,但他陈至光是这样的性情,而且他正是这样觉得的。海国乔便沉默地喝着酒。陈至光声音很大,渐渐地近于旁若无人地啸吼起来。他说他一路来见北京市建设起来了,很是欢乐;他说过去他的车道路坏了将翻而海国乔救他,海国乔衣服被烧着他也助他,共同给解放军军辎重。他说许多共同的熟人有的死去了,他也年老了;他又说到祖国的崇高的山岭、瀑布、河流,华北的山林,火车行驶出山洞行驶上旁山的弯曲的路,使人们觉得壮大的气势。他说他也调往华中线行车几次,他很感叹地、内心激动地驶过黄河和长江。还有在平原和山岭里深夜狂风里的往东北行驶,也有他很喜爱的他的河南乡野,晚间的新崛起市镇的昏黄的景色,有些灿烂的灯火。少年时曾在车头车门上凝视昏暗的灯火。何等伟大和深藏着感情的祖国和祖国的大地。何等勤劳,生聚不息的人民,而他说,现在新的一辈人起来了。陈至光带着啸吼的大声,让全院子都听见地说这些,在他的心中似乎有着闪电、密云、暴雨和雷霆。他啸吼着赞美他到过的城池和接触到的人们,他说他假若是一个歌人,他要放声讴歌祖国的山川和尤其是新建的都城,假若是一个画师,他要把这一切画下来。他啸吼着大声说。他又说到他是很思念海国乔的。他掏出一个壳子发黄的怀表来,上面刻着"送给至光,海国乔"。他也问及他送给海国乔的表,海国乔说在抽屉里。海国乔便约他今天住在这里了,和他住在一起,他说他也很怀念旧时的朋友,喜欢听他谈。

陈至光的话很多,他们热烈地谈着的时候,海学涛进来了,脸色有些苍白,他和曹株花吵了,他坐了一下说,他等下再来,他又说,他也愿意承认自己的错误。

海国乔摇摇头,他有些固执地说,不是那么简单的,他又说,他没有听见海学涛说的。陈至光在屋子中间弯着一点腰徘徊着。

海国乔突然声音大起来而且发怒了,他说他变成很丑很丑的老头了,他很痛苦。

"你学涛不认识我了。"陈至光说:"你也不年轻了,你们年轻人最不高兴我说你们小年的时候,我也不高兴,但是我说你从前我觉得是很好的,你觉得我怎样,你看?"

"不熟识。……"海学涛冷淡地笑着说。

"我知道你问你的父亲要他协助你买现代化物事。家家有这样的事情,但是我觉得,你要听从你父亲的见解,该不该买我倒不发表意见了,你海学涛应该听你父亲的见解,他是头脑也并不老朽的,他有一阵伤心,说你们说他老朽了。你还要头脑里常记着,"陈至光说,"你的父亲,我的师父和朋友海国乔是我们国家的栋梁人物,他是值得崇敬的,我崇敬他,特来看他。"

海学涛坐了一下想走了。但他又坐下来说,他认为,他的父亲海国乔仍然是有些老朽了。并不在于他海国乔赞成不赞成津贴他钱买录音机这些,而是他父亲坚持扫地,自己也有钱,区政府也可以给一定的退休费,为什么要扫这地干这种有些没有意义的事呢。

"老朽了。"海国乔说,"据你说,扫地也脏,贱。"

"当然也不是这么说。"海学涛说。

"不能这么说。你要尊敬你的父亲。"陈至光说。

"那你插嘴说话没有什么意义。"

"没有什么意义?"海国乔说。"他是至光叔!"

"你不要生气。"陈至光说,看看海国乔。"我对你说,年轻人,我是你父亲的学徒和朋友,我说家家有这样的事情,倒也不是,我是说我们不该,海大爹家不该发生父子冲突;两辈人争当今精神。"陈至光说,声音高起来,又变成啸吼的样式了,"你要知道你的父亲之途不容易,而他是有些修养的老党员,祖国的栋梁。你这样反对他令我心痛,我是诚恳的。"

"你这么多事,过分热烈。"

"我倒不相信现在的歪风吹到海国乔家里来了,我倒要觉得痛伤,而干涉干涉的。"

"老朽了。我认为。"海学涛说。

"不的,"陈至光说,"老头子,师父老海头过去会说氢二氧一是水,蒸汽机揭盖子是蒸汽学火车原理,以及还有怎样是内燃机原理,海师父啃咬的书也能算一个技术员。我们中国人都不该当文盲。老海师父能背下不少马克思学说来。他还学过几天数学。我也刚才说他的一笔字练得不错,他现在还能读高深书籍。你小海师父是制糖厂的吧。老海师父他会几种厂。也会坩锅和耐火材料,也会识别矿藏,有历史知识,是民间的人材,有他的历史是幢幢历影,而现在也是健旺的,这些知识学问是忘不掉的,你不要不知道,而说他老朽了。你要崇敬他。"

"但也是老朽了,吓!"海国乔说,冷笑地望望海学涛。

"不这么说。"陈至光说。"像制糖厂,老海师父说,"他又对海学涛说,"你就有两回听他的给你们技术员的建议,他跟我说的,他很爱你,说你是纯朴的青年。我说,"陈至光又提高声音说,"我是不愿看着不好的风吹到我的海师父家来的,我是要干涉干涉的。"他严厉地说。

"这里不需要你这位说话。"海学涛说。

"你怎么对至光叔这样说呢,你应该喊至光叔!"海国乔愤怒地说。

"你不对!"陈至光对海学涛说,"我很痛心地说你不对。"

"但是我父亲说我们现在青年人全是不行的。"海学涛说。

"那他说的也许有不对,不过是刺激话,我断定他没有这么说。"

"不是刺激话。"

"是说你不对!"海国乔说。

"他内心里深藏着顶骄傲看不起人呢。"海学涛说。"而且,我并没兴趣和你这位说这些。"

"我这位,吓!我也要说,奔往现代化去的这时期你们这些青年不全你这样的。"

"我们奔我们的前程的。"

"你是分明错的!"陈至光啸吼着大声说,"我和你不妥协地说。你不能说我,他的小陈,你父亲的小陈入侵你们家的,我个人是敬仰他的多次坚牢和少年英俊时代起的耿直忠心的奋斗的!我们也奋斗的,不老朽!"

"那我便错了。"海学涛说,站起来对愤怒的陈至光微微弯腰鞠一个躬,便冷淡地走出去了。

陈至光第二天早晨走了,海国乔觉得他像精灵一般消失了,他突然来到又似乎是突然地走掉,引起海国乔内心的波动。陈至光和海学涛冲突了一阵,增加了海国乔的内心的不安。他觉得儿子不应扰撞陈至光,他为这点很发怒,也为了儿子更错误而伤心。但他陷在批驳他的儿子与和他的儿子或一点上暂时回避、沉默的矛盾的情绪之间。第二天到了晚上他还沉闷地坐着。但海国乔似乎有了年龄的弱点,他也有些要面子,便似乎有些想在或一点上妥协;他便说想给海学涛两千块钱去。他觉得委屈点什么似乎也是可以的,也可以借此教子。他在屋子里踥蹀着不能决定。他没有舍不得钱,但似乎这也不是教子,海学涛分明是错的,自身有社会地位,也有老年的光荣,毕生是倔强的,他不能妥协。他想找梅风珍或张璞去商量,但是也怕受到一些人的嘲笑。他在屋子里踥蹀着,听着院子里的声音渐渐寂静下来了。但他听见秦淑英房里很重的敲击声还在响着,他走到秦淑英窗口去,看见秦淑英在用斧头钉一张凳子,他便走进去帮她钉了一下,便也看见秦淑英的桌上的作文本,秦淑英有些脸红地说,她这是没有做好的,又说,作不好,将本子收到抽屉里去了。秦淑英后来又从抽屉里将作文本拿出来了,海国乔就随便地看了一下。秦淑英显然觉得不应收起来。这作文本,她以前常摆在桌上,近些时来有时收起来了。这些时她只有一两次出声音地念书,她似乎也不大到教员何世光那里去。

"海大爹,真不好意思,学习真是难,"秦淑英说,"都想不学了。"她又说:"你海大爹见笑,当然还是要学的。人生不进则退,对吗?"秦淑英说,又匆忙地把桌边上的豆腐泡豆腐干和一碗白菜收到桌边的木框里去。她又说:"我这里乱得很,海大爹。"她羞涩不安地看着海国乔,海国乔说:"你不要灰心,你的文作得好的。"便觉得有些扰乱了她了,而她则继续说:"我这里真乱得很。你看这作文……"她掠一掠头发说,"能不能做这样的句子:太阳灿灿地照亮着呢。"

海国乔仔细地看了,说:"能。"

秦淑英拿抹布抹着桌子,她脸红地看着海国乔,又匆忙地瞥见了地上掉着的两根葱,把它们捡起来放在木柜里了。她不安地等待海国乔看完。海国乔看完,又从头看起,后来他说好,又说的确做得不错,秦淑英便有些笑了,放心了,她显然觉得快乐。海国乔也觉得愉快。

但是海国乔走出到走廊里听见了李义的哭声,哭声而且很响,他看见教员何世光从李义的房里出来。

院子里李义发起的学习有一种沉闷的状态。教员何世光继续他的骄傲,脾气不好,他和"学生"李义冲突了,今天晚上李义说不学了,从何世光拿回了数学的笔记本,还撕去了挨何世光骂的电力学和机械学的笔记本。何世光于是骂他李义是蠢猪和蠢驴子,骂得很凶,说从来没有看见过这样的学生,但后来觉得说重了一点,到李义的屋子里想要道歉几句,李义却哭了。电车司机李义立了很大的决心学习的,但是他在难题面前趑趄不前,有时有逃课,造成了内心的矛盾。他觉得他年龄也不小了,就当一个电车司机,而不能升为组长,也不能学会修理,是不甘心的。这时代应该上进的。他想同时学习好几门科学,他开始时曾用冷水洗头,众所知道,在院子里发表他的理想,但不久便有耽搁甚至托辞逃课,海国乔便说他计画贪多了。但他又有时请人代晚上的班回来学习,海国乔也劝他说,这样太匆忙了,过激了。但李义过激,而且自信。便因为这请人代班的事,今天他和厂里的组长有冲突。他又挨了何世光的骂。李义自己要求学习,他曾对何世光说,要学,他主张骂和打手心,骂蠢猪,骂笨蛋。他也真的挨了两回手心。但今天李义特别忧郁些,他又特别觉得教员今天的骂并不是他敦请的,是真的发脾气而且是骄横的。李义负创了不少次了,这次的情形更引起了他的不满。撕去了电力学机械学笔记本的李义便回到房里坐着,听着何世光骂他,很是懊丧,杜宏英不在家,他也不满意她整天在缝纫厂家中无人照顾,儿童在街上撒野。他想着他的人生的愁闷。他觉得他真是很多矛盾,而不能上进,郁闷中何世光来向他道歉,他便哭了。他的哭声而且很大,像有什么很伤心的事似的。何世光出来了,他继续哭。他也确实伤心,因为这学习是他的一次很猛的努力。海国乔走进他的屋子里去,他走了出来,对着何世光那边叫着:

"我暂停了,何老师,暂停了,没有信用,一曝十寒,吹牛沽名誉,好大喜功,恶臭恶臭!"他说,而且嚎啕地哭着。

"你是骂我,"何世光说,"哦,你不是骂我。我很抱歉,我粗暴了,也是好大喜功,恶臭恶臭。但是你可能仍旧是骂我。"他又怀疑、生气大声说。

"那不那样说的。"李义说,拿手帕抐着眼泪,"但是你当老师的也是凶了一点了。"他说。

"不凶你能学会吗?你们这些是顽劣的学生。"何世光突然又叫着。

"那不见得。"李义说,可是想想又笑起来了,他也原谅了何世光。"我还是学的,不过不好意思了,对不起了,停几天吧。"李义不一点时间又从屋子里拿着衣服往外跑,忘去了这场纷争似的。他去向海国乔点了一下头,跑出去担他的晚班去了。

海国乔便吸了一口气。老头子有一种敏感的心理。他是著名人物和街道委员,对于院子里的事他应该发生作用,但事情毕竟不好,李义和教员何世光冲突了一下,主要的,李义的学习倒台了。他还因李义和何世光的情形而觉得自己许多事情都没有做好。李义是想赶上时代的,他没有能帮忙。他又该怎样对待他和他儿子海学涛之间的冲突呢。李义的失败使他觉得他应该耐心。他便回来从抽屉里拿他的银行存款单。他呆想了一阵,他的心里涌起了对海学涛的痛恨又交错着想要教诲他的感情,也想如同那罗顺所说,儿子要买点什么也没有关系的,哪一个年青人不骄傲呢,尤其是现在的时代,儿子又有着技能,只要同时教诲他勿忘正道。于是他便在有点激昂的情绪里拿出了两千元,放在衣袋里,又按了一按,再拿出来看看又放进去;但他的对海学涛的痛恨之情又强起来了:分明儿子的情形正是忘了正道的。他又在屋子里徘徊起来,他觉得拿钱是不对的。海学涛是有错误的,陈至光也这样说,他不能对错误妥协的,这样错误便会发展下去,海学涛便会来对付他的其余的钱了,主要的,这样便会败坏了社会了,伤害了他的立身处世的原则了。于是他、海国乔的家庭在这社会上便变为不妥了。这是他不能甘心的。老头子瞥见脚下的陷坑,在屋子里沉思着。……他一瞬间似乎有对他的儿子的亲切的慈爱之情起来,而且幻想着儿子已被他教诲了,他呈显出了他的年老的感情的一点弱点,简直似乎想把钱拿去，一瞬间又转为强硬，说他是创立这社会的功名人物，是党委书记，也有水平，他不这样的。但他终于把钱拿出来放回抽屉又拿回衣袋里去了。他还是顺从了他的带幻想之情，他觉得钱也是威望和分量，也是他的骄傲，这也会帮助他开口教诲他的儿子控制他的儿子的，……老头子便在一种激动，一种秘密的心境里带着钱锁上门出来了。但他这时显出了他的老年的蹒跚，似乎老了几岁，他又并不决定了。他又到秦淑英的屋子里去看了看，看见秦淑英用两把菜刀剁着白菜，她在做腌菜，她亲切地笑笑，对海国乔老头子说："不会做，做不好。"又说："太阳灿灿地照亮着呀，好不好呢。"海老头便说好。海老头又走进李义的屋子，从李义和杜宏英的小抽屉里拿了两块糖给了寂寞着的小孩。他又到老太婆范莲英的门口去，帮她扇了好久的火，还劈木柴预备明天用。他又走到朱璞的窗前，但没有进去，听着里面大学未毕业学生银行女干部踏着缝纫机的声音。朱璞听到了脚步声出来了。

"哦，海大爹。"她热烈地说，"我在练习，我已在街上贴了广告，所以请你帮助我，我晚间做裁缝。我这回有坚决的心。我是热烈地爱好裁缝，想贡献我的技能，所以你不必为我叹气。"她说，虽然海国乔并没为她叹气。海国乔看见街边广告牌上和一个电线杆上贴着的朱璞的广告了，他觉得很钦佩。朱璞说她看见海国乔的衣服有一件扫上撕破了，……她便有些像旋风似地拖着老头子到他的屋里，找了那件衣服，又拖老头子转来进自己的屋子，缝补起来了。老头子站在她旁边看着。她说她钦佩老人。她又说，她的在天津的对象她考虑不同意婚姻了，她就一个人呆着再说。而且这对象一直就是谈钱。她说，她已回信了，早晨"嗤"一声投入邮局里。

朱璞显得有些活泼，她说那男青年大概以为她在他对她有错，恋爱了别人又离开之后去一趟天津是对他很追求很忍受的，他又写了一封所谓有感情的信，便以为可以要挟她了。但她后悔这中间她也写了一封有感情的信，她显出一种痛苦和热情，向海国乔讲述着这信的内容：里面是一些谦虚话；又讲述着上次的会面。

她让海国乔老头站直，说，她那对象个子也是还高，一米七几，就像海国乔老头似的。她自己站起来后退了两步，她说，她曾经因他背弃信约，和另外的女人恋爱而骂他，让他站在离她几步远；她又端详着海国乔说，说这么远，他就这么在这间房里站着，她骂了他，做了她的人生的宣示，是她将终生难忘的。她说，她骂他他哭了，这点她以前似乎忘了提了。她说，他就站在她房里的这地点，高个子，流下泪来。她说她所以要海老头比喻一下，是因为她心中仇恨。她又搬凳子，对海国乔说，她曾让他又坐着，当她到天津去，在他的机关宿舍里，他就这么坐着，她对他讲了她愿意和他在一起，而假设她能改变他的误入歧途。她又让海国乔老头坐在她的凳子上，她又说，她在这站着的位置，几步远，对他也宣示了她的人生奋斗、勤俭、创立事业的道理，从软弱奋斗往事业的道理。这两段话是她记得的，因此她让海国乔站着和坐着比喻一下，她激烈地说，他站着的那一次，她曾说了十几分钟，她说到人生的真理——她又请海老头站起来，重新站在那里，她便说，她说到人生的真谛在于诚实和走朴素的、信约的——她最重视信约了——的道路，贡献自己的青春，要贡献给可靠的人，而远离金钱利得的市侩丑恶。也贡献给自己的祖国。她还增加说了在她房里的另一次，她说她那次指责他为了钱而时常忘记了人生的理想。她说，海老头譬如就是她的那对象，她那时对他很仇恨，望着他，但心中也有盼望的热诚的火花，那青年，她的对象，那次也哭了，眼泪一滴一滴落在地上。

"懂得。"海国乔说。

"而我到天津去的那一次呢，"朱璞又说，她又拖海国乔坐下，"我说我可以接受你的感情了，但是仍然警惕你的。"便对他讲到很多，而他低着头。

"懂得，对。"海国乔说。他有点笑了，但又叹息了一声，想起口袋里的二千元银行存款。

"他那时,他也叹息了一声,高高的个子。"她说,从这一句看出来她有些沉痛。她说,她站着对他讲了人生的青春的原理和事业心的定理,和也讲到祖国的山河,旧时山河泪,和现时山河的振兴,而他们是后一辈的青年了。

"这是很对的。"海国乔说,他意外地处在朱璞所刮起的感情的风景里了,"后来怎样呢?"

"后来他说,他是信我的话的,他很是感动。这是我的人生的自豪,我几次表示我的立场,而他两次流泪一次诚恳地低下了他的头。我在大学里和他同学,后来我没有读了,他的学历比我强些,但是他得承认他的见识不如我。"朱璞热烈地说,在她所刮起的风景里,她显出来的是奋斗的,并不是很软弱的,很有自持的妇女,海国乔还感到她是有些固执的。"所有的事情都是小黑皮,小矮子闹出来的,人们说,我是爱闹一些事情来的,不太矮,但有些小黑皮。我从很小多年很奇异自己长大了,渐渐地我就离开了我的可爱的幸福的童年,我的父母也相继逝世了,我的母亲是四人帮时气死的,他们打她很凶。我从有些懦弱中锻炼我的能力,我也有许多朋友,我现在孑然一身,没有结婚,你一定同情我的,但我想,我是做我的事业的奋斗的。"朱璞便沉默了一下,给海国乔倒水喝。她像一阵风一般忙着,干练而且活泼、热烈。海国乔便觉得,她是能闯入社会而建立她的事业的。

"你喝水。我便也想起了我的母亲,我离开我的上海的家的时候我的母亲也是外面下班回来,她在市人民政府服务,我倒杯水给她,她也这样坐着。"她搬动了一下海国乔的身体,于是海国乔又被比喻为她的母亲了,热烈的风继续在海国乔周围吹动。朱璞便说:"我对我母亲也说了一段话。女儿长大,有些沉默了,但那次我说到我的抱负和内心的话。我说,我要在人生里做出对家庭对社会的贡献来的。我母亲她是一个中学毕业生,她很固执,会骂人,但很能管家管门户,我也很有固执。"

"你是很热诚的人。"海国乔说。

"我是很固执的。我决不妥协的,我斩荆披棘要夺取我的出路,战胜我有过的软弱,我心中有热诚的信心要奋斗成功,譬如我要奋斗这裁缝成功。参加祖国的四化。我唱两句歌给你听:往前进,往前行,我们要攀登高峰往前进……"老头子便赞赏她活跃,赞赏她说着就唱起来了,而且唱得很高,声音好听。

海国乔赞美着她,便问朱璞对他的儿子海学涛的印象如何。她是否感觉到呢,他有一些错误的思想。她表示不出什么意见。他又问她依她看他是否老朽呢,糊涂呢,她则惊奇地大叫着说:"你海大爹糊涂?老朽了?不啊!不的!我觉得你很强的能力,这院子里也是你最活跃。"海国乔便站了起来,把朱璞推到椅子上去坐下,说:"你说的我很高兴,你真是觉得我很活跃?"

"真的。"活泼的朱璞说。老头子佩服她忍受了被对象抛弃的失恋的痛苦,看着她诚恳地说:"你是挺有能为的。现在的青年,有许多陷在恋爱的迷魂阵里了,我觉得你见解分明,很是好。"便愉快地走出来了。很快地又听见了朱璞的缝纫机的声音。老头子便觉得他要和儿子的错误奋斗,不想将钱给儿子海学涛了。

但是到了第二天晚上,老头子仍旧又将两千元放在口袋里了。他反复地又回到这一点,预备将钱给海学涛。他说他不和他妥协,但是他心中不安,仍又起来一些想象、幻想,他想起儿子过去是纯朴的,而过去他爱过他,他母亲又早死。他认为给了他钱助他买些东西也可以继续和他的错误奋斗。但是他又知道他的不妥协的搏击性仍旧存在着。朱璞的缝纫机的声音也促使他奋斗,他走出门又走了回来把钱放回。……然而到了第三天下午,他将钱又装在口袋里,忽然慢慢地走着,往海学涛的制糖厂去了。他的思想是看看他的儿子海学涛在糖厂工作的情形,再做决定。制糖厂在工作的时间不会客,老头子走过制糖厂的大的、有着花圃和已经落叶的杨树的院落,往玻璃窗里看着,等着休息的时间。他看见他儿子走动的影子,仍然觉得儿子像往时一般地纯朴。忠厚的老头子现在不再像是有着有气魄的奋斗历史的老人,他似乎只是一个糊涂的老头子——他自己这样说。

"这个海国乔老了。"在制糖厂的窗玻璃里照见自己的面庞,老头子想,"这一个老头子不是别的老头子,他叫海国乔,他老了,糊涂了,差不多是屈服在儿子的错误面前,不,不这样。这海国乔他仍旧是当年一样有气势的,而且是有着他的人生原则的,他是负着社会的责任的。不,不这样。"但是他却没有走开。他想访问一下海学涛的工作情形,但他仍然是有些倾向于把钱拿出来的。他想儿子或可以在他讲客气后有所改悔的。这也费他的心思,但他坚决想访问一下,因为他的性格是有着不妥协的。他还把自己比做一个打了许多年仗的将军,到了老年在这里遇到困难。"唉,我这个海国乔真是可笑。"

老头曾访问传达室的两个人,问他们海学涛在糖厂的工作好不好,他们说很好。问他们他和人吵架不,他们说没有,他们说海学涛师父是能手,老头子便很高兴,但有一个中年人,看来是个职员,走了进来,笑笑说,海学涛近来有些骄傲,昨日曾和某工人吵架。传达室的青年说没有吵吧,那中年人便说吵的,而昨天的表扬取消了他了。老头子便心中有战栗。他在玻璃窗面前站了一阵,又拦住一个老工人问到海学涛怎样,有没有错误,但他问了几句才把话说清楚,他想可能他的儿子没有什么错误。他仍然留恋着传达室的回答,老头子是有些幻想的。这老工人说,还好,笑笑走了。海国乔又拦住一个他认识的老工人,他急急走着,只是热烈地招呼他。终于他站下了,说了一大串话告诉海国乔说,海学涛有些错误,在饭厅里也敲破碗,而且生产的成绩下降了。但他安慰老头说,海学涛有些地方也还是很好的,他昨天还检讨了几句,而且他年青,也容易改正。又一个工人像传达室一般回答说海学涛不错,但又一个中年工人走过,有些愤恨地回答不安的老头子说,他老头子应该好好地帮助和教育海学涛。

"旧时也曾在糖厂来劳动过几天,那时候这糖厂很旧,这也年厘岁月,"海国乔叹息着,自言自语地说,"这么说我老了,然而我是倔强的,我曾为祖国服务,唉,海国乔海国乔。"

他又走到玻璃窗前,他在水泥砌的院子里徘徊着。

休息的铃响,海学涛便出来了。老头子注意到,儿子年轻,身体强壮,有些气概和英俊,有些快乐,和以前一样。

海学涛问老头子什么事情来找他。

老头子便很窘迫,他想妥协了,就说他是走这里过,来看看的,他甚至想就把衣袋里的二千元拿出来给他了。但是不妥协的、顽强的意念也在他心里升起,他便把海学涛叫到附近的屋檐下,和他一同坐下。

海学涛没有听了几句便站起来了,他说这时候是工厂里,他有事,不谈这些,这些关于他骄傲自满和他在工作中继续犯了错误的,更不想听教训话。他没有对不起家庭,前辈的汗水和血迹,没有对不起什么人。

老头子便也站了起来。

"你要知道,你这种错误,我是不和你妥协的。"

但老头子停了一下又说:

"我也愿和你客气,只要你能改正,改善,不然我也觉得在社会上难说话,对不起这拨乱反正、安定团结的社会。"

"那我自己知道。"海学涛说。他也有些惶惑,因为他的有功名的父亲也有一定的压力,他注意到老头子的威严的、倔强的有精神的样子,而且注意到他的父亲并不佝偻,高大的身材是挺直的。于是他便沉默着。

"你要改正。"海国乔说。

"那你回去吧。就这事吧?……我愿听你的意见,我愿改善,你回去吧。我是预备改善的。"

"但是你不能欺弄我。"海国乔说。"还要说你昨天饭厅里敲碎了碗了吧。你的生产指标也下降了。你要知道,我是为你很痛苦的。"他说。

"我改善就是了。"海学涛敷衍地说,便从口袋里取出几张纸币拿出五元钱来。他说,他发了奖金了,给海国乔五元钱买点随便什么,或抽烟吧。但海国乔不要,他有些发怒说希望他改善;

他自己有钱,不用他的,海学涛便转身走进去了。

海国乔有些忧郁地走了出来。他想问儿子现在总共是多少钱一个月,奖金是发了多少,也因突然的愤怒而没有能问说出口。晚上的时候,老头子在屋子里沉闷地坐着,曹株花来到,将他的脏衣服找出来洗着,老头子便探问海学涛的情形,曹株花说,海学涛在家里使她很忧郁,不说话,看书,拆收音机修理,说将来不干糖厂工人了,像罗顺一样当个体户修机器,他也修钟表,把闹钟弄坏了。他而且说,女人是下贱的。他们因此发生争吵,海学涛现在住在小房里。曹株花说,她假若不是看在他老头子海国乔的面上,她便想要离婚,她说也等于打了她的,他推倒她,她没有回手。她说,海学涛说,他一定能敲索到老头子几千块钱,买他需要的彩色电视机电气冰箱等等的。

曹株花有委屈的心情。老头子注意到,她和海学涛原是感情好的,但一些时来媳妇有点让步,也屈从了一些海学涛的傲慢专横;他为有能为的、强壮而乐天的媳妇而忧郁。

曹株花说,她希望老头子教训好海学涛。他对有功名的海国乔有一种崇拜,觉得他能教育好海学涛。他也还确实有社会的力量。但海国乔却因媳妇说想要离婚而不安。他又问了几句,还问他如何把她推倒在地,但曹株花专心地洗着衣服,没有再说了。

海学涛来了,忧愁地走进房里坐下,他说,他很希望父亲援助他钱建设自己的生活。他说守财奴没有意义,而现在的社会是在前进的:他说他也不怕曹株花说他什么。

"你有威信,你可以不扫地而拿区政府给的,或人民代表大会给的退休金的,两份也可以领的,难道对有功劳的老人这样吗,还要他扫地。"海学涛说,"你真是糊涂。"

"你不对。"老头子说,焦急地在屋子里站了起来一下又坐下。"扫地是我的兴趣。"他说。

曹株花在外面听着。她听到海学涛说到要买现代化的设备便觉得痛苦,她崇敬老人而且想自力更生。海学涛曾也想她拿出她的少许的私存的钱。她觉得麻烦老头子是丢脸的。同时她这些时候有点忍气吞声,几乎屈服于海学涛的专横了。她几乎拿出自己的几百"私房钱"来了,她想要面子不让海学涛侵犯老头子。但现在海学涛又来侵犯了。屈辱的心情使她站了起来,甩甩手上的水。老头子时常自己洗衣服。刚才她找衣服老头子也推让了一阵。老头子这些日子没有到曹株花那里吃饭了,自己在家里烧;老头子各时候也还给一定的钱。曹株花不满意自己的若干软弱,她想她也是在社会上奋斗的妇女。

曹株花进屋子来的时候,海学涛正在又说着老人是守财奴,太吝啬。曹株花本预备气愤地说几句的,但这时愤怒起来,说:"爸爸你不用管。"便用力拖海学涛,海学涛推她,她便猛力将海学涛推倒在地了。

海学涛站起来冷笑着。

"我当着爸爸的面,报复你昨日推我跌倒。"她说,"走!回家去!不准干扰爸爸!"

"你干什么?"海学涛说。

"我不怕你!等我增加做三年工,给你买彩色电视机!彩电!彩电!冰箱,冰箱!"

但这情形也没有能解除海国乔的内心的忧患。又一天,黎明前的黑暗中,路灯的黄色的、寂静的光照下,海国乔又看见曹株花从豆腐房载运豆腐豆制品出来了。

"你怎么这样爱骑这车呢,"老头子说。他真有点怀疑这妇女的奋斗会被海学涛的错误所利用。他觉得怜恤她。

"我身体好,爱这个。"

"这样好不好呢。我给你一点钱,你收着。或时候就说是你的。但这也不行。……彩电这些,孙女儿也爱看,你也可看。自然也有可以的。……"

"你不能跟他学涛客气。"曹株花说。"海学涛他会知道的。"

"那自然也是的。"海国乔说。

"你的钱是你的劳动。……你说你还想为了公益的。"曹株花说。老头便沉默着。

"你放心,我要制服他的错误。我也为了四化现代化。"曹株花说,骑车远去了。

九

朱娥秋天快过完的时候又来到乡间的新办的工厂,她看见她介绍来的女徒工单兰英在扛木头;车间搭起来已经开工了,机器的声音震动着。她看见以前在杜翔实机器厂的钱浩光检验员正在骂单兰英。钱浩光是什么时候自己活动调来了乡间这织布厂也为车间主任的。

钱浩光比以前还有气势些,他以前宣扬他和他的妻子感情很好,现在他和他的女人已经离婚了,他便宣扬她很坏。他是因为这里可以升级而活动来的,还在追求着一个女工;这女工长得好看,能力也不错。他痛恨地骂单兰英,说她的工作成绩很差,废品多,使得单兰英像那次在建筑工程的工架上因挨田奎的骂一样凄伤。

看见朱娥到来,钱浩光便叫骂得更凶了,而单兰英便把扛起来的木头放下,说不干了,回城里去,城里有前程些。单兰英并不很满意她被调来乡下,虽然她的亲人嫂子在乡间,而且她开头也赞成了。朱娥有些不愿承认这事情是她的乐天、冒失所犯的错误。她曾数次谈话,赠送单兰英衬衫,对单兰英说这里要好些,可以学织布的技能,但单兰英不认为她说的对,沉默着。这姑娘还想继续都市的户口和觅求都市的婚姻。朱娥又带了几名女徒工来到,她这次的使命是协助安装新的机器,她也想新的机器可以吸引单兰英。她看见单兰英便陷于复杂的心情中,觉得自己是把单兰英拐骗到乡下来似的。钱浩光预备走开了,但又回过头来说:

"你这小女徒工也霸道,许多人很霸道!"

"你是说我吧。"朱娥说。

"我觉得我们的生活要有感情,……要有林黛玉贾宝玉那般的革命精神,"钱浩光说,"我说我要学习林黛玉贾宝玉。而且爱情是心灵的自由,我说了,嗯,我说了,并不怕别人说我又搞恋爱。……"

"你也没有什么意义。"朱娥说。

"我也并不是老想和你冲突的,"钱浩光说,"我也想改正我的一些缺点和情况,因为你知道,我是有我的痛苦的。"他说,接着他说,他遇见的霸道的人不少了,朱娥一起的党委书记搬走了他的车间的新机器,换了旧的;总务科搬动了他的朝阳的宿舍;而女徒工们也欺负他。他说,他还烦恼此地没有人洗衣服,单兰英她们不肯替洗,于是他自己洗破了;虽然副厂长很照顾他,但他还是痛苦的,他是最恨生活的琐事没有人照管的。

朱娥看看他,没有理他,便走向单兰英,在一根木头上坐下来。她问单兰英是不是还想回到城里去,单兰英沉默一阵之后便点了头。朱娥便责备她何以原来想要来,她说她原来没有想清楚,她原来也想学织布,但是她仍旧想回城里去,有城市户口,当建筑工,或者当阿姨保姆去,可以遇到好的干部人家。

朱娥知道,单兰英曾向厂长辞职,又向车间党委辞职,人们预备同意她了,她有内心燃烧着的火焰,执意要奔她追求的前程,她说,她要年青有为,方才对得起临死都很爱她的她的母亲和带了她好几年的嫂子。

朱娥陷于痛苦的心境,觉得她太头脑简单了,闹了这个麻烦,但她有些粗暴,不赞成单兰英走,责备她三心二意。她说,单兰英应该留在这里,奋斗成材。她生气地说单兰英是胡思乱想,但单兰英说,她仍旧想去北京,有北京的户口和粮票,可以学知识,奋斗生活的前程。

"你怎么这样呢,哎!你不能不去么?北京有什么意思?这里不好么?人们不是上山下乡,大学生还奔赴祖国的边疆前程,你就这么娇贵,要留长头发,穿漂亮衣服,当阿姨么?你不对的,不对!我的心都痛了。当然,我说当阿姨这样,也有点过火。"朱娥说,她陷入一种狭隘的怒气里,责备着单兰英。她说:"你看,简直没有办法,是你自己愿来的呢,简直像我把你拐来的。"

"你手中有权。厂长说你积极,"钱浩光在一旁听着说,"你自己为什么不来乡下呢?至于我来乡下,我是下决心的。你朱娥自己也说,到艰苦的地方去的。"

朱娥不理他,又对单兰英说,希望她给她面子,认真思想一下,城里假如谋不到学技能的工作,有什么意义呢,在这里有发展前途,她一定照顾她的。

钱浩光走了近来,朱娥看了看他。

"你是和杜翔实一样,升地位了,手中攒权的。"

"不和你说话。你狗眼看人。"朱娥说。

朱娥继续想再说服单兰英。她说,她这次下乡来,一半也是来看看她单兰英和几个徒工的。她们也有两个闹回城去,但她都说服了。她很凶地说,单兰英是不该如此的,要听她的话,但她也觉得自己态度不愉快,思想狭窄了,沉默了。

"你朱娥难道不霸道么?什么你是很正直的呀。"钱浩光说。

"正是这样。"朱娥说。

"我来到乡下,是认了艰苦的,我觉得一种投奔新的四化前程的感情,……人要有革命的深情,对什么事情都要一往情深。"钱浩光说,在碎的木渣很多的地面上徘徊着。"人有灵魂,感时伤春,这是我们四化时代的感情,你觉得怎样呢?你看,你知道我是堕入情网了,我恋爱了,而你说我错误。……"

朱娥不理钱浩光,看看单兰英,对她说:"你考虑,怎样呢?我要是你,我就呆在乡下。"

"霸道。……"钱浩光说,"朱娥我想问你,你过来我跟你说。"

"我不认识你。同时你的恋爱是狗屁!"

钱浩光又徘徊了两步。他跺了跺脚跟,对朱娥说,并不在乎,不过他有失望,原来他是很想她帮忙他的恋爱的。朱娥愤怒地看看他,他便走着,往地上吐唾沫。他很仇恨朱娥,有些战栗。他窥探到在单兰英和几个女徒工的问题上,朱娥有她的缺点和困难。

"升官发财。"他又说。

朱娥又看看他。这带着冷嘲的笑的、冷面孔的钱浩光令朱娥有些警惕。她想她确实也有点缺点,真也是"升官发财",伤害了单兰英了。她想不准备单兰英走,因为这事情有点使她在厂长面前丢脸,但她又想,她专横起来也还是不对的。她便焦急了。

"你小单这么噜苏是很不对的。"她说。"你拿手心来我打你一下手心。"她说,单兰英伸出了手,她便真的用力打了一下。"不准走。"她说,又叹息着。

"这也是对的。她们这些女徒工有思想很落后,很可恶,——你单兰英很可恶,骂我钱浩光是老鼠,我什么时候是老鼠呢。她们是一点都不懂感情。叫她扛木头她也有意见,叫她们预备开水她们也有意见,叫她们帮助洗衣她们不干,这些女徒工,这还了得,太娇了,是霸道。到祖国的边疆那么艰苦人家都去,女徒工却不肯烧开水洗衣服。要学习林黛玉贾宝玉的革命的深情,有深情才能革命。"

"是也要学习。"朱娥说。"但是女徒工干什么要替你洗衣服呢?"

"哈!"钱浩光说,脸色有点苍白。

"我想还是进城去。"单兰英说。

"那么,好吧。"朱娥说,"我许多事情不周到,你要原谅我。可是路费不能给你增什么了,也不能再加发一日的工钱,只有十天,不过这些我再问问吧。但我愿意个人津贴你一点钱。给你三十块钱。"

"个人津贴的不要。送我的衬衫也不要。"

朱娥从她的皮夹里掏出钱来,显然她是准备好的。"你要不要?要吧,小单兰英,你是好姑娘,我们两人的情谊。"

"不的。"单兰英说。

但朱娥站起来,把钱定要递给单兰英。而单兰英坚决地不肯要。

"好吧。"朱娥苦恼地说,把钱放回皮夹里。

"我往城里去,也不再去看嫂子了,我回原来的建筑工地去,再当建筑工,这一点你朱师父和杜师父说一说就行了。……我现在户口还没转乡下来正好,我是想在城里永落户,奔投我的新生,对得起我的母亲的……我请朱师父以后多多关照。"

"祝你前程幸运。"朱娥突然有些伤心地说。

"祝你身体永远健康。"单兰英说。

"在这件事情上我有错吗?"朱娥问。

"没有,你朱师父很好,照顾我,替我着想。"

"那么再会吧。你接受我送你钱吧?"

"不。"单兰英说。

朱娥于是陪单兰英到经理室去办手续。然后单兰英也便背着她的简单的、捆得很紧的很整齐的包裹,提着一个花口袋走了。十字和斜交包的布带捆得很整齐的背包在单兰英背上有些颤动,太阳照耀着她。著名工人朱娥,似乎是望着自己也走过的颠簸的道路——她也曾在工厂与工厂之间辗转过几次,看着背着包裹的单兰英在乡村的、深秋赤裸着的田地中间的大路上消失了。她往矗立着巨大的楼房的北京市去了。

黄家珍来到乡间,她想采访这座新办起来、周围有着果树林和溪涧的工厂。她看见海学涛。海学涛是到乡间来,想卖掉老头子海国乔还剩下的几十棵果树的,但是在到了山坡上察看了树之后,便觉得一种犹豫,转到这新办的工厂来看朋友了。黄家珍快乐地和他招呼,却得到了他的冷淡的回答。海学涛怕遇见熟人,对自己来到乡间的目的害羞,因此逃避黄家珍。黄家珍殷勤而快捷,继续找到了他。但他说他有事,他也没有找到朋友,没法介绍她采访工厂;他说他来到乡下是很不愉快的,是来看家中的剩下的几株山村中的果木的,但说了这个他便后悔。他又说不是这样的,他家里并没有果树,果树是朋友的。家里不是果树,是几棵杨树,和短的灌木椿子,不值几个钱。他以为黄家珍知道了他的情况,又觉得说得有暴露,于是便又说,是他家的也无妨,老头子吝啬鬼看守着这些果树无意义。海学涛对黄家珍发怒,不满意殷勤的、顽强的、活跃的女记者。

"你不奇怪我说了这个又说了那个,说了又反悔?"他粗暴地说,"反正我说你要知道这些没有用,你们都是老头子海国乔一方的。"

黄家珍脸色有些苍白。

"你想报导我的父亲?我希望你不要管他劳动模范海国乔的家事。这些你也不能作为新闻去发表。"

"那就对不起了。"黄家珍有些生气地说,预备走开。

"你凭什么生我的气呢?你知道我过去是对你很尊重的,但现在我不这样了,我觉得你们这些人可麻烦。"

"你为什么这么气大呢。"

"我就是这样的,也许这是错了,但我要有事,找我的朋友。……我说,如果你新闻特写报导里要说到海国乔家的话,希望你说他的家庭是好的,我也是当过先进工作者。"

"对你这样,没有什么报导的。"黄家珍沉默了一下,看着海学涛,愤怒地说。

"那不就对了。你们这些记者太俏皮了。"

"我希望你冷静一些。"黄家珍说,"你要知道,你这种态度是令人遗憾的。"

"不知道这些文词。"海学涛说,便走开去了。

黄家珍受了一点打击,很懊悔找这个粗野的人。她希望做成很多工作,争取入党,但这回很痛心。她便去访问约她去访问的钱浩光了。

升了级并且当了厂长的秘书的钱浩光正在骂一个女工。

钱浩光说,他到这工厂来是为了"四化"的。他不怕任何势力,要推倒这些恶势力,他说女工是地霸,车间扫地就妨碍了他的检查工作。……

女工的护发帽戴到遮着眼睛,她抱着手臂顽固地沉默着。

"你黄家珍同志来了。"钱浩光说,"你请坐。"他说,黄家珍在他的脸上也发现了一种敌意和冷淡。

黄家珍提醒说,他是约她来的。

"约是约的,可是现在没有空呀。也不是没有空……"他说。于是他又说,他现在很忙,要对付这女工的落后和顽硬。他是很殷勤地相约的,但现在,由于正在骂人的骄傲,由于想趁这个时候反对一下黄家珍这样漂亮、活跃的女人,他便显出了很冷的表情。

"这种地霸是很坏的。"他又指着女工说,她们都是从心眼里反对他的。"难道你杨淑兰不是吗?你想当大组长的,你居功劳开办这个厂,但没有这么容易,你心里就是地位和钱。你要知道,只有我一个人,我才是在这个厂的开办里居功劳的,我是掘第一铲子土的。"

"从心眼里反对他"的杨淑兰继续沉默着,看了一看黄家珍。

"我没有时间所以抱歉了。我刚才已经说过我没有时间了。"钱浩光说,骄傲地望望黄家珍。"你采访我的新闻,你也不一定发表,你发表得出来吗?你这记者还著名吗?"他轻蔑地说,于是他又对女工杨淑兰说:"你们就是为了钱的。"他又对黄家珍说:"对不起,我没有时间,我轻蔑你们这种。"

黄家珍便站起来,看了钱浩光一眼,走出来了。她也受到了打击,头有些晕,站在深秋的太阳下,看着工厂围墙外的山峦和阴幽处,枝叶伸到工厂的围墙里来的柿子树,树上面还有着未收获的、成熟透的柿子。她看着自己的皮鞋尖,背着皮包在空场上散步着,听着厂房里织布机的深沉而有节奏的声音。她想,人生不免要受到打击的,工作不会老顺利的,但她这特约记者好久没有成绩了,她觉得很惆怅。但她想,她要奋斗。她就要写篇东西攻击这霸道的、酸臭的钱浩光。

她走进过道,预备再转回去采访,遇见海学涛向她走来。

海学涛有些不安地说,他很抱歉,刚才态度不好。他有些脸红地说,他希望假若报导的话,不要说他和他父亲海国乔有所争吵。他说他不知道清楚了没有,他说,他想说,在家庭中,有些事情也是他有错的,他刚才找到他的朋友了,他的朋友也是说他有错。他说,他是来看家中的树木的,他不否认这个。他心中十分不安的样子,显出了一种诚恳。他说,他知道老头子海国乔的树木还有几棵,老头子过去都是告诉他的,看到树木他就想到海国乔也老了,他不想伤老头子心了,他原来想他把树木卖掉,但现在不了,他说着继续显出一种善良,声音还有些战栗,但随即他又冷淡下来,强调说他不希望记者报导。

黄家珍说她不报导,好奇地看看他,想要分辨他到底是有所觉悟还是怕报导,便急急地走着又往钱浩光的房里去了。那个沉默的女工仍然在那里,护发帽遮到眼睛,现在是叉着腰,在听钱浩光的教训。黄家珍注意到这女工长得相当漂亮,而且有坚毅的表情。钱浩光说,他快就职几百人车间联合主任的位置了,他现在是厂长的秘书,他是要负责任的。

女记者,女航空服务生黄家珍显得十分激动,她进来甩动一下肩上的皮包,便对着钱浩光说回:

"你刚才说你轻蔑我,"她说,"我想再采访你,你何以轻蔑我,何以说女工都霸道,何以耀武扬威,何以说别人反对四化,何以你一定说,譬如她这女工,是为了钱的?"

"咦,你怎么管我这些呢?"钱浩光用尖锐的声音叫着说。

黄家珍觉得应该有自己的气势和坚决的意志,她是要闯她的江山的。她便高声地和他叫唤,不管这情形有些粗野和惊扰,声音大得走廊里都听见,使许多人围了拢来,推开门看着。她叫喊着要奋斗,她确实觉得要奋斗,推倒、击倒钱浩光这种人,这种势利、恶劣之徒。

厂长进来了,劝黄家珍不要发怒,到他那里休息一下。

"但是我是很心痛的,我尽管有缺点我要把话说完,我阅历社会也有一些,"黄家珍叫喊着说,"我认定祖国四化的目标和振兴我们中华精神文明,我是不为你势利欺人之徒妥协的,你这钱浩光是拦在四化前进路上的一堵墙,拦在道上的一个陷坑!"女记者叫喊着,便对周围的人们道歉她的吵闹,跟着忠厚老人似的年龄较大的厂长,走出去了。

但是黄家珍隔了半个多钟点又来找钱浩光了。她说厂长说的钱浩光也有些优点,工作很负责认真。所以她又想道歉刚才的冲突,进行她的访问。黄家珍想到要奋斗和坚持她的工作,并且想到少和人冲突。她又来访问钱浩光,虽然她仍旧觉得钱浩光是令人不愉快的人。

钱浩光显出一种满意,在他的屋子里高声地说建立这个厂的经过,说着四化和振兴中华,黄家珍便记录着。他又说着他的工作,他说,这个扩建于北京附近的厂是全体人员任劳任怨地建起来的,他形容说,它是一个新生的婴儿,是一朵刚开的花,是一株新出土的嫩苗,也像是初生的太阳,他说着这些的时候声音特别地热烈。……他还说到这个厂人员的来源。农村经济渐富裕起来了;所以有劳动力转为工业。他便又说到这个设在乡间的厂在农村经济和从经济学的观点看的意义。他说得很热烈,但腔调里有一种骄傲,似乎是说,厂长事忙,有些干部不熟悉情况及水平不高,而他是一建厂就来的,黄家珍只好委屈地访问他;他还似乎是说,他是特别有本领的,所以人们只好访问他。他的声音里还时刻震颤着一种对黄家珍、包括对刚才的那个女工、对许多人们的仇恨。黄家珍对于自己的忍让觉得一种不愉快。但是她也显露着她的傲岸,既然钱浩光肯谈,她便冷淡地记录着。

钱浩光看看她又说了下去,而且找出了一些材料。他的傲慢不见了一下,转为热情和有礼;他原想发怒地拒绝黄家珍采访的,但他觉得不拒绝于自己有利些。他佩服女记者的处事的本领,他也骄傲自己的处事的本领。黄家珍最初觉得一些委屈,但也觉得她仍然讲了客气道了歉是好的。她观察这个人似乎是有些优点,但她仍然心中仇恨他。

"请问你钱浩光,你个人自己在建这座厂做的工作呢?"黄家珍突然用激越的,有些战斗的口气说。

"我已经回答过你了,我是建这个厂就来的。"

"你再说说呢?"黄家珍的声音里又升起了一种震颤。女记者同时仇恨、愤慨地看了他一眼。

"这事情无非是群众观点,"钱浩光说。他的声音里也震颤和升起着仇隙,似乎宣告两人之间共同利益的对答现在完毕了,他是并不想隐瞒这些的。他的有礼、有热情的样式过去了,他带着这种震颤的仇隙:"我个人是很渺小的,个人总是很渺小的,我们在这里来,开辟这一个点,心灵中震栗着振兴中华的愿望,为四化而奋斗,掘土动工,引起我们心中的欢欣,不像有些人,以为我们的工作是那么容易的事,以为天下乌鸦一般黑而我们是个人篡权肥己的。"

"你现在暂且慢攻击我,我知道你攻击我。"黄家珍说,"我还说我对你的意见也可以有所改变,便是你还很能干。……我想问你,再核对一下,你说这里的织布厂,共出品几种布。机器全是新的?"

"也有二十几台半新的。"

钱浩光还回答了其他的问题。

"那好,谢谢你。"黄家珍说,"我说,你说的很好。但是你刚才说女工是恶霸,说只有你一个人是有功的掘第一铲土的,便不是自相矛盾吗?我自然许多情形不清楚,但是我仍然说我对你有一些意见。"

"请说。"

"我觉得你有些欺侮人。"

"你才是欺侮人,你这是想作文章骂我了,我提防着的,你骂不出的,我在这厂是有功劳。"

"这诚然是,但是我必须表明我反对你。也许我这么说使我吃很多亏了,工作成绩不好。"

"你把你记录的交回给我!"钱浩光大叫着,"交回给我!"钱浩光说,绕过桌子走过来,显出一种粗野,想要抢女记者手中的东西,但黄家珍迅速地将笔记连同钱浩光给的几张图表照片塞进皮包里,绕着桌子逃跑着,绕了一个圈圈,想要掷下图表照片来终于又并没有,迅速地开门走掉了。

黄家珍满意她自己的表明态度,但揭发这钱浩光的文,她也想不写了;对许多事情需要忍耐。她走出走廊又碰到海学涛。

她便站下来,说有些话想跟海学涛谈谈。

因为感觉到自身的青春的活力,因为觉得自己的对付事情的态度是有力量的,也许人们说她幼稚,但她自己是觉得有力量的,因为感觉到这灿烂的时代的严峻的分量,新的织布机在车间激昂地、强劲而有力地震动着,而工厂里有钱浩光这样的人,但同时觉得带着泥沙人们将也能战胜,而经过"四人帮"的患难和考验人们现在到平坦的道路了,黄家珍心中有一种激昂。而海学涛因为想要卖掉树木,但觉得畏惧父亲的原则和也同情父亲的年老,因为曾粗野地回答了女记者而继续有所不安,因为仍旧想要卖掉树木,这个感情又更强些,同时又迫于新的织布厂的震动声的严峻的力量,觉得一种阴暗的感情。他在黄家珍又说想和他谈谈的时候,站下来,带着一种比先前更多一点的矛盾说:"我仍旧想卖树。你不生我的气吧?……你是想报导这里织布厂?你怎样呢,不报导我父亲吧,他也老了,没什么可报导的,当一个扫地工。而我,是有缺点的。总之,我想对你黄姨说,我的父亲和你许多年的邻居了,我也时常和你碰到,你是有水平的,令人佩服的,我希望你常帮助我。你看我怎样呢,我还是想卖树木。"

"你是很好的。"年青、觉得自己有力、奋斗有成效的黄家珍说,"我说和你谈什么,便是你千万不要卖海国乔大爹乡下山林了,你是有错误的,你看呢,我坦白地说话,我看你要好好想想,……你怎样想呢?"

"我是这样想的,黄姨。我父亲山坡上的树也有两棵柿子树,"他指着工厂的厂墙说,"我今日看了,他是托人照料的,我也没有卖柿子树连别的果树,但我仍旧要卖。"他有些凶狠地笑着说,"我觉得我真为人靠不住,让许多人担心了。我说我是很感谢黄姨的……但我的心中有一种想法,我想往前进但是找不到路似的。我有人生的痛苦,赶现代化人生的痛苦。"

"但是你会找到路的。"黄家珍说。

"你说的自然对。不过也不对。"

"你不做诗了?"

"没有。我把那山林上的树卖掉怎样呢?有什么狗屁关系呢!我有一种动荡不安情绪,我是想卖掉了,现在四化,用不着这些树,卖了买一台彩电换我家那黑白电视也许是可以的。你回去不告诉我的父亲吧?"

黄家珍沉默着。

"我觉得也没有对不起我父亲的,他老朽了,我是特地想问问你的意思,我在这门口过看你出来了。"

"我仍旧说,你怎么可以卖掉呢,你父亲反对的,而街坊是很尊敬你的父亲和你的家庭的。"黄家珍说,"不好,你决不能卖掉,我觉得你这是决不应该的。"

黄家珍内心激昂。她有着一种专断的、愤怒的口气。她高兴自己在这件事上的立场和能够有所作为,她想坚决阻拦住海学涛。她又说,海学涛是有成就的工人,是不应该卖树的。

"我刚才对你很不礼貌你还生气么?"海学涛说。

"我生气的。我并不怕你这样,而且因为你会自己想通的。你不可以卖树。"

"我想说,你不应管我们家事。"海学涛忽然又有些阴暗地说,想要卖树,人们的舆论是妨碍;他犹豫不决,黄家珍的反对便也成了妨碍。

"我仍然要发表意见的,因为你问我。"黄家珍说。

"设是我又跟你吵架呢,那你便说我不对了。"海学涛生气而嘲笑地说。"不过你过分干涉了我。我仍旧要卖树的,不过,唉,我不能决定。唉,我仍旧要卖。"

"你坚决不应该卖树。"觉得自己有力而且聪明有为的黄家珍愤怒地说。

"好吧,那我谢你黄姨的指引了。"海学涛冷淡、愤怒地说,走开去了。他很愤慨他被黄家珍坦白地反对,他叹息着:"我仍旧要卖树的,唉,我仍旧要卖的……我决定做不肖之子……"但是他仍旧也并没有卖树。

十

海国乔经过考虑之后,终于没有给儿子钱,他决定要教训儿子;他觉得自己心中有不安定。而这时候,区人民政府的副党委书记吴璋来找他了,和刘棠一起来到他的屋子里,和他商量升刘棠为居民委员会副主任,而取消梅风珍,因为梅风珍骂了区委会;事实上梅风珍只是到区里骂了他吴璋。因为海国乔是街道党委会的党委书记,又是区党委委员,所以吴璋来找他谈。吴璋还想海国乔退出街道委员或不干党委书记。因儿子情况而不安的海国乔这些时候知道吴璋比以前力量差些,因为区长反对了他,但他却对他海国乔欺侮些了。吴璋觉得他海国乔是可以商量的,可以攻破的,便想活动海国乔自己退出区政府和街道的位置,吴璋也找过海学涛,要他劝他的父亲告老了。海国乔也觉得自己不肯告老似乎是一个缺点,他有一定的不安,不愿人们提这一点。刘棠和吴璋多次攻击他是"一霸",反国家退休政策,但他海国乔由于多种原因,由于对地方上的感情,也由于身体还很好,所以便坚决地不理会这个。区党委由于吴璋的发动开了这问题的会他也不理会这个。他也不退出当扫地工。刘棠曾找来一个年青人,但他不肯退,并且庆幸那年轻人是有病的,街道上一时找不到别的人。海国乔维护张璞和梅风珍,刘棠等便也有说他们是帮口。刘棠等曾散布说,海国乔快不干了,居民们便有些惜别了,但海国乔仍旧每日做他的工作,除了扫地便在街道上的几处工厂事业往来,干他的党委书记工作,在一些家院子人家尤其是军属烈属家往来,干他的街道委员的工作,有时也召集会。这两天,梅风珍受到攻击很忧郁,想要辞职了,但区长和海国乔反对她这种想法。吴璋现在来动员海国乔辞职了,但脸色激动的海老头子一概不同意。

老头子责难吴璋是官僚,违反了过去的初衷,和年青时代的理想。老头子说,吴璋那些日子忙碌于自己的学术理想又忙碌于日常工作,显得办事潦草,固然也就差,但比现在的热衷于权力地位而且丑恶霸道要好些。

老头子是在吴璋说到人们说他称霸的以后严正地说这些话的。他特别愤恨吴璋要推倒梅风珍。

使老头子有些意外地是吴璋有些冷笑和窘迫地笑,似乎有些承认老头子的话。

吴璋也不是不在乎地承认。他的心思是复杂的,他有些和他的女人继续吵架,而海国乔这些人继续反对他,他便有些想到自己是应该改正了;他也觉得,似乎是偶然的,他当这官僚落在这陷坑里很深了。他一天想改悔,一天又想继续沉醉于权力地位,一天突现清高,一天又心灵浑浊,为他自己所嘲笑。他并不是不自知的。海国乔注意到他这回有点特别凶,但他忽然又客气了,似乎有些承认海国乔的指责,和海国乔用友谊和商量的口气说话,说他是有缺点,但是他仍旧说,他想请求老头子辞去有些职务。他说区政府一定妥善解决各项的。

老头子继续骂他官僚,说他已找过区长和区党委书记了,他们支持他;但老头子也有一些心慌,他很留恋他的"权力和地位",他很留恋他的有力的奋斗的人生,从青春时代以来的他所选定的道路。他顽固地不同意。

吴璋便有些感伤。

"你也老了,"吴璋说,"人总要让位于后继者的,你看,后继者走来了,响着他们的有力的脚步声,迎着朝阳,迎着晨曦,充满着他们心灵的是青春的理想,而高举四化大旗……老海老头,你七十三四了,你的一生是光辉的。"他说。

"那不是光辉的。"海国乔说,如果他不能继续奋斗,他便不认为那有什么光辉的。"我不理会你的。"

吴璋便沉默了一阵。他静呆了一下,有着一种清高的感情,但他的心里又出现浑浊的感情了,他的客气又过去了,他说:

"你这样是不行的。你霸道,你老头轻蔑我,轻蔑上级,我的命令你不理是不行的,我是什么人,是上级,而你这样是不行的,你应该让路,滚蛋了。"他说,激动着,快速地划火柴点烟又连烟一起扔掉了。但他这么叫着,他这回也认为是由于他的灵魂的清高。

海老头是有这种缺点了:他不愿退出人生的舞台。他振作起来,说他要干下去的。他说他觉得他并不年老。他又责难吴璋的官僚的思想。但他也承认的,他有缺点,不肯退出。

"当然,我这是个人。不是代表组织来请你退休。"吴璋说,"但我认为你是不对的……你再三地说我是丑官僚,我也有点感怆地承认是这样的了。我想我一定时候也许能改正的。但我为什么是官僚呢?有什么要改正的?你攻击我。"他又大叫着说。

"你再说一句你一定时候要改正的。你说了便要自己想想。"海国乔老头大声说,"孩子,我也有些同情你渐渐陷坑了,你孩子!儿辈!年青人幼稚篡权之徒!"

"你老头,老昏庸!"吴璋说。

老头子颤栗着。

梅风珍走了进来。她说她经过考虑了,她愿申请退休。她痛苦地激动地说,她想,要不要写一个申请书呢,就这样说几句吧。总之,她愿意不干了,虽然她很留恋街道上的工作。她因受刺激而陷入很痛苦的心情,说了话便站着,老头子想,她就像一个旧时代被辞工的女仆似的。老头子愤怒地猛力地推开坐在椅子上的刘棠,让激动的梅风珍坐下了,虽然屋子里还有一把椅子。

"你这是不对的!"海国乔大声对梅风珍说。"你官僚,孩子,年青人!"他接着又向吴璋叫着。

"是也不对吧。"梅风珍说并且笑了,"我是说,……他吴璋推不倒我的,但我怎么一想便也想不干算了,我还有缝纫厂呢。"

"那他也推翻你的缝纫厂的。"

吴璋便冷笑笑。

"你的年龄还不够退休。"海国乔说,他又对吴璋说,"我是说,她梅风珍是不离位置的,你问这地点的各家居民好了。你刘棠来干,"他又对刘棠说,"你行呀,你狗屁!至于我说到你呢,"他又对吴璋说,"你太欺人了,孩子,吴璋。你年青时纯洁些。你年青时也有英勇的生涯之路,而你现在来当我和梅风珍的掘墓人了。我见不得梅风珍这般伤心。"老头说。

梅风珍在痛苦的激动里表现了她的意外的失望,她显出了一时的因失望而来的软弱,她陷进了谦虚的、退让的陷坑。她似乎真地觉得她该退让了,能力不够,水平不高。这功劳妇女现在睁大着眼睛看着海国乔而沉静地坐着。她看见刘棠呆站着。她的谦虚和辛酸使她一瞬间想把椅子让出来,但她也没有。

"你被辞长工了,他们吴璋和刘棠来欺侮你了,辞退你祥林嫂了,你是祥林嫂。"老头海国乔说,"至于我,是阿Q,我有土谷祠,每日飘飘然回到土谷祠。……我跟你吴璋说,后辈年青人,不要太造次。你要知道,我和梅风珍都走过火焰的道路,激流险浪中的道途,然而,"老头子说,"好汉不提当年勇,我海国乔认批评了,有缺点,但是还是要干下去的!梅风珍是这样有能为和深入居民早起贪黑奋斗的居民委员会副主任,你想去掉她?你是卑鄙。从政策上来说,你不对的。"

老头显出了一种威严,在他的床前,又跨着大步徘徊了两下。

"对了,"梅风珍受了感动说,"我也说,辞长工是不对的,当然我们都不是铁饭碗,要让给后来人,可是我这还得干的。我怕你哪吴璋?"梅风珍从过分谦虚中恢复过来了,她大声愤恨地说,"我当祥林嫂?你辞退我?不当的!你刘棠是狗屁!"

吴伐谋到了针织厂的干事。海国乔老头子做了这个提议,党委会也就通过了。因此吴伐便在过年的时候来送礼,酒和点心。老头子退到他的房间里谢绝了他,因为高兴,吴伐还跟李义夫妇送了礼,他们经过考虑送还了他,客气地祝他不再犯错误。这在院子里引起的反响是,管制分子唐兼力在院子里向吴伐买这些送礼,虽然人们不要,也真是生活的负担。做临时工的唐兼力是这个院子里的阴沉的存在。大雪在新年后降落着,李义轮休在家,和唐兼力发生了争吵。唐兼力说话不多,后来是吴伐说话较多。

吴伐因落雪而怀念旧时候,说到纸厂胡同的往事。纸厂胡同通三个胡同,一个很窄小,在这一年年前,继续还有家庭妇女儿童拖着自制的小平板车去拖纸盒片和拖回纸边。人们的身体上坡的地方推车撑成一根杆子和在下坡的地方身体往后倾斜拉着车后的绳索也成一根杆子,一样的奋斗着。吴伐感慨他旧年犯错,同时他说这大雪中他这两天曾经帮助几个妇女在窄胡同里拉车子。李义也经过那里帮助拉车子,他说吴伐夸口了,吴伐并没有拉很多,还在教训人。吴伐说,那是因为那家庭妇女有缺点。吴伐继续说,他的哲学是不错的,虽然他不再犯错了,但是保持着生活里一定的洁芳自赏,和一定的俗气。海国乔从外面转来走进院子里听见这便有些痛苦。唐兼力曾在社会上散布说,海国乔给吴伐升干部是因为吴伐奉承了海国乔,而且送了礼。海国乔站在落雪的院落边上听着。

李义走到了吴伐的屋子里,很有些愤怒。

"你吴伐想问问我的世界观是不是?"李义脸孔有点苍白地说。他是很认真的,有时很活跃。"在我的生命史上,我李义跟海大爹是一样,反对送礼,客气,徇私,俗恶。我这是反对你也是教告你虽然改悔了,却还在宣告你的俗气扬的哲学。"

"你说的这就对了。"吴伐说,"可是,在我的生命史和人生观里,我仍旧认为人生是要几分俗气的。"

海国乔便看见李义出来,到唐兼力的房里去了。李义闯入唐兼力房间不一会又走了出来,便听见唐兼力说:

"我们是管制分子,当然随便任人宰割被查的,在我的生命史和人生观里,我们说过是跟着党走,改悔的,也说过吃吃喝喝的。"

海国乔看见李义又到了唐兼力的房里,海国乔便走过去,看见李义从唐兼力的床下搜出了一台电视机,不知是他从哪里偷来的。海国乔便让李义带唐兼力去派出所。李义不久回来了,又和吴伐进行着谈话,又说到生命史和世界观了。海国乔有点激动,走到自己屋子里又走出来。李义有些沉醉于和吴伐的辩论,他还因为捉了唐兼力而高兴,要彻底制胜吴伐的俗气世界观。吴伐则因为生活的顺利而沉醉。

"我的世界观,是讲人情的,在我的生命史上,有不少的人情,我的心最软了。"吴伐说,"我对哪个都没有负心过。"

"你这是全然错误的,"李义说,在大雪的院落旁站在吴伐的门前,吴伐倒水给他喝他也不喝,"你的生命史和人生观是并不比唐兼力好的,我之所以和你又来争论是因为唐兼力给我刺激,这唐兼力好几天在院子里叫,他又打死了一个蝎子!他的房里是有蝎子,但是是真的打死了么?在他的生命史和世界观里,是有蝎子毒的,他也常说这种人情。"

"那不是那样。"吴伐说,"我是说,在我的生命史人生观里,第一要勤劳,第二要对人忠信,但是第三,你还是离不开人情。"

"在我们的生命史和人生观里,"李义愤慨地说,"我认为往四化去的楼台是安定团结,这也是人情了,但是不是讲庸俗的人情的!"

"那其实没有什么区别?"吴伐说。

"有区别的,你是讲的俗气、市侩,没有理想,不精神文明。"

李义又和吴伐辩论了很久。吴伐情绪和李义一样很高。这是这落雪中这一日下午的事。海国乔心中存在着和儿子冲突的忧郁,这些日子海学涛和他不大说话,又存在着和吴璋的增多冲突的惆怅;刘棠有着凶恶,在街道上和两个没有解决问题的扫地工冲突,说刘勉继续是有着历史上的问题,而陈平没有什么必须落实知识分子政策,而且说他的扫地也不好。因为坚持道理,海国乔在这日上午又和刘棠吵了,而梅风珍叫刘棠攻击得情绪很坏,两天在家中没有出来。张璞在区政府有事,所以他便很忙。他向来想休息一下,碰见院子里李义和吴伐的辩论,李义曾经对于他让吴伐当了干事的情况不很满意,所以吴伐宣称他的人生观有俗气,使得他很有些不安。

吴伐到他的房里来了。海国乔显出冷淡的脸色不答理他的话,吴伐说他在针织厂的工作还好,厂长也说他不错,他想,努力工作下去,他会还是有机会"官复原职"的,他说他这也算平反,因为他是在社会上说出去这句话了,所以他并不害怕在这里说。他说,他希望海大爹党委书记能一定时候再提拔他,关心他。他说,他是有能力的,当了那么久的科长,现在国家是论人才的。

吴伐说着便高兴起来了。

他说,海国乔是不会不赞成他的。他说,海国乔反正是老资格,任用人潦草一点有什么关系呢?他又说,海国乔反正已经老了,譬如说,办的事糊涂一点有什么关系呢。他还说,他海大爹的历史,能力,也还就那样,也不过用功背马列主义和大学国文读书就是了;也没有什么太多水平,不是也一样么。他在谈话里充分地暴露了对海国乔轻视,觉得他好利用,觉得他是糊涂和没有什么能力的。

"这不是很明显的么?"吴伐说,"你说一句话就行了,而你那句话有什么太高的水平呢,你知道是没有的,说人情话,尽人情就是了,无非是你也会混,和区政府以至于上面的干部关系好,你这老爹,平常也有些忠厚就是了。"

吴伐又说,他可能也说得过火了,希望原谅。他说,当然,海国乔是有很高的水平的,并不那样的,那么他刚才的话便是冒失了,他说,因为社会拨乱反正团结安定,这些天他是很高兴的。

海国乔觉得被咬了一口。他觉得自己提拔吴伐是错了,而他不应该这样的。

李义站在窗前听了好一阵了。这时候李义走了进来。他预备说话,吴伐便走了。吴伐很快地转来,拿来了海国乔退给他的酒和点心。海国乔让他拿回去。李义便把礼品塞在吴伐手里推吴伐出去。海国乔在桌前有些发愣地呆坐着,脸色很不好看,他久久地不作声。

李义倒了一杯开水给他。

"年厘了,"李义说,"不必为这些生气,保重身体要紧。"

李义也沉默了下来。因为激昂的心情,因为又一年了,因为觉得海国乔显得有些苍老。李义沉默了一下。

"不必生气,海大爹,这种不值得什么……北京市建设起来了,四化和人民的生活在特步前进着。"

老头子笑了一下,哼了一声,仍旧沉默着。

"祖国和人民不是常说到你的功劳么?"

老头子叹了一口气。

"那吴伐我观察要对他严格,……这也不能怪你……吓!"李义说,突然推开门出去了,跑过落雪的院落,海国乔这也便听见李义一拳击在吴伐桌上的很响的声音,和所发出的咆哮:

"你以后不得再宣扬俗丑,进攻海大爹!"

海国乔走出门来,走到院子里,看看降落着的雪,久久地在院子里雪中间徘徊着,这样来发泄他的被近来生活情况所引起的愤恨。

☆

寒冷的天气,结着冰。陈平去拉一个军事机关和区政府的垃圾,军事机关是掏楼房垃圾道的垃圾箱,而区政府是搬垃圾箱。区政机关的园子叫苹果园,冬天的时候十几棵苹果树光秃着,枯黄的草,和花园的枯萎的花枝在冷风里战栗。陈平忧郁,便坐着拿出小瓶酒来喝;天也太冷,刚才他推着他的和海国乔一样笨的独轮铁车下坡过大街的时候跌倒了一跤。这两个地方,他推了一趟又走了一趟。他这个月轮流到跑这两个地方,优点是收整数的钱。陈平去收钱,在军事机关敲了三个门,第三个门里有人，收到了钱，但区政府早晨阒寂，他敲了很久没有人。他羞怯着，因为军事机关的那干练的军人曾看了看他，大约发现了他早晨喝酒，所以敲区政府的办公室的门的时候他便用手蒙着一点嘴。没有人开门，他又回来在垃圾箱旁边呆了一下。后来他听见人声了，是人们在顶里面开会散了，他便走过去，在楼道里人丛中挤着，找寻办事务的矮个子的姑娘。他挤着和那个人相撞，特别是意识到自己有酒气，他也觉得羞怯。他没有找到那姑娘。他现在是轮到第二回在这里负责拖垃圾和收钱，所以也不很记得清楚那姑娘的面孔。他经过一些热闹起来的门和继续挤着一些人，去敲总务处的门仍旧没有人。他看见廊道里又有人，便不安地退了出来，又站在垃圾箱边旁，他想到他今天约好了去小学看他的未婚妻和中午以前翻译一些英文要被耽搁了。他想争取自己的前程和有作为，心中有英雄的心愿，但又陷于颓伤。他便不再喝酒了，看看小的酒瓶。他又走进廊道又找到楼上秘书室去，秘书室说他们不管，他匆匆走出来又撞着了一个和他同样匆忙的人，那人手里拿着的文件也被他撞掉了，他便道歉，又问那人总务科的人在哪里，又问哪里是区长办公室，因为罗顺民告诉他也可以找区长的，这里总务科常找不到人，那人回答他他没有听清楚，便又转到下面来找总务科了，但总务科仍旧无人，他便又决心上楼去找区长了。

　　他十分高兴地看见区长在低着头办公，他便去收每月搬垃圾箱和扫一段属于这个局的仓库的地面的两元清洁费。

　　区长看看他穿着的粗旧的衣服，听清楚了他是扫地的陈平，便很热烈请他坐下，还又从开水壶里倒了水。区长按着他的肩膀使他坐下，他首先说他是知道陈平是空案没有彻底落实的，他很同情，再便说他很想表扬扫地工们，他们搬运垃圾准时，垃圾箱的周围也打扫干净，而且区政府仓库前的地扫得极好。陈平便庆幸他轮流搬运了几天这苹果花园的垃圾箱还没有敷衍。他羞怯地、忍住呼吸说，仓库前的地是刘勉扫的。热情的区长还问他他和刘勉等怎样区分，又说他分吃海国乔常补扫扫得差些的罗进民的地。区长热情,除了因为陈平是来落实政策的以外,还因为他先约了地方的清洁工来参加开会,他以为陈平是来参加开会的,虽然会已经开了。他热情还因为他这个区的环境卫生是获得奖旗的。区长张威幽默地说,他的性情是喜欢着急的,他是像旋风一样跑地办公的,但这是人们对他的讽刺,其实他也并不这样。他说他热爱四个现代化而且高兴北京市建设起来了,便指着窗外的附近的建筑工程和起重机,他说,建高楼,但也还考虑保留本区的民族风格。他说他今天等了很久海国乔或清洁工的代表了,便问陈平关于扫地和其他的意见。陈平羞怯,因为喝了酒的缘故,想逃开,说他不是来开会的代表,但区长张威一定要他提意见。陈平被热情的区长拖到了秘书处,区长说他有酒气,是喝了酒的,但他随即懊悔他揭发了他,便强调说喝酒也很好!早晨不会寒冷了;陈平便很忧郁。区长张威因陈平喝酒而且做了无意中的揭发而也有些隐秘地羞怯,觉得这个扫地工有痛苦,所以他便热烈地说着话。在秘书处没有呆一下陈平便站起来告辞了,他知道秘书处的请清洁工开会的通知弄错了没有发出去,他说没有意见,他也还满意自己也问了人们对于清洁工的意见。他下楼来预备走了,遇见总务处的矮个子的姑娘找他给他钱,他说他已收了钱了,这姑娘便有些热情地责备说,他这清洁工是一早就喝酒的,但她又站住说,她听说陈平是没有平反的,问对不对。陈平便阴暗地说他已经平反了,这姑娘看看他,又说,她希望他不要介意,冬天清洁工一早晨喝酒,又因为没有平反很落实,是无所谓的。她说,以前有个胖子,好几年前了,早晨来收钱喝得醉醺醺的,眼睛都喝红了。但喝酒自然也不好。

陈平便想,将来她也会说,"以前有个陈平……不高个子……"这姑娘进去了,陈平便又摸出小酒瓶喝了一口,这时候他碰见吴璋进来了,在看着他。他觉得真是"倒霉"。

吴璋笑着说:

"喝酒?"

陈平看看他。

"你是陈平,我当然认识你。"吴璋说,"这苹果树儿棵了冬天了应该保护。你不反对吧,你对很多都有意见,……你陈平对我有意见吧。"

陈平便推动垃圾车。吴璋过来,说他推推看这独轮铁车,便也推起来了,觉得很高兴。"这不难。"他说,但是他又说,他推得还不稳,于是他又推起来,绕了一个圈子。他说,依陈平看,他推得如何,他希望陈平指导他。他显出谦虚和一种得意快乐,他也能推独轮铁车。他是暗中想和陈平较量一下的。海国乔和陈平的独轮铁车很有些压迫他。

他又推起来了,沿着枯草中的小路,推到光秃的苹果树下,又推了转来,觉得很满意。陈平在后面跟着,他距离得相当远,因为怕吴璋继续说到他喝酒。这时候张威区长下来了,吴璋便欢喜地说,他没有想到他还能推这种车子没有翻倒,他真是高兴。他又向张威介绍陈平说,陈平是一个还没有很落实政策的知识分子,扫地还不错,但是他说,只是还有着思想上的缺点,而且很不安心,因为不安心,所以有些时扫地便差了。他又说,陈平过去也是有些环境娇惯的。

陈平便脸色有些苍白,突然说:

"你这个发挥得好些次了,我是有娇生惯养呀,好吃好玩呀,以前当了几天干部是游荡呀,总之是这些。"

"也正是这些。"吴璋说。

"是不是这些呢?"张威便说。

"为什么不是这些呢?"吴璋说。

"那也许是这些吧。"陈平说,便骄傲地拿出酒来喝了一口。

张威同情着陈平。他在这街头看见他扫地好些次了。张威还看见陈平的未婚妻在街头助陈平用小扫帚扫脏。于是张威便说吴璋的话有些过火了。

"也许吧。"吴璋有些冷酷地说,"我们党是久经考验的,我们党不赞成这种青年人。"

"也对,哈,也对。"张威说。便也走过来推了一下独轮铁车,

"这车满不好推的，"他热烈而同情地说。"这冬天早晨的扫地，我觉得不是很简单的。这车子怪不好推的。"他又说，推着车子绕着苹果树转了一个弯走动了。他的灵活使得吴璋觉得妒忌。

"我心中常觉一种怆恍，便是有古人言，市井市曹尚有未落实未彻底平反，便坐毡如坐荆棘。海国乔找过我了，我们区还有个刘勉扫地，人们说他过去尚有言行不清，我知道也是一种糊涂账。"张威说。

"海国乔找你干什么呢？"

"希望区政府办理呀。那刘勉扫地我觉得也是很好的，他曾在区政府我们这里烧冬天的暖气，我的印象他是任劳任怨的，我了解那人是很厚实的，忠心耿耿的。"

"那你便说我不对了，连同对陈平的意见。"吴璋说。

"也是的。"张威说。"你是错误的。"张威有些愤怒地说。

张威便走过来向陈平要酒喝，陈平拿出酒瓶来，他便喝了一口。由于激动和为陈平不平，他便又推了一下铁轮车子，便问陈平对于自己的情况有什么意见。他想让陈平上楼去和吴璋一起谈，但是陈平不愿，说没有什么谈的。

"我是一个并不年青的人了，"陈平说，"也许我这里说的是错误的，我认为，吴璋副书记的权力地位是很难倒掉的，因为你找不到他们的错误，而'四人帮'已经过去了，而我这读过几天大学的是一个懒虫。我羞于看见北京市在建设了。而我这话也没有说，因为我很窘怕吴璋将来清理我。吴璋副书记他是沉着野鸭洼各条街要清理人的。"于是他又有些忧郁地说："吴副书记，我也向你道歉我的过火……不，也不过火……不，还是过火吧。"

陈平便预备去推车子了。这时候吴璋很有些冷静地走了过来，笑着对陈平说，他也向陈平道歉，他希望陈平也给他喝一口酒。

吴璋喝了很大的一口。

吴璋心里产生了一种妥协的情绪，由于张威对他公开发怒，和陈平的怒意，吴璋有些犹豫。似乎是想和扫地工结交、向陈平道歉。他现在觉得他的为人也会是不错的,他不应该陷在阴险的情绪里,他对于陈平穿着破旧的衣服扫地,对于陈平的喝酒,立刻似乎是觉得一种同情。

吴璋作了他这些时来的意外的壮举,他喝了一口酒而面色苍白,向陈平道歉和表示了他对陈平的同情。他还说,他对于刘勉也觉得抱歉的,身为区委副书记,不能助彻底平反,他说他承认刘勉是有一种力量阻挠的,但是正如陈平所说,在中国,这种力量有相当的时候人们是没有办法的。

吴璋说,他也当着区长张威的面说,他愿意陷在一种狭隘的个人情绪里面么,他愿意有时候有些霸道么,霸道是很丑的,他自己深刻地觉得,官僚主义是很丑的,譬如海国乔"老爹"也教训他。他在枯草地上走了两步,他又将陈平的车杆提起来推了一下车子,他说他觉得纯朴的人生是很好的。

他又要酒喝了一口酒。陈平也喝了一口。

"耽搁了你的时间了,我有一些抒感的话,我有一些感触,我有时并不像你们所认为那样的,张威区长你是直爽的朋友,对吧?"

张威说,也是这样的。张威向陈平说,区委副书记吴璋是很积极于各项工作的。

"往四化的征途感人,我们这一区还补充测量多层建筑,我希望有时候对你们改善我的情况,有一回在路上你扫起来灰尘很多我跳下自行车来和你吵了,说你是小流氓似地,那是我的略有过失。我觉得我有一种官僚主义。"

陈平沉默了一下。他对这个人心里又继续着起了敌意。

"吴副区委书记办事负责,早晨巡视各区域。"陈平冷淡地说,觉得不够泄愤,沉默了。

"呃,是这样了,我就说这些,唉!我有一次还骂你是吃白食的,你不生气吧。"吴璋得意的说,便过来和陈平握手。陈平有些窘迫地笑着。

"我好些时搁浅了我的年青时代的理想了,我很想做出我的学问和功课来,但是渐渐地我抛弃了,这是一种异样的滋味。"

吴璋讥讽地笑着,显出一种狡猾。张威看着他,吴璋也和张威握了一下手,他还激动地在枯草地上走了几步。但陈平心情仍旧阴暗,他觉得吴璋对他继续有敌意,而张威区长也不能帮助他。

但当张威区长说,他觉得吴璋说这些总也有一定的检讨意义的时候,陈平也觉得一种温暖。

"你陈平同志有什么困难,我们可以帮助你。"吴璋冷淡而讽刺地说。

"对啦。"

陈平沉默着,然后看看吴璋说,他没有什么需要帮助的。他又重复地说,他也阅历了生活了。他讥笑地说他并不很能相信一些人。

吴璋徘徊着。他是想在张威的面前继续攻击有芒刺的陈平。他刚才喝了一口酒,有所感慨,他的过去似乎还在他心里颤动着。但是他又觉得心痛,做这种庸俗的工作,而陈平这人无聊恶意,不感谢他。他又充满敌意和怒气了。

"我仍然说刚才的话是有价值的。但是我觉得你仍然有不正的作风,像一个小流氓。"

这意外的攻击却使区长张威愤怒了。

"你这样就是很不对了。"张威说。"你吴璋很不对,我说你。"张威心中又涌起羞涩和痛苦,因为他觉得陈平没有什么缺点,而尤其是这般被伤害,是很使他羞耻的。

"我没有错误。"吴璋说。

"你有错误。"张威说。他痛苦地向陈平说:"你不要忧虑,好好地扫地,我们会解决你的问题的。"他说,愤怒地看了吴璋一眼。

陈平便推车出门了。但是这时海国乔扶着刘勉走了进来,后面跟着刘棠。海国乔说,刘棠欺人,在地上泼脏,和刘勉冲突,将刘勉的胸部重击了一拳。

"你们到区政府来,随便就到区人民政府来,我们有什么办法呢,我们这里的问题还没解决呢。"吴璋说。

"我们要来的,跟你解决的!"海国乔愤怒地说。

"我也说我。"张威说,"你们来是合适的。你为什么欺人呢。"他向吴璋说,又向刘棠说:"你为什么欺他刘勉呢。"

张威说得很快,因为对吴璋的愤怒。他便又听海国乔说述了一阵。海国乔说刘棠从胸部击了刘勉一拳,说要他一辈子不得翻身,还说不久要推倒梅风珍和张璞、海国乔几官僚。于是张威看看刘勉,显出了很大的愤怒,他控制自己不住了,便咆哮了一声。区长的愤怒是很大的。

"你简直失却了一个领导干部的涵养。"吴璋说。

但是区长面色发白。

"你简直是陷进极偏窄的主观。"吴璋又说。

"也许对的。"张威说,"但我说我是对的。"

"历年来你有很多很偏窄的主观。"

"我很感谢你的意见。"张威冷酷地对吴璋说。他让捂着胸部的刘勉解开衣服来给他看看。张威是学过几天医的,以前还当过军医。于是热烈、正义、奔忙、陷于情绪紧张的区长张威便对着刘棠大叫了一声:"你打伤了他刘勉!我和你决不甘休!"于是热情、忙碌、忧郁、日常快乐的区长张威便面色苍白地看看附近的竖立起来的高层楼房的骨架,又对着刘棠说:"我和你决不甘休!"同时看了看吴璋。于是激动、感慨、忙乱的区长张威便流出了一点眼泪。他很是同情和高兴善良的刘勉。

"你陷进了一种唯心论的偏窄情形。"吴璋说,"像我有时候也陷入的。"吴璋用尖锐的声音说。

"我并不陷入什么。而你是陷入了,吴璋同志,"他说,"我若干年来盼望着我们的事业的前进,我今天碰在钉子上,这你吴璋同志知道,至少这一点你是知道的。我关心刘勉和陈平的问题,刘勉,他刘棠击了你一拳……他说你永不能平反,我不这样看,我要为你平反。"

"不稳着,说了便不容易办到。"吴璋说。

"但是我要办到的。"张威说,便让刘勉脱下左臂的棉衣来披着,看着他胸部的伤,用手按摩着,又用耳朵听着,又摇晃着他的身体用耳朵听着。

他让区政府的小汽车将刘勉送到医院去。刘勉不肯去,说地还没扫完,没有什么,但是他强迫他去了。

刘勉在医院里敷上药便出来了,他休息了三天,第四天仍然扫地。他休息这几天的扫地工作由几个人分摊了。他这一天和海国乔、罗进民、陈平争执,要他们少扫地,但他们都不肯,刘勉便为欠了别人的债务而忧郁。

人们看见刘勉的勤勉,他下雨和刮风的时候也扫地,比海国乔还多些,海国乔这种时间有时忙街道上的事。他到军事机关和苹果园区政府来运垃圾,推着大的垃圾车爬上斜坡到达垃圾堆。刘勉还在下午的时候有时也出来扫地、拔草。他的没有彻底平反的"反党"的冤案使他陷于阴暗的状态,他的女儿也在小学校里和人冲突而哭嚎。刘勉剩余的问题是几次反党言论,人们,譬如刘棠控告他刘勉在野鸭洼当挂面厂的技师、当豆腐房的组长兼烧锅炉和当区政府的冬季烧暖气的工人的时候都有辱骂政府。好些年的监狱劳改农场、东北开荒的劳动,刘勉变成沉默寡言而异常忧郁的了,以前他则是很能劳动,也很活泼的,他和他的妻子,一个针织厂的女工,也感情很好,而他去到监狱的时候妻子病逝,女儿就由亲戚拖养大了,在他回来的时候曾不愿意认他。刘勉没有说过人们所指控的那一些言论,和没有撕书撕报纸暗夜里贴标语一样,这都是刘棠等人指控他的,但现在这一些言论有的不能平反。正在奔着人生的坦直的前程的刘勉遭了灾难,他也就从一个快乐的、有些逞能的青年变成沉默的、谦虚的中年人了。他会很一些技能,譬如还会裱糊房屋和油漆家具,这是他少年时当过徒工学来的,而且他也好学。活泼的、能说会闹而且常说几句讽刺话的有才能的刘勉现在沉默而呆板地呆着了,他休息的时候呆在墙角抽根烟,而不像以往青年时那样,譬如是如同人们形容的骑上马匹奔跑。他还很谦逊,遇到人们交际便总说几句客气话。但他却和刘棠打过架,虽然这一件他有后悔,他害怕事情。因为打了刘勉和历来错误,刘棠被区政府解除了街道委员的职务了,但刘棠仍旧很傲慢地在刘勉的身边经过,还继续在说挂面厂豆腐坊的地刘勉没有扫干净,然而刘勉沉默着。他进入一种消极的人生境界,怀念他的妻子和早岁的活跃,抚养着他的小学毕业的女儿。他每日自己烧饭和读一本永远读不完的毛泽东选集。人们说他装样子,怕事,但他确也是在那里读着的,不过多半没有看清文字而头脑里想着别的事情,暗自叹息他的青年时。他是很落后了,和谁也不说很多话了,各种事情都觉得负担,譬如区长同情他、派汽车送他看病,他也觉得一种负担。

　　刘勉在冬季的冰冻上扫地,他用铲子铲去豆腐坊挂面厂门前冰上的脏;他用力地铲着,假若走开了想想还不妥,便会又走回来铲着,他害怕人们说他扫地不洁净。刘勉心中痛苦,这也便是为什么人们说他扫地有或缺点他都有些脸红和畏怯的道理了。他每次走过挂面厂都要想到过去当技师的时候,每次走过豆腐坊的锅炉房都差不多要想到自己当胜任的锅炉工人的年代;当他轮值的时候,他每次到区政府来清理垃圾也都差不多要看看区政府的冬季烧暖气的烟囱,尤其是冬季。区长对他友善,当他轮值来到的时候,碰到了总有友谊的表情。今年冬季没有到苹果园来了,他还有些怀念去年区人民政府宴客,这宴会也请他的。

　　又发生这样的情形,他扫地扫过挂面厂,里面又掀出潮湿的脏和菜饭渣子来落在冰上了,他用扫帚刮扫着,又一些摔在冰上了。也不一定是刘棠,人们也有偷懒的,但很多次是刘棠。他不满意刘勉接近区政府,仇恨向刘勉赔偿了医药费,而且他失去了街道委员的职务。他因此增多了泼脏。这次刘棠泼了之后刘勉扫了,又泼了又扫了,两人呆看着,刘勉往前去了,刘棠又泼了,刘勉站下呆看着,犹豫了很一阵,又走回来扫了。

面色忧郁的海学涛正在骑车走了过来,他站着呆看了一阵。

"哈,"他说,"这种挂面厂,这街道委员。"

海学涛并没有卖掉他的父亲的果树林。曹株花的吵架使他稳定些,他在人们注视中和他父亲冷淡地时常沉默地争执着,他在忧郁之中。他和刘棠这一回冲突起来了,刘棠不满意他的言论,认为他讥笑他被撤了街道委员,事实上海学涛并不知道他的街道委员已经被撤掉。便发生了两句争吵。后来海学涛走了,但又站下,他看见刘勉在那里呆站着,因为刘棠又泼脏渣了。刘勉用很低的声音说了什么,便又忍耐地走回去扫了。海学涛便觉得不平。

"我就没有你这么任劳任怨的。"他说。

"你以前要好些吧。"刘勉看看他说。

"也不。"海学涛窘迫地说,想了一下自己的以前的情形。

"这社会上你任劳任怨他就欺你,你就没办法,你看你是不是没办法?现在的社会是这样的。"

刘勉站着看着他,说:"也不一定,也不都是……"

"不都是?差不多了。我以前也是不懂这些,我们便在他们手里吃亏。"海学涛想了一想,觉得自己所说的也不很对,因为善良的、忧郁的刘勉的沉默的痛苦的表情叫他觉得这也不很对。但他的言论也在刘勉的心里产生了一种压力,刘勉觉得自己太受人欺侮了,这刘棠好多次的欺凌,他的多次的忍让,刚才的使他痛苦的折腾都使他很气愤。而刘勉这时候又看见她的女儿已经自己吃了早餐出来,背着她的红书包上学去,快速地从旁侧的胡同走出来而且转弯了。刘勉便坐了下来,两手蒙着脸。他思念着他的创痛,这半老的人无声地蒙着脸呆坐着,但他又因为他的女儿在成长,背着红书包上学去而在痛苦中有着欣慰。

海国乔推着他的扫地的车辆也从另一旁侧的胡同走了出来倒垃圾车里的脏。他走了过来。这早晨有着一种特殊的感染,刘勉的坐着的姿势使他激动,他在和儿子海学涛的沉默冷淡的对立状态里也有着内心的波动,他在这一早晨出来又在口袋里揣着两千元了。他觉得儿子近来好些。他出来看见刘棠叉着腰站在那里而海学涛站在刘勉附近。海国乔很激动于刘勉的案子没有能彻底地平反,他便升起了愤怒的感情,斥责刘棠了。

刘棠冷笑着进到挂面厂里面去了。

"刘勉,不伤心了。"海国乔忧郁地说,"这么一些年过去了,不伤心了。剩下的地我来扫好了,回去休息去。"

"刘勉,回去休息吧,"海学涛说,"剩下的地不用扫吧,有什么扫的?"他带着一种刺激说,说着有些脸红,他继续不满意他父亲扫地,此刻而且不很满意他父亲愿意助刘勉扫地,他想,每日替人扫地,今日助罗进民,明日助陈平,如何是了呢。他便看看海国乔,海国乔便有一种恼怒和痛苦,又想到了自己口袋里的二千元。

"你学涛是上班去吧?"他说。

"是的。"

"是的为什么这街边站着,不怕迟到呢?"

"我想跟你说,你爸爸看,"海学涛走近来,低声说,"你可考虑助我买些什么呢,我分日子还你。"

"那,……不,不谈这个。"他说。

海学涛失望地站着,刘勉便站起来,干枯的眼睛看着前面,拖车子往前走,扫起地来了。

海国乔也有些发呆地站着,他想训导儿子少买些时髦东西,又想指出儿子主要是思想很错误,沉默着,有些愤恨。他在说话有些犹豫之后处在熟悉的内心冲突里了。他想他身为野鸭洼社会的长者,不能教训好儿子很有些痛苦。这时候罗顺骑着三轮平台车过来了,上面坐着小李子李桂兰,戴着缝纫厂新发的白色的护发帽子,两手抱着手臂。罗顺停下车子和海国乔说话,海学涛本想走了,但听见罗顺说话便也未走。

罗顺跳下了车子。

他说他和李桂兰有些冲突,想请海国乔指点。李桂兰便坐在车上继续抱着手臂说,罗顺每日都找不到,他每日在外面修理录音机和电视机这些,赚了不少的钱,但是只告诉她少数。还有,她请罗顺自己说吧。她后悔这婚约,虽然年龄大了,独身也是可以的,她的条件也不差。她跳下车又说,她还长得漂亮呢。人要厉害,各种都要自己说。她正是要罗顺驾着车子来找他海国乔判断的,自然,也可以找张璞。

罗顺说,他是有一些存钱私自存了没有告诉她,很是抱歉,他便很诚恳地向厉害的小李子李桂兰鞠了一个躬。他说李桂兰也是有严重的缺点的,会吵架,厉害。但是李桂兰说,事情并不这样简单的,他罗顺这是敷衍,他不肯说钱的数目。李桂兰再便又说,她听缝纫厂有人说,罗顺在外面又认识了一个女友,听说是别人给他介绍的。她说罗顺本有些嫌她不时髦和文化也差,所以她便想和罗顺就这样算了。他说,还未结婚,罗顺却愈发气势凶了。

海国乔注意到罗顺的头发比以前长些,有些很有自信,而且留了一点小的胡须。

罗顺说,他并没有女朋友,那是误会了,坦白地说,她李桂兰思想有些封建,她要求各事都照旧的规矩,给她多少钱,买多少被褥和器具,还要亲自找人沿大街抬来。

李桂兰说,这些她也是可以让步的。但她可不让步她要罗顺一开始给她蓄存二千元这一条。李桂兰说,女人容易老而能力就那些,……但她又说她缝纫厂工作的能力很好,而且又说她也长得不错。

"你应该想想,人生是一条生聚之路,我们市里的姑娘也不求浮华,我是重视诚恳和信实的。人生有痛的时候,不管今天的新时代,我们要事先亮明有规矩,有积存,有信守,而我心中是热情和诚恳的。也不要多图利益赚钱,钱是是非场,钱多了也有危险,有人丧生。"她说。

"这说的很对。"扶着自行车的海学涛说。

"谢谢你海学涛哥助我一句。他罗顺是不是隐瞒了我有一个时髦的女友呢。我们不穿那种小裤管的。"

"罗顺你说呢?"

"她远远看见的是一个朋友的女朋友,托我买东西的。"

"托你买东西的怎么那样笑法,又在你肩上打你一巴掌呢,背着皮包,头发有两尺长。"

"也没有这么长的。那是王庆真的女朋友呀,请我助他修半导体的。"

"我不知道。我请海大爹帮我判断判断。"

"你怀疑那就算了。我和你,本来也有条件不合的。"罗顺说。

"那我们就算了。就是说,就各奔东西了。"

海国乔便说,这事不能这样。现在也谈不清,等下扫完地,到他家里去谈。但是罗顺说,也没有什么谈的,海国乔便说,据他的观察,罗顺这人还是诚恳的,不至于有另外的女友而不说。但是小李子李桂兰说,罗顺共有几次了,说她笨,思想也不行,考虑不想和她继续了,她也不问他有没有另外女朋友,但不想和他继续了。她说,罗顺重视时髦,心中有着钱,没有操守,而她还是有技能,也会做家务的。

"有点冤枉。"罗顺说,"但是我想也这样算了。"

站在一边的海学涛便叹了一口气。而这时也扶着自行车站着的小学教员,陈平的未婚妻孙美兰也叹了一口气,她站着听了一阵了。她是来找陈平的。

"我觉得不必要这样。"海学涛说,"我觉得你们是蛮好的,互相就相差这么多么?不过真要是搞不好,哈!也可以差距大呢。"

"也没有相差这么大。"热心的孙美兰说,"我时常这街上碰见你们,我觉得干电视修理这些还有摩托车修理行我看见你罗顺一向在修车,我是佩服的。我觉得罗顺是肯奋斗的。就另一面说呢,你李桂兰也是很好的。李桂兰一回曾在缝纫厂门前帮忙他陈平扫地,陈平没有扫干净的她很客气。"

"那我们就分手吧。"罗顺说。

"那就分手吧。"小李子李桂兰说。

"这不好的。"海国乔说,"不许你们随便这样,罗进民也不赞成的。你们问问大伙的意见吧,譬如他这位陈平的未婚妻刚才也说了,譬如他陈平。"

陈平正推着铁车从横街过来,在归纳着他的一个垃圾堆。小李子李桂兰便走过去,问陈平的意见,她说,陈平扫缝纫厂门前她熟悉的,再则,他是大学生知识分子,也看看他的见解。罗顺也表示赞成。

罗顺心里有着一种动摇。他看见李桂兰坚决和他闹便又有着一种眷恋。但他眷恋着仍旧又觉得李桂兰不时髦。

"我说你跟她李桂兰是可以的。"海学涛说,"时髦并不算好。"

海学涛这次的话使海国乔有些满意,他便也说,时髦无所谓好不好,要看怎么看法,而三心二意是不好的,小李子李桂兰虽是有些缺点却是忠厚的妇女。

陈平听着李桂兰的叙说,他说他听罗进民谈过一些。沉闷的陈平听着便慢慢走过来对罗顺握手,说,他是很佩服罗顺的,他风里雨里地热心他的事业和热爱现代化,他还佩服罗顺会骑摩托车,但是他觉得像这样和李桂兰冲突便不好了。陈平显得热烈而有些激动,并且意外地他还觉得一种社会的快乐;他熟悉这些人并且知道他们的事,他们的忠实、希望、奋斗与缺点。他热衷地听着小李子李桂兰对他的讲述,他看李桂兰很自重,她说她坚持她的想法,家庭要有规矩,而她也做家务事的,她反对罗顺的游荡和对她不公开,私存钱,但罗顺却和她闹了,她也就不在乎了。她显得很伤心。陈平对罗顺说过之后又对李桂兰说,他看他们是很好的婚姻,他热烈地说这是很好的婚姻,他说他希望罗顺让步,他热烈地说,他也希望李桂兰也让些步。

"我觉得你是诚恳的人。"陈平又对罗顺说。

"陈平这说得对。"孙美兰说。

"你们真这样觉得？那么我感谢你陈平。"罗顺说,"我像你热爱你的理想一样热爱我的事业的,我不想很妥协的……当然,也可以妥协。"

"那你这么说便很好了,我也可以妥协的。"李桂兰激动地说,"我年龄也不小了,我也愿结婚。"她说,突然哽咽起来,眼泪流下来了。"我也愿让步譬如他罗顺每日回来,但我是不让步他男人存私钱。这种男人危险。"

"我也想你让步这,你让步要我结婚后每时早回来的,早出晚归,因为我事忙。……"

"我觉得你要给我面子。我也愿让步你男人有许多交际,但不能过分。"

"那也是的,我很谢谢你了。"

"那你男人存私钱呢?"李桂兰说。

"那我……让步吧。"罗顺说。

"你是冷静考虑了吗,小罗顺？你就要做到。你这满城飞的,你考虑便很好。"海国乔说。

"我还要你承认我的优点。我要你当众承认。"小李子李桂兰说,看着在周围站下来的行人,"你当众说,不是一时的刺激,你冷静想,承认我的优点,我也是有一定的强硬的。"

罗顺沉默了一下,面色有些紧张。他要决定比较重要的事了。当然,他已决定了,他便说:"好。"

"那么你承认。"

"年龄合适。"罗顺说。

"你三十二三了,我二十八。"小李子李桂兰说。

"经济也合适,你有技能在缝纫厂,三十七一个月,明年或可以又加一些。你很负责,品德好。"

"你说的？我厉害呢。其实我不厉害,我也厉害。我对你忠实。你还要说,我还……长得还可以。"

"也是的。"

"你不可另谈另外的时髦的女人。"李桂兰说。

"那是当然的。"罗顺说。"决没有的。"

"那就行了。"海国乔说,街道的人们便笑了。

"我觉得是这样的。"明朗起来的陈平说,"你们从优点看。你们各人都是有优点的,他罗顺放弃些个人存私房也是应该的,要尊重妇女。"

"谢谢你说了。"小李子李桂兰说。

"这事我来说了。"扛着扫帚来到的罗进民说,"真也不丑,街头议条件,我说你罗顺,——我赞成海大爷的。赞成陈平说的。你对小李子存私钱就不对,我做父亲的说。"

"那是这样的吧。"

"我还是很同情小李子的。你优势太多了,现在是你的四化的时代,你要对她好。"罗进民说。

"这是对的。"陈平说,还带着一种严厉的表情。

罗顺便跳上他的平台车,小李子李桂兰便坐了上去,拉了一拉她的白色的护发帽。车子便踏动和很快地转弯,如同罗顺的性格似地,激烈地震动着,在胡同口的雪地里阳光下消失了。

"这家伙!"罗进民感叹和讽刺地笑着说,"这小胡子长头发带着他的小李子走了,可是也不简单。哈,这样驾车子,这时代这种青年,可是也不简单。"

"他们是也有对的。"陈平老成地说。

"我也说这样……"热烈地望着三轮平台车消失的孙美兰说。

☆

人们在纷飞的小雪里铲着土,居民委员会的街道委员们由主任张璞带头在铲着街道边堆积的黄土。在北京继续建设环行大路和立交桥,第一批大的楼房建筑继续着这时候,有着一些街道委员会的奋斗,人们整理着街道,清除淤积的废物堆和泥土。这纷飞的雪里的街道委员们和一些积极的居民们的铲土,是白勤芬女医生难忘的。铲土的工作虽然不是那么兴奋,但是这劳动仍旧是勤奋的。白勤芬第一天下班回来没有参加铲土,她站在路边上呆看了一些时,她看沉默的老头海国乔铲得很多,老头子有些莽撞地劳动着,而居民委员会主任张璞也很努力,并且被撤除了街道委员的刘棠也在铲土,吴伐和管制分子唐兼力也在铲土。白勤芬轻轻地叹了一口气,对这进行着的勤奋,但也显得有些疲劳的劳动有些感慨,便是她在'四人帮'的时候铲了不少土,而现在,她的生活又到了转折的时期,她和她的朋友谢荣珍去到河北保定乡下服务了一些天回来,又忙碌地度着她的岁月了;去乡下是给农民做体格检查工作的,除了做卫生宣传,医了几回病以外。她很怀念那夏季,现在是冬季了,她觉得时间容易流逝。她这些天收到她的离了婚的丈夫蔡豪的表示改悔的信,她还从谢荣珍的信知道和蔡豪一起的她的朋友和蔡豪的朋友都说他改正得不错。谢荣珍在信中劝她可以考虑同意蔡豪的要求复婚。但是她不同意,心情冷淡;但是她却有很多感慨。她便在这落雪的、星期日的下午很有着一些感慨地在看着居民委员会的掘土的有些散漫的劳动了。细致的女医生也想到她也算积极分子,和奋斗的海国乔很友好,也和张璞梅风珍是朋友,她也应该参加一下;她便回到院子里向范莲英老太婆借了一把铲子,出来参加了。这散漫的劳动人们谈着话。北京市在建设起来,继续进行建筑三环箍的大路和美丽的立交桥,竖起了雄伟的高楼和新的建筑的骨架是令人兴奋的。在这时候,人民中间的情绪是不知不觉地钱别旧时代,和展望着未来,渐渐地北京便会是也保留着民族的风格的新的现代化的大城市。然而,濡汗、兴奋的劳动仍旧是有时有着忧戚的,旧时代的伤口平复了一些了,有些平复很快,但有的却还在痛着。白勤芬在铲土时对她旧时的离婚觉得忧郁。她的丈夫是在'四人帮'的时候被风吹走的,变得吃喝玩乐而且很恶地势利起来;但她和他最初恋爱、结婚的时候他们感情是很好的。女医生沉浸于事业之中,而且于创痛的发作中在医院里努力工作,这个夏季便又和谢荣珍到乡下去。现在她来参加铲土了。

她用眼睛估算了一下淤积于街边的黄土的数目；是不少的，阻碍交通和不好看。她靠近张璞掘着土。张璞是在她的忧郁的心情之中，因为她上午在区政府和吴璋冲突。吴璋不给居民委员会一笔钱，吴璋还继续仇恨骂了他的梅风珍，想到撤掉梅风珍的位置，而譬如再推举刘棠。吴璋觉得刘棠不一定不能恢复街道委员的位置而且升级。张璞便有一点想不干了，去当小学校长去或中学教务主任去，但她又想到野鸭洼也是值得留恋的，而且事情总有人干。在掘土的工地上，发生了不愉快的事，罗进民和梅风珍冲突了，梅风珍说罗进民老单独干，不听她的意见便装车推车子。她担心车子被推车的刘棠弄坏，而且，刘棠说，推车子是一种"把式"，使她愤恨！但罗进民也来乱推车了，而且也说是"把式"而同时很懒散，不一会便扛着铲子走了。梅风珍不作声，张璞便生气。雪继续纷飞着，梅风珍用力地掘着土来鼓舞人们。张璞却暴躁，人们说张璞骄傲，她便叫一个看掘土的小孩叫了罗进民来了。她说，这事是这样的，罗进民是扫地工，有这份掘土的责任的；罗进民以前还是街道委员呢。罗进民便有点认错，恢复了掘土。但是张璞继续着批评他，首先说到车子，罗进民便说张璞是官僚，张璞于是愤怒而且很痛苦了。

　　"你有意见，到一定时候你来说便了。我是考虑意见的，"张璞说，"我就是官僚，不满意你的这些情形。"

　　"情形，没有什么情形吧。"罗进民说。

　　"情形便是你不做好工作，扫地。你是有能耐有时表现还不错，地方上也器重你，可是你却不是很够标准。"

　　"什么标准呢？"罗进民问。

　　"工作做好。"

　　"我没做好么？……"罗进民脸色苍白的说："也罢，我怕你，我说你官僚，那我错了。"

　　白勤芬看看周围的人，大家都沉默着，她觉得有些羞涩。她便说："罗进民不吵了，张璞主任说你也是有对的。"

　　"哦，"罗进民说，"我就全错么，不公平。"他便走开去掘土了。

于是大家便沉默着。白勤芬有些激动,但过了一阵罗进民又走了回来,他说:"白大夫,我也有些错了,脾气不好。"

"那倒没关系。"张璞说。"不过你得很好地改改。"张璞突然变得严厉,说:"你说我这居民委员会主任不够格什么的,我也问你。你不想干我还不想干呢。"

"不要说了。"白勤芬说。

"你老罗进民这样不好。"海国乔说。

"那我就认错了。也是不好。"罗进民说,"张璞主任不生气了吧。"

"那没有什么。你不是让我的吧,说我妇道人家。你不是说梅副主任不够格,她梅风珍副主任很难过她跟不上时代了,但我不这样看。会不会隔些天便有吴璋辞退祥林嫂?来个人说,梅风珍梅风珍,你看着我来干,譬如说派他吴伐干。她梅副主任什么事情不对呢,你罗进民便是那回缝纫厂一台缝纫机失窃记她的怨恨的。你说我是她也是官僚,那缝纫机的事,派你去报派出所时没有对你说客气话……再有你到底为什么说我是官僚呢?而这几日梅副主任很伤,我很伤,针织厂开水炉子差一点着火而挂面厂的棚子倒了,而且我恨极了托儿所失窃了晾在院子里的被盖……"

"哈!"刘棠说。

"这本是不容易的,居委会的事情是难办。"吴伐说。

张璞目光闪烁地看看刘棠和吴伐,她突然颤抖着,把铲子插到黄土上,发怒了。她说,他罗进民骂她是官僚和攻击日常负责的梅风珍,她是很难堪的。她也不怕丢脸了,一个居委会主任还有点文化水平的在这大街上恶叫。她是想罗进民有所改进而刘棠这些人放弃他们的丑恶的行为,吴伐这些人检点自己的腐败思想,但她却不成功,她仇恨人们攻击她,她为管不好这几条街的事而痛苦。她还要说,——她看着沉默的刘棠说——她特别仇恨腐败与丑恶的行为。

"我也是这样说的。"海国乔说,"不过你不要这样伤心了。"

"但是我是没办法的。面对这一些丑恶的人,我有办法么?针织厂没烧起来,而豆腐房里面又有夜间没熄好火烧掉了职工几件衣服,而缝纫厂的原材料也不见了一些。冬季防火防偷。还有,你刘棠欺侮刘勉。我就对付不了你么?"

张璞面色苍白地大声啸吼着说。随即她跑过去夺下了刘棠的车子,将土推往后街的坑洼和墙边去了。不一会她回来了,继续大叫着:"我就对付不了你们么? 好了,雪下大了,休息。"她望望梅风珍,说。

张璞在雪里坐了下来。

"我这像个居委会主任么?"张璞望着白勤芬说,笑着。

白勤芬把她的离了婚的丈夫蔡豪的信拿出来给张璞看。她的离了婚的丈夫写的是"亲爱的白勤芬同志"。信中写着他已经收到了她的又一封信。他表示改悔和他的同事之一证明他改悔的信得到了她的回信的赞许他觉得很感动,他回信之后现在又收到第二封信,他说他还为了她的这回信里的一句感情的话所激动,便是他继续表示改悔,回顾他的过去,她回答他说:"假如他没有犯错误,他们之间的感情会是很好的。"她还说,她很怀念过去。他还说到他作为建筑工程,在广州,他最近的建筑工程设计被录取了,而一两年前的一个没有被录取,工作不好。这中间是一个老同学的帮助,几个同事的帮助。他现在时常回忆及过去几年他陷入的深渊……。他说,他跟着"四人帮"飘走了,吃喝玩乐,夺权爬地位,以至于有一个所做的工程一部分坍倒返工。现在他这"迷途的羔羊"想要回来了,希望她"收留他"。

"他写的信是不是虚伪的呢? 我看他是改悔也是有的。"白勤芬说。

张璞在雪里拍着衣裳上的雪说,她也是这样看的。张璞说,她跟蔡豪几年前常常碰到,他是聪明的,而且一直有着年青人的活跃的气质,也爱交际,她还对他有着一种好的印象,觉得他很忠厚,可是后来却变成错误的了,那一段在街上便也没有招呼她。可是这中间是不是有值得研究的呢,便是,根据她的理解,蔡豪是最初没有那么错,而是两人吵了,而他有一种错综的自弃的心理,因为离婚是她白勤芬提出的,而他是潦草地赞成的。

"我跟你说,这是这样的,"张璞说,用着妇女们谈心酸话的亲密的姿势,在纷飞的雪里便对着白勤芬的耳朵说,"我认为可能是有这种心理,我见识过,⋯⋯你研究研究。"她亲密地说,显然她受了这件事情的感动;她也为白勤芬的离婚的过于决断得快而有所遗憾。不过张璞日常给白勤芬的是刚强和爽快的印象,这种谈天的亲密是属于少见的。张璞在白勤芬的离婚这件事情上觉得一种遗憾,因为她坚决觉得蔡豪是一个偶犯错误的人,要面子的人,而白勤芬女医生,虽然是很温和和温柔的,却是事业心太重了。还有,当时的那种环境和情况,蔡豪有些陷入"四人帮",有两次过左的攻击了白勤芬,而白勤芬和他的朋友们被"四人帮"所谋,憎恨"四人帮",那是也像火焰一般的。张璞在这件事情上过问过,但是她没有来得及劝阻白勤芬。由于内心的对市侩和俗恶的仇恨,由于女医生的清高,由于从这些而来的荣誉心,为了表白自身的内心的纯洁,白勤芬便做了她的决定。她是抵抗"四人帮"受着苦而不妥协的,被关在洗衣房里洗衣服。她说,她知道,蔡豪曾经来帮助洗一回衣服,她骂他过分激烈,而他也过左地攻击她两句,而她张璞那次是被罚扫地,街边听蔡豪说到白勤芬不满意他。她曾来劝阻却也迟了。⋯⋯张璞是一直参与着这件事的,这便是张璞对白勤芬做着妇女谈亲密话的姿势的由来。"我认为你,这件事情,你要考虑考虑,你考虑考虑吗,像我呢,"她说,"也和我那丈夫为了死了的花钱多的儿子而吵过架,他男人忽然有些小气,而我那时也有些浪费,你知道,也是吵架⋯⋯谁家没有这种事呢?"她接着又对着白勤芬的耳朵说:"祝你的蔡豪有浪子回头,你孤寂的生活也是不好,在医院的走廊里叹气。"她拍打一下白勤芬的肩膀,说,手攥拳头,徘徊,说:"这个病人到底怎么决断呢,动手术呢,还是打针理疗什么呢。这种,我听你讲的,单是这种生活,还做关于心脏的论文,也是有缺点,你这朋友。"张璞说。

白勤芬想到张璞像媒婆似的,笑了一笑。

"你这样谈话我很少见到。"白勤芬说。"你是刚强者,我认为。你是这样说到他蔡豪?"

"我对他有好印象的一侧面。怎么样呢?也许不对,我觉得他是可以浪子回头的。"张璞亲密地说。

"你们两个说些什么呀。……"梅风珍说,于是白勤芬便把信给她看。但她说,她不看这很小的字这多了,文化不高,她已经听懂她们谈什么了。但事实上,她总回避看别人私信。

"怎么呢?"张璞说。

"我觉得挺是可以的。白大夫本是可以计量的。"梅风珍说。"有些人便是这样,后街的王谋,不是女人四人帮打散离婚又回来了。"

"那则是不行的。"白勤芬说,忽然流泪,眼泪落在地上她仍然站立着不动,梅风珍便把自己的手帕拿出来,而且替她擦着。

三个妇女在雪中做着亲密的动作,谈论着这年代的家庭和爱情。梅风珍说不止是后街的王谋,还有横街的老洪家,女人等她丈夫十年苦役。还有斜胡同的钱家则是惨些,女儿也不认父亲了,他那女人在他被"打入反革命"时离了,现在平反了也不回来了。但"大学生陈平"的未婚妻很好,等了他十多年,"依然故旧",在小学里弹琴唱歌也教音乐。张璞也说,这年代,这种事情是很多的。正义的人的纯真的人性也在这中间显露了出来。这些条胡同和次等街道里,纯真的人性和黄金般的良心,为祖国事业奋斗的人是不少的。

"我可以同情赞美他蔡豪的改悔,但是不能再复旧了。"

"你在医院走廊里徘徊想到这,做这种决定么,"张璞激昂地说,"我是在我的衙门的两间房里徘徊着,想着我该不该给我二儿子一笔钱呢,他也还是用功的,和他的女友也都纯朴,所以我便背着我的那丈夫给他一笔钱,但后来我很忧郁,因为他们吵翻了,但我也快乐有一回手舞足蹈,因为他们又和好了,而且工作

247

也有成绩。"

"家庭也没什么意思。"白勤芬说。

"我家那口子军队里则是老不回来,过年也不回来。"梅凤珍说。

"麻烦死啦,儿女长大,心中惊慌着他们不要犯错不要走歪路,但现在的青年许多也还是不错的。"

"你经过患难有幸福。"白勤芬说。

"我真是也有点幸福。"张璞说,"所以我就劝你白勤芬可以考虑你的蔡豪。……我跟我的二儿子说:你假若是七八十年代有为的青年,你就要拿出成绩来。"张璞大声说,"我也支持你的奋斗,但你如果头脑里尽是金钱观点,那你便不要来见我,我给你这些钱你买你需要的,譬如录音机吧,但我是要考你的功课的。"张璞说,激昂着,因了和白勤芬亲热和由于下雪的快乐,威严地在盖上了雪的地上走了几步,雪上有些砖泥土。"我那男人呢,一回害忧郁病了,来信说他不想当这个副局长了,医生检查他有肺气肿。我后来去上海一次他又说有肺气肿,但是最近他来信医又说他并没有肺气肿了。我便也很高兴。我也平复了大儿子的死所给我带来的创伤。我希望我也能为你白勤芬而高兴。……你要放弃一点清高思想。"她对着白勤芬的耳朵像亲吻一样亲热地说。

后来,这快乐起来的居民委员会女主任张璞——如同白勤芬内心所描写——便拿起地上的她的铲子又铲了一铲土摔很远,扛着铲子走了。这个动作,白勤芬觉得,她仿佛是摔远了她的大儿子的死所引起的创伤。

白勤芬回到家中去……深夜里了,外面寂静着,院子里铺着洁白的雪,她写完她的这几日的日记记事,和写好回答蔡豪的信,便睡下了。

这时候院子里响起了脚步声,往女医生的门前来,正如同谢荣珍曾突然来到一样,她白勤芬的离了婚的丈夫蔡豪也突然来到。白勤芬的写好了的给她的蔡豪的信里,她没有办法和不愿意和他恢复关系。蔡豪来到,他所抱的心情是她或者会接受他的改悔和感情,因为他觉得他有些走到绝路了。他内心里想追悔他的过去,激动起来的想再追求她成功的念头,连着继续改悔的善良的愿望在他心内煎迫着。他觉得他旧时候除了错误外还骄傲,被她骂得有些伤心,她显得十分清高,他便很快同意和她离婚了。她的清高的形象在他心里随时和他的傲慢冲突着,他觉得他是漂亮的男子,她到底不过是一个女人,没有什么。他轻视她,他还有时觉得她软弱可欺,而当他发觉她轻视他的时候,她又使他觉得她过分骄傲。他有一次的后悔,他离异了漂亮的有能力的妻子,但他的虚荣心也在这里,他去遨游广大的世界和欢喜他的"新的生活",追求了地位;没有机会再结婚,便在这落雪的夜归来了。他这样想:他归来了,他的心很沉重。这一年来他有很多的懊悔,感到了他的错误,主要的是自己失却了有价值的妻子,自然,他正是想到,他的思想是有着错误;他带着一种凄伤,心中也似乎恢复了原有的对生活的忠实,用起功来。他想,小蔡豪在这动乱的时代迷了路了,小蔡豪变成不忠厚的了,小蔡豪在大学的时候和后来是忠实的,也对妇女很尊重,但在这动乱时代变坏了,这也是他写改悔的信给白勤芬所用的形容。蔡豪出生在老干部的家庭,这老干部夫妇生了的儿子蔡豪到了结婚以后产生了一些傲慢了,变成不忠实于父母的道路的花花公子了,逐渐形成的异化的情况使他对白勤芬很错,有时还很左,然而他又随着时代的进展从这异化转了回来,使他转了回来的重要的关键也还有他的当到部长的父亲的逝世,生前的给他的信有责备他的过左、丑态,伤害白勤芬,并且说这于他是痛苦的。他的母亲也告诫他这个,蔡豪是很同情他的半生辛苦,害着一些病的勤劳的母亲的,所以他也就写了给母亲的信说到他要改悔。对白勤芬的态度便成为对他的考验了。他想报效他母亲于晚年,争取改正,这样,他便觉得他的在动乱时代的过"左",激昂,欺人,抓权力升级,是丑恶的了。各时代的一些有缺陷的男女有他们的虚荣心,那年代的过激是蔡豪的虚荣、荣誉,于是他也就打击白勤芬,面孔苍白地、激昂地攻击她,但后来他吃喝还有些懒惰,曾受了他母亲的责骂,所爬到的位置又被摔下来了,这样,他和白勤芬离婚的时候便也有一种软弱的心理,觉得自己跟着"四人帮"也未见有错。但这种软弱远非主要的,他自己后来想到,他内心仍旧是过激而想在政治上获得地位。他当"红卫兵"队长。……渐渐地时代又把他移入异化,而似乎将他抛弃了,人们提倡技术,而学工程的蔡豪在这上面没有成就……他便很痛苦。他在他的房间的地上对他的父母发跪,默想着他的沉痛的错误,他这一辈子人他怕是被毁了。他在给白勤芬的改悔的信里也说到,他也向她发跪,有一次是十分钟。但她不相信他。这时候,重新追求坚贞于自己的事业的白勤芬成功差不多是他唯一的精神的出路了。他甚至觉得他的离了婚的妻子是伟大的。他的剩余的虚荣心也似乎归结在这上面了,他有一封信说,他对人生已没有什么了,除了她以外;他又在一封信里说,她如果不接受他的改悔,他便不愿活了,他真的似乎是走进了这狭窄的巷子似的。白勤芬读着信,认为是不很诚恳的;带着他这种迷恋过权力地位的男人的很不诚恳。但她也觉得他还有着忠实。这是十年动乱之后的家庭的戏剧之一。人们在这里起来了新的旁阶,开始了以巨大的复苏的精力和后一辈人的奋斗为杠杆的大的建设的时代,想谋取他们的新的路途和恢复旧的奋斗,回到稳健的道路上去。人们心里饱含着希望也埋藏着旧的岁月的痛苦。人们瞥见前途的光明也颤动着旧的惊悸和藏着遗留的痛苦。……走了他的虚荣和苦恼的道路的蔡豪回到清高的女医生的院子里里来了,在落雪之后的夜晚,蔡豪说,他归来了。但他的心里是惊悸的。

　　白勤芬听不出来这敲门的男子是谁,因为蔡豪的信里并没有说他就要来到,她开了灯,披着衣服,走到门边听清楚了一些似乎是蔡豪,他也说着他是蔡豪,她把门开了,看见了提着皮包的蔡豪,便愤怒地、突然地又把门关上了,拴上了,而且用身体顶了一下,急忙穿上披着的衣服。女医生原也是穿着还严实的衬衣睡觉的。

沉默了很久。

蔡豪又说了一声:"喂!"又沉默了。白勤芬有些战栗着,心中升起了复杂的感情,其中也有着一点死灰里的火烬一样的,希望着从前的蔡豪,希望着那蔡豪回来的恋情。

"你来干什么?"她问。

蔡豪说,他已在信内说明了。他忍耐不住,心中火焚似地焦急,便来看她了,希望她不要拒绝他。

屋子里沉默着,不开门。白勤芬呆站了一下,内心纷乱,便走到桌子边,将窗帘拉开一点缝,看着外面的蔡豪的影子,她觉得很恨。她又觉得这个动作像她的少女时代或小时候好奇地看外面似地。她已经历了风霜了。她决心一个人生活下去了,她不应该,也不会心中起来恋情,她觉得似乎是受了屈辱。她又在钥匙孔里看着,想看清蔡豪是什么模样。继续沉默着,蔡豪呆站着,很惊慌,假如她不理他的话,他觉得自己很丑。他原来想,假如她不理他,他便只好到他母亲那里去或回去了。但他似乎有些希望。他的心中燃烧着一种恋情。然而他又想,他只是要求她接受他的改悔。他只是来表达改悔的。

"你到底是谁?"寂静了好久之后,白勤芬问。

"我是蔡豪。"蔡豪战栗地回答。

"你是蔡豪。蔡豪到底是谁?"白勤芬又问。

白勤芬冷酷。蔡豪感到尖锐的痛苦。

"我是悔恨、错误、改悔回来的蔡豪。"他说,"只是来向你改悔的。"他又补充说,觉得一种对白勤芬的尊敬,显出他的老实。

"你再说一遍。"她说,虽然她知道他是改悔了,但是他的来到却使她受辱似地,他的来到又使她起来了旧有的愤怒。她战栗着,处在一种异化、奇特的情境里面,不承认他的改悔了。

于是蔡豪再说了一遍。

"有这样的蔡豪么?"她问,对于他的"归来"两字,感到屈辱和愤恨。

"有这样的。这不是么,我是蔡豪。改悔的,从此改过的,永远崇敬你的蔡豪。"

"有这样的蔡豪么?"白勤芬继续冷酷地问,"有那么一个蔡豪,他不是说,女人是溺水!女人是没意思的生物……"

寂静着。

……

"那是以前错误的可恶的蔡豪。"

"你不是说,革命是铁面无私的,你这个蔡豪不是说,到女人那里去,勿忘记带鞭子,又说,你是最革命的而过去有个白勤芬是一个目光短浅的、右倾的、丑恶的女人么?"

"唉。……那是那个蔡豪。"

"是那样么?"白勤芬说,沉默很久又说,"有那么一个白勤芬么,哭了两回的,也几乎承认是右派的,是个人专利的,有么?"

"请你……"

于是是长时间的寂静和沉默。灯光在白勤芬的屋子里亮着。突然的灯熄了,房内有窸窸的声音又寂静了,白勤芬还站在那里,这蔡豪也感觉到,这过去有些柔弱,曾经有一次让他将她一巴掌推到地上的白勤芬。白勤芬痛苦地战栗着,但她决心不开门。

"请你把灯开了,我是蔡豪。改悔的、改正的蔡豪。"

好久之后有幽静的回答:

"没有这样的蔡豪,也没那样的白勤芬了。你虽然改悔也还是旧时的死去了。"

"你不承认万事万物的变化而进展的。我是真诚的改悔了。"

"你明天再来。不。你不需来。"

"开门吧。开灯吧。我和你谈。"

白勤芬在黑暗中站着,想着,像她小时锻炼自己在黑暗中站着。她现在不懦弱。但她又想到蔡豪的信,又想到他的在门外的诚恳的声音,便有些心软了,又从目前的异样里移入旧的情境,或者说,从这多时以来的异样的状态里回来了,但她又感觉到一种奇特。似乎恢复婚姻也是可以的,人们也这样劝她,但她要冷静,她想,她要不客气,也要能杀才能生。

"你说你从前说过什么话?"她说。

"请你开开灯。"

"你说。"

"我说革命的洪流是要把你白勤芬洗刷得一丝一毫也不剩的,你女医生,想当著名的人物的白勤芬,你女人是没有资格著名的。"

"还说过什么?"

"请开门吧。"

"你说。"

"还说……但你今天著名了,我看到医学杂志上你的论文。请开灯吧。请回忆我们一起也度过美好的时光。"蔡豪似乎带着一种幼稚,说。

"你是什么人?"

"我是蔡豪呀……哦,红卫兵将领蔡豪。'文化革命'的一群众。丑恶。"

寂静着。

"你开灯吧。"蔡豪说。

白勤芬把灯开了。她决定驱逐蔡豪。

"你改悔了,我也有些相信,但我们过去关系完结了,那是不会回来的。你说你只是表达改悔的,你已表达了。你走吧。"

灯又熄了。有凳子响动的声音。白勤芬坐着,突然心里有燃烧起了一点爱情的火焰,她觉得人是会犯错,也可以改悔的。而蔡豪也是改悔了。她从相当长期的异样的情境里转回来了。蔡豪是她过去的有感情的丈夫,他还是老干部的后人,于是她心中战栗着。但是不,她不妥协。她又回到了她的独立的、孤高的心境。

"你是蔡豪,你听好,……我和你过去是过去了。"

"是这样的。"蔡豪突然忠厚地大声说,"我是来表达改悔的。"

"那么便对了。旧事过去了。"白勤芬说。

蔡豪听出了她声音里有些颤栗。

"你当然对。我便去了。……"蔡豪说,但他随即说,"不,你不是这样说的。我愿彻底改悔,而且我是崇敬你的。你是坦白无邪的高洁的灵魂的妇女,你是正直的、令我仰慕的,我觉得自己太不够格了,但我毕竟改悔,而且回来了。你要知道,我有一个工程成功了。我的化学工业我也学的还好。而我在去年曾经还得到先进工作者。"

"你还在池塘里救起一个落水的女孩。这一点你很好,你信里说的。但我们……完了。"

又寂静着,灯又关了。白勤芬似乎往房间里面去了,但蔡豪听见门后面的隐隐的声音,似乎白勤芬来开门了。但声音又没有了。寂静着。白勤芬又说了一句:"你走……"但是蔡豪似乎从这声音里听到了眼泪的战栗,那一句"我们……完了"的声音里也就似乎有这样的战栗,然而隐隐的声音又停止了,寂静着。

"你说你是谁?"传出了平静的声音。女医生有顽强的性格。

"我是你的蔡豪。"蔡豪大胆地说。

"谁与你什么关系。你说你是来干什么?"

"我是来表达改悔的,但我大胆地说,我想和你恢复我们旧有的生活。我救一个小孩的事也写信给你,你不要笑我,我是幼稚的。"

"你再说我是谁?"

"你是白勤芬。"蔡豪说,"我不敢说什么了。然而我是痛苦的。"

"你说,你是卑劣的。"

"我是。"

又沉默了。

白勤芬把灯又打开了。又一阵隐隐声和寂静之后,白勤芬突然把门打开了,看着他。她的脸上有着泪痕。突然她又把门关上了。蔡豪急急推门,她在里面顶着,蔡豪力气大些,但她发出了斥骂的声音,蔡豪胆怯,白勤芬又把门关上了。

"你回答我你用什么来见我,除了改悔以外?"

"工作,忠心祖国。"

"那么我可以和你谈谈。明天来。"

"不,……我爱你。"蔡豪说。他又有些忠厚地说:"你看,我有野心了。"

白勤芬似乎又在开门。蔡豪用力推,门开了,白勤芬用力推他,用拳头打他,然而他摔了提包往她奔去,抱住了她。她犹豫了一下,然后继续攻打他。蔡豪又觉得羞耻、胆怯,他退了回来,白勤芬站在门口,门没有关。

"我来是求你的。我错了。唉,我又错了。我很可耻。"

灯光下长时间的寂静。但白勤芬这时突然觉得蔡豪似乎是和从前一样,是她盼望的,工作归来的,纯朴而且有为,于是便从她的喉咙里升起了哭泣的声音。但她停止了。而蔡豪站在门前,由于觉得了白勤芬的温暖的感情,由于激动,便也无声地啜泣了起来,但不久也抑制住了。

"明天你再来我们可以谈谈。"

蔡豪便说,那他现在可以到他母亲那里去了。但他想得到一句话。白勤芬似乎有些犹豫,但也没有什么犹豫,很有感情地说:"我明天可能考虑。你有改正……"便走出来送他往外去了。

"蔡豪转来啦。"对面屋檐下,海国乔的苍老而有力的、高兴的声音说。

"转来了。"白勤芬的有些战栗的声音说。

"转来了。"蔡豪说,便觉得幸福。"你海大爹好,辛苦啦,你老人家。你是栋梁,我蔡豪认识到我个人的道路了。"

"你改正了真好。"海国乔说。

几天之后,白勤芬和蔡豪便恢复了他们的婚姻了。

十一

晚间,海国乔老头在灯光下读书。到了年龄,他有时候欢喜读书间或读出声音来。他这些日子是有忧郁的,他和他的儿子海学涛继续有着冲突。学生齐志博替他取了混名叫泼留希金,是俄国作家果戈理小说《死魂灵》中的吝啬的老头,他也便借了《死魂灵》来读,学生又替他取了混名叫做葛朗代老头,是法国作家巴尔扎克的小说《欧贞尼·葛朗代》中的人物,他便也从学生借到这书来读,而且将其中他喜爱的段落读出声音来。他的混名还有"钟楼怪人",是雨果的《巴黎圣母院》里的人物。老头子抗议齐志博,说他并不是阴暗的,但也还是带着讽刺的微笑容忍了。晚间,齐志博到他这里送书来又走了,他借好些种书,以至于狂热地喜欢做裁缝的朱璞很惊叹,黄家珍很留恋。人们高兴善良而有着不低的文化水平的含蓄的老头子。但他这晚上很忧郁。他对进来的朱璞说,他的儿子海学涛在糖厂里有错误,开着糖厂的汽车出去运电气冰箱、洗衣机之类赚钱,人们批评他了,他的先进工作者的身份被撤销了。朱璞这晚上来访是她的在天津的她决定不理会了的对象来访,两个人发生了一种争吵,朱璞便到海老头房里来,请海国乔同意带他到他的房里来请他评论。他们进来了,海国乔望望朱璞和她过去的对象唐禾,一个高个子的、蓄着长头发的青年,便说了一下他的心中的他的儿子引起的忧郁。但他未说他又在口袋里揣了二千元。他的这二千元揣了几次了,但这回是因了看见唐禾这样的青年觉得更不妥,他不高兴自己在儿子的事情上的一定的软弱。因此他也就显出一种坚毅来向着朱璞和那唐禾了。唐禾也在床边上坐了下来。朱璞说,她决心不和唐禾继续关系了,但唐禾却来质问她,这使她的心中很愤怒;唐禾还反对她做业余裁缝,说这种是下流的,想兼当个体户经济创立事业是没有丝毫意义的。唐禾又说她还是大学读过一两年,干这种没有出息。朱璞请海国乔老头子帮忙训诫这唐禾。她说她最仇恨人们反对她的个人事业,她过去有软弱,现在就是有点孤立地奋斗着。她还说这是符合政府的政策的。

朱璞显得刚强,但她有她的藏得深的痛苦,便是假若她走错了路,她不能取得她个人事业的成功她便会很伤心。她心里有着巨大的热烈要办成她的业余事业终身事业而走上社会,服务祖国,不仅当一个银行工作人员。她似乎有些孤僻,这是人们有时觉察到的。她投资一些钱在她的事业里了,晚上和星期日人们也有走访她的,她进行着她的裁缝的事业了。受她的委托,海国乔老头便在门口贴了一张纸,上面写着"代收取朱璞往来件",已经有若干次朱璞在外出的时候将做好的衣服放在老头子这里人们来取了,人们也有将衣料放在海老头子这里了。这也是海学涛和海国乔冲突的事件之一,海学涛反对父亲管这些闲事,但海国乔坚持要帮助这上进的朱璞。朱璞的房里堆满了衣料和裁缝、时装的样本,她曾对海国乔说,她要往开起铺子来的目标前进,但她很矛盾,她也舍不得不干银行的工作;她说她热衷裁缝的目的还在于她爱好美术,她又坦白地对海国乔说,她也长得不漂亮,有些丑,也许不能结婚,那么她便有终生事业,连同着在银行里的工作。朱璞说她在大学里的混名叫丑小鸭,"丑鸭儿",而且是不会变天鹅的。朱璞觉得烦扰了海国乔了,便在有一日做了菜请老头子和院子的人们喝酒。朱璞穿着整齐地、热情地招待客人,也说述了她的于这七八十年代国家进行现代化建设的时候的个人的志趣,使老头子很感动。

朱璞说她和唐禾是没有关系了,不管过去说过些什么。唐禾则是很骄傲,显然他认为朱璞这样的对象是不难成功的,朱璞是不应该讲条件的,他对老头子说,他认为朱璞应该给他一些钱,因为朱璞有点钱,这样,他便可以考虑婚姻了。那么,朱璞不肯拿出钱来,这婚姻便并不成功了,而朱璞也是并不要成功的,但是他说,这是有言在先的,有一定的恋爱基础。唐禾以前在老头子的印象里便是一个势利的青年,但现在暴露出来他还不是普通的势利。唐禾有些面色苍白地使海国乔吃惊地说,这一定的恋爱基础,一定的往来,也是要划算钱的,因为他他是读过大学的,而且费了不少心思和时间,装点了朱璞的社会。他说,那要算千元来,最少七八百元。至于,譬如说通信、邮票、信笺,也要换算钱。他还跑过几次北京,请吃过两回饭,买过点心和三回汽水橘子水,也是要钱的。多少呢,不能按原价,因为是特别的角度,所占的要冲,所以譬如橘子水要十元一瓶。他说他是帮助了朱璞的社会的,这要算钱,而他的谈话有些是靠头脑,首先是有学问的,也要一定的钱。总共多少呢,便要算两三千元了。最少两千吧。他说,他对"丑鸭子"是没有什么兴趣的。他用有些尖细而又嘶哑的声音说着。

"丑鸭子"朱璞说她已经嗅到这铜臭的气味了,她很高兴唐禾今日讲得彻底。她以前还没有完全认识到他是这样。唐禾说,朱璞办个体裁缝事业不也是为了钱么,朱璞便说他放屁,她说她是为了事业的。为了"四化"的事业的。于是两人吵了起来。朱璞激动、仇恨、强硬、面色苍白,站起来又坐下,和唐禾辩论着。像还是激动的女大学生似的,和唐禾辩论着。进攻她的裁缝、服装制作的事业是她最伤感的了,她说,就是这样的,因为她是"丑鸭儿",因为她不美,因为她是软弱者又是疯姑娘疯女人;她自大学起便学做衣服,幻想赚起钱来成个事业。当然,她说钱的,但是是订价低的,她大叫说,但是是为了事业和为了祖国的。她显得痛苦,内心有着一种痉挛,奋斗着,抗击着唐禾。她说再软弱她也不妥协,她承认她曾一度有过爱情的幻想是错误的了,但是也不一定,她不一定找不到对象,她不一定"自命清高"、"怀才不遇",她心中有着她的爱情,她已有对象了,这对象是谁呢,是一个刚强而善良的男人。

"是一个善良而且很美的刚强的男人,他知道我的痛苦我也知道他的心灵,他的心灵是向着我的,就是这个对象,我已有了。"她激动地,像一团火焰似地说,"我不必说他是谁,但我已经有了,他是最懂得我这样一个女性的。"

"他就是你的裁缝事业。"唐禾说。

"并不就是的。"

"那是谁呢?"

"不知道。我心中的幻想,然而是真实,也许的……他也可以就是我的事业,然而不是的,他是阿波罗,美男子,就是这样,再说回来,他也就是我的事业。"

"你这有些就虚构说明你的心理。"唐禾说,"我说你也有美的地方,你有体态还美。我说过这句的,我们现在都要结算。"

"那你唐禾是也要算这句是多少钱赔还你了。"海国乔说。

"那可不正是这样么?哈哈。"唐禾说。

"我心中有我的祖国,我的事业,我的丑鸭子的盼望,我的成就,我的阿波罗。"朱璞说,"我也顾影自怜,我有时候也说,我的衣服做得这样好,这样美,是多么成功呀,我这丑小鸭,我可怜死我了,我真是可怜死了,我是这样说的,你说我丑鸭子歇斯底里,我便是这般说。但我有阿波罗,我的衣服做得美,我价钱低,贴补我的劳动,我使善良的人们快乐。我曾退过看来是坏人你这一类的人的货。我不跟你做件衬衫。我实现我的抱负追求我的事业是会成功的。"

"但是你得付我钱。"唐禾说。

"没有。不付,狗屁!"海国乔说,"我替朱璞说的。"

"我不理你这流氓。"朱璞说,"不过为了表示我的内心的懊恨,曾经想和你对象,我便也算一种耻辱的纪念,我让你拿一件衬衫。不,我是表示大方,被你歹徒勒索了一件衬衫。海大爷,你看这可以么?"朱璞说。

"不好,不必要的。"海国乔说,"我愤恨你唐禾这样的青年。"他又对唐禾说。

"一件衬衫是不能了的。"唐禾说。

"我愤恨你这样的青年!"海国乔啸吼着拍着桌子说。

但朱璞跑回去了,不久,拿来一件花条子的衬衫。

"这不够……好吧,也好吧。"由于害怕海国乔,唐禾便表示接受了。

但是朱璞看看海国乔,咬着嘴思索了一阵,找了海国乔的一张纸,用笔写着:"唐禾强索衬衫一件。过去的婚姻议论,一律断绝,这衬衫一件也算自身过去有倾向的错误之处罚。"然后她签上字,叫唐禾也签上字。唐禾看看,便也签字了。朱璞便给海国乔做证明人,也签上了字。

"这是不值得的。"海国乔脸红地叫着说,想了一想,也签上了字。

"这样便也可以了吧,和你这八十年代的市侩。"朱璞对唐禾说,收起了纸条。然后迅速地打了唐禾一下耳光。

唐禾震动了一下,但似乎没有挨这耳光,脱下外衣和原来的衬衣,将这衬衣慢慢穿上,看看还合适,便走了。朱璞便掏出手帕来,擦着涌出的眼泪,——她抑制不住地伤心地哭了起来。

海国乔还想着他的口袋里的二千块钱。在他的一生里,他总热衷和关注于一些事物,这时候他关注着帮助朱璞。但他的周围有许多暗礁和旋涡,在这时代的热水、冷水和温水里,有一些人浮沉着,捞取他们的利益,他们无可回避地和海国乔冲突了。老头子仇恨吴伐,仇恨他提议升吴伐为干事所犯的错误,他便在吴伐和针织厂里的女班长吵架的时候坚决地推动针织厂的老太婆厂长将吴伐降回为杂务了。但是这一日海学涛来,告诉他他听说区政府吴璋对于他降回吴伐的职务不满意,说他"霸道专权",而且吴璋恢复刘棠为街道委员,刘棠还要代理陈平扫地,将陈平的扫地工的位置去掉。海学涛说这些是他听曹株花听梅风珍说的,海学涛便劝父亲海国乔说,他也应该醒悟历时候的得罪人了,譬如那次的骂吴璋。海学涛伤心地说,他很想劝父亲海国乔不要再扫地了,也不要管陈平和刘勉的闲事,譬如海国乔还因为罗进民的扫地有遗漏时常替罗进民扫地。海学涛说,这些都不必要,应该退休,申请区政府的待遇,要么就,如果精力真是这样好的话,就也干居民委员会主任,将张璞那"女官僚"去掉了,漂漂亮亮的扩大针织厂和缝纫厂。然而海学涛便说,他希望父亲给他三千块钱。

海国乔很激动和恼怒地听着海学涛说话。他没有说什么，站起来便往外走了，但在门边又站住，说他并不害怕那些人，说他不能忍受海学涛用糖厂的汽车载运洗衣机和电气冰箱的事，并问他哪里来的钱做套卖洗衣机的买卖。他说，应该赶快改正，结束这种错误，而认真地劳动，做祖国的好公民。他是要禁止这些的。海学涛沉默了一阵，关于他的活动的情况回答说，人们心眼灵活，他也有心眼灵活，有些是罗顺介绍他的，他可以"白手"做，不需付钱的签字购进洗衣机几台再卖出；他觉悟到人生的意义，要对很多人客气，因此对父亲也客气，希望父亲不要和人吵架；至于为国为民，他说他这也是为四化服务。海国乔便头晕了一下，知道他口袋里的钱会有危险了。但他想坚决地反对儿子这种套购货物，这种投机，使他的心很激动着。他急忙往外走着。海学涛便走在他身边向他要三千元，或者要他借给他，但他不理会。他问儿子，媳妇有什么意见，海学涛说，曹株花和他吵架，但她许多情形不知道，他并没有亏本。海国乔便说，他坚决要禁止他。再不说什么，海学涛便骑上自行车走了。海国乔一直往居民委员会梅风珍那里去。他要打电话给区政府，反对人们夺取陈平扫地的位置。陈平正在梅风珍那里。老头子对陈平说，他坚决要执行政策，保护陈平和刘勉两个还没有落实政策和没有彻底平反的，他是野鸭洼的街道党支部书记。他对陈平说，不要理会人们，他陈平继续扫地，他，陈平是很好的，很负责的。陈平说他很凄伤，他扫地也是有缺点的，但老头子怒吼说，不管什么缺点，他要说是扫地很好的，因为陈平的未婚妻也鼓舞，很令人感动，陈平有一些回是很不错的，还代刘勉扫地。陈平叹息说他也不想干了，想到别的地方去，或者到边疆去，但他也不能决定，他的未婚妻也难以调动。老头子便又说，扫地的位置是不动摇的，放心扫地，而他是有这个心愿的，想通过张威区长，助陈平得到政策的落实。他将很好地纪念这年间的互相的友谊。但刘棠进来说，陈平可以不扫地了，由他来接替了。海国乔便说他反对这个。粗野的刘棠因高兴而喝了一些酒,他对陈平说:"你大学生毕竟不行吧,看我街道委员来兼扫地工了,我将要争取到先进工作者。"刘棠便坐在梅风珍的办公桌子上,他说他想找海国乔下棋,海国乔不理他,他便问陈平会不会下棋,并且说陈平是脱离群众的。

"我有没有灵魂你不知道吧。"刘棠说,"我有灵魂,所以你大学生陈平说我没有是错误。你错误。我在灵魂里是很同情你的,也同情一切人,奔向四化。"他便用呆定的眼睛轻蔑地长久地看着陈平,又看着海国乔。

"我钻到你们这里来了,这房子很旧了。"区长张威说,走进了居民委员会的办公室,又跑到另一间去看看,再又走回来看看生着火的煤炉。

"他陈平应该生火,每日做点居管会的杂务。"刘棠不望着谁说。"这些杂务事你都要学会,"他对着陈平说,"不然群众是有意见的。早晨生火五点钟来便行了。他说我没有灵魂,"刘棠对张威说,"我没有灵魂么。他才有灵魂呢。"

"你有灵魂?"张威说。"好吧,有吧。"他走了几步,考虑着对陈平说鼓舞的话,便说:"你陈平同志扫地很好。你的扫地的位置不动摇的,我来到看看特地也是说这件事的。我想奋斗,为你的落实政策而奋斗。我是明朗的人,你熟识我,你没有说我没有灵魂。我想派你兼居委会的文牍好么,或者专干文牍,日常有些文牍张璞自干了。我看就兼干吧,增加你的待遇。"

"兼干吧。"坐在一边的梅风珍说。

"那就……就这样吧。"陈平说。

"听说你想到甘肃去?新疆?东北?"张威问。

"不能决定,我也犹豫不决。"

张威便到隔壁房里去了,坐下来写任命书。这时吴璋过来了。

"我是没有灵魂的,唉。"刘棠说。

"怎么呢?"吴璋说。

"他陈平说的。"

"那……"吴璋说,"据有些人说,我也是没有灵魂的。你陈平,你的扫地明日可以不干了,我们另外帮助你。你让刘棠。有人说他沽名钓誉。"

"我想扫地也是尽我街道委员的责任。"刘棠说。

"这就这样了。"吴璋说,"至于你呢,我说,"吴璋显出冷淡的烦恼的表情对海国乔说,"你有累累的错误,最近还助朱璞发展不很合理的个体经济,关于这方面党是正在研究的,但是我觉得是要变换和鉴定的,包括技能的审核,包括她是否耽搁她的银行工作,她虽然已经记获批准。再呢,这个居民委员会的事业点也不少,这种缝纫厂那种针织厂的,你海国乔有专横和一些错误,包括你上回骂我是年轻人。"他说,"所以我说你的党委书记可以免去职务了,由张璞来兼或我来亲自兼。"

人们沉默着。

"那你这是不行的。"梅风珍说,"自然,老海也老了。但是他能行呀。"

"你们不对。"

吴璋有点谨慎,便没有再说了。这时张威走出来,他说不这样的,吴璋那党委会的决定不成立的,只是两三个人,而且基本上是不了解情况的附和,而他是商量过七八个人的,他说,他要任陈平为文牍兼扫地,而决不让出海国乔的街道党委书记。

"不这样的,老海。"张威说。

"我也可以不干了。"海国乔愤怒地说。

"你要支持我,"张威说,"你干的。"

"不……"海国乔说,"好的,干的。……"

"你干的。他干的。"张威说,"当然我这是对的,海国乔是干的,不会因这点而退缩。"张威大声吼叫着说,身体震动而颤动着,然后他就有些懊悔似地,在椅子上呆坐下来沉默着了。他长久地沉默、脸色紧张,对自己发怒,因为事情仓促,没有原先写好派陈平为文牍的文件,而且似乎是突然的,海国乔似有点负创而消极了。而首先是，他没有能控制住情况，人们上一次要撤销掉梅风珍或张璞，又一次要撤销掉扫地工刘勉，又一次又是陈平，而且这一次要撤销海国乔，而海老头子苦恼了。

"我真也想不干了。"海国乔阴沉地说。张威注意到海国乔的情绪很有些激动，而他也很激动，不安，想要发怒。他沉默着。

吴璋也沉默很久。

"也许我愿意再提议改变一下情况。"他说。但张威没有理他。

"我们决定陈平扫地由刘棠接替，"吴璋说，"本来这也不必老重复。"

"再决定呢？"梅风珍突然大声说。

"再……"吴璋说，看看海国乔。

"我这样的，"海国乔说，"我也老了，我的儿子也逼我不干，这里又来对付我，我也想……不干了。"于是老头子便在张威的旁边坐下来，沉默得像石头一样闭着嘴。"但是我仍然要干！"老头又突然吼叫着说，"你儿辈，混蛋！"

"你如果不干，我说我也不干了。"梅风珍说，流下泪来了，"首先说，陈平的扫地撤掉的话，我不干了。这个政策。再我说，海国乔他是功劳人物，他不能这样受你吴璋的欺侮。我也说要他干的。"

吴璋痛恨地看着她，想到她曾到区人民政府去痛骂他，便阴沉地，带着痛心的腔调说，依他看来，她正也是可以不干了。

"你也撤除我？"

"也撤除。"吴璋冷酷地说，看着张威，"我们党委会还也要想办法调动张璞。但这一切都是不一定的，"他又扬起他的声音望着沉默着的张威说："我没有权力，党委会没有权力，一件也办不到。"

张威继续沉默着。

"那么陈平，"梅风珍说，"我这当居委会副主任的对不起你了，我们相处一场是不错的，你的未婚妻也好，她还帮你扫一下地,而老海,假设他吴璋得逞,我们也惜别了。"梅风珍说,便站起来,慢慢地扎上她的纱头巾,预备走开。虽然她内心并不认为会这样;并不认为她可能离开,但设想到,假想到她要离别这几间屋子,离别这炉子上的水壶,这零乱的办公桌,这窗户,这待收拾的夏季漏雨的屋顶,和她兼着差的缝纫厂,她便流下泪来了。

"缝纫厂你是也要交出钥匙来的。"吴璋认真地说。

梅风珍似乎觉得这一切果然是真的了,便从衣袋里掏出了一串钥匙,包括豆腐房的,针织厂的,还有这居民委员会的两间屋子的。她又不哭了,也没有气,在桌子上坐下来了。

吴璋拿起了钥匙。吴璋便觉得胜利,看看他认为有他的软弱的张威,说,张威区长认为是不是这样办呢。

张威也觉得自己有些软弱,让吴璋欺侮了。他抱着热情想把这个区的事情干好,但他的各样热心善意的忍让使人们认为软弱。他也确实似乎有些软弱,因为他对许多情况让步,时常想各样事都协调,却被吴璋打伤害了。他少批了野鸭洼的居民委员会的经费了,对吴璋让步了,他接受吴璋的意见,多批了区政府的修缮费了,对吴璋能团结修理楼房了,但吴璋随后说他浪费。那么他干了什么呢,但当然,他许多事情是坚决的。但却有这些惭愧。梅风珍流泪,他觉得很抱歉。

"也许这样是不对的,"吴璋有些感伤地说,"张威同志自然是不会同意的,那么我们便再议吧,"于是他交还梅风珍钥匙,放在梅风珍那边。

"你这个没有意义的!"抱着手臂的陈平突然说,同情梅风珍而且极其同情海国乔,"你这位副区委书记简直欺人太甚,你是……怎么样一种人物。"

吴璋觉得意外地看着他。

"你是怎么一种人物呢?"吴璋说,"你这是什么意见呢?"

"你是……什么一种心胸呢。"

"是你说的我是官僚。我是要把梅风珍撤除的,她曾到区里指着鼻子骂我臭官僚臭鸭蛋。我就是要把你海国乔也停止权力的,因为你海国乔那次那样这次又骂我,"觉得张威可欺,他望望他又说,"我也要行使我的权力,调动张璞的,你们野鸭洼是一个帮口,是一个捧场张区长的帮口。而他张区长的官僚主义就愈发凶起来了。不管这对着你大学生陈平,这不党员,你风珍也是下属,我说这没关系的。你哭。"吴璋说,带点虚伪地突然哽咽几下,也哭起来了,"我为了党和祖国的事业,我也抛开我的学术研究,我却得罪了区长张大人,而到野鸭洼的事情这样乱成一团,我是要决心撤走海国乔的。"

"你撤吧。"海国乔说,"我就不让你撤,我仍然干。我也是区委委员!"

吴璋便坐下来,十分感伤,痛哭失声了。然后又停止了,用手帕慢慢地拚着眼泪。吴璋有好哭,他这些时来常觉得自己懦弱娇贵,在走进什么一个深渊,而生活里的很多痛苦;他是文弱的,而来这里作粗野的叫骂。他觉得许多人都冤屈了他,而且他被骂为臭官僚是很丑很痛的。

然而陈平又骂了。

"臭官僚。"陈平说。

"何以我是臭官僚呢,你骂我使我很痛心,我向你辩白。我要撤除你!我要撤除海国乔,你,还有梅风珍,除非你张威撤除我。"

"臭官僚,"张威突然拍桌子,说。他又冷笑着伤心地说:"哈,我才是臭官僚,我是的。没有能替人民办什么事,我便想还去当我的军医去。我是臭官僚。但不怕你吴璋!我说,都照原来的样子不动!"他吼叫了起来,全身颤栗着,"不然我便首先不干了。"他抑制着自己又对众人说。"海国乔你当然还干——我说的。"

海国乔望着吴璋冷笑着,他高兴张威的震怒。

"梅风珍你也不闹。"

"不闹吧,不吧。"梅风珍说。但她很愤怒,她说,他张威区长应该知道,她不能多次让人家辞退祥林嫂了,她还是不干了,在家管家,也在缝纫厂做女工。张威觉得她这是不真实的,但仍然痛苦和失望,又看着她,劝她听他的话,然而梅风珍出乎张威意料之外的顽梗,张威便处在两重压力里了。梅风珍说,他张威有许多事情管不了的,虽然不能怪他,他便很痛心,他说他以后好好改善,帮助她们,然而梅风珍不接钥匙,不肯干。她显然也有些不满意张威。张威又走向海国乔,海国乔也陷在痛苦之中,他恨吴璋,沉默着像石头一般了。张威说,他很心痛。张威觉得海国乔不作声,忽然似乎是水平不高,像一个市井老头子了;而有一定经历的梅风珍也像市井妇女了,便有些伤心,一瞬间觉得自己很孤立。

"好吧,你梅风珍不干吧。"他用颤抖的、苦恼的低声说。"我败了。"痛苦的张威对吴璋说,"而你是胜利者。"他说。

"这样……"海国乔说,"梅风珍也还是干吧。"

"干吧。"梅风珍沉默了很久很久之后,——室内寂静着——看着桌上的钥匙和零乱的办公桌、水壶,说。

"那么好吧。"也沉思了很一阵,张威用感动的、低的声音说,"任命你为文牍。"张威看看面容冷酷的吴璋,充满感情地对陈平说,随即也显出一种冷酷的面容,看看吴璋。"我当这个区长,我现在的权力就只能任命你陈平为街道的扫地工兼文牍了。就剩这一点了。"他说,同时看了一眼在桌上躺着的因喝酒和心胸舒展而睡觉了,打着粗野放肆的呼噜的刘棠。

海国乔晚上很早疲劳地躺在床上睡熟了,发着鼾声,他的儿子海学涛敲他的门。院子里静悄悄,海国乔醒来,披着衣服,问儿子有什么事情,看见海学涛的严肃的样子,注意到他的高个子,和有点凌乱的头发,海国乔便也想说什么又沉默着。

海学涛做投机买卖失败了。他买进了二十几个洗衣机,但现在卖不出去了,而且首先,他这回买进的价钱每一个高了几十元。人们逼迫他拿出现钱来。

海学涛失败了,心情很痛苦,不敢告诉曹株花;他有点觉悟到他是错了,离开了正道,想发起财来,想不干制糖工人;他在厂里没有像以前一样受到表扬，而是受到批评了。工作不认真了，而且，越规章地使用厂里的汽车。这批评这深夜里想起时也使他痛苦。但他也觉得这痛苦是有些虚伪的，他进来，坐下，说了他的错误，尤其他还购进了几台电气冰箱，也销不出去，原来的价钱贵了。他说，他想父亲救他的急，给他几千元。这回他不说借了。说完了他便沉默着，老头子也沉默着。这沉默继续好久，老头子海国乔便没有表情地打开了抽屉，从一个铁盒子里取出这几日刚从衣袋里拿出来的二千元。

海国乔不说什么，也不研究这二千元是多是少，把钱递给海学涛，站起来预备睡下，海学涛便站起来预备走了，但是他又站了下来，坐到床上去，说：

"这二千元我就拿了。我是你儿子，连累你了，这些时叫你担心受累，我就良心讲很难受，这回我是确实陷在坑里了，但是我这是不够聪明，我想下回再干或者好些。"他说着便反悔了他的似乎要改悔的言论，他还有点凶狠的说，"你不以为我不干这个了吧，我预先说明，我的立场是不变的。"

海国乔以为儿子有改悔，但是他听见了"下回"，听见了这些，心里便痉挛了一下。

"这回是我不小心了。在厂里面，给我的批评也没有更重的。顺便我想说，爸爸你投资我几个钱也可以，我想不干工人了，没有什么意思，这几个钱我本是可以向厂里借，自力更生也是可以的，但是向爸爸拿好些，自家人，而且我希望爸爸投资我。我想，这时代有不少出头的机会，人也是可以争取的。做这个投机生意也是推动四化，大家都干的，你老人家不要太迂腐。"老头子痛苦而愤怒地沉默着，海学涛又说，他想这样是比较好些的，但曹株花她不同意他，和他吵了，有两天住在针织厂了，他希望海国乔能帮他忙，因为海国乔有威信的。

海国乔现在处在很坏的逆境里了。他受了吴璋的不愉快的打击。虽然他仍然任着街道的党委书记，但是他毕竟不能在区政府帮助他觉得是善良的张威而制胜吴璋，老头子是有这样的雄心的。他还要想帮助陈平和刘勉落实政策和彻底平反成功，但是他去区政府几次都没有结果。他和张威张璞的奋斗没有成功。他的期望受到了挫折，而他是有深刻地豪强心的，这种要豪强因老年而激烈。他觉得伤心，在陈平，刘勉、梅风珍面前都没有面子。但他的逆境主要的还是从儿子海学涛的情形那里形成的。他所担心的事情都一一实现了，儿子变了。他不再是纯洁的、做诗的海学涛了。使他郁闷的还在于，他一直想去仔细地教训儿子，却一直没有达成目的，有两次由于烦闷没有把握而没有说多少，陷入老年的笨拙。这样，他也就简直想他不够资格任地方上的党委书记。但是他内心激动，他想把一切干好。他因为看见海学涛驾驶着糖厂的汽车载着洗衣机电气冰箱在街上飞奔而陷入苦痛的，笨拙的老年，虽然他仍旧心中淡淡地赞赏了一下海学涛还会开汽车。是他海学涛的世界了，他似乎被挤开了，然而他不甘心，不应该是这样的，海学涛是错误的，应该还是他的世界，他有奋斗的历史，做过不少的事情，而正派的人们是有力量的。他各项能力也还继续着。因为儿子使他痛苦，他说话迟钝起来了，在居民委员会开的会上有一次发言木讷和有一回没有说话。他不是泼留希金，也不是葛朗代，也不是钟楼阴暗的怪老人，学生齐志博一次还说他像莎士比亚的李尔王，他看了那本书，他说，他也不演悲剧。但现在他感觉到一点年龄了，觉得自己是有些苍老了。他仔细地研究着，注意到自己思想里的活跃，注意到思想里，像年青的时候一样仍旧有一些热望和豪放起来，便有些高兴，毕竟他是奋斗的。但海学涛的汽车载着洗衣机和电视机奔驰，说明他不成功。他不甘心，不能干别的什么，便增加做早晨的早操和晚的睡觉以前拉一个拉力弹簧。曹株花一早晨拖豆腐房的车子有两天他没有碰到了，他注意到她迂回着他走。于是他又觉得痛心。他能帮助朱璞很高兴，但是吴璋的活动使地方上暗澹了。他走到针织厂又走到缝纫厂，他对他参加领导和劳动办起来的地方上的事业很爱惜，他巡视他的成绩和过去的流逝了的生命。他走着和人们讲几句话。人们也发觉老头子讲话少了，他似乎有些佝偻和行动迟缓了。人们避免在他面前提海学涛，这会引起他的愤怒和忧郁。他受了海学涛的打击。他好些天把两千块钱放在衣袋里，每一次摸摸都觉得痛苦。他为什么不彻底教训海学涛呢，为什么他到他们那里吃饭，只教训了儿子两次，有时只说简单地两句反对海学涛做投机买卖呢，为什么他去到吃饭减少了呢，为什么他见到海学涛又不能振作起来更多次说话呢。似乎是真正的老年到来了，错过说话，做事，教训儿子的或什么机会了，陷入狭窄的痛苦了。现在他终于无声地，负气似地一句话没有地将两千元给了儿子。

海学涛伤害了他，却想再得到一些似的。

"我向你爸爸请求你，以后时常支援我一点好不好？机会也还是有的。"海学涛说。

"好吧，……不。"海国乔含糊而漠然地说。脸上闪过一点讽刺的表情。

"你假若想一想，便知这时的社会是吃本领和机会，而我是有本领，也不必介意糖厂的批评的。"

"不对，不好。"老头子说。"那两千元你拿回来。"

"我不拿回来。你是英明的，毕生有光辉经历，但现在变成迂腐的了，真是人们说的老朽了，说不定你过去就是这样。"

老头子便不做声。这时罗顺敲门进来，他坐下便说，找到海学涛了。海学涛还欠什么公司一千多元人们索取了；请客化费的钱人们也索取了，有些还是他罗顺替他垫的。……老头子的顶门上便又被轰了一个炸弹。罗顺活泼、快乐，而且自信。他说海学涛野心大，这回所以吃了一下亏，而他也还是仔细的。他也是谨慎的。因为快成家了；他又说，他并不是海学涛，海学涛这样是未必对，他是奋斗于手艺，修理匠的工作，这是他的爱好也是对于海家的贡献，而海学涛是有些过激的，误了点事了，所以欠钱了。他对海国乔老头子说，海学涛也没有乱吃喝和乱来，也还时常和他一样做些技术活，人聪明，学的也就勤快；他是来帮忙说说的，也批评海学涛，也证明海学涛这回欠钱不久的将来也或有机会扳回的,劝老头子不要着急。他说,小李子李桂兰和他的父亲罗进民也赞成他来劝劝老头子也劝劝海学涛,当然他们说,要多劝海学涛,做生意带投机是不好。

"四化是一个大的世界,有好多的鱼虾在游着,好多飞禽走兽,我也是的。"罗顺快乐地、活泼地说,"你海大爷老人家是先进,不是一般的老人,自然不反对我们的,而且你是领导先进的,学涛哥也有学技术的,话分两头来说,他说他能赚点钱的。想将来不干制糖厂,那我看不行,因为学涛哥他想赚到钱,所以就会不稳了,他这样做法不对。我不赚钱,不干这些,我是技术,……他学涛哥便也是有错误的,叫老人家痛苦了。但老人家也可以谅解一些,多少给他一些钱支付困难,我以后帮助他。"

"你来劝说的?"海国乔说。

"也是。"热心的、得意的罗顺说,"我是电视维修工,有许可证,我仍然也干着纺织品门市。现在的时代我好办,学涛哥也不过是暂时的错误,再说他也学技术干技术的,自然他也有不好,可是你老人家宽心……"善良的罗顺说,因为境遇顺利,因为有才能,而显出一种快乐,他也觉得生活的各项困难,老头子的痛苦,便又收敛了自己的快乐了。他看了对他窘迫地笑着的海学涛一眼。他岂不是到这里来出风头和幸灾乐祸的么。他觉得他过分了,沉默了一下便变得谦逊地坐着,瞧着老头子而涌起了同情。他倒了一杯水给老头,说:"海老爹你喝茶。……你不必痛伤了。"他拘谨地说。"我刚才那样说也是有不妥的,但是我相信海学涛会改正的……。"

"算了吧。"海学涛冷淡地说。

"哦。"他说。

"你这样没有意思。"海学涛说。

"也对。"罗顺说,"但是我说,你也要改正了。海大爹为人耿直,一辈子过去有出生入死,我们后辈景仰的。"

"你嘴甜。"海学涛说。

"你走上了不妥之路我也劝你走回来。"小胡子罗顺带着一种激烈和战斗的气概说,"我有些游荡,但我这游荡是干活,也指望八十年代和祖国的现代化。我对于你的错误很心痛。你应改正。"

"有劳你了。"

"但你应改正。"罗顺强硬地说。

"你卖别人的票,你有些混说!"海学涛说,"混蛋!""你这不对!"罗顺沉默了一下,忍耐地愤怒地说。

海学涛便沉默着。罗顺看看他递给他烟他不要,便给了海国乔。罗顺沉默地坐着很一阵,突然掏出皮夹来,取出了二十元钱,说,"我有几回敬仰海大爹。我敬仰你的一生,我敬仰你骂吴璋那臭鸭蛋,我敬仰你替好些家儿童一早取牛奶,我敬仰你勤于慰问军烈属,赠送他们钱,我还敬仰你每日早晨扫地。我献给你二十元,我有俗气也有些清高,献老人是清高,你喝一杯酒。……你不生后辈我和海学涛的气。"

海国乔沉默着,把钱推开,笑着说,"不,我知道了,你是好意的,年轻人。"

罗顺看老头顽强,便想了一想,叹了一口气,拿回去了。"我有我的心愿,我十分感谢时间前人,我过些时跟你买酒来。我说,你学涛哥要改变一下情形。……"

罗顺便站起来走了。屋子里沉默了一下,海国乔老头子便显出坚决的神情,问儿子拿回去那两千块钱,他本来就变了意图了,再加上海学涛又和罗顺争吵,他更是愤恨。海学涛不肯松手,老头子夺回来了,但终于将父亲推倒在床上,又夺了钱,而夺门走出去了。海国乔便愤怒而痛苦,追到门口,抢了钱的海学涛已经走了。海国乔听见了罗顺的就在隔壁的范莲英老太婆房里的热烈的、亲切的、善良的声音,而感到痛苦。罗顺对烈士家属范莲英在说着什么;范莲英老太婆每日做她的家事,海老头子也帮助她。附近野鸭洼小学的学生们这晚上来帮助她,帮她劈柴和洗衣服——两个女学生和一个男学生在屋子里忙碌,闹出很响的声音。范老太婆是慈善的,她过去当过纸厂的女工,也做过小买卖,她是欢喜自立的,因为人们来为他服务,有一种歉疚的心理。她欢喜谈天,常常和海国乔谈对街道上的人们的意见,赞美罗顺这样的有能为的小伙子,常常和朱璞谈天,说到裁缝和缝衣的手艺;和黄家珍谈天,谈到天上的飞机,和白勤芬谈天,谈到疾病。她不是沉默的,她在院子里走动,也对教员何世光致意,常到杜翔实和李义家中去坐着。她因为人们帮助她而向人们致意,欢喜生活的进展,爱孩子们,她的眼睛也还能穿上针。她这两天和管制分子唐兼力冲突,唐兼力乱拿她的斧头劈柴,而且说烈属太骄傲;范老太婆生气,说她并不骄傲。唐兼力便说范莲英常攻击他,他管制分子是有一定的改进的,范莲英不应该说他不好,影响他的前途;他偷电视机判了一个定期的囚禁出来,他常说他改进了,他也有站在院子里,听范莲英聊天而高兴地点着头。但他并不改悔,总以为能偷到什么便宜。这晚上有一定的争吵,唐兼力把死了的老鼠摔在院子里,范莲英便责难他;后来他便在屋子里号啕大哭了。以后他便来到海国乔的屋子里,要海国乔给他写一张鉴定,说他这些时也劳动,做临时工,也扫院子,海国乔不肯写,说他没有扫什么院子。他便又到范莲英那里去了。他做出客气,歉疚的模样,对范莲英鞠躬,说:

"请你范姥姥签个字,写好了条子了,像上个月一样,我在院子里的表现。"他恭谨地说。上个月范莲英曾用口说,让记下后她再按个手印。这些事情范莲英很仔细。这次她说了一大长串,唐兼力却并不记了,听着。海国乔也出来说着。唐兼力便苍白而恭敬。后来他便承认没有改进,有些凶狠而面色有些惊惶;显然,这些活动,问人们的意见也并不是他常常愿意的,他喜欢躲在他的屋子里喝酒。今日下午的死老鼠之后唐兼力又砸出了一个酒瓶,引起了范莲英愤怒了,范老太婆便到他屋子里去教训他。范莲英很顽强,她在或一点上在这院子里她的爱国言论和海国乔一样多,因为人们敬重她是旧时朝鲜战场上战斗英雄烈士的母亲,还因为她对人们很谦虚,以至时常似有歉疚,想要报效国家。她热烈地批评唐兼力不应该这样已经好些次了,她希望能使他改变好,所以常有着热烈。唐兼力有一回里被说的简直要落泪的样子,似乎也有些是真的,这一回则沉默着。范老太婆的热烈和顽强有些作用,沉默的唐兼力后来便来到范莲英的房里,脸色紧张地说了一句:"我听了教言很感动,我表示态度。"在院子里他又对海国乔点了一下头,鞠了一下躬,并且自己把死老鼠和啤酒瓶的玻璃扫掉了。

"你这样便是很好的,人民群众高兴你的。"范莲英老太婆热烈的说,这声音表示她很顽强,和她对于这社会的热衷的感情,她和这进步着的社会的相依为命,"你只要接受改造,便是会受欢迎的。你要知道祖国多好啊。"

"嗯,是的,是的。"唐兼力说,但后来唐兼力便出去了,挺着胸有些凶恶的样子走着,似乎是在表示对刚才被感动和屈服的一种反抗,范莲英老太婆便喊住他回来,说他要改悔,说祖国是伟大的,她确实这样感觉,还要唐兼力重复一句,她的喊声威严,所以唐兼力便低声地说了一句。唐兼力脸色有些苍白,慢慢走出去了。

老太婆在屋子里对来帮助她劈柴洗衣的学生们感谢着,说着话,也说着祖国。她振奋地说后辈很好,社会主义社会在进步着。她们振奋的声音在晚间的院落里回荡着,她的房里有愉快的灯火。

因被儿子推倒抢走了二千块钱的海国乔痛苦地颤栗着,在院子里呆站着,望着范莲英老太婆屋子里的明亮的愉快的灯火。

"我是敬仰范姥姥的,"罗顺在范莲英的房里说,这在生活里获得成功,因获得成功而快乐并显得忠厚善良的罗顺有着一种忧郁,海国乔家庭的痛苦,海国乔的忧郁使他有着沉重。他想为社会做一点事情,他有一种对未来的切实的向往,进到范莲英房里有点兴奋,"我敬仰,所以进来看看,诸位同学们来帮助姥姥顶好,"他对还未走的学生们说,"你们是我们的又一辈人了,我们在这时代也奋斗得还可以。"罗顺带着一种感叹说,"你说还可以不是吗。范姥姥你说不是吗?"

"你顶有精神的。"范莲英说。

"我也哀叹。"罗顺说,"哀叹事情有时候没办法,海学涛的情形不好,我顶敬重海老爹的,然而我没法。"

但罗顺仍旧有着他的兴奋,他觉得自己有精力、精神、走着顺利的境遇,人们欢喜他他也喜欢人们,他便对范莲英姥姥说:

"你姥姥不要推却也不要见怪,我有好多事情依靠过姥姥,而我现在走着顺境,除了我父亲罗进民还有些不满我有时不回家。我快结婚了。我难忘……难忘和你范莲英的儿子他炳年的儿时之情,他为一等功臣牺牲在朝鲜战场上,你姥姥度过了困难、顽强、骄傲的岁月。"罗顺叹了一口气用高亢的声音傲岸地说:"你,范姥姥,伯妈,请接受我五十元的心意,不是俗气的,你接取,我纪念和炳年儿时情,虽然你不是缺钱,但也不能那么说……"为了表示他的激动和决心,带着小胡子的罗顺便站起来鞠了一下躬。

范莲英沉默很久。海国乔在院子里痛苦地叹息着,他被自己儿子推倒在床上而抢走二千元了,他对范莲英姥姥的沉默很注意,他希望范莲英老太婆接受。

范老太婆便表示接受罗顺的了。她说,"那么好吧,孩子啊。"但是她说,她要分一些给别的院子里的几家军属和烈属。

"哎!"海国乔老头子叹息着,但他有着感动,罗顺和范莲英老太婆,以及在屋内砍柴洗衣的小学生,都表现了人民的黄金之心和纯朴的民风,他,海国乔觉得是这样。于是他走进范莲英姥姥的屋子里去了。小学生们向他致敬而站了起来,他便抚摸着他们的头。

"小同学,你这洗衣的邓怡珠,哎,你们顶好。你罗顺不错,行为佳美,而范姥姥接受了也顶好!我顶高兴。……我也老了,比范姥姥不小几岁,我说,你罗顺和范莲英姥姥同行,我与你们同行,我也与范莲英老人同行,与彼老者同行乡里,同行国势,与彼幼者同行乡里,同行伟志,同行于彩虹之空同行与云霓,云霞一般美好的希望,"老头子说,但又感觉到他的儿子海学涛加在他身上的痛苦,他又因这而有些激动,说,"同行于雕鹏飞翔,百灵鸟高飞,也同行于尚有荆棘之野,同行于你们后辈人的伟大的志愿。我个人有许多缺点,在我的一生里面,我有许多坎坷,可是我毕竟奋斗着,也不在乎海学涛犯错误,我披了很多硬壳,我没有背网自缚,我海国乔是人民里面的,我也登我的峰刃,在中国的大地上,和中国的北京都城我的乡土里,在这建设之年,……范姥姥范莲英啊,你好!你是英雄之母,你也英雄,我们都老了,但也奋斗着。"

海国乔于内心的他的痛苦和激昂中又走了出来。外面风吹着,是朦胧的月亮照亮着天的夜;海国乔所歌颂的中国的大地和中国的北京都城于最静中发出机动车的深沉的颤动的声音,和更深沉的人们生活思索和活动的声音。秦淑英的房间里亮着灯光,静静地,老头子走进去,她便让老头子坐。她在翻改着她的钱勤的棉袄,冬季的煤炉烧得很热。针织厂女工秦淑英显出沉静和安适的情形;她的地上堆着冬季的白菜,桌子上也堆着几颗。

"秦淑英,你好,又买白菜了,钱勤他好,好久不见了。……你们订婚了快结婚了吧。"老头说,又站了起来,在秦淑英的房里徘徊着。秦淑英有些羞怯地拿出她的作文本来给海国乔看,她说她不好意思,一日一篇的,三个月才做了一篇,有时也不想作了,理由是以后要结婚有事忙了,但结婚也还早……。老头便看作文,在灯光念出声音来:"扬柳在我们针织厂的旁边丝丝入扣的摆动着,春风像是震耳欲聋的琴……"海国乔便说春风不这样的,秦淑英说对,但又脸红红地说,春天也有很大的风。老头子想想便说对,说自己有错了,秦淑英这句而且很优美。秦淑英又要他看后一篇,题目是敬礼。老头子看着,秦淑英这里敬礼她的老师何世光和小学教员皇甫桂芳,也敬礼他海老头,她说,她慢慢要结婚了,度过了姑娘的时代,小学文化水平这一年来的学习升了一点,考到了语文八十,数学九十,而政治九十……。她写着:她感叹姑娘的时代结束了,将要和诚恳的忠实于人生之路的电力青年工人钱勤结婚。以后学习的时间可能少了。"和过去的纯朴的少女时代快告别了,充满着人生的梦境和理想,她对教师们敬礼。"她写,但是她又附注说,也不一定,结婚也还早。而结婚后如能坚持继续学习便更好。她也想坚持。

秦淑英说:"你海国乔也是老师呢。你说这样怎么样?老找皇甫老师教,也耽搁他们时间的。"

"也是这样,"海国乔说,沉默着,内心里重压着他的海学涛的叛离所造成的痛苦。"纯朴的……时代告别了,充满着人生的梦境和理想,"海国乔说,"好,生涯漫漫之路,浩瀚年代生涯之情,我海国乔走到今天,"他自言自语地说,徘徊着,秦淑英便看看他。"我的心灵忧郁而沉重,假若我能飞翔,我便扑向高高云端,可惜我的翅膀遭到打击了;假如我能再如年青时一般的出发,驾驶着我的车辆,我的车辆轰轰发响,我便要再出发。我和我的老年的噩梦要做格斗。……"

秦淑英回头看看自言自语的海国乔,便拿出手巾来扚扚自己的涌出来的一点眼泪。秦淑英心中有理想在颤动,她想,要忠于人生的誓言,告别处女时代了,自己的母亲已苍老;要忠实地走过漫漫的年代和生涯。这种感情还扰起了一些影像:针织厂旁边的柳树,海国乔的扫地的车辆,她秦淑英推着的针织厂运布匹的车辆,以及快乐地前进的幻想,漫漫的大路,巨大的都城和辽阔的田地,和她秦淑英将来像范莲英一般的白发,但也有欢喜,她秦淑英将来会做成她的学业,她的什么学业来呢,在这个世上的她与人们连系着的,爱她的祖国的学业。总之是学业。听着外面远方轰响着的都城建设的起重机和夜间人们工作的声音,秦淑英便在复杂的心情里啜泣出了几声,用手帕按着鼻子,但她又有点笑着。"奋斗之路,也是人生的要意,你的告别使我动心,你也写着你将努力为祖国的学业,你也将是春天的风……的琴,震耳朵的,你自己做的,"内心颤栗着自身的苦恼的海国乔说,他又徘徊着,喃喃自语,像一个行吟诗人。秦淑英已经不流泪了,这时皇甫桂芳走了进来,她嗓子宏亮地说,庆祝秦淑英订婚,劝她快结婚,她送一块头巾的礼品。秦淑英拒绝着但收下了。她将作文本交给皇甫桂芳,让开了桌子的位置,皇甫桂芳便坐下看看了。拿出笔来批九十分,便又看"敬礼"。而且想了一想,在"敬礼"后面批着:"告别了,你一年来的学习是艰苦努力,表现了坚毅的精神的。"

秦淑英便说,这就也算告别了,于是这有点胖和笨拙的姑娘并拢脚跟,带着她的纯朴、老实、坚决简单的表情,向皇甫桂芳鞠了三个躬,说:"谢老师。"

皇甫桂芳站起来也鞠了一个躬,并且和秦淑英握手。而秦淑英又转过身来,向海国乔鞠了一个躬。

"顶谢老师的。"秦淑英说,"我水平增进了。"她有些红着脸说,便从抽屉里拿出订婚的糖来,捧给皇甫桂芳,又给海国乔。海国乔拿了几颗。

"哎,新的年代……姑娘,新的路程。"海国乔说。"在祖国的大地上"他笑着说。

"我想还要奋斗一个时间才结婚的。"秦淑英说。

皇甫桂芳有一种兴奋。能干而尽职的小学教员为一年来的坚持教秦淑英书而觉得自己有成绩。她有时忙乱中也坚持讲课和来督导,催促事忙、怕笨和怕丑的秦淑英。何世光有发怒,但她是温和的,因一年来的坚持成功而高兴,皇甫桂芳便说,她和秦淑英合唱一个歌,表示这件事情告一段落,胜利地告一段落了。皇甫桂芳,由于她的当小学教员的特性和由于她爱好社会活动,觉得唱一个歌有深刻的意义,告别和奋斗再向前的意义。她找不到什么共同的歌,于是她提议唱国歌,因这提议她又增加了庄严的表情。她说,开学唱个歌,学期终了和毕业也唱个歌,向敌人进军唱歌,胜利也唱歌。她说,在海国乔文章"最后一课"里,人们为祖国的命运唱歌,在革命进军里,人们唱"国际歌"……。在各一些街道,小学的课室和房间里面,是深藏着深刻的感情和对于社会、国家之爱的。在小学生的响亮的歌声里,是飞扬着新生的表情的激昂,而在教师的歌声里,是飞扬着深刻的对于国家和未来的感情的。这种纯朴在这个国土上各处震动着。在秦淑英的房间,扬起了歌声。歌声传到室外,外面风吹着,是朦胧的月光照耀着的夜;静静的北京城矗立着。皇甫桂芳歌声高扬,秦淑英的喉咙有些沙哑而又嘹亮,而在末尾还加入了老头子海国乔嘶哑的男音。

黎明前出来扫地的时候海国乔碰见了曹株花,将二千元还给海国乔了,她从海学涛抢了回来的。曹株花阴沉地没有说什么,但下午的时候她来到海国乔这里,说她想和海学涛离婚,但她将仍旧来照顾老人。海国乔继续着他的痛苦,有些困难地说,他不赞成她离婚,他说依他看来海学涛还是会改正的。他将教育他。他先是阴郁地说着,后来是焦急地说着,虽然他想到,海学涛不改正的话,他老头也能生活,他可以与儿子无关。他处于为难的境地,但他心里的希望不死灭,他仍然说海学涛会改正,接受他的教育。曹株花很同情他,便也走了,他便犹豫地去糖厂找海学涛。他没有找到,却在路上碰着骑车的海学涛,海学涛是请假出来跑他的洗衣机电视机的买卖的,他也很阴沉,因为路上碰见了张璞,张璞用高亢的声音训诫了他一顿。海国乔便把儿子叫到针织厂后面,附近的野鸭洼的池塘边,

父子两人沉默着。海学涛想问父亲要钱,但他又想收敛些,因为曹株花坚决和他吵闹。而首先是,海国乔虽然去到糖厂找过他,但在碰到他的时候,想起自己的被他抢钱和推倒在床上的屈辱,便像一个愚鲁的老头子似的,装做没有看见他,冷淡地迎面而过,表示着他的愤怒。他这时感觉着找儿子是委屈的,也没有新鲜的话要教训他的,他有社会,便一个人混他的老年。但海学涛从自行车上下来招呼他了。海学涛狼狈,说也想和父亲谈谈,便跟着老头子来到池塘边上。针织厂后面池塘里结着冰,但天气晴朗,太阳照耀着,针织厂的机器声在隐隐地传来,附近还有托儿所的儿童的骚闹声,又有小学校的铃声和远远的大街机

动车的声音,这都市的生活在健旺地进行着。老头子渴望儿子悔改,他看看大个子的,头发有点长的儿子,觉得他是能够改悔的,等待他说,但海学涛只说了一句劝他不要着急伤心的话便沉默了。海国乔便振作了一下精神,谈起来了,他教训儿子改悔,断断续续地说着,从海学涛的母亲的早死说到他过去的生涯的奋斗。他说到他的老年的原则:为了祖国和刚正不屈。……

这时候曹株花从针织厂的后门推门出来,看着他们,对海学涛说:"喂,你回答我,你海学涛。"海学涛不作声。曹株花走到池塘对面,又说:"你回答我,我和你的问题。"

海国乔再又想起海学涛以前是纯洁的青年。

曹株花喊叫的时候针织厂的中段休息的铃响了,针织机器声渐渐地静了下来。曹株花又说:"你回答我的问题。"同时拾起一块石头砸在冰上面,砸在海学涛的面前。她显得很坚决而且仇恨,她还显得粗野和泼辣,又砸了块砖头到海学涛和海国乔面前的冰上面。

"我回答你什么问题呀?"海学涛窘迫地说。他也想到,他以前是纯洁的人。

"你回答我的……"曹株花说。

针织厂里已经走出了不少休息的女工们。这些女工们走近池塘边,像是曹株花组织好的似地,对曹株花作了援助,她们中间好几个在喊:"你海学涛回答问题,回答株花姐的问题,回答曹株花的问题。"

"没有什么问题。"海学涛说。

"你改正不改正呀。你过去是正派的青年工人,好青年工人,你……"

"你是好的青年工人,"秦淑英也叫着,"你听株花姐的,听海大爷的才行,你改正你的问题……"

"洗衣机电冰箱电视机买卖你掉了魂了,你叫钱迷了窍了,"女工组长王小兰说。

曹株花又摔了一块砖头在冰上。

这意外的吵闹和攻击使海学涛很窘迫了。太阳照耀着。

"冬日今日风和日丽可以说吧,也不冷,"王小兰说,"你海学涛时常骑车经过我们这吧,这些时你来兜售洗衣机,自然也是现代化。但是你有丑的。你有丑的,你问海大爷要钱做投机生意,想偷曹株花的钱。"

"你要改正。"秦淑英说。

"你要改正。"走出来的针织厂厂长向老太婆说。

"你从前是言而有信行为正义的人,你以前是的,你为我们厂修过机器,你还好行为参加过修托儿所,有一个时期你大个子海学涛每日骑车经过,你有技能,会开汽车,会驾掘土机,也会修电器,人们也曾拿你作榜样,你变坏了,"王小兰说,"是社会痛心的,特别你是海国乔的家人。"王小兰说。

"什么变坏了?"海学涛虚假地说。

"变坏了,是不好的。"秦淑英说。

"你回答我的问题。"曹株花说。

"你回答株花姐的问题。"厂长何老太婆说。

"你回答回答问题。"海国乔说。

海学涛沉默着,嘴唇有些轻微的抽搐;海学涛没有继续反抗,没有立刻吼叫"妇道女人家"和"臭娘儿们"便是海国乔的幸运了,海国乔刚才的一大篇谈话也压制了他一些。这句话来到了海学涛的嘴边,但他沉默了,看着女工们和对他痛恨地看着的曹株花。

"你回答她们的意见呀。"海国乔说,"你回答她曹株花呀。你背离正道,背离祖国之义,背离家庭家情,你要知道你必须改悔回正路,我容不得你错误下去,"

"你别说了吧。你把钱还我吧。"海学涛说,"爸,株花把钱还你了吧。"

"我可以助你还债,但是,你先要说到你不再做投机买卖了,你要改悔。"海国乔说。

"你们这么叫什么意义呢?"海学涛避开了父亲,对池塘对面的女工们说。

"我们要你回答。"

"你回答。"海国乔说。

"我回答,……接受你们的见解吧!但是——也没有这么简单的。你们呀……"他说,突然提高了他的声音:"妇道人家!臭娘们!"

针织厂铃响,女工们却没有进去。她们望着海学涛冷笑着,叫起来了:"你是臭狗屎!不肖之子!混蛋!"

"我和你不一伙的。"好久之后,曹株花脸色苍白地说,走进去了。女工们沉默了一下也进去了。

"你改正吧。"海国乔沉痛地说。

"那你不能给我二千块钱么?"海雪涛沉默了很久,用虚假的声音说,然后扶着他的自行车走到路边,骑上车走掉了。海国乔很忧郁,在池塘边呆坐了很久才绕过池塘走进针织厂。他穿过针织厂,没有精神地对何惠芳老太婆厂长说,他还是要争取为针织厂增加经费和活动的。针织厂闹了一阵问题了,由于仇恨海国乔和张璞,吴璋扣减了经费和订货来源了。

海国乔有一种愤怒,他便在路边上碰见骑自行车来巡视地区的吴璋副区委书记了。吴璋跳下车来,责备说,野鸭洼的居民委员会"怎么搞的",一定要扩大针织厂的经费;海国乔突发了老年的粗鲁,便凶狠地回答说,地区是这样的。吴璋便说,他停止他海国乔的地方党委书记的职务了,因为他并不能管事。他想走又停下来说,海国乔年龄也老了,不合政策。而且整天在和儿子闹家庭纠纷,连地也扫不好。

对海国乔较大的打击是提到他的年龄想去掉他的职务,还侮蔑他地扫不好,他便研究他履行职务有什么错误和缺点。他也研究不了什么,他心中有些反对这年龄的政策,他现在特别不想说自己年龄已经老了,这简直成了一种忌讳,他热中他在野鸭洼的生活和地位,他和野鸭洼休戚相关而且爱它,他不能想象一个没有他的野鸭洼。他而且现在想战胜儿子。他心痛地前行,便在地边上坐下来抽烟了。他要为野鸭洼而奋斗,为战胜他儿子的错误而奋斗。他觉得口干,便回到针织厂来找开水喝。

"你看我老么,"他问何老太婆厂长,她戴着老花眼正在机器上忙碌着。

"哦,你不老。"何厂长说,动着她的露出骨节来的手,"你怎样不老呢,该休离了,他们说,也要赶我休离了,我也打算了。"

"那你是你。"海国乔说。

"那你试试你的眼睛视力和平稳的头脑呢,你从前会缝纫机的。"

"那好。"

海国乔便坐了下来。他将一条废布摺起来踩动机器,他集中注意地移动这块布,然而机器卡住了一下,而且后来歪了。

"不成了。"海老头说,"但这不能算,不是专行。"他说,幽默地耸了一下肩膀。

但他接着奋斗,又踩动机器缝了一条,却成功了。说:

"这一条算,便算专行,党委书了,"他说,又耸了一下肩膀。

何老太婆厂长便笑起来,也有两个女工笑了。但何老太婆接着便显出一种严峻、冷淡的表情,说:"你到底仍旧和我一样显老了。"她似乎不满意他没有能至少很快地为针织厂争取到增加经费。

海国乔便又受了一点打击。他想到他的被免职,他跑起来,去打电话给区长张威,没有打通,后来便直接去找张威了。

房间里,热情的易激动的区长张威在和海学涛谈话。张威走来走去,而海学涛在一张凳子上坐着。张威昨天巡视街头说要找他谈话,他今天便来了,而刚才并没有告诉他父亲。他说他也想来找张威区长,希望区长说服老头子能帮助他。他反对他父亲继续当扫地工,他认为这很丢脸,他又说,他父亲还是人民代表。而他也希望吴璋兼党委书记。吴璋巡视野鸭洼,曾在街头表示他的高兴,说他很能干。不过也还是劝他不要耽误糖厂的当工人领班的工作。海学涛用糖厂的汽车拉洗衣机电视机街头奔驰的时候，海国乔心痛了，而路边经过的张威区长也迷惑了，因为海学涛过去是很好的，但吴璋却有高兴，因为他不满意海国乔，尤其是海国乔曾经痛骂了他。海国乔看见门开了一点缝便推了一下，看见儿子和区长他便没有进去，头有点晕，害怕张威发现他。他突然害羞和懊悔起来，走开来往走廊阴暗之处走去了。在他受到吴璋给他免职的打击的忧郁里。他想他还是人民代表，生平有光荣的历史，是坚强的劳动模范和被人誉为斗士，为了家庭的事来找张威是可羞的，而且当着张威的面和儿子冲突也是可羞的，但是和儿子的问题怎么办呢，而且吴璋撤掉了他的书记的位置的事，也应该问一问。老头徘徊。这问题没有怎么办，他想，他将碰到什么是什么；他决不愿不干地方上的事，他将不给儿子钱，他一定要训诫他改悔，用祖国和他生平的历史来令他改悔，他似乎是应该改悔的——这回他不敢说，他能改悔了——他不必为难张威。他真的差一点做错了。他便把塞在绒帽子里的棉手套拿出来，预备走了。但他禁不住又走回到门边往里面听着和往门缝里看着。区长很有些激动，老头子听见他说很关心他海国乔家，是地方上的重要人家。而海学涛说了什么。他不要听清楚了，他内心很惊慌。由于老年，由于显出了自己的弱点，由于家庭的痛苦和特别是媳妇要闹离婚了，和儿子曾推倒他而他损失了威严，而儿子的错误很顽强，由于，党委书记的位置叫仇人挤了，同时，他不能帮助人们，譬如帮助针织厂厂长何老太婆，他很悲伤。而他心中回忆着，留恋着旧时的岁月和逝去的光荣时代，因这些情况而觉得他的过去的光荣是不真实的，他很羞惭，便慌忙地从区长张威的门前又逃脱了，急忙地走下楼梯，走出了区人民政府的门，他自己形容说，没办法的老年的父亲和被免了职的街道党委书记逃出了区政府的大门了，他的心还在跳着。

他在区政府的苹果园的枯草地上看见了他儿子的自行车，也觉得一种惊慌和羞惭。他便想也许给儿子两千元算了，给曹株花吧，妥协一点，暂且不必急着训导儿子，也许曹株花会帮助他说服他不去做投机买卖,只拿这二千块钱还债,便可以了;也许这会帮助他改正。儿子向他要求给钱买点什么,那时期的情况比现在儿子欠了债的情况或者是好写的。于是,手有些冻得冷而面孔有些发烧的海国乔老头子便往针织厂来了,冬季的太阳近黄昏,针织厂快下工了,老头子便勇敢地进到厂里去,和人们简单地招呼着,叫出了曹株花。但这时候他又理解到他的想和儿子妥协的想法是并不真实的,他心里又反对着它。

他在针织厂的院子里对曹株花说,可不可以呢,她曹株花说服教育他的儿子,不做投机买卖,而他……他想说给钱,但没有说了。他说,他也教育他。他将严厉地教育他,曹株花和海学涛也要不客气。他用很忧愁的大声说,可不可以呢,应该是可以的吧,但他有遗憾地说,海学涛在针织厂后面骂妇女是丑恶的。曹株花要谈离婚的事,他也没意见。他说,他心中痛苦,海学涛又早没有母亲了,但他仍然放弃了同情儿子。他说决定给曹株花一些钱。他又反悔说,给海学涛一千。但终于又说,不,不给海学涛,却给曹株花。他将来也还可以给她的。他便用有些颤抖的手将仍然放在口袋里的二千元拿出来给曹株花。

曹株花便感觉到老人想安慰她,绥靖她,便很窘迫,尤其老头子说话忘了环境,气势很大,声音很响。她便说不肯接受钱,再说吧。她说,希望他老人家不要着急,他便得到了一种安慰。他转身走了,但又转回来喊住曹株花,他萌生着希望,对曹株花说,他一定是这样决定的,他又说,希望曹株花教训儿子,虽然他也坚决地教训儿子;他不改好是不行的。曹株花嫌他的声音大,忧愁地看着他,他有想给曹株花钱,但曹株花摆手。他便走了。但曹株花追来,喊住了他。

"我说……这事情你教育他吧,你是有社会地位的呢,再呢,"曹株花说,"我不和他说话的。我也不要你的钱。"

"那就不好了。"老头说,懊悔自己没有走快一点,挨了打击了。"你还是听我的吧。"

由于对老人的敬仰,曹株花便说,"好吧,再说吧,我听你老人家的话就是了。我听你的话的。"拿手在围裙上搓着,走进去了。

晚间,海国乔想着自己对儿子的感情,想着自己真也有些软弱了,便决定要坚决……快要睡了,外面自行车响,热情的区长张威来看他了。

区长张威还带来了一瓶酒,一包花生米,和一块牛肉。他好喝酒。他说他来和海老头痛快地聊一聊,他说,海国乔的家里,他是要过问的,老头子应该振作起来。

海学涛曾对张威坦白地说了他曾夺下老头的两千元而把老头推倒在床上,他坦白地说而且笑了:他说钱让曹株花抢去了,他说他有点害怕离婚,但也不在乎。有些自私而坦白的海学涛无礼地要求区长帮他说服老头子尤其是曹株花。

区长有些忧伤。他说,海国乔家是他的户口,而海国乔是全国知名的人民代表劳动模范,他张威也是海国乔的户口。区长坦白地把他和他儿子的谈话告诉海国乔,他说他很忧伤,尤其他在知道了吴璋在路上说了免去海国乔的党委书记的话之后。

海国乔在颠簸的心情之中,内心谦虚着,但是喝了两口酒之后老头又表示了他要奋斗;他说他还要斗的,希望张威援助他,他不让儿子,也不要丢掉地方上党委书记的位置,他是区委委员。他将要求开会和选举。说着这个,老头子便因过去的光荣和现在的坎坷而流泪了。

张威说,他还能将吴璋等的活动阻拦住,他正是为这事来安慰海国乔的,他希望海国乔不要悲伤,他仍然是地方的党委书记。张威喝酒不多,但是他很激动,他说,他很仇恨吴璋这种人,而对于自己和海国乔的友谊很愉快。他说吴璋渐渐地变得更错误。但对这人暂时没什么办法,人事有复杂,北京市委对他吴璋的批评他也不理。这人是有特色的,从前是很谨慎的,现在区里有的人在区政府浪费和铺张,投资盖装饰奢华的房子,买漂亮的家具,签发过分的奖金,签发过分的旅费和会议费,也使他作了几分钟的妥协,使他很伤心;但仍旧有时反对,虽然也得利了。

现在也继续在反对一些人,吴璋这种人很顽固,夺权,夺地位,和他妥协不来,但他有特点。吴璋时常捏造人们对他的反映好,拿来在党委会上自己赞美一下,譬如他说海国乔说他勤劳,办事认真,而海国乔,据张威知道是讽刺他的。但是他却有优点,很俭节。观察这种人很有意思,他们爬上空塔去,大声欢呼他们的工作很好,不过他们也有可以击败的地方。吴璋最近哭了,他说他的农村插队的儿子来了,病了,使他想起了他的勤俭奉公,没有什么积蓄,他便很伤心。……张威亲密地和海国乔谈话,议论吴璋,他也显出了他是容易激动的。他说和吴璋共事很难,是琐碎的小人,但是,他又说,吴璋也还有特点,他的确也是自己生活也很俭节的,中午的时候吃饭很节省,在钱财上面变坏以来也还有时保持很分明。张威便说他的缺点是办事有时有些浪费。而他心中不安有一回只好赞同了吴璋的少发的野鸭洼的经费。他说他还佩服吴璋是勤劳的,常巡视街道,最近野鸭洼缝纫厂几台缝纫机损坏了,他曾一早晨跑过来看过。张威说,他今天来的时候吴璋在区里亲自擦地板呢。所以,这人有厉害,他伤害了他所尊敬的,乡里的表率的海国乔,使他张威很忧郁。张威善良,诚恳。时常很忠厚地、注意地看海国乔一眼,他说他歉疚于自己没办法很多地帮助他,仅止于保存住他的地方党委书记。他说,他便想今日来看看"野老头",来听听"野鸭洼老头"的言论吧。张威说,他劝海国乔不要生气,乐观地说,他以为海学涛是会改悔的。他和张璞都要帮忙劝诫他的。他再又说到他海国乔的被吴璋无礼去职而很愤怒,他下午和吴璋吵了,吴璋也再没有发言。他一直说话坦白而声音很高,他因为谈话成功而高兴,便激动地捶着桌子,声音震动着院落。这时有李义和杜宏英的男孩杜志来站在门口,看着激动的,大声说话的区长,看他捶着桌子。

男孩很小,注意地、吃惊地看着区长,最后,在张威停止捶击桌子的时候跨进门来了,张威便用极敏捷的动作摸出糖来,他说他忘记了,他还在街上买了一点糖预备回去给小女儿的。他问小孩几岁了,小孩不说并且不要糖,预备走了,又站住,回过头来看着张威。

"我是区长呢,你不怕么?"张威说。

大眼睛的、长得好看的男孩站着。

"我是威风人物,管你的,"张威说,快乐而且显得坦白。他又对海国乔大声说:"我是决不妥协的。"而且又捶着桌子。他因和海国乔谈话而愉快,他因和海国乔是亲密的朋友而觉得一种荣誉,他又活泼、敏捷地转回来对男孩说:"你不怕我吧。"男孩有一种惊扰的印象,张威的敏捷使他觉得这大个子陌生人很凶。哭起来了。他便抱起男孩,男孩挣扎着,他便问海国乔是哪家的男孩,将男孩抱回杜宏英家去了。他急急地又跑回来,带着一种天真的快乐说,他今天和海国乔喝酒很高兴,他是敬仰老人的,赞美他过去的革命功绩和老年的奋斗。他说他的党委书记不会这样丢掉,再干几天,当然,老了是应该退休的。他便由海国乔指示着,活跃而热情地往大院子的西边角落了去看朱璞去了,他听见这房上那里的缝纫机的声音,朱璞在进行着她的奋斗。

朱璞的工作台上堆满了衣料。她在灯光下奋斗一套质料好的西装。她站起来欢迎区长,说她认得的,领营业执照到区里去的;张威也说正是这样。因为胜任自身的工作和事业继续着,因为区长来看她,朱璞便快乐,她说:"地点小得很,凌乱的很,真不好意思……请坐……"她便迅速地奔忙,将两张椅子上堆着的衣料抱到床上去,快速地、差不多同时似的便去水瓶里倒水,又在抽屉里拿出香烟。

"我很高兴来见到你。"因朱璞的像一阵风似的迅速的、殷勤好客的、热烈的动作而感动的张威说,"你好,工作好,辛苦,"热情的、激动的区长说。他又说,现在这些衣料,国产的比进口货的不差吧。他说,他朱璞不跑深圳去吧,那里可以赚钱,但他张威不以为然……他又说朱璞这屋子有些阴暗,但布置得很好。他问朱璞一天晚上能做多少?大概的接受订货的情形是怎样。他热烈地说着,在房里徘徊着,拿起来朱璞的衣料和制成件来看着,又拿起时装样品来又放下,他觉得他应该,理解和鼓舞朱璞,这才是一个区长。他的热烈和激烈使他对朱璞的房间有了深刻的激动的印象,便是这里进行的奋斗是有着深远的意义的,事业的坚持是有意义的。"热衷于祖国的振兴是有意义的,坚持四化是有深刻的意义的,你的经济体制改革也是很合适的。"他说。朱璞愉快,但有些紧张,显得忠厚地、沉思地站着,考虑自己有什么不妥?想着刚才她的一阵风似的动作是否笨拙,她觉得还不笨拙。

"谢谢区长鼓舞我们。""我将帮助你。"

区长说,他的内心因朱璞的纯朴,她的奋斗和她的刚才的一阵风的动作而激动着。

"那是顶好了。"因想及倒开水未来得及放茶叶而不安的朱璞说,她想走去补拿茶叶,但又顾忌着说话;她作了一点动作又迅速收回了,但有些紧张的她终于做了急速的动作拿茶叶。但敏感的张威却抢了开水喝了。他说他喜欢喝开水。他对朱璞很满意。

大眼睛的、好看的男孩又来到朱璞门前,他吃惊地注意着个子高大的张威;继续着惊异的印象。但这一次觉得这高大的人有些和善,他看着他在对朱璞谈笑着。张威便又来抱男孩,男孩避让着却让他抱起来了,但立刻,因为自己做了勇敢的决定而紧张着,有些害怕。便又往下挣扎。张威便将他放下,随后便牵着男孩,让他牵着,注视着朱璞,因自己的再一次的勇敢的决定而高兴,朱璞也因补放了张威杯里的茶叶而高兴。张威又把男孩抱了起来,结实、大眼睛、美丽的男孩安静着,张威便觉得快乐和幸运。男孩在他的生活里倾听着北京的生活和建设的声音,他知道这建设给家里带来欢喜,他因此欢喜来客,觉得他是建设者。

"你的裁缝工作是很好的,而且是成功的,我说。"张威鼓舞朱璞说,随后抱着男孩经过各家灯光暗澹地照着院落,回到海国乔房里了。但又抱着亲热起来的男孩到范莲英老太婆的屋子里,观察老太婆在弄什么吃的,问她烈属的待遇是否按时收到,快乐地说着话。区长张威因走访民间而高兴,他觉得这走访成功。他有一种歉疚,长久地很少来到街道上和居民人家。这时海学涛来到了,看见区长在范莲英屋子里,便闪了一下,但被范莲英拖进去了。海国乔也来到范莲英屋子里。范莲英说,她听说了,她觉得海学涛像这样不好。接着李义和杜宏英进来了,人们问候着区长,李义便说,海学涛的目前的情形不好。

"你这孩子本来是顶好的,"范莲英说,"你还是不好惹你爸生气吧。当着区长说,你要改变改变。"沉默了一下,因为怕使海学涛不满,便又说,"我老太婆说的你不见气,见气就算是我没说。说冒失了,因为区长来了高兴,你不见气吧。"

海学涛有些阴沉。

"我的事不用这些人管。"他说。

范莲英老太婆便有不安的表情。

"是个人都来说几句。"海学涛说。

"你这就不对了。"李义说。

"我说,我怕是说错了。"范莲英说,"但我不说错的,你说呢,我不是坏心。你说我不说错吧。"

"那你管什么呢?"海学涛说。

"那我就错了,哎。"范莲英说,有些愤怒而苍白。

"你这是干什么?"海国乔说。

"这你便是很不对。"区长说,男孩从他的膝上下来,跑向他的父亲李义去了,再回头看看他,再又觉得他是建设者,在这里来管事情的。"你不对。"

"你改正吧。"海国乔说。

"没有什么意思。"海学涛望着李义说,"是个人就要来几句,有意思么?"

"那我们说的不对。"李义说。

"也不是说的不对,自然也有对。"海学涛脸孔涨红地说。"可是有什么办法呢,我的事情,我自己知道的,我不喜欢听说什么意见。我欺侮我父亲海国乔了,我是经济犯罪,是这样么,你区长训我走了歪路,一定是这样么,我们也不怕你区长张威的。"

"那你便不对。"张威笑着说,"你便分明不对。我是你父亲一方面的,不高兴看见你不改正,我还是这么说。"

"不见得对。吓。"

张威从高兴、热烈,变成阴郁的表情。海学涛的不恭敬的、轻蔑的样子使他激怒了。所以他便大声说:"我从哪一点不见得对呢?"

"我们的家事。"

张威便大声说,海国乔是地方上的人物,也是他到这区域以来的朋友,他为什么不该管呢。他不高兴海学涛这样的人。

"你要改正。"李义说。

"你听区长说。"海国乔说。

"你要听他区长说才对,你海学涛不听是混虫,"范莲英突然愤怒地、激动着、颤栗着,大声说,看见区长对海学涛愤怒,她觉得高兴,她愤怒海学涛的对抗,她震动了。"你这年青人辜负你父亲你媳妇你是不好,混……蛋。"

"那当然也许是我错了。"海学涛有些辛酸地说。

"那当然也许是你错了,"区长张威说,因愤怒而有些颤栗,站起来走过来又抱来李义的男孩,亲吻了一下,说,"英俊的小东西。"并且匆促地笑了一笑,企图平息自己的愤怒。他觉得愤怒有丑,但他对海国乔有深的感情。并且他也被海学涛顶撞范莲英所刺激。他觉得他要办好海国乔的家事,这一点是他的荣誉心。他并没有平息愤怒,大声说:"你海学涛辜负你的善良而毕生辉煌历史的老父亲便是不对。"

"那你训导吧。你是训人的。"海学涛说,走向李义和杜宏英的男孩,想要从李义手里抱他,但男孩不要,张威伸手,男孩便要了,张威又交还了杜宏英。海学涛动手抱男孩,也是一种挑战的意思。他这时估计能赚到一些钱,而他觉得也并没有违反政策,他又认为错误无所谓,他所以是强硬的,或者说,他是想要强硬的,因为他到底也有些害怕人言。和区长冲突了,他也觉得有些畏惧。

"我是训人的。哎，是这样。你要知道你不改正你父亲很痛苦，我也有痛苦，是我的区的事。你父亲走过艰难奋斗的路，也曾出生入死，解放后若干年的火车司机获得劳动模范，那时候我还是少年学生，我便很景仰，我是敬重老人的，一早晨的扫地和奋斗着当地方党委书记，举办野鸭洼的几个小工厂的事业。譬如这里，我也感动于范莲英大娘的为人，你海学涛为什么要不听她的话呢，你父亲老了，你威胁他的钱，令人悲愤。"张威说，由于愤怒的刺激，有着感动的心情，便流下泪来了，拿手帕擦着。

"那你区长是坦白的人，我以后改便是了。"海学涛不安起来？说。

"那你便要改。"张威说，"国家的四个现代化，首先需要正派的、善良的，有理想和有心灵有水平的人。我是中年人了，奋斗我们的事业，你海学涛也不年轻了。"

"你改改吧。"杜宏英才说。她说她有事，走出去了，但又站下回头眯着眼睛看着海学涛。她看了好一阵才抱着她的男孩出去了。

"你要改正。"范莲英恼怒地说，走着过去靠近海国乔和区长。

"都训导我了。"海学涛苦恼地说，"那么我这样说吧。我愿不干了。不过爸爸你能不能给我，借我一千元呢，我急需着，就这一次。你张威区长帮我说说吧。"

"我不说这个，我能说这个？"张威说。

海国乔便问他干什么用，是不是欠债了。从他的脸上的激动的表情，张威便感觉到他是又产生了一点矛盾了，预备着给钱。他因自己不能措置好家庭的问题而要使众多的人们受到麻烦而觉得羞愧。海学涛便准备伸手来拿钱了。

"谢谢父亲。"由于人们的注视，海学涛便预先说。"能不能再多一千呢？"他说。

"不能，"海国乔说。他犹豫着。他从抽屉里拿出了两千元，拿出来便又收回去,但海学涛便来抢,很快地抢到手里了。老头子没有来及抢回来,手有点颤抖。

"你的爹疼你,你怎么抢呢。"范莲英说。

"这我是在场的。"区长张威说,"你说我好管闲事吧,我是要监督这情形的。"

这时候曹株花进来,动手便抢海学涛手里的钱,抢下来交还给海国乔。但海学涛又抢去了。海学涛抢到手以后羞涩,脸发白又发红。

"我愿改正错误的。"他说。

"那并不这样的。"海国乔恼怒地说。

"改正当然是很好的。"张威说。

曹株花便说,她仍旧是要离婚的。

海国乔痛苦地沉默着。海学涛也沉默地站着,他有些羞怯,似乎想要退回这两千元。手颤抖着,但又没有;他显出一种内心的冲突,但他仍然显出来他是自私着的。

"我做最后一笔生意了,可以赚到一定的钱,是有收入的,也对四化有贡献……。糖厂的汽车汽油费我付钱,车子的损耗……我也付钱。我能……"

"你不要说了。"海国乔突然怒吼说,"不许再做了。"他说,便又想把钱抢回来;但海学涛躲闪过去了。

"你常说你买进洗衣机又卖出是靠的人事,所赚的钱是合法利润,是合法利润也许吧,但你总之是倒买,你说卖的人是很多的,这也诚然是,但我作为区长,我还是说你不干了吧。也说不准你干。"张威说。

"你的钱拿回来。"曹株花说。

"你的钱还给你父亲!"张威说。

海学涛便想还出来,他的脸上还有一点轻蔑的笑容。但是他又说:刚才说是做最后一笔生意是心中有这么想,想不做了,却没有决定的。这则是有欠别人的钱。……但是,他又说:"这是你父亲给我的!"

大家沉默着。激动的海国乔便动手把钱抢回来了。海学涛便沉默地放肆地又抢回了钱往外走,但是张威喊住了他,张威用力和他掰手,把钱抢回来给了海国乔。海国乔便头有些迷晕地坐下来,他哭了。

"你当着我区长的面这样!你太不像话了!"声音哄亮的张威啸吼着。"这算你是祖国的一员吗!这算你是你父亲的儿子吗?这算你是一个工人,曾是一个先进工作者吗?你是一个腐蚀的分子了,你伤你父亲我很痛心。"张威说。颤栗着,善感的容易激动的区长张威便眼睛潮湿了。

人们散了,海国乔回到自己房间里,拿出自己过去的纪念品来看着,然后,他在房间里,用力地拉着他们当火车司机开始时代的纪念品拉力弹簧。他愤恨自己对儿子的一定的软弱。他弯下腰来在腿前面拉着,又站起来在胸前拉着,而手用力能张开,他的力量还可以;……又在头顶上拉着,发出喘息的声音和奋斗的、蹦跳的还喊着"一、二、三、四"的声音。

吴璋来到海国乔这里,向他道歉。

吴璋的作风受到张威党委和上级北京市的批评,但他一直蛮横,并不介意,他觉得这时他这种情况很多,无所谓,而他的家中吵闹起来了,却使他窘迫。他的在市政府工作的妻子说他日益变坏,要和他离婚。吴璋对着自己的情况发呆很久,他好久忘记了他曾是追求学问的了,虽然他还有时拿一本书看。他的从农村插队回来的女儿和他冲突很凶,她知道野鸭洼的人们骂他,而他想撤去海国乔梅风珍的职务。他的女儿崇敬海国乔。吴璋心思很阴郁,他想改正些,由于受了张威的挫败,撤除海国乔没有成功,他便想改正些。他觉得前途危险了,特别使他不安的是海学涛要送他一个洗衣机,而他的女人反对他的俭节,正好要买一个洗衣机,他先是想拿下这个洗衣机,觉得拿了这个也无所谓,后来在犹豫了很久之后,又决定不要海学涛完全送,而给他一半的钱：他把洗衣机要拿了，但又在内心的矛盾中追问了海学涛，因为他觉得要海学涛赠送一半也明显是一种贪污，他觉得贪污是不好的，他认为他要为官清廉，好在各时候有发言权。后来事情扩大了一些，海学涛把这洗衣机又送到他家里来了，他急忙喊叫退回，像火烧着了似的，但后来他改变了主张，决定买下了，给海学涛整个洗衣机的价钱。但海学涛不要这些，说许多事情，是要他副党委书记帮忙的。海学涛把整个洗衣机的钱都塞还给他便走了。

这一个洗衣机曾经被他使用三轮平台车搬运，退回去还给海学涛，现在还是来到他的家里，而海学涛又退回了他的钱——这是这几天使他的内心颠簸的事件。海学涛退回钱来他又陷入了矛盾，他觉得这样似乎也好，而海学涛有不少市场的利益，这样也无所谓，但这样的想法也使他刺痛。他想他，吴璋，是俭朴地生活而且廉洁的。他也正是凭着这廉洁欺人的，他这一年来变得欺人了。他从一种狭隘的心理，认为骂他反对他的人是应该去除掉的，他认为自己是有能力的，现在他的女人和女儿揭发他的欺人了，他暴露了他的狰狞，他在家里说："今天我对付海国乔一下，很痛快，他这昏庸老头想反对我。"他的女人便和他很凶地吵架，说他这种话很多了，甚至还说过："为人是要专权力专横一点的，没有什么人不为自己。"他也常说："我是漂亮人物，有学问和水平。"他的女人郭清砸碎了一个碗说，和他不妥协了。郭清说，她不愿意在人们面前害羞，有这样一个丑鹅丈夫，便是挺着胸走路欺人的。

"我为什么是挺着胸走路欺人的丑鹅呢，还有伪君子。"

"你不是伪君子吗？"女儿叫着。

"什么时候是伪君子！"他大叫着，但又改成很低的声音说，"就是伪君子吧。"

郭清坐下来，带着一种沉痛。她说，他吴璋走路现在有时还有些横行摇摆。她要吴璋走几步给她看。她便站起来，模拟他挺着胸昂着头不看人的样子，又走回来，再往饭桌那边走去，还做了两三下骄傲的摇摆。她要他这样走给她看。吴璋有些痛苦,他怕他的女人,她是有工作能力和气势的,便说不是这样。但她坚持要他像她模拟的样子走给她看。吴璋懦弱,便挺起胸来走了,但又站下,因为难堪。他又说他并不是这样。郭清看着他,沉思着,她想过去不是这样的,她想旧时候是有一些深刻的感情,便哭起来了。

这回的冲突还有抱着手臂的女儿在旁边。女儿用很粗重的脚步走路,在咒骂他,而且说海国乔是英雄人物。

"我品德不正,我的家人攻击我了,我在洗衣机这件事上面有立场的痛苦,我掌权得意而在这件事情上陷落得深一点了。"他内心冲突之后便又去找海学涛,想退回他二百多元,但没有找到,同时他似乎还有点庆幸没有找到,他心中仍然有着贪污的意图,后来他便来找海国乔了,心中责难自己的贪污的意图;他也买了一小瓶酒,因为地方舆论的重镇海老头喜欢喝酒。但是海国乔不在家,他便走到朱璞那里,看见门也锁着,便去找范莲英老太婆聊天,但老太婆不大爱理会他,老太婆高声地说:"我很好,生活很好。"便不作声了。他很忧郁。海国乔回来了,他进到他房间里去,但海国乔阴沉地看看他。他没有把酒拿出来,也没有向海国乔说什么,只是把二百余元拿出来,对这二百元还似乎有点恋恋地看一眼,说是这是买海学涛洗衣机的钱,但海国乔也不理会。他终于说了一句,有关于想撤除海国乔党委书记的问题,那是他的错误,他这时有些畏惧海国乔。他看见朱璞回来了,便走过去说他要做一件冬季衣服和罩衣,外面买不到合适的……朱璞便替他量衣服和开单子给他,他并不想做衣服,他女人郭清曾替他做,他舍不得钱,首先衣服并不缺。但现在他意外地做了,他似乎在用这来补偿他过去对朱璞的冷淡和压制,而朱璞似乎觉察到这一点,因此在替他量皮尺的时候带着一种矜持的,有些战斗的表情,说:"你的身材不矮。"而且倒了杯水,也没有忘记放茶叶。他想着,他在人生里落进陷坑了,便不再担心海国乔发脾气,走到海国乔房里,坐下来,拿出酒来打开倒了两杯,拿起一杯来喝了。他说,他很苦恼,因为在想要撤去海国乔的街道党委书记这件事上有错误;海国乔也该退休了,但自然是要好好商量。他说,他来也不是谈这个的,他是,他……他便沉默了。他想说,他心灵痛苦。

吴璋觉得海国乔威严,觉得应该改悔。

"我走上人生之路有少年得意。"他说,"……依你看,我有哪些错误呢,一则张威指控我,我要向党委会报账,二则……我是不是有错误呢?"他说,站起来用他的女人骂了他的挺胸的姿势走了两步,又坐下,"我想我也没有多大的错误。我在对梅风珍的态度上也有所不很妥,但其实是也没有什么的。"

"你是错得深了,副区委书记。"海国乔说。

"但是也没有什么。我来看你自然是向你道歉,你喝酒吧。我还要说你是不该反对我的。这二百多元海学涛的洗衣机你收了。"

"不。"海国乔说,他已经从梅风珍那里知道这事情了,梅风珍则是从人们听说的。"我也不管海学涛的事。"

吴璋便又喝酒,他再三地要海国乔喝,看见海国乔放弃了固执,虽然是因为交际和从事一定的团结,喝了半口,他便有些高兴了。

"你喝,你喝!"他高声说,便站起来徘徊着,又做了一个他的女人讨厌的姿势,他便涌起了趁酒发"诗情"的意图。他说,许多岁月过去了,他也变得俗气了,他到底应该怎样呢,三心二意地许多年。

"那你看呢?"海国乔说。"你满意你这种恶官僚情形么?我也知道,上级北京市也批评你了,你看是怎样呢?"

"你看我怎样改变我情况呢,……这是'千里风帆下扬州'。……也听'姑苏城外寒山寺'啊,时代啊。……"他说,并不理会海国乔的提到上级批评的话。"但你洗衣机的钱必须收下,请转海学涛。"他忽然便预备走了。他觉得应该理智。海国乔仍旧把钱又还给他,但他顽固地说:"请一定收下,请转海学涛,这件事情请协助我。"海国乔便也同情他,觉得他还有着善良,把钱收下了。他看见海国乔把钱放在一边便要海国乔数一数,海国乔便数一数放进抽屉里,他便觉得克服了贪污,而轻松了。

"人有错误是痛苦的,我有错误啊。时代啊。"吴璋说,张开手臂搂了一下海国乔的肩膀。吴璋便拿起他的小酒瓶出去了,在院子里碰见了范莲英老太婆,又大声地问好,仿佛刚才没有和她碰到似的。范莲英老太婆很冷淡地看着他了。他心情仍旧不安,觉得自己有很多的危险,而拜访海国乔的情况也不如理想,人们将要攻击他。他不安地走了。

吴璋想到梅凤英那里去说道歉的话,问她对于他的意见,但到了居民委员会门口便站住,又转回来了。他也像海国乔老头曾从区政府急急跑出来一样,把帽子拉下一点,急急走着。他觉得自己有过失,但他又还是很留恋他的这一些时间的霸道的。他的心在冲突着,他到底有没有错误呢,他是错误的,但是不是这一点也没有关系吗,就拿那洗衣机来说吧,他已将钱拿出去了。不,他有不纯洁,欺人,现在他到了悬崖边了;过去的年青时代的豪情和壮志丧失了。但他也应该像许多人一样诚恳地为人;他一直想升级,但是抓权力的恶手段是可羞的。

他在野鸭洼的街头走着,遇见替烈属换煤气包的推着自行车的民警沈强,沈强假装不认识他或简直没看见他而从他面前走过去了,他曾经对沈强说过,他们派出所替军烈属搬煤气和替困难户送煤炭的工作也有做得不必要的。那次他还态度粗暴,他觉得不必太照顾军烈属。他回头看看,沈强也回头,他点点头,但沈强又看看他,仍然作为不认识他,又往前去了。

"你不认识我?"他大声地问。

"哦,"沈强又回过头来,说,"不认识。"

"你真的不认识,我吴璋。我上次,两个多月了,还和你说过话,那次我说你不必替军烈属换煤气烧火,有些他们自己能干,你们派出所事不是很忙吗?"

民警沈强有些古怪地看着他,脸有些发红,但仍然顽固地说:"不认识。"

"你真的忘了。"吴璋说,"在那件事上。我是很抱歉的。"

沈强沉默了一下,似乎在做出决定,他含着一点讽刺的微笑回答说:"记不得了。"

"那么我的错误便不小了,而你这位叫什么名字呢,我记得你助困难户做工作很多,叫沈强对吧。你怎么说不认识呢?"他笑了起来,说。

"想不起来了,不认识。"沈强顽强地,简单地说,"你是谁呢?"

"你真不认识?你是假的吧。我是有些不妥。……我是副区委书记吴璋。"

"不认识。"沈强继续说。

"哎,我叫吴璋,区委会副书记。"

"那你这么说,我便知道了。"沈强说,脸孔平静无表情。

"哈。"吴璋说。

沈强便要走了,但苦恼的吴璋又说:"我觉得你是很好的,你很负责办事很认真,……你真是对我很深的意见了,还是不认识呢,忘记了呢,我想你是忘记了而不是大多的意见要好些。"你对我有哪些意见呢,……但你这样古怪也不好。"吴璋心中又发生了一种傲慢,他的脸上闪过了一点激烈的表情,"你对我的不满很深了。"

"那也不是。"沈强无表情地说,这时候街道一个儿童跌倒了哭号着,沈强便把车子放下去扶起这个男孩。吴璋看看他,觉得受了不恭敬的打击,但也想着仍然是自己有错而有危险,便想说什么又抑制住了。沈强把男孩送到门廊里去出来又看看他。

"你对我还有什么意见呢,你这样也有缺点。"吴璋说。

民警便不说什么,望他笑了一笑,但终于说:"对你是有些意见,你是区委副书记么?"扶着车走了。民警沈强显然对他有着相当的恼怒。这是有些阴沉的下午,吴璋便又往前了。

299

他在路边上碰见了陈平和他的未婚妻孙美兰。

"你吴璋副书记吧,"陈平走过来带着一种忧郁,也带着激动的仇恨说,"我想问你一个问题,我的落实政策的消息有没有?"

"他是这样的。"孙美兰很快地说,似乎想遮拦什么,"他应该落实了,患难了十几年,他的身体也不太好,我们呈请你们区委很久了。"

"我不知道。"对陈平印象坏的吴璋冷冷地看着陈平说,但他又很快地改变了,他的神情有些谨慎地说,"也没有听到什么。我们区里,你和刘勉的情形,你们的呈请,是汇报上去了。你这些时候扫地还不错,很好。"他说:"你也干文牍吧,我想你也不必这样急。"

"那是的吧。"陈平说。"你是给汇报上去了吧?"

"我想对你解释一下,我过去对你是也有情形不好的,我是觉得环境危险的,个人那时帮不了很多的忙。"吴璋说,但他随即又有些气愤了,觉得自己被自己的女人骂了,畏惧海国乔,胆小了,太噜苏;对每个人都要认下错,是没有必要的,刚才在沈强那里便不成功,而且这陈平很有几次伤害过他。于是他便说,"也没有什么……就这样了。你们好。"但他想想又说:"你以前骂我几回也是有缺点的。你有一些骄傲。"他的心里于是又冲起了一股气愤。

"那也正是的。"陈平说,"但是你也应该知道,你是不对的。"你也不能负责任……你没有撕掉我的落实政策呈请书吧。你曾经说,我的问题会负责。"

"你不说了,我们刚谈过,"孙美兰说。"我代表他陈平向你吴副书记道歉,他是容易冲动的。"

"因为境遇不好。"吴璋说,"这很容易了解。这也是对的,我有缺点。"吴璋脸红了,激动着说。

陈平和孙美兰便沉默着。

"你看怎样呢,我也真可能很抱歉,"吴璋说,呆站了一下,决定改正自己的错误,"你的冤案没有彻底落实政策,我确实很应该同情你,看着你们未婚夫妇的奋斗。她孙美兰是对你很有功的,十几年等着你而现在还帮你扫地。"他说,他的心中意外地又颤动着同情,于是他便觉得自己是旧时一样,为人善良,于是他便有愉快,觉得忍耐和承认自己的错误很重要,他便带着一种诚恳说,"我也真是有缺点错误的,有责任。有恶意,将你们耽搁了。"

"你说的我感谢你。"陈平看看他有些讽刺地说,"我过去也有些缺点。"他有些脸红地说,因为长期的孤寂和忧郁,他说话便有些迟缓,但他也激动了,他许多年来似乎不在人间了,打到荒凉的地点去,在监牢里劳动,后来便到边远地区的劳动大队……他说他也希望人间的温暖,张威区长帮助了他,但他仍然有着失望,……他说:"坦白地说,我是恨你的。"

他和孙美兰正在争执着,他们两人的心境这时依然是痛苦的。陈平虽然升了文牍了,却叫刘棠欺侮多扫了一条街,而人们说他吃白饭。说这话的也有吴璋。由于痛苦,他向他的未婚妻孙美兰提出两人脱离互相的结束算了,他觉得他十分拖累她,他显出一种激烈,但孙美兰便说她等了他十几年,而今天的形势正在好转,他这么说是对不起她,也对不起中华祖国,而她是为这而奋斗的。这种争执有好几天了,陈平今天又提及,孙美兰便说他"矫情"。创伤很痛,陈平觉得他对于人生似是有些失望了,但孙美兰说,她认为仍旧是可以奋斗起来的。

"我觉得你吴副书记今天很好,"孙美兰说,"你看,你副书记吴璋看呢,他陈平现在三十几,也不大,我比他小几岁。"带着热烈和赤诚,单纯的孙美兰说,她觉得今天吴璋善意,而这是可能的,她便希望他帮助他。"由于生活的困难和意外而来的灾难了十几年,陈平有时有着错误的思想,自然有时也好些,希望你吴璋不要介意。我是说,现在不是要落实各项政策么,我对生活的观察还是乐观的;而且,假如不落实政策,就这样呢,那么怎么办呢,我说,我也愿意帮助他奋斗下去的。有人讥讽说,我们这样可以算了,但我觉得我和他有婚姻的契约,我不背叛契约,背叛是不对的,许多我们祖国各时的人们也是在患难中奋斗了一生的,他们刀山火燎和极浓厚的黑暗,不屈服不违背盟约,而他陈平是忠厚的人,在本质上也不悲观,也有着才能,我要帮助祖国培养他,我们要前进的,您,您改善了态度的区委副书记觉得对吧。您能改正过去的缺点,助陈平落实政策吧。"

"我们是也感情很好的。"陈平忧郁地笑着说。

"你们说的我很感动,我,"吴璋说,有些惭愧,因为他过去欺侮过他们,主要的,因为他心中仍然有着他的欺人的思想了,他继续愤恨陈平的傲慢,孙美兰的谦虚使他一瞬间有一种幻觉,觉得可以欺侮他们。但他想他便要克服了。他高兴他刚才的检讨和鼓舞。陈平孙美兰未婚夫妇的话,他衡量一下,便继续热烈地说,"你们的奋斗,是很感人的。"

"你看,你吴副书记看他陈平能不能再奋斗起来呢?"请你鼓舞他几句。"

"那怎么不能呢。那是自然能的。他有经验与才能。"

"你看,人们都这么说吧。"孙美兰对陈平说。

"那对。"陈平继续忧郁地说。

"那你吴副书记能想办法帮助我们落实政策么?"孙美兰说。

"我努力吧。"吴璋说,"一定的。"

"谢谢你了。"孙美兰说。

吴璋有些高兴今天变好些,但是仍然心中有一点幻觉,觉得以前错误并不太凶,有了或种对他的善良的惧恼。他往前走去,碰见了刘勉。刘勉也假装没有看见他,他曾在街头几次较恶地训诫过刘勉。他觉得改正难。他又觉得难低下这个头。他以前仰着面挺着胸经过野鸭洼的街道,因为他是有地位的,他觉得今天这样不同了,似乎好些,但仍旧又有些怀念往日那样,他觉得洗衣机的二百余元缴了,也壮胆些,仍旧可以把头仰起来,他又不觉地把头仰起来。在复杂的心情里他又做出了骄傲而继续有些霸道的姿态。刘勉又过去了,他便心中有点伤痛,又回头喊住了刘勉。

刘勉过去在他训诫他的时候曾在事后在居民委员会旁侧骂他臭官僚,而且和梅凤珍一样骂极不好听的话:"小王八。"所以他此刻难卸下面子。这也似乎是他进行改悔的情绪尽了,因为譬如陈平今天也对他不敬;他这些情绪尽了,便有些旧的霸道、优越、骄傲的情绪上升。他便对站下来的刘勉说:"你不认得我吗?"他说,"当然你是不认得我的。"他似笑非笑有些尴尬地说,"你还扫地吗?"

"哦,"刘勉说。显得有些忧郁和迷惑,"认得,……当然认得你区委副书记吴璋同志。"

"你的生活还好吗?"吴璋又变得善良地说,想起他的女人指出他的丑恶的鹅步,同时畏惧海国乔;而且也有点畏惧上级的批评。"这四化往前进,环境卫生重要,你们是有贡献的。……你的彻底平反的问题,我是为你呼吁的。"他说。

"那谢谢吴副书记了。"刘勉说,想要走开。

"但是也有点不容易哪。"吴璋又冷淡地说。

"人事空忽,又一年了。"刘勉说,"我们是,譬如过去也当挂面厂的技师,这事是伪造的,而有许多人,他们是……欺人的。"

刘勉的声音不高,吴璋有些没有听清楚。

"你是不满意我吗……你一定有不满意我,反对我的,"他变得冷淡而怀着一点仇恨,说,但他随后心痛了一下,又变得有些善良地说,"我过去也是有缺点的。我说有缺点的,说了这句了,对吗?"

刘勉看看他,笑了一笑地便往前去了。他觉得有些痛苦,在街角的一棵树下站了下来,想了一下他那洗衣机,便从口袋里掏出从海国乔那里带出来的小酒瓶,迅速地喝了一大口酒。

"陈平孙美兰这一对未婚夫妇的患难和刘勉一家的也是民族的患难。那孙美兰未婚妻是有气概的。"吴璋想,"这也是一件'今夜鄜州月,闺中只独看',而加上刘勉,他的妻死去了,而他有个女儿,便也是'遥怜小儿女,未解忆长安'"。他咽下酒去,慢慢地走着,想。

十二

陈平和孙美兰经过了十几年的患难。陈平很感谢孙美兰，所以他提出中断关系遭了孙美兰的反对之后继续不安，内心波动着。孙美兰生气，他们沿着街道走着，来到野鸭洼的池塘边。

他们有些吵架和争执了。是不是就这样安顿下来呢。陈平心里仍旧有着深的忧郁，刚才他和吴璋冲突了两句，心中便继续沉滞着。他觉得他负累了孙美兰。他心中又起来了消极的思想，他说，他似乎也可以就这样下去，他和孙美兰的关系也就算了。孙美兰愤怒，两人争执着来到池塘边。

"你确实愿为我奋斗么，假设我就这样当个文牍和扫地工下去了，一下去有十年，而人们不断地说我吃白饭，你求人们多多关照，帮助。"陈平说。他的心里便闪耀起了十几年来孙美兰教小学，曾经一度在什么地方编篾子，曾经织袜子，曾经失业做零碎的绣花，后来又当小学教员的影子；闪耀起了她的信守婚约，认为他善良和有才能，为他奋斗，在炎热里和风雨里奔波的图景。她曾经十几次到监牢和农场来探望他，带来一点点点心，有一次是两个白薯，有一次是几元钱和一件衬衣。这些是他难忘的，所以他听见孙美兰说他"老实，有才能"的时候心中便有激动。孙美兰现在也不改口，她说她为他而奋斗，共同奋斗，而前途她相信会好起来的。这使他觉得她是一个有坚定和巨大的忠实的、表现坚毅的妇女，所以他的争执的话到了一定程度便也解消了，他是负债的，而她是债权人。她十几年如一日，今日也曾骑车和走过为他在街道上说好话，而且还帮助他铲垃圾，扫几分钟的垃圾堆。而孙美兰恼怒，则因为陈平老是不安。她认为现在已经可以说不错了，总算从灾难里逃出一条命来了，就这样也可以，他们结婚，生活下去，也生育儿女；在中国历史上，灾难很多，这样奋斗的夫妇是不少的，她记得有什么女诗词人是这样的。她有着"安贫乐年"的思想。她鼓舞着陈平，因此他们的吵架又是表面的，在孙美兰的那一面，她也赞美陈平的奋斗和他历年来患难中表现的坚毅,忠实,他们相恋着。陈平在从监牢劳动改造场回到北京城来,当了扫地工的现在,情绪当时常有些波动,这一回还似乎波动得凶些。他觉得以前是幼稚的似的。因此孙美兰便心中有焦灼。现在他们进行的谈话便是关于这个的。陈平说他好些年奋斗想回到旧的生活里来,但现在竟是这样,然而人生似乎也就是这样,永远的坎坷和旋涡。他说,他自己"活该",但他觉得过分连累孙美兰了。孙美兰说,依她看来,社会和祖国在蒸蒸日上,是有前途的,他陈平应该乐观,而假如就这样了呢,那么便也就这样了。这里没有什么影响的,她是不怀疑的,也不能对人生的基本的信心都动摇了。这一年来陈平是有许多忧郁是不对的。受了鼓舞的陈平也承认这点。他们在野鸭洼的池塘边散步走着,穿过一些柳树,和听着针织厂的机器的声音。孙美兰对陈平的鼓舞是公开的,针织厂的女工们时常看见这帮助未婚夫的孙美兰的举动和听见她的言论,也听见小学的窗户里传出来的她的讲课的清脆、洪亮的声音。针织厂的女工们便对孙美兰存在着一种暗中的友谊和赞美。她们看见孙美兰在地上捡起风吹散的,陈平未来得及扫的纸头,看见孙美兰用铲子时常助陈平铲一些垃圾堆的边沿。友谊的女工们便也对孙美兰说:"扫地啦,您。"孙美兰也响亮地回答。孙美兰也在有机会的时候对针织厂的厂长何惠芳老太婆和女工们说,陈平扫地有缺点,他以前没干过,希望人们多多提意见和多多关照。人们看见孙美兰骑着自行车在扫地的陈平周围跑着,护着陈平似的,而陈平也报以微笑,便觉得他们的感情是深厚的。女工们曾经对陈平说,"你的未婚妻真好。""你们感情真好。"她又问:"你们快结婚了吧。"受感动的何厂长何惠芳老太婆也曾说:"你的未婚妻真向着你,你也向着她,你们不错。"女工组长王小兰说:"你们真是共患难的,你的未婚妻顶关心你,你不着急伤心吧?你会平反彻底的,你的地扫得顶好,真的。"曹株花曾经对孙美兰说:"陈平的地扫得不错,你放心吧。他有两天不高兴是别人打击过凶吧。"在陈平有时有扫得不好的时候,人们维护着,说:"还不错。"而且杜绝着一些人的意见。这不仅因为陈平是蒙冤十余年的,他扫地也卖力,对人直爽而善良,而且因为他陈平的等候了他十余年,辛苦地在附近的小学谋到教书位置,对人们很亲热的未婚妻孙美兰在人们里面产生的善意。当陈平有一段落受着吴璋的打击,情绪特别不好,扫地有很一些疏漏的时候,孙美兰很有些羞,对他说,要振作起来好好扫;她替他扫几下鼓舞他,对着他的耳朵悄悄说话要他振作,对人们说着抱歉的话,说陈平这些天情绪不好,说他有些病了……这人们也注意到,而人们是一般地说来赞美这街头的奋斗和未婚夫妇的感情的;陈平在困难的段落在孙美兰的鼓舞和督促下也就有时振作了起来,他又几次回头补扫遗漏的。针织厂的女工们高兴孙美兰。

这是晴朗的下午。陈平和孙美兰在池塘边松柳树间散着步。

女工组长,有些俏皮的王小兰对孙美兰和陈平说:

"你们散步啦,真好。我都听见了,你孙美兰老师跟陈平……陈平师父,"热心的女工小组长故意地说,"你们说的心心相印的,热烈的话我都听见啦。你们的感情真好呀。"明朗而大方的、愉快的王小兰说,她是出来倒脏土的,她故意多说这些,来帮助她所敬佩的患难的爱情。"你们顶甜蜜的,心心相印。"

"谢谢你啦。"孙美兰说。

"也赤心忠胆。"王小兰说。"看见你们恋爱,未婚夫妇携手而行,我很是觉得……觉得什么呢?"

"你笑我们啦。"孙美兰说。

"觉得真好。是要这样。克服十年劫难的创伤,打倒坏人的破坏,就是这样,……你们的甜甜心的爱情我觉得顶好呀。你们忠于坚契,心心相印,情意像柳丝般温柔而坚韧。"

"谢谢你啦。"

"你们真心心相印哪,是极好的,中华人民共和国十年劫难山河重旧,你们就是要这样,我们许多人,就是要这样。"

"谢谢你说得真好。"孙美兰说。

"所以庆祝你们常团圆,你们的结婚将是我也觉得幸福快乐的,你们真是恋爱,靠着肩膀走呀,你还把糖放在他嘴里,他还牵你的手,我看见啦看见啦。"

"你笑我们啦。"

"十几年劫难出来比这样怎样,那些人们还想破坏你们吧,不是有一个什么干部在你们劫难时再三劝你美兰老师不等陈平师父,和一个有什么地位的对象结往来吗,然而你不。你不是顶好的?那吴璋这种人说陈平师父扫地不好我有对他的意见。你们十几年患难我很佩服。……陈平师父,我们针织厂的扫地费你们也收得少了,那吴璋副书记把这核算得少了,我们女工们说。每日麻烦你任劳任怨打扫垃圾麻烦啦。"

"那没有什么。"陈平高声说。

"我说叫你陈平师父扫这条街的是海国乔老头和张璞吧,我们知道的,这样你可以靠近你的亲人。像那刘棠,他们一路人是想把人踩到水底的,想你扫别的,他们使你多扫一条街,还有许多壁角的地方。……"热烈的王小兰说:"祝你们克服各种天堑般的困难而到今天的奋斗之路,祝你们心心相印。各时诗情画意。青春皎皎,携手同行,言听计从,一人唱一人随,共同为祖国四化事业奋斗。"

"也祝你王小兰。你们好。"孙美兰说。

热情的王小兰便进去了。陈平和孙美兰继续在柳树间穿行,他们有着宁静的时光,他们的继续着的冲突又隐藏下去了,或者说,消失下去了,因为,孙美兰说陈平想要和他不一起的这种谦卑,这种错误的心理是不值得谈的,这样"矫情"就会使她失望,这样"矫情"也就会是社会的畸零人,人应该热烈地生活,他陈平以后更努力就是了,陈平便不说什么了。但是他叹息着:什么时候能报答他的善良的未婚妻呢。他说他还是要振作努力的。这也正是向前奋斗的时候了。

陈平便说,他还有着他的憧憬和希冀,所以对人生并不失望;他想假若没有办法,他也就和孙美兰这样生活了,他将做好事情,他不成为吴璋那样的人,他不成为畸零人,他说他心里还有着,像这个时代的这辈人一样,对未来的理想;他也很留恋这扫地工的工作呢,这里有许多事是温暖的,于是扫地完了的中午也就可口。陈平和孙美兰在柳树间穿梭着走着,他们这时有宁静的感情,由于孙美兰的努力和陈平的生活奋斗,由于他们的共患难,产生了亲密的爱情。他们在这种爱情里有时有些沉醉了。孙美兰感叹着陈平患难的历程,也赞美着他的奋斗。陈平则说在生活里,在这个饱经患难的民族里,如她也说到,里有着坚贞的、绝出的妇女的。他说,依他看来,他的孙美兰便也是这样的妇女。孙美兰说,她也是很崇敬坚贞的陈平的,在革命里正是也多着这样的人。陈平说,在爱情的个人们的鼓舞下他也有顽强的意志,他毕竟度过了这些年了,他曾想着在监牢和劳动场他将再没有翻身了,但他想着他总要坚持于他所信奉的真理,中国现代化,人要积极地生活,而在监牢里奋斗也是为了祖国和祖国的事业。他还说到孙美兰给他的信念,他说到劳动大队场夜晚铁丝网边有探照灯照耀,他想念孙美兰,他在奋斗着。他说他高兴听到孙美兰说她的奋斗,请她现在再说。孙美兰便说,她那时在编篾篓子,也在纸花厂做纸花,钱不够用,买最便宜的菜皮吃,也捡菜皮吃,一日有时只吃一餐半,所谓一餐半便是早上吃一点和下午吃一餐。她说,那就再说到郊区去当教员的那一段吧。她曾一个人扛着和用绳子背着行李走三十里路,她接到的派令是去当小学四年级教员,什么都教。"我对什么都教的乡下小学发生一种情景,我觉得也是锻炼的机会,乡下教员少。我觉得比捡菜皮吃的时候翻身了。我扛着行李,后来我问老乡买一根绳子,他们送了我一根,我又脱下外衣来把绳子加粗,背着走着,我走着,走着,走着,唱着歌鼓舞我自己,后来下雨了,我停了一下便也在雨里面走着。走呀,你知道,那是全身淋湿的。雨很大,我走呀,雨从我的脸上淋下来,我觉得也一种甜美。……到我最疲乏的时候,这时碰见我跟你说过的,小刘老师了,我也就看见乡下校舍的灰色影子了。……那次我走呀,走呀,雨淋下来的。"她说,那时候她是也想着她的陈平。陈平便捏捏她的手说:"真是感谢你。"她说,想到这些,现在的一切就有意义,再说"矫情"的话就令人生气了。陈平便说,是这样的。在过去十几年里,他对着天山的晚月的时候和春风、秋风起来的时候,各时候都想念着她,而对着劳动大队的溪流里的流水想念她也很多。她说,她也是的,也想着旧时候的两人的初相识,害羞地一块走着,那时候她曾买了一件背心送他……。这已不年轻的一对这时候产生着他们的热烈的恋情。他们还说到,当各种困苦扼着咽喉的时候,或也有消沉的时候,希望和理想不灭,这希望里便有着祖国的前进。他们为他们的共同的理想所吸引着。他们不年轻了,陈平的有些憔悴的额上有了一些皱纹,而孙美兰也有着经历了风霜的样子,虽然她仍旧是漂亮的,但从每一个动作的确信和干练里,也显出一些这年代的疾苦和风霜。

"我担心着不会见到你了,但我仍然想着你,和渴望我的祖国进步一样,我一直想着你在怎样,当然,这些我们谈得不少了,谈过了,但我还想再谈,"孙美兰说,"我后来度过我的困难,我得知你将有机会被释放出来便十分高兴,那次便储蓄了五元钱,为你出来买绒线衣;我零碎地储点钱,你那时有几十元了。你平反后得到的几百元钱我便高兴地买了自行车,我觉得很幸运了。我们没有死掉呀。你跟我说说你在监牢里扛活的那一段吧。"

"这已经说过了,我觉得也是这样。我将记忆在监牢里扛很重的织袜厂的货品,我那时太累便想到又碰到了一个困难,这个克服了,我便可以见到美兰了,同时我也想我的祖国会知道我,它鼓舞我,便是希望不灭的意思。我扛那袜子件,那时候有个也是犯人的值勤号很凶,他捶打我,说,快点扛着走。那一度的监牢管事人是四人帮。我扛了一捆肩痛,痛苦极了,扛第二捆慢慢地一棵树一棵树的距离数着走。我想要攻克堡垒,我的生命里的艰难。那个值勤的打我的腰,第三捆的时候我哎哟哎哟地喊号子走,但第三捆我又挨打,尝到奴隶的滋味,跌倒,但我便被拾起来又扛着,于是扛第五捆第六捆,终于我又跌倒了,这次我不能起来,躺了三天。我跌倒时喊了一声'美兰'和'我……国家'!"他说。"我心中觉得你是有坚毅的意志和深刻的感情的女人,"他激动地说,由于说话激动,便沉默了下来。"你是那样吗?"孙美兰便怜恤地说,"你那时是浑身都痛。"他便说是的。于是她便捏了一下他的手。她们并肩在池塘边上和茂密的柳树丛中走着,在冬季的荒草中间走着。后来他们坐下来坐了一阵,沉思着两人互相在心里激起的恋情。

这时候成熟起来的未婚夫妇的恋爱的热情产生了一种动人的景象。女工组长王小兰又出来倒土了,她沉默地看着,高兴这经过患难的、共同奋斗的宁静的、深情的景象。她说:"你们散步呀,真好。心心相印于人间祖国的四化社会。"她声音很大,似乎是专门出来说这句话的。孙美兰回答说:"谢谢你。"她便进去了。但过了一阵女工李凤英走出来倒脏,对着这一对未婚夫妇默默地看着。她特地出来的,她心中有些话要说。李凤英听说过铁丝网和探照灯的监牢,她同情陈平帮他铲过一回针织厂角落里的土,而她,沉默的、生活境遇不好的李凤英也时常招呼殷勤的孙美兰。她曾对孙美兰说,陈平扫地是很好的,她反对刘棠和吴伐的指责。她现在看着他们,便说:

"你们散步啦。顶好。我觉得陈平陈师傅是扫地好的,呃,我就是这么说。"她说,她曾和人们争执,说过这一句。

"谢谢你啦。"

"你们吃苦啦,不容易。我说你扫地有人说全是孙老师交际的,可不是这样呀。是的又怎么样呀。我们在'文革'期间也吃了很多苦,到今天还欠我一月钱呢,那时候扫两条胡同的地,但是你陈平有监牢铁丝网,你吃苦多啦。孙老师人好,她为你奋斗我实在是要说,她为你奋斗等你十几年你不能忘记呀。"

"那是的。"陈平说。

"我说是这样的。"李凤英怀着激动起来的正义和对一些人和事的仇恨说,"我不赞成有人说陈师父扫地是孙师父交际的。我说人要忠于操守,像孙老师等你陈老师十几年,每日这街头,还有在隔壁学校里教书顶好啦。声音我们有时都听得见。还有陈师父很持恒。"李凤英说,"你们是知识分子……你们也在患难中混到老大了,该结婚了吧。"

"我们说的你李凤英反驳啦!"一个干瘦的女工出来说。

"反驳了。"

"我们仍旧说的。"这女工望着孙美兰说。"扫地不好。"

"哈!"孙美兰说。

"我们要论衡,要反对的。"李凤英说。"那我们说了……"那女工说。

"你们那些混蛋是很坏的。你们那些混蛋,这北京过去也有的是。这些混蛋,我是说你们!"李凤英激动地大声说。

李凤英站了一下,陈平说:"是呀!"李凤英便进去了。那女工冷笑了一声也进去了。又走出来了秦淑英往这边看着,她出来扔掉一些碎纸的。

"这地上,池塘边,柳树和枣树槐树下边有蘑菇呢,春天的时候不少的小花,也有野牵牛花,"秦淑英也大声地说。她显得有些唐突和快乐,因为想着她和钱勤在这里的恋爱。他们在积蓄着钱,预备着结婚了。"我祝你们心心相印,白头到老,经过患难而爱得更深,为祖国四化。"她说了她预备好的。

女工们在铃声之后休息了,她们出来到后门边上。

"好呀。"曹株花说,"你孙老师。……"

"你们经过患难好呀,我都听王小兰说了,快结婚了吧。"一个女工说。

"谢谢你们啦。"孙美兰说。

"这般的真好呀,孙老师陈师父,要这样,不怕那些人。"一个女工说。

"那回你陈平师父和那刘棠打架我觉得你是对的,他先攻击你监牢里出来的不够格,后来也先动手打你!"一个年龄较大的女工说,"他和你扭着打到地下,你也不示弱,这分明你是对的,他尤其说你和孙美兰老师不够格一起,说孙老师是教员不要你扫地工,还说你全靠孙老师交际的……"

"真是的。"陈平说。

"你顶好的,你们顶好的。"又一个女工说。

"你们顶好的,"陈平说,"你们是勤劳而且忠心耿耿于四化的国家大业的,你们同情我们我很谢谢啦,你们是很真诚的、热心助我的,"陈平说,声音不觉很大,激动着,沉默了一下,想着还有哪些需要说的"你们是令人难忘的。"他又重复了一句:"你们是很好的。"显得有些笨拙而且脸红了。

"你们这么说,"一个后出来的年长的有些漂亮的脸上擦粉的女工说,"是陈平这个他落实政策不扫地啦。"

"没有。他还扫地。"

"你没有呀,你还扫地呀。"这女工有点讽刺挖苦地说:"哦,真是辛苦。这一对,两人恋得很呢。"她又说。

"这没什么道理,"走出来了刚才那个干瘦的女工阴沉地说:"地扫得还好呀!不用未婚妻交际才行!这地跟我们每日扫干净些呀。"

"啊。"陈平窘迫地说。

"反驳你!"追出来的李风英说。"反对你们!"

"反驳我也反驳,不能说你陈师父马虎,你可不内行呀,不及海大爹他们多啦。"这干瘦的女工说。

"那不是那样的吧。"陈平说。

"不要吵闹,声音低点。"孙美兰用肘碰触了一下陈平,说。她很快地对那女工说,"也是,他陈平有缺点呀"。"你有缺点的,"她对陈平说。

"也是,有缺点的。"

"真是一唱一和呀。"这女工说,"恋爱呀,扫地还骑着车追着,到处说情。"

"那你也不要笑我们呀。"孙美兰面孔有些紧张地说。

"她这不对。"王小兰说。"你这不对的,你是见解不妥当的。"她对那干瘦的女工说。

312

"你不笑我们的。"孙美兰说,"我们也是为四化奋斗的。"

"你说我哪些不好,我以后改善就是了。"陈平有些激昂地说。

由于女工的激烈,陈平和孙美兰略受到一点打击,看着那女工,沉默着。

"你们不要理她这种。"王小兰说,"我说你们好呀。……你们是赤胆忠心地共同患难,为正义事业而奋斗;奋斗四化的,使我很感佩,祝你们好,她们那些是绝不对的!"她激动地大声说。

"祝你们好。"李风英和另两个女工也大声说。"我说呢,"李风英又说,"有些人,我说那些人是混蛋,我们不理他们!"

"谢谢你们啦。"饮了人生的苦酒又饮着蜜酒的陈平说。

杜翔实晚间对教员何世光的女孩何建芬说,她的父亲何世光回来替他说今天规定好的机器学习改明天,他晚上回来一个多小时还要上班去。是晚上的建筑工程的班。

"今天装机器,我有点累。"杜翔实又对海国乔说。他连房也不想回了,他对他的儿子说,等下他母亲回来说一声。他说,他就在老头子海国乔这里洗下脸。他便拿脸盆跑出去接自来水去了。他拿冷水洗着脸,也并没有抽他慌乱中点着的烟,便把烟捏熄了。身体结实的杜翔实忙乱,他显得有些疲劳。他的动作中显然有些不安定,用他自己的话说,便是他因疲劳内心里有时有松下的绊扣。

"我想对你们孩子们说几句话,"他向着跑到海国乔房里来的院子里的孩子们说,"你们当然要记着很远的旧时代,那北风狂风太乙乾坤玄黄风吹着的时代,我说的你们不懂吧,那你们自然也有些懂。"他又对海国乔说,"我今天有牢骚,现在我们的时代好了,但也不算好,不少的坏人,今天我又和人冲突了,那家伙是个比我低二级的工,很是厉害的想我帮他开机器,而他去抽烟,后来我又和一个说我骄傲的职员吵了一架。以前有个钱浩光检验员,现在又来了差不多的一个。"他说,"我同时是工作忙累了,我心里松了一个绊扣。我想我这人还有点性格,在我们工人队伍里我还是盆热水,也还出头,对吧。我想我们前奔现代化去是顶结实的对吧。可是今天的吵架引起我小的沮丧,我想我能不能学习进步呢,在知识能力各方面,于是我就有些怕想到在教员何世光那里塌了的功课。我想我要振作于我的青年时代快要过去。"

　　杜翔实有着干英雄事业的心愿。在这一九七九年到一九八〇年十年浩劫四人帮过去了之后,中国的生活这时候各方面都要求着进步,明显和不明显中有向前的冲击。杜翔实对自己的忽然发生的疲劳和失望很敏感,他因为在厂里吵架而有些痛苦。

　　"你海大爹看我这徒弟有前程吧。"他说。

　　"有吧。"海国乔说,在抽着一个烟斗。

　　"我刚才问罗进民,他也说我要忍让一些事情。各事不简单。有些人说我要在八〇年升官。"

　　这时管制分子唐兼力从他面前走过。

　　在这晚上他回来的路上看见唐兼力在用斧头砍一棵小的杨树。爱他的家乡的杜翔实便制止和质问他。因为忧郁,杜翔实发了脾气,唐兼力便不满意他。他要唐兼力到派出所去举报唐兼力却并没有去。回到家里了。

　　"向你举报吧。"唐兼力现在从他面前走过,转过头来说。

　　"你问街道委员海大爹,说说吧。"杜翔实说。但唐兼力向海国乔只简单地说了一句"汇报,砍树没砍了"便走了。回到房里去的唐兼力便哭起来了。

　　杜翔实走过去,到了唐兼力的房里,唐兼力便哭着说:"你们就这样凶,你这……臭工人!"

　　"好,你骂我,我告诉你,这小杨树我们栽的,居民委员会栽的,我们社会主义社会的儿童要在那里游玩的,长大了要记忆着奋斗的历程是海路历程的,我们中华祖国要腾飞的!"他大怒着,说。

"我说你不够格发这大的脾气。"唐兼力说。他特别对豪放的工人杜翔实有一种仇恨。他突然向杜翔实扑了过来,杜翔实便闪开了一下反扑过去了。便将他按倒在地上。赶过来的海国乔看见唐兼力由于仇恨在伸手抓墙边他刚才砍树的斧头。海国乔拿开斧头,便从他屋子里床上拖了一根绳子,两个人便将唐兼力捆了起来。杜翔实会打架。他说,他学了几天拳击的,他说,一眼看去,这唐兼力的阴暗的巢穴便是深的,他果然是极仇恨的,虽然有时显得有些害怕。

"我们犯罪分子反对你杜翔实海国乔。你们太欺人了,在我个人的历史生命史上,我败了这一场是决不甘心的。"

他在地上痉挛着。

海国乔从他的床下翻出一些他偷盗的零碎物,还找出一些枯树枝,和枯树枝编的圆圈,这是唐兼力编来戴在头上的,庆祝他有时捡到的便宜的,他曾戴着树枝编的圈圈在屋子里喝酒,说:"祝个人唐兼力,祝个人唐兼力健康,长寿,祝北京的建设倒塌,而旧的日子还复来。"这阴暗的巢穴里的这种活动是院子里的人们,首先是小孩们侦察到了的。

"酒!酒!"唐兼力说,伸手拿到墙边上的酒。他在地上抽搐着:"哎,我悔了挑这一战。我都投降,叩头了,我快死了,酒,哎,多苦呀,我的心疼呀。"

"怎么样,说说你的生命史看。"杜翔实说。

"没有什么说的,我的生命史上重要的一斧劈击,一血仇斧是砍中你!我要……但是我这回一斧是砍中了我自己!我的心碎了,我的这一斧头是要对准海国乔人民代表,对准张璞主任,对准你杜翔实!这是我的内心里面的绝死的意图,然而我今天不过砍了小杨树。你们满意了吧,我砍一棵小的杨树你们竟这般对付我。"

杜翔实和海国乔把他捆了一阵,看他不再反抗便解开他的绳子,要他到派出所去自己举报。海国乔缴获了他的斧头,和杜翔实便出来了。这仇恨的一击,这暴露出来的仇恨使杜翔实很

抑闷,因为他想他好一些时候把许多事情看得简单了。他到他房里去了一下,预备又上班去了,走过来对海国乔说:

"我今天很烦恼。"

他坐下来,沉默着看着海国乔。

"一个人,到了生活的这年龄,应该有所觉悟到生活的道理了。"他闷闷地说,"唐兼力这种人,还有我们厂里的一些个人,令我很气闷。那固然不同些。但是我是否是一个勤勉不息有警惕有理想的人呢?"

这时候教员何世光进来了,和他招呼,他便站起来恭敬地说:

"何老师,我是一个麻烦学生,好些天不学一课,而且我立下了态度的。我今天还苦恼,因为我觉悟到生活的道理了,"他说,显出一种纯朴,笑了一笑,"因为我今天才发现了,生活里有坏人。"

"那是一直有的。"何世光自信地说。

"那你何老师说的对。可是我却有时像小孩一样。我们不应像小孩,而应前进成熟,对么?"他说。

"那自然是对的,我早说过一直是这样的。怎么哪,先进工作者?"

"没什么,和人吵架了。"杜翔实说,"我欢喜听北京市的市嚣声,看北京市建筑的巨灵影。北京市在建设起来的声音,我的心脏扩大地欢呼着,它的巨灵影,我心脏扩大地注目着向往着,像海学涛那时候做的诗,然而我今天听着觉得一种忧郁,我觉得自己的幼稚,想到海学涛,"望着海国乔说,"我也觉得苦恼。我们要追索生活的哲理,对吧。我们前进要很冷静,对吧。"

"那是吧。"海国乔大声说,声音里含着一种显然的激动。"上班去吧,"他大声说,"这种也叫做做诗了,上班去吧。"

"对。"杜翔实说,有些懊恼和不知为什么的羞怯笑了起来,"彼及岁月,我与你同行——我与你海大爷同行。"

杜翔实追求哲理,便去访问他佩服的小学教员孙美兰。

一天下班的时候,他骑着自行车在小学的门口绕了一圈,想想又不进去了。但他看见陈平和孙美兰出来了。他笑笑点头跳下车子,假装是偶然碰见的。

"你好。"孙美兰说。

"你们好。请我们吃糖了吧。……孙美兰老师,陈平老师,你们觉得我怎样?"

"你,挺好呀。"孙美兰说。

"一回在建筑工地看你爬得挺高的。"陈平说。"你在高层建筑上工作着。……"

杜翔实沉思了一下。他想探索孙美兰和陈平,特别是孙美兰对于生活的哲理的看法。人应该采取什么立场于复杂的事象中,他,杜翔实,为什么有时显得不聪明。但他这时又觉得提这个问题是幼稚,他只是敬仰孙美兰,而有一种向她致敬的心情。人们本是要不断地学习,人们本是在学习中前行的。

"我很佩服你孙老师十几年如一日等着你的陈平。十几年如一日地教书。"

"你们不也十几年如一日地建设着我们的国家?"

"但是我想问生活的哲理是什么呢,在很复杂的生活中,譬如依你看。"

"您是先进工人呀。"

"马马虎虎吧。我说不清楚,"有些激动的杜翔实也笑了,"我是说,我向你学习,但这也不是,但当然是,我向您致敬。"

"哎哟我真不好意思了。"孙美兰说。她所佩服的杜翔实向她致敬意,她的眼睛便有些潮湿了。"我也向你致敬意,"她说,用很深的点头代表鞠躬。

"你说,我们现在社会主义前进的时代,生活的哲理是什么呢?"

"那是,人民群众的力量,你们先进工作者带动着社会呀。"

"而你也是先进工作者。"杜翔实说。

"我们那不怎么的。当然也是。"

"我想说一种哲理。"

"你说吧。你太客气了。"

"我说,人要冷静,同时要有心灵的火焰,于一切事变中,追求理想,度过他的生活。做他的工作,爱他的祖国,但是要有理想和警惕。"

"你说得好极啦。"孙美兰说。"真是要向你学习。"

"那谢谢你了。我向你学习的。我们是粗人。"杜翔实便笑,然后,似乎问到哲理了,骑上车走了。

十三

海国乔老头子扫着积了点雪的垃圾堆。他扬起扫帚又抖动着扫帚扫着很大的弧形。北京市进行着建设,但在这年代,垃圾堆有时也还是很脏;海国乔在夜里听着运垃圾的汽车经过街道发出很大的轰声,但黎明垃圾还有余留。而且垃圾载运车有时候上午才来,垃圾便倒满了胡同口的一些地点,有时在树下,有时在墙角里厕所前,有时在经常堆着刮砖瓦的土坪上。罗进民和梅风珍有较激烈的吵架,因为他不肯整理垃圾堆。海国乔在大枣树前的垃圾堆那里遇见了梅风珍和罗进民,他们的冲突继续着。罗进民还不肯拿走那边胡同街边的死猫。

罗进民在和梅风珍的吵架里笑起来了,便说,算了,不吵了,梅风珍统统对的。但后来又吵得很恶。在罗进民"文化大革命"时做临时工没有拿到钱的事情上,罗进民怪梅风珍,对她不满意,而梅风珍脾气大,就一直吵了下来。但他和梅风珍吵架这么多,却也是由于刘棠的挑唆。有些容易猜疑,敏感的罗进民很容易听刘棠的造谣,据说梅风珍骂他什么。他有时扫地懒散,拖着扫帚便走过了,引起了人们的不满,而梅风珍有两次托他重扫,他便因刘棠的挑唆和梅风珍冲突得凶起来了。

罗进民精神不振作,他有着十年浩劫后一直不得意的感觉。他想当街道委员。在先前,他当过街道委员。他在人们面前有时候有些害羞,因为也没有能当扫地的组长。海国乔有几次想让给他,但也考虑他有些不行。

梅风珍在大枣树下的垃圾堆旁很凶地责备罗进民。海国乔沉默地听着。她说罗进民许多想法是错误的,扫地偷懒是令人不满的,许多居民有意见,她梅风珍便很难回答。

罗进民显得很忧郁,冷笑着。他便又突然地说不扫了,将扫帚扛起来预备往回走了,他时常这样,而老不能说服他的梅风珍便更加想说服他,陷入了一种困难的情绪。梅风珍便拦在他面前,说今天的地他仍然要扫,做工作是有纪律的,但罗进民不理会,后来他便脸色苍白地坐在一边。

海国乔也有着窘迫。

刘勉走了过来,劝罗进民继续扫,罗进民继续扫起来了,但是梅风珍又说了什么,罗进民又不扫了。海国乔便对罗进民有气愤。海国乔说,这样是不好的,应该让步,罗进民于是不满意他,和他也冲突起来了。老头子海国乔很忧郁,愤怒着,但忍让着。他觉得罗进民也是一种麻烦人物。

"我一生事业无成,我儿子也不大理我,"罗进民说,"所以我并不是和你海大爹吵架。"

"那你要怎样才好呢。许多事情,你为什么经年的和梅风珍冲突呢,"海国乔说。

"你老是不满意我是为什么呢?"梅风珍说。

"不要吵了。"走过来的陈平说。

"那是。"罗进民冷淡地说,"但是有件事情是要说明的,为什么你梅风珍骂我呢。说我不拿走那斜胡同的一匹死猫呢。"

"在死猫的事情上,你是错的。"

"在死猫的事情上,我是对的,扫地工都不拿走死猫,要追究这些人摔死猫,这是几十年都是这样的,拿走死猫,我说这晦气。"

"那我那回拿走一个死狗的。"海国乔说。

"死狗可以,死猫不行。"

"那我也有一回拿走过死猫的。"海国乔说。

"但是这是中国这几百年的陋习,有什么意义呢?"陈平说。
"那你不管。你愿拿走死猫自然很好。"
"那你不满意我的话么?"陈平说。
"那当然不是的。"罗进民说,又有点讽刺地笑了一笑。
"那倒要说了,你几回不拿走死猫。"梅风珍说。
"'文化大革命'时,还有是居管会的修房子。"罗进民说,但突然笑起来了,说这没有什么吵的,他也不一定是怕死猫。他说梅风珍听了刘棠说他骂她的祖宗是"狗臭娘们"。他并没有,但他笑起来说,这是刘棠的造谣。刘棠也造谣梅风珍骂他很多句"臭硬结骡骊屎",而且骂他全家是"臭男女"。他说也知道了,他说如果单说"臭结屎",当然也没有什么关系,梅风珍当面也骂过一句,但这却骂一长条而且很多句,而且还有别的。他又说,这自然是刘棠造谣。但也不妨是真的呢。梅风珍便不愉快。同时她说,罗进民是有当面骂过她一句"臭娘们"的。即便这一句她也是很伤心的,太不文明。她又说,她是知道罗进民的情形的,他有些酸气,苦味,不是良好的情形。于是又吵起来了,但吵了两句又沉默了。

陈平到隔壁胡同去,做了一个豪杰的、英勇的动作,捡来了一匹黑色的死猫,摔在垃圾堆上。罗进民看着,继续和梅风珍吵着,又看看死猫,犹豫了一下便说:

"你陈平这种,要是在旧时候呢,你准挨一回打。你太在人前逞能逞先进了。"他说,他的眼睛里掠过一点有点凶的讽刺的表情,"你说对么,你陈平?"

"那怕是吧。"

罗进民便又笑了。他站起来走到垃圾堆去,拿起了死猫。

"你替拿回去,拿回去,娘的!"他吼叫着,像真的愤怒一样,但他随即脸色也有些白的说:"拿不拿回去?挂红放鞭炮,你不拿回去揍你!尤其是别人的语言伤时你拿死猫逞能,娘的,揍你!""社会,不止是旧时社会呢,有时不就是这样?大学士,对么?"他又把死猫摔在地上。

"那你不是也拿死猫了么?"梅风珍说,"你这人我不了解。"

"在我少时扫过两天地,逞能拿过一回死猫,是挨了骂的,明白么?"他说,又笑了。

"你这人也有不错的地方,你就不吵了好么,"梅风珍说,"也不大弄的懂你的意思。"

"但你这居民委员会副主任太要强了。"罗进民说,眼睛里又闪过一点讽刺的表情。"你骂我是很凶的,我倒没有那么骂你。我诚恳地赌咒说。"

"你到底扫地太马虎是错误的。"梅风珍说。

"你有什么困难,我们互相帮助好了。"陈平说。

"你这人哪。"海国乔说,"你梅风珍自然不信那些骂你的话,那刘棠造谣,而你老罗呢,你也太执拗了,她梅风珍也没有骂你那些呀。"

"我这人有人生的忧郁,赶不上四化。"罗进民说。

街道红色医疗队站的护士齐月英这时走过来,看见扫地垃圾堆的死猫便走了过去呆看着。她说:"这猫死了。"显得有点惊诧,"是七号大院的,有时候叫得很厉害,我心中爱它,它是多好的一只猫呀。"但她随即又说,垃圾车改上午来迟半天不好,便走过来发口罩了,按照居民委员会梅风珍的意见,扫地工每人每月发三个口罩,但罗进民上次交还了口罩,因为梅风珍责备他没有戴上,也发生了冲突。罗进民没有接护士的口罩,他嘲笑地说:"晦气。碰见了死猫不穿戴新物件。"便不肯拿口罩,他又说,"这种官僚主义,浪费钱。"梅风珍又有脸色紧张了。她也觉得不必要,因为扫地工们并不戴。齐月英拿回了口罩,罗进民站起来了,拿着扫帚便预备扫地。

"你怎么这样呢?"梅风珍说。"那死猫你就那样怕。不很懂你这人的意思。"

罗进民便拿回了一叠口罩。

"请你们戴上,多多关照我们的工作。"护士齐月英焦急地说。

"那是吧。"罗进民说。他和齐月英也有冲突,因为他有一回伤了脸好久等不来齐月英。齐月英是兼差的,她在附近区政府的小医院。她还有一回也是因为死猫和罗进民吵了一架,也是因为罗进民不肯拿走街边的死猫。罗进民说他怕晦气,护士便说她都不怕,轻蔑地把死猫拿走了,说他是"狗屎"。罗进民便时常有点攻击她。但是护士想做好自己的工作,她是和罗进民和好的。

"他们都戴,请你关照也戴起来,"齐月英说,"因为梅风珍副主任要我们发这个,她说是要戴起来,不然摔了便浪费。你们不戴起来,我心中有着急,卫生工作也是四化,扫地不戴口罩太不卫生了。"齐月英说,以至于脸红了。

"那好吧,戴起来。"罗进民嘲笑地说,看看垃圾堆上大死猫,拿出一个口罩戴上了,但想到什么,于是又脱下口罩说,戴着很不方便。梅风珍皱眉头,他便又戴上了。

"这猫死了。"护士齐月英又看看垃圾堆上的死了的黑猫,"我很欢喜它,它是很可爱的。"

"那你护士不怕死猫,向我挑战了。"罗进民想想又说。

"并没有呀。哪敢向你挑战,你也是地头蛇呢。我说这猫死了,而我欢喜它的,我还抱过它。"

"你说出口了。"罗进民嘲笑地说:"也罢,地头蛇。"

"你怎么这样呢,老弟。"海国乔说。

"这口罩我不戴了。"罗进民说,"我是说护士今日不凶了,她们是很凶的。我是地头蛇,而她又一早晨攻我的死猫问题,攻我的这心病。"他说,又显出一点嘲笑。

"但你为什么怕死猫呢,这是什么心病呢?"刘勉说。

"你这人真古怪。"梅风珍说。

"我不习惯戴口罩。"罗进民说,"我六十三岁了,碰见死猫要忆故旧守成,"他红着脸说,好像他想说的并不是这意思,"所以不戴口罩。"

"那你为什么怕死猫呢?"护士齐月英说。

"死猫有什么怕的呢。"陈平说。

"都就这么的就不扫地了?"罗进民说,"怕死猫也未必,你看。"他说,走进垃圾堆去,将死猫捡起来,但又很快地一摔,"还是有点怕,这玩意。"他说。

"那你戴上口罩吧,"护士坚持地说,"死猫也很不卫生,垃圾是很脏的。"她显得有些焦急地说。"我说你是地头蛇自然是错。你是很好的前辈。"

"你那弟弟齐志博慢条慢理的,你倒是有些性急,要一下子办成事,我是吗,很好的前辈?"罗进民又有些嘲笑地说,"我这算是很好的前辈吗? 哈,不算,是地头蛇。"罗进民说,想了一下,想起他是少年时,碰见死猫用脚踢了一下,回家穿新鞋祖母不准穿的事情。便继续穿了三天旧鞋,而不穿渴慕很久的新鞋;想起了那时候的社会的沉重的黑暗。又看看死猫,笑了起来便说:"这东西。"他觉得几十年来的生活他有豪杰的成就,但也有忧郁。但他又冷淡下来了,因为有继续和梅风珍冲突的心理,他又交还了口罩。

"你这人是怎么这样的呢?"想贯彻自身的意图的梅风珍愤怒地说。

"我怎么的呢? 不扫这地了。"罗进民说,又显出一种嘲笑,"你不怕,我怕。"

"什么碰见死猫不穿新衣。"梅风珍笑起来说。

"那你罗进民把口罩戴上吧,戴上吧,帮助他们护士的工作。"陈平说。"我们也戴上。"

"那你老罗是帮助我们,我请你戴上吧。"齐月英说,"我们上回吵架,这回我赔礼,不吵了,请多多关照我们。"齐月英说,她便激昂起来,走向死猫,用脚踢了一踢,又从口袋里拿出一张纸,用纸包着死猫的腿,将死猫拿起来摔到垃圾堆里面去了。她的激昂是因为曾和罗进民吵架,她内心里激荡着愤怒。护士齐月英一早晨是抱着理想,热烈而存着信心,要和罗进民和好的;但她这个动作,使罗进民看出了她是内心里的震动。于是罗进民又不戴口罩了。他那正戴上的口罩取下来了。"你动这黑猫是示威,……说我怕猫,你怕是这样的意见吗?我是也愿戴,但我不戴。"他有些颠颠倒倒地说,"那么我便不戴了。"他痴呆了一下,又想戴上,又不戴了。他笑起来,又想戴,做了一个动作,脸红起来。

人们便都笑起来了,嘲笑罗进民的颠倒的动作。

"你这是为什么呢?"梅风珍笑着说。

"那他为什么动黑猫呢?"罗进民有些善良地说。

"这又为什么呢,"海国乔大声说。

人们又笑了。

"你们嘲笑我老年人不好。"罗进民说,"当然,这里海国乔最老。"他说,他自己也笑起来了。

"但是你是不对的。"海国乔说,"你这人真顽固。"

"你多多帮助我们的工作,您戴上吧。"护士齐月英热烈地对罗进民说。"我来帮你戴吧。"

"好吧。"罗进民说。沉默了一下,他说:"我也不知怎样的,我是四化社会主义的绊脚石了,我说,我说的是没道理的,我吵架是因为我落后,我也并不怕死猫,我是想说,旧时候是不好的,我说我这些我和梅风珍吵架说的全是假的是不是呢?自然也不全是,我说你们便不信了。我说我是假的,关于死猫也是假的,但也不全假,不过也还是假的,你们便不信了。"他说,流下了眼泪,想起往昔的黑暗时代过去了。

齐月英便很快地帮罗进民戴上了口罩。罗进民嫌带子紧了,梅风珍帮他解开,戴上,但他一拉,带子又松了,人们又笑了。罗进民落下了两滴眼泪。他觉得死猫,旧时代的黑暗,痛苦已过去,而他也跟着到了新时代。

齐月英便又来帮他戴。

"请多多帮助我们。"替罗进民戴好口罩的齐月英说,"我很快乐,谢谢你们每位都戴上口罩了。"她看着扫地工们的口罩,满意她的工作高兴地说。

☆

海国乔继续扫地,遇见齐志博伴着一个青年学生,有点激动地走了过来。齐志博手里拿着一个白布包,里面包着一个半导体的收音机。齐志博说,这是高中的比他次一班的学生王鹏,偷了同院子同学刘五贵家的收音机。王鹏说,他愿改悔。

"可是害怕了。"王鹏说,逃避着海国乔的视线,"辜负了海大爹的教育,这东西偷来的比千斤还重,这重的是社会的司法还有社会主义的道理。……所以便是写了自首改悔书。"青年说,面孔抽搐了一下,声音有些颤栗。他说他经过考虑去自首,到街上不敢到派出所或居民委员会去,碰见了齐志博……他说,他堕落成小偷了,堕落是可怕的。

齐志博说,他们不同院子。但他确实是一早晨去他们院子过,看见这王鹏不安定,拿了这个白布包着的收音机在枣树旁边呆站着。

"请街道委员会党委书记海大爷收下这偷来物,再有这自首改悔书。"

"你这。"海国乔猜疑地说,拉下了口罩。这王鹏与他不是不认识或是普通的关系,而是他曾经接受他的比别人贫困些的寡妇的母亲的委托要好好教育他用功的。他在学校里是日常还好的。他曾经请他到家里谈过好几次话,看过他的功课。"你说说你是怎样变成这样的呢? 你一向没有什么,而且你很好,这怎么办呢?"海国乔,同情他的纸花厂的女工的母亲,像被重击了一拳似的头晕地大声说,"哈,这怎么办呢?"

这时,使他的心情更复杂的是,他的骑车走着的儿子海学涛从自行车上下来,扶着车在他的附近站着,看着。他看了海学涛一眼。

"干上了小流氓,喝酒抽烟捉鸟雀玩扑克,……你海大爹知道。"王鹏说,回避着海国乔的眼光,但看了路边上的海学涛一眼。

"你什么时候干上了这些呢,我怎么不知道呢?你是怎样堕落的呢?不过这不想了,你是假的吧?……你知道这你是多么叫我海国乔心痛!我是怎样跟你谈的呢?我们还沾点亲戚呢,而你母亲又养活着婆婆……你是真的吗,不是假的,骗我的吧?"

学生王鹏呆站着,后来突然向海国乔鞠了一个躬。老头子又看看海学涛。海学涛脸上有点窘迫的笑容。这些时候,由于张威区长的压力,由于曹株花的吵闹和海国乔的坚决,他有些收敛他的错误了。

老头子看着王鹏的自首书又叫改悔书。

"不到派出所去吧。"王鹏问,声音有点颤栗,忽然又有点坦然,"去也不怕。改悔。我是想真心地和过去告别了。"

"我看你是要派出所去一下。"老头子有些头晕和仇恨地说,"当然,我这发脾气也是不必要,你是改悔,自发交代了……"

"你爸爸说这又有什么干系呢?"海学涛激烈地向海国乔说,显得有些因别人的祸子而乐意,"是应该派出所的。"

海国乔不回答他。

"我看也是有要研究一下,光检讨几句不行的,你自首改悔彻底吗?"教员何世光听了一阵说,"是我教的学生呢,我还是班主任。怎么偷东西了,而且你还有打架喝酒抽烟,我一向疏忽了。这改悔书当然是写了,"他看了看改悔书说。

王鹏沉默着。

"我请求宽免到派出所。我这里面有说多了,所以我害怕,"他指着改悔书说,"我刚才也说多了,我只打过两回架,一回我自己鼻子出血的,也没有喝酒抽烟捉麻雀。"

"怎么回事呢,那你为什么多写呢,你有什么委屈呢,你想又反悔吗?"何世光说。"你想必有原因,你想又反悔。"他说,显出严厉的表情。

"不,不是多写,更不是反悔。刚才说的不对。"王鹏又说。

"怎么呢?"

"还有不是那样的?"海学涛说。

"自然,还是那样的。"王鹏说。

学生王鹏心理复杂,他并未犯罪,他是被冤枉的,他也进入了被冤枉的犯罪的心理。他一向是好的学生。他现在虚构他突然偷了收音机,而原因是想学英文。他想说多些好使人相信,和使自己相信。他想坦白自首也便可以宽大。但他说多了现在又颤栗着。他而且怕严厉的教员何世光。

"你们不相信的。"他说。

"他是平常……你是平常并不打架也不抽烟的。"齐志博说。"他并不的。"他说。"他还好的。"

学生王鹏感谢地看了他一眼。他还有一种心理,便是说多些干脆,因为在虚构中的他揣想他现在堕落了,应该入监牢了,这又和他的揣想得到宽大矛盾着;他听到齐志博的友善的证明,便发生着后一种心理。

"你是什么时候打架流鼻血的呢?"何世光严厉地问。

"没有。……也是。在学校后面操场。我的心里许多、许多的坏思想。"他说,何世光的严厉使他又想着他绝对是要入监牢了,他而且似乎甘心这。

"我看你可能是这般的。不过我想……,也是我平常不知道你,这方才对。"何世光说。

学生陷入了这境地便怕教员何世光甚似海国乔。他便面孔颤栗着,不知如何回答。严厉的老师使他心惊,在这虚构中他像真的犯罪一样,他便觉得是很重的罪恶了。

"我是在后操场打架的。也喝酒抽烟,还有,偷过一只钢笔,这里面没有写。"他说。

"是这样么?"何世光说。"那我们可能不知道。你怎么这样呢?"何世光愤怒了,狠恶地大声说。

"他这可能不真实。"齐志博说,"我从来没有看见你有什么不好。"他对王鹏说。

"你说的是真的么?是真的似的。"何世光对王鹏说,由于愤怒,脸色也有些苍白了。"是真的似的,你这,"他也因为好学生变坏而有些痛苦,他很容易便信这虚构的供词了。

"我说的是真的。"

"那你还偷过什么呢?"何世光严厉地、凶恶地问。

"没有了,还有也是一只钢笔。"

"还有呢?"

"还有是五块钱。"

"哪里的五块钱呢?"何世光问。

"是……教务处的……不,是开水桶旁边的,……"

"还有呢,"何世光继续凶恶地说。

"还有是,捡到三块,不,十块钱,……还偷了两块钱……。"王鹏便胡说着。

何世光沉默着。他高兴他的严厉发生了效果,他也有点似乎觉得有些过分了,然而他继续严厉着,也十分相信。

"再说。……那么,"他说,"为什么你的改悔里尽写些不相干的打架呢?你是不是骗我呢?"何世光说,突然对他的学生狂暴地愤怒起来,举起手来想对王鹏打下去,但在空中划了一下收回来了,因为海国乔举起手来阻拦了他。他颤栗着,便叉着腰。

"哈,"海学涛说,"可不是这样,年青人,但是也马马虎虎算了。"

"你上班去吧。"海国乔说,然而海学涛不走。

"还……偷过……还破坏过学校里的树木。"

"这也重要……"何世光说。

"可以停止了。"海国乔说,"你教员何世光问多了,他没有那些的。"

"我心里惊慌起来了,我痛苦于我的失察了,"教员向海国乔恼怒地说,"为什么没有那些呢? 未必我错了。"他有些吼着说。

"怕是这样。"海国乔说,"你这全是假的!"并大声向王鹏说。

"那我不同意的。"教员说。

"至少许多是没有的。我很痛心你这样一个学生,你的母亲……你要这样使我简直丧失了信心了,丧失了对正义的信心,颠扑不破的真理了，"海国乔说，"不会这多的、没有这些的。彻底说，你是假的！"

学生王鹏颤栗着。

"我也丧失了信心，"教员何世光啸吼着说，"我还是班主任，我这简直不能干下去了。你是偷么？"激怒的教员大声说，"派出所去！"

"没有，不对的。"海国乔对何世光说，"我说是没有这多的。"

然而王鹏继续说有。

海国乔呆看了一下王鹏，突然觉得自己的失败，想到王鹏的穷困的母亲，落下泪来了。老头子的心痛苦着，也不隐藏他的眼泪，眼泪涌现在眼眶里，落下来了。

"你说是有，有这些吗？"老头子说。

"他故意说过了想扰乱也可能的。"何世光说。

"但是我说，"齐志博说，"你王鹏是不是有什么特别的心情呢。他是没有打架的，而且他们班上的刘五贵几个，我想起来了，是常常欺人的，有一回我听说是他干涉刘五贵破坏公物，偷东西。而刘五贵等说，要报复他的，我听同学小黄说的。"齐志博沉思地说，"他是这样的，刘五贵他们欺他，他常是不作声地走开的，有一回篮球架下那就是刘五贵吧？一定是这样了，"他说，"一定是的了，你这是假的。而且你这收音机正是刘五贵家的。"

王鹏便沉默着。事实是这样的，刘五贵等几个昨日黄昏把这收音机交给他了，威胁说他们就写信诬陷到派出所了，假若他不自己承认偷窃的话。他们背后有一个教务处的职员。他们胁迫王鹏替作笔记好些次了，还说要用刀杀伤他。使他陷入这种心理的，是教务处的职员昨晚很凶地找他谈话，污蔑他说他偷了收音机，要开除他了。刘五贵几个学生还控告到他母亲那里，于是他母亲，虽然并不相信，却哭闹了，而且要他自首，这便造成了这情形了。他昨日整夜地在家里痛苦着。

王鹏有一种错综的心理。但他被迫伪自首以前，昨日晚间却也奋勇地写了一张情节书告白，投寄给了校长。

但他现在也恐慌真的构成案情了,真的入监牢了。于是他也说,并没有这件事。

"自首是不是可以宽大呢。"他又说,"别的却没有,就这收音机。"他又说。

"你怎么又说翻回来哪?"何世光说。

"不翻回来能宽大最好。"他说,"因为翻回来也不好,翻回来也有人告,构成罪的,而且我母亲说,信别人不信自己儿子的她要不活的。所以,就依靠海大爹了。……我想,海大爹支持,我也说的。"他又大声说。"你支持的。"

"那你说吧。我去说!你是假的。我替你做主,你说出来。"

于是王鹏便在街头,当着很多人,将事情的始末说出来了。他说,他在这情势里伪造犯罪,他依靠海国乔对他的信任,王鹏激动地说着……他在众人的围绕中显出他是个纯洁的青年。

海国乔沉默了一下,便说,他相信他的所说。大家看见海国乔擦着未擦完的泪,转为欢喜了。

齐志博便说他说两句。

"我激动地说,"他说,"我个人感慨,我相信这王鹏说的是对的,我坚决说事实是这样的。我比他高一班,日常也熟,我声援说人们欺侮他,而他的守寡的母亲寒苦。"

"我感谢你了。"王鹏对齐志博说:"少年时同窗忠义,将来人生之途相忆。也望再相逢,而海大爹继续行走于祖国土。"

"那我刚才是也有些误解了。"何世光说,有些羞愧而面孔有些打抖了。"很是对不起了。"

"我说,"海学涛说,他也有些面孔颤栗,他的幸灾乐祸是失败了。"我说我也估计错了。"

"我替你把这事办了,不要怕刘五贵这些人,连那个职员。"老头子对王鹏说。

"我再说,我当然要讯查刘五贵,假设你说的是不对呢?这也是必须说的。"老头子说。

"你该好好想想了。"老头子有冷淡地对海学涛说,接过来王鹏的收音机,背在身上;而且开响了一下又关上,继续扫地了。

他好多年这样地扫地。他又扫过一些人家的门口和墙边,一些浅沟和垃圾,树木和电杆,一些行人走了过去,早晨的拿着牛奶的黎召娣老太婆走了过去。他精神振作,因为王鹏没有犯错误,虽然海学涛仍旧令他忧郁。他检阅着他的队伍:两边的院墙,门向着门,窗户,大小不整齐的树木和路边的杂草,土堆和垃圾堆,这些,固定的和他熟悉的,他都称做他的队伍。他扬起他的扫帚,想着,他是老一代人,发挥着教育后代的作用;后代王鹏大约还不错,孝顺母亲,用功,有善良的黄金的心和正直,将来有前程和支撑社会,是他的快乐。他有许多像王鹏一样的青年,在这街头的行人里也尽有的是;他于是清楚地见到未来的社会的灿烂的光明。他爱他的家乡土地,他所生长和在他里面年老起来的乡土,他也爱他的时代和他的社会;这社会许多年间进步了,他的奋斗也参加在内。他不是孤单的,也不是一个愚鲁的老头子,他是有知识和文化的,地方上的负责人。他便停下扫帚叹一口气,望着他的野鸭洼。后街的荒草脏土坡里是过去的日子了。剩余的冬天的积雪里特别脏的垃圾并不很多。建筑工地附近的瓦砾堆也整齐。较远的地方又搭起建筑工架了。

被王鹏惊了一下,也受到王鹏的事件的警惕,想到野鸭洼还有着不少的令人难堪的事,他有些忧郁的,海国乔扫地到了托儿所面前,看见瓦匠正在给托儿所增盖一个棚子。陆杰成在快盖成的顶篷上招呼他。陆杰成对他发出快乐的大叫。

"好宝贝,睡觉吧。"陆杰成叫着,"海大爷的扫地的铁轱辘车过去啦。他老大爷是还扫地呀。他扫过豆腐坊啦,扫过农机站啦,……他扫遍野鸭洼啦。"

"怎么样呢?"海国乔说。

"儿歌,家喻户晓。"陆杰成说。他又大声喧闹地唱:"太阳在野鸭洼东边的屋脊上升起来啦,在两边的大屋子后面落下去啦,海大爷上午出街扫地下午出街走啦,去到缝纫机厂啦。……海大爷!好!我是拥护,也在家里唱哼这些的。是你的时代摇篮里的睡儿。"

"那是谢谢你啦,不敢当啦。"海国乔说。他很高兴碰到快活的瓦匠。陆杰成过去生活不好,"文化大革命"的时候他被宣布为终生管制,被打负伤,很穷,海国乔曾经为他而奋斗。现在陆杰成是街坊上的热烈的、快乐的人了,海国乔看见他便高兴,是因为和他共过患难和自己在那年代的陆杰成的事件的奋斗中有成绩,他曾经被包围在家中斗争,但他始终说,他认为陆杰成瓦匠是不坏的人,和梅风珍是不坏人一样。想到这个,他便高兴。

"老啦,那也年厘,这也岁月。"海国乔说。

陆杰成便晃晃拳头学了一声猪叫。在年轻的时候陆杰成曾干过杀猪,"文化大革命"的时候也干了两天,海国乔曾帮他的忙。"文化大革命"那时候杀猪的技能好,也是他的罪名。

"我们这年代的用语是从"文化大革命"活出来算是不错的了。我俩还没有死呀,老伙计们。年厘出岁月,我是你的时代的年轮,又推动的英俊少年,你的铁轮车很响呀。"陆杰成说。

"哈,你看呢?"海国乔说。

"我是跟你再谈谈。"陆杰成说,"你这居委会党委书记还干呀。有人要揍你呢。……我们俩不疏远吧,他们说你是知识分子呢,读书多。而我是老粗了。"

但陆杰成和他的说话被截断了。在这两层楼红砖墙的托儿所院子里搭棚子,陆杰成和老太婆所长有着争执,他欢喜自作主张,譬如,他会上梁木少一根粗一根细,他又会忽然不用整砖头而用碎砖头,于是便发生争吵。老太婆所长叫喊了,陆杰成站在顶篷上,也叫喊着。便显出一种忧郁。

"你这个人是很有严重的缺点的。"院落里,游戏的儿童们中间,托儿所保姆王亦华在所长叫了什么之后也叫着,这姑娘披着很长的头发正在梳着,她刚刚洗了头发。

"不哪,王亦华姑娘。您是高中毕业,农村插一年队,你还是插队后又读过半年大学的,但你是闹上了一些问题吃了一些苦的,在'文革'那后期,我是说到现在你干个保姆便是你的家庭成分已经改正了又有个什么农村插队的言论问题没有更正。那吴璋反对你,让你落在这职务,你便伤愁,难翻身了,你有反吴璋的言论,你便糟。你认当个保姆吗?要给你高小教员的位置才行。"

"但我也说我就这般。"王亦华说。"什么工作都是人干的。"

"你有气势很好,"陆杰成说。

"我说你弄些碎砖头,她所长姥姥说的,你这些节省是不必要的,你不大用心思。"

"节省是不必要的?"陆杰成阴郁地说。"我还是说,我女儿跟你一起农村插队的,你并没有那样的言论。我陆杰成敢说,"他在顶篷上叫着说。"上法国那种断头台也敢说,也不怕海大爷的扫地的历史的铁车轮。"

"我不需你替我平反。"王亦华有些不安地说。

"但是不公平是要呐喊的。我陆杰成是要呐喊的。你海大爷说呢。党委书记,向你呐喊!"

"我说,你说的正也对。"

"正是像一个领导干部呀,党委书记呀,说的四平八稳的。"

"那你不对。"海国乔说。

"他陆瓦匠说我怕吴璋了,怕了,所以认了,不闹意见了,但我是没有。"王亦华说,梳着长头发;海国乔注意到她长得相当好看,苗条的,大个子。海国乔注意地看了一看王亦华,便也发现了她的脸上的在说过勇壮的话之后的一点阴暗的表情;海国乔知道,王亦华,小王,高个子的长头发的托儿所小王是有忧郁的,她的长头发也是受吴璋批评一回的。她是不满她的待遇,想当干部的,但是她这好些时来将这不满收起来了,改口了,因为怕吴璋和许多人。人们说她思想改了,但是海国乔知道,她是胆怯。她曾找海国乔谈过一次,她有胆怯,父亲有病,她虽然不害怕丢掉饭碗,但是怕遇到多项困难,譬如调她干杂务。她告诉海老头说,她信任他了,她说过一次以后便不作声了,但她心里还是一直会不满的,她请这海国乔各时候都不要怀疑,而帮助她,于是海国乔便和她相约奋斗。她还说,她有些爱美,也是她的习惯,在农村插队时也有人批评她,但她不改的。她的对象在天津商业局,他们要奋斗结婚了。

"总之你用碎砖头是不对的。"王亦华在违反决心,表示了对吴璋的不满后说到原来的题目,说。

"你也正是有不满的,怕什么,我就不怕他吴璋,他那种臭官僚,枪毙我立刻就走,上法国那种断头台我也不怕,又说一句!"陆杰成说,"你插队的什么言论就怕他啦。……再说他吴璋他什么都管,一次说用碎砖头,一次说又用整砖头,说我:简直不听话!所以我便用碎砖头,这次的理由是这样的。"

"那你也可以不理他。"海国乔说。

"你说迟了,我已经弄了。"

"那你这人怎么这样的呢?"海国乔发怒,说。

"党委书记发怒了。"陆杰成说。

"谁和你开玩笑。"海国乔说。

"你还是改回吧。"王亦华说。

"我和你斗根草,"陆杰成说,"你代表老婆子所长,我败了我就改。"

"哪能这样呢。"

"但是你是有不满意吴璋一些人的,姑娘王亦华,你的问题也属于没有落实。……"

"我是落实的也可以说,"胆小的王亦华说,"连这么说也不对。我没有什么落实。"

"你是有伤愁又有怨恨的。"陆杰成说,"我女儿知道。"他认真地、严肃地看着王亦华。

"没有。"王亦华防御着,有些凶地说。

"但是海国乔知道。"陆杰成又说,但觉得过分了,有些脸红。

"没有,海大爷你说没有是吧。他陆瓦匠这种人有过分。我们并没有这样,"王亦华有些着急地说,"我是很安于我的工作的。"

"那是。"海国乔有些遗憾地说。看着王亦华在梳头,他想到王亦华曾说,她长得漂亮也是有负担的一面,人们便说她骄傲。

"我干我的工作,我干这托儿所的保姆,我觉得很好,我在祖国的蒸蒸日上中是觉得挺幸福的。"王亦华说,由于一种复杂的情绪,眼睛有点看不出来的潮湿。"真好,我顶好。"她说。

"你跟吴璋也去说顶好吧。我说的,我不怕他。"陆杰成坚持着,愤恨地说。

"但是我没有什么事呀。"王亦华说。"上回你说听我唱个歌的我没有唱,我补唱个吧,我们不谈这些。"她说,她有些害怕陆杰成的叫唤让老太婆所长和许多人听见。

"那……"陆杰成说。

于是王亦华便有些突然地唱歌。她唱着:"海啊,海啊,……"声音很响,儿童们有一些都停止游戏了。她突然唱得更高亢,她的心在什么一种激情里陶醉了,这里面有着一种怨恨与抗议,但又隐藏了。陆杰成在棚子顶上叉着腰听着。

"海啊,海啊。……"王亦华在周围的变得沉重起来的大的空气中,似乎有着对于陆瓦匠的抗议。整个托儿所寂静了。继续地唱着。这时吴璋走进来站下了。王亦华扬起声音继续唱着。海国乔便听出这歌声中又起来的抗议。虽然王亦华的声音里并没有明显的愤激,但海国乔觉得却听得很清楚。他心中希望这愤激更多些。

他竭力听出这歌声在吴璋进来的时候似乎还增加了愤激,但很快地又收敛了。歌声停止了。

"你们托儿所不错,木马添置了吧,我很挂念木马添置了没有,你海大爷,"吴璋说,他带着复杂的感情看看周围;这托儿所的好多保姆都在这半年间挨过他的骂的。

"添置了。"

"添置了就好。"吴璋说,"这本不必补贴的,许多事情呀,我以前有疏忽,也不详细说了,有不妥的错误,希望你海大爷原谅,我的确是有缺点,对很多同志们有缺错。你海大爷,你们不生气我随便地发表一些主张……等下说吧。"谦虚下来的吴璋说。

他有些兴奋似的,同时有一些腼腆的表情。似乎是王亦华的歌声让他谦虚下来的。

"唱歌,唱歌,很好,王亦华同志。"他说。

"我向你吴璋党委副书记提个意见啊,"陆杰成在棚子顶上说,他觉得他攻击吴璋一阵而吴璋现在来了不说是丢丑的。他有敢作敢当的作风,而王亦华的歌声也似乎触动了他,虽然王亦华是息事宁人的,但她的歌声却泄露了她的愤激的心了。"我说你这人是有才学的,对吧,但你有官僚主义,你一个时期骂人太凶,说这也霸道,那也不行,没有你的命令什么都不能触动,连这托儿所的棚子也不能盖。你说对吗?我说过不怕你的、当你面说的,你说对吗?"陆杰成愤激地说,由于勇猛,脸涨得通红的。

吴璋沉默了一下。

"对。"他笑着说,"也有对的,你陆杰成同志说的。"但他的面孔苍白地颤栗了一下。他似乎排除了王亦华的歌声给他带来的影响。

"也有对的?"陆杰成说。

"是的,啊。"吴璋说,内心波动着,他又扬起冷漠的嗓子说:"你的意见是很宝贵的。"

"你记我们的仇不呢?"陆杰成说。

"记仇?"吴璋说。"是这样的,我是欢迎提意见的。"沉思了一下他说,"我是有错误与缺点的。"

"吴璋同志近来挺不错了。"海国乔说,"我也有许多话,也想对你说。"他对吴璋说。

"要是不对,我们就是胡说,对吧。但我们不是胡说你是官僚主义,陆杰成说,显出一种愤慨。

"这情形也是对你有意见的,他陆杰成是有许多意见。"海国乔笑了一笑,也显出一种愤慨,和老人家的严峻的表情,说。

吴璋有冷淡的笑容停留在脸上,他的面孔有些苍白,海国乔虽然说得简单,但表情是不高兴。吴璋想走了,但他上楼去了,他心慌起来,想做检讨,想人们高兴他,甚至渴望以前的善良,但是他怎么老不能改正成功呢,人们怎么仍旧不欢迎他呢。他很痛苦,想到他的女人郭清不断骂他,他应该把这托儿所的增加补贴经费批下来的,但是却又紧缩掉过分了,于是各儿童的家里缴的钱就过多了一点了。但是因为刘棠的讨好,前些时他却给挂面厂的补贴增多了,这些人们都有意见。他上楼去,在内心里面假装着去看小班儿童们和所长,走到楼梯上便转下来了,他便蹲下来抱一个儿童,又和另一个儿童说话。

"这托儿所的补贴费你吴璋同志还是能增加吧?增加吧!区长都说的。"一个保姆说。

"不行呀……也可以考虑的。"

"我们的意见你以为如何呢?"陆杰成在棚子顶上说。

吴璋看看陆杰成又看看王亦华。王亦华刚才的唱歌使他受到一点刺激,不仅是他听出了其中的愤激,而且是触动了他想到了,在王亦华的事情上,人们,譬如张璞,就有着愤激。他隐约地感觉到王亦华对他不满,虽然她现在似乎害怕他,但这害怕这些时候也使他不安,因为引起了群众的愤激。他是想改正的。

"王亦华,你的唱歌顶好的,歌喉顶好。"他说。他想要找王亦华谈一下,但他又改为简单的方法,走近王亦华对她说:"你的过去的问题我尽快地助你解决。"但王亦华脸红,她说,她没有什么问题。但她说,有些也不是,她很谢谢能尽快的解决。后一句她是抢着说出来的。长发已经盘绕在头上的美貌的王亦华在突然的激动中长久地凝望着他。

吴璋也看着她。

"我的问题说没有是不对的,你吴璋副书记既然说能解决便是顶好的,我很谢谢你,"说到这里,王亦华便沉默下来,又凝望着吴璋,她显出一种复杂的情绪,她的脸上有着一种愤怒又忍耐着。她的脸孔有着轻微颤栗的了。

她便说她不说什么了。

"我们还是插队回来又读过半年大学的呢,是中学毕业的高材生呢。自然,在托儿所也是干四化,"面孔打抖,眼睛灼烧地发亮的王亦华又说,"我们对命运是抱着一种冷淡的,今天我向你坦白地说。假如你能改变情形,便请帮助我们,不然便也不怪你。"

停了一下的王亦华又说:

"海大爷,你看我不说得过火吧。我想怕他吴璋书记说我不对,我仔细想,我托儿所也能干的,我这就收回了。我讲得过火了,是错误的,"又胆小起来的王亦华说。她想:"我能混就算了,我真害怕我说错,我真害怕亦复可怜。"她便眼睛闪烁着,而呈显出一种带着深刻的颤栗的苍白。"但我仍旧这件事要说,我插队的时候没有那些错误的言论。"她说。

"那是……容易弄清楚的。"吴璋说。

"不是容易弄清楚。"海国乔说,"而是我们能证明她没有的,我研究过了,她没有的,不是她说的。"

"我的女儿也能做这种证明的。"陆杰成说,"我认为海大爷这话很对。"

"这是这样的。"吴璋说,"好办,不难办,我负责。不长篇大论了。"他说,面孔也有些颤栗,显出了一种善良。"这一年来许多事情我是错了,承认的,在你王亦华的问题上也正是。在这托儿所的经费上,好多保姆的……情形上也正是。你王亦华插队一年后,大学读了几天,你曾制成错冤案,平反解决不好,那时候你很激烈,到区政府来,你父亲那时想退休了,而我旧时和你的父亲是很好的感情的。……我们之间还很客气,我也曾想助你,但你后来骂我了,我也承认我发生了缺点,而你害了一场病,我派你到托儿所之后,加之你父亲的病,生计不好,你的性情开始容忍了……总之,说这也没有什么必要,我也承认我的不是了。"

"依你看,"王亦华说,"我这样是不是错呢,我也还是想采取胆小的策略,因为你们这些领导有时候会变的……"她疑虑地说,"你会不会,明天你再会不会变成昨天那样,刚才也有点那样呢?"

吴璋沉默着,面孔激动得灰白,他觉得很痛苦,他不听家人和一些同志的劝告,也不理会上级给他的批评,一共也有两次了,而他的错造成了很多恶劣的后果。王亦华的痛苦也正是他造成的后果,还有这里在看着他的,他曾损伤了她们的保姆们,她们各人的都不满意他。他徘徊了两步,觉得很重的负担。他觉得不能再原来那样生活了。

"你不会变吧?"王亦华说。

"真的,你不会改变吧。"海国乔说。

"你不会改变吧。"一个胖的、年轻的保姆说,抱着一个小孩:"我们的补贴你发,而且不骂我们这些保姆是吃白食的了吧。"

吴璋沉默地徘徊着。

"那回你也骂我了,"一个年龄大些的保姆笑着说,"骂我是愚蠢,把买来的鱼放在窗台上,你骂的太凶了,所以我便着急,有个地洞都想钻进去。……你不会把我们都撵掉吧?"

吴璋徘徊着,沉默着。他不再觉得敌对,而觉得一种对于内心的改悔的决定的留恋,觉得这假如又消失掉了,便很可怕。他的心里剩余的霸道思想在这时候散失了。他觉得自己现在是一个有力量、认识道路的,不会被击倒的正派的人,和党员;而先前是没有这种对自己的喜爱的,没有这种有力和分量的。他痛苦着,由于过去的错误。

这时陆杰成的女儿陆美珍走了进来。她已经在门外听了很久,她在王亦华唱歌以前便来到门口,也和一个保姆谈天。站了一下,对陆杰成愤怒地说:

"你又在这里闹了吧,又在跟什么人闹,跟海大爹不客气,你做完了活还不下来,站在棚子上说废话。妈喊你。你惹妈生气。"

陆杰成忧郁着便下来了。他显然怕女儿。

"你在这里得罪人,骂吴璋副书记,你骂了得罪了我看你怎样办。"她说,脸色有些凶地看看吴璋,不明确是什么意义,"你知道人家副书记你能这样骂吗?门外群众也说,人人怕他。"陆杰成的厉害的女儿说,对吴璋点了一下头。"你还在那里迟疑什么?"

陆杰成便脸红了,他怕女儿。

"你有多大的撑子。你骂人家吴璋。你还不跟他吴璋副书记赔个礼。"

"那是不的。"陆杰成说。"那绝没有的。"

"那不是那么的。"吴璋的嘶哑的声音说。

"我们爹陆瓦匠他骂你了。"陆美珍有些冷笑地向着吴璋说,"我们这里向你赔礼了。"她的后一句话更显出了她的讽刺的腔调。

"那绝不的。"陆杰成吼叫起来说,"绝不赔礼的。"

"你怎么这样不怕吴璋副书记呢?"

"哈,头可断,血可流,有法国从前那种断头台也上,没有什么赔礼的!"他说,"我们是草草之民,祖国之子,中华祖国之民,为了人民的正义的。我们这里这就是赔礼了!"陆瓦匠愤怒地大声说,挺着胸,怀着他的豪杰的、慷慨的情绪,一直走了出去了。

"那我们向你赔礼了,"陆美珍继续冷笑着说,看看吴璋,也走了出去。

吴璋站着沉默着,在陆美珍去了之后,他便掏出手帕来蒙住眼睛,似乎是哭了,然后他拿开手帕,用嘶哑的、颤栗的声音对海国乔说:

"我很痛苦。"

"那你休息休息吧。"

"我很痛苦。"吴璋又转向王亦华和两个保姆说。他又沉默一下,便骑上车走了。他到了一个小胡同的无人的墙角里下了他的自行车,便掏出手帕,悲伤地哭出声音来了。冬天的冷风吹着,在这野鸭洼的狭窄、无人的墙边上布满着枯黄的野草的小的胡同里,吴璋的哭声有一阵继续着。他的生活到了新的段落。

☆

吴璋欲望改悔,又变成性急的。他便骑车预备去找刘勉和陈平,慰问他们,但他首先在路上缝纫厂附近碰见了海学涛骑车走着,便喊他停下来。他也觉得性急一点了,但也想补偿一年来的错误。他把海学涛喊到街边,他过去有错误现在想改正,对他说,他认为海学涛应该改正,不辜负海国乔的期望,老人年纪大了,家庭是地方上有威望的。他说,假如海学涛不改正便不好了,他便要骂他和不能容忍了。他说他有责任,过去助长和纵容了海学涛的错误。

海学涛冷淡地沉默着,有些奇怪地看着他,但他的话仍旧发生了一些效果。海学涛忧郁地注意到吴璋改变了。

"你吴璋同志是改变了你的一些看法了。"有些紧张的海学涛问。

"我改变了。官僚主义和我的这不正之风。我想了解你的情形,我也有责任。你拿没有拿你父亲的钱呢?"

"没有。"海学涛说。

"你改正吧。做一个正派的诚实的工人吧,我们共同前进吧。"吴璋有些声音颤抖地说。"前些时你那一个洗衣机,那二百多元是教育了我。"

"这也不是这样说的。你有你的过去的光荣的历史,我父亲也是,可是我海学涛我这一辈子什么也还没有。"海学涛说,蹲下拔起墙边的枯草在手里拉扯着。

"那怎么能错误呢?"

"那我就不知怎样说法了。"海学涛有些幼稚地说,"我是想,先建立起自己的家业来,再往前用功,也许进专科大学。"

"你这是不对的。不对的。"吴璋说,亲热地拿过海学涛手里的草来在手里抚弄了一阵便抢着胸脯说,"你要知道,没有这种的……做一个人,先要放弃见异的见解,见异就是走错了路。我当然不好意思说你,我也是已多错误的,但是我体会到这点。"

"那我还不能说我走错了路。你是副书记真的改变了么?"海学涛说。

"你说呢?你先前是个好工人,先进工作者,诚实的人,现在你不好,想做投机活动,而我先前的对你的这种的默不作声和对你友好纵容是错误的,取得你在地方上拥护我……而我痛苦地说,这种拥护是没有意义的,"他把抱着的手臂两边分开然后又抱起手臂来。然后他又从地上拔起一些枯草来在手中搓着。"这种是没有意义的。"

"你很性急的样子。你以前好像不很着急。你莫是出尔反尔。"海学涛说,"你出尔反尔。以前你常忘事,是不安心工作。后来你是一套,现在又一套了。"

"我是这样的:现在是对的。四化的时代是复杂的,但我不能拿这来辩护自己,我是经历了一个陷坑。陷坑,你知道。你改正你的立场吧?"

"你考虑好了。"海学涛笑着说,他这笑的意见是说,你这种人说了没有用。

"你考虑就很好。你笑我是也不怪你。"吴璋说。

"我们说吴副书记说这一回很对。"旁边的杜宏英说。缝纫厂休息了,女工们来到门前坡上。

"你海学涛师父好,你是应该改正了,那样驾着糖厂的车街上跑不好。"一个头发有点白的女工说,"你这样你父亲海大爹日子不好过。"

"是应该这样了,"女工章莲英说,"那回我们说一阵,我们说的也有不妥,你海师父说你们家对地方上是有恩惠的,你就不是海大爹的思想。是这个意思吧。"

"也不见得,现在什么都要钱,海师父手中有几个钱自然是也好。"一个女工说,吴璋注意到她说很活泼的,"你海师父手中有几个钱了吧。我们当吴副书记谈这个很有不恭,你吴副书记说我们说的对吧。"她说,又变了神情,注意地看了有点不像过去的吴璋一眼。

"你吴副书记不生我们的气吧,不说我们这厂生产成绩差,把厂关掉吧。那回你吴副书记骂我们很凶。"一个女工说。

"我们缝纫厂的女工对吴副书记有这些意见。"杜宏英说。

"你海师父近来不跑汽车了吧。"小李子李桂兰说,"不跑便好。"

女工们在上午的冬季的太阳下显得有点生气。她们十几个围着吴璋和海学涛。她们谈论海学涛的情况,也有问到夫妇吵架的。她们又说到海学涛过去做诗,来缝纫厂朗读,便要海学涛再做一首诗,但她们有的说,海学涛现在不做了,务实了,做不出来了;其实是俗气了,做不出来了。但有的说做诗也没有什么意思。这一切扰动着海学涛和吴璋。敏感的杜宏英便想帮助海国乔,她也敌对海学涛的这么长时间的变异。异化为投机生意经理人的海学涛有涂了很多的头发油,令她发生反感。她便想刺激起什么来,提议海学涛到厂里去朗诵一首过去的诗,是"机器哗啦哗啦响着呀",是"我的心在春天的田野里是火烧火燎"呀,是"天上飞着雄炼的老鹰","我的祖国呀",都行。小李子李桂兰也赞成这个,她是也有受过诗的感动的。人们希望海学涛改正,恢复成从前的纯朴的"海师父"。海学涛拒绝了一下,但由于什么样的一种荣誉心,便同意了,于是吴璋也就跟着到缝纫厂里面去了。

梅风珍不在。现在杜宏英是副厂长了。

"我们请海学涛念着诗。这缝纫厂是他念过几回的。"杜宏英怀着什么一种感慨说。

人们有的便热烈地鼓掌,使海学涛意外。在掌声中便想,年华似流水,他现在和以前不一样了。他过去有一首诗叫"年华似流水",曾经几处朗诵。他便想到他读过不少的书,他的父亲有书;他怔忡了一下,便想到自己的确是错误了。他在各种压力下是不是想改正呢?今日吴璋改变了来热情地劝说他,他也很有内心的紧张。他还不想改正。他也有点想。

"我决心不向我父亲要钱,这一点你吴副书记放心。"走进缝纫厂去,在人们鼓掌的间歇中,他小声对吴璋说。

"那当然好。"吴璋说。

"我是有一点错,我慢慢地会改正的。"有点因人们请他念诗而骄傲的海学涛又小声说。

他便站在几台缝纫机前,对人们的鼓掌,又摇了几下双臂,举了一下手。他比以前朗诵诗的时候多了些动作。他摇双臂后并且鞠一下躬又鞠一下躬,殷勤地向人们道谢,他又鼓鼓掌,他又掏出手帕来擦擦嘴。

"你快点呀。"杜宏英笑着说,害怕事情的失败。

吴璋便找了一把椅子坐下了。

海学涛便骄傲地环顾周围。

年华似流水
机器轰隆隆又花啦啦噼噼啪
我是一个老挡车手
我成长于我的工厂的怀抱
机器轰隆隆隆似火焰似雷霆似人们心灵的震动
我是一个建设祖国的尖兵
年华似流水
我贡献我的一生,我是一棵小草一朵小花一颗露珠一滴雨水,我内心最愉快……

海学涛便背诵完了,便做着姿势鞠躬,便有一部分人说好和鼓掌,由于海学涛的复杂的情况,这次的鼓掌还相当热烈。小李子李桂兰鼓掌很响,这一点海学涛也注意到,因为她是他觉得有些骄傲的。杜宏英鼓掌很响,她爱海国乔老头,她还爱海国乔的从前的海学涛;她觉得她有些感动。

"没什么意思。"一个女工在角落里说。"你海学涛师傅很赚了点钱吧。"她有些意义不明地说。

"没什么意思,也是的,没意思。我是说赚钱没意思,"他对杜宏英说。"诗也没意思。我是很幼稚的。"海学涛说。

"那你也不能这样说,"杜宏英说。"你改正真好,你过去的诗是,"杜宏英说,突然激动,声音有些战栗,"很可亲可爱的。"

"并不是,而是,这些也是幼稚,献丑,以后不做了。四化这些的,要依靠实际,会经营,也不必那么多的强调文化,中国是大国,几千年也还不是过。"

"那你是不对的。"杜宏英说,她对海学涛的情况很敏感。她渴想帮助海国乔改正海学涛,她心中颤抖,她想他不改变她便打倒他。她对他们的错误是深深仇恨的。

"简单的道理。"海学涛轻蔑地说。"我们国家就是这样。像这缝纫厂,几个女工糊弄一下不就完了。"

"你这么说?"杜宏英便有些脸红了,她说:"刚才的诗不错,你的过去不错,你又发表错的言论,海大爹是不愉快吗?"

"那他是那么的吧。"海学涛骄傲地说。

"他是他那样的?"杜宏英激动地说,"告诉你,我们老街坊,我对你有意见。"她固执地说。

"哦。你杜宏英还是开口少的,这么凶起来啦。"

"我听了你的言论是不忍耐的。"杜宏英发怒说,面孔上的肌肉和漂亮的嘴唇有点战栗,"我们是糊弄一下就完了?"

"那又怎样呢,真是,我错了不就完了吗?"

"完啦?"杜宏英说,"不完的,你要改正!"觉得失败的杜宏英说,含着一点眼泪了。她又觉得流泪很窘迫,特别是当着吴璋,她于是羞怯地沉默了。但她想想又激动地大声说:"你海学涛应该改正。"这时她便敏捷地看表摇铃了,于是女工们又开始做工,上午的下班部分时间的工。她用力地似乎多摇了几下铃,表示她的愤怒和内心的激动。由于觉得流泪似乎不好,内心不安,又觉得没有说服海学涛很窘迫,也由于不知怎样对待吴璋,她仍然有些芥蒂着的吴璋,她便又朝这边看看。但她走到她的机器上,再没有说什么了。

"缝纫厂也还是不错的。"也有些抱歉的海学涛说。

"我觉得你应该接受杜宏英的意见。"吴璋在机器的声音里大声地对海学涛说。"我说两句!"吴璋对人们说:"杜宏英是对的,我吴副书记过去是错误的……"但是机器声很响,像浪潮似的,人们没有很听他,于是他便和海学涛站起来了,……他们走出缝纫厂。不安的海学涛说他有事情,便骑车走掉了。

急急忙忙想补偿自己的过去的错误的吴璋懊恼在缝纫厂没有能抢机会说多一点,他便骑车到野鸭洼巡视着,他骑车去找刘勉,想对他说要替他争取彻底平反,他遇到在挂面厂的门前刘棠和人们在争论,刘勉站在一边。周围围着不少的人。吴璋听不清楚争论什么,但大约是关于挂面厂的历史,和他刘勉的功绩的。刘勉这挂面厂的技师,个人努力在四人帮以前为挂面厂砌了间房子,从运木料到上瓦都差不多是他个人干的。他还修好过烧水的锅炉,为地方上节省了钱。但是粗野的刘棠老是想篡夺修锅炉的功劳,有一回还说房子也是他主持盖的。这回刘棠为修锅炉的事和挂面厂的两个人冲突了,人们便趁刘勉扫地路过问过去到底是怎么回事。刘勉仍旧不说什么,但刘棠遇见刘勉便有些让步了,他的街道委员终于又被张威去职了。在他的街道委员去掉了职务而又没有能活动成功以后,他也并不比较软弱些。这一切很陈旧,刘棠在夸耀他的功劳,但他这回也带上刘勉一些。人们质问他,他便不让步地争论起来。野鸭洼渐渐地变动,但陈旧的刘棠救火和暴雨中抢救物资的故事仍旧由刘棠自己在宣扬着。吴璋听见这样的争执便忧郁地走近去。

"你刘棠这分明是不实际的,吹嘘。"一个工人说。

"不吹嘘的,是有这样的事的,你问刘勉。"

"不敢说什么。"刘勉幽默地说。

吴璋感觉到,这一切与他的过去的劣迹有关,他撑场了几回这个刘棠,他便欺人而张狂了。他的街道委员的职务去掉了,以后他仍旧很傲岸。吴璋便觉着羞惭和苦恼,架好了自行车走了过去。

刘棠并没有看见吴璋。

"他刘勉那时是在睡觉,而我是救火的……"刘棠说。

"我并没有睡觉。"刘勉说。

"是你是有你的思想问题的。"刘棠说。"你的平反,我听说是有困难的。"

"那也许是吧。"

"这些时候你刘勉扫地好一些了,但是我们挂面厂门前你仍旧不扫干净,你是暗中的心思仇视挂面厂的。开水烫过的鸡拔下来的雉毛你不屑拿手拿,你是娇嫩,不劳动人民。我们这里一早晨有骡马车经过往豆腐坊去,总在这里拉屎,你对于粪屎并不积极。积极的扫地工要对粪屎积极。你为什么不积极呢?"刘棠说。

刘勉有些脸红。他不拿热雉毛并非因为什么一种心理,而是刘棠不断继续对付他,而刘棠是忌讳人们拿热雉毛的。他自己自然也不拿。这陈旧的扫地的故事继续着,刘棠想捏造刘勉迷信,而刘勉很恼怒。

"你这么说是没有道理的。"刘勉说。

"这你刘棠便也欺他刘勉过分了。"一个青年人说。

"总之,烫雉毛也没有什么关系。你刘勉那时候心思不好,在睡觉,而我是救火的……"刘棠说。

"你再说你是盖房子的呢?"刘勉说。"算了吧,你说去吧。你再唱个歌庆祝你那时救火呢?"

有的人们便笑了。

"为什么不呢?"刘棠说,于是他立刻便扬起他的嘶哑的嗓子唱了:"赫啦人,天空出彩霞,地上开红花,我刘棠是红花。"

"常唱这个的?"刘勉说。

"对了。"刘棠说,便要扬起拳头来。但是吴璋把这拳头按住了。

吴璋觉得忧郁。这是自身的劣迹的过去的联系和遗留,这长期的刘棠的轰动令他现在很痛苦,而在过去,他是不作声的,或者他是要说两方面都是错误的,甚至于会说刘勉是错误的。

"哈!"刘棠说。

"哈!"刘勉也说。

"你吴璋副书记是怎样呢?"刘棠说,因为吴璋把他的手按下去了。

"不怎样。你刘棠把这街边上的雉毛,还有什么你弄的脏统统打扫掉,你负责。你要知道,在他刘勉的事情上你是不对的。你不应该想欺人!"吴璋以很大的、愤怒的声音说。

"那是怎样的呢?"脸色有些灰白,觉得意外的刘棠说。

"就是这样的。"激动的吴璋说,"就这机会表示我吴璋过去有一定的支持你是不对的也是我觉得必要的,你们说对吗?"

"我说你吴璋书记这很好。"一个老工人说。

"那我便不说什么了。"刘棠说。但是这刘棠不大容易屈服,他因为习惯了吴璋支持他,便不大怕吴璋,便跳起来扑向刘勉,向刘勉打去了。人们推开了刘棠。吴璋便激动,面孔有些战抖,他觉得对过去的悔恨,又一次觉得痛苦。刘棠又向刘勉扑来,吴璋便大吼了一声拦住刘棠,但被地滑倒,和刘棠一同滚到地上了。刘棠突然变脸打击他,他愤怒起来,控制不住地颤栗着和刘棠在地上相打起来。他击中刘棠一拳,刘棠惊愕于自己没有占到便宜,又还击他一下。区委副书记吴璋和他过去的劣迹关系之一的刘棠相打了。刘棠又有些怕他,他便把刘棠压在下面。但毕竟他是书记,他便放松刘棠,站起来。他的这个和刘棠相打表示了他过去的错误的深度和这自身遗留下来的痛苦。

看见吴璋面色激动而苍白,刘勉便上前来扶他。刘勉因吴璋的改变心中有激动。他因和刘棠的冲突更想到他的从前在挂面厂的生活,他的谦让,和人们对他的侵夺;吴璋意外地援助了他。他怀念他的挂面厂技师的日子,那时候他的女人也在着;他也想念他盖的那两间房子。现在吴璋鼓舞了他,他觉得温暖。现在不是淡漠地经过挂面厂门口,现在是动心了;看着吴璋的激动,他的心也战栗着。

"我很感谢吴璋副书记。"刘勉面孔战栗着,说。

"那没有什么。"吴璋说,拍拍身上的灰。

"我觉得党不会淹没好人的。"刘勉说,看着有些白发的、激动、灰白的吴璋,便掏出一个脏手帕来擦着鼻子又擦着因激动而流出来的眼泪。

"你还是会干挂面厂的技师,我将帮你解决问题。"吴璋说。

"谢谢你。那是的。"渴望着再当挂面厂的技师的刘勉说,他回头望望附近高耸起来的建筑工程工架,他的意见是,他如果能再当挂面厂的技师,他的心便会和这他所爱的建筑工程更相亲了。

吴璋激动着,他觉得人们的各项生活的坑洼和痛苦应该少起来。他内心激动着,觉得过去的错误也使他丧失了光阴。他也望望那建筑工架。他骑车走了,但又在那刚才他哭了一场的冷静的小胡同里下了车,在路边的枯草上坐了下来,点燃一支烟,想着他的心里的激动和过去的错误。刚才短促的时间他有严峻的经历。他的心里也升起了希望的、庄严的、自尊心的,甜蜜的萌芽。

"人们,在这宝贵的伟大的时代,你们不要犯错误,你们要警惕啊!"他自言自语地说。

吴璋激动不减,他在墙边的枯草里坐了好一阵,又骑车出了胡同了。他这回继续的巡视去再看陈平。他过去对陈平的好些次的冷淡,骄傲,错误的职责打击和他上次经过陈平时没有完全决心改悔令他心里继续忧愁。

陈平和吴伐在冲突着。两人声音很高。吴伐说,他有许多事情日常不说并不是没有意见,他认为后街的"雉肠子"的地没有扫好他的亲戚是有意见的,他的亲戚住在那里;那里门前堆的脏也没有铲掉,还有一些乱石头,陈平说那是罗进民扫的,但吴伐说,他陈平扫的时候也就不干净,陈平便和他争论了。他说他不是这样的,他是仔细地扫的,他很恨吴伐这种人。陈平说了一些句便又恢复了他往日的沉默,阴郁地看着吴伐。他特别恨吴伐这种人,犯过错误后还继续狂妄,欢喜教训人和爬在别人头上了,他又这些时候心里不安,他的未婚妻孙美兰和他一起去到他本来服务的机关想解决他的问题,没有结果,他想再去,而他的未婚妻在学校里事情很忙。吴伐恨陈平不理人。他喜欢社会,喜欢在针织厂面前和各个人招呼,特别喜欢对着一早晨的鸟雀自言自语,和一早晨的扫地工说几句话。确实是这样的,他说这样他便感觉到社会的亲密和谐的空气,而他也就"很舒心"地过了一天了。他喧嚷着,有时也就和善,"忍让"他再不偷窃了。可是陈平扫过针织厂不理他。吴伐三次和他招呼他都没有答理,吴伐这一日便发表议论,说扫地工应该是像"一早晨的鸟雀"一样高高兴兴的,才是社会,而陈平却是一早晨自己一个人唱过几回歌,不理人,是又一种一早晨的鸟雀。陈平便狠狠地看他一眼,说:"谁是一早晨的鸟雀!"孙美兰曾经有次走过,对吴伐说请他"原谅",和"帮助""不会扫地的陈平",她对吴伐很客气,吴伐便有一回说陈平扫地不错,但陈平没有反应,吴伐很不满意。陈平也懊恼自己没有反应,想要说什么也来不及了;他内心又想着,在想着他的那些,想到青春年华,狱中十余年,而前程似乎茫茫,现在要怎样才能冲破这个呢。他经常想着这个。他还想他也应该和俗物,市侩们妥协一些了,例如这种吴伐,有时也有善意,但他总没有开口,而心中时常相反地是颤动着对他们的仇恨。他现在和吴伐冲突,也还是在想着也许妥协一下好,"随和"一下好。如孙美兰有时也劝他的,心中矛盾着,但是吴伐和他的对立却很激烈,他恨陈平回他的"一早晨的鸟雀"这句话对他仇恨地注视的那一眼。他绕着陈平转了一个圈子,他说,陈平这种骄傲是不好的。

陈平说并不是这样的。他想说客气话,但他仍然又说,他骄傲不骄傲没有什么好不好的。

"一早晨的鸟雀叫是社会的和睦,乡里的愉快,而一早晨碰见灰兔子就没有意见了,"吴伐说,"没有当扫地工这么不客气的。"

"什么灰兔子?"陈平说,"谁是灰兔子?""还有,谁是一早晨的鸟雀?"

"不是灰兔子,是灰狼,灰狼那种也有阴暗地瞧瞧你的,是灰狼,好了吧。"吴伐说,看见吴璋来到旁边,便也笑起来了。

"谁是什么灰狼?"陈平说,看看吴璋,"你们这些人,才是灰狼,灰兔子,——你骂人,你们是侵染社会的,耍人,市侩,不信义之徒。"他又看看吴璋,并不隐瞒他的仇恨。

"那你骂我是不对的。"吴伐说。"早晨路灯快熄,天空显得昏暗,那时候有灰狼,也有灰兔子吧。你大学生陈师傅说呢,我为什么说呢,因为你跟你那未婚妻说我听见的,说我吴伐是社会的渣滓,黑暗的角隅的,我们是角隅!是四化的绊脚石也是你说的。别看你那未婚妻客气,她背后说人。"

"那有什么一定要吵呢?"吴璋说。

"不是这样的。"吴伐说,"道理总得弄明白。不当一早晨嘟啾的可笑的鸟雀,而是灰兔灰狼。"

"混蛋!你骂我!"陈平说,对吴伐冲了过来,但抑制住了,也被吴璋拦住了。"你说我知识分子扫地就是有问题的……什么灰狼?你这是可怕的名词,我监牢劳动生死场十几年了,也不在乎你,混蛋。"陈平继续又动怒大叫着,举起他的大扫帚打中他仇恨的吴伐。他恨这人而忘记了自己的文雅了。吴璋拦着他,扫把便碰在吴璋身上。

"那你这大学生陈师傅也有两句了,你说了就行。"吴伐说,回避着陈平的又举起来的大扫帚。"我可是并不那样的意思。还有说一早晨的鸟雀,我也没有什么恶意,我是从纸厂以来说惯了。我那时候也是起早。但是我说你是鸟雀,你就是一早晨的鸟雀!而且是灰狼。"吴伐突然不示弱,跳起来说。

"你那时候是科长呢。"吴璋说,"你是有些错误言论的,你过去很错误,你吴伐!不准叫了,这个社会,你有飞腾起来了,就你们这些人声音大是狗屁!"

"那你吴副书记说得对。"吴伐安静下来说,有些奇怪地看看吴璋。"我过去是严重错,但是你过去说我们这些人有优点是活动社会的、四化、建设,像这建设工程,"他看看附近的建筑工程高架,说,"没有一样缺我们的活动,我是指我改正错误后,也懂些技术,是四化的人才,能缺么?你说过的,你吴璋副书记。"他又奇怪地看看吴璋。

"那对。"吴璋说。"过去说过的。"他说,面孔的肌肉有点抽搐。

"你说过他们这种知识分子和刘勉那些人,内心深奥孤僻不好,而我吴伐这样的群众,好。"

"是那么说过的。"吴璋说。

"那就对了。你说他陈平要好好锻炼,你还说我吴伐是这野鸭洼的一个探子,我探挖住了一些社会,改正错误以后的日常活跃,你是顶赞成我的。你常说:你吴伐不错,而你也对他们说:你们这些扫地工怎么搞的?一声吼叫,我顶佩服你吴璋副书记了。""你怎么忘记了这些呢。"不觉对吴璋敌对起来的吴伐说。

"哎。"吴璋叹息着。"怎样呢?"他说。

"我就当着陈平陈师傅谈吧。"吴伐说,"你吴副书记能考虑我回纸厂去吧?恢复原职。还假设就在这针织厂,也恢复等级帮助提我们地位吧,我很不满那海国乔个人独行,官僚主义,又将我降级了。你可以批评他,改正他海国乔。他是对我很报复。"他说,似乎相信是能成的。

吴璋沉思地沉默着。陈平觉得了吴璋的一种对吴伐的敌意,也沉默着。吴伐看看这两个人。他也叹了一口气。

"你说什么,你说海国乔错了,他是报复你?"吴璋说。

"可不是。"吴伐甜美地说。

"你这是……你瞎说白道!我吴璋告诉你,我不再站在你一边了。"吴璋便愤怒了。但他随即沉默着,又觉得过去的错误的可羞。"你混蛋!"他又叫着。

"那你吴副书记改变了。那么我说,"不在乎的吴伐转向陈平说,"你大学生大学士还是客气点好。以后扫地也可以仔细些,我并不怕,我的意见完了。"吴伐说。"我仍旧要说一早晨的鸟雀。"

"你混蛋!"陈平愤怒地说。

吴伐却扑过来和陈平打架了。他抢过陈平的扫帚,激动地预备扑过去,愤怒的吴璋意外地在这里又参加打架了,他夺下吴伐的扫帚,颤抖着,举起来往吴伐头上打去,吴伐便跌倒了。他又爬了起来呆呆地站着。

吴伐爬起来一定时间之后,孙美兰骑着车子过来,骑到附近停了下来。她看看愤怒的吴璋,不了解情况,惶惑了一下说,她早晨有些病了,所以出来迟,而今天也是迟点才有她的课。她走向吴璋说。陈平这些时一直和吴伐冲突,陈平虽然有情绪激动,而吴伐是有些欺人了。她觉得要批评吴伐才好;对人要符合真理,也不能太让步的。她个人也批评陈平。

"这没有意思的。"陈平说。

"你生气是不该的。"孙美兰说,"你要耐心,光明的前程会展开在你面前。我昨晚仔细地想是这样的,悲观地说,假若就这样下去呢? 我们要为四化尽力,爱我的祖国;我整日跟小学生们讲自己能不这样么?"她说。

"这不是这般理解的。"陈平有些窘迫了,愠怒地笑着说。

"你这就不好了。你要知道,你十几年监狱劳改场,坚持立场,为了祖国的现代化你受创,坚决不移,继续着你的信心,你的监牢的奋斗也是你对祖国的贡献,你自己说过。你又能说不这般理解呢,你当然是一时气话。我说,有些人,他们也会了解的。"她说,看看吴璋,没有想到吴璋的改变。"我在这十几年间,我盼待着你,你难道怕了吗? 你难道没有办法了吗? 你难道没有祖国支援你吗? 我想,我们也不怕一些人欺侮的。"

"你和他共患难。"吴璋有些窘迫地说。

吴伐便奇异地看看吴璋,又看看吴璋已还给陈平的那把扫帚。

"你吴伐是前纸厂的财务,那时候你威风,现在你不能再欺人的,虽然我听说你很有勤勉的优点,我也简单明了地说。"孙美兰说。

"没有哪个是天亮时的鸟雀。"陈平仍旧恼怒地说,"我也向你致意。"

"我也仍然说请你多照顾,因为你仍然有势力。"孙美兰对吴伐说,同时看看吴璋。"我激动,我们将度过患难的岁月,而到大港埠,我希望你吴璋副书记谅解我,也多多照顾我们。谅解和支持我们的奋斗。我们是得到人们关怀的,也自己奋斗。坦白地说,我们过去也说,是有些怕你的。"孙美兰说,脸有些发白。

吴璋沉默着,脸孔也发白,叹了一口气。

"但我们仍旧奋斗的。你吴璋副书记知道,人们奋斗,证实真理,也发展真理。我们在幽静的夜瞥见远空灿烂的星辰,展望黎明的到来,可以说已经到来了,而我们是不怕有一些人的。"孙美兰说,因为激动,嘴唇颤抖着。她的眼睛也发亮。

"那你的口气你们是万事不求人的。"吴伐说。

"我们是奋斗的。我们是一早晨的鸟雀。它呼唤黎明而且歌颂它。"孙美兰用嘶哑的声音说。

吴璋便痛苦地说,他肯定地说,他是要帮助陈平和孙美兰的。

"你是我值得学习的妇女,我接受你的意见,"吴璋说,"你们的有坚毅的精神,你在学校里,我知道,选你为模范教师了,我同意的。"吴璋说,忍住自己的激动,和内心的痛苦,沉默了很一阵。"我将改正以往的错误,譬如我曾经害过陈平,打击了他,譬如街头曾对你帮助陈平扫几下地表示厌烦,譬如街头曾对你们俩说过一两次恶语,总之,过去的官僚主义。你知道,事实证明。我当把陈平的落实政策当做自己的事,来补我的过,我过去是拖延了你们的落实政策的事情的,我还负责地说,这是可以有些把握的,可以去找他的某机关,我希望不久就要有较好的信息。"

"那可顶好了。"孙美兰说,怀疑地望望他,"那么刚才你举扫帚和他吴伐真的冲突了。"

"哈。"吴伐说。

"是那么的吧,孙美兰同志。一早晨的鸟雀啼鸣还因为你陈平有两次唱了两句歌。哎,一早晨的鸟雀。"吴璋说,受了孙美兰陈平的感动,有了一点眼泪。"我负责,有一定的把握的。"他又说,伤心过去的错误。

吴璋便骑上自行车走了。他内心继续激动,因过去的错误而痛苦。他骑车回到那小的,墙边有荒草的,偏僻的胡同里,在墙边上又坐了下来,沉思着,好像这胡同有着什么大的吸力似的,他在这里哭泣,开始改悔,又思索着他的命运。他发呆地沉思了好久。他想起他过去的错误是深刻的。他很惭愧他在陈平从监牢来到野鸭洼以后对他冷淡,而自身错误重起来之后压制了陈平的落实政策问题。他头脑里重复着孙美兰的话:"我们过去是有些怕你的。"他想他现在应积极补救,但是人事仍然有麻烦,许多岁月经过了,人们的青春也被他参加在内耽搁了。他将怎样呢,他的前途是怎样呢?

"不少岁月经过了。……"他想,呆坐在这小胡同的墙边。

他便预备回区政府去了。他慢慢地从墙边上站起来了,望望这小的、机警的胡同。他骑车出去,经过野鸭洼的横街,他又碰见民警沈强,沈强推着自行车,像上次一样在运煤气包。

"你好。"吴璋勇敢地点头,说。

"哦……"沈强说,很不自然。于是吴璋便又有点忧郁。但使得他更忧郁的,是他碰见了电车司机李义。他的车子的链条掉了,他跳下车来收拾,撞着了提一条鱼走着的李义。他看看李义,殷勤地点了一下头,他现在觉得非常的心虚;但李义对他很冷漠,看着他似乎不认识他。

"你不认识我?"他笑着说,扶着自行车走着,"这当然不是,你是电车司机李义,且有一次我们冲突的。"吴璋说。在这野鸭洼的区街的大院门口,李义曾经骂过吴璋是"官僚",而吴璋骂他流氓,两人冲突很凶。

"是吧。"李义说。

"你的驾车的工龄也不小了,是老的司机了,夜深人静,我有一回看你的车急急经过,有很多的感想。"他热情地说。

"是吧。"李义说。

"你不高兴我。"他说,"这自然难怪。我对你是有难忘的印象的。你说呢。"

"哦。算了吧。"李义说。

吴璋便又有些窘迫。他还想起过去也在街头态度很凶地说李义拿着白菜走路掉了不少的白菜皮很脏。"怎么算了呢？"他试探地说。

"你吴副区委书记，是这样的，"李义说，"你知道我对你的意见，我们是直着肠子说话的，你要批评我什么，骂我什么，像那回一样，你就说吧。"

"我没有这种意思呀。我是想说……"

"你想说我是有错误的，头脑简单的，愚蠢的，极落后的，霸道的，没有文明的，不可教育的，无非是这些。"

"哦。"吴璋说，"你也不能这么说呀。"他便有些灰心——觉得改悔和补偿迷失有些似乎不必要了。他觉得他也仍然似乎是处在一种可笑的境地里。而要改悔似乎是很艰难的。

"你吴璋是区委副书记，快升书记了吧，你说过你要关闭缝纫厂，叫我们这地点的家庭妇女杜宏英这些人知道你的厉害，你又说要关闭针织厂，你说我们这野鸭洼的家庭妇女很恶，我李义这些人很是落后，是可恶的。"

吴璋便窘迫地沉默着。李义继续说着，他说他记得吴璋所说的这些。但后来他也沉默了，看看拿在手中的鱼，预备走；似乎也有些担心起来，于是又脸色有些苍白地说：

"我是这一上午在家今日休息没事出来走的，看见你吴璋副书记便有些怕。当然我们也敢说话的。"

"你说吧。"吴璋有些辛酸地说。

"我这也许说得不对了，过火了，不过，也没有不对是吧。我是莽撞的。你为党委副书记，管地方上事，要不要人们拥护呢，你那么官僚哪能行呢？"李义说。

"你说得对。"吴璋说。

李义沉默了一下，奇怪地看看他。

"你今天有些不一样了……"

"你看是么？"

"也没有什么吧，你们，你这样的人，会装样子的。你这是今日装着是羊吧。你今日是挨了上级的批评了吧。我倒有点怕了,骂了你,你一通意见到我们电车厂去,像那回一样。……真的,"李义说,笑了起来,"有点怕了,刚才说的,你原谅吧。"

"哈。"吴璋说,"但那回是那回。"

"那回是那回也一样。"李义说,"我补充说吧,你是很关心地方的,体恤下情的,每日差不多都来巡视,你是很好的,很好呀,真的。"

"你挖苦了。"

"真的。谁敢挖苦你呢,不然我们便是霸道。"李义又笑着说,"真的你是很好的,要说优点,你是有一回也探视军烈属呀,不止是骂他们呀,又有一回慰贴困难户呀……,你也有一回扶九十几岁的黎召娣姥姥走,下雨天扶过积水的水坑。"

"你说么?"吴璋说。

"我们在这里生聚了,"李义说,又看看手里的鱼,"落户几十年了,跟上一辈人来到,那时候很小,从北城搬来的,便落户这野鸭洼了,不觉几十年,你知道,我们是重视一言一语在社会地方上的反映的。……但确实的,你这副书记也有不少的优点。"

"你是批评我。"

"那正是吧,当然也是……批评你吧。不过……你仍旧有点优点,……。"

吴璋便仔细地看着李义,想弄清楚他是不是有些讽刺他,或又相反地有些怕他。他过去确实也像李义所说的扶黎姥姥走那样,虚伪的,但他现在也希望人们说优点。在这种心情里,他便又对李义增加注意着。

"你是还有些怕我谋你。"他对李义说,讽刺地笑着。

"不的。你也牵跌倒的儿童过沟,也有一回还替黎召娣姥姥拿着牛奶,你还铲过垃圾堆,到九号大院里问过困难户的病,……是有优点的。诚恳的。"李义说,带着有些冷淡的表情,吴璋便也有点看出来,他内心里藏着对他的畏惧。

"你是怕我。"

"也许是吧。"李乂有些讽刺地说,又有些窘迫地笑着,"我李乂是耿直说话的,但我也头脑里绕几绕的,连这也说了。"

"我便很忧愁了。"吴璋说。

"那为什么呢。那回你告我到电车公司去我是受了批评的,所以也有点记仇。连这也说了。我特别伤心你吴副书记说我有流氓气,是反对四化的。像'文革'时候的调子呢。张威区长便不同,他帮助我。"

"你能……原谅我么?"吴璋说。

"怎么呢?"

"假如我愿改正,这所言所说都是诚恳、真实,你信不信呢。也许你不信的,我是自食其果尝到苦果了。"

"那有那样吗?"李乂奇怪地说。

"祖国在进行着四化的建设,各样事情都在进展着,有不少人骂我,而张区长批评我,上级也批评我。我自己也骂我,这也在进展着,我今天愿改正迟不迟呢。你说呢?"吴璋面孔又转为苍白,他的下颚战栗着。

"那样吗?"李乂说,注意地看着他,"也有点像。"

"你李乂是很坦白的。"

"那么你对我李乂怎样看法呢?"李乂说,继续看着他,长久地研究着他,便做出了决定了。李乂是耿直的人,他决定信任吴璋了。

"我觉得你是正派的电车司机,我也愿推荐你为先进工作者。真的,我记得我在几回深夜里,看你驾驶电车在寂静的这北京大街上行驶,也有一早晨。这是我的难忘的记忆。"吴璋辛酸地说。

"我过去骂你呢,我刚才的那些呢。"

"那里我说过了,我之过失。上级也批评我了。"

"你多大岁数了?"

"五十四了。你呢。"

"我四十二了。"

"我们也都青春渐过去。"

"你不必伤怀。"李义说,"我信任你吧,那么你改变了。到我家吃鱼去吧,你一定去吧。"李义说,因吴璋的改变而激动,又看看他,便大声说,"高兴。我李义高兴。那我还跟区委副书记结成朋友了。你同意去我家么?"

"我去。我来再买点什么吧。"吴璋说。

吴璋于是走到李义家去了。

下午的时候,他有点喝了酒的头晕,从李义家扶着自行车走出来了。他又骑车到了上午的胡同里。他哭泣开始改悔,两次走回来沉思他的生活的胡同里。他仍旧留恋着这里,来到这里靠墙,放好自行车,在墙边的荒草上坐下来沉思着。想着这一日的变化和他的过去。他觉得他的心灵继续有着震动,这种和爱情似的,事业的感动的欢喜似的震动。但他的心里仍旧有着苦痛。他也一瞬间想,他的改悔,在新的情况里,会不会受到挫折呢。会不会灰心,折回来呢,刚才街头李义就几乎使他有些灰心。但是他不想折回来了。从幼年时起渴望祖国的现代化,也受着正直的父亲的影响。他的父亲是教书的。但是为什么在这大好年华这一年大半年间变成可恶的官僚呢。他在小胡同里坐着,思索着。偶或有行人经过看看他。他坐了很久。

他觉得像一个负伤的动物,到这胡同里来舔着他的伤:他的一年半年的过失给他造成的创伤。

他的妻子郭清骑着车转进胡同来了,远远地就看见了他。她是在北京市委工作,她是走这里过前去办一件她们机关的什么事情的。

她很奇异他坐在这墙边上。他说他是坐在这里休息。她便扶着车子说:

"你这样官僚主义如何得了呢?到地方上来作威作福。你今天又不讲道理地害了什么人没有呢?成什么话?我和你的感情你考虑了没有?"

吴璋便站起来说,他已经想了这些问题了,他现改悔了。

"那自然很好。那是月亮打西边出来了。"

但是吴璋认真地说，他已经不以前那样了。他说，这是今天的情形，他决心改正他的错误了，这些天他就激动着想改悔，但在家中没有说。他现在的心情是，急着补偿他过去的错误，所以在这胡同里思索着，反省着。他急急地解释着，像一个年青人的模样。他说他想到，他的生活还有可为……。他的妻子郭清便架上了车子，注意地听着，他又坐了下来，而她也在墙边坐了下来。

"你是这样的么？"她显出一种恍惚的表情，说，"你这些时候，也是好些似的。……你也知道过去的可羞了么？想起这个我便生气，你还看重了市委对你的批评么？"

郭清是有着并不很小的忧郁的。她曾为吴璋的错误和他吵闹，而且啼哭。也一个人流泪。他们恋爱结婚，她也是很要她的荣誉的，作为在这建设着的社会的一个有能力的妇女。她觉得一阵欢喜，仔细的呆看着吴璋，听他的叙述，他在讲着他这一年来的官僚的悲剧，譬如他扣街道的经费，也在某一居民委员会，因为人事的关系，批多了经费；譬如他摆威风，也向区长张威摆威风；他又说，他还好没有贪污，海学涛的洗衣机他仍然付了二百元。

"你这臭官僚，"郭清听着突然脸发白，打断他而愤怒地说，"你这烂臭的官僚，想起来我是仇恨你的，你臭王八蛋，我和你离婚，离婚！你没有贪污？说不定的。"

"为什么这时候还提这个呢，我改正了，再不那样了，有把握的。也决没有贪污。"

"可是你真气死我了，哎呀你气死我了。"郭清蹬着脚说，她站起来了，"气死我了。"她叫着又坐下来了。

吴璋便谨慎地沉默着。她也安静下来了，她要吴璋再说，吴璋便也就说了下去；他说着他和区政府，和野鸭洼等的居民的一些关系。

"那你这一年来岂不是没有做任何正规的事么？"

"也有敷衍的一点的。你也知道许多的。我也不说得过激。说得过激了你又受刺激了,你有胃病。你的工作也辛苦,我们夫妇几十年了。"

郭清便沉默着,继续听吴璋说下去了。吴璋说他回忆起过去的岁月。……

吴璋便引郭清回忆过去的日子,恋爱结婚和结婚以来的各项事;有时候感情也还好,他一般也没有犯什么错误,还是贤明的丈夫;他又说到他伤心地坐在这小胡同里,也回忆及他们过去的恋爱。

"在我们最初的时候,那时候我们曾一块走着,大自然对我们是仁慈的;就像对现在的年青人一样,不过我们是走在社会的颠簸和旧时代黑暗中,我们也有我们的誓言。你应该记得,我们相恋爱并肩而行,我们所说的关于未来的话,未来的许诺。话本是应该由你来记的,来批评我的。你也批评过我的。"

"没有。"郭清伤心而冷漠地说,"并没有那些,没有未来的什么誓言,狗屁!"

"怎么没有呢,是互相帮助,扶助,在事业上的共同信念……"

"不知道。"

"我也还说过,是在也像野鸭洼的池塘一样的一个美的池塘边,也在公园里和花前月下,荡漾的春风吧,说的是互相的照顾,假设谁有错误了,也帮助他改正,共同相扶持,在中国社会的艰难的奋斗之路……你还记得那红色的野花么?你还记得那草地上,古树下雨后长出的菌子么?"

"没有这些,狗屁!"

"有这些的,丽清。"他说。郭清又叫郭丽清。"有温柔的春风吹着,我们展望着未来,而你也许诺我帮助我。你还记得喷泉么,干枯的,和长满着凌乱的花,春天的风吹着,春风吹皱一池水,我们披一身清晨的太阳前行,你不记得么?我的心颤动着,那时我喜欢闻你的头发的气味,我倾慕你的明朗、坚毅,也多感情的忠厚的性格。我说有这些的,当然我不伪造;我们拾级而望十九层的空塔,看叮咚的铁马,我们看屋檐上的燕子,我们特别怀念那我们大学的小湖沼里的莲荷,你比我低两班,而你是聪明的学生,年龄比别人小些,见热闹的活动还很新奇,而我那时加入党,也在这花前月下中间还应首先说到民族的意识和人民大众的意识,祖国解放的意识,所以在说春风吹皱一池水的同时我们还说到心中的一池水的涟漪,我们对于进展着的人民的解放事业的向往,以及我的被捕三天……美帝国的横行,有一个美国顾问审问我。"

郭清沉默着。

"我们也共同地参加校内和校外的活动,后来我毕业了。大朵的蔷薇花在雨中颤栗着,雨继续下着,你打着雨伞送我到街头,大朵的,大朵的蔷薇花和月季花在雨中颤栗,……是我的记忆。我记得你轻轻叹息,感慨国家和自身的青春年华,说:光阴也有美好的一面,供我们奋斗,而有前程和展望,青春也是快乐的。虽然,社会黑暗封锁,有着痛苦。"

"是这样么?狗屁!"郭清说。

"灰尘的公路上我们做青年时代的散步,充满着长途的人生之情。你曾靠着我的肩膀说:我们是幸福的。"

"哼!……统统是狗屁!你自己说,很好,狗屁。"郭清说。她又说:"你站起来,做一种每日那样的鹤步雄视我看看。你再说别的。"在郭清的拖起下,吴璋便站起来挺了一下胸,窘迫地又坐下去了。

"我们说我们要尽我们一辈人的责任。"他继续说,"谈话时我们也说到,家庭中也有美好的光阴,当然,我是有过失的,而今也儿女成行柳成荫,你就不必太生气。"

"狗屎。"郭清沉默了一下又说。

"难道不是这样么。你是坚贞于你的工作的,事业负责,家庭也负责,恋情常温和,不负我们那时代的诺言。而我欺侮了你了。我……回忆着过去我便感伤。你还记得么?我们一起和学校里那训导处先生的一场奋斗,你那时候也是激昂的。"

"不知道,忘记了。你忘记了,忘恩负义的。"

"但我确实是想改正了,我还有多少条件因素也计算,尽我的人生的努力。"

"你会说。我悔懊,我痛苦,我烦恼。你甜言蜜语,伪君子,你这种会说几句,你是情场能手!你!你的这一套没有用了。"

"我们走了痛苦的路了。"他叹息,说。

郭清便沉默着,流出了一些眼泪,便又看看他。她这些时来对他心中很冷了。但现在渐渐听进他的话,觉得他似乎有着旧年的英俊。和着这一些,她看看他,渐渐地听着他沉默。她的心复杂地翻腾着,而现在在她的心里也有着旧时的恋情颤动和闪耀着了。

"不好。"她说,"你欺我是女人。"

"你对于我是理解的。我要恢复旧时的学究的样子。再回到我的考古的方面去,也不做丑恶的官僚了。当然这还不够,现在四化,而我是党员,你是理解我的。"

"我对于你也不够理解。"郭清说,"你会说话,使我倒为难了,当然这也并不是会说话。不过当我注意到你当了一年的坏人,变成坏人的时候,我是说,我很失望,而见我内心有这一些绝望似的,当然也不。我现在也还要记着和你离婚!我个人奔我的前程,祖国的四化。……当然也不,倘你是真改悔了。我现在也还是记着你说的大树下的花菌子,雨中的蔷薇花和月季花,池塘里的春天的小波浪。那是对你的监督!……对那些他们监督你!那么你吴璋,老吴,是回来了。但我不这么说的,不这么便说的。不说的。"她说,"这便说,我仍然要考虑我前程,和一头狼在一起。……"沉默之后她说,"我也不复杂地激动了,我也心地简单,我也愿相信你……你也五十几岁了。"又沉默了一阵她说,"我个人也劝你,为祖国四化去做事,……要好自作为,要真改悔。我愿监督你。"她说,想到过去的滴水的蔷薇花,便由于突然升起来的,破了严酷的封锁的激动,发出拖长的声音,笑起来了,表达出了她对他存留着的感情;她笑着像一个女孩。

……郭清骑车走掉了,吴璋便继续在小胡同里徘徊了一下。他留恋他在这个度过了一生的重要的时间的胡同。

十四

　　野鸭洼的生活进展着,——这时代是这般进行着。冬季过去了,一九八〇年春天的时候野鸭洼也搭起了建筑工地,拆了一些旧的房屋,开来了起重机和掘土机。北方春天迟迟到来,蜻蜓飞过建筑工程架,蝴蝶飞过掘土机,停在染着灰尘的松树、柳树上。不远处的繁华的大街上机动车的轰响和人声传来,这里的掘土机啸吼声更响。新建起来的垃圾坑的电力吊架竖在太阳下。儿童们的风筝缠在树上,解冻了的野鸭洼池塘的水异常的清澈,春天刚到来的时候,由于张威和海国乔、吴璋的努力,刘勉的平反问题获得了解决,继续扫了几天地,到挂面厂当技师去了;陈平也获得落实政策,被派往苹果园区政府当建设科的副科长去了。

　　在陈平的心里镂刻着这一春天的愉快的印象。他扫了一年多的胡同的墙边草又绿了,而树木发芽了,他谛听着不远处,斜胡同出口处繁华的大街上的颤动的轰声,春天的到来的愉快的印象和这有着深刻的关系。他看见海国乔呆看着树木的新的树叶,和他共同说,今年的树叶又长起来了。老头子有些时序的意识,他拿手做着号筒喊叫着附近的屋顶上的陆杰成瓦匠。他是在试试他的喉咙,觉得还和去年一样;他因身体健旺而有着忘年的愉快。陈平来向他告别。也去和张璞等其他人告别,他明天便不再扫地了。

　　新任的居民委员会的文牍,陆杰成瓦匠的女儿陆美珍收来了这个月的扫地费,在街道上碰到了陈平。

　　她把陈平的钱交给他,她说,这个月陈平的收入共分得三十一元四角。

　　陈平接过这三十一元四角。

　　陆美珍手里捏着的布口袋,她的仔细的、温和的动作,很低的声音的说话,和附近屋顶上陆杰成收拾房屋掀下来泥土和碎砖瓦的声音,以及附近的建筑工地的筛土声、拌土的泥水声,附近的大街上繁华的声音,在这个时候,联着这三十一元四角,在陈平的心里留下了深深的印象。在温和的春天的阳光里颤动着的杨树的新的嫩叶,附近的鸡叫,针织厂的机器声,猛然转弯驶到这次等街道上来的洒水车和它的轰声,经过着的邮务员的自行车的铃声,和学校里的课间的嘈闹的声音,也联着这三十一元四角,给了他深刻的印象。繁华的大街,大车的声音似乎更响,他很喜欢奔向新的生活,但心中有一种告别的忧伤。陆美珍在数完钱之后说,她代表居民委员会张璞梅风珍海国乔,她个人也说,他在这野鸭洼一年工作不错,和他告别了,她祝他前程康庄,和他的未婚妻幸福、健康。陆美珍说,就她个人说,她和他认识很短,但他们勤劳和能耐使她印象很深刻,是像这到来了的春天,发芽的树木,快盛开早花的槐树,以及新时代的春天一般,飞过建筑工地和大街轰鸣。八十年代了,给了她深刻的印象。她做了有准备的,使陈平感动的、贤良的、忘情的谈话。陆美珍现在除了是街道的文牍以外还是纸花厂的厂长了。原来新的王晃厂长因为贪污已免去职务了。而且她也是张璞提拔的街道委员,能干的陆美珍便认真地做她的一切事情,她自豪地就职于社会,为野鸭洼的社会的栋梁了。她对陈平笑着做她的致词,她说,也许是人人谈过,她说的会啰嗦了。但是,她还是说,也代表张璞等人,因为这是社会互相之间的感情。她说她觉得陈平是富于奋斗力,也富于思想,富于善良的人性的,她便要向他学习。她又说她个人的见解,她开始的时候曾看见他在程卫老头的院子流泪,但她认为这不是软弱,而是真情,她又说,也许陈平不见怪,也许那里有一点监牢出来的感伤吧,但这也是人之常情,陈平的那眼泪下面依她说来还藏着英雄的心愿,何以一定要说它是不好呢。像张璞主任也说的,经过了十几年的监狱冤案出来,这一点眼泪,也是对于那些人们的控诉。像陈平这样,是很不容易的。十几年的监牢和劳动场,丧失了青春的最好的"流丽风华年华"。陆美珍说。她说她曾和陈平的未婚妻孙美兰谈过几回话,知道陈平的一些历史和事情。她说,她知道孙美兰是很爱他的,他是有才华的,而她感动于他们未婚夫妇的奋斗。她又重复地说,她个人,也代表居民委员会全体人,祝陈平和孙美兰健康和幸福。从她的讲话和她的激情的激动里,陈平便感到她的贞淑的、善良的心了。他有些羞怯他那次的受了一生的打击流泪,但他对于陆美珍说到那没有意见。陆美珍又请他说对她的看法,他便热情地赞美了她,说她任纸花厂厂长和街道委员是很合适的,很能干的,而且办事认真,是野鸭洼地方上的人才,而他,陈平,便要离野鸭洼而去了。陆美珍又要他说对居民委员会人们的意见,他笑着说,没有,很感谢大家。

陆美珍笑着。

"你是顶好的善良的人你不要忘了。在监牢里,社会的人会记忆,善忘的嘉言是重要的。在欢笑之后的社会的人员嘉意也是重要的,人生短促而赤胆忠心长生。在患难后落实政策了,我觉得要论给你语言,居民委员会区里也这样说,这是我们时代的风习。"瓦匠的女儿,贤明而能干的陆美珍说,"你不要拉拉虎虎,要记得我们的话,你直爽而又诚实,我们是有感于你的扫地的。就拿这改良收钱来说,这点也代表委员会说,每月你们扫地工有麻烦,但你组织一下收了很好。你有两个月组织收是顶好的。现在我来收了,你说是吗?海老头、张璞、我父亲瓦匠、刘勉,都是记得你好的,罗进民也记你好,你不要看他那人有些有时别扭。我先说你,你不要笑,我们说你是知识分子,咦,我也读过中学的,我是很推崇你的。"陆美珍说,暗暗显出了一些妩媚的笑容,"你记住吗,我们说你的好,当然你现在不是到监牢去,要带着记忆的资本,你是去当副科长了。然而当年孙美兰送你入监牢,她说她送你到路边上,那日来了三个人抓捕你,皮鞋踏很响,她曾跟你说,你不要忘记,你是忠厚的,善良也爱国的,虽然你有你的缺点。我说。我觉得你是勤劳的,更重要的是为人态度,忠于祖国的四化。你在监牢劳动场奋斗,也是我们一代人的光荣。

孙美兰那时说你有缺点,除了也是心意,我看也是说给来抓捕的人听的,她是那时得到通知来送你的,也算是一种待遇。我说这些对吗,那,三十一元四角,扫地工陈平,你也不要忘了你扫地的这一点工龄,这也是重要的。目前社会有很多人很势利。我再说,我个人是深深地敬佩你的未婚妻孙美兰等你十几年的,我觉得她有了不起,是我们民间所说的大号的女人。你们的奋斗引起一种对人生现实的情谊,也引起一些对光阴的珍惜,这是张璞主任说的,她也说是时代的浪费,也是一种时代的浪漫,但是说到底是令人惆怅。我个人想,我们怕他们有监牢么?我们民间,我们人民,恐惧强权么?文天祥史可法岳飞风波亭畏惧强权么?"陆美珍提高了声音说,"我们是畏惧他们的官僚么?我们是赤胆忠心的这一辈青年,陈平,是这样的。这是我个人对你的说法。我在农村也遇到同去的一个支部书记官僚,他扣我们的粮食和欺我们,给我扔在冷水里,我们曾经起来闹,我也曾被关三天。我们是怕他们么?"她慷慨地说,"我们是不怕的。"

陈平便感动地沉默着。他觉得他意外地得到宝贵的同情了。

"我有一种乡土的感情。自然,你陈平也并不离野鸭洼而去,区政府苹果园就在附近,你以后也要帮助我们的,我们祖国在建设了,我们野鸭洼在建设了,我说,再会了。我做几句诗相送你。"陆美珍说,便从口袋里拿出一张折叠着的纸条,打开来,用手拿着,大声念着:

> 去年的春风见你为野鸭洼挥着扫帚,
> 今年的春风里,
> 当新绿的杨柳为我们挥着扫帚的时候,
> 你带着你的功劳走了,去了,惜别春风中!祝你为祖国的四化继续奋斗。

然后她又说:"再会了!"提着她的口袋,对陈平笑着,陈平便接了她的诗,折叠起来放进口袋,受着她的诗的感动,他是觉得她的善良的,主要是热情于社会的,热情于整个的建设的坚毅的坦白的心了;他便注意到野鸭洼有一个有力的姑娘了。"还有,海国乔他们也对我说这些,包括我的诗的意思。"她说。

这时刘勉走了过来。

"你刘勉。哎,刘勉叔,这里有你的钱,这个月的清洁费,你少几天,便少四天多,我叫小狗子喊你便是这。我也想向你刘勉叔说,也代表居管全体人,我们居管会向你告别了,张璞匆匆说不妨碍,托我了。"

"能干人。"刘勉说。

"刘叔夸奖了。你刘叔辛苦了,冤枉牢许多年,现在落实,像陈平一样,推翻一切不实之词了。祝你再任挂面厂的技师了。你劳改场许多年,掏臭泥土,捣粪,种棒子面,监牢有早请示晚汇报,有铁丝网还有挨打,他们镇压你的。他们说:'刘勉,挑粪,刘勉,挖绿沤地!刘勉!锤石头!他们还打你!像我过去有农村插队,我们那里的党支书也欺我们的,他吼:'陆美珍,抬土,锤石头!'还打我两拳。"她因为激动而说到这个,"刘叔,你的刘婶死去后你吃了苦,而你是,我们居管会人们觉得,耿直的坦白的。他刘叔是很坦善的。"陆美珍对陈平说。

"那是的,是这样的。"陈平说。

"我也说社会的言论是很重要的。那些人历史上攻击刘叔。你刘叔有个拙脾气,好跟人狠斗。我这也说再会了,我个人赠送一首诗给你。"她说,从另一个口袋里掏出一张折叠的纸来,打开,同样大声而坦白地念着:

> 你的过去是任劳任怨的劳动,
> 你走过崎岖的路,
> 当八十年代的春天的鲜花为我们开放的时候,
> 在心里放开了心的花。祝你新的岗位!庆祝!庆祝!
> 于春风中!祝你们祖国四化继续奋斗。

她又说，再会了。她又说："但我们也不告别的，我们共同奋斗祖国的事业，春天刚来，眼见它花要多了，我们证明，我们不是那些官僚罪人和也在人民头上的。但你刘叔，你要记着人言是重要的。"生于这时代的心灵坦白而热诚的，激扬着的陆美珍说，"你要记着，像陈平一样，记着我前面说的，地方上对你的反响。我们人民再说你是勤劳的，地方上有大贡献的。你是勤勉而不爱多言，你是赤心忠胆的！春天鲜花快繁开了，都市的嚣声春天也增涨起来了。刘叔，陈平，常相忆，告别了。居委会诗人也说告别了。"有才能的姑娘陆美珍说。

陆美珍和他们握手，笑着又深深点头，便拿着口袋往纸花厂去了。陈平很钦佩她。他因意外地碰着了野鸭洼这里的这支撑社会的、有才能的姑娘，而觉得一种欢喜，像刘勉一样。有着乡土之情的刘勉也看着陆美珍。刘勉说，这样贤明而能干的姑娘有点像她的一个堂姐，是有这种女子的和姑娘的，她们支撑社会，她们的事情人们放心。刘勉热心地说着，听见他们的谈话的陆美珍回过头来了，望着他们笑了一笑，说："你们议论我吗？我没有缺点吗？"陆美珍在春天的温暖的阳光里温和而且同时欢喜，坦然而且同时贤惠，凛然正义而且同时倔强，洋溢着才能而且同时谦虚，欢乐然而同时冷静，热情的遥望前程同时昂扬，她然后走进纸花厂里面去了。

野鸭洼的农业机器修理厂门前的树下，海国乔坐下来抽烟。农业机器站正在试验着修好了的拖拉机，院子里机器的声音激烈地响着。海国乔老头子在扫地完了经过农业机械站街口的时候碰到穿着油污的工作服的齐志博，老头子来看他，因为在老头子和张璞的推荐下，到小的农业机器站来当会计的齐志博又升为副站长了。中学刚毕业的、在家乡服务的中学生齐志博很努力，而且他也聪明，学会了修理机器。海国乔高兴野鸭洼社会的栋梁人才，高兴齐志博，但是海国乔听说，齐志博跟女拖拉机手

369

恋爱了。有一个业务员说,齐志博刚中学毕业,来这里不久便当到厂长,而且恋爱了,不很合适;这业务员对齐志博很有意见,老头子便是来看看的。

区政府的农业机器站的院子里,齐志博和一个工人试验着拖拉机的机器;轰响着,机器喷着浓烟。这红色的、油污的、机膛裸露的拖拉机是停在一棵树旁边。老头子海国乔还伸头看见,身体结实的女拖拉机手正在擦着车身。老头子伸头看了很一阵,看见齐志博的成长他很高兴,而女拖拉机手邹英还是他的远房的亲戚,老头子便也觉得,假如齐志博是有恋爱的话,这对象也是合适的。

邹英看见海国乔了,她跑进机器间去了,不久便跑了出来,端着一杯开水,送到门口来给海国乔。她又跑进去自己也拿了一杯水出来漱口,从牙齿缝里喷着水。她早晨从郊区开机器来,牙齿缝里很多的泥灰。

她对海国乔说,今年的麦子将会收成好,她一路而来看见大片丰满的麦田,她很高兴。她说海国乔好久没有到乡间玩去了。她说,她们的公社有地,一千八百顷,棉田三百亩,有拖拉机十台。她又说,现在乡间在办责任制,农民富裕了。女拖拉机手显出一种快乐的、负责的、满意自己工作的表情又说到这农业机器站太远了,但郊区的一个农业机器站却又关门了。她说她转拖拉机手,也在地方上当文牍干了。

女拖拉机手便问海国乔老头子,他觉得齐志博怎样。

"小齐是很好的。"老头子有些快乐地说,"怎样呢?"

"不怎样的。"邹英说,停了一下她又说,"不怎样的。"喝着水又从牙齿缝里喷水洗着牙齿缝,"你说他怎样呢?"

"他是很好的,你们是不是有交朋友呢?"

邹英便长久地不作声,她又进去了,操着机器,但显然她不安,又出来了,老头子这时坐在门前的地上,她便坐在老头子旁边。她说,老头子该听别人说了。她说,她母亲守寡,很希望她结婚了。虽然经济不缺,但她是独生女,他们希望着她,希望多一个男子。但是她自己还觉得年轻,也想奋斗自己的工作。当然,她觉得齐志博人很好,但是她很忧愁,忧患到苦痛的程度,她不能决定,所以齐志博一上午和她说话她也没有很理他,虽然齐志博上午也似不很热情。她现在心思摇摆着,想问老头海国乔,她是不是要给齐志博一种暗示。她现在说和齐志博明确先交普通朋友,是不是他齐志博也年轻呢,但他为人很老成。

"我心中有我的恋爱,我的心灵,我的理想和向往,我也不怕人笑,"邹英说,海国乔便看看她;好几年没有见到这邹英了,当年她还似乎还是一个小孩,他有些特异邹英的坦白,决断的快速,惊异邹英这么快地想结识男朋友;但他也不惊异,他觉得邹英很老成而元气充沛,而见齐志博和他很公道,她一定是注意到这难得的机会了。"我不是要录音机和电冰箱的,我的母亲人也很好,我是要为人的品德,我看小齐他为人品德很好的。"邹英说。

"你这话是对的。"海老头说。

"你说这话我顶高兴了。"

"他对你有什么表示呢?"

"他对我说过三回话。他说我很好,说我聪明坦白而能干,又一回说我很累了,我也说他忙得累了,他望我笑,说了一些别样的话。"邹英说,"还有一回说得较多,谈野鸭洼……但是这能做根据么,从这能认识一个人么?他还替我分过一回四条毛巾。又说我很好,和我在一起很快乐。他很仔细,为人很好。但是其实,这能做根据么。"邹英有些忸怩地大声说:"所以我和他也便没有。另一方面,我还年轻呢。我还严密地核算,一个人的各方面和事业上的成功。"

"那当然对的。"海国乔说,注意到邹英很有些漂亮,"你很有些气势魄力的,你也对。工作胜任,有前程,成长了,能负责任。"

"但是我很忧愁的。我们能恋爱,但我心里是不是恋爱了呢,堕入情网了呢,我心里不自在了又问自己。"邹英愤愤地说。

"那你说呢?"老头子笑起来说。

邹英沉默着喝水,又从牙齿缝里挤水喷水,吐得很远,发出"滋滋"的声音。

"我没有。"

"你有点自相矛盾。"

"我还年轻,海大爹,你参谋参谋吧,你说的对。"

"我是高兴齐志博的。"海国乔说,"但你们当然年轻,过几年也比较好。"

"你说得挺对啦。"邹英说,便轻快地进去了。

海国乔想了一阵,便伸头看看门里面,喊齐志博出来。齐志博慢慢地走出来,说了什么事情,在海国乔地招呼下便在海国乔的身边坐下。

"你说说,你齐志博说说你的理想呢?"海国乔说。

"我呀?是这样,唉,我不升学了。家境就这样,我决心在这区里工作也好,在农业机器站干下去了。"

"还能胜任?"

"能。我小齐是上人生的舞台了,我将一个帷幕一个帷幕地掀开,奔向我的前程。小齐啊小齐!"他说。

"有决心么?"

"有。"

"不辜负师长教育之情。你海大爹也师长。我将要用功。我们祖国到了八十年代了。"

"你觉得邹英她这拖拉机手如何?"

齐志博沉默了一下。

"她是很好的。为人挺坦白又能干,又长得漂亮。"齐志博说,然后便沉默了,呆看着坡下。过了一阵他便站起来又去看拖拉机去了。他回避这问题,这问题在他心里有一定的沉重的分量。过了一下他又出来了。

"你觉得怎样呢?"他问海国乔。

"我觉得很好。我也觉得你们年轻些。"

"我想你海大爹转告邹英,我是觉得她顶好的,但是我想务实地说,假如可以考虑的话,我们放几年,我想要在地方上做一些事业。"齐志博沉思着梦幻地说,"也许是我有先对她表示的,记不清了。"

"谁先表示的怎么记不清呢?"海国乔说。

"假如是我先表示的,是我吧,那便有一个错。但总之我今天早晨,我是说刚才,下了决心了。假如可以考虑的话,过几年再说。"

齐志博进去了。里面机器轰响着,邹英又出来了。

"他小齐说些什么?"

"他说……他说年轻吧,现在还不是适宜。"

"哦,我也说是的。但是他怎样说我呢?"

"他说你很好的,为人坦白又能干。"

"他没有说,我们只初中毕业么?"

"没有说,姑娘。你不用担心。"海国乔说,"你坐下,我顶关心你的。你不用忧虑。我来看看我的办法。初中毕业好。是农民人家。我也半个农民人家。我还没毕过什么业呢?"

"可是我可忧愁啦,我的心里要是恋爱糊涂了做错了又岂不是不好。而我是很亲爱我妈的。她守寡带我不容易。你说,他小齐到底说我什么?"

海国乔便也沉默着,他看出邹英所受到的骚扰。邹英觉得齐志博很好,这样的对象难找到,而且也同齐志博一样,有一点坠入恋爱了。她的心有懊悔和深深的惆怅,对生活产生忧愁的情愫,齐志博的声音和动作令她有些惊异快乐。她爱他。她也希望齐志博是这样。所以齐志博仅仅赞美她坦白而能干,也使她不满足,而且齐志博强调了年龄还轻,虽然这一点她也强调。她陷在一种痛苦中了。

"他小齐还说我什么呢,"邹英徘徊了两步,说,"就说这?他有没有说,我有许多缺点?哎呀,海大爹呀,我的心都紧得很了,我的心堕入困难中了,你同情我吧。我说,我怎么说呢,从有一个方面说,如同某些人所言,一个大姑娘怎么好开口呢,我怎么好自己去，探听他对我如何呢，我到底应该怎样呢，我岂不是要羞得很……但这也不真实，我也不怕这个方面，不过海大爹，我是托你问问他，你不要说我说的，你问他一句，你问他的他有理智的判断。……你问，譬如说我好不好，他高兴不高兴，……就说吧，他爱不爱我？然后我再作决定。"

"哈。"海国乔忠厚而又讽喻地说，望着这恋爱着的邹英。

"你不可以讽刺我呀。"邹英说。

邹英于是进去了。海国乔于是又喊齐志博。齐志博出来，海国乔要他坐下，问他邹英提出的问题。

"我这……"齐志博说，"我是说年轻这时不合适，"有些学究的齐志博迟疑地说，"当然……我也……爱她的。"

"当然，你也爱她的！哈！……也对。"海国乔说。

"好吧，你去吧。"

海国乔便想，他这话怎么办呢，对邹英就这样说么？他找邹英出来，看看她，犹豫着。他便说，齐志博说，他对她很好，说，"当然，也爱她的"，但是说，"年轻时不合适"。老头子便有些后悔参加当这传递话的了。他笑着，想了一下，便又让邹英进去。邹英脸红，没有走，她有些不满意这种回答，她说，她是不是……她刚才的热情的提出问题是不是过分了呢，像某些人所说。

"我也有些想，我那样对人，将我的心里的话说出来了，别人是不是这样对我呢？虽然我不这样想，而且我相信齐志博的，但是我也理智地来看。"她想了一想。"我刚才是托你说的……自然，我谢谢你了。我觉得我的决断也对。"

"我刚只说了简单的。"老头说。

邹英呆站着。海国乔有些郁闷起来。但是海国乔心里仍旧热情的意气激动，希望这件恋爱成功。他心里发生了一种带着荣誉心的心理，就想很快地将这件恋爱确定一下。他一向不大热心这种事，但这回热衷起来了。他老了，他渴望后辈的幸福。既怕他们年轻错误，担心他们年轻谈这种事不合适，也担心事情失败。他又是熟悉邹英的母亲的和她的家境的一定的困难的。

"你不要纳闷困难。自小我抱过你几回呢,我是顶关心你的妈的。她守寡过了不少难过的日子,我关心你的事。这件事情我帮你的忙。齐志博是不坏的人。"

邹英便进去了。老头子又喊齐志博出来。他对齐志博说,就算他给他齐志博介绍邹英,要他再说说他对邹英的感情。

齐志博便说,邹英到这机器站来四次了,她这台车春季到来修了两次,其余是另两台。他知道她的一些惯例,也知道她母亲是海国乔的姨房小妹,他觉得她是很勤勉的,也懂得部分机器。齐志博说,认真说来,他自然是爱她的,但是他今天早晨想到,年龄过轻不适合,没有事业的成就和贡献也不适合。所以便也这样对海国乔说了。他刚才又考虑了一下,也还是这样的。

齐志博显得很忧郁。

"我是一个中学出来的学生,由于师长们的教导和社会上你海国乔大爹等人的教育,由于我的渴望在家乡的社会上有所建树,我在这农机站落户了,我便要奋斗得像样一些,奋斗几年,当这野鸭洼的社会栋梁。我怎样对待爱情呢,我要把它拖延一些,但是爱情却是又发生了一点了,为什么我要点头朝邹英笑呢,为什么我在见到邹英的时候我的心里有惶惑呢,但主要的是她邹英是坦白大方的,主要的是她的能干,她的积极的进步吸引了我,她说为了四化每个人得努力很感动了我,说的人很多了,可是她是真诚的。"

"那你怎样想呢?"

齐志博便说,他想海国乔协助他跟邹英说,三四年以后再说。海国乔便说,假若先肯定为着普通朋友呢,他便自己想着说,也还是说过,三四年再说。海国乔便叹了一口气,但是也带着一种钦佩看着这瘦长的、眼睛很亮的、长得有些英俊的、有意志的力量的齐志博。

"你真的这样想。"

"真的。"

"那我就这样跟邹英说吧。……自然,我说,我还是地方上的领导干部呢,我说这自然是不错的。我是这么主张的。"

海国乔注视着齐志博的有些冷漠的面容。他说,他想把这事帮助成功,也可以现在说好,将来三四年后再交朋友。但是,他的热情又使他说,现在交普通朋友也还是可以的,双方维持着感情与互相学习。他因为还同情着邹英的母亲,所以便持这见解。

但是齐志博犹豫地说,这样可能不行。

"为什么不行呢?"

"会在心思上有妨碍。"

"那也未必的。"海国乔老头热情地说。但他也矛盾,便又说,"那也可能的。"

"而且也会耽误她邹英,耽误人家女同志呀。"

"那你也对。"陷入困难的海国乔说。

"这件事情也是我不好,我不该和她邹英增加友谊的动作的。她第二回来我佩服她自己先在修理机器,转转钉钉的,也还能修好一个吸纳管,又哈哈大笑了。我便想她是工作的先进人物,很感动我。和她零碎地谈一些话。第三回又多些。"

"你们谈些什么呢?"

"谈野鸭洼的事情,过去的吴璋书记,谈拖拉机的结构,特性,在我的激动的心情里,我便有些爱她。我看她驾驶拖拉机很纯熟,动作很干净,她第二次走的时候头发在春风里飘着,机器下坡时很巧妙,开得好极了,喷不多的油烟。她很爱机器……我便盼望着她来到了。但后来我便矛盾了。"

"这便是你现在这样了。"老头子有点热烈,又有点嘲讽地说。

"我是热爱我的祖国的,我想我要像在火线那样,在海洋和高山之巅那样,为祖国做出贡献,我应该十年生聚,艰苦奋斗,和农机器一起奋斗,我也要对得起母校,不要一步入社会就变得俗气了,意志也消磨了。于是我心中便因为这情形而有一种痛苦,我为什么要有这一点错误,至少是缺点呢。我今日黎明醒来,便想,奋斗吧,奋斗吧,还要上进,学习努力。……"

这时邹英从门内出来,又隐到门后去了,她站着听着。

"我说,我要夺取人生的壕堑,前辈人能改变天堑,我也要改变我的天堑,我首先,要学习机器学。"齐志博说,站了起来,激昂着,"我对自己说,奋斗吧!奋斗吧,虽然你爱她,但还不是时机,你也许会耽误她的幸福,她是一个无私的、有着高尚的心灵的、纯洁的女子,而且是一个劳动能手,你不应该没有成绩就到她面前去,神圣的人生的神圣的爱情,我也是这样想的。"齐志博说。

"那么你是爱她的喽。"海国乔说,但同时他感觉到齐志博的话里,现代青年的意志颤动着。他受着感动。

"那自然了。可是我想说,我要在努力几年之后,最好自学会了修机器,读懂的几何代数,学好英文,学好机器学之后……"

"学那样多。"海国乔说,赞美地望着显露出激烈的热情的齐志博。显然在齐志博的心里有两种热情在分裂着,一种是求知和奋斗事业,这种情热很高涨,一种是对于邹英的热情的恋爱。但是他把这恋爱压抑下去了。

"我对着自己说,我没有恋爱,没有,可见我还是恋爱了吗,那么我向着自己说,我不谈。但我想,我是没有。"

"为什么没有呢,你这年青人,真古怪,但这也对。"老头有些试探地看着他。

"也就是没有。"齐志博说,沉思着,注视着向他揭开的这一个恋爱的帷幕。

"你觉得她邹英如何呢。自然,我也赞成你的见解,我来规划一下。"他说,觉得齐志博也是对的。

"她是一个纯洁而值得永远尊敬的妇女。"

"那就对了。但她有缺点的,譬如文化不高。"

"她也高,她的拖拉机里有鲁迅的书她在阅读。"

"其实你们的问题不困难。"海国乔想试探齐志博的决心,故意地。

"也是的,我但愿我能攀登这八十年代,这祖国的四化的一定的我个人的峰冈,我把我的成绩献在祖国的面前！再说到我和邹英……"

"这其实也不是不困难么？"海国乔继续试探,说。

"困难的。因为我假如不能胜呢。因为这是我个人的主观,我假若耽误了她呢。我现在想不交朋友好。"

"你也对,小齐。"

"谢谢你。"

"事情你也有对的,我叫你说服了,"他说,他心里一直也有着让他们慢交朋友的想法,"那么我吝啬鬼老头子检讨了。你中学毕业了,我也似乎你从我的身边走开了,虽然你只听过我做过一回报告,又听我讲过一回个人历,讲过一回创造工作的话,在你们学校里。但觉得是和我很熟的,我是愿意帮助你的。你不显得太骄傲么？"他又试探地说。

"那就靠你说了。"齐志博说,有些脸红,"也听你的。"

"真听我的？"

"我自己是年轻人,假如不能有什么把握,你海大爹理解我,我听你的！"齐志博继续脸红着说。

"那么……你邹英,小邹,你过来,我已经看见你了。"海国乔说,他心中想了一下,决定了仍然介绍他们。

穿着新的红花上衣的邹英便从门内出来。她今天驾车来这,穿着这新做的衣服,是有着青春的洋溢的感情和对于齐志博的爱情的,老头子也觉得这一点。所以他有点窘迫。

"这样吧,我还是做一种介绍。替你们做一个计划。"

"我介绍了,你齐志博,你们,"老头子说,"我给你邹英介绍他小齐,我给你齐志博介绍她邹英。"

齐志博看看邹英,脸红了,便和她握手。而有些紧张和倔强的邹英便用带有对齐志博刚才谈话的显然不满的响亮的声音说:"你好。"

"介绍你们现在不恋爱,而作互助的朋友吧。"海国乔说。"我这介绍你们记着,我是欢喜你们年青人的,你们看我这说清楚的办法对不对吧。"海国乔兴致勃勃地说,他采取赞成了齐志博,为这青年的意志而激昂起来,"我是高兴年轻人的幸福的,早恋爱了对你们也不好,而失却了做互助的朋友的机会也不好。你们都是有高尚情操的青年,是未来的社会的栋梁。"老头子站起来,挺起了他的胸,做他的祝词了。"我除祝愿以外,我说,三四年以后再交朋友吧。我因年老而有些落后了,但是我说也不要互相就不理会拆开。你邹英不反对吧?你齐志博不闹冲突吧,不会不交普通朋友吧。你刚才激烈了你应该向邹英道歉。"

"你海大爹说的顶对。他小齐应该向我道歉。"邹英继续有些不满地说。

齐志博沉默着。海国乔觉得事情办得不大好。但他想,两人也不会冲突。年轻,先做普通的朋友也还是办得到的。他随时帮助着便可以了。齐志博是冷静的。他于是继续振作着,背着手走了两步,兴奋地说:"祝你们现在是友谊的朋友,三四年后再相恋的朋友吧。这可不可以呢,可以的,你邹英,齐志博,对吧。你们也提议的。这可不可以呢,我帮助你们,监督你们。"老头子又重复地说,"你看,邹英,齐志博?当然我首先是向你们传达你们的互相之间的倾慕。"

"那自然……"邹英说。"但是他是不是过分骄傲呢。"

"你小齐看呢。"海国乔说。

"我道歉了。我要以后向你永远谦虚。"齐志博脸红,说,向邹英鞠躬。

"那便好吧。"邹英红着脸说。随即地伸手和齐志博握手。海国乔也高兴看见邹英的愉快、欢喜、敏捷的动作。

邹英对齐志博重复地说:"好吧。这样很好。"又说:"我们就依照海大爹的吧。"

"好吧。这样很好。"齐志博也说,愉快地看着海国乔。这年轻人的欢喜中有一种坚强的冷静的表情。在这对年轻人中间,就揭开新的帷幕了。

"那么就决定了,"邹英说,"我便告诉我妈去。"她有些暴露地说,"我们决定了。"她又说,"我们要用功学习,努力工作,你齐志博要努力学你的机械,你再教我。"

"那是的。"齐志博说。

"我们都不许越过朋友的规范。你齐志博说对吧。"邹英说。

"这点顶对了。"海国乔说,"我隔些时来知道你们的情况。"

过了一下,邹英的拖拉机在院子震动着,喷着油烟,驶出农业机器站的大门;它慢慢在两棵大的杨树之间下坡,颠簸着又停了一下,冲过了一条浅的沟渠,往大路上驶去了。歪戴着帽子的邹英驾着拖拉机走掉了,还转过身来向海国乔招了一下手。红色的拖拉机在野鸭洼的路上发出加速的很大的响声,裸露的机件颤动着,发出爆炸似的声音,旁若无人地,粗鲁而傲慢地驶去了,引起海国乔的心中欢欣。齐志博站在坡边上,严肃地、沉思地向拖拉机注视着。

十五

海国乔到乡间来找他的儿子海学涛。他听梅风珍说,海学涛似乎想到乡间来卖去他的剩余的树木;同时,海学涛和曹株花分居久了,海国乔很是忧郁。老头子似乎是突然决定的。在这夏天刚来到的时候,他仍旧扫着地,仍旧是街道委员,仍旧是地方上的党委书记,顽强地不肯离开他的位置。他这一日扫完地突然决定下乡来追海学涛了,他不能让他把树木卖掉,不能让他继续犯错,首先,他要教育他。他自身有光荣的历史,而且是地方上的领导,而且他七十三岁了。老头子顽强,转变迅速,原来他也有决定慢慢再管他的儿子的,有着消极的心理,以至于儿子卖掉的树木也算了。心情进展一点,他曾经对海学涛说,百十株树木他想将来也可以给他了。是他的许多年的购买与栽种,也算是一种意思。这也还是在海学涛在错误中摇晃,显得还相对平稳的这期间说的。他曾有一次兴奋地教诲了他一阵,也就最后作为鼓舞说了这。老头子觉得这也了一件心事。在说到树木的以后他又热情地说了不少的训诫之言和革命的道理。但虽然这样,他又对儿子有些温和地说:"你放心,始终是给你的。"然而现在他儿子要卖树木了。他不能允许这。有什么办法训导儿子改正呢?几乎是没有办法的。说将来把这些杨树和梨子和苹果果木给儿子的时候,他认为这行动也许会使儿子感动,所以他在和他的谈话中便也时常说了这果木的来由,他在解放前后的蓄积和奋斗,他说这些作为补助的教诲。他过去有时蓄积一点钱,会干这样事情。有时有些收入;他另辟地买下一些树,有些年树木便宜。他虽然不是乡间人,却小时候住过,而且怀念着乡间。海国乔老头子时常觉着宁静的乡野、勤勉的农家、乡间的溪流在吸引他,青年时代他常去乡野看他的亲戚——姨母,一呆几天,而年老起来,他也是怀念着他的乡野,便想到他的这一些棵树木。这些树木把他和乡间沟通着,他也想念他儿童时代随姨母在乡间度过。他到了老年了,自身还有功绩,很平静、安宁,安心于他的岗位,但儿子海学涛这回要卖他的树木了。

海学涛在春天将过去的时候曾和他吵了一场,这便是他不肯退休,不听张璞和梅风珍的话,也不听张威区长和吴璋的,他顽强地要继续任他的街道党委书记、街道委员和当扫地工。张璞说党委书记的位置将由她兼了,将不选海国乔了,海国乔便去奔波,吵闹,用他儿子挖苦的话说,便是去"活动"、"争权夺利",吵闹得面红耳赤,激烈凶恶,几乎要流下眼泪;老头子很顽强,所以人们就仍然让他干着了。而且他也有精力,能干,有水平,大半时间头脑清醒。同时他还在这一段时间显得更精明。他在区政府和街道联合办的以及街道单独办的每个工业往来巡视,时常跑区政府,也扩建缝纫厂,解决问题,增加家庭妇女的就业。他时常对张璞梅风珍说:"你们看,没有错吧,我没有老吧。"他有几回还对人说小了几岁年龄。但他的儿子和他大吵了,他想训诫他,他却攻击他任着地方上的位置,而且不平衡,扫地也丢脸,本是可以请求按解放以来任火车司机及别的职务,和按照长期的革命资历、党龄领取退休金的。依海学涛算来,这退休金是不少的。革命功劳高,依海学涛算来,还可以领取额外的津贴:总之海学涛很热衷这个。他骂老头子老朽、顽固、私心、攒权力、夺地位,使海国乔老头很是激动愤怒。他说他见不得老年人霸着路不让别人,街道和区政府人们的意见是对的。这也是有对的;然而海国乔说:这都是不对的。对也罢,他是不会退休的。这一次的吵架中他咆哮着说:"我哪一点不行啦!哪一点不比四五十岁的时候,哪一件工作干错啦。"和儿子吵架之后,他还特别卖力地在街道上干着他的事情。晚间他又到儿子那里去,说他老头子今日也没有办错的,明日也不会。他便训诫儿子改正错误。他说他是年老了,今日多处巡视,他感觉到,这野鸭洼的社会,便也是他参加在内留给后人的遗产,可是儿子说他这说法是权力地位口气,是个人主义。他为这种责难很愤怒。儿子说他还是不懂什么漂亮话,但是要说遗产他也是要问他要遗产的。但是老头子说,没有,存的钱也没有,郊区顺义乡间的坐北朝南的坡上的百十株树,有结不错的苹果,桃子,即是他同情曹株花留给她和你女儿的,而且,不一定是献给国家的。他又说他不习惯说这些话,他也还不算年老。海学涛便叫嚷着:"没有一个老人是像你这样的,没有一个。"在这冲突里,曹株花也曾感叹地说,他也是年老了,他便不愉快地不作声。老头子显出一种健旺,他还在他儿子说他年老不行的时候,对他的儿子吼叫着说,他不是没有力量和不行的,他不想让他在这一点上攻击他成功;他不是老而不让路,他是继续地开辟道路。他吼叫着说:他要一直顽健地活下去和工作下去,他将战胜死亡。

海国乔似乎陷入一种他的儿子指摘的,梅凤英也指摘的唯心论里面:他在居民委员会顽强地谈道,他将再扫地和工作二十年,三十年,不放弃任何一点。但他的顽强也闪烁着光彩,使得野鸭洼的人们很佩服。老头子诚恳而辛劳,整天忙碌,也替针织厂的旁侧掘了一条水沟,因为那是有针织厂的熔炉排水,尤其下雨天,水容易堆积;他还又到学校里去做报告,参加运动会的裁判。

老头子说他将战胜死亡,他在中学里又一次地报告野鸭洼的历史也这样说。他高呼他将奋斗,在七十三岁的年龄,他显出一种类似年轻人的激动的热情,他高呼他要一直工作下去。他说他不要惹人们说他年老。人们每天在各处看见他,他的确也给人们一种顽强的印象:他显出了他是人们中间的个子高的,如梅风珍所说。他光头,实际也是很高的个子,身材也相当挺直,带给人深刻的印象。

他整日工作给人以巨大的印象。巨大的、深刻的印象。在这些年代,中国建设着,顽强的、巨大的生活现象展现出来;海国乔和他的老年,也是这年代的人们注意的;不少年老的前辈人们的搏击,是人们注意的。

但是海国乔却在他的不愉快中,在他和海学涛的冲突中,显露他的强处也显露了他的弱点。

他赶到乡间来了,他心中又为儿子的情形紧张起来了。他没有卖掉和赠送掉的这剩余的百十株树,在他的内心里面,是有它们的分量。老头子在这些树上寄存着他的对他的过去漫长的生活的纪念。解放前很久,差不多还是青年的时候,他就开始买树、爱树木。但现在海学涛要卖掉他们了。

海国乔很快地就看见儿子了,他在初夏的结着最初的果子的树木中间的地上坐着。他呆坐着沉思着。看见父亲的到来也不稀奇。他内心犹豫不决是否要卖掉树木,而且公社里的人们拒绝他了,因为海国乔老头子曾打过一句招呼。

海国乔忿怒地说,为什么这么无聊,年青人不务正业,又想到卖树呢。老头子这一次跑路较远,愤恨,因此发了较大的脾气。

海学涛从阴郁中发作了,两人便吵了起来。

海学涛说,有没有这种道理呢,死的拉住活的,即将入土的腐朽的老头拖住他年青的,到现在还扫地,"丢人现眼"。恋着地方上的那一点小的地位。海学涛又叫起来说,依照他的见解是退休,否则便是到区长也可以当,以他海国乔的革命资历,他说,市长都可以当,为什么扫地呢,至少扫地工是不应干的。他海学涛是糖厂的工长,人们提到他的父亲海国乔那多的革命历史今天只是一个扫地工,他觉得真是不冠冕之极。

海国乔虽然压制着自己,也用一些粗话骂他的儿子;他发怒了,他很痛苦,因为他爱他的这些树木,因为他认为他各项都是可以满意的。他认为不应该面对他的各种情况的理想。

他摇晃着他的儿子要他听他的道理,听他的教诲。

"野鸭洼社会才是我留给你,儿子,海学涛,学涛的遗产;这些棵树则是我……,不能给你,我将来……不在了,"老头子顿挫了一下,说,"便赠给国家。但是也想留给你,倘若你是成材的,好的儿子,改正腐败思想了,改正错误了,改悔了,是新的好工人了,不是撤除了劳模身份了的,像以前一样,糖厂的劳模和纯朴的工人,那自然会给你,而且你知道我一生是留给你,给你的。"他带着他的退让和家爱的感情说,"那时你也可以只要我留给你的野鸭洼社会的功业,而不要这些了。可是这不是说不留给你,你这般的错误,你的劳模丢掉了,连我都不冠冕。"老头让背后沉默着,又突然发怒说:"你的灵魂是丑恶的,你现在的灵魂是丑恶的。你自己改正!"老头子又喊着:"你违反四化,你违反你父亲追求一生的中华祖国的振兴,违反正派之风,违反家教和社会的教育,你不改正你是很丑的小子。要知道,再有点钱没有理想和精神的财富你便是穷人,而你没有什么,却有理想和精神上的气概,你也是富豪。"

"你是很丑的老子!你丢人!你太落后了!你扫地,你当那长虱子的党委书记!我到这里来都不好意思去看我的熟人,山坡下朱娥他们调来兼差的工厂里我也羞于去到!"

"你投机倒把,你危害社会,你是小崽子!狗屎!狗臭!"

"你是老而不死!你自私个人主义,这些棵树!你老而不死!"

"你小狗屎!你是匪徒,毒蛇!你听我说,你站起来站好,你听着:我教训你:你站好!"

"你教训我?"

"嗯,教训。像这棵结桃子的桃树,是我一九四七年内战时代我当火车司机买的,我那时是地下党和司机长,我亲热乡村的土地,自我小时我随父母你祖父母躲进城来,我曾立志气,做小孩工买一棵树,我不是置产业,而是不忘乡土,也是记着为人要不忘本。……你看这一棵苹果树。苹果树是从通县买来托人带到这里的,那是抗敌战的时期了,我那年代年青,是地下党,被捕三几天的纪念,我零零碎碎整好是坐过一些监牢的。你看这棵也结了果子的老树,是从那边山里买来的,你的母亲是顺义人,那边过去就是她的家而现在无有人住在这里了,有些我已说过,几十年的历史,我是小气鬼,守财奴,吝啬人,老而不死,我是的,我这些就是不卖了。你要说卖我跟你拼了。……你说,听我的话,教育你,听进去没有?行了吧,听进去了吧,我说的什么?"

"不知道。"

"你要听进去。"海国乔又摇着海学涛的肩膀说,"你要改正!改悔!重新为好的,纯朴的工人!奋斗祖国的四个现代化。"

"老而不死!"

"你使我心痛,心痛之极。但是,你卖卖看,我看你卖了?我是绝不和你的过错妥协的。"

海学涛又坐下去了,点着烟抽着。海国乔又来拉他的肩膀。老人的感情是复杂而激动的,他的痛苦被打动了。

"儿啊,你要学好!听我的话,继续争取为好的工人,不辜负我老头子!"

"你是巨人,人们说的,我不行。"

"你是我儿子,你要是一个别的人,我管你,你是我的儿子,我更管你,你要好好地奔四个现代化之路。"

"我这也正是奔四化之路,而你是太落后,老一套。"

"你听我的话……"

老头子处于焦躁中,他又拉海学涛;海学涛便站起来将他猛力推开,将他推倒了。海学涛推倒父亲之后也就抱着手臂站着不动。

这家庭的戏剧是显出痛苦的色彩了。海国乔便爬了起来,有些颤抖,靠着一棵树,沉默着了,他的闪亮的、喷着焰火似的眼睛看着无情义的、不孝的儿子。

"这是我的不是。"海学涛,看着老头子的脸色,有些畏惧地说。

"这是我的不是了。"忧伤的海国乔老头子也说,"你忤逆,你目无家长!我和党和国家用法律对付你!"

老头子沉默下来,这沉默和刚才的话显出了一种威力。他的剩余的退让消失和家庭感情隐藏了。因为相当时期以来对儿子的一定的退让,儿子给他的这打击使他痛苦;他觉得是这退让引起了更恶的后果;因为他本来是怀着使儿子改悔的想法的,现在儿子使他仇恨,而他一生是倔强的,因为他年老了也是地方上的党委书记,而他并不是显得难过亲子之情的关卡的,他心里便升起了意识到他的一生的庄严之情。他显得冷静,面色苍白,海学涛便有些害怕了。

这时候朱娥在附近草地的石块上坐着呆看着。她爬上坡来看了一些时间了。在坡下的工厂每星期两天来到教徒工的朱娥远远看见海国乔老头子一个人急急地爬上坡来,她便爬上来了。

朱娥沉默着看看海国乔又看看海学涛。她仿佛很忧郁,长久地呆坐在草地上。

"我知道你海大爹的家庭的事,你不必太伤心痛苦;海学涛这样正不必隐瞒,因为我很愤怒。"

海学涛哼了一声,海国乔便预备走,心中也有点羞怯。

朱娥便又站起来,走向海国乔,扶着预备下坡的海国乔老头子。但是老头子不要她扶,而海学涛突然追了过来,绕到了他们的前面。

"这事情不用你朱娥管,我海学涛会送我父亲回家的。"

"那自然好,你的行为真好,够好看!狗屎,一个不错的工人怎么变成这样了!"

海学涛沉默着,海国乔和朱娥前进了,海学涛又追到海国乔的面前。

"我求原谅……我的行为有错了。你自小有点惯我。"海学涛说,"但是我并没有卖树木。"

"那也好吧。"老头有点战栗着,说。

"我愿改悔。我也来向朱娥表示,愿向我的父亲改悔。"

"你不用装假了。"海国乔说。

"但我还是相信你能改悔的。"朱娥说。"你海学涛家海老头是光荣的。他是我们众人拥护的,你打不赢他。你看这乡间,便也是你的母亲的家乡和生息之地,我听海大爹谈过。你们这果木树,即这山上的果木材,还有山下我们的工厂,……你要认认海大爷的少年青年之路,这些果木树!"朱娥带着一种凶恶的表情,说。

海学涛沉默着。

"就说这棵李树吧,这上面不是刻得有字吗:海国乔……"

"这也是抗敌战后了,那上面一棵李树,"海国乔说,"是年代久些,很大的树了,还有一棵杨树,是我青年时的。我青年时也好动。"老头显出一种威严说,在他的冷静的面容上有一种有力的庄严。

"是,爸爸,那是你青年时的。"海学涛有些畏惧和怕羞,说。海学涛看见父亲的脸色而畏惧父亲了;他自小以来也熟悉老头子的这种冷静的、有力的面容,许多时来他疏忽它,而现在它更有力了。同时他对朱娥有些畏惧,因为她会直爽地骂人——她的身上有一种闪耀着光芒的庄严的力量。

"这一棵呢?"朱娥问。

"这一棵不是我的树了。"海国乔说,"这下坡只有四棵我的树。"

"是,四棵。"海学涛说。

"四棵便是,"老人沉默了一下又说,"右边那是梨树,梨木很好,我也会做家具,我是劳动者。"他说,看看他的手掌。

"你是劳动者。"朱娥亲切地说。

"而那边一棵是杨树,是我在抗敌战后纪念一个朋友,少年之友庄志杰,在那年代特务残毒下的死难的。"老头子含着一种增加的庄严的感情,说。

"死难的？他死难了！"朱娥说。

"是的，死难的。"海国乔说。

"而那坡上的一棵是榉树。榉树的家具也很好，我的木匠活还很好。我这不是临终遗言，我是想起往日。"海国乔看看他的手掌，又冷冷地说。

"你是前辈，你是光荣的历史的领导者，你是……"朱娥说，在她的声音里，轰响着有力的严肃，"张璞说的，你是巨人，巨人一般奋斗过来了，开着你轰轰然的几百列列车。"

"感谢你说到。我是渺小的，群众是伟大的。我认识许多人，也庆幸认识你朱姑娘。"老头说。

"我谢谢你海大爹提到了。"

"那边的几十株我卖掉了，钱也交了一些党费，那边山坡的百十株我献出了给政府，是靠西边山坡的，那边山坡上的纪念品也多些。我还有棵柳树是和一个朋友合栽的，还有一棵梨树是长得很高了，梨子果还甜，我拿来送给儿童们。"

"你是很好的，善良的老人，你的积着的钱你说你也预备献给国家公益，但他海学涛欺侮你了，而你几十年也顽强。"朱娥说，声音里响激着严肃的力量。

"梨子是送给儿童的，那树很大。"海学涛窘迫地说，"爸爸，你多讲一些这些树吧，我好记住。我也绝不想卖它们啦。"

"你记住吧。"海国乔冷静地说。他冷冷地又看看海学涛，经历了这段时间的父子冲突，老头子明确地显露了他的庄严的、有力的、深沉的性格。"你是不肖的儿子！你要伤你的父亲！我送你到法院去。你记住吧，你父亲说的，梨树是很大的，还有什么时候，也有大的，撑天的杨树。这对你顶重要，你记住吧。"

海学涛面色苍白地沉默着。

☆

海国乔又来到乡间。他听曹株花说，海学涛又去到了乡间。海学涛，向分住着住在针织厂的株花说他想改正他的错误了，但需要去乡间一趟;曹株花说,海学涛的意思不大清楚,他有些阴阴沉沉地,似乎仍然想要卖掉树木,但也不像。

海学涛内心很矛盾。他坐在家里沉思,在糖厂工作中间发呆,又在野鸭洼的池塘边痴痴地想着,想着女工们对他的嘲笑。他又到缝纫厂去。又一早晨到豆腐房去找曹株花,请求她的原谅,但也不多说什么。他想,他是改悔呢,还是继续弄点钱再一两次进出买卖洗衣机和电气冰箱。但他的父亲的性格和巨大的过去压着他,而且他的父亲身上还显示了巨大的时代的未来,这也压着他;他曾在山坡上推倒他这件事使他自己也有些战栗。他又动摇做电气冰箱和洗衣机的空头买卖了。他又觉得老头子没有什么。他想曹株花和他和好,而他的家庭设备起电气冰箱、彩色电视机来。这似乎有些使他着迷。他到现在为止有些钱请客花费了,还欠着一两千元。他曾到海国乔的房里,想偷老头子的钱;他仍然想去卖树木。内心的矛盾存在着,错误是顽固的,朱娥骂他便似乎更想办这件事了,以显示自己是豪杰。他在他们的谈话的地方徘徊,到针织厂来找曹株花,和有时上交班的缝纫厂里乱转一圈,也似乎想问人们是不是需要他修理机器,似乎想朗诵他的诗。他的内心里还想着他是要应该改悔。他觉得改悔也似乎很不困难,但他又觉得他陷得相当深了。他在一早晨在豆腐房的门口等着兼差送豆腐的曹株花,想对她说一句话,请她助他向老头子借钱,也想对她说,他愿意改正;他徘徊着内心也彷徨着,他仍然很是重视老头子那天在山坡上给他的深刻的印象。但有两天早晨她并不理他,很快地便骑着三轮平台车走了。这一日他拦住平台车,和曹株花争夺了一阵,请她帮他想办法,反对她要和他离婚,后来便夺了车子替她去送豆腐和豆制品去了,一直到附近的副食品店的后门。人们倒也认为海学涛是有改悔了。女售货员说他不错。他骑着平台车转来的时候豆腐房的工人们也另眼相看……

"我为什么这样阴阴晴晴地生活呢,有什么必要为了一个电冰箱两个洗衣机和虚荣心呢?我的先进工作可丢掉了,在糖厂旷工了,而我以前要好些,以前那个海学涛是善良的……但是我为什么不可以享受人生呢?我为什么够不上八十年代的生活呢。但是,以前要什么是八十年代的生活呢,人们不是也有上进的。而在上进中建设。而上进的人们是主流,社会活跃了,我却当滋生的寄生物。我没有办法了,我家也没有了。"

他仍然有点想卖掉树木。对朱娥报复的思念也使他这么想。于是他又来到这顺义的乡间了。但他的路程也是艰难的,他的心思十分沉重。他看着他父亲的树木觉得分量不轻,他要摇动它们很困难。他阴郁地走到村庄里,他阴郁地又来到坡上,在树林里徘徊着,看着初升的太阳的从树叶中照下来的斑驳的亮光,和野蜜蜂绕着初结的苹果和杏子、李子飞翔。桃子已长得相当大了。山坡上树林里很寂静,附近的村庄里升起着炊烟。

"我来这里干什么呢?"他问自己,心中重压着磐石。"我从小长大,老头子也教育我不多,这就要怪他了,我也算一种高干子弟呢;但我从小也还是善良的。总受着他这'巨人'的一定的感化。"

海国乔怀着焦急和愤怒又追来了。老头子的革命的结实的脚步载着他的躯体爬上坡来的时候,忽然有一种冤屈情绪的海学涛便用头在一棵大的杏树上撞了两下。

老头子呆看着他。

他又撞了一下。

"我并不卖树。"他说,"你不用追来,你吝啬人。我是来看看,……我是来凭吊,追怀你这巨人的伟大的历史的。你这野鸭洼的党支部书记,老革命家……我误入歧途了。"

"你演戏给谁看?"老头子轻蔑地说。

"你能给我钱吗?"

"不知道你说什么。"老头子咆哮起来,"你这该上法院的忤逆的东西!"

海学涛便呆站了一下,后来,他摘了一个有点熟的桃子咬了一口,看看海国乔,便往坡下走去了。

老头子冷冷地看着他,他在对儿子发怒吼叫之后便显露着他的冷静、庄严、纯洁的面容。海学涛回头看看他,又觉得畏惧和不安。海学涛便又感到父亲不可欺和顽强了。这时候曹株花追来了。

曹株花看看海学涛,一直爬上坡来了。她本想追来也解决一些自身的问题的,她想她不再看老头子面子而和海学涛维持着了。

海学涛便在附近站了下来。

"你爸爸对我们的事有什么看法呢?"曹株花说,对海国乔看看,显出一种尊敬的、客气的表情。

"我……希望……总之,"老头说,"这也连累你了。"

"你能否赞成,我们,我和他海学涛离婚呢?"

老头子便沉默着。

"也可以的。"他终于说,他的声音和面孔冷静、庄严。

"走到这树林里来也联想起你的过去了,我听说过很多次,也跟海学涛来过一次,我是很敬重你的。"曹株花说,看看海国乔,继续带着那种尊敬和客气,"你几十年的奋斗生活,你不能让他海学涛毁了,你不要理他,不给他钱,你不会理的。我说这个是我的意思了,当然你不会理他。我和他离婚当然也照顾你,不过也不能照顾很多了,因为各人各人的生活,而且继续照顾你也给他海学涛口实,当然也不怕的……我说各人各人的生活,便是我想和海学涛离了婚就到北城我寡母家去,换环境,而在那边的比较大的针织厂了。"

"也可以吧。"海国乔说。"我给你一点钱。"

"那我不要的。要知道,我作为一个妇女,欢喜地当新娘,来到你海大爹家,我是觉着很幸运,我是很快乐的,比别人家高一等。许多年来,我也还觉得我是跟着爸爸你和他海学涛振兴祖国,你教我爱国,你也教我勤劳。我也还勤俭,就是说有些爱粗声粗气的,是你爸爸说的,辛勤的女人喽;我吵吵闹闹,欢欢悦悦,也安安静静地度过了十几年的光阴和年华,邻里也和睦相处,女儿也九岁了。现在呢,我的青春尚在,却落得只让海学涛臭骂一句'臭娘儿们!'。我要奔我的前程了,我这样决定的,我不再是欢欢悦悦的,而是到你老海爸爸家来虽很幸福,但到今天,尝到了人生的苦难了。假如不是因为你海爸爸是尽了你的力也教育了他海学涛的,我简直有些怪你海大爹没有教育好海学涛,但这自然还不这么说,你是劳累的和负责任的。我们中华民族素来重忠义和也孝顺老人,我也同情你老人,怎么办呢,我于这患难的日子告别了,很是觉得寒伧。"曹株花说,便流下泪来,哭起来了。

由于对海国乔老头子的敬仰,由于伤痛,曹株花做了她的告白。

"我们不是没有灵魂的人,"她又停住了哭泣,继续带着她的尊敬的表情说:"我每天问我自己,一个人,像他海学涛这样,又有什么价值呢。你海大爹虽然是英豪,他又能怎样帮助我呢,……所以我便道别了。女儿我也带走,她是跟着我的。"

"你说得这是对的。"海国乔说。

"我仍然不忘他爸爸你的教诲,爱我的祖国、四化,也爱我乡土,忠实为此。"曹株花又说。

曹株花便转过身去预备走了。但这时站在附近的海学涛过来阻拦她,便和她发生冲突,激烈地拉扯起来了。海学涛有些懦弱,曹株花猛然地把他推倒在地上,他又爬了起来。

"爸爸,"曹株花说,"你许多年辛苦了,你种的这些树,表明你的奋斗的一生的年历,你所经过的日子,我是敬爱着你的,希望你在多一些日子想到,我曹株花嫁到你家门里,是勤俭地做媳妇也尊敬你老人家的,也爱国的,你的品德高超而你为人正义正直,也善良,爸爸,我曹株花也说告别了。"

海学涛沉默地走过来。

"我还说,"曹株花看看海学涛又说,"我嫁过门来的时候,我是怀着善心和终生之意,可惜今日不能这样了。我过门过来的时候,你爸爸曾经为我们种的一棵苹果树,我看也长大了。"

"是那样。"海国乔说。

海学涛便过去,摇晃着那苹果树。在这时候曹株花便已经走下坡去了。海学涛急忙地追踪她,便又拦在她的面前。海学涛有些颤抖着,而且苍白,像上次在这树林里遇见他父亲追来一样。

"我还是说,"曹株花推开他,但并未走,她继续说,"我们这株苹果树也长大了。是你说的,孩子也大了,我那时候是怀着善心和终生之意的,共同跟着爸爸……"

海学涛沉默着,呆看着他的闹离异的妻子。曹株花继续有些激动,望着坡下,又说,"我还是说,我那时候是怀着善意的……"

海学涛便又爬上坡来,求他的父亲助他说服曹株花。海国乔冷淡地沉默着。

"能行吧,爸爸。"海学涛说。

"不行。"

"帮助我吧,我要改悔了。"

"不行。"海国乔带着一种冷酷地说。他的面孔继续着庄严的、愤怒的、顽强的表情。他想起海学涛上一次曾推倒他。

但曹株花也并未走,她在坡下坐了下来。曹株花有些留恋老人。她争强好胜,在街坊上也对人善意,老人海国乔也使她获得了一些荣誉。她也敬仰老人,这种感情这时把她勾留了,她还又回到原来的思想了,就是海学涛也还是可以改正似的,他过去是很纯朴的。

曹株花于是又走了上来,在一丛灌木的旁边,在老人的身边坐下。她激昂而又面容冷酷。海学涛便显出来他有些怕她。

"我海学涛是有过失,认识自己的过失了,爸爸,和你株花,你原谅我吧。"海学涛大叫着,因为内心的冲激,因为父亲的性格对他的心显露了巨大的压力,因为对父亲的畏惧,他的声音颤栗着,又因为对于自身的错误的愤恨,他的声音又同时很大。于是他说着他的错误的由来。他说他爱好了虚荣了,失却了人生的轨道和向往了。这个不久前曾和海国乔对骂的海学涛终于被他的父亲征服了,或者说,被他的父亲和曹株花加上的压力征服了。

"我心里现在没有反对我改正的了,这是真的,这是假的,我也搞不清楚,爸爸你说吧,我说我改悔了。我说我也自己设法每日节省来还债。"他欢喜曹株花并未走开,大叫着说。

"你说吧。"海国乔说,"你不是我的儿子,你难改悔的!"他说:"你要骂我呢!你推倒我!你是浑蛋!"他的后一句又怒吼起来。

"我心中苦痛,心中懊悔,心中痛伤,"海学涛说,"我跟一些人结交了,我违背了父亲了,我背离了株花,我驾着糖厂的汽车出来了,我签了合同的字了,我欠了钱了,我想摆上我的虚荣心的宴会筵席,我忘却我的理想,忘却我家传的热爱祖国了。可是我家破人亡了。曹株花,你不离开我吧。"他说。他在树木间踩着初夏的绵草走了过去,走得很远又走转来。他徘徊着而沉默了。

"你不说了?"海国乔说。

"我沦落而犯了错误了。"他挥着手说。

"那么这怪谁呢?"

"我是想改悔的。"

"那么你又怎么这一回又来到这山坡上呢?"老头子说,但说了又沉默着。

海学涛又走到曹株花的身边,他想说改正的话,他想说他现在知道她的高尚的品德和许多年的辛劳了,他又走到海国乔面前,想说他现在进一步认识到父亲的正直无私和他的性格的坚决了。想说他现在想要再来热爱他们祖国和四个现代化的建设的理想了。但他很羞,而心中似乎仍然颤动着这一年来的邪恶的一些剩余的。所以他便沉默着。

"你海学涛再考虑,能改悔么?你这样像么?"

海国乔还是很冷漠地看着儿子说。海学涛面孔有些凶地战栗了一下。这时候敏感的曹株花便站起来走了。海学涛这回没有追曹株花,看看他的父亲,站在他的身边。

海国乔沉默着,他看见曹株花走了,内心深处有难受。他看见这强壮的、表露了她的贤惠的年青女人走下了坡。在高速公路上往汽车站去了。他觉得丧失曹株花对他是难受而忧郁的,他苦苦地看着她的身影。他觉得这些年的生活现在改变了。他将没有儿子,也失却了媳妇。这是下午了,田野里有朦胧的烟霭。穿着朴素的灰布衣服的曹株花在公路上慢慢地走着,现在走到公路转弯和浓密的杨树间了……她的影子便消失了。

老头子便又想到她多时候卖力地替他洗着衣服和送饭菜给他。

他便看看海学涛,想到他的彩色电视机、电气冰箱和赚钱生活的理想。

"你怎样呢?你说了两句倒像漂亮,你刚才脸上的那样子的眼神,是想往哪边走呢?你是改悔么?你替我滚!"老头子愤怒地说。

"爸爸,我改悔了。"海学涛说。

"你没有。你好些次了。"

"我这回是改悔了。"

"慢慢说吧。"

海国乔看看他,站起来往坡下去。海学涛便殷勤地、很快地扶着老人,但老人挣脱了他。老人往坡下快走,海学涛便又搀着他的手臂扶着。他又挣脱他,但海学涛仍旧抢着扶着他。

"我有几个钱,我父亲没有钱,不是财产,我有这百十株可爱的果树和杨树。我像那种报纸的故事里说的,我待你好被你咬了一口了,我是把蛇抱在怀里救了的可欺农人。但我要康复我的创伤,我有我的革命历程精神的财富,我不被俗恶卷亡,而曹株花她并没有向你要电冰箱沙发床录音机,她是好的女人,针织厂的女工……我们祖土祖国。"海国乔庄严地说。

老头子再一次显露他的性格和顽强的心,像前一次朱娥扶着他一样,他们下坡看见了一株树干上刻的因时间而模糊了的海国乔三个字。

"这是很多很多年了。"老头子继续用严峻的声音说,"这株树,还有那株大树,李树,那株我也还少壮时从关外托人带来的桦树……你想卖树,你想做投机买卖你便是匪徒,毒蛇!"

"不卖了,爸爸,怕你了,你是对的,我的心中的邪恶的意念断了。"海学涛说,老头这时候又说"匪徒,毒蛇"便引起了痛苦的改悔的战栗。他又觉得,老头子这是说这,也有一种亲切。

"我很羞你小时候我没有教育好你。"老头说。

"但是你是教育我的。"

"你曾是直爽的工人。我们党和社会教育你的。"

"我要改悔了。"海学涛说,看着他的父亲有些激动的脸,似乎从中又发现了一点暖意。"我记着的,那天朱娥说我就记着的,你的多一些棵树。"

在这时候穿着灰绸上衣的曹株花的影子又在初夏的绿树浓荫里又出现了。她沿着高速公路走了回来了,她一直往坡上来,站了一下等着,又往坡上来。

"我来扶爸爸。"曹株花说,矜持中带着温和和亲切。

"你又转来?"老头子沉默了一下,从他的庄严中变得有些亲切地说。同时,回头温和地看了一看海学涛。

"你老人家身体要紧。你不要伤了身体。"曹株花说,她随着老人的眼光看了看海学涛,"我转回来了,因为我觉得我仍然跟着爸爸,我仍旧要照顾爸爸。爸爸你放心吧,我不去了。"她又温和地看了一眼海学涛,这时她心中又想着,从今天的情况看,海学涛可能改悔的。

海学涛便谦虚地退后,让出位置来让曹株花扶着海国乔。海学涛想到以前他的淳朴而心地简单的生日,同时感激曹株花的回来,便在一株野枣树和一丛野莓树旁边坐下来而爆炸似的抑制不住地哭起来了。他哭着靠在野枣树上。

十六

　　钱勤和秦淑英在积蓄钱,延缓了他们的结婚,他们到夏天的时候才结婚。针织厂有一个时候还上夜班,秦淑英便较迟才回来,而钱勤有时候在路上接她。不上夜班的时候,秦淑英便从居民委员会领绣花的"补活"做,每件能有一定的钱;她的桌子上便堆满了颜色丝线、方的和圆形的白布或白色的丝绸。有时候也从纸盒厂领来纸盒折叠着,纸盒堆满了屋子,这样一直到夜里。纸盒厂又给居民恢复这种折叠纸盒了。

　　秦淑英和钱勤的奋斗目标便是积蓄两千元。钱勤很勤奋,也在晚上的时候时常到野鸭洼的挂面厂兼差,摇挂面机器。两人互相鼓励,在他们的面前展现着年青的生活的光明。

　　秦淑英和钱勤还买了一个洗衣机,抬到秦淑英的拥挤的屋子里。钱勤住在海学涛的院子,屋子有漏雨,春天的时候钱勤曾爬到房顶上去收拾房屋,秦淑英在下面扶着梯子,递着一桶一桶的柏油和纸灰。秦淑英高兴钱勤能干,好学,不少的活计都会干。

　　生活似乎还是那样。在挂面厂钱勤和刘棠冲突,钱勤也不忍耐,吵闹很凶。但是霸道的刘棠却也会转变,在院子里甩着两只手摇摆着唱起歌来。但钱勤在挂面厂兼差却并不久,电厂晚上有晚班加班了。后来他又白天里兼点差了,又在豆腐房兼差了,这样他们便积了一些钱,又买了电视机。

　　生活按这个时代的风习进行着。这日晚上,相恋爱的未婚夫妇在街头走着,钱勤接秦淑英从针织厂当夜班归来。他们疲惫,但有着快乐。

　　"我仍旧还想继续作一篇作文。"秦淑英说,"我想像以前一样说,到将来也说,时代和祖国中华的社会像一面大鼓一样敲着,像一个大喇叭一样的奏着,像一个大钟一样响着,像一个大船舶一样像一列升火的车一样,航行了,启行了。"

　　他们的生活这里焕发的时候,也感受到野鸭洼社会的亲善。

人们在街灯下招呼年青的未婚夫妇,高大而快速地大步地行走着的是海国乔,慢慢地走着的是居民委员会主任张璞。夹着皮包的张璞停下来说:

"钱勤,你现在在野鸭洼来兼差了。"张璞想想又说,"你顶精明的,是好工人。你和秦淑英,你们的电视机买了吧。电视机,在我们野鸭洼,也上紧箍和戏剧高潮了。"

张璞有些沉思地沉默了下来,声音有些异样。因为今日有一家电视机被偷了,连着一些钱,一对新婚夫妇的买电视机的钱失落了,而有一对夫妇和某几家为电视机吵架。引起张璞的精神上的激动。她还很痛苦,除了责任以外,她还同情丢失钱的新婚夫妇,他们也是好不容易积的钱,他们是勤劳的,而且是诚实的人。他们是后街的豆腐房的工人黄春学、电车售票员李素芳。张璞在沉思着,她几乎为这件事情对电视机这种东西发怒。

"人要老起来,不管事起来,那时或许会达观些。但是现在我为这事情烦恼。我想到这野鸭洼还有小偷我心中便发火。我简直还对电视机这种东西发火,这种东西像一种紧箍咒一样,到了野鸭洼了,使野鸭洼高兴了,也使野鸭洼痛苦了。当然,痛苦是废话,我是高兴时代渐渐来临的。祝你们好……我今天的脾气有点大。"

"那是的。黄春学他们家。……"钱勤说。

"我帮助找了一阵了。"

"他们是在家里还是街上丢的呢?"秦淑英问。

"在街上吧。他们也弄不清楚。"

忿恨着的张璞便走了。钱勤和秦淑英充满着同情,也因为他们这时快乐而愉快,钱勤便建议去新婚夫妇黄春学家看看,慰问他们,便和秦淑英到了拐角的大院子里。他们进大门的时候钱勤拉了一下门,意外地在门后面发现一个纸包,钱勤拾起来,发现正是黄春学家丢掉的钱。他们进到屋子里碰到着急的新婚夫妇还在拌着嘴,女的还在哭着说,她的患病的母亲带她到长大不容易,这丢失的二千元钱,她是想买个电视机给她母亲晚年的,而多余的钱买一辆自行车。他们便极感谢钱勤和秦淑英的来临了。钱勤和秦淑英高兴地拿出了钱。他们还觉得满意自己的行为。

他们坐下来一下,还说了几句愉快的话,说原来是想来慰问的,因为他们也快结婚建家业了。他们丢下钱出来了。他们走到街边的灯光下。这电视机款的戏剧的意外性是结局的欢喜。电车售票员新娘子李素芳高兴的叫声后面传来,她追着他们黄春学也追着。他们刚才没有来得及很多的致谢。他们激烈地感谢不太相识的钱勤和秦淑英的捡到钱交还他们。这种交还在黄春学夫妇的感情里经过几分钟的痴呆和幸运感之后造成了深刻的激动,感觉到这正在进行社会主义建设的社会和时代的美好和雄伟,李素芳大叫着感谢的声音追着他们,钱勤大声地说:"没有关系,不用谢!"秦淑英则接连地说着:"请回去请回去。"由于快乐的激动,失主李素芳一开始有些哑然,没有来得及说会话,追出来叫着:"哎呀,我高兴死了呀。你们真好呀,社会主义社会真好呀。"她是一个热情的人,她还说:"请你们进来,同转来,喝杯茶呀。看我们刚才。"然而这也是这时代的互相渐增加关心的人们之间的风习,钱勤和秦淑英便说没有关系。害怕骚扰人们,急急地往大门走了出来。

张璞走进门廊里来了。她研究着这二千元是不是可能拾到,她十分不甘心,特别因为李素芳是先进工作者,而且有一个忠厚的、半生做着豆腐房的女工的母亲;黄春学家而且是烈属。

听说已经找到钱了,张璞便眼睛有些潮湿。特别的关心引起特别的激动。

李素芳急急转回去,而黄春学已倒了葡萄酒出来了。李素芳又倒了一杯,端了出来。

"谢谢你们极了,十分感谢,感谢极了。"黄春学说,和秦淑英握手,"我们刚才几乎是绝望了,简直都想到要不活了,但也不能死。"他愉快地说,"请喝这一杯,请喝,我们新结婚,请你们喝酒!而听说你们也将结婚。感谢新社会新时代!"又倒了酒赶出来的李素芳也叫嚷着。

这新婚夫妇造成了一种人情的热烈。钱勤和秦淑英谦让和谢绝着,但是黄春学夫妇极热烈,而且他们又说他们差一点急坏了。而且黄春学又从房里拿出酒来了。他自己先喝了半杯,以至于新娘子责怪他。但他又趁着新娘不注意偷着喝了一杯。钱勤被这种生活里的快乐笼罩,便喝酒了。秦淑英也喝了一点。新郎便又干杯。

黄春学因幸运和友谊便喝干了又倒。新娘子骂他,但他又喝干了,他又和他的新娘碰杯,显然他们高兴他们的婚姻。

"但是我们仍然感谢你们,我觉得我们这社会人与人之间的温暖,同时我顶快乐、顶幸运,弥补了灾祸叫顶幸运,如同有一次我们豆腐房的架子差一点没有倒一样。我们的生活里这些增加了很多,也增加了人们的友谊,增加了对我们的祖国社会的信心。所以我向你们致谢。我真快乐呀,高兴极了。"豆腐房工人黄春学说,推开了劝阻他的李素芳,又和钱勤干杯了,钱勤喝了一点点。新娘李素芳也有着热烈,劝阻新郎不住,便也又和他碰杯了。他们被对自己的时代和社会的快乐激动着。

"我们感动得很,"意外的热烈使钱勤高兴,因喝酒而有点脸红,他文雅地说,"我们幸而拾到了,不然你们便会很痛苦。现看来你们是感情顶好的。不过,我们没拾到,也会有人拾到,这是我们四化的好的社会。"在黄春学的鼓舞下,钱勤又喝了一点酒,而他看看以前也相识的黄春学,觉得以前只是互相平淡地点头,没有注意到他是热烈的,他们夫妇有着热烈的心灵。"而无论对社会和我们个人来说,这是很小的事情。"钱勤说。

"也可以是这样的,然而友谊,是重要的。"喝醉、热情的新郎说到,"这两千元不少,而且这善意的新的社会是重要的。友谊当黄金,而你们的黄金之心。"喝醉的黄春学又对张璞说:"张璞你也喝一杯。"

张璞也喝了半杯酒。

"祝社会主义祖国精神文明和新道德风尚更前进!"张璞大

声说。

钱勤便说,他是很高兴这次捡到钱。他说,他也交上了朋友。由于高兴,钱勤便又说到捡钱的经过,他说:"你们也不小心,虽然也会有别人拾到,但也真危险,而且是两千元呀,这两千元不少呀!"秦淑英便觉得钱勤有琐碎的缺点。但钱勤沉默了一下便继续彬彬有礼地和李素芳夫妇又说起话来。他继续说的便使秦淑英忘了本来想提问的。他说这是他们应该有的行动,他们在野鸭洼也认得黄春学们,他们也假设他丢掉了钱的话,而且钱的数目还在一个电视机一辆自行车以上,也是会很痛苦的。这便又使秦淑英不满。钱勤因为金钱的事情而感慨,他和秦淑英告别了新婚的、喝酒的、幸运的夫妇往前走着,继续说到这两千元,秦淑英便沉默了。她觉得钱勤说钱多了有些俗气。

钱勤和秦淑英的快乐的晚上的走路,便发生一点变化了。钱勤欢喜谈论金钱,也喜欢表功劳,欢喜交际,欢喜说流行的事物。秦淑英则是内心矛盾着,虽然她在简朴地蓄积着钱,但有时又是恍惚着,想读书求知和作文的。这是她这年间的状态。她在去年冬天的时候说快结婚了,作不定是末后的文缴给老师皇甫桂芳了;但是她内心不安,现在又在思念着作文,而且设想婚后的生活也是可以做这种努力的。知识和文化将带她到新的境界里去,她觉得对知识的追求破除着蒙昧,使她瞥见前面的理想的光芒。她觉得这种光芒好。她虽然对钱勤刚才到李素芳家去将捡钱交还很满意,但她此刻不很满意了。她觉得钱勤喝了热闹的、多感情的豆腐房工人夫妇的酒也有些啰嗦了。

"我觉得我们这时代是像一大鼓一样一样敲着,"秦淑英又重复着她说过的话,但这一次带着一种严峻的情绪,"我觉得我们的社会像一个大的轮船,它开着船行驶着。"

"你说得对。"钱勤有些冷静下来,有些不安,说。

"我觉得我们积存钱也还是为我们的理想,我是土朴的,不懂很多事的,希望你多帮助我,但是我说我们的理想。歌曲里有唱:理想的光芒。我们的社会和时代像一列大的严肃的列车升火进行，它不等任何人，好像一个大锣一样在敲着。你譬如我们乡里有信，农村富裕起来了。我们便该积极学习。"秦淑英，带着一种教诲，又说。

"你说的对。"钱勤说，但他不服，他又说："你有些书呆子了。你跟海国乔老头学的。"他又说。

"不那样的。你这样说就不对了，怎么海国乔也是书呆子呢，你的灵魂有时有俗气。我说的是你要听见一个警钟敲着，许多人在钱上面跌倒了，淌着血呢。"秦淑英说，"自然，你这种也并不多，你有另外的一面，这种你也不会，不是么？"她又说。

"钱上面淌着血，还有警钟，"从后面走上来的挂面厂的技师刘棠说，"真是秦淑英会说，针织厂海国乔有帮忙加了钱吧。"

刘棠恨着秦淑英，觉得这个外表有些土拙的针织厂女工有芒刺。他也恨钱勤有能力，他想打听他们攒了多少钱。但是钱勤秦淑英两人都不去听他。

"我从前挂面厂火灾的时候救火呀……"刘棠狠恶地说，"我说这个一千次了吧，一万次了吧，还唱个歌，论生平的功过。你钱勤在豆腐房兼差也笑我，你秦淑英在针织厂做活的时候拿我当笑话讲。我过去救火，下雨抢救国家财产，修房子，是错误啦。"

"那是刘勉修的。"秦淑英说。

"刘勉修的？"

"刘勉修的。火你倒是救了一下的，我们说。"

"不吵了吧，淑英。刘棠师傅也修的，也是救火的，过去吴璋还表扬过，这不就行了嘛。"钱勤说。

"你钱勤也在豆腐房骂我的，你这滑头就行啦。"

"那你这是怎样的呢？"钱勤说，"谁又怕你呢？"但钱勤立刻又改变了腔调说，"算了吧，你是救火的，我们错了，你原谅吧。"

"那倒真是。"

"你也很辛苦呀，刘棠师傅。"钱勤说。"我在野鸭洼地方呆得不多，我听说的少，你刘棠师傅怎样救火的呢，那一年那时候风助火势没有呢。"钱勤本想做交际,但忽然有些讽刺地说,"是不是三间屋子一起着了呢,后来是评你为模范吧。"

秦淑英却也缓和了她的芒刺了,拉了一下钱勤的衣袖。

"没有评。有人说评,后来又没有评了,我有一次是说没有评了吧,两次吧,那时我故意说假的。"刘棠在路灯的黄色的光照下有点怀疑地看看钱勤和秦淑英说。但他仍然抛弃了他的怀疑,即他们讽刺他,他又热衷于说他的故事了。"那时候也是风助火势,我心想……"

"你心想着国家资材。"钱勤说,但又想讽刺人也没有意思,应该交际一下,刘棠虽然吹嘘很多,但他也知道他也是确实救了一下火的。"你确实是也不错的,刘棠师傅。"

秦淑英也觉得老是说这些没有意思了。她还觉得生活也有些检点,老是控告刘棠,控告也单调了,而刘棠也老是诈唬,继续欺人。但也可以不理他。她觉得新的时代将到来,她将结婚,在针织厂还可能升组长,奔向生活的新的前程了,野鸭洼应该新起来,而刘棠这些不算什么,挡不住时代的车轮。于是她掏出钱勤的香烟,递了一根给刘棠,表示了一种客气、团结,也表示她感觉到的意思。

"刘师父,我们刚才也说话有点冒失。"

刘棠便有些得意,他高兴地抽烟。

"你们讲到我那时候救火呀,还救过锅炉呀,我都讲过了,只是漏了一层。"刘棠说,"我的心里为着国家财产的,我救了火之后,人们问我,我说,这算啥的,也不值得发表,所以也不评模范,自然这也说过了;但是你们,毛头小伙子,譬如你钱勤,来这野鸭洼兼差了,要知道许多事情是得我来教你的。"他说,有些蛮横地便拖钱勤在路边的电杆下坐下。他说他想教钱勤两手挂面厂和豆腐房的活计,工作的习例和诀窍,但钱勤说他知道了。殷勤而狠恶的刘棠继续在野鸭洼有着他的活跃,他又说他会作气功和打太极拳少林拳,如以前说过一次的,他愿收钱勤为徒弟。钱勤说他也会些,他便说钱勤不会,于是他让钱勤站在他面前,又让秦淑英也站近些,看他的功夫。秦淑英给他一支烟也便使他有了一种复杂的激动。他便一跳踢了一下脚,又跳起来用手掌击着脚,然后便绕圈子,打起拳来了。未婚夫妇钱勤和秦淑英便只好看着打拳。刘棠他也确实会不少,而且有的动作也好看。于是想早点摆脱这情况的钱勤便叫好。秦淑英也鼓了两下掌。但刘棠却脱了上衣光裸着上身更继续了。他便绕着路灯电线杆转了三个很柔韧的圈子,他便又在地上翻滚着又跳起来,弄得脊背上全是泥土。

秦淑英和钱勤便也笑得一种善意。

他们又敬刘棠香烟,说他打得好。但暗中可惜他是一个坏人。这时候走过这附近在旁边呆看了一阵的复职了的挂面厂的技师刘勉也漠然地脱了上衣,说也来一个,也打起拳来了。刘勉跳起来击着拳,他是想在丑恶的刘棠面前表现他的技能和不可欺。他在地上盘旋又绕着圈子跑着。沉默、专心的刘勉回头望着前面,显出一种特别的专注,而他的动作也特别柔韧。他刺激了刘棠,刘棠便又扔了衣服跳到他旁边去击起拳来了,而且说:

"你徒弟钱勤看我的。"

他便邀刘勉和他进行柔道的摔跤。两个人便在路灯的黄色的灯光里扭在一起了。相当的几个人过来看着。刘棠被摔倒了。刘勉被扭住手臂了。刘棠被反扭着了。这两个人是一直不讲话的。刘勉的心里含着戒备,刘棠的心里在存着仇恨:刘勉来到挂面厂限制了他的活动。

刘棠也扭住刘勉的手了,但刘勉翻转来,将刘棠摔倒了。

"再来。"刘棠站起来,说,简单地笑了一笑。

这一次经过了几分钟,刘勉被摔倒了。他相当痛,在地上躺了一下。但又突然地又跃起来。他要在野鸭洼奋斗而前进,而且和众人一起斗刘棠。这一场战斗相当激烈。刘勉被压倒在地上了。纯朴的、沉默的、忧郁于自己的生活的刘勉显出一种顽强,像石头一样的顽强,他在身体比他强个子比他大的刘棠的重压下颤栗着——后来他翻转过来,把刘棠压倒,拉倒了,刘棠重重地倒在地上。

当他被刘棠压着的紧张的时候,居民委员会主任张璞走了过来站在旁边看着,喊着:

"刘勉,加油,加油!"

她的声音里有着黄春学夫妇的半杯葡萄酒所产生的快乐的震动。她因李素芳黄春学找回了钱而非常快乐。

"加油!"秦淑英喊着,"老刘勉,加油。哎,唉,加油!压倒他恶人!"

"加油!压倒他!"钱勤也喊着。

张璞又继续喊叫,她的声音很高。野鸭洼进行的这一场格斗也有着它的深刻的意义,被人欺侮的忧郁的刘勉翻了一下身了,夜晚街灯照耀,附近的屋子里有电视机的声音,好几个窗户里有电视机的白色和彩色的闪光。也有儿童们尖叫声和唱歌声。

刘勉胜利了。

"哈,败了。"刘棠说,"再来……不,不来了。"

"哈,你败了吧。"钱勤说。

张璞因李素芳家的钱失而又找到而有着亢奋,她晚上巡视了一些家的电视机,有的家她进去一下,有的家她站在门口听了一听。她又去调解了那一家因了电视机而吵架的夫妇。她还侦察失散的电视机,有了点线索。

"你刘棠败了顶好。你也打败过陆杰成瓦匠的,算你不错,你这称霸的败了我很高兴。"张璞坦白地说。

"哈。"刘棠说。

"欢呼刘勉打胜!"秦淑英鼓了两下掌,说。

"你刘棠的有些事地方上不忘的,你是救过一下火,你还有一回拾金不昧。但我也是说你历时很恶地方上不忘的。"张璞说,"你太霸道了。你是恶徒。"

"太霸道了。"钱勤说。

刘棠披起了衣服,这时他看着说了一句话的钱勤。他并不在乎人们。

"我收你为徒弟好吧,"他有些凶辣地说,"我看你也有两手,想跟我较量。"

"并不是。"钱勤说。

"教你两手好吧,"刘棠说,便把肩上的衣服甩掉了,张开手臂作了两个击拳的动作。"我看你钱勤有一回在豆腐房早上练的,很不错,我跟你较量两下好吧。"

"并不。"钱勤笑着说。

"他不行。"秦淑英说。

"不行就差了。"刘棠便过来拖钱勤。他又在街灯下电线杆前绕圈子了。外线电力工人钱勤看看这一排他修过的电线杆。他练过而且欢喜拳术。而且他对作恶的刘棠有着仇恨,他考虑刘棠和刘勉相打过,疲劳了些了,是不难战胜的。他还有这在这野鸭洼的刘棠和众人面前显露一下他的能力的心理,和打击一下刘棠的心理。同时,钱勤今天还快乐,他为黄春学夫妇捡回了钱。这就从拘谨中产生了一个好汉了。

钱勤笑着。

"来啦,我胜了我收你为徒。"刘棠说。

刘棠在夏天的甜畅的微风里在电线杆旁甩着手臂,然后光着上身绕着圈子。大院子里电视机的歌唱声传来,几家人家的窗户里闪着白色光和虹彩的。钱勤笑着,心里荡起了激斗的怒气,他还觉得和秦淑英恋爱的甜蜜和幸福。

"钱勤,等一下!"站在附近的罗进民说。

"我看算了吧,钱勤。"张璞说。

"不来了吧。"秦淑英说。

但钱勤脱去上衣了。有人鼓掌。刘棠做着姿势,又转了一个圈,看着走进打斗场来的钱勤。赤膊的钱勤也甩着两手转了一个圈子,他也显出他的一定的强壮。因助黄春学家捡回钱,得到张璞和人们的赞美的、幸运的、恋爱的钱勤便和刘棠碰在一起,双方举起了手臂。但钱勤又让开了,他又转动身体去绕圈子来了。他刚才因了金钱的项目和秦淑英辩论了几句而有的懊丧现在没有了,转换为快乐的心情,觉得一种对秦淑英增加的恋爱,虽然这里面也含着对于秦淑英的羞于反对。这种情形也感染着秦淑英,一瞬间她觉得钱勤赤裸着上身甩胳膊对她很甜蜜,但也是表示坚持着他的意见的。但他也是为了和她的共同生活,即是说,他是善良的;他是表示两人要共同建设生活的。一瞬间她觉得钱勤光着的上身白色的肌肉和他的甩胳膊是放弃着他的有些俗气的见解的,更是觉得甜美,一瞬间觉得他又有些坚持。但她仍然觉得他是为了她,是善良的。但总之她觉得,钱勤现在是适合她的理想,他有英雄气概。她觉得一种光彩和紧张。钱勤也觉得紧张,他的心紧缩着,和刘棠绕着圈子。刘勉和刘棠比试是事先击了一下拳,而钱勤绕着圈子,这青年工人是有着有计划、爱好重要的样式、冷静的心理。他这样动作了觉得冷静,还有着一种荣誉的心理。

刘棠来扑他他让开了。但他们终于互相扭着手臂了。他们互相扭着手臂转了两个圈,精明的钱勤突然袭击,绊着刘棠的腿,刘棠摔倒了。但他又爬了起来。他现在把钱勤的腿都压弯了,终于把钱勤压倒在地上了。但钱勤挺着身体,争持着,争持了很久,他翻过来了,他又快被翻倒,便摆脱了站起来了。

他和刘棠便又绕着圈子。

他们又扑到一起,钱勤精神昂奋,他要在秦淑英的面前表现自己,他突然袭击很快,刘棠就摔倒了。

"好!"罗进民叫着。

"也很好。可以停止了。"张璞说。

"好!"秦淑英叫着。这一声叫好是钱勤觉得幸福的。

刘棠两次被击败,尴尬地笑着。

"败了罚唱歌。"刘棠自己说,便甩着手踏步踏唱着,"晴天啦,天空出彩霞。"觉得打倒刘棠的满意的、敏感而善于交际的钱勤便也大声音地唱了两句,一面穿着衣服。

秦淑英和钱勤便往前去了。

"你觉得时代像一个大的喇叭吹着,是不错的。"钱勤说。

"这是我们针织厂的何厂长老太婆她也欢喜说的。"秦淑英说,"我挺高兴你胜了。你今天捡到钱也是顶好的。……"沉默了一下她又说,因为进步要求的心在她的胸膛里跳动:"但是你又是谈到钱也太啰嗦了,跟我一样有些俗气。"她说,"男人要少些俗气,像刚才这样就好。当然,你是很好的。"她说。

钱勤便又沉默着,但是他也没有什么不快乐。秦淑英便觉得一种结婚前的美满。

秦淑英回到家里钱勤便到海国乔老头子的屋子里去了。秦淑英便坐下来,沉思着她的未来的家庭。便构想一篇作文,想做一次给皇甫桂芳。她看钱勤在海国乔屋子里留住了,她便做起来了。

在海国乔的屋子里,老头和瓦匠陆杰成辩论着。

陆杰成提到老头也会盖房子,提到陆杰成后来称为成功的杰作的,他和海国乔共同在二十年前在野鸭洼盖的一个小的联营两座的房子。他们继续辩论着二十年前辩论的"物质与精神"。两人都很记得清楚辩论的要点,因为许多年来不断地重复着。有时是提到上一次的辩论,但多半提到原来的;这也就又说起了那小屋子。那小屋子用很少的材料,很节省地盖成了。

"世界上的事情的本质。"陆杰成说,"你看我这回再谈的对不对?合不合马列主义。事情的本质是物质的运动,如同我们这房子,从泥灰起都是物质的运动,我们人也运动;存在决定意识,比如说,我俩的物质存在决定我俩的思想,思想也能是意识。人假若死,也还是物质不灭,恒物不灭,正如同那房子倒了,也还是有物质……恒物不灭,世界自然与人类社会运动都有规律,这规律是连着人要不偏不倚。人经常不偏倚便能运转和克制物质无常,规则则由心恒而定。……"

"你还是这么说。"海国乔说。

"还是。也当然知道这尾巴有点不妥。"

"为什么物质无常呢,物质是有规律的,怎么规则由心恒定呢?"

"看,我这是故意说的不妥的。但也不是的。运动无恒,是不是有人说过呢,马克思说没有说我可不知道了。运动无恒而心恒,心恒,人不偏倚,便是正气,心恒,便物不偏倚有恒,便是有头,有电,有光,有原子能源,有苹果树木,有这房间和我们二十年前盖的那间连营小铺子,它没有倒,有我们两个老头的辩论。有你老头扫地刮风一般跑,有他们后辈青年很正派。说正经的,看他们后辈青年很正派,心中快活。"

"谢谢说到了。"进来的钱勤说。钱勤热衷于哲学、理论的谈论,好久就热心这些了,他屏息地进来坐下。

"你有瞎扯。物质,运动,是有规律性的。正义,正义是物质环境的反映,人们的存在反映了他们的意识。譬如,劳动在创造财富,反对剥削和侵略,是正义,而你又说什么运动无恒无规律呢,心恒物质运动呢?"

"说得挺对了。"兴奋,高兴哲学辩论的钱勤说。

"但是恒极之心是正义……不会说了。"

"不懂你的。几十年你这瓦匠钢筋土木,日后一点进步都没有。你简直是故意的。但是当然你也不是很故意,你是有错。几十年间你又干这样的活又干那样活,牛吃了不少草了,机器吃了不少油了,你却不进步。"

"我是故意的供你批评的。"

"你是有错。"

"物质和心自然都是恒极的,但是又是物质有不恒常,这自然不对,不会说,而心似乎恒极……"瓦匠说。

"你是有错,你陆师父。"钱勤说。

"物质和心恒极这是不清楚,但是物质不恒极是唯心论,不对的。"海国乔说。

"本来也是这客观规律它是有规律的,海大爷说过了。"钱勤说,"我那回去野鸭洼那池塘那里也听到你们的辩论。"

"说是有客观规律性,它也是自然是有客观规律性的。"瓦匠说。

"那么为什么说是运动无恒呢?"海国乔说。

"我仍旧是有意说运动无恒的,而且我说这中间规律性质依你说可以寻到,但是是难寻的吧。"

"那你是唯心论。"

"那你是唯心论了。"钱勤说。

"但我这是故意说的,"陆杰成红着脸说,"故意说的叫批评的。现在我们改说题目吧。我说四化是挺对的,这我们没有意见了。我说我高兴现在农村经济开始富裕了,昨日我有通县来的乡下的亲戚,我听说不吃大锅饭以来,生产责任很发达,副业也发展了,我很高兴。从前有公社连鸡都不让养。"陆杰成说。

"这你便对了。农村是有变化了,这种变化富裕起来,也是有规律可寻的。但是你也有个夹缠不清的呀,你反对货币,说农村不富是货币的关系,没有货币便好了,你那经济学,甚至说以货易货是好的,因为这时代许多人乱来红了眼睛了,是钱的不是。"

"那可不是。"

"你这是错误的。"

"你这错误的。"兴致勃勃的钱勤又说。

"先说你在哲学上接得很乱,说是变化无恒。你看大自然天体它不是很整齐的客观规律吗,太阳每天早晨升起来晚上落下去。"海国乔热情地说,"你还说外象……外象,便是表面的现象,外象有杂乱无章,可是却有规律可寻,外象是有其本质可探寻的,运动,变化都是恒常的,有它们的规律。"

"你陆杰成师父,陆大爷把外象当作事物的本质了。"钱勤说,"这是几个月以前那次我听你和海大爷辩论的。再说货币,农村……"

"那么你说呢? 先说哲学。"陆杰成说。

"外象便是表面的现象。偶或的事也是有规律可寻的。"钱勤高兴地说,"外象看来有些杂乱无章,但是无恒、运动无规律是绝不可以的,物质没有恒常规律便糟了,各事情都有内在的规律。"

"深刻的理解是,运动、变化,都是绝对的,有规律可寻的。人类便作着自然学的追求。"海国乔说。

"恒常的,这也对,是马列主义。"陆杰成说。"但有时候规律不好寻。"他又脸红,说。

"你在这上面还有墙头草两边倒的思想。"海国乔说。"你说规律不好寻还是一种悲观思想。你还懒。"

"我也是有错。"

"你有故意的。再你说货币为不需要?"

"现在人心向着钱,所以我说这是有根据的。"陆杰成说。"农村人心向着钱,便偷懒吃大锅饭了,贪图己利,多了懒人多。但是吃大锅饭也好,便也可灭货币了,一弊一利。当然吃大锅饭不好,今天已改了我是赞成的。"

"但你不能否认经济学的依据呀。"钱勤说。"你说得不对,吃大锅饭是因为制度不健全,……我的乡间亲戚来就说,他们收入增加了,粮食鸡鸭都增加了,这是高兴的,……而从前那是不健全。"

"正是这样。"海国乔说。

"但我说钱把人心弄坏了,不似旧时古朴。"陆杰成说。"你试观都市里面,这钱呀,经济罪犯呀……小裤脚管子弟呀,都是钱!"陆瓦匠吼叫着说,"钱,货币,自然界外象无恒,经济社会,钱钞也是外象无恒,但是里面还是有国家,但是要少用货币。"

"你说的这根本不对。自然界外象也不无恒,"钱勤叫起来说,"而经济社会人民币是国家规律运转的,至于货币仍旧是重要的。它是流通的媒介,非需要不可的。"钱勤又说。

"钱勤说得挺对了。"海国乔说。

钱勤因为被秦淑英批评了,所以在说到钱的时候心里胆怯了一下。

"钱是价值,劳动价值的表征。"他又说。

"对了。"海国乔说,"价格是价值的表征,而货币尽着表征劳动者的劳动的重要的作用。"

这屋子里热烈的谈话又进行下去了。钱勤热烈了起来,说着哲学和经济学。他们又随着陆杰成瓦匠谈到农村的富裕。钱勤研究了一下,他在关于钱的谈话上没有显露出过分的热衷,但仍然有一点,便是他说农民手里的钞票有大把大把了有些激动,他觉得自己过多地说了钞票。海国乔和陆杰成继续辩论着,钱勤便沉默地听着。

"那么还有不偏不倚呢?"陆杰成说。

"属于奋斗。"海国乔说,"正义在劳动者劳动人民一方,年青人前进些,也有年纪大的人也前进些,不赞成你陆杰成有一回反对年纪大的人一回又反对年青的。根据客观事物因你的头脑做出结论,那就叫做不偏不倚。不是胆小裹小脚叫做不偏不倚,也不是你这陆杰成老伙计的墙头草,和唯心论。"

"那么假设按劳计酬计得过分呢?"

"怎么会过分呢?"钱勤说。

"那也不一定的,国家太负担呢?"陆杰成说。

"那当然不好。但是你又根据什么说呢?"海国乔说。

"市场上过去有种友谊的讲法。"陆杰成说,"假设我主张一种过分呢? 我当然不会主张。"

"那叫做不按劳计酬。"钱勤说。

"那叫做唯心论。你从哪里得到过分呢,除了剥削,而那是不公平不正义,譬如剥削国家。"海国乔说。"你主张不按劳计酬么? 你不主张,你主张资本主义的本质不是剥削么,你不主张。劳动在积累建设社会主义是全民所有制,这便是劳动的价值。"老头子带着沉思激动地说,他高兴陆杰成谈到的农村富裕的景象和钱勤说到的他也从乡下来人听到的这个。钱勤则再一次注意和佩服海国乔老头子有他的学问。"总之,过分便是多得,过分就是让出盗窃,放弃按劳酬。"

"既是革命,不要酬呢? 辩论辩论看。"陆瓦匠说。

"那怕是不行的。"钱勤说,"而过分也是错误的,尤其是许多人,现在是向钱看。你陆杰成有许多是转晕了头脑,你是错误的。劳动的价值是创造社会的财富,而劳动者也得到他应有的报酬,富足的社会,有价值的,劳动的人物尊严的劳动者,这就是我们和我们为之奋斗的社会。"

钱勤觉得自己还说的妥当。他出去了一下,到隔壁窗前去看秦淑英在作文,很高兴,而且很感动。

屋子里沉默着。陆杰成脸红,他内心激动。

由于作为工人有才能有成绩有时骄傲又有时幼稚,由于"文化大革命"时被宣布为被终生管制而且挨了打有深的凄伤和仇恨,由于时常莽撞得罪了人,自觉自己是凛然不屈,而心中藏着悲伤而来的有时怠惰,由于旧时代从什么社会角隅吸来的杂乱的哲学,虽然他也很不相信它,由于内心又倾慕现代化和海国乔所代表的人们的奋斗,陆杰成的心中是复杂的。和海国乔的友谊,钱勤的热情,在受了指摘的这时候他的灵魂展开了对新的光明的渴望。

"我们是上了年岁的人了,"陆瓦匠于是说,"活一日是一日的奋斗。物质永远,有规律性,劳动与正义永远,对吗。而货币是人民的国家的劳动信用其性质是巩固……对吗?"

"对。"海国乔有些感动地说。

"我刚才有些也是故意说的,我并不是一定那样的。我是报复自己,我是有物质了吗。"

"那是的。"

"但是我佩服共产党。我这个人你了解,几十年了,年岁也老了……"

"对。"

沉默了一下。"我这个人你了解,几十年了,我有想法,我想加入共产党……你看行不?"

海国乔又沉默了一下。

"我看你努力能行。……不过,你还是有唯心论的。你要多学习点。放弃你的一些唯心论吧。但你也有些是故意的。"

"那是……那是这么的。我也有点知道你这么说。我说了,你也这样说了我便清楚。你知道……我是忠心的。"陆杰成说,面孔突然有些颤抖。

"是这么的。我记着,也想着的。"

钱勤又进来了。心中颤栗着爱情的年青人有热情高涨,他又谈起了农村的富裕。他因偷看他的秦淑英在作文而幸福,声音也有着兴奋。

"我对于农村富裕起来了我很快活。"钱勤说,"我最是痛恨贫穷了,而中国的农村是真困难的。但是现在我听说有些户很殷实了。我有一个堂哥嫂,他们很富裕了,譬如说,陆杰成你能说这没有劳动人民奋斗的规律吗?难道没有吗?"

"有的吧。"陆杰成说。

"难道没有吗?"钱勤以愉快的声音说。

而这时候秦淑英在做她的作文。夜渐渐地深起来,秦淑英心里有理想的光芒,她觉得生活将从她的奋斗学习中给她带来甜蜜。她这回写得很快,没有找出藏起来了的作文本,写在一张纸上。她写她的感想,题目便叫做"复杂的感想"。她说到农民富裕起来了,她写着,"野鸭洼地屋前的针织厂附近的柳树长了密密疏疏的整整齐齐的绿叶了"。她写着,这时候她想到钱勤的乡间的母亲和她乡间的母亲的来信,农村富裕起来,而且"荡清"了,人均收入增加了。粮食丰收,鸡鸭也丰收,她便写:"在我的眼前浮显了很多的鸡鸭,整整齐齐,密密疏疏的……"她写到她就要成了家庭了,一再地筹办,现在是快要结婚了,她要认真地在祖国的新的气象中生活;她也写到她蓄积钱,买物件,和对于钱的看法。她也写到今日的钱勤拾到了钱还给了失主。她写到她是一个土朴的姑娘渐渐地成长了。

夜渐渐地深了。秦淑英再一次作文展望着新的生活。她想起上次教员皇甫桂芳和她合唱歌。这回她有些羞怯,因为她的结婚拖延,而老用时断时辍续的学习麻烦别人。她虽然努力作,虽然开始作的时候情绪是很高的,可是情绪有些低落。但她又鼓舞起来。她想她的想升到初中的文化水平的努力有一些成功。于是她便又在作文后面附论她的感慨。

钱勤兴致很好地进来了。

"钱勤,我想跟你谈谈。"她说。

"谈什么呢? 我们后日的日期就完婚了。"

"很是的,所以和你谈谈。你到底觉得我秦淑英怎样?"

"你是……很朴淳的。忠厚勤劳,而且是有四化的理想的。你觉得我呢?"

"我本来自然挺高兴的,一想起还是高兴,因为后天结婚了,但是又想结婚后仍然坚持学习文化,以前我说再说了,现在也说再说,但是针织厂里的柳树再又一次的吐出芳华的树叶而夏天枣树也结果,我便想学习。而你有学习不太积极是我的意见。再呢,我也是一个有俗气的姑娘。小时候家庭困难,羡慕独立的生活而现在办到了,我所以说时代像一面大鼓一样击响着便是说我要有理想向前走,我说得啰嗦了,但是我仍然是不妥协的。是你说的,坚持学习脾气有些古怪的,但愿也鼓舞我奋斗下去。我今天其实高兴、快乐,因为你品格善良拾金还失主而你还打胜了霸道的刘棠,但我说你是有缺点的,我说的也许有过多,所以也不多说了。我觉得你还是挺好。"

"你说得……也有对的。"

"我是这样想的,有时候我们许多年改正了什么缺点,但又不是那样的……"

"你说得挺好了。"钱勤说,便想到他能改正的。

"你在你们工厂是积极的、有理想的工人,你这几个月来豆腐房,我们积钱买东西,我们年轻的夫妇,于是早晨也有曹株花骑平台车运豆制品,也有你钱勤骑车运豆腐。我是高兴你的,觉得你是诚恳的,养家的,善良的青年人,我刚才责备你说多了。"

"你说的我真感动。"怕挨骂的幸福的钱勤说。

"你还是有能力的。我们这就后天结婚了,我以后便是你的妻子,而你是我的丈夫……这四化的时代,我觉得我们的努力挺有意义。"

"有意义。……我挺爱你。"

"你说得是真的？我觉得我现在够初中文化水平了。我也爱你。你刚才在海大爹那里说的农村我听见了，是很好。"

秦淑英便觉得，她从一个笨拙的、土朴的，有些守旧还胆小的小姑娘奋斗成一个有主意的妇女了。

钱勤看着她，便也想到，她从一个糊涂的女孩奋斗成现在这样了，是有力量的人。

"你刚才打胜坏人我顶喜爱的。我做了篇作文，我不给老师看了，你是初中生，而你的水平也有一度用功是高中了……你给我看吧。"

钱勤便坐下来看她写得还整齐的字。

夜很深了。院子里寂静中传来张璞房里的一阵阵的缝纫机的声音，和教员何世光黄桂芳家的电视机里面的叫嚣的喇叭声。

"我觉得我们的时代像一面大鼓一样……"

"你这文也写得好。不错。"钱勤说。

"你给批下分吧。也认你做老师。"秦淑英说。

然后激动的秦淑英提议说，他们合唱一个歌吧，唱低点，不要让别人听见了；她提议唱聂耳的"毕业歌"。钱勤兴奋着，但他又觉得他的秦淑英有些很凶的执拗，他有些觉得这唱歌是不必要的，但同时他有些佩服她，也想改正自己的缺点，胸中便出现了年轻的气概，而觉得这是很好的。

于是他们低声唱歌。钱勤坐着，秦淑英站着，钱勤还用手低头敲着桌子打拍子。

海国乔送走了严肃的、想着自己心思的陆杰成。陆杰成走到门前对他鞠躬而且说"珍重老年！"使他感动。他送陆杰成转来，来到秦淑英门口，在门外听着，后来推开门大声地、快乐地说：

"你们顶好。好秦淑英！"

十七

海国乔在夏季过去的时候病了,海学涛送他到医院去;天下着较大的雨,海学涛找不到汽车或平台车,便背着海国乔老头往区政府的医院去。海学涛这时在制糖厂内恢复了信誉,他也自己还了欠的钱,拒绝他父亲想给他,他还有着希望明年进制糖专科进修。

海学涛背着老头子在几条曲折的胡同和小街上行走着。他也背着老头子走过一条这个区的繁华的大街上。人们看见海学涛恢复从前的模样了,他重新是善良的了,但他的前额上一年来却增多了隐约的皱纹。人们看见海学涛背着他的身材高大的父亲海国乔往区院去,不认识的人们也尊敬地看着。老头子害的是肺炎,发烧有些迷糊,他呻吟着,说他要下来自己走。

海学涛有点羞怯,因为他曾经有过错误。他背着海国乔走着。黄家珍替海国乔在微雨中撑着伞。海学涛心中有着埋藏着的颤动着的对父亲的尊敬,和对于野鸭洼的乡土的感情,觉得街上是亲切的人们,所以他便显得,而且也觉得自身有巨大的力量。他觉得这种力量来自地底,来自人们,来自替他撑着伞的黄家珍,从他的血液里升起来,这力量燃烧着他的心。或者说,他心里燃烧着的火焰使他的力量显得是无可战胜的。这便是再回为正派的工人的改悔了的海学涛了。人们对海学涛产生敬意,一个年青人上来愿意助海学涛背海国乔,但被他拒绝了,他显得执拗,但他不要别人帮助,他觉得错误还重压着他,他要努力改悔。后来又来了一个熟识的小伙子,和一个陌生的中年人,他们慰问海国乔老头子并愿意参加轮流背,但海学涛要表现他的力量,主要的,他要和他的过去的错误搏斗,他觉得他在这搏斗里壮大起来;他都谢却了。沿途没有碰到平台三轮车,这条路还相当的长,海学涛流汗而喘息了,但他觉得愉快;他看见自己是善良的,觉得自己不仅有力而且有为,向前奔走着。人们慰问疲惫的海国乔,人们又走近来,开始责难海学涛不要人相帮,因为不能相帮海国乔人们也是不愿意的,但海学涛仍旧执拗。黄家珍说他累了,劝他让人们帮助。但他固执不肯,他简直有些炫耀自己的体力。但他心里是深刻的改悔的感情,他的父亲在他的背上他觉得是亲切,有着愉快的。他现在敬重他的父亲。他还想到郊外的山坡上的那些棵杨树、李树、桃树,和树上面的海国乔的字样。人们赞美好的儿子和好的工人,赞美他海学涛的奋斗,他觉得这中间的深刻的意义,便是他现在又是善良的了,而且生活变得有着意义的了,主要的,他又和人们一起了。他急急地走着,时常说一句感谢话,又谢黄家珍撑着雨伞。他终于累了,在一家屋檐下让海国乔在台阶上坐下来一下。人们便又有过来的,一个年青小伙子来着背海国乔了,但海学涛坚决地不同意。

"你这是不必要的,人们也都敬仰你的父亲。你太累了。"黄家珍说,当海学涛又背起海国乔的时候。

"我有力气。"海学涛说。

"但你这分明有缺点。"黄家珍说,"你逞勇,便是缺点。事情从两个方面看,一方面你力气就这大,而你逞勇的另一方面,是缺点。"

"你不知道我的想法。"海学涛喘息着说,"我是……我是想快些到了。雨很不小,劳你撑伞了。"

"但你也不要急……"黄家珍说。黄家珍心中也洋溢着对海学涛改悔的感动,她走过来把雨伞撑得近些,又仔细地整理着海国乔的被弄皱了的衣服。

"我是这样。"海学涛继续喘息着说,"因为我觉得这是我的责任。"

"你这人真奇怪。"黄家珍又说,"是一种托洛斯基了。"

"但是也找不到车辆,出租汽车也没有。"海学涛说。"而我要尽我的力量,不求人帮忙。"

"是一种错误的观念。我说我再去招出租汽车……而你逞勇是错误的。"黄家珍激烈地说。

但海学涛说,他也有钱,但打电话和等车都难,关键是要和背着走差不多的时间。海学涛于是背着海国乔走得很快。敏捷的黄家珍把伞举得很高,便斜着身体,在渐大的灰色的雨幕中遮蔽着海学涛背上的海国乔。

"当然,你是很好的。"黄家珍摇摆着身体走着,喘着气急忙地说。"你改悔了真是好。"黄家珍用一种海学涛听来像小学温柔的教师的声音在大雨中说,"你是很纯朴的人。"

在灰色的相当的大雨中护士齐月英开了医院的玻璃门便叫唤起来了。

"走这多的路背来,你海学涛真是蠢,为什么不弄个车子来呢?"

"弄不到。困难极啦。"海学涛说。

"但是你顶好。"性急的、说话快的护士说,她感动了,"你这才是真是很孝顺的儿子,也是好的男儿,我是说要这样才好。"齐月英说,"你这人平常别扭像电冰箱里出来的,面孔是那样的,但现在你是好男儿,使我的心很激动,我在这医院每日看见一些人的好的行为我有激动,你这也是顶不错的,将来你就不要再冰箱里出来般的吧,不再那样和你父亲吵了吧。算了吧,到里面桶里有开水……"齐月英说,同时慎重地看了他一眼。

在护士说话的时候黄家珍进到里面,一直到院长室去,对院长说,她是邻居,希望人们安置人民代表海国乔以较好的条件;她仍旧因刚才海学涛没有叫到出租汽车而烦恼。院长室里很吵闹,她说着,恰好有一阵院长没有听见。面色苍白的、烦恼着温和的同情之心,努力争取入党的、聪明的黄家珍在人们中间走着,因为突然发现漂亮的黄家珍,因为黄家珍在人们的吵嚷中显得特别干练,院长便笑了而愉快地跑了出来迎接海国乔。人们看着漂亮的、好口才的女航工服务员兼新闻记者黄家珍,黄家珍向人们,医生护士病人们笑笑,出来看看海国乔,整理一下她的衣服,便敏捷地在雨中离开了医院。"唉,我感觉到一种大时代,激进的人生。"她说。

人们把发烧的海国乔抬到诊疗室里去了。

"你这回好的,真好。"齐月英说,看看走开的文雅的黄家珍,继续向海学涛说。海学涛便很窘迫。

海国乔躺在病床上,他在迷糊中听见齐月英说话,似乎是在垃圾堆旁,齐月英要他戴上口罩。他在迷糊中觉得是扫着地,看着远处的建筑工程的高架;他迷糊中还幻想到人们吵闹着,要他海国乔退休,他的儿子海学涛也吵闹得很凶,他把乡间的树木卖掉了,买了很多的洗衣机和电气冰箱,坐在上面,对他咆哮着,要他退休。他在迷糊中回忆到他几十年经过的生活和他的平凡的、正直的英雄生涯,回忆到他的许多的纪念品,他不要退休,他还要奋斗,生活是有为的,病了他很怕羞,而他要征服现实,因此,他便为他的病很焦急,而且有些害羞。他想他的病很快好,很想向齐月英问他的病况,他不大觉得齐月英和几个人又抬动他,将他换到一间有窗帘的、单人的病房。他朦胧地听见齐月英和什么人吵架,有人责备齐月英和一个医生,责备他们和白勤芬给海老头调换了病房。齐月英说不在乎。他听出来是这样。白勤芬在海国乔的房里坐了一阵。她是一个星期在这医院兼差两天,今天刚刚来到,但海国乔没有很认出她,因为冲突,齐月英便在门廊里的长椅上呆坐着,她看见海学涛回去又来了,海学涛问齐月英海国乔病的情形,她便说不要紧,医生正在诊断。她对海学涛显得冷淡了。她刚才门廊里曾赞美他,是有着一种矛盾的情形的,现在她特别因为和一个医生有冲突,她便不大理海学涛,想到他是错误的,她也不十分知道他的改悔的情形,只是模糊地听说。

海学涛窘迫地坐了一下,便在过道里来回走着,看着周围的拥挤的病人。他看见齐月英对他冷淡,他便耻羞。齐月英望望他,很久之后对他说,她觉得他今天背海国乔来是很好,又怀疑地看看他。他便有些觉得自己仿佛是并没有改变,而心中充斥着对于自己的过去的错误的忧伤。齐月英走开去了。一个医生在走廊里对她说:"你们那样是不对的。"她回答说:"我们是对的而你是不对的。我们要那间病房。"那医生又说:"你这护士真顽梗。你们应该将那老头子搬出来。"这件事情纠缠了好一阵,人们要房间安置一个开刀的病人。白勤芬便也出来,和那个作为争执的对象有些凶恶的医生商量着。她和他意外地吵了起来。海学涛便有些不安了,他到病房里去看他的父亲,他做了相反的,他对白勤芬和齐月英说,他愿意让出病房。白勤芬说不可以。但他又去找那个有些凶恶的医生说,他愿意让出,他是海国乔的家属。那医生后来又来找他了,说他这态度很好,要他再跟白勤芬和另一个医生说。他便又去说了,他觉得一种谦虚,特别因为他是有过错误的,他愿意让出父亲的病房,他显出一种坚顺。但是齐月英来告诉他,白勤芬发怒说他不孝,要他不要提再让出病房,而且因为对方是不对的,他们那方面并不是一个要动重手术的病人。但后来又有一个护士来找他,告诉他齐月英是弄错了,那方面仍旧是一个要动重手术的病人。善良的、有些没有主张的海学涛便进去看他父亲,又不理白勤芬的发怒,对对方的医生说他愿让出病房。他便看见人们抬动他的父亲了。抬往四人病室去了。他研究一下觉得也可以的,他觉得他的父亲体力强。他便在走廊里踱着步,想着过去的错误给社会带来的损失和给人们、譬如齐月英造成的印象。但他听见齐月英责备搬病房了,他听见齐月英说对方是不对的,而海国乔的病有点重,便有些特别慌。

"你海学涛,你家属愿意的?"齐月英说。

"我父亲不开刀,没关系。"海学涛说。

"你现在不争了,不争你的利益了。"齐月英责怪地说。

"不争。"海学涛伤感地说。"我的父亲不要紧么?"

"他……他不要紧。他的热度更高了一点,也还不要紧。但是白大夫要他搬回病房,说他是英雄人物。"齐月英用熟悉的拖长的、唱歌一般的声音说。

"那么四人病室不可以么?"

"不可以。他们那方面也不重要。而你的父亲是核算局长等级的。听说你争过你父亲的待遇,说他不该扫地……你,不争了么?"

"是那样么?唉!……"海学涛说,有些窘迫,"我是只要我的父亲不妨碍病就行。我们应该客气。我的父亲他的生平也是很随便的,我们不往单间和更好的病房奔了。"

"四人病房空气差些。"

"那你说,"海学涛着急地说,"有不妥么?"

"你看呢,"齐月英说,"告诉你吧,我搞不清楚你。看你背你父亲来,你是很好的,挺孝顺的,我很爱这个,但是便是有些和社会别扭的,你是不是不拿你父亲当回事,让了病房呢,不爱护他呢,当然我这么说也不对,看来你是很谦虚,病人家属很谦虚是很好的。"

"那么没有不妥么?"

"我说不清楚。"因为陷入了一种矛盾,护士狠恶地说,"没有什么不妥。"

"但是你说空气不够好。"海学涛急切地说。

"你这个人啰嗦了。"

"那我真是抱歉,很是对不起了。我听你的话。"

"你很好。"齐月英说,便又站下了。"你这海学涛有些不像冰箱里出来的了。也不对,仍然要警惕你。你曾有一次我看见和有些人交际顶热烈……"

海学涛便很羞怯,脸有点红。

"我不说你的烂疮疤了。你不做电冰箱买卖啦?那种多几分卖出。"

"没有了。那没有意思。"海学涛说。

"那是很好。"内心有点激烈的齐月英转为病院走廊里护士的拖长的大声说,便走过去了。她内心激烈,因为她有她的个人的心思:她勤勉而认真,这时她心里牵挂着四个病人,而有一个是有危险的,是一个脑膜炎,又有一个是截肢渐康复的。她有着年青人的好胜和气概要使这连海国乔在内的四个病人康复。她对四个病人及因此而来的社会联想觉得一种负担,然而,连着这种情形了,她关心着社会上的正与负,"好人""坏人"。她爱好她的负担,显出她的热切和勤劳。她在她的工作里有着一种沉静。她和每个病人都很快熟悉而且她也熟悉他们的环境、家属;她有一种深的同情的心理。她关心食品厂,因为有一个病人是食品厂的,她常说几句市工业局,因为有一个病人是市工业局的。齐月英热烈。她现在便想到地方街道上的海国乔的多年的辛劳了。这也便是她为什么慎重地注意着海学涛了。

"海国乔大爷的热度还很高,不要紧。"她特别地出来一次对海学涛说,又说:"你真的和以前不一样了。"

"也是。"海学涛很感激地说。"你们工作真辛苦。"他不知说什么,又说。

"就在四人病房了,你的意思?"她又出来问。

"好吧。……"歉疚的、不安的海学涛说,"我负责。"

但是这情形果然合适么,他心中便也有着不安。沉默的,对人生变谦逊而且变得诚实起来的海学涛踱着步。一个穿着病院衣服散步的病人看看他,笑了一笑说:"放弃好病房,唉。"他也笑了一笑。那人问他在哪里工作,他说是糖厂工人,便又沉默了。他想到他并没有回问别人便有点窘迫。他走到里面这里去,便发现人们又抬出了海国乔,一同往双人病房抬去了,护士齐月英在紧张地、用短促的声音指挥着。海学涛又看看原来的单人病房,她觉得不安,觉得自己果然有些不妥。他便去问白勤芬。

白勤芬女医生不直接回答他,发怒地说,他做家属的主张不对。

"但现在,两人病房没有什么空气不好么?"海学涛脸红,说。

"没有,可以。"白勤芬继续发怒地说。"你看呢。……没有吧。空气问题吧。"

"那就谢谢你了。我很担心我的父亲。但我也不能不让出病房。"

"没有什么危险。"白勤芬忍耐地说。

"但是这样搬来搬去好么?"

"你应后悔你谦虚让出了单人间。我真怪你这个不孝之子。"女医生说。

"啊!"海学涛说。

"海国乔大爷是区政府的公费吧。"一个苍白、肥胖的病人过来说。

"对。"

"你不是不关心你的父亲,而是你是一种谦虚的美德。"走过来的高大个子的男医生,院长说,"我听说你背你父亲来的。你同来的你的好邻居黄同志很会交际活跃地拖我快出来检验,为你的父亲的,这样的邻人很好。你背你父亲很好。"

"那没有什么。"

"他这样挺好。"白勤芬说,"但是过去一度可不好噢。"

"怎么?"院长问。

"过去调皮的,买卖电冰箱吧,惹他父亲生气。"苍白的胖的那个病人说。

"哦。"院长说。

"那是错误。"诚实的海学涛说。

"但他背他父亲挺孝顺的,人们反映出租车这一带真困难。"白勤芬说。

"他背了我几十年了……"海学涛说,便眼睛潮湿,但迅速眨着眼睛转了转头,便看着他的父亲被抬进了双人间。

白勤芬走转去,大喊大叫着,和那凶恶的医生吵架,也对忙乱的院长叫喊。人们又把双人间的那一病人抬出来了,于是海国乔仍旧是单人间了。

护士齐月英把海国乔的换下的衣服递给了海学涛。

"我想问问你近来的情形。"白勤芬说。她对海学涛发生了一种好奇。"你这人一度犯错误,真也是令人遗憾的。"

"我现在敬爱我的父亲。他老人家一生是很奋斗的,为我们后辈人。"

"你今天很好。"白勤芬又说,"我们邻居多年,看你现在这样好我是很高兴的。"

白勤芬叹息着,海学涛的改变对她发生了一种吸引力,使她觉得惊奇,使她觉得一种温暖的境界。她似乎有些单纯,惊叹着,注视着海学涛,仿佛这是很难遇到的事情似的。自然这不是很难遇到的,但她在惊叹地研究着海学涛。海学涛在错误中曾是很顽硬的。她这时也真想骂他一句。

"你怎样想到改悔呢?"欢喜研究事物的女医生说,"你是……孝你的父亲。"

"他是一生奋斗的,正直的。赤心忠胆为祖国的。"海学涛说。

"你就感动了,哎,好。这是很对的,海大爷是我们这四化时代的英雄,不仅是过去。我刚才在门道里,看你背他来的。"白勤芬说,"哎,好。"她又说,答应着房间里的护士的叫唤,快乐地走进去。

海学涛便到后面医院的花园里找了一个盆来洗他的父亲的衣服。他觉得这样他感情上愉快些。

"我跟你提到院子里面去,那里可以晾,"一个矮胖的护士说,"你叫海学涛,我听见你和齐月英说的了。你背你父亲来我也见到,我顶赞美你这行动。我顶体恤人到老年的时候……"

"谢谢你了。"海学涛窘迫地说。

海国乔的病渐渐地好起来了。

海国乔这几天熟悉齐月英的从病房进出,晚间的时候她还待得较久一些,在病房的柜子旁边坐一阵。海国乔便时常想到齐月英小时候,他曾看见她在野鸭洼的街上找母亲,忍着她的眼泪,急急地前行,显出一种倔强,海国乔那时候牵着她走了一阵,带着她找到了她的母亲。海国乔又想到齐月英给他戴上扫地的口罩。海国乔病好了一些便说了这两点。齐月英瞪着眼睛想着,她说她不太记得小时候的事了。海国乔觉得,白勤芬和齐月英扶着他走一阵,把他从可怕的疾病,黑暗,濡汗,昏晕,发烧中,从死亡的边缘搀扶出来了。齐月英在病房里柜子旁坐着,有时靠在柜子上,用手托着腮,沉思着,也显出一种疲劳,海国乔便知道她很忙,她没有坐得较长久的,不一阵她便又出去了。野鸭洼小学的邓怡珠和几个同学一起来慰问海国乔,后来邓怡珠一个人来看海国乔,因为她曾由学生们的社会服务组织分工帮助海国乔,帮老头子整理房间,扫地,她于是便多来探视,问有什么事情做,抱着对老人的尊敬。温顺、安静的姑娘邓怡珠十六岁了,她因为"文化大革命"而耽误了几年读书,现在还是小学快毕业。她常来,也没有事情,只是坐一阵,有时候便过了探视的时间。在邓怡珠的心里面,除了对海国乔的尊敬以外,还有着也是童年时代的回忆,她在家境穷困的几年,是得海国乔的帮助的。她的母亲常说到这个,因此这姑娘在和同学们一起来的时候曾上街买菜由她母亲做了送来给海国乔。她每次来说话不多,面孔时常羞红;因为她还是小学生里的社会服务组的小组长,所以她便想多说几句话,多做点。海国乔记得在邓怡珠小时几次送邓怡珠上学校去,他病好了欢喜说这些。邓怡珠有报答老人的心理,有服务社会的学校工作的心理,海国乔注意到邓怡珠有些窘迫地干坐着,便时常想几句话说,所以他便又说邓怡珠小时候的事情,邓怡珠也便羞怯地问几句,海国乔说,他很喜欢她。邓怡珠羞怯,不安,没有听清楚海国乔说什么,呆坐着,觉得辜负了老人。邓怡珠在膝盖上折着手帕又解开,望老人笑笑,算她来探视,她也抢着替齐月英送开水和拿东西。齐月英看她来到坐得较久,而且守规章,不时帮点小忙,便较多跑出去了。邓怡珠这个时候尊敬海学涛,觉得他勇于改过,所以海学涛来了她便高兴,但也有着担心的心理;海学涛这时还欢喜说话,对邓怡珠很客气,他说他很不安了,要邓怡珠常来探视,他又说他过去的错误他也很羞的。邓怡珠想必有知道,在街上骑自行车行走,有一次他撞着了邓怡珠而对她无礼地看看,这是使他很羞的。

这一回病房里有另样的谈话。

"我觉得你挺好。"邓怡珠说。

"不是这样的。"羞怯的海学涛说,"唉。"

"我有一次看见你要打人,"邓怡珠说,"现在你不是这样了。""我们胆小,年龄也小,你说我好我当然高兴,不过不好意思的。你现在怎样想呢,你过去真是……"喜欢观察人生的少女邓怡珠说,"你是真是改变了,但是我还是很害怕你的,这样说就不对了,不过是害怕你又像过去一样呢,你当然不会了。我们还是年轻的女的,是有想社会保护我们的。"她说。"我小学女生敬勇敢正直的人,男子。"

海学涛便有些忧郁,沉默着。

"假设你那样,我们也不怕你,因为你的父亲会使你改变的,一个人的行凶是不能久的。"邓怡珠忽然显出有一种愤怒,说,但她这种愤怒,而且是不满海学涛的成分比较少,可说她是不满意自己不会说话和羞怯的成分较多。但她对海学涛的怒气还是起来了。那次在街头自行车撞了邓怡珠之后,海学涛曾经又有两次走过狠狠地看了看邓怡珠。他判断邓怡珠是恨他的。现在邓怡珠突然发怒,对他说来是证明了这点。邓怡珠发怒、脸红,使海学涛意外羞怯,似乎胆小的邓怡珠姑娘似乎继续怀恨他。

"你是还怀恨我?也对的。"海学涛谦逊地说。

"你这是对的。"海国乔也说。

"你海学涛那是不对的。"邓怡珠脸红到耳根,站起来一下,看看海学涛,压制着激动小声说。

"你现在还不信我么?"海学涛说。

"我是当然也信的。希望你好。"

海学涛便忧郁地站起来去到医院的甬道里去走了一转。海学涛产生了一种沮丧的心理,他原以为人们都会容纳他了,不再提过去了,但现在,他又尝到过去的错误的苦果了;这时候这种思想是危险的,便是错误已经铸成了,是很难改的,他庆幸自己还不是这样的思想。海学涛踱步着,脸色有些苍白。觉得谦逊,他觉得自己比别的人都差些。

"你在这里走走。"走过来的热情的齐月英说,"你很好,真是

427

对你父亲好,大家满意的。"

"那不是。"海学涛说。

"怎么呢?"

"那真有些不好……唉。"他含糊地说。

这时候,邓怡珠坐在那里继续脸红着。她看见海国乔也有些窘迫。意外地发怒,突然升起来的愤怒使她觉得她闯了一定的祸了。她不安地站起来便走出来到走廊里。

"海学涛,海师父。"她说。

"哦。我不好的,真不好,现在也不好。"

"你不生我的气。我也没有那么说。"

"我不是生你的气。你说的应该的。我心里的翻腾,假若我再犯错误,我刚才心里是不是有反攻你的念头说我过去很威风呢?我想我没有的。但是假设我又不好呢?"

"那我就不知道了。"邓怡珠窘迫地说,这个姑娘是有些像凶恶的猫似的,她的眉头之间又升起了一点忿怒。

海学涛觉得她有深沉的性格。

"假设再不好你骂我便了。我是决不的。我刚才是否真想不满你跟你发怒呢?也没有。"海学涛说,有些脸红,"唉……我是没有。我不会回到过去去了。"

"你改正是很好的,我向你道歉。"邓怡珠温和地说,"你已改正了,我还责备,老责备一个人过去的错是不合适的。"

"我是没有怪你的。我是一个负疚的人,哎,……你这回的意见是不是几乎使我不能接受呢,并不是的,我接受的。我将常久记忆这。"

"那你便是顶好。"邓怡珠温柔地说,不很了解海学涛怕再犯错的激动的心理,"我谢谢你的。你原谅我的有过火吧。"

邓怡珠回到病房里,对海国乔说。

"我刚才是说过去。"

"当然是的。"海国乔说。

"我觉得海学涛大哥是顶好的。"

海学涛又进来了,有些笨重地重新坐下。但他看看邓怡珠,又看看一旁的护士朱志美,便又羞怯,有些苍白,走出去踱步去了。不久他仍然又走了进来。

海国乔在病得严重的,严重的烧热中曾朦胧地回忆他青春时和后来少壮时曾驾火车驶过的黄河桥。他头脑里有黄河的混浊的波涛。他颤抖着,回忆黄河的混浊的波涛。"风驰电掣,"他想,"我的车风驰电掣地驶过平原、平陵,有一些年是华北山区,雄伟的山,峥嵘的岩石。像那次陈至光就说,使我灵魂荡漾的是平原,绿色到远方,炊烟,明媚的河流,使我灵魂荡漾的也还有峥嵘的岩石和浊流、狂涛;也如陈至光就感到,我们英雄的祖国……"海国乔回忆他建立功勋,各次车准时地载运解放军军需、旅客和货物到达目的地,那些年旅客是患难的,因此他更高兴的是解放后的时代驾驶着若干车,转运出差的干部、国防的军队、年青的旅客,返乡的引路车,热情地奔往新的生活,驾驶满载的人民中国新出品的货物的货车。……他提起早年,还想起壮年的欢乐。那新中国刚成立的英雄年代,每次车都正点,载运着山一般的货物和山一般的抗美援朝军用品。他便成为特等全国劳动模范了。海国乔于烧热的痛苦中曾经觉得有巨大的石磨石压在他身上,而他,他驾着的车迎着斜坡喷着浓烟倾斜下去了。他觉得恐怖,但他渴望战胜死亡。他想他将战胜,他用了全部的力气和全部的热望,他觉得他不曾有对任何事的软弱,他是英雄和正直的,于是冲下斜坡的车听他的控制了,他又颤栗着觉得如同在火烧中,但在白勤芬和齐月英的帮助下他将火扑灭了,很多人和他一起将火扑灭了。他战栗着像在深水中,在旧的痛苦的时代,但他从深水中出来了,地下时代的和解放后时代的各个党支部搀扶着他,好多人和他互相扶助着从深水中出来了。他在青年时代,壮年时代,接到党的命令……他也冲破监牢出来了。他的头脑里闪过了城镇的白色的大的路牌,和红绿灯信号灯。汽笛狂鸣着,而山崖上虎啸着。他曾看到过遥远山崖上的不小的古老的树,火车经过原始的丛林。他经过的豪杰的一生。由此往北京。由此往陵县、平原、沧州,……往前是天津,便回到北京他的野鸭洼了。他多么爱他的乡土,他多么爱他的中华祖国。他许多年来也用功学习,曾参加区政府的干部测验,他暗中考核自己的作为一个有现代知识文化水平的人的程度。他遇见过小逆流而又许多年还顺风,他不禁又回忆他的亡故多年的妻子,含着当年妻子死后凄伤的感情,和那同时和以后的雄伟奋斗的正面感。他在梦中还和海学涛争冲突,……列车旁一棵一棵树木过去了,其中也有他解放后参加栽种的树木。他老了,看见前面是他的心中渴望的野鸭洼的激动的生活和雨中的青春的池塘。他看见他前面和旁边行走着的人们,在他的身边和前面行走着张威、张璞、齐志博、朱璞、齐月英、白勤芬……,和温和地说话,却会突然恼怒的邓怡珠。

他凭据着胸中的力量,他的意志的力量,他的生平的英雄奋斗的历史就给予他的力量想要征服死亡。他要活下去。老人再又显露他的顽强的性格。

"齐月英,"他曾在病中喊叫起来,"齐月英,我不会死的。我不要死,我要征服死亡,我要再奋斗下去,我海国乔老头子要建设我们的祖国,中华祖国,老头子我看见死亡来了,但我没有看见它,我看见生命,奋斗,我蔑视这死亡,奋斗!我要跟着我的祖国永生!"他又喊叫白勤芬女医生,后来他喊叫海学涛,喊叫邓怡珠。

他渐渐地病好了,看着来探望他的纯洁的姑娘邓怡珠。他的病相当的沉重。齐月英和邓怡珠都告诉他说,医生很佩服他的顽强的意志。老头子以勇猛的力量克服着疾病,他的烧退了。他烧热中糊涂地想责备他的儿子的错误,但他清醒了而且高兴了,他的儿子现在是谦逊地站在他的床边。对于痛苦的克服,他觉得是像他的儿子对错误的克服一样的费力,但他毕竟胜利了。

"你海大爹醒了。"邓怡珠说,她笑了一笑又说:"我跟护士朱志美是前邻居相识,她也是我们小学毕业的,要好几年了呢。"

"我们又认识起来了。"胖的护士朱志美说。

"我还记得她朱志美踢球不错,我那时是初小,她有一个网球打着我,前来按按我肩膀。"邓怡珠用她特有的温柔的声音说,"我还忆及她在初中弹琴唱歌,我从窗子里听见。我还记得她在大街边的中学窗户里哈一口气擦玻璃。"

"我也记得她邓怡珠在小学的窗台上也哈一口气擦玻璃,那时她初小。也记得,"胖护士调皮地说,"海大爹在居民委员会的窗台上,还有缝纫厂的窗户前,哈一口气擦玻璃。"

"哈一口气擦玻璃"似乎是很有趣的回忆,于是朱志美笑了。海国乔高兴她因为她很是快乐,愉快而活泼地来去的。她日常替海国乔倒水也剥水果皮,她还开饭,洗地板。

"我是年老了,我哈一口气擦玻璃哈一口气擦玻璃好多年了,擦过很多的玻璃。"

快乐的,因为和邓怡珠互相之间的友谊而快乐的朱志美沉默了很一阵。然后,她便有些脸红地猛然地说:"海大爹我向你的崇高的历史和品德致敬。"她又说。显然这句话她埋藏在心里好一阵了。"人们说,海大爹是征服了死亡。你的心脏很顽强。"

"他们这样说。"邓怡珠说。

海国乔高兴年轻人赞美他,他便突然顽强地想要坐起来,而且产生了下床来走一阵的愿望。他颤栗着往上移动身体,但朱志美便来把他按倒了。

"秦医生的命令。"朱志美说。

"但是我已经很好了。"

护士无论如何不允许,海国乔却发生了他的顽强,他要坐起来,他和护士挣扎着,护士发怒,脸色苍白。护士朱志美是发自己的怒,因为她觉得不该聊闲天和说话;她也是发海国乔的怒,因为他不听话,但是她因为发自己的怒而是增大了。海国乔意外地怕护士朱志美,而且觉得自己有错,便不要再爬起来了。

"你这样便很好。"朱志美刚强地说,脸色继续有些苍白。

朱志美迅速地扫扫地,邓怡珠便抢过扫帚扫。

"你这样便很好。"朱志美说,"你这样便能战胜你的疾病,我向你的崇高的历史和品德致敬。"朱志美带着一点忿怒说。后来她有似乎是道歉是地带着一种幽默说:"你帮助我,我便可以不被扣这月的奖金。我们有一个医生很凶。"

"你也很凶。"海国乔说。

海国乔在更恢复些,邓怡珠又来看他,碰见了海学涛,突然对海学涛发怒批评海学涛过去的错误的时候很感动。和他对朱志美的勤劳一样感动。海国乔便看着儿子海学涛。海国乔说,他很高兴邓怡珠,因为她认真而且直爽。他想说,他年纪老了,但是他获得他的奋斗的延续制胜了疾病和死亡;从他的精神上讲,他很高兴齐月英朱志美给他的安慰,他也想说,再想起海学涛的错有些懊恼,但他也高兴邓怡珠的坚持正义。

"我是说过去。"面孔有些红的邓怡珠又对海学涛说,当海学涛在外面走廊里散步一阵又鼓着勇气进到房间里来的时候。

海学涛沉默着,他的脸色仍旧很激昂。

"你海学涛在后院洗衣服那天我就想说了:你背你父亲来的时候我很感动。"矮胖的、但有些灵活的护士朱志美说,"你这些天也是顶好的,她邓怡珠说的也是对的。"

海学涛便又站起来,像有些发怒似的,往甬道里走去了。但他是发自己的怒气。

朱志美便追上他。

"我没有惹你生气吧。你要生我的气便不对,我是一个有一定的厉害护士,我敬仰你的父亲,而你的行为也是很漂亮的,你不应该生邓怡珠的气。"

"我没有,真的,没有,诚恳地。"海学涛再又善良地说,徘徊着。

"那么你为什么呢?你要是生气,你便是不对了,这样便不好了。"朱志美望着他说,继续有些误会,显得有些愠怒。

"我很苦恼。我怎样办呢。"海学涛有些畏怯地说。

"你这样说很有缺点了。我真抱歉了。"又走出来的邓怡珠激动着说。"我走了,隔天再来。"

"你们误会我了,我没有生气。"海学涛谦逊地说,"你不要走吧。"海学涛说。"我们一起走。你要在我父亲那里呆一下,他很高兴你的,……我是说,我不责怪你的。我决不生气。"

海学涛便在长椅子上坐下来。

朱志美和邓怡珠便走开了。

"沉思人生的道理,海学涛。"白勤芬走过,看着他,用拖长的、亲善的、幽默的声音说。

海学涛叹息他自食其果。他继续想,他是否要再犯错误,对邓怡珠生气呢？他想他一点都没有这样。他不要这样,他想他应该继续是正派的。生气是导引着回到旧的路上去的,他不是这样！而邓怡珠是纯洁的姑娘。人们有许多事终身难忘。朱志美的话也在内,他将终身不忘。他徘徊了一下,又坐了下来,取出笔和本,作了几句诗。

> 我落在陷坑里,
> 变成萧萧的秋天的恶狼,出现在野鸭洼
> 我心中的满天星斗失去了
> 我有着黑暗的眼睛
> 温和的声音呼唤我回来
> 翱翔的雄鹰唤我回来……
> 春天的燕子它又唤我起来
> 我的心里再又是满天星斗
> 我再是奔驰的马……

"温和的声音"他是指曹株花,"雄鹰"他是指他的父亲。"春天的燕子"他是指的邓怡珠她们。他觉得做得不好,"奔驰的马"也不好,又想涂去。他但也没有涂。他想到他的父亲年老的海国乔在病中也像雄鹰,随时都搏击着而显示着猛烈的心灵,和什么一些种豪放的企图。年青人后来人应该跟着他和学习他。那么他,海学涛呢。他还要深深地再飞起来。邓怡珠也并没有讥骂他。他应该再飞翔起来。他应该做有益的事情,他想。

海学涛便进到病房里去了。海国乔要大便,他不愿要便盆,他说他病好了,要到厕所去。海学涛劝阻不住他,——他一定要海学涛扶他去。海学涛把他的父亲又背起来了,但老头挣扎下来要自己走。他十分顽强,以至于在走廊里和儿子冲突。海学涛又背他起来,他又挣扎下来,终于海学涛扶着他往厕所去。后来海国乔又和儿子争执着,不要儿子扶了回来。他自己走。甚至于在儿子面前较大步地走着,以致儿子追不上他。

"你们这是怎么搞的呢?"朱志美喊叫着说。

"没有什么关系,都是甬道,没有风。"海国乔狼狈地,但也有些羞怯地说,忍住他的哮喘,觉得护士注意到了。

"是说你自己走。"朱志美说。

"我有脚……"老头子喘吼着。

"我这次不佩服你了。"齐月英对海国乔说,"但是也说你好。"她又对海学涛说,"你没有看好你的父亲,你看他喘气了吧。"

"你这样是很不好的,你老头。"高大的院长进来不愉快地说,"你海大爹是不遵守医生的嘱咐。海学涛,你没有看好你的父亲不对,首先你拒绝了要护士不对。你看你父亲哮喘了吧。"

"那就请原谅吧。"海国乔忍住哮喘说。

"那就请原谅吧。你们都是很好的,帮助父亲和我。"害羞、因父亲哮喘而觉得有错的海学涛红着脸说,"你们的许多帮助都是我很难忘的。……我下次不了。"

"怎么下次不了呢?"听出话里面特别的腔调的朱志美说。

"是说挨了打了,下回不犯错了。"海学涛笑笑,坦白地说。

"所以我说我是一个厉害的护士!"

陈云来看海国乔了。他在人民代表大会和海国乔曾有几次分组在一起,也熟悉他的历史,感觉到他是基层的、社会的有力的人物,也理解老头子的忠厚、倔强和缺点。他曾问到野鸭洼的情形,海国乔说了两次。中国共产党中央委员会副主席陈云时常想到他和他这一类的人物。他事情很忙,也已经年老,但对野鸭洼也发生兴趣,突然来看海国乔了。

他下了汽车,没有带秘书,提着一篮水果,带着平常不戴的、用来遮住部分面孔的眼镜,走进了区政府的小医院。他向碰着的护士朱志美探询,说他是自己介绍说区政府的探视的时间刚刚到,朱志美便指给他海国乔的房间。

年老的,但还精力饱满的陈云观察着区政府的医院,瞧着漆成绿色的、整齐的甬道,也听着药房的窗口的有精神的嗓子很高的喊声。他避免人们的注意走得较快,稳定、冷静,但也有些局促。他注意着周围的人们,看看放置开水炉的房间,看看另一间房里的大的蒸馏水瓶,又回头看看药房的窗口,分药的高嗓子的、有精神的声音吸引着他。护士朱志美在前面向他点头,他便走进了海国乔的房间。

在陈云的心里,有着一种愉快,他好久没有在拥挤的人们之间行走或走进一栋普通的居民们密集着的房屋了。他坚决要一个人来好自在些,今天下午他休息,他也把来看海国乔算做休息;他常想起海国乔谈起他的在乡间种的树木,他也几乎想去看看野鸭洼的针织厂和缝纫厂,他想换换空气,来看看街道、街巷;所以在走进这病院,看见较密集地坐着的和排着队的人们的时候,他感觉到愉快。药房嘈杂的声音也使他愉快,他想分药很负责,是一个这年代长起来的刚强的、但有时会吵闹的年青妇女。他观察这医院还好,觉得满意。医院的收拾得很干净的地面和漆成绿色的甬道也令他满意,他又觉得对匆匆中看到的母亲们和被抱着的婴儿的同情。

陈云渐稳定地慢步行走,他研究人们没有发现他。护士朱志美曾经注意地看他一眼,而在他进房间的时候又走到门口来了。

陈云走进来。他先往屋子里谨慎地看看。里面的海国乔床边有纯朴的那个邓怡珠。又来探视和送菜来的女孩邓怡珠正在替海国乔垫起枕头来坐着。当陈云用不觉的较嘹亮的声音问海国乔是否认得他的时候，邓怡珠便觉得这个人她熟识，她也听见了陈云说自己的名字。而在陈云说自己的名字之后她就认出来了；因为意外和陈云又戴着眼镜，她没有更快就认得。而陈云因走进这间光线还充足的小的区政府医院的病房而快乐，声音不觉地有些嘹亮。于是邓怡珠的脸红便使他有深的印象。这长得很温顺的羞怯的漂亮姑娘一阵的脸红得很厉害，她窘迫着假装没有看见陈云，但她又望望陈云，看着他脱完大衣没有敢伸手接，呆站着的她因不想走出去，私心想看看陈云而笨拙起来，没有说出话，不知怎样说话。她又看陈云摘下了眼镜，又因没有端凳子给陈云而觉得很窘迫。后来她便觉得要守纪律，便走出去了，到外面的甬道里站下，叹息着。她从报纸和电视机认识陈云。

"是陈云？"护士朱志美小声问。

"是。"她说。

"这老头还不显得老。"护士说。

护士便开门从门缝里望了一下。她们听见陈云的转为低沉的谈话声和海国乔的宏亮起来的声音了。陈云在说海国乔应住大一点的医院，但海国乔说这样很好了。海国乔是在病刚重起来的昏迷以前坚决跟儿子说往他的公费医疗的合同的区医院的。陈云说他今天出来是想到处看看也简直真想去看看附近的老头子的野鸭洼的，但仍然不能达成太多的什么目的。她们又听见陈云问到刚才碰到的姑娘是谁，海国乔说是野鸭洼的高小学生，成绩好的学生，品学兼优，而陈云赞美说这姑娘很好，邓怡珠便很不安。但她的心激动着，她想再进去，向陈云致敬，但又不敢。她问护士可不可以进去，护士便也想了一想，自信地说，也没有什么不可；护士朱志美便进去，拿水瓶替陈云倒水，又出来了，她因这个动作而快乐。她又提来了一个开水壶。邓怡珠便想跟着进去，但走到门口又停住了。

邓怡珠听见里面搬动柜子的声音。陈云说床头的柜子离海国乔远了一些了,陈云便搬动柜子。护士朱志美显然也在帮助搬动柜子。邓怡珠听见陈云说"好了"护士也说"好"的声音,她觉得特别的尊敬。

"我今天看见了陈云很高兴,我很高兴,看见陈云,我今天衣服也整齐,新换的,"邓怡珠想,"今天是我的人生的重要的时候,我多么尊敬陈云,可惜我没有敢说话,我的小学快毕业了。"邓怡珠想。

邓怡珠想着的时候朱志美走了出来。不一点时间,朱志美去找了一根针,拖了很长的线走来了。她预备进去,但想了一想,便对邓怡珠小声说:

"你想接近陈云同志吗,这对你的终生的记忆未来的奋斗是有重大的影响的。"

"怎么呢?"邓怡珠紧张地说。

"我给你一个机会,不要紧,你不要怕,这是针线,刚才搬柜子,陈云同志上衣纽扣掉了一颗了,中间的一颗,你去缝,我给你的机会,你应感谢我,……这是重要的历史时刻,一点关系也没有,他欢喜接近群众。"胖护士朱志美小声、快乐、有点调皮地说。

邓怡珠便又脸红了。她紧张起来,慌忙地拿住了针和线。她胆怯地推门进去了。她看见陈云坐在凳子上。陈云因掉了扣子而有些懊恼,他把扣子放在衣袋里,和海国乔继续谈话。海国乔说可以找护士缝上,陈云说不要,而且因为有些激动还叉了一下腰。

海国乔正在说到他在病中很想念陈云和别的党中央的同志们。

"我想我要老死了。但是我是不死的,陈云同志,你说得顶对了,你说一句,我是不死的,要活到一百岁,对吗?"

陈云便笑了,说"很对"。

"你说一句,我耳朵里记忆里好留一个声音,时时想起便是安慰和鼓舞。"

陈云又笑了,他说:

"你这老头真有意思。"

"是这样的。你说吧。"

陈云便说：

"你是不死的，要活一百岁。"他又说："观察真应这样的，我从电话资料里知道，你及于很重的危险，但是你的斗争性也令人佩服。"

拿着针线的邓怡珠站着，等陈云说完她便说——她又猛然红了脸，说：

"陈云同志，我来帮你缝扣子。"

陈云便又特别地注意了一下这纯洁的、羞怯的、柔顺的姑娘。他说不需要，没有关系，他带回去。但陈云不知怎样地又微笑着慢慢站起来了，这姑娘引起他的注意他便站起来了，摸出了那颗扣子。

"我脱下衣服吧，你缝吧，谢谢你。"陈云顺从地说。他简单地顺从邓怡珠姑娘了，同时他也想节省时间。

他脱下衣服，邓怡珠便接过灰色的哔叽衣服和纽扣，感觉到衣服上的温暖，谨重地在旁边的一件凳子上坐下来，开始缝着。她想幸运得很。她又想很幸运，她是会缝衣服的，跟母亲学的。

"我说是这样。"陈云说，"你老海也说我一句，我也老了，我耳朵里记忆里也留下一个声音，和你一样觉得鼓舞。"仿佛因为邓怡珠在替他缝扣子的缘故，他带着一种更温暖的感情说。

"那我就说，"海国乔说，"你陈云副主席是长寿，不会死的，要活一百几十岁。原谅我说粗话。"

海国乔的声音很高，陈云便笑了。邓怡珠便偷偷地看了一眼老人陈云，她觉得快乐。并刹那间想到老人陈云健旺地，在很多年之后仍旧走在北京市的大街上和住在楼房里。她今天对陈云走进来的有力的脚步觉得很深的感动；她想了一下，用力记着，她想她以后记得的。

海国乔看着陈云。他觉得陈云并不像他的岁数那样老，而且精神饱满，但他觉得感激、不安，因为要陈云跑路，而这时候他觉得,陈云工作了半个世纪以上了,工作了好多年了,他旧年代就是中南海党中央的领导,他像一个巨人一般的参加领导着中华人民共和国战胜了多种困难,他像一个巨人一般地行走于中国土地上,而今天,意外地他像平常一样地走着,在这年老的时候,来到他海国乔这里了。海国乔便说了他的感想。他觉得著名的稳重的陈云在稳健地走着,带领着中华人民共和国,而他海国乔也跟着行走,他也把这说了出来。他思念着陈云来看他他所悟到的深刻的意思,便是他是跟着走得还不错的,便是陈云和党中央是觉得他奋斗得还不错的,对他怀着感情;而他的生涯便放射着光芒。

陈云便说,他也有时常想到在黎明以前海国乔便在扫地,白天巡视野鸭洼的几个街道工厂,而野鸭洼是一个旧时荒凉的地方,现在渐渐地附近也建设了。他说他想到海国乔也是半个世纪以上地劳动着,他说,他觉得海国乔和人民群众,是像巨人一样,……中国往四个现代化建设起来了。因为感觉到这些,因为内心有热烈的颤动,从这小医院、海国乔、护士和邓怡珠也感觉到中国的前进。因为海国乔特别使他感到现代化在前进和北京市建设起来了,因为邓怡珠特别使他对善良纯真的后辈青年感动。便看看海国乔,又看看缝扣子的邓怡珠,对海老头说:"看见他们年轻人我真是高兴。社会、人民群众、建设在有力地前进着。这也是我们老一辈子人注视着后时代人,注视着青年成长的时代。"

羞怯的邓怡珠觉得很幸运,缝好了扣子,而且缝得很结实整齐。她站起来向陈云鞠躬,送上了衣服。"哦,好,好,谢谢。"陈云说,也站起来一下。

"不谢谢。"邓怡珠说。

"这区医院,这颗扣子也留入我的记忆了。"陈云说。

"她叫邓怡珠,小邓,青年团员吧。"海国乔说。

"愿为祖国、为人民永远服务,把一切献给祖国。"邓怡珠突然大声说,她的耳朵听着自己的嘹亮的声音——她的声音在小的病房里的寂静中震颤着。邓怡珠心跳着,说了重要的话,她的心幸福地满足了。

陈云便又站起来和她热烈地握手。后来,邓怡珠便出来了。门外在偷听的朱志美对她点点头,又竖了一下大拇指。邓怡珠把针线还她她便拿下头上的白帽子来别在上面。邓怡珠便也站着,激动着,听里面的谈话。陈云正在谈到国家的建设的情形。

"我可以继续听吗?"邓怡珠问。

"可以!"护士朱志美说。

"看见年轻人很好很快乐。"陈云在里面往外看看,又说。

"她是野鸭洼的好学生,社会服务也好,刚才那个护士也好。……"海国乔回答陈云说。

"你看,说到我了,真不好意思。"朱志美说。"你刚才是打中一球你的人生的重要的一球了,踢进球门!"她又对邓怡珠说:"你感谢我给你的机会吧。我是一个有办法的护士。"

"在我病得发烧的时候,我那儿子后来告诉我,朱志美跟那齐月英都有一夜没睡觉。朱志美在我的床边上喊:海大爹,大大,你不要急……她也哭了吧。她叫朱志美,她也很凶,坚持观点。"

"你看,我也打中我的人生的一球了。"胖护士朱志美脸色严肃了一下,悄悄对邓怡珠说。"真也不好意思。"她又说。

"你的儿子现在不错了。"陈云说,"他背你来的吧。他要是来了你对他说我很高兴他改正错误,说他很好。"

沉默了一下,陈云似乎站起来走了两步又坐下。他来到这小医院,从海学涛背父亲来到,想到他在门廊里和甬道里,挂号处前和药房、急诊疗室前和别的那些人们、普通的、生活还安宁的居民们,看到抬着的病号,和母亲抱着的生病的小孩,儿女扶着的生病的老人。他心里觉得一种高兴,也觉得一种同情。他便想到经费和设备的问题,他看到有的诊疗室过小。他走了两步又坐下,说这医院的设备也是不够。朱志美便走进去了。她又去打人生的重要的一球,她去拿水瓶,假装水瓶里要换水,希望陈云问她医院设备的话。陈云看看她,果然问了。

"你们医院药品齐全吗?"

"不齐。"朱志美坚决地说,像准备好的似的。"好多没有和不够,重的病要到别的医院去。海大爹的病就用市医院她白勤芬大夫调来的几针注射。……不过是本来有的,现在恰好没有了,本来也少。"她说,又说了一些医药名和还说了医疗器械名。她还说到院长不很负责,官僚主义,不管呈请药,而且浪费,区政府的吴璋现在倒变好了,增加了药。

她又说,她可以找院长或兼差的白勤芬大夫来,她也熟悉海国乔的病,陈云副主席可以问他们。她兴奋而说话活泼。护士的急切引起陈云的微笑。这时齐月英和白勤芬大夫来了,齐月英是来跟海国乔注射,白勤芬是来再诊断的。白勤芬快乐地发现了陈云。

"哎呀呀呀,是陈大人。"她像见过很多面似地说。

她高兴地问候陈云之后便给海国乔诊疗。她回答陈云的问候说陈云不要出去,她就好。她诊疗很快。说海国乔病基本好了。

朱志美便有些激动地说,陈云在问她医院的设备。白勤芬便显出一些郁忧。

白勤芬嘴边的肌肉颤动了一下,说儿科的药这两天有些种没有。她说,她是兼差的,她不完全清楚。陈云说,中央有调国内自制的新的检验设备,调换了一些大医院的较旧的,这小医院可以得到一些旧的。陈云又说,他来这里看见这医院设备还可以,工作精神不错很愉快,但是也很同情,因为一些诊疗室过小、医生似乎不够,一些母亲抱着儿童在等。陈云因为白勤芬突然有着忧戚的神情,所以便带着鼓舞,热情地说这个。白勤芬在忧戚医疗器和医药。他觉得她是熟稳,有气魄、有修养的女医生,这从她的脸上可以看出来,也从她的脸上可以看出她的对病人的深深的同情的烙印。

白勤芬听着陈云的话,沉默着,接着愤怒便浮显在她脸上,她说这里的副院长和有几个医生是恶人,而有一个有成绩的医生受压制。她说他们早就说到医疗器械了,医疗器械如果发下来,他们也会结帮营私的。

"怎样营私呢?"陈云问。

"他们会拿到家里去藏着,甚至于卖掉,而且任用私人的帮口,这你知道。他们还打击一个护士,……喏,刚才还在这里的呢。"

"知道了。"陈云笑着说,便拿出笔记本来记着什么。

"我们并没有不满意中央。但是我们实在够了。本应该由区政府向市里说的,但是看你和气,是不是我看你可欺了,向你啰嗦。但我想了一下,要向你陈大人控告这个,因为我很愤怒。同时你也是来理解民情的。哎,便是包括医疗器械不够在内,他们这些去年偷窃了一些。我是什么感想呢,我是野鸭洼居民委员会张璞说的:和他们拼了!陈云大人,你也领导我们这基层和他们拼了!你说一句,这就对了,对吗?"

"这……这就对了。"陈云说。

"这就对了。陈大人,你陈云同志很同情我们,"激动的,因看见陈云和陈云和善而喜悦的白勤芬说,"你也很同情病人,这些都是普通的劳动者,生活里有着疾苦。而官僚们说,现在的条件还不够啦,现在这有差啦,你陈云同志,你听了我谈的,你记得了。"她说,伸头看了看陈云的笔记本,"我很贪心的,是吗?你也给我们医疗器械。"有些贪婪的女医生说。

"那好的。"陈云说。

"关于官僚,我说得过火吗?不的。像'文化革命'时那样关洗衣房也不怕的,我很高兴你高龄的陈云同志来到这医院看海国乔而且和我们谈话。"沉默了一下,热情的女医生又说,"我说得不透澈,院长刚出去了,这小医院的很多事情是很不好的。但是我说,要全面,有许多医生、同志、人员,是极好的。我烦陈云同志了……主要的我高兴高龄的,你老人家陈大人和邓大人和李主席胡耀邦同志等领导我们,你身体很好。"她大声、快乐、发泄了怒气、忘我地说。

"陈云同志很关心我们!"朱志美大声说。

邓怡珠也进来了。陈云望她笑笑。邓怡珠挤在白勤芬后面,还走动了两步。

"我今日很快乐,"邓怡珠想着,"陈云他刚才向我笑鼓励我,我快毕业了,我成长了,是国家的后辈的人,看见国家的前辈的人。"她慢慢地徘徊了两步,又看着陈云,"我要奋发用功也做社会服务,我希望永远记住并且发扬奋斗的精神。我年轻,青春的生活年龄是多么愉快,而四化的祖国的前程是多么灿烂,春天在等待着我们,努力吧,我奉献!"邓怡珠照了一照她的后影,记着奋发,脸红着,走了出去。

陈云说着:"老海再会了。正如你们火车司机过去欢喜说的:'彼此学习,我与你同行。互相同行。'"

陈云出来了。穿上灰大衣,从衣袋里取出眼镜又戴上,他告辞了。屋内传来海国乔的声音:"我与你陈云同志同行。"陈云强健地走出门来,激动、激昂、害羞的邓怡珠便走到一边。白勤芬大夫便送陈云,护士齐月英和朱志美也跟着,邓怡珠犹豫了一下,像被一阵风吹着似的脸红,跟着。

穿着深灰的夹大衣的、戴眼镜的陈云走在人们的前面,他动作稳定而有力,虽然在人众中他有看不出来的一点局促。在他的夹大衣里的衣服上有邓怡珠缝的扣子,这在他看见邓怡珠的时候意识到一下。陈云和人们穿过人丛,头上插着刚才缝扣子针的护士朱志美觉得很威风,挤到前面走着。陈云也发现了这根针,这针还拖着一点线。走廊里人们注意地往这边看着,有的人似乎发觉了什么。陈云和人们走到门口了,汽车开过来了。

陈云和所有的人握手,也和邓怡珠握手。

"我很高兴,"邓怡珠突然用高声说,握住陈云的手,"在我年轻的这时候,见到陈云同志,我的人生的春天的时刻,祖国振兴,宏伟的蓝图在实现,灿烂的前程展开在我年轻人面前。感谢前辈,陈云爷爷。"

"祝你们好。"陈云说。

"漫漫岁月,我们与你陈云同志同行。"汽车过来停下,白勤芬对陈云说。陈云上车,白勤芬便微微鞠躬,她的眯着的明亮的眼睛和她的严肃而带着温柔的面孔在照在街道上的阳光下闪耀着。

十八

老头子海国乔病好了以后回到野鸭洼。继续着他的工作,每日扫地,做党委书记,往来野鸭洼的多个小的事业、工厂。

人们都说他可以退休了,他便显得有些忧郁。他每日黎明前推着他的铁的独轮车出勤,扫地也并不比以前坏,他的党委书记的工作也干得正常,因为张璞并不常来,他倒有些像居民委员会主任了。

老头子并不显得糊涂,并没有弄错事情。他说这回鼓舞着他的是人们在他生病时的对他的感情,也还有他的儿子海学涛的改正。他说,是人们,他生病和回来每日工作,遇见人们,善良的、正直的、勤劳的人们;想到人,人们,他便有着坚强。他回来工作了,早晨他遇见上班的早起的人们、牛奶车和奔跑的取牛奶的家庭主妇,遇见儿童们少年们上学去,听见学校的钟声,托儿所里传出儿童的噪杂声。他听学校的钟声听很久,欢喜着他的社会,人们。他看见黎明或上午来到的载运垃圾的汽车,动作极迅速而有力的垃圾工,他招呼着罗进民和替刘勉和陈平的来了一阵的新的扫地工。他也看见九十几岁的黎召娣继续街头行走。他看见针织厂缝纫厂的推车的女工和新成长的女工,和纸花厂厂长、贤明的陆美珍。他上午的扫地和下午的行走、巡视都充满着精力,他看着人们而觉得人生的意义和境界。简朴、勤劳的海国乔老头子还留起了平顶头;善良、坚韧的大个子老头子海国乔不显得老。他觉得全身血流温暖地运转,他的心脏膨胀着。他半个世纪以上的劳动了,他勤劳、爱人们,追求他的理想:现代化的正义强大的中国和他的工作的成就。他忘记了年龄。海国乔经过崇山峻岭和平原,大的江河和坎坷的道路,他像狮子一般劳动着,他也像一座山。这尤其是一些年轻人们的感想。

在人们劝他退休这个问题上,他反对着人们。老头子还在一次会里提议人们不要再劝他退休,几年以后再说,因为他是能够工作的,而地方上也缺人。但人们仍然有反对他,人们认为他在这个上是有缺点的,而且可以说是有严重缺点的,至少他总是老了。因为不断争执他显得忧郁,张璞有自己多承担工作的想法,但后来也妥协了;后来区长张威也放弃了顾惜老头的心理,也愿意说没有接替的人,老头便高兴了。

严密的冬天过去了。春季到来的时候又有一次关于他的退休问题起来了议论,张璞和梅风珍又顾惜他,劝他退休,还特别强调说大家可以分摊接替;又说可以调来人。而且又强调说这是政策。海学涛、曹株花也劝他退休,他很不高兴,于是又陷入忧郁。海学涛便收回意见,说:

"爸爸是还能干两年的。"

街头,他也在陆美珍说到政策之后争取到了陆美珍的同情的话,她说:

"你老头子大大身体不错啊,还能干几年的……"

听见这样的话,老头子便内心甜蜜着和舞蹈着,用很大的动作挥着他的大扫帚。他内心里仍然深载着英雄的心愿。

陈平和孙美兰已经结婚了。他们在春天的、横街的桃树开花而针织厂的柳树呈显着新的绿色的时候碰到扫地完了的老头子,和他并排地走了一阵。

"你身体好啊,海国乔大爹。"孙美兰说。

"你真的还能干几年。"陈平说。

"你们好,你们工作好,早晨的小学里的钟声我就想到你们好,请多多关照。"老头说,带着一种讽刺的微笑,看着孙美兰;他高兴陈平的话,而提防人们攻击他,提防陈平继续说话会说"但是"。但陈平快乐地看着老头,他并没有这样。老头便又笑,说:

"你知识分子这一次没有能撤回。"

"你海大爹确实还能干几年。"陈平笑着,很热烈地说。

老头子对梅风珍说:

"这居民委员会的水土是温暖的啊!屋檐上的瓦有我的劳动和许多记忆。许多有意思的岁月经过了。请多多照顾和帮助我,我是不退休的。"老头子又突然地说,模仿着孙美兰旧时为陈平争取扫地的嘉奖时说的话:"请多照顾和帮助。"

"你身体好啊。"小学教员皇甫桂芳说。

"我听见你早晨在学校里喊操的声音,学生们整齐地唱歌,听见这高兴……"老头匆忙地说。已经好些次皇甫桂芳说他身体好引他很高兴,但他匆忙地说话也有这种心理,怕皇甫桂芳继续往下说下去。皇甫桂芳有一次还是说了:"你老人家不退休呀。"老头子便显出一种忧郁的脸色。皇甫桂芳觉得了这个,便说:

"你身体好,是还能干两年。"

老头子便说:"谢谢。"而且笑了,又幽默地说:"请多照顾与帮助。"他又说:"学校的早操的声音好听,充满朝气,学生唱歌歌声嘹亮,动人心弦,我回忆我这野鸭洼度过了漫长的岁月,高兴后辈的健旺成长。"皇甫桂芳便很感动。

老头子挥动他的有长杆子的扫帚。老头子的腿部转动也有力,他的有力的、有精神的动作使张璞呆看很久。他使人有时候不觉得他年老,他的工作量和敏捷使张璞觉得他确实还能干几年。他从街这边又拿走了一只死的猫。

"看着我干什么呀。"他说。

"看着因为你在我面前使力扫地,力争职务,成绩卓绝,所以我便不想辞你长工了。"

"你辞么?你和我拼了么?你不拿政策砍我吧。"

"你确实有点力量,使我忘了你的年龄了,你似乎是我张主任来了,刚才假装的,简直有点。你是装假的吧?"

"野鸭洼的屋檐上的瓦对我是熟悉的,我想你张璞同情我,说过了呀,也许你的同情心是假的吧,你这有害的女官僚。"老头讽刺地说,但他又严肃地、提防地说:"我在野鸭洼度过了从童年到现在的岁月……说过了,我是。"

"那是的。"

"你支持我吧?政策也有可按能力而来的。您,多多帮助我呀。"老头子说,便带着讽刺的,但同时快乐的微笑的鞠躬。

"支持和照顾一部分。"劝他退休的张璞说,叹了一口气。她觉得海国乔是十分单纯而有些天真的老人。但她又看看海国乔,仍然不能决定她的下一句话的立场。海国乔是也有能干的,但譬如说,有时候便似乎也有些疏漏了,有一次扫地回去以前因铲子铲垃圾堆,而把扫帚靠在树上忘了,是一个儿童扛着跑喊着交给他的。但那次看见张璞在看着他,他曾敏感地辩论说,这也不算什么的。譬如陈平有一回就是,譬如刘勉也有一次……所以张璞现在也就没有再说出后一句话。

老头子爱人们,他觉得人们,人,是重要的,为了人类的事业。这是平凡而英雄的时代,这是建设的时代,这是人们在完成奇迹的时代。老头子受鼓舞于这种思想,便使张璞和张威遗憾,有着严重的缺点,不肯退休了。冬天的时候老头子在屋子里拉动拉力弹簧,扭他的每块肌肉,觉得还结实。他害怕害了一场病引起张璞的非议。春天到来了,一九八一年了,欢喜觅集纪念品的海国乔便整理他这两年来的生活的纪念品,又有针织厂的他缝的布,缝纫厂的顶针,陆美珍送他的诗和孙美兰送他的照像簿,护士齐月英给他的口罩,和海学涛和他在医院里的照像。而作了一篇年度的记叙文。春天了,野鸭洼的池塘解冻了,海国乔注意着他的院子里的大的枣树和院墙外隔壁院子里的枣树和苹果树,也注意着针织厂附近的树木,甚至在月光下也注意着它们,听着春天到来的讯息。老枣树长叶子迟些似的,树有些枯了,这树有二百多年了,老根盘绕着;但是海国乔也似乎听见空气中渐有更强的春天显出顽强来的时候树灌浆的轻微的噼啪的声音,蟋蟀的声音,嗤嗤的声音。海国乔曾经甚至弯下腰去用耳朵靠近树根听着,老头子听着这棵树的信息,他终于看见老枣树长了绿叶的芽了,几天之内长了很多了。他便觉得欢乐。觉得自然界和祖国并不缺乏给他什么,他的心脏鼓动着。他便对树木说:"谢谢关照和帮助。"他也张望着隔壁院子的杨树和苹果。苹果在不被注意的时候长了绿叶了,而且开着花了。

有些树木迟些。两棵杨树迟些。野鸭洼的池塘和针织厂附近也有几棵杨树和枣树迟些。老的槐树还立在野鸭洼的池塘边,像是没有生命似的,但是也忽然一瞬间便长满绿叶而且开花了。海国乔觉得这棵树是很忽然的,因为他简直没有等候和盼望,以为它快要枯死了。针织厂那里又有一棵很大枣树,粗大的枝干挺竖着,伸到人家的屋顶上,伸到空中,它在冬天赤裸着,显露枯槁的模样,但现在它挺拔,有力,长了绿叶,充满生气。海国乔兴奋着,他战胜了严重的疾病的袭击,他觉得自己充满生意,有顽强的生命力。他高兴他在北京乡土,野鸭洼度过了漫长的岁月而老年为它继续服务。这些树使他注意,他觉得一种欢乐。

"我病了一场又灌了浆了,春天到来了,但我还像年青时候似的,有着我的精力,像那年青少壮的树木,而且是常绿树。漫漫的岁月我没有失败……我似乎年青……唉。"他涌起复杂的感慨叹息着。

"海国乔大爹好,你真像年青人。"杜翔实说。

海国乔便很高兴。他以前也有回答一句话说:"老朽了"。但现在,生过病,和人们争执了他的退休问题之后,他便不这么说了。也克服了——他用巨大的力量克服了这种心境与情绪。

"你说得对。"他便说。

"海大大好。你很有精神。"提着提篮的朱璞说。朱璞显得疲劳,但两眼有些闪灼。她回答海国乔的问题说,她是昨夜累了,赶了很多的工,而这下午她是有银行的休息,给区政府的两个人送衣服去。

"你最近也做得很多啊。也不要赶,身体累了。"

"我们年轻人。你海大大倒是要多休息。"朱璞说,"我看见你我便想我追求的目标,你在前面总有一个目标,对吧,这目标燃烧你心里的火焰,而我最近的目标是几十件成功的工作,"张璞眼睛继续闪烁着,用有些慢的、文雅的、多感情的声音说,"有两件西装的改作很难倒我了,我急了,我心中便又发毛病,说,我急坏了,明天还要上班。运动服球队的衬衫,你跟我介绍来的业余球队的,还有朱娥的工厂的球队的,我也赶工,成绩假如不好,我便伤感了,是不是呢。"

"那是的啊。"

"我们后辈人的努力,"朱璞微笑着,海国乔便觉得这是他看见过得最动人和亲切的微笑,"我在一件女童衣裙上很折腾,那杜翔实带来的他的同学的女童可爱,像我小时可爱,我想做得好。赶工到黎明的有三件护士服和工厂订货的出勤的休息日的服装,我做的工作对象是勤劳的人民,我觉得我现在更接近人民。"

"你收价低廉,有吃规多了。"老头子说,在朱璞的"更接近人民"这一句话引起的激动上想到,朱璞在这一点上是亲善的,只说到一句劝他多休息,没有提到他年老可退休了。

"我还有这一阶段的紧张的工作是黄家珍替我介绍的女航空服务生新班的。"朱璞说,"有四个天亮、黎明、安静的院落的思维,看见您老人家起来推车出门扫地了。"

"你很负责。"

"我想,人生的少壮的时间。这一个月,我也还有旧同学来了的欢快,欣赏我们工作。我在区政府有小小的声名,获得先进个体户的奖状,你老人家也在区里赞成我的,是我很重视的,是我的快乐。"

"你的同学们有介绍你的……婚姻吗,你不要固执了。"老头说。

"困难。我有我的想法。"朱璞说。"你海大大好,"朱璞有点说话快起来,显然她避免提到的题目。"你海大大身体很顽健,但你还是要病后多休息。"

朱璞便亲切地,又有些抱歉地笑笑,预备去了。但是又站下

449

来,说：

"我的想法是我们这后辈人的努力和理想,你海大大知道的。"有些执拗于她的婚姻问题的朱璞说,她又有些抱歉地,快乐地,亲切地笑笑,表示她的顽强,往前于一株杨树旁转弯走去了。

海国乔有点激动中又想到朱璞没有在他的年老和病后的问题上多谈话,觉得满意。

"你这早晨扫地啦。"很快地急走着的黄家珍说。

"对啦。"老头子说,注意着下一句。黄家珍果然冒失地说：

"你不退休呀。"

"不。"海国乔有些阴暗地说。

"你也是能行。"黄家珍又说,"你真也可以不退休,而再奋斗一些时间似的。你的身体是挺好的,真的,您不老似的。我觉得你出医院以来年轻多啦似的。"黄家珍转为热情的响亮的声音说,有些激动地补救着前面的问话所引起的缺点。

"那可不是。"海国乔说,觉得说重了一点了,然而不完全。"这美女还不太照顾。"他想。

"我最近从空中服务组调到调度局了,争取学技术。"急迫的、美貌的黄家珍说。

"不是飞着的空中小姐啦。"海国乔说,比了一下手做一个飞翔的动作,仍旧有些笨。"好,技术好。新闻记者呢。"

"要访问你一题的。您害病的经过,建设的思想。我想请你多骂坏人。我激烈地仇恨他们！我觉得你身体挺好！"热情的黄家珍又说,"你很结实,精神饱满,真像年青人啦。"因为老头子的有些不愉快的笨的动作而觉得一些歉疚,她继续补救她的开头的话。她观察了老头子一下,便变得诚恳和认真,走过去扶着老头子的手臂说："海大爹,你不见气吧。"她又用着因老头强健的体魄和忠厚的面貌而升起来的少女时代的热情说："你是顶好的。你顶好啦。你的退休的矛盾也使我感染这激动前进啦。"便满意地、有些沉醉地笑了笑,然后快步走开去了。

"你老人家还扫地？"朱娥用嘹亮的声音说,"你可以退休了。"

不明了朱娥是讽刺或是意思就是这样,似乎两种意思都有,海国乔便拖着扫把站着,有点阴郁地沉默着。朱娥便觉得不妥了,站了一下用较小的声音说:

"海大大你真有意思。"

"谢谢你啦。也是地方上的舆论,很有点怕你这大姑娘。"

"我说你白天真不能扫地了。"朱娥又用使胡同震动的风雨地大声说。决定她的对老头捧场的立场。

"你这意思也不明。你这漂亮的大丫头,你这女工头,我不在乎你的。"

"但我补充说了。我说你真像年轻人,你真行。"朱娥继续大声说,"我跟你老人家说得是顶清楚的。"

"你曾在区政府说我该退休?再说便不好了。"

"你不该退休呀,你违反政策,我批评你!在这亮丽的北京朝晨。"朱娥带着复杂的激动说。

春日,空气中有一种甜蜜。野鸭洼附近,楼房的建筑工架已变成矗立的十几间楼房了。在不被注意之间,仿佛是什么魔法的手将这楼房变出来了。海国乔仰着头看着它。不远的地方,宽阔的,灿烂的大街轰响着。海国乔胸中有他的北京市建设起来了。

海国乔在横街的桃树和李树、松树之间,他在春天的微风里扫着地。觉得他老年生活的愉快。罗顺驾着他的平台三轮车经过了。

"你好,大大。"

"好。"

"这个简单些,有时不问年龄,不说那些你老了的话。"海国乔想,于是他又说:"你维修电冰箱成绩好。"

"你老人家好。"坐在罗顺车子的右侧而脚拖挂着甩着的、穿着较紧身的衣服的小李李桂兰说。

"你好。你们缝纫厂好。成绩不错。"老头抢着说。

"承你夸奖。"李桂兰说,"增加我们奖金。人生的月亮有时常圆，人生的明月在乌云里也辉照。"李桂兰大声说，车子便走远了。

　　每日上午扫地，下午往地方的各个事业单位去。春天的微风里，这一日下午的时候，海国乔往缝纫厂之后往针织厂去。拖拉机手邹英从郊区来，拖拉机喷着油烟，声音特别大地震响着，因为机器有些坏了。邹英高喊着"海大大好"的声音飘在震响的机器声上面，驾驶着拖拉机往农业机器站去了。齐志博从农业机器站正好下来，她便对起来拍了一下手。齐志博走向老头子。

　　"我和邹英很好。我们互相通讯。"齐志博说，"真实年龄和具体的生活情形，我们也遵老大大你的嘱咐，还是做普通的通讯。"齐志博带着一点冷静的笑容和口气地说，似乎他一直在想着这个，在看见老头的时候对他说。

　　"你啰嗦了。"老头说。

　　齐志博犹豫了一下。

　　"我这时没有事，邹英来了有人修机器，我也想和你老人家聊几句。我陪你走一程，像过去的岁月。"齐志博说，"你是老年人，而我是年青人，"齐志博说，"我景仰你，我和你中间有着友谊，往新世纪去，我们中间没有鸿沟，对吧。"

　　"我们向前走吧。我是往针织厂去看那里有什么事情。有增加了两个女工的事情。"海国乔说。

　　"我来到农机站是你赞成的，我现在想农机站展开，经济改革，你是党委书记，你还干下去吧。我能够今日有感情全是因为觉得你海大大给我带来春天。我希望你增添我们的机器，向区里……"

　　"那也许可能吧。你很好，朴素而沉着。"海国乔说。

　　"我也学习不够。"齐志博带着一种含着一点幽默的亲善的微笑，处在一种想象的梦境中，想象到农业机器站扩大和好多部拖拉机开来，其中也经常有着他的朋友邹英的。他热情地说："我要努力才行的，我听那秦淑英和针织厂何厂长老太婆说，时代好像有一面大鼓在敲着。你党委书记海国乔也说过几次，四化是一种梦境,美好的,但却是很现实的,倘若你不努力便会是另一样了。列宁说,要梦想,对吧。"齐志博继续带着冷静的微笑说,"你老年,我年轻,我们同行,往新世纪去,二十一世纪去。你病了一场好了,全好了,你不退休吧。"

"不。"

"那样便好。你很强健。"齐志博幸运地说。

海国乔便笑着,他很高兴。

"我过去说你是吝啬老头泼留希金,又是葛朗台老头子,又是雨果的钟楼怪人老人,你不生气吧。你是慷慨的。在野鸭洼你的慷慨的老年放出光彩。你不是别的。吝啬的泼留希金和葛朗台老头自然都无关,雨果的钟楼怪老人虽然是很善良,也无关。你是什么呢,你是海国乔就是了。你的奋斗中包括着这时代奋斗的重要意义。"齐志博思辨地说,"你有很多的纪念品,我觉得我的毕业和就业也是你的纪念品,我们的友谊。我的中学毕业的作文簿我也一定时候再做一篇送给你海大爹老师。你是一个知识分子。应该说,对吧。我因为我过去的开玩笑而向你致歉了,虽然你并不介意,虽然我一直敬你,我也有一个再认识你的过程。你是持恒不舍坚强如钢的,你的心脏里是蕴藏着巨大的力量的,我们年轻人吸取力量。"齐志博说。

他们静静地沿着胡同行走。现在他们转弯往斜胡同里去了。僻静的斜胡同里也有一些开着烂漫的桃花的桃树枝从人家大院的院墙里伸出来悬在胡同上空。也有李树。也有垂着细枝的杨柳。他们又走到院落密集的区街,又走往小学和针织厂去。

"我感觉到一种崇高的梦境和境界,是我见到你海大大的许多时候想说的,这社会,这北京市建设的高楼,这郊区和市内建设的工业工厂,这郊区农村的这富裕经济,她邹英的拖拉机常常来这里,以及黎明时,你海国乔党委书记的大扫帚的声音……你就是海国乔。你行走在中国,在北京市,在这从前是荒凉的地方的野鸭洼,这野鸭洼也曾是刑场,曾是卖杂耍与买卖人口官僚鱼肉人民之地……你行走在这野鸭洼,我敬爱你。"齐志博说。

迎面来到骑车的钱勤,他的车后面的架子上坐着秦淑英,秦淑英背着的网兜里放着刚买的面盆和衣架。

他们从车上跳了下来。钱勤很有礼地说:

"海大爷你好。"

"你海大爷出来散步啦。"秦淑英也尊敬地说。她对齐志博说:"你好。"

"你海大爷也该退休了,听说你病了一场,没有来医院看你,你一早晨扫地,又管党委会的事,太累。"钱勤冒失地说。

海国乔眼睛里有一种幽暗。

"还好,我能行。"他带着他的偏执说。

"海大爷也能行呢。"秦淑英急忙说。

海国乔心里便又高兴起来。

钱勤便又骑上车子,秦淑英敏捷地背着她的面盆衣架又坐在车后的架子上。

"我们两人今天都休班。"她说。年轻的夫妇便继续前进了。

但是钱勤又把车子骑转来,跳下来了。秦淑英也跳下来了。

"我有个问题问海大爷。这野鸭洼的生活使我感怀,北京市的建设也使人激动,这野鸭洼是养育的,你看这些房屋,这些树,虽然它地方不大,对吧。"

"是吧,当然。"海国乔说。

"但是人应该怎样跟上环境呢,怎样跟上环境的内因呢。"钱勤带着一点迷惘说,"我知道你会说努力奋斗。但这是怎么一种哲理呢,"冷静的钱勤说,"外象有其内因,而一切是有规律可寻的。现象和内因是统一的,所以社会是往新时代有着电子、因子、内因。"

"对。"海国乔说。

"我说我的生命的价值,我是说人们的价值,内因,是也巨大的。像这北京市一样颤动着的。能说不呢?我说这是祖国的伟大事业的基本基础。"继续带着一种沉思的迷惘,电力工人钱勤说,同时看看站立在一边的齐志博。

"对。"海国乔说,也带着一种迷惘,看着钱勤。

钱勤沉默地想了一下,继续带着他的迷惘,笑了一笑,便骑上车子,而秦淑英也背着她的面盆和衣架坐上架子了。钱勤又回头对海国乔和齐志博说"再会",但没有走开,又跳下车来,说:"我是说祖国和北京乡土令我感动,唉。"他便再骑上车了。

海国乔又遇到骑着车子很快地奔驰着的蔡豪。这极快的奔驰显然是一种快乐,蔡豪显得年轻。

"你海大爹好,"他突然跳下来,还跟着冲力奔跑了两步,"你齐志博也好,我听白勤芬告诉我你病了,病好了。"他说,带着和刚才钱勤相类似的迷惘的表情看着海国乔;钱勤是想着他的哲理,而他则是迷惘于海国乔的年老和精力。"你没有退休?"他大声说。

"没有。"海国乔说,他想,这蔡豪不大照顾他。他想到他过去和白勤芬的龃龉,而现在他在北京市干建筑工程,听说最近在北城去测量去了。"你看我还行吧。"海国乔亲切地说。

蔡豪迷惘地看着他。蔡豪迷惘于海国乔的年龄,迷惘这种老年,这一瞬间他想,他将来老了会是怎样的呢。

"你行。"蔡豪说。"一切都是有道理的。"他说,想着这哲理。

"那可不是。"海国乔便有些高兴地说。

蔡豪走了——随即便骑车很快地消失。海国乔又往前了,齐志博伴着他。他们碰到了骑车的李义。

"海大爹。"李义说,"去上班,上午的休息,你海大爹好。"他又跳下车来说,"你大大老海头病好了还一直干下去啦,这扫地工街道委员党委书记,真行。但我想到,我不恒心,旧教员何世光学习的事却垮了。但他教员也傲横。"

"你讲我真行我便高兴。"海国乔说,"我可以帮你劝劝教员。"

"但你也是可以退休了,梅凤珍说的。"

"不的。还有几年。"老头子激动地、有些偏执地说。

"那很负疚啦,言论不小心。"李义说,便突然有些因自己的粗鲁而懊恼起来。他沉默着,看看海老头子,又温和地、歉疚地笑了一笑,才又用着他这样的人的豪放的大声说"回头见!"骑车走了。

老头子遇着匆忙地走着的吴伐。

"你海国乔党委书记,"吴伐说,谦恭地笑着,想了一下才又继续说,"听说你快不干党委书记了吧,你终究还是要让张璞拿权了吧,你一辈子看重的这个权。"他有些古怪地,讽刺地笑着。"我看着晚上柳树稍上的月亮,听着早晨的鸟儿的啁啾,我都很念着您海大大的恩情啦。"

"怎么呢?"海国乔说。

"不怎么的。"吴伐恶意地笑着说。

"走开点。"海国乔愤怒地说。想到吴伐最近又有着点失职情况,决定降他为临时工。

他同时想到,有些人们是困难的。这社会上还有敌人,那唐兼力是不久之前的南城的抢案的杀人凶犯,叫枪毙了。

吴伐走了。转角走过来杜宏英。

"李义刚过去。"老头子说,望望胡同拐弯的地方的一棵大的桐树。那边,有苹果树枝伸出人家的院墙。苹果花开了,蜜蜂飞翔着。这野鸭洼有较多的苹果树。

杜宏英笑了起来——她笑老头子在说话的时候注意花木。她笑老头一定要说春天到来了。当老头怀疑地看看她的时候,她说。

"春天了。"杜宏英说,"到针织厂去交涉一下材料的,应该是给我们缝纫厂,弄错了。"然后杜宏英眯着眼睛说,"海大爹,你真年轻,真有精神,最近精神我看你特别好。"

"好吧?谢谢你杜宏英姑娘。春天了。"海国乔快乐地说,高兴着杜宏英,"将来人们会说,海国乔这些日子继续到针织厂和缝纫厂去,还有十年八年也一样,纸花厂,挂面厂,居委会,继续走在野鸭洼,我便十分满意了。"海国乔充满着内心的欢欣说,他是想说他是不老。他奋斗着,在他前面威胁着的生命的衰老,他觉得他已克服了。他爱人们，人，他奋斗着获得了胜利。"我这不会错的。"他固执地说。

"那也是的。"杜宏英说，这嘴唇鲜软的女工温柔地笑着。

"我爱人们，这野鸭洼的人们，人，我说这话你杜宏英知道我的意思的，我是很欢喜野鸭洼的。"

"那也是了。你的眼睛也很好，牙齿也不错。"

"那可不是。"老头子激动地说。

"但是我说你也可以譬如不扫地了，我作为街道委员这么说，你不退休也说是有缺点的，也是的。而且退休是社会主义的政策。譬如你就干党委书记吧。"

"缺点就缺点吧，也是有缺点的。"海国乔回避着问题说。"你杜宏英姑娘说呢。"

"那不是也有不好吗，"杜宏英眯着眼睛说。她还想象海国乔退休了，坐在家里，她端碗菜给他，孝敬他，做到这个她便觉得安适。"我是想，也可以党委书记你也不干，你退休了，呆在院子里，安度晚年，在椅子里晒晒太阳。也可以用你那只粗笔写你的回忆记了，教诲儿孙。你也是老了，你忙了很多年了，你可以让儿孙们忙了，譬如不是这样吗？"

"不对的。"海国乔激动中有点激怒地说。他的心中又震动着狂飙。他又觉得那一度袭来的死亡和进犯着他的生命的衰老已被他克服的骄傲。

"那你真有缺点。"杜宏英也固执地说，她心中也有一种狂飙，她要服侍老人。

"那我碰到劲敌了。"海国乔说。

"我是想，你许多年劳累。你老人家闲散地走走，你的儿子也好不再错了，奔四化之途，媳妇也好，你不会享天伦之乐吗，这样我们便安心，这也是社会主义的待遇，这是规定呢，所以我说，你老头大大还是退休吧。像这样是有缺点的。"

"你的想法是这样？"

"是这般。你不说你爱人们，人，我们是小人人在你跟前长大了,你不听我们的意见吗?"

"不听。不知道。"

杜宏英忧愁但温柔地笑着站了一下,看看老头又看看附近人家院墙里伸出来的苹果树。

海国乔和齐志博继续前行了。杜宏英沉思着,发呆地站了一下,嗅着周围的花香,眯着眼睛看着胡同里长起来的杂草和野花,便也走了。

齐志博又继续他的话。

"我觉得你海大爹是有一种崇高的境界,你说的人们,人,是一种崇高的境界,"喜欢思辨的齐志博热情地说,"你是以你的心灵在工作着,你的全部的心灵爱人们和野鸭洼,你简直是征服着衰老和死亡。但是我想,我开头也有说得不妥了,你海大爹也是可以退休而指导地方上的事情的。你仍旧是地方上的一个巨人。"

"那不的。"海国乔继续带着一种傲然,很快地回答说。他心中继续着他的老年的狂飙。

"但我实际上是喜欢在野鸭洼每天看到工作的前辈,祝你长寿和不息地奋斗。"齐志博又说,在洁净的胡同,从人家的院墙伸出来的桃花和苹果花枝下,在繁华的大街的声音和附近的小学的噪声中,在春风和阳光下,齐志博因对老头子感想而胸中滋生着青年的狂飙。"我觉得祖国振兴,远大前程,扬帆远航,而我便顾留我的人生。我向你海大大举报说,我和邹英的情形,前面说的不详细,我们青年,我想我个人的情况要使前辈愉快。在我的胸中,也鼓动着爱情,我说这是不是不好呢。我在这方面有没有矛盾呢。我有的,虽然假设是有的,但也不是假设……"

"怎么呢?"海国乔问。

"我们遵守你海大爹的教育和我们的信任,但是我便想突破这信任了,将海大爹的教育、监督、安排抛弃了,而从了我和她的婚姻的追求。"齐志博带着严峻的表情,说。

"那么是怎么呢,发生了什么事情呢?"

"发生了我心中的骚动，"齐志博说，"我说我不维持作为朋友的通讯了，我爱她，她是我的心中的春天，我心中便是迷恋，海大爹，你说，她是聪明、青春、而也上进的也美丽的姑娘么？"

"她是的。"

"你把她介绍给我吧，那时候我说，"齐志博有些沉醉地说，"我爱着一个人一生只有一次的人生的春天的迷恋，我便假设和她恋爱了，我假设写恋爱信给她而她回着我，而不写现在这样的互相学习，近来可好，最近的工作。"

"那你写信给她了，送了？"

"嗯。假设这样呢？"

"那……自然也是也好的。"

齐志博便沉默了一下。

"我假设写一封信，假设在她拖拉机来到的时候，假设在乡间的田野间向她走去，而她红着脸笑着向我轻盈地走来，我们便……"

"哦。"老头说。他们便在寂静的胡同里走得慢下来，又站下来。"你素来冷静，你有条理地说。"他说。

"假设没有写。……我今年年初，旧历年过去，两次到乡间去了，一次随着她的拖拉机，一次个人去又随着她驾的拖拉机回来。我在乡下也修了一下机器。我和她散步于田野间。我帮助她的母亲在还冷的田地上犁田也种春麦了，还有也种高粱，和她的一个舅舅，于是我也是她们家的劳动力男子。"

"你这么说么？那自然也是很好的。"

"我没有说，年初没有，也没有写信……最近，小麦长得很高了，我又去了一趟，是说到将来……"

"总之是恋爱了？"

"我恋爱了，我心中很煎熬，沸腾着，于是我便突破了海大大的相约了。"齐志博说，面色有些苍白。

"那自然也没有关系。"

"她说她也激动。她说她也心跳。我心跳着，你看，海大爹。

但是是为祖国和事业的心跳。"苍白的、紧张的齐志博说。"你先说,我可以突破么?"他问。

"这也自然是可以的,你不会犯错误的。在这种事情上,也不一定就一定是我们以前说的那样。"海国乔说。

"也对。"齐志博说,便按着老头的手臂,"往前去吧。这胡同安静,针织厂远远的声音,花多开于今年的春天。我心跳,我对邹英说……我爱你……但我又改口说我将来爱你。她脸有些白,眼睛很亮,她这时便说她也激动,她也心跳。但她说不好,现在不,我说也是,我听见她心跳,脸红……我碰触她一下肩膀,我急于和她接吻,她也并不拒绝的样子,我心跳着收回了。"

"那又为什么呢?"海国乔被齐志博引起一种窘迫,说。

"唉,是这样的。我自己决定的,我要学好机器学,还要听海大大的话。不骗你,诚恳地,并没有。她看看我不作声。后来我冷静下来的齐志博便说将来的计划……又说田地,她邹英有些脸红,但也镇静着,没有骂我,她说我说将来再说要听海大大是对的,我也说海大大教育是对的,她也说是对的。她也希望我信任她,而今后一定时不再提了。于是我们便继续做着原来模样的通讯了,我又去到乡间一次是帮她母亲种菜,也是最近,但我不动摇了。我已试探了人生的秘密,便是她也爱我。她那表情是的吗?"

"是的吧。"海老头说,笑了起来。

"她是脸红、忠实、满溢着感情、相互信任的表情。有激动的爱,又隐下去了。"齐志博说。"你说不错吧。"

"是这样吧。"海国乔说,"我想了想,我的见解是不是妨碍了你们呢。"

"那不的。"齐志博说。

"也对吧。"老头有点同情那恋爱了,想了一想笑着说:"心放在事业和祖国上奋斗吧,青春时期的衡量。"

"还是的……而乡间,她母亲编的藤器不错……她也编藤篓子,有时晚间到夜深……乡间空气好,人们富裕了。"齐志博激动地说。

"你要说的是这个么?"海国乔说。

"麦子长势很好,而她家的棉田也甲种。我夏天再随拖拉机助她养鱼和龙虾去。"

这时拖拉机的声音震响着,邹英驾着修理工修理好了的拖拉机沿着胡同试机器,颠簸着从针织厂那边开过来了。她喷着油烟在海国乔和齐志博面前停下。她回答齐志博说,油管的毛病修理工即车间主任修了,但是还不很实。齐志博便看看机器,发动又关上,说他也回去陪同再修一下。

邹英脸色红润、健旺,而且有一种兴奋,见到海国乔,她心中有着激动。

"我想跟海大爹说,我妈问好,乡间的素溪也问你老人好,还有,我和他小齐还好,我们没有吵架,也还是以前那样,但有点缺用功,不过也不。"邹英有些脸红,说。沉默了一下她说:"你齐志博去过那边几步我和老大大说。"齐志博也脸红,预备照她的话走开,她又说:"不用。小齐你就在这里吧。……我和你很好。"邹英说,望望他,便对海国乔说:"她和我,他想改变我们之间现在的情况,自然他也没有,那我心中简直也有动摇……我并不动摇。"

"怎么呢,小齐也跟我说了。"海国乔说。

"说了……那便很好。"邹英说。

拖拉机熄了火,一瞬间寂静着。

"我也曾动摇。我不知志博他怎样说,我是说,我们很好,我说,我是不是工作事业的奋斗够了呢,哪一个少年不怀春,哪一个少女不钟情,我说,我也可以就突破了现状吧,一边也工作,而我妈的希望,但我说也不。齐志博你不要听。"她大声说。

"我不听。"

"你听也没有关系。事情有关于,他小齐向我攻击了一回,嗯,他告诉你了吧?我的心坚决不愿现在恋爱,我打回了他的攻击,但是我的心动荡了一下,我也想呢,你看呢?"

"这就是你们自己的事了。"海国乔说,幸福地笑着。"你心中现在如何呢?"

"我的心动荡于情感之冲突,也向往生聚劳动之家,恋爱的青年甜蜜的奋斗,他进攻我一下,我有了动心,我也打回了他的进攻。"

"你是打回了我。"齐志博愉快地说。

"我心中激荡也是一种年青人的思想对吧。海大大啊,幼小的邹英成长了,乡土一片葱茏的绿色,劳动者自己的麦田,绿田也有轮用的静的水面,田垄上走着邹英姑娘。"邹英说,从拖拉机的车台上拿下她的白杯子来,打开盖子,喝了一口水,又漱着口和从牙齿缝里喷着水。"我想和他志博不做这种普通写信了,譬如说就结婚了,他说的吧,当他和我坦白地要说恋爱而我也心跳的时候我便这么想,这以后也这么想了一下。我想,你看呢。但你不用看,我仍旧已经定遵照前时的相约和海大爹的劝告,奋斗下去。但是我想,我心中的波浪呢,激情和火焰呢?"她便看看齐志博,对他说:"你也可以听。"

"那是的。"齐志博说。

"我说我再把油门关上,变档,头脑转为稳重坦率,我想我碰到海大爹就突破一次说:我和齐志博相爱,将来结婚,他诚实努力热爱祖国四化也尊重我,我这里说了,"她大声说,"哪一个少女不怀春,我爱你,齐志博。"于是女拖拉机手邹英便跳下拖拉机来,跑向齐志博,按了他一下肩膀和在他面颊上亲了一下,齐志博也轻轻搂了她肩膀一下。

"我也爱你。"齐志博说。

"我敬爱你诚恳也欢喜你忠实有才能。"

"谢谢你。"齐志博说。

"我们这不勉强,我们再转回原来的友谊的道路谈话,"邹英说,"坚决地,到大后年,我将在我的希望的田野上建立功业,而你也努力到新的年华。田野翠绿,乡土富裕可爱,我母亲也平复了我父亲死去的创痛,我的家中将增加你这个男子,你的家中将增加我这也干练的女子。而现在就这样吧。现在就,有时你也到我家中去助我母亲,但我们维持平淡、共同学习的朋友,坚决是这样的。"邹英带着一种严峻的表情,用有些冷的大声音说:"刚才的和你是亲了一下面腮,这是亲爱的朋友的动作,坚决是这样的,就说的爱情的话封锁起来,直到将来。现在是朋友的动作,坚决是这样的。海大爹你说对吗?"

"也对的。"老头有些窘迫地说。

"那就再会了。真是不好,忘了问候你海大大,人说,乡下我母亲也说,你可也要退休了,身子要紧。齐志博,你跟我去再看看这机器吧。我们继续追讽,在海大爷这里这时说的就简单地提一下。海大爹你说是吗?你老人家的意见呢?也说我母亲问候你老人家的。"

"我说,就这样吧。告诉你母亲,我暂时还干几年呢。你们老问我退休,我倒真有点心寒了。我不肯退休是也有缺点的,但是我是还要奋斗,以致严重的缺点的。我再说呢,你们新时代的奋斗。齐志博呀齐志博,邹英呀邹英,要忠实,有恒持和冷静,当然,年轻人也要有燃烧的热情,祖国中华在你们一辈人手里便将腾飞,你们将怎样做一个新时代的小小的驾驾手小小的翅膀呢。我们是很好的友谊和感情,你小齐。我们是很好的恋情。"他向邹英说。

"老爷子你的教育好。"邹英说,便发动了拖拉机。又停下来,奇怪地看了老人一眼,因为提到退休老人有些深刻的激动。

齐志博沉默地看了一下海国乔。

"我们很好的友谊了。老师,尊长,心中向往的奋斗的生涯的领导者,大半世纪如一日的老者,祝你健康,老年安静、快乐,我转去工作了。"齐志博说,便尊敬地向海国乔鞠躬,便跳上邹英的拖拉机。拖拉机迅速地驶去了。

海国乔有些他自己说不明的激动。海国乔继续前行。他感觉到他继续参加奋斗着的、前进着的时代。他因为对人们的要他退休而有些忧郁,但是他又是快乐的。这是中国人心灵深刻、理想的楼台高耸的年代。海国乔看看呈显在眼前的扫得干净的、像一条宽的带子似的、他觉得十分纯洁的针织厂胡同,看见托儿所的红色的两层楼房和针织厂附近的多节的树木,老的,紧密地在春天里、建筑物中间并排着拥挤着的柳树群;和孤独地站立着的特别绿的高耸的杨树,和愤怒似地升高着的墨绿色的枣树;针织厂旁边的、粗大的枝干伸到人家顶上的那一棵,它的浓绿的树枝也要盖到针织厂的灰色的屋顶上了。而在树丛后面的远处,又升起着建筑物的工架。大街的繁华的律动声远远传来,海国乔听见托儿所里的儿童的快乐的吵闹和幼稚的嗓子的嘹亮的唱歌声,在一个保姆的领导下,唱着已到建设局工作去的王亦华的以前唱的"海啊,海啊"的歌声。老头子便向前去,进行着他的下午的工作了。

1986年12月4日整理

(据作者手稿抄印。"20×20=400"规格原稿纸,分两批,样式相同,顶边右侧均有"第　页共　页"栏。一批左边下部印有"北京市京昌印刷厂出品　八五·八"字样;另一批为"北京市电车公司印刷厂出品　八四·八"。共824页,大部按格书写。)

图书在版编目(CIP)数据

路翎全集. 第十三卷, 晚年长篇小说. 1986/路翎
著; 张业松主编. --上海: 复旦大学出版社, 2025.
2. -- ISBN 978-7-309-17735-0

Ⅰ. I217.2

中国国家版本馆 CIP 数据核字第 2024X2N176 号

路翎全集. 第十三卷, 晚年长篇小说. 1986
路　翎　著
张业松　主编
责任编辑/方尚芹

复旦大学出版社有限公司出版发行
上海市国权路 579 号　邮编: 200433
网址: fupnet@fudanpress.com　http://www.fudanpress.com
门市零售: 86-21-65102580　团体订购: 86-21-65104505
出版部电话: 86-21-65642845
上海盛通时代印刷有限公司

开本 890 毫米×1240 毫米　1/32　印张 14.625　字数 379 千字
2025 年 2 月第 1 版
2025 年 2 月第 1 版第 1 次印刷

ISBN 978-7-309-17735-0/I · 1437
定价: 80.00 元

如有印装质量问题, 请向复旦大学出版社有限公司出版部调换。
版权所有　侵权必究